CLÉOPÂTRE ET FRANKENSTEIN

Coco Mellors

CLÉOPÂTRE ET FRANKENSTEIN

Traduit de l'anglais (États-Unis)
par Marie de Prémonville

Éditions Anne Carrière

Titre original : CLEOPATRA AND FRANKENSTEIN
Première publication aux États-Unis en 2022 par
BLOOMSBURY PUBLISHING,
une filiale de Bloomsbury Publishing Inc., New York, USA

www.anne-carriere.fr

Pour ma mère, qui y a cru.

Coupe-moi en deux comme une noix
Sépare la partie de moi qui est vide
De celle qui produira des fruits.

Omatara James

Tu étais un nouveau monde. Mon nouveau monde.
C'est donc cela, l'Amérique, m'émerveillai-je.
Belle, magnifique Amérique !

Ted Hughes

1

Décembre

Elle était déjà dans l'ascenseur lorsqu'il y entra. Il la salua d'un signe de tête avant de se tourner pour tirer la grille en fer, qui se referma avec un « clang » sonore. Ils se trouvaient à Tribeca, dans une usine reconvertie en bureaux, qui contrairement à beaucoup de bâtiments de ce genre était encore desservie par des monte-charges à l'ancienne. Le mécanisme se mit en route en grondant. Ils étaient seuls, côte à côte, à regarder défiler devant eux les murs en ciment à travers le croisillon métallique.

« C'est pour quoi ? demanda-t-il dans le vide, droit devant lui.

— Pardon ?

— On m'envoie chercher de la glace, explicita-t-il. Et vous, vous avez besoin de quoi ?

— Oh, de rien. Je rentre chez moi.

— À 22 h 30, le soir de la Saint-Sylvestre ? C'est bien la chose la plus triste ou la plus sage que j'aie jamais entendue.

— Soyons gracieux, et disons la plus sage. »

Il rit profusément, alors qu'elle n'avait pas l'impression de s'être montrée particulièrement spirituelle. « Britannique ? hasarda-t-il.

— De Londres.

— Vous écouter parler, c'est un peu comme croquer dans une Granny Smith. »

Ce fut son tour à elle de rire, avec un peu plus de retenue que lui. « Mais encore ?

— En un mot ? C'est *astringent.*

— Contrairement à une Pink Lady ou à une Golden Delicious ?

— Je vois qu'on maîtrise ses pommes, dit-il avec un hochement de tête respectueux. Mais ce serait aberrant de suggérer que vous parlez comme une Golden Delicious. C'est un accent du Midwest. »

Ils atteignirent le rez-de-chaussée dans un sursaut mat. Il ouvrit la grille grinçante, céda le passage à l'inconnue.

« Vous êtes un drôle d'homme, lança-t-elle par-dessus son épaule.

— Indéniablement. » Il la dépassa en courant pour ouvrir la porte du bâtiment. « Vous accompagneriez ce drôle d'homme jusqu'à l'épicerie ? J'ai juste besoin de vous entendre proférer encore quelques mots.

— Hum. Comme quoi ?

— Comme *aluminum*, dit-il en forçant la prononciation américaine.

— Vous voulez dire : *alumini-um* ?

— Ah, voilà ! » Il mit les mains en coupe autour de ses oreilles, l'air ravi. « Cette syllabe supplémentaire. Alumi-*ni*-um. Ça me renverse. »

Elle tenta de prendre un air sceptique, mais il voyait bien qu'elle était amusée.

« Il en faut peu pour vous renverser », commenta-t-elle.

Il la surprit en s'arrêtant net pour réfléchir très sérieusement à ce qu'elle venait de dire.

« Non, finit-il par dire. En fait, non. »

Ils débouchèrent sur la rue. Sur le trottoir d'en face, un magasin d'enseignes au néon éclaboussait le bitume de taches jaunes, roses et bleues. BIÈRE MILLER. FEMMES NUES EN LIVE. L'ÉDAM D'ABORD. CITRONS DE FLORIDE : LA BEAUTÉ DU ZESTE.

« C'est par où ? demanda-t-elle. Je ne dirais pas non à des cigarettes.

— À une cinquantaine de mètres, par là. » Il désigna l'est. « Vous avez quel âge ?

— Vingt-quatre ans. Assez âgée pour fumer, au cas où vous songeriez à me l'interdire.

— Vous avez l'âge parfait pour fumer. *Cette certitude d'avoir tout le temps devant soi, dans la promesse que l'amour résolve tout et vous contente.* C'est bien ça que dit le poème de Larkin ?

— Oh, ne citez pas de poésie. Vous risqueriez de me renverser, moi, par mégarde.

— *Je chante le corps électrique* ! s'écria-t-il. *Ceint des foules de ceux que j'aime comme je les ceins* !

— La-la-la-la ! Je ne vous écoute pas ! »

Elle se plaqua les paumes sur les oreilles et détala dans la rue devant lui. Une voiture d'où s'échappait une chanson pop effrénée les dépassa en trombe. Il rattrapa l'inconnue au feu rouge, et elle se hasarda à écarter prudemment ses mains. Elle portait des gants en cuir rose. Ses joues étaient roses, elles aussi.

« Ne vous inquiétez pas, c'est tout ce que je me rappelle, la rassura-t-il. Vous êtes en sécurité.

— Je suis impressionnée que vous vous souveniez d'autant.

— Je suis plus âgé que vous. À ma génération, c'est le genre de choses qu'on nous forçait à mémoriser, à l'école.

— âgé comment ?

— Plus âgé. Comment vous vous appelez ?

— Cleo », dit Cleo.

Il opina. « Ça me paraît adapté.

— Comment ça ?

— Cléopâtre, la toute première renverseuse d'hommes.

— Sauf que moi, c'est juste Cleo. Et vous ?

— Frank, dit Frank.

— Diminutif de ?

— Diminutif de rien du tout. De quoi voulez-vous que Frank soit le diminutif ?

— Voyons voir. » Elle sourit. « De Francfort, Franco-espagnol, Frankenstein...

— Frankenstein me convient. Un créateur de monstres.

— Vous fabriquez des monstres ?

— En quelque sorte. Je suis dans la pub.

— J'étais sûre que vous étiez écrivain, triompha-t-elle.

— Pourquoi ?

— *Astringent* ? répondit-elle en haussant un sourcil.

— J'ai monté une agence, précisa-t-il. C'est là qu'atterrissent ceux qui ne réussissent pas à percer comme écrivains. »

Ils poursuivirent leur chemin jusqu'à trouver une bodega ouverte vingt-quatre heures sur vingt-quatre, tout illuminée au coin de la rue, flanquée de seaux remplis de lourdes roses piquant du nez et d'œillets froufroutants. Le carillon se mit à chanter lorsque Frank ouvrit la porte pour la jeune femme. À la lumière fluorescente des néons à l'intérieur de la boutique, ils purent se regarder vraiment pour la première fois.

Elle estima qu'il devait être à la fin de la trentaine ou au début de la quarantaine. La première chose qu'elle se dit, c'est qu'il avait des yeux bienveillants, qu'il plissa machinalement en croisant les siens. Derrière les lunettes, ses longs cils duveteux venaient buter contre les verres, ce qui conférait une douceur inattendue à son visage anguleux. Il avait les cheveux noirs et bouclés, aussi épais et vigoureux que de la laine d'agneau, mais déjà moins fournis sur le sommet du crâne. Sentant le regard de la jeune femme, il se recoiffa d'un air un peu gêné. La peau de son visage et du dos de sa main était constellée de taches de rousseur et encore bronzée malgré l'hiver. Elle était assortie à son écharpe en cachemire camel, rentrée dans le col de son manteau bien coupé. Il avait une silhouette élancée et énergique d'ancien danseur, un corps qui évoquait une intelligence et une savante gestion du mouvement. Cleo le gratifia d'un sourire approbateur.

Il lui rendit son sourire. Comme beaucoup de gens, ce sont les cheveux de la jeune femme qu'il remarqua en premier. Ils lui tombaient aux épaules, s'ouvrant théâtralement tels deux rideaux dorés sur le premier acte de cette révélation tant attendue : son visage. Car c'était bel et bien un spectacle, ce visage. Il pressentit instantanément qu'il pourrait l'observer pendant des heures. Dans un style très *sixties*, elle avait dessiné d'épaisses ailes noires au-dessus de ses cils, décorées à leur extrémité d'une minuscule étoile dorée. Elle avait aussi saupoudré du doré et des paillettes sur ses joues, qui pétillaient comme du champagne sous la lumière crue. Elle était engoncée dans un grand manteau en peau de mouton, complété par les gants en cuir rose qu'il avait déjà remarqués et par un béret blanc en laine. Aux pieds, elle portait des santiags brodées couleur crème. Elle n'avait laissé aucun seul détail au hasard. Frank avait passé la majorité de sa vie entouré de gens beaux, pourtant jamais il n'avait rencontré quelqu'un comme elle.

Embarrassée par son regard direct, Cleo pivota pour scruter un rayonnage, fort inopportunément rempli de boîtes de nourriture pour chat. Elle s'inquiéta de s'être trop maquillée, et de ressembler à un clown sous cet éclairage.

« Mon frère, lança Frank au gars derrière le comptoir. Bonne année. »

L'autre leva le nez de son journal, plus précisément d'un article relatant les tortures autorisées par le gouvernement dans son pays. Il se demanda ce qui pouvait bien faire croire à cet homme blanc qu'ils étaient frères, puis sourit.

« À vous aussi, répondit-il.

— Où se trouve la glace ?

— Pas de glace. » Il haussa les épaules.

« Quel genre d'épicerie ne vend pas de glace ?

— Celle-ci. »

Frank leva les mains en signe de reddition.

« OK, pas de glace. » Il se tourna vers Cleo. « Vous voulez vos clopes ? » Elle était en train de passer en revue les prix des paquets sur l'étagère. Elle sortit son portefeuille – qui, comme le remarqua Frank, n'était pas à proprement parler un portefeuille mais un pochon en velours bourré de papiers et d'emballages divers. De ses longs doigts, elle fouilla à l'intérieur d'un air hésitant.

« Vous savez quoi ? Il me reste quelques feuilles à rouler. Je vais juste prendre un paquet de tabac. Un petit. Ils sont à combien ? »

Franck constata à sa posture que l'homme se détendait totalement en écoutant Cleo. C'était comme regarder l'avant d'un iceberg se dissoudre dans la mer. Le gars fondait littéralement.

« Belle fille, murmura-t-il. Combien vous voulez payer ? »

Une rougeur remonta du cou de la jeune femme vers son menton.

« C'est pour moi, intervint Frank en faisant claquer sa carte de crédit sur le comptoir. Et... » Il saisit une barre chocolatée. « Ça, aussi. Au cas où vous auriez faim plus tard. »

Cleo lui adressa un regard reconnaissant, mais n'eut pas une seconde d'hésitation.

« Un paquet de Capri, s'il vous plaît, demanda-t-elle. Magenta. »

De retour dans la rue, Cleo scruta la rue vers la droite et vers la gauche.

« Vous ne trouverez jamais un taxi ce soir, prédit Frank. Vous habitez où ?

— À East Village. Près du Tompkins Square Park. Mais je vais rentrer à pied, ce n'est pas trop loin.

— Je vous raccompagne, proposa-t-il.

— Non, il ne faut pas, protesta-t-elle. C'est trop loin.

— Je croyais que ce n'était pas loin ?

— Vous allez rater le compte à rebours.

— Je m'en fous du compte à rebours.

— Et la glace ?

— Vous avez raison. La glace, c'est important. »

Il vit son visage s'assombrir et éclata de rire. Il prit la direction du nord, et elle n'eut d'autre choix que de le suivre. En jetant un regard par-dessus son épaule, il constata qu'elle trottinait à côté de lui et ralentit le pas.

« Vous avez assez chaud ?

— Oh, oui, assura-t-elle. Et vous ? Vous voulez mon *chapeau* ?

— Votre quoi ?

— Mon bonnet. C'est un béret, d'ailleurs, donc le plus souvent je lui parle en français.

— Vous parlez français ?

— Un tout petit peu. Je sais dire : *« Chocolat chaud avec chantilly » et « C'est cool mais c'est dingue »*. Vous n'imaginez pas combien ces deux phrases sont utiles. Et donc, vous le voulez, mon béret ?

— Je ne crois pas être taillé pour porter le béret.

— N'importe quoi, rétorqua Cleo. Le monde entier est votre chapeau.

— Vous savez quoi ? » Frank le lui ôta pour le poser hardiment sur sa tête. « Vous avez raison.

— *Magnifique*, approuva-t-elle en français. *Allez !* »

Ils prirent à l'est en direction de Chinatown. Un groupe de femmes affublées de petits chapeaux argentés et de lunettes gadget 2007 les croisa en titubant. L'une d'elles souffla dans sa petite trompette en plastique juste dans l'oreille de Frank, ce qui fit exploser les autres de rire. Il retira le béret.

« Est-ce que ce serait rabat-joie de ma part de dire que je déteste la Nouvel An ? » hasarda-t-il.

Cleo haussa les épaules. « En général je ne fête que la nouvelle année lunaire. »

Il attendit qu'elle développe, ce qu'elle ne fit pas.

« Alors, c'était quoi, le meilleur de l'année passée, pour vous ? demanda-t-il.

— Une seule chose ?

— Comme vous voudrez.

— Bon sang, faut que j'y réfléchisse. Eh bien, je suis passé à un antidépresseur qui me permet à nouveau d'atteindre l'orgasme. Ça m'a paru une victoire importante.

— Ouah. OK. Je ne m'attendais pas à ça. C'est une super nouvelle.

— Clitoridien *et* vaginal. » Cleo leva les deux pouces en signe de victoire. « Et vous ? Votre meilleur moment de l'année passée ?

— Mon Dieu, rien qui fasse compétition au vôtre.

— Ça n'a pas besoin d'être aussi personnel ! Désolée, ma réponse à moi était bizarre. Je suis gênée.

— Elle était parfaite, au contraire ! Ce n'est pas rien. C'est juste que pour ma part, je traite mon désespoir à l'ancienne, par l'alcool et le refoulement.

— Et ça marche ? »

Frank imita ses deux pouces en l'air sans s'arrêter de marcher.

« Bref, je trouve vraiment impressionnant que vous preniez soin de vous », conclut-il.

Un autre groupe de fêtards s'était immiscé entre eux, aspirant la réponse de Frank dans le brouhaha. Il les contourna avec difficulté pour retourner auprès de Cleo et répéta sa dernière réplique.

« C'est gentil, de dire ça. Il y a pas mal de... » Elle désigna d'un geste vague une poubelle renversée sur le trottoir. « De choses à régler, dans ma famille. Alors je dois faire attention. » Elle se racla la gorge. « Bref. Racontez-moi votre année.

— Le meilleur ? Ça doit être le boulot. Une pub que j'ai réalisée a remporté un prix. Ça m'a fait du bien.

— C'est génial ! Quel prix ?

— Ça s'appelle les Cannes Lions. Dans ma partie, c'est un gros truc. C'est débile, au fond.

— Pas du tout. J'adorerais remporter un prix pour quelque chose.

— Ça viendra », lui promit-il d'un ton assuré.

Ils dépassèrent deux hommes, de toute évidence étrangers, en train de pisser en silence contre un mur d'un air satisfait. Frank offrit sa main à Cleo pour l'aider à sauter par-dessus le double filet d'urine. Elle secoua la tête.

« Les hommes ! »

Elle laissa sa main quelques instants dans celle de Frank, avant de la retirer pour fourrager dans son sac.

« Et sinon, dit-il, vous avez quelqu'un en particulier avec qui, eux, partager ces orgasmes ? »

Il se donnait un mal de chien pour la jouer « l'ami qui vous veut du bien », tout en craignant de basculer à tout moment dans le registre « l'assistante sociale du planning familial qui s'inquiète pour votre santé sexuelle ».

« Clitoridiens *et* vaginaux ? » le taquina Cleo.

Frank se racla la gorge.

« Oui, euh, les deux. »

Elle lui lança un regard entendu.

« Juste moi-même, ces temps-ci. »

Il sentit monter un grand sourire involontaire, qui la fit rire.

« Ah, ça vous plaît, cette idée, hein ? Et vous ? Est-ce qu'on n'est pas censé être marié, à votre âge ?

— Non, la loi a changé, rétorqua Frank. C'est en option, maintenant.

— Dieu merci », dit-elle en allumant une cigarette.

Ils poursuivirent leur route vers le nord jusqu'à Broome Street, avec ses vitrines proposant des plantes en pot et des tirages de tarots, des bougeoirs et des mixeurs de format industriel. Ils discutèrent de leurs résolutions pour la nouvelle année, des ingrédients des cocktails à base de whisky et notamment de l'*old-fashioned*, et des gens qu'ils connaissaient à la fête (Cleo : une personne. Frank : tout le monde). Ils parlèrent de leur hôte, un célèbre chef péruvien du nom de Santiago, que Frank connaissait depuis vingt ans. La colocataire de Cleo était serveuse dans le restaurant de Santiago et c'est par elle qu'elle avait été invitée, même si la colocataire en question s'était aussitôt éclipsée avec un *performer* islandais. Ils parlèrent de Pina Bausch, de Kara Walker, de Paul Arden, de Stevie Nicks et de James Baldwin.

« Il y a un recueil d'essais que j'adore, écrit par Hans Ulrich Obrist, le critique d'art, dit Cleo. Il s'intitule *Langues de vipère, lèvres entrouvertes, yeux ouverts*... Et j'ai oublié le reste.

— Voilà un homme de peu de mots.

— Oh, vous l'avez lu ?

— Non, c'est juste que, ce titre est... laissez tomber. J'ai toujours le projet de lire plus », avoua-t-il.

Cleo haussa les épaules. « Eh bien, achetez un livre et lisez-le.

— Absolument. Je n'avais pas pensé à ça.

— Bref, dans l'un de ses essais, il raconte qu'on peut prédire la générosité d'une personne au lit rien qu'à la curiosité qu'elle manifeste. Il faut carrément *compter* dans sa tête le nombre de questions qu'elle vous pose en une minute. Si c'est quatre ou plus, alors cette personne aime faire plaisir.

— Et si elle ne pose aucune question ?

— Alors on peut en déduire qu'en gros elle ne va pas vous brouter la chatte. Ou bien, euh, la bite, si c'est plutôt votre tasse de thé.

— C'est la chatte, s'empressa de préciser Frank. Ma tasse de thé, je veux dire. »

Elle lui lança de nouveau un de ses regards amusés.

« Je m'en serais un peu doutée.

— Et vous ?

— Ma tasse de thé ? La bite. » Elle rit, puis inclina la tête de côté comme pour mieux y réfléchir. « Avec peut-être une petite soucoupe de chatte à côté. Mais juste une petite. Le genre micro-soucoupe pour mettre des petits chocolats. »

Frank opina. « Une coupelle à mignardises.

— Exactement. Par opposition à, je ne sais pas, un bol de bite.

— Un saladier de pénis.

— Une gamelle de phallus.

— Une jatte de verge. »

Le rire illumina le visage de Cleo, et elle l'enfouit dans ses mains comme pour étouffer la flamme d'une allumette.

« Mon Dieu, j'ai l'air d'une carnassière, dit comme ça. Changeons de sujet, s'il vous plaît.

— Eh bien... » Frank inspira à fond. « Vous faites quoi, dans la vie ? Vous êtes d'où ? Quand avez-vous emménagé à New York ? Avez-vous des frères et sœurs ? Quelle est la date de votre anniversaire ? Votre signe zodiacal ? Votre pierre de naissance ? Votre pointure ? »

Cleo échapper un rire en cascade. Frank sourit de toutes ses dents.

« Allez-y, insista-t-il. D'où êtes-vous ?

— Vous voulez vraiment savoir tout ça sur moi ?

— Je veux tout savoir sur vous. » Et à sa grande surprise, il le pensait.

Cleo lui raconta qu'elle avait beaucoup déménagé, enfant, mais que sa famille avait fini par s'établir à South London. Ses parents s'étaient séparés quand elle était adolescente, et son père, un ingénieur affable mais distant, s'était rapidement remarié et avait adopté le fils de sa nouvelle épouse. Cleo avait perdu sa mère lors de sa dernière année à l'université Central Saint Martins. Elle n'avait plus de famille proche en Angleterre, ce qui lui donnait le sentiment d'être sans attaches, mais aussi, s'empressa-t-elle d'ajouter, complètement libre.

Sans plus aucune raison de rester à Londres, et avec en poche un petit héritage légué par sa mère qui pouvait couvrir un billet aller et deux ans de loyer bon marché, elle avait fait une demande de bourse dans une école d'arts à New York. Elle était arrivée à vingt et un ans. Pour elle, ces trois années avaient consisté à graviter en douceur entre son lit, son chevalet, des bars, d'autres lits, puis de nouveau son chevalet. Elle avait obtenu son diplôme au printemps dernier, et depuis, elle travaillait en free-lance comme designer textile pour une marque de mode. Le salaire n'était pas mirobolant et elle n'était pas intéressée aux bénéfices, mais elle avait assez d'argent et de temps libre pour louer un grand studio confortable à East Village, qui lui servait d'ailleurs aussi d'atelier. Sa plus grande peur, désormais, était que son visa d'étudiant devait expirer au début de l'été, et qu'elle n'avait aucun projet pour la suite.

« Vous peignez tous les jours ?

— Tout le monde me pose toujours cette question. J'essaie. Mais c'est difficile.

— Pourquoi ?

— Parfois, le processus est... OK, par exemple, quand vous essayez de ranger votre penderie...

— Mon armoire, vous voulez dire ?

— Oui, votre *armoire*, espèce d'Américain. Vous devez commencer par sortir tout ce qu'il y a dedans, et il y a toujours un moment où en regardant autour de vous, vous voyez que c'est le bazar total. Et là, vous vous dites, « *Merde*, pourquoi je me suis lancé là-dedans ? C'est encore pire qu'au début. » Et alors, lentement, vêtement par vêtement, vous

rangez tout. Mais avant de créer de l'ordre, il faut mettre le désordre.
— Je vous suis.
— Eh bien, peindre, pour moi, c'est la même chose. Inévitablement, il vient un moment où j'ai sorti de moi-même tout ce que je pouvais, et c'est... C'est le chaos sur la toile. J'ai le sentiment que je n'aurais jamais dû commencer. Mais je persiste, et les choses finissent par trouver leur ordre propre. Je sais que j'ai terminé quand je ressens... ce *déclic* qui indique que tout est à sa place. Que c'est là où ça doit être. La paix totale.
— Et combien de temps ça dure ?
— Peut-être sept secondes et demie. Et alors je commence à réfléchir à la toile suivante.
— Ça a l'air épuisant, fit remarquer Frank.
— Mais ces sept secondes et demie, elles... »
Elle leva théâtralement les yeux vers le ciel. Frank attendit.
« Comme vous diriez, elles me renversent », conclut-elle.
Ils croisèrent un homme portant un smoking et un boa en plumes vertes, en train de vomir sur une bouche d'incendie.
« Je trouve que les boas en plumes devraient faire leur retour, déclara Cleo.
— Je trouve que vous êtes une personne exceptionnelle, dit Frank.
— Vous ne me connaissez pas assez pour en juger, rétorqua Cleo, visiblement ravie.
— Je suis très bon juge de ce genre de choses.
— Dans ce cas, il va falloir que je vous croie sur parole. »
Ils se trouvaient à Little Italy, où les rues étaient jalonnées de restaurants italiens d'apparence identique, avec des nappes à carreaux rouges et blanches et des plats de pâtes en plastique dans les vitrines. Au-dessus d'eux, des guirlandes d'ampoules rouges, blanches et vertes pailletaient le bitume de losanges de lumière colorée. Au troisième étage d'un immeuble, les silhouettes d'un groupe fumant debout à la fenêtre se découpaient sur fond d'éclairage jaune dans la pièce à l'arrière-plan. « Bonne année ! » hurlèrent les fumeurs à la cantonade. Cleo et Frank débouchèrent à un coin de rue sur une pizzeria tranquille devant laquelle un homme empilait ses chaises en plastique, fermant boutique.
« Vous voulez une part de pizza ? » proposa Frank.

Cleo tripota les pompons de son sac. « Je n'ai pas de liquide.
— Laissez-moi vous acheter quelque chose.
— Oubliez le *quelque chose*, rétorqua-t-elle d'un ton léger, et vous serez dans le vrai.
— Vous croyez que j'essaie de vous acheter, *vous* ?
— Est-ce que tous les hommes n'essaient pas d'acheter les femmes, au fond ?
— Vous pensez vraiment ce que vous dites ?
— Disons que je ne pense pas le contraire.
— C'est incroyablement injuste.
— D'accord, prouvez-moi que je me trompe. »

Il pivota pour lui faire face et expira lentement. Tout ce qu'il voulait, au départ, c'était s'acheter une part de pizza.

« Je pense qu'en effet, on apprend aux hommes à acheter des choses pour les femmes. Pas parce qu'on voudrait vous posséder ou vous contrôler, mais simplement comme un moyen de vous montrer qu'on est intéressés, ou qu'on tient à vous. Un moyen qui ne nous met pas en trop en situation de... vulnérabilité, peut-être. Personne ne nous a appris à communiquer comme vous. Tout ce qu'on a pour s'exprimer, ce sont des outils extrêmement limités et primitifs et : oui, putain, offrir un repas à une femme en fait partie. Mais il faut dire que les femmes *attendent* ça de nous... »

Cleo sautillait d'excitation sur le trottoir, impatiente de pouvoir l'interrompre, mais il calma ses ardeurs en levant la main, bien décidé à terminer sa démonstration. « Ça marche dans les deux sens. Vous dites que j'essaie de vous acheter, mais vous seriez vexée si je ne proposais pas de payer.
— Absolument pas ! explosa-t-elle. Et si je compte vous *laisser* payer, c'est uniquement parce qu'il se trouve que je suis ultra-fauchée, en ce moment.
— Parce que maintenant, c'est OK si je paie ? Vous voyez, c'est pour ça que je dis que ce sont des conneries. Vous voulez le beurre et l'argent du beurre. Vous voulez défendre vos principes et vous déclarer au-dessus de tout ça, mais dès que ça vous arrange, ça ne pose aucun problème que ce soit l'homme qui paie l'addition.
— Vous plaisantez, j'espère ? Peut-être que si je suis fauchée, c'est

à cause de, je ne sais pas, l'inégalité des salaires entre les hommes et les femmes, ou bien des années de sexisme systémique limitant mes opportunités de carrière, ou bien du fait d'avoir dû démissionner de mon ancien boulot de nounou parce que le père n'arrêtait pas de me draguer, ou... »

C'était au tour de Frank de se mettre à sautiller.

« Ce n'est pas pour ça que vous êtes fauchée ! Vous êtes fauchée parce que vous avez vingt-quatre ans, que vous êtes artiste et que vous travaillez à temps partiel ! Vous ne pouvez pas prétendre que le fait d'être une femme est la cause de tous vos problèmes ! »

Cleo approcha le visage à quelques centimètres de celui de Frank, et eut l'espoir fou qu'elle allait l'embrasser. Elle se contenta de lui rétorquer à voix très basse, à peine un murmure : « Si, je peux. »

Frank fit volte-face et entra dans la pizzeria. « Vous êtes cool, lança-t-il par-dessus son épaule. Mais vous êtes dingue.

— Ça sonne mieux en français ! » lui cria-t-elle en réponse.

Cleo alluma une autre cigarette en piaffant sur le trottoir comme un cheval de course indocile. Elle envisagea de tourner les talons rien que pour le contrarier, tout en sachant qu'elle le regretterait aussitôt. Il n'y avait rien d'autre à faire qu'attendre en fumant. Frank commanda deux parts de pizza, tout en jetant des regards anxieux par-dessus son épaule pour vérifier qu'elle était toujours dehors. Il avait déjà programmé de lui courir après pour s'excuser si elle lui faussait compagnie. Mais la tête blonde était toujours dans son champ de vision, auréolée d'un nuage de fumée.

Une fois ressorti, il tendit une des deux tranches à Cleo. Un filet d'huile ambrée glissa sur la mince assiette en papier.

« Tenez. Pour rattraper les années de sexisme systémique.

— Branleur, déclara Cleo avant de mordre une bouchée.

— Vous êtes en Amérique, maintenant. Ici, je suis juste un trou du cul. »

Ils reprirent leur route et remontèrent Elizabeth Street avec leurs parts de pizza. Devant eux, un couple se tenait devant un bar, sous le halo d'un réverbère, jouant un duo immémorial. Pieds nus, la femme serrait ses chaussures à talons contre sa poitrine et pleurait à longs sanglots aigus, tandis que son petit ami la secouait par les épaules en répétant : « Écoute Tiffany, écoute Tiffany, Tiffany écoute… »

« Ça me fait mal au cœur de le dire, chuchota Frank en les dépassant, mais je crois que Tiffany n'écoute pas. »

Cleo se retourna pour les scruter. « Vous pensez que ça va aller pour eux ?

— Mais oui. La Saint-Sylvestre est la soirée numéro un, pour les disputes de couple. C'est un classique, comme les feux d'artifice et les bagarres d'ivrognes : les deux piliers d'un Nouvel An réussi.

— Vous pensez qu'on vient d'avoir notre première dispute ? s'enquit Cleo.

— Je ne sais pas. » Il lui tendit une serviette en papier. « Vous n'avez pas retiré vos chaussures. »

Elle gloussa. « Il en faudrait bien plus pour me faire retirer mes santiags. » Elle chiffonna sa serviette et l'envoya d'un tir expert dans une poubelle au coin de la rue. « Mais se disputer peut être une bonne chose, aussi. Regardez Frida Kahlo et Diego Rivera. Ils ont divorcé, se sont remis ensemble, se sont de nouveau séparés…

— Il vous est arrivé d'envisager qu'ils aient été artistes *malgré* les disputes, et pas *grâce à* elles ?

— Qu'est-ce que ça peut faire ? rétorqua Cleo entre deux bouchées. L'important, c'est qu'ils aient créé. »

Frank acquiesça vaguement. Il lui prit son assiette des mains et la plia proprement en forme de carré avec la sienne. Il espéra qu'ils croiseraient rapidement une poubelle de recyclage.

« Je meurs d'envie de voir leur maison à Mexico, dit Cleo.

— Elle est envahie de touristes. Et de panneaux « Ne pas toucher ».

— Quelle poisse, dit-elle, abattue.

— Mais elle vaut tout de même le coup d'œil, se rattrapa-t-il. Il y a notamment une collection de papillons encadrés, accrochés au-dessus du lit de Frida, qui a inspiré un poème à Patti Smith quand elle a visité la maison. Et aussi tous ses vêtements, bien sûr. Frida avait un style extraordinaire, un peu comme vous. »

Le compliment fit rayonner Cleo de plaisir. « Les vêtements, j'aimerais beaucoup les voir.

— Allons-y la semaine prochaine, proposa-t-il. La ville tout entière regorge d'art. C'est le lieu parfait pour vous.

— La semaine prochaine ? Comme ça, sur un coup de tête ?

— Pourquoi pas ? J'ai fermé le bureau, et j'ai des milliers de *miles* à épuiser.

— D'accord, rétorqua-t-elle en riant. Je suis partante. » Elle secoua sa chevelure. « Putain, Mexico ! »

Frank, qui avait prévu de travailler toute la semaine dans ses bureaux vides, n'avait jamais été un voyageur spontané, mais disons qu'il aimait l'idée de l'être. Il en avait les moyens mais il lui manquait la motivation. Et voilà que débarquait Cleo, dotée de tout l'inverse. Ils se tournèrent l'un vers l'autre d'un même mouvement. Après un instant d'hésitation, il l'attira contre lui et la serra dans ses bras. Elle avait les cheveux qui sentaient le savon, l'amande et la cigarette. Son torse à lui sentait la laine mouillée et une eau de toilette chère qu'elle reconnut, un mélange de tabac et de vanille.

« Et je n'essaie pas de vous acheter, ajouta-t-il en la libérant. J'aimerais simplement la visiter avec vous.

— Je sais. Moi aussi, j'aimerais la visiter avec vous. »

Ils traversèrent la Bowery et errèrent dans les rues d'East village, où l'excitation ambiante prenait progressivement une teinte subtilement agressive. On criait devant les bars et on s'écroulait contre les portes cochères. Les couples se disputant aux coins de rue étaient plus nombreux. À l'entrée d'un parc, un groupe de *crust punks*, en treillis miteux et blousons de cuir cloutés, agitaient doucement des cierges magiques au-dessus de leurs chevelures crasseuses. La tête posée sur ses pattes croisées, un pitbull affublé d'un bandana décoré du symbole de l'anarchie levait un regard émerveillé vers les étincelles qui pleuvaient.

Ils débouchèrent sur un vieil immeuble sans ascenseur sur St Mark's Place. Le verre fumé de la porte d'entrée était recouvert de graffitis incompréhensibles. Frank se demanda comme souvent ce que ces gribouilleurs anonymes espéraient laisser comme marque. Cleo se tourna vers lui, de nouveau timide.

« Vous voulez vous asseoir un peu dans le hall avec moi ?

— Pourquoi dans le hall ? »

Cleo s'enfouit le visage dans les mains.

« Parce qu'il est plus sympa que mon appartement ? » répondit-elle entre ses doigts.

Elle glissa sa clef dans la serrure et fit signe à Frank de la suivre. Il jugea qu'il serait impoli à ce stade de lui faire remarquer que son hall n'était en réalité qu'une cage d'escalier. Cleo s'assit sur les marches recouvertes de lino éraflé et alluma une cigarette.

« Vous fumez à l'intérieur ? »

Elle haussa les épaules.

« Tout le monde le fait. »

Il la regarda exhaler deux plumets de fumée par les narines. « Je n'arrive pas à croire que je ne vous aie pas remarquée chez Santiago, dit-il.

— Je suis arrivée tard. Je... C'est stupide, mais je ne réussissais pas à choisir ma tenue. C'est un genre de phobie sociale, je pense. Si je suis nerveuse d'aller quelque part, je me change une bonne centaine de fois. Du coup, l'heure tourne, ce qui bien sûr ne fait qu'augmenter mon anxiété. En général, je finis en hyperventilation sur un tas de vêtements. Ça paraît idiot, dit comme ça, mais en fait c'est vraiment terrible. »

Frank opina avec compassion. « Donc pour finir, vous avez choisi quelle tenue ?

— Ce soir ? Oh, juste un truc que j'ai fait moi-même.

— Je peux le voir ? »

Cleo haussa un sourcil. Elle pinça la cigarette entre ses lèvres et se leva pour défaire les boutons en bois de sa peau de mouton. Dessous, elle portait non pas tant une robe qu'un filet doré et miroitant. Le tissage des fils en était juste assez lâche pour laisser deviner le corps. Sous le treillage brillant, Frank put distinguer la forme de ses tétons et de son nombril. Elle ressemblait à un poisson lisse et agile piégé dans une nasse scintillante.

« Laissez-moi monter, demanda-t-il.

— Non, répondit-elle en se rasseyant. Mes colocs sont peut-être rentrés. Et puis... » Elle exhala la fumée avec force. « On va coucher ensemble.

— Et quel serait le problème ?

— Je repars dans quelques mois.

— Je pense qu'on peut faire en sorte d'avoir terminé d'ici là. »

Cleo réprima un sourire. « Je ne veux pas m'attacher, c'est tout. »

Elle baissa les yeux et Frank s'accroupit devant elle. « J'ai bien peur qu'il soit déjà trop tard.

— Vous croyez ?

— Je me suis attaché à vous dès l'instant où vous avez prononcé *aluminum.* »

Cleo releva vers lui ses yeux aux paupières ailées.

« *Al-um-in-ium* », corrigea-t-elle d'une voix douce.

Frank fit mine de s'empoigner le cœur. « Vous voyez ? Je suis foutu.

— Non, c'est *moi* qui suis foutue. C'est moi qui dois partir.

— Pour où ?

— Je ne sais pas. J'ai entendu dire que Bali était sympa. »

Elle se sentait moins désinvolte que ce qu'elle donnait à voir.

« Vous ne rentrerez pas chez vous, en Angleterre ?

— L'Angleterre n'est pas chez moi. »

Cleo écrasa sa cigarette sur la rambarde en métal de l'escalier. Frank sentit que c'était une longue histoire, mais il ne voulut pas se montrer indiscret. Elle consulta sa montre pour changer de sujet.

« Il est plus de minuit !

— Ça ne va pas, dit Frank.

— Sérieusement, insista-t-elle. On discute depuis...

— Non, je veux dire, *tout ça*. Le Nouvel An n'est pas censé être aussi chouette.

— C'est censé être nul ?

— Non... mais, juste *sympa*, quoi. Jamais, pas une fois dans ma vie, le Nouvel An n'a dépassé mes attentes.

— Vous savez, au Danemark, ils sautent d'une chaise pour symboliser le passage dans la nouvelle année.

— Vous êtes scandinave ?

— Pourquoi ? parce que je suis blonde ? » Cleo roula les yeux. « Non, Frank, il se trouve que je sais des choses, voilà tout.

— Je n'en doute pas. » Il se leva et épousseta son pantalon d'un geste théâtral. « OK, faisons-le.

— Sauter ? Mais on n'a pas de chaise.

Un escalier vaut bien une chaise. »

Cleo lança un regard derrière eux.

« Mais alors on le fait depuis tout en haut, exigea-t-elle. Pour commencer l'année en fanfare. »

Ils montèrent jusqu'au premier étage. Il leur fallait en gros franchir dix marches pour atterrir au rez-de-chaussée. C'était le genre de jeu auquel jouent les enfants, quand ils se lancent des défis à qui montera le plus haut. Il lui prit la main. Elle la serra. Ils sautèrent ensemble.

2

Juin

Elle avait beau ne pas vouloir porter de blanc, Cleo avait tout de même espéré une pièce montée. Elle aurait pu la commander elle-même dans l'une des pâtisseries italiennes du Lower East Side, où le moindre centimètre carré était recouvert soit de sucre en poudre, soit de poussière, mais elle avait confié l'organisation du repas à Santiago, lequel était réputé pour dîners orgiaques et délirants. Or Santiago avait suggéré de renoncer au gâteau traditionnel, et comme de toute manière rien dans son mariage n'était traditionnel, Cleo n'avait pas insisté.

Pour tout dire, concernant ce mariage, elle n'avait insisté sur rien. Elle avait bien acheté une robe pour l'occasion, mais l'avait choisie bleue. On était à la fin juin, il faisait trop chaud pour une tenue sophistiquée, et l'idée de se marier en blanc lui avait toujours paru ridicule. Elle n'était plus vierge depuis l'âge de quatorze ans. Elle avait laissé Frank glisser les mains dans sa culotte le soir même de leur rencontre. On aurait dit qu'il traçait l'alphabet sur son clitoris. L, M, N, O... PAM ! Non, il n'y avait vraiment aucune raison de se mettre en blanc.

Elle avait trouvé sa robe enfouie sous un tas de vieilleries dans une friperie ruineuse de Perry Street, un fourreau de soie liquide tellement plus abordable que tout le reste que Cleo s'était demandé après coup s'il ne s'agissait pas en fait d'une nuisette. En l'enfilant par la tête, il lui avait semblé qu'elle avait délicatement prélevé au couteau une fine couche de ciel pour se glisser dedans.

Frank avait tout de même réussi à la battre à plates coutures, en débarquant à la Mairie en smoking trois-pièces ivoire. Cleo l'attendait sur les marches, à manger un hot-dog acheté à un vendeur dans la rue – chose qu'elle n'avait jamais faite dans sa vie, c'était vraiment le jour des grandes premières – lorsqu'elle vit son chapeau haut-de-forme blanc s'avancer en tressautant au-dessus de la rue grise. Elle posa le reste de son hot-dog et bascula la tête en arrière, ravie.

« Alors ? » Frank fit un tour sur lui-même pour se laisser admirer. Derrière lui, une famille de touristes le prit en photo.

« Tu es un incorrigible m'as-tu-vu.

— Tu vois, dans ta bouche, ça sonne quand même comme un compliment. »

Il fit glisser ses doigts le long de la courbe drapée de soie du dos de Cleo et lui enveloppa la fesse d'une main.

« On dirait un peu qu'on va à deux mariages différents, non ? s'enquit-elle.

— Tu es fantastique, répondit Frank. Belle comme un petit lac.

— Et toi... » Cleo marqua une pause pour bien le regarder. « Tu es toi-même. »

Et c'était vrai. À la fois chapelier fou et rock star glamour vieillissante, Frank avait l'air étonnamment naturel, dans ce smoking.

« Est-ce que je sens la naphtaline ? » Frank tendit le cou pour qu'elle le renifle, et elle enfouit son nez dans la peau bronzée juste au-dessus de son col.

« Nan. Le savon et... » Elle recula vivement la tête. « Le gin ?

— J'en ai pris un petit avant de partir. Il le fallait ! C'est le jour de mon mariage ! Allez viens, entrons.

— Le jour de *notre* mariage, chéri, rectifia Cleo.

— Le nôtre, le tien, le mien, le leur... » Frank se lança dans une petite comptine. Il lui attrapa la main et ils gravirent les marches deux à deux en courant.

— Qu'est-ce qu'un mariage, se demandait Cleo, sinon un événement privé rendu public, un fantasme suspendu entre deux mondes, un vrai jeu de ficelle ? Elle n'avait jamais *rêvé* de se marier. Ce qui la faisait réellement fantasmer, c'était de faire sa première exposition solo en tant qu'artiste, une journée entièrement dédiée à elle seule. Ce qui l'effrayait, c'est qu'il lui était dernièrement plus facile d'imaginer le vernissage que les tableaux eux-mêmes. Elle craignait d'être une de ces artistes à qui *être* artiste importe plus que de produire de l'art. C'était là une peur si fondamentale, si désespérément ordinaire, qu'elle n'en parlait à personne, pas même à Frank.

Comme ils n'avaient pas pensé à inviter de témoins, Frank se rua dehors pour demander au vendeur de hot-dogs de se joindre à eux. Ce dernier les surprit tous deux en sanglotant durant toute la cérémonie, qui dura en tout et pour tout moins de cinq minutes, avant qu'ils soient de nouveau propulsés sous le soleil ardent de la rue. Là, Cleo prit l'homme dans ses bras et Frank insista pour lui glisser un billet de cent dollars dans la main avant de lui dire au revoir. Le couple déambula jusqu'à Canal Street, où ils s'arrêtèrent pour se sourire timidement, ne sachant trop comment s'y prendre. Frank leva sa main, qui tenait toujours fermement celle de Cleo, pour consulter sa montre.

« On a quelques heures devant nous avant le dîner. Tu veux aller boire un verre ? »

Cleo secoua la tête. Ils avaient invité trente personnes au dîner de mariage, mais il en viendrait inévitablement bien plus. Toute cette histoire avait été présentée aux autres comme un caprice, une imitation endiablée de la vie d'adulte. Si cela ne paraissait pas aberrant pour Cleo, qui venait de fêter ses vingt-cinq ans, cela l'était un peu plus pour Frank, qui était au milieu de la quarantaine. Trop vieux pour se considérer comme trop jeune pour se marier. Elle regarda autour d'elle. Sur le trottoir d'en face, un panneau dans une vitrine proposait des lectures d'aura pour dix dollars.

« Et si on allait là ? » proposa-t-elle.

Frank prit un air sceptique. « Tu penses qu'ils me serviront un verre, là-dedans ? »

Ils abandonnèrent le soleil du trottoir et traversèrent un rideau de perles pour pénétrer dans une boutique sombre et silencieuse sentant l'encens et les plats à emporter. Le son aigu et agaçant d'une mélodie à la harpe succéda au vacarme discordant de Canal Street. Derrière un comptoir offrant un assortiment de cristaux et de bijoux en perles, une Chinoise d'âge moyen leur souriait.

« Vous mariés aujourd'hui ? demanda-t-elle en désignant le smoking de Frank. C'est bien vous venir ici. »

Elle fit signe à Cleo de s'asseoir dans un fauteuil à dossier haut, face à un vieil appareil photo posé sur un trépied, et lui montra comment placer ses deux paumes de chaque côté, sur des disques métalliques.

« Si jolie, dit-elle en la regardant. Maintenant, ne bougez pas. »

Elle disparut sous une jupe d'étoffe noire attachée à l'arrière de l'appareil, appuya sur un bouton. Un *pouf* ouaté résonna, puis la femme réapparut. Cleo ne s'attendait pas à vivre une épiphanie au moment du déclic, mais elle avait tout de même espéré un peu plus de glamour que dans un Photomaton. Frank prit sa place et elle l'observa qui réajustait son nœud papillon. Elle eut alors un flash de lui plus jeune, élève de terminale nerveux le jour de la photo pour l'album du lycée. Il leva ses yeux ourlés de longs cils et sourit timidement, comme s'il espérait faire plaisir. L'engin lâcha un nouveau *pouf* et Cleo sentit son cœur se serrer. Elle l'aimait, ça c'était certain.

Ensuite, debout devant le comptoir en verre, ils contemplèrent leurs clichés. L'aura de Cleo était mauve et jaune, celle de Frank dans les tons rouges et verts.

« Est-ce que ça veut dire qu'on est compatibles ? s'enquit-elle, anxieuse.

— Combien de temps vous êtes ensemble ? demanda la Chinoise.

— Six mois », répondit Frank.

La femme hocha la tête.

« Quatre-vingts pour cent relation, c'est tolérer différences, déclara-t-elle.

— Et les vingt pour cent restants ? » dit Frank.

Elle haussa les épaules. « Baiser. »

Elle leur livra l'interprétation de leurs auras hâtivement et avec une certaine brusquerie. Celle de Frank évoquait un être créatif, charismatique et s'inquiétant pour l'argent. Celle de Cleo, une personne intuitive, sensible, bornée, et qui avait besoin de boire plus de tisane. Fin de l'histoire. Frank paya la femme et s'inclina avec ostentation, et Cleo dut le traîner dehors. Une fois repassé le rideau de perles, elle le fixa en plissant les paupières dans la lumière vive du soleil.

« Qu'est-ce que tu en penses ? On est compatibles ?

— Eh bien, on a au moins sécurisé vingt pour cent de la relation. »

Puis il l'enveloppa de ses bras et ils s'embrassèrent longuement, avec gêne et ostentation, au milieu de pyramides de fruits aux couleurs éclatantes qui se fripaient dans la chaleur de Chinatown, de rangées de montres en strass qui scintillaient dans le soleil et de femmes qui ouvraient et fermaient d'un geste saccadé leurs éventails telles des pensées inachevées.

« Félicitations ! »

Dans l'encadrement de la porte, le corps partiellement couvert par un tablier maculé de sauce, Santiago leur adressa un sourire rayonnant. Il brandissait une bouteille de champagne d'une main, et une cuillère en bois de l'autre. De carrure robuste, la tignasse ébouriffée, il évoquait pour Cleo une espèce de dieu de la mythologie, version amicale. Elle le laissa lui déposer un gros baiser humide sur chaque joue, puis lui fourrer dans la bouche une cuillérée de betterave jaune. Derrière lui, la vaste cuisine était intégralement recouverte de nourriture : les betteraves au chèvre, le filet mignon et sa sauce au poivre noir concassé, le ceviche nageant dans le citron vert, les asperges rôties, les palourdes du Pacifique au vin blanc, le couscous israélien, l'émincé de fenouil au parmesan, et trois autres types de salades, dont l'une exclusivement composée de fleurs comestibles.

« Le plus grand chef du monde, s'exclama Frank en enlaçant la large taille de Santiago. Tu te souviens de l'époque où tu travaillais dans ce restau qui vantait les mérites de la viande reconstituée ? Et regarde-toi, maintenant ! »

Cleo croisa le regard de Santiago et sourit. Toutes les connaissances de Frank étaient forcément les plus grands *quelque chose* du monde. Sa demi-sœur Zoe était la plus grande actrice, son meilleur ami Anders le plus grand directeur artistique et footballeur amateur, quant à Cleo... eh bien, elle était le peintre le plus talentueux, le penseur le plus profond et la plus belle femme sur terre. Pourquoi ? Parce que Frank n'aurait pu épouser qui que ce soit d'autre.

Il saisit une fleur dans le saladier en bois pour la déposer sur sa langue, puis fit signe à Cleo de faire de même. Elle mordit dans une petite touffe de pétales jaunes et ferma les paupières. Une saveur légèrement sucrée de poivre lui assaillit les papilles, puis de réglisse mêlée de paprika. Frank laissa échapper un grognement d'approbation et se resservit.

« Je savais que je ne pouvais pas vous décevoir, commenta Santiago en les regardant. Vous deux, vous comprenez ce qu'est le plaisir. » Il leur fit signe de s'asseoir à la table de salle à manger.

Santiago venait d'ouvrir son propre restaurant et surfait sur une vague de succès critique et commercial. Son loft exhibait un mélange de faux objets *vintage* et de meubles de designer au prix exorbitant : tables basses en parpaings et porte-bouteilles vintage côtoyaient tapis en cuir de vache et chaises longues modernistes. Le résultat était aussi provocant et impressionnant que le spectacle d'un chien marchant sur ses pattes arrière.

« Comment s'est passée la cérémonie ? demanda-t-il. Vous savez que moi aussi, je me suis marié à la Mairie ? » Il adressa un clin d'œil à Cleo. « C'est comme ça que ce danger public est arrivé en Amérique.

— C'était phénoménal, répondit Frank en se servant d'un torchon pour ouvrir le champagne, faisant remonter progressivement le bouchon par petits à-coups savants. On avait pour témoin le gars qui vend des hot-dogs dans la rue. Kamal. Un type sympa. Il a pleuré !

— Tu me racontes des histoires. » Santiago tapa dans ses mains, enchanté.

« Je lui en avais un acheté juste avant, ajouta Cleo. Alors ce n'était pas un inconnu total.

— Vous ne pouviez pas demander à un invité d'un autre mariage d'être votre témoin ?

— Ç'aurait été beaucoup moins drôle ! s'indigna Frank.

— Prêt à tout pour se faire remarquer, sourit Cleo en désignant Frank de la tête.

— Et c'est pour ça qu'on l'aime, acquiesça Santiago en assénant une claque amicale sur l'épaule à son ami. C'est ma belle-mère qui nous a servi de témoin. Pardon si je vous parais un peu vulgaire, mais tout du long on aurait dit qu'elle avait un bâton de kebab dans le cul. Quand une mère n'est pas d'accord... vous voyez le topo. »

Il lança un sourire à Frank.

« Frank n'a pas à s'inquiéter de ça, avec moi. » Cleo lâcha ce qui se voulait un rire, sans y parvenir tout à fait.

Frank lui déposa un baiser sur la tête. Santiago saisit la bouteille enfin ouverte et servit trois flûtes.

« On devrait envoyer à Kamal une bouteille de ce nectar, suggéra Frank en vidant pratiquement son verre d'un trait.

« Je ne savais pas que tu avais été marié, dit Cleo à leur hôte.

— Pour mon visa. C'était une danseuse que je connaissais. Mais on a aussi été amoureux, du moins pendant un temps.

— Que s'est-il passé ? » s'enquit Cleo.

Frank se resservit de champagne.

« Eh bien, elle est morte, répondit Santiago. D'une overdose. Ouais, le vrai mauvais trip. Une belle femme, avec une belle âme. »

Cleo aurait bien voulu lui poser d'autres questions, mais Santiago se leva pour aller surveiller sa cuisine et Frank fit savoir qu'il voulait de la musique, si bien que la conversation se dissipa comme de la fumée.

Le temps que les invités du mariage commencent à arriver, ils avaient descendu deux bouteilles de champagne et goûté tous les plats. L'ancienne colocataire de Cleo, Audrey, se montra la première. Les hanches fines, les lèvres pulpeuses, le corps largement tatoué de citations de livres qu'elle n'avait que partiellement lus, elle faisait partie des chats errants de Cleo, comme Frank aimait à les appeler. La jeune épouse s'approcha pour l'embrasser, mais Audrey l'accueillit en tirant sa longue langue rose.

« C'est comme ça que les moines tibétains se saluent, annonça-t-elle.

— Je croyais que tu étais coréenne ? » fit remarquer Frank.

Audrey roula les yeux et Cleo plaqua sa paume sur la bouche de son mari pour le faire taire.

« Est-ce que les moines tibétains boivent du champagne ? » demanda-t-elle en tendant une coupe à son amie.

Cette dernière tira de nouveau la langue pour y déposer une pilule.

« Uniquement avec un Rivotril. » Elle l'avala avec une gorgée de champagne avant d'aller retrouver Santiago, dans le restaurant duquel elle était serveuse.

Quentin, l'ami le plus proche de Cleo, fut le suivant. Ils s'étaient rencontrés très peu de temps après l'arrivée de Cleo à New York et ne s'étaient plus quittés depuis, aussi esseulés et à la dérive l'un que l'autre. Quentin avait grandi entre Varsovie et New York. Sa grand-mère était une héritière polonaise persuadée que les gays n'existaient pas dans son pays, ce qui signifiait d'une part que Quentin n'aurait pas à travailler de sa vie, d'autre part qu'il devrait aussi rester sagement dans son placard. Aux yeux de sa famille, Cleo était sa petite amie depuis deux ans.

« Je ne t'ai toujours pas pardonné de ne pas m'avoir demandé d'être ta demoiselle d'honneur, lança-t-il en embrassant Cleo. Mais je vous ai quand même apporté un cadeau de mariage. *Très* cher.

— Chéri, je pense que tu n'es pas censé leur parler du prix du cadeau. »

Ainsi avait parlé Johnny, petit ami épisodique de Quentin. Johnny avait le teint d'un rat taupe sans poil – il en avait d'ailleurs aussi l'expression, semblant perpétuellement en quête d'un trou par lequel disparaître. C'était le partenaire le plus improbable pour Quentin, dont dire qu'il était de nature ouverte était l'euphémisme du siècle.

« J'ai toujours cru que tu serais le premier à l'épouser, lança Frank.

— Moi aussi », renchérit Quentin avec tristesse.

Le reste des invités arriva, et Cleo prit sa place en tête de table. Elle fit passer les assiettes, présenta les gens entre eux et accueillit les félicitations tandis que l'atmosphère se faisait de plus en plus gaie et bruyante. La plupart étaient des amis de Frank, des publicitaires, des architectes et des designers, des gens qui avaient trouvé une intersection entre le créatif et l'économique, qui fabriquait du beau sans en souffrir. Elle sourit et remplit les verres tout en essayant de se concentrer sur les conversations autour d'elle.

« On l'ignore souvent, mais le polonais est une langue très poétique, disait à Quentin un prof de fac qui contrairement à lui ne parlait pas polonais. Vous savez que quand ils ont traduit *Les Pierrafeu*, ils l'ont mis en rimes ? »

« Désolé de ne jamais t'avoir rappelé, lança un convive à un autre, à l'autre bout de la pièce. J'ai balancé mon téléphone par la fenêtre après une coupe de cheveux catastrophique ! »

Cleo se leva et tenta de se frayer un chemin jusqu'aux toilettes.

« ... et maintenant, la seule chose qui l'intéresse, c'est de prendre de l'ayahuasca, disait à Zoe une femme portant un turban. Il va au Pérou pour les cérémonies et il se comporte comme s'il avait appris un savoir rare. Donc là, je lui fais : Chéri, c'est une drogue, pas un diplôme.

— Mon prof de théâtre prétendait que ça avait totalement neutralisé son ego, rétorqua Zoe. Du moins, pendant quelques semaines. »

Zoe était le seul membre de la famille qu'ils avaient invité. À dix-neuf ans, elle était aussi la plus jeune de l'assemblée. Bien que demi-frère et demi-sœur, Frank et Zoe ne se ressemblaient pratiquement pas, en partie du fait de leur différence d'âge, mais aussi parce que contrairement à celui de Frank, le père de Zoe était noir, leur mère à tous deux étant blanche. Avec ses lunettes, ses taches de rousseur et ses cheveux bouclés, Frank était à la fois beau et charmant, mais il était rarement la personne la plus inoubliable de la pièce. Zoé en revanche était époustouflante. Son visage arborait la symétrie aquiline d'une sculpture de Brancusi. Sa chevelure dégringolait en une cascade de boucles parsemées de reflets dorés et cuivrés. On aurait dit que sa peau n'avait pas de pores. Chaque fois que Cleo la regardait, elle ne pouvait s'empêcher de lui chercher un défaut.

La femme au turban se tourna vers Cleo pour l'inclure dans la conversation. Cleo se rappela qu'elle était critique gastronomique, mais pas comment elle s'appelait. Le genre de trou de mémoire commun à la plupart des New-Yorkais, songea-t-elle.

« Cleo, vous qui créez, s'exclama l'enturbannée avec vivacité, croyez-vous que prendre de l'ayahuasca améliorerait votre peinture ?

— Je pense que j'ai surtout besoin de mon ego, répondit Cleo en riant. C'est à peu près la seule chose qui me pousse vers ma toile, ces temps-ci.

— En tout cas, Frank dit que vous avez beaucoup de talent, renifla la critique. Peut-être votre génération saura-t-elle replacer enfin la peinture sur le devant de la scène artistique. »

Cleo lui adressa un sourire gracieux. Même dans ses articles, cette femme avait une façon de manifester son approbation avec une pointe de scrupule ou de réticence, comme si elle n'avait qu'un stock limité de compliments et n'était jamais certaine que ce soit le bon moment pour les formuler.

« Ce n'est pas comme si Frank était de parti pris. »

Le sourire de Cleo s'évanouit aussitôt. À chaque fois qu'elle voyait Zoe, elle ressentait la certitude douloureuse que la jeune fille ne l'aimait pas. Ce qui avait évidemment pour effet de lui faire rechercher encore plus l'approbation de Zoe, tout en étant consciente et gênée de quémander ainsi l'attention d'une ado boudeuse. Elle avait déjà parlé à Frank de cette tension, mais il avait esquivé le conflit avec sa grâce habituelle.

À présent que ce n'était plus elle-même qui parlait, la critique semblait avoir perdu tout intérêt pour la conversation, et un silence gêné retomba entre Cleo, qui luttait toujours pour ne pas paraître heurtée, et Zoe, dont les yeux dorés la fixaient avec le calme d'un rapace. Dieu merci, Frank se mit alors à interpeller Cleo depuis l'autre bout de la pièce.

« Cley, il faut absolument que tu entendes l'histoire que me raconte Anders ! hurla-t-il entre deux rires. Toi aussi, Zo ! »

Frank avait laissé tomber son haut-de-forme et sa jaquette et arborait en guise de plastron sa serviette de table glissée dans sa chemise. Ses lunettes étaient déjà un peu de guingois, ce qui indiquait clairement qu'il était déjà bien engagé sur la voie de l'ébriété. Zoe se leva d'un bond pour le rejoindre, ne laissant d'autre choix à Cleo que de la suivre.

« Viens t'asseoir là, ma jeune mariée, ordonna Frank en attirant Cleo sur ses genoux.

— OK, je reprends au début », fit Anders.

Ne trouvant nulle part où s'asseoir, Zoe rôda au-dessus des épaules d'Anders. Ce dernier était originaire du Danemark, et avait longtemps été le directeur artistique de Frank, avant de démissionner pour diriger le service artistique d'un magazine de mode féminine. Tout comme Zoe, il était tellement attirant que c'en était injuste – en fait, c'était un ancien mannequin, mais là où Zoe irradiait une chaleur particulière, lui incarnait plutôt la froideur scandinave.

« Donc, reprit Anders, je me suis fait super mal au genou en jouant au tennis.

— Au cours d'un match que *j'ai* gagné, si je me rappelle bien, intervint Frank.

— Tu ne te « rappelles » que les matches que tu gagnes, répliqua Anders. Et tu parles d'une victoire, si ton adversaire est blessé ! Bref, je rentre chez moi, et la douleur est quasi insupportable. Alors je me souviens qu'il me reste quelques myorelaxants datant d'une blessure que je me suis faite il y a des années. Ils sont périmés, mais je me dis : OK, j'essaie juste avec un seul. Je prends le cachet, j'oublie complètement, et je passe l'après-midi sur le toit de l'immeuble avec des amis, à boire des bières, peut-être aussi une bouteille de rosé. À un moment, je me rends compte que j'ai envie d'aller aux toilettes, alors je monte dans l'ascenseur, j'appuie sur le bouton de mon étage... À l'époque, j'habitais un appartement où l'ascenseur ouvrait directement sur...

— Superbe appartement, commenta Frank.

— Oui, il était très sympa, acquiesça Anders. Et là, tout à coup, je me rends compte...

— Qu'est-ce qu'il est devenu, déjà ? demanda Frank.

— Christine l'a gardé quand on a jeté l'éponge, comme tu sais, répondit Anders avec un mouvement distrait de la main. Elle y vit toujours avec son fils.

— Cette chienne, fit Frank.

— Frank ! fit Cleo.

— Cleo, fit Frank. Tu n'as pas connu cette femme. Si on l'ouvrait l'ouvres en deux, on ne trouverait pas un cœur mais un abaque.

— Il n'empêche que tu ne devrais pas la traiter de...

— Tu préférerais “salope” ?

— Je préférerais que tu ne l'injuries pas.

— Est-ce que “abaque” est bien masculin, d'ailleurs ? s'interrogea Frank.

— Pas du tout », déclara Zoe avec assurance.

Cleo douta qu'elle eût jamais vu un abaque de sa vie.

« Donc l'ascenseur descend, reprit Anders. Les portes coulissent, et là je m'aperçois que je ne peux pas bouger. Je suis paralysé, putain. Si je lâche la barre, je tombe tout droit, comme un arbre.

— J'ai connu ça, acquiesça Frank. Avec deux acides, dans une ferme au nord, quand j'avais seize ans. Je me suis retrouvé à passer la nuit allongé contre un cochon.

— Et tu as fait quoi ? demanda Zoe.

— Rien, répondit Frank. Je n'arrivais pas à sortir de l'auge.

— Pas *toi*, le moucha sa sœur.

— Moi non plus, je ne pouvais rien faire ! s'exclama Anders. J'ai attendu, espérant retrouver rapidement une certaine mobilité, et quelqu'un a fini par appeler l'ascenseur à un autre étage. Quand les portes se sont ouvertes, je suis tombé sur un jeune couple avec enfants, plantés à l'entrée de leur appartement, en train de me fixer. J'ai oublié de préciser que j'étais en short de tennis, sans chemise, pieds nus, et que je ne pouvais même pas ouvrir la bouche pour m'excuser.

— Très hot, gloussa Zoe.

— N'y pense même pas, grogna Frank.

— Donc je suis là à les dévisager comme un gros Viking baveur, et eux se tassent dans un coin de la cabane, terrifiés ! »

Frank éclata de rire et tendit le bras derrière Cleo pour attraper une profiterole sur le plateau que Santiago faisait circuler dans la pièce en chantonnant « That's Amore ».

« Je finis par réussir à remonter sur le toit, et là tout le monde me demande où j'étais, poursuivit Anders. Je leur explique que j'ai dû ramper sur le ventre entre l'ascenseur et les toilettes, que j'ai dû me hisser à l'aide du porte-serviettes pour pisser, ce qui, comme vous pouvez l'imaginer, ne s'est pas très bien passé. Et là, vous savez ce qu'ils me répondent ? « Eh, vieux, ça a l'air top, ton truc ! Il t'en reste ? » Je vous le dis, c'est ce jour-là que j'ai su que je ne comprendrais jamais les Américains. »

Lasse de rester debout, ou peut-être de ne plus être le centre d'attention, Zoe se glissa à côté d'Anders sur l'étroite cagette à pommes sur laquelle il était perché, chose qui eût été impossible si elle n'avait pas été menue comme un faon. Anders sourit, révélant une rangée de dents inégales et écartées, et la symétrie parfaite de son visage s'en trouva momentanément anéantie.

« Ah, c'est vrai : Tous les Américains sont accros aux cachetons, soupira Frank. Je l'ai déjà entendue, celle-là. »

Zoe ébouriffa la chevelure blonde d'Anders. Cleo se demanda s'ils allaient coucher ensemble, ou si c'était déjà chose faite. Ce qui n'était pas difficile à imaginer, vu qu'Anders avait déjà couché avec tout le monde – y compris Cleo.

« Je ne dis pas qu'ils sont tous toxico, tempéra Anders. Je souligne simplement le fait qu'il y a une différence culturelle en termes de comportement face à l'automédication. Un peu de soutien, par pitié, Cleo. »

C'était arrivé juste après qu'elle avait rencontré Frank, alors qu'elle croyait encore qu'elle quitterait le pays quelques mois plus tard. C'était à la fin d'une fête avec open bar. Très mauvaise idée, l'open bar. Après un petit coup vite fait mal fait sur son canapé Chesterfield, Anders l'avait congédiée avec désinvolture. *Je suis sûr que tu préfères rentrer dormir dans ton lit ?*

« Anders est persuadé qu'en Amérique, tout le monde prend quelque chose, précisa Frank.

— L'essor historique de l'industrie pharmaceutique parle de lui-même », plaida l'intéressé.

Tout ce que Cleo savait de la luxure et de l'humiliation, elle l'avait appris dans l'instant où elle avait dû s'éclipser de l'appartement d'Anders, le ventre encore tout collant de son sperme. Ni lui ni elle n'en avaient jamais parlé à Frank.

« OK, OK, essayons de limiter les critiques d'ordre culturel, tempéra Frank. Puisque Cleo est sur le point de devenir l'une des nôtres.

— Quoi ? » Au son de son prénom, Cleo reprit brutalement pied dans la conversation.

« Tu deviens américaine, articula Zoe d'un ton lourd de sous-entendus. C'est bien le but de tout ce bazar, non ? » De son long doigt, elle désigna la pièce d'un moulinet altier.

« Oui. Enfin, non, bégaya Cleo.

— Il faut d'abord déposer un dossier, pour devenir résident permanent, intervint Anders, venant à la rescousse. C'est ça, qu'elle veut dire. » Il adressa à Cleo un regard rassurant.

« D'abord l'amour, puis le mariage, puis un formulaire de candidature et tout un merdier de paperasse », chantonna Frank.

Cleo vit que l'ourlet de sa robe s'était retourné sur son genou. En voulant le lisser, elle remarqua pour la première fois une minuscule étiquette en soie sur la couture intérieure. En lettres cursives de style féminin, deux mots : *Intime Lingerie.* C'était donc bien une nuisette. Elle avait porté une nuisette à son propre mariage. Elle inclina lentement la tête.

« Mais fais en sorte de ne jamais perdre l'accent, lança Zoe en enroulant son bras autour de la taille d'Anders pour maintenir son équilibre sur la cagette. C'est tellement difficile d'imiter l'accent *british.* Mon coach de voix dit que le mien est *cockney*.

— En parlant d'accent, je n'ai jamais perdu le mien, commenta Anders. Malheureusement.

— Ouais, tu parles toujours comme Terminator. » Frank éclata de rire.

« Il était autrichien, espèce de truffe », rétorqua Anders.

Cleo releva la tête en s'entendant appeler de l'autre bout du loft. Elle pivota et aperçut le visage d'Audrey dans l'encadrement de la porte de la salle de bains. Elle articulait très clairement *À l'aide*. Cleo s'excusa et déposa un baiser furtif sur les lèvres de Frank. Son haleine sentait le vin.

« N'oublie pas de boire de l'eau », glissa-t-elle.

Elle trouva Audrey penchée au-dessus du lavabo, en train de frotter frénétiquement une tache de vin rouge sur son chemisier. La cause semblait perdue d'avance, jusqu'au moment où Audrey se remémora que la recette pour faire disparaître le vin rouge était de verser du vin blanc dessus – une histoire de neutralisation, apparemment. Cleo courut à la cuisine, en revint avec une bouteille de pinot grigio qu'elle avait attrapée dans le réfrigérateur et, suivant les consignes d'Audrey, s'appliqua à la renverser consciencieusement sur la poitrine de son amie, debout dans la baignoire et hors d'haleine.

« Merde, je suis trempée. C'est parti, au moins ? »

Cleo considéra le chemisier, qui avait viré au jaune urine, avec une auréole rouge intacte en son centre. Avec un bruit de succion répugnant, Audrey tira sur le tissu pour l'inspecter. Les deux amies échangèrent un long regard, puis explosèrent de rire. Audrey retira le chemisier et se retrouva en soutien-gorge.

« Tu penses que je peux rester comme ça ?

— Attends. » Cleo sauta hors de la baignoire pour ouvrir le panier à linge en osier. Elle en extirpa une chemise de soirée d'une propreté acceptable, qu'elle tendit à Audrey. Elle était assez longue pour lui faire une robe. La jeune femme la ceintura à la taille avant de s'inspecter dans le miroir.

« Pas mal. » Elle remonta le col. « De toute manière, la seule tenue dont on se souviendra, c'est la tienne. »

Cleo s'assit sur le rebord froid de la baignoire et serra les genoux. Sa chevelure tombait en rideau de part et d'autre de son visage baissé. « Audrey, murmura-t-elle. Est-ce qu'on dirait que je porte une nuisette ? »

Audrey pivota et vint s'accroupir en face d'elle. « C'est vraiment une question bizarre, Cley, vu que tu ressembles à un putain d'ange descendu du ciel. »

Elle écarta les cheveux de Cleo pour l'embrasser sur la joue, puis retourna au miroir pour essuyer son eye-liner du bout du doigt.

« Anders est carrément une bombe, dit le reflet d'Audrey, et Cleo opina lentement, essayant de garder une expression neutre. Je t'ai déjà parlé de la fois où on a couché ?

— Sérieusement ? »

Cleo fut surprise de sentir un petit pincement de jalousie lui serrer le ventre.

« C'était il y a un siècle. On aurait dit qu'une commode me tombait dessus, avec sa petite clef qui sort du tiroir. »

Cleo sentit une onde de chaleur lui envahir le visage et crut à de la honte. Mais non, il s'agissait d'autre chose, d'un sentiment plus léger et plus chaleureux. Elle éclata de rire.

« Et il a essayé de la faire rentrer, tu vois, par l'arrière, précisa Audrey.

— Non ! »

Leur fou rire dura un long moment, et Audrey dut s'appuyer au lavabo pour reprendre son souffle. « C'est peut-être pour ça qu'il ne m'a jamais rappelée. » Elle soupira.

« Tu crois ?

— Si le sexe anal était mon truc, ma vie serait bien différente. »

Pendant qu'elles étaient dans la salle de bains, le dessert avait été servi. Outre la tour de profiteroles, elles découvrirent des plateaux d'argent croulant sous les fraises trempées dans le chocolat blanc, des plats de cerises Rainier rouges et jaunes, des saladiers de crème chantilly et de confiture de lait tiède, des pots d'amandes caramélisées roses, ainsi qu'une boîte de cigares en chocolat. Les invités y touchaient à peine. Cleo soupçonna qu'il y avait tellement de cocaïne qui tournait que pratiquement plus personne n'avait d'appétit. Elle trouva un peu de réconfort dans l'idée que le gâteau dont elle s'était secrètement languie – à trois étages, avec crème au beurre et glaçage festonné, ruban de satin blanc et cascade de roses recouvertes de sucre – allait aussi s'en sortir indemne.

Santiago demanda le silence en faisant tinter son verre avec une petite cuillère. Il était perché en équilibre précaire sur un porte-bouteilles et enveloppait l'assistance d'un grand sourire.

« Le discours ! hurla un des invités fumant à la fenêtre. Taisez-vous pour le discours ! »

Quelqu'un alla baisser la musique et les discussions se turent en écho, comme si le bouton contrôlait toute la pièce.

« Je ne suis pas doué avec les mots, commença leur hôte en tapant nerveusement sa cuillère sur sa cuisse. C'est à travers ma cuisine que j'exprime mes sentiments. Mais je voulais prendre la parole pour commémorer cette belle occasion, l'union de deux de mes amis très chers : un ancien et un nouveau.

— Tu veux dire : un vieux et une jeune ! s'esclaffa quelqu'un au milieu des félicitations.

— Mais tous les deux jeunes d'esprit, esquiva Santiago. Cleo et Frank, c'est ici même que vous vous êtes rencontrés... ou, si j'ai bien compris, dans mon ascenseur. Maintenant je vous vois assis tous les deux, là, si heureux et amoureux, entourés d'amis, et j'espère que vous ne m'en voudrez pas si j'éprouve une certaine fierté à avoir été votre entremetteur. Je vous offre donc cette citation de *don Quichotte*, qui est très aimée dans mon pays natal : « *El amor mira con unos antojos que hacen parecer oro al cobre, á la pobreza riqueza, y á las lagañas perlas.* »

Santiago parcourut l'assemblée d'un regard rempli d'attente qui fut accueilli par un vague murmure d'approbation. « Ah, je vois que je dois traduire pour vous autres *gringos*. Ça veut dire : « L'amour voit à travers des lunettes qui fait ressembler le cuivre à l'or, la pauvreté à la richesse et les larmes aux perles. » Il se tourna vers les jeunes mariés avec un sourire chaleureux. « Mais, bien sûr, à mes yeux vous êtes tous les deux *vraiment* en or. »

Les hourras explosèrent, scandés par les tintements métalliques des couteaux contre les verres.

« Maintenant, ajouta Santiago, aux anges, saoulons-nous et dansons ! »

On poussa les meubles contre les murs et on empila sur la table les assiettes couvertes de restes de nourriture et de mégots de cigarettes. De la musique brésilienne, saccadée et joyeuse, emplit presque aussitôt le salon. Une amie de Cleo, danseuse formée à la Batsheva et reconvertie en baby-sitter, se lança dans une chorégraphie de gymnastique lors de laquelle plusieurs vases de pivoines furent renversés et un maquilleur français reçut un coup de pied en pleine figure. Les bouteilles vides s'amoncelaient sur le comptoir de la cuisine, la table et les rebords de fenêtres. Tout le monde se battait pour choisir la chanson suivante.

Cleo dansait avec abandon avec Quentin, décrivant de grands mouvements libres avec ses bras et ses jambes lorsque Frank l'attrapa en pleine pirouette pour l'entraîner dans le couloir, loin des invités, jusqu'à la chambre de Santiago. Le lit était recouvert de cadeaux. Il ferma la porte derrière eux.

« Je t'ai à peine vue, ce soir », lança-t-il en l'attirant contre lui.

Ils s'embrassèrent longuement, avec avidité au son des rires à l'extérieur. Quelqu'un changea la musique et les premières mesures d'un vieux morceau de soul se glissèrent sous la porte, le riff de guitare familier emplissant aussitôt la pièce. Frank prit Cleo dans ses bras pour l'entraîner de l'autre côté du lit. C'était un danseur étonnamment doué, doté de cette confiance qui vient avec l'âge. C'était l'une des choses que Cleo avait eu le plus de plaisir à découvrir chez lui.

« Première danse. » Frank riait. « Première danse comme mari et femme. »

Il la fit basculer en arrière, pratiquement jusqu'au sol et elle eut un instant de panique. Il était saoul. Il allait la lâcher. Mais il la redressa et la plaqua contre lui, guidant les hanches de la jeune femme au diapason des siennes. Puis il fit glisser les bretelles de sa robe l'une après l'autre et elle se retrouva debout dans une flaque de soie bleue. Elle portait des dessous de dentelle blanche ornés d'une minuscule rosette rose entre les deux seins, sa seule concession à la panoplie de mariage traditionnelle.

Il recula pour mieux l'admirer. Elle se sentait très jeune, très belle. S'émerveiller de la vision de l'autre, et être soi-même émerveillé par lui, c'était ce à quoi elle avait toujours aspiré. Frank la prit contre lui pour lui embrasser les oreilles, le cou, les clavicules, les tétons. Il s'agenouilla pour baiser sa cage thoracique, son nombril, ses hanches.

« Tu as une saveur..., dit-il, la bouche pleine de sa peau... délicieuse. »

Il la souleva pour la déposer sur la coiffeuse et Cleo appuya la tête contre le miroir. Face à elle, la fenêtre encadrait un carré de ciel lavande. Frank écarta doucement les cuisses de sa femme avant de s'agenouiller devant elle. Avec beaucoup de tendresse, il fit glisser sa culotte sur le côté et attira son bassin contre sa bouche. Elle glissa ses mains dans la chevelure bouclée et prit l'arrière de son crâne en coupe. La langue de Frank était une petite flamme. Cleo tourna les yeux vers le plafond et souffla. Puis Frank glissa ses doigts en elle, les faisant bouger lentement tandis que la flamme de sa langue s'affairait, et elle ne ressentit plus que la chaleur qui annihilait toute pensée. Elle s'enfonça le poing dans la bouche. *C'était trop*. Elle bascula la tête en arrière avec un petit cri perçant.

« Ça va ? »

La tête de Frank ressurgit soudain et son regard se mit à scruter frénétiquement la tête de Cleo.

Elle se tourna pour voir ce qui l'intriguait tant. Le centre du miroir était fendu d'une fine ligne de laquelle pendait une mèche de ses cheveux blonds. Elle se palpa l'arrière du crâne du bout de ses doigts.

« Est-ce que ça saigne ? demanda-t-il.

— Je ne crois pas, dit-il. Je n'ai presque rien senti. »

Frank sourit.

« Eh bien, tu étais un peu occupée. »

Il examina la tête de Cleo puis l'embrassa doucement sur le sommet du crâne.

« Qu'est-ce qu'on va dire à Santiago ? s'inquiéta-t-elle.

— Il ne se rendra compte de rien, affirma Frank, sûr de lui. Allez, viens. » Il la fit descendre de la coiffeuse et ramassa la robe avant de la lui tendre. « Fuyons la scène du crime. »

Ils quittèrent la chambre et tombèrent sur Quentin, nonchalamment adossé au mur du couloir. Il tenait un paquet-cadeau entre ses mains.

« Je sais ce que vous étiez en train de faire, vous deux, lança-t-il.

— Tu as déjà son cœur, rétorqua Frank en riant. Laisse-moi au moins son corps.

— Ne sois pas vulgaire, s'offusqua Quentin. Vous voulez ouvrir votre cadeau de mariage ? »

Cleo dénoua le ruban gros-grain et fit glisser le couvercle de la boîte, libérant des nuées de papier de soie. À l'intérieur se lovait un œuf Fabergé, dans les teintes crème et bleu pastel des ciels de Michel-Ange, serti d'un fin treillis d'or incrusté de diamants. Cleo le sortit précautionneusement de son emballage. Tel un carrosse miniature, il reposait sur quatre pieds d'or en forme de volute et parut étonnamment lourd à la jeune femme.

« Il est si beau, souffla-t-elle. Oh, Quentin.

— Ce n'est pas un vrai, s'empressa-t-il de préciser. Il ne vient pas de Russie impériale ou je ne sais quoi. Ceux-là coûtent dans les trois millions de dollars. Mais c'est la même compagnie qui l'a fabriqué. Et puis... je me suis dit qu'il te plairait. »

Frank passa le bras autour des épaules de Quentin et le serra. « Il est super, dit-il. Fait pour Cleo.

— Ce n'est pas tout, expliqua Quentin. Quand le premier œuf fut offert à la famille royale russe, il contenait une surprise. Un jaune d'œuf en or, à l'intérieur duquel se trouvait une poule en or, dans laquelle il y avait une minuscule couronne. Chaque œuf est censé avoir une surprise à l'intérieur. Alors... ouvre-le. »

Au sommet de la sphère se trouvait un petit fermoir qui maintenait les deux côtés du treillis. Cleo appuya dessus et l'œuf s'ouvrit brusquement. Elle découvrit alors un petit piédestal posé sur un coussin bleu azur et soutenant un coffre en métal incrusté de pierres précieuses.

« Ouvre-le, lui aussi », dit Quentin.

Du bout de l'index, Cleo souleva le couvercle du coffre et vit apparaître une petite fiole contenant de la poudre blanche. Frank explosa de rire.

« C'est la partie du cadeau adressée à Frank, j'imagine, commenta Cleo.

— C'est pour vous deux, rectifia Quentin. Et pour moi.

— Merci, dit son amie en refermant l'œuf et en embrassant le jeune homme sur la joue. C'est officiellement mon nouvel objet fétiche. »

Elle fit mine de le déposer sur le lit de Santiago, mais Quentin la saisit par le bras pour l'attirer vers la salle de bains.

« Non, non. Tu m'accompagnes là-dedans. »

Cleo tendit l'œuf à Frank avec un sourire las. À l'évidence, elle était destinée à passer l'essentiel de son mariage dans la salle de bains.

« Je me charge de divertir la foule, lui assura son mari. Vas-y. »

Quentin l'entraîna derrière lui et ferma la porte. Il sortit sa propre drogue et ses clefs.

« Je t'aurais épousée, tu sais. » Il porta une clef à sa narine et aspira puissamment. « Si tu en avais eu besoin.

— Je l'aime vraiment, rétorqua-t-elle plus vivement qu'elle n'aurait voulu. Ce n'est pas seulement pour le visa.

— Je sais, je sais. C'est juste que ça fait tellement bizarre que tu sois mariée. »

Cleo se regardait dans le miroir, faisant mine de se tresser les cheveux, essentiellement pour s'occuper les mains. Elle palpa prudemment l'arrière de son crâne et constata qu'il y avait une zone sensible, là où son cuir chevelu avait fracassé la glace. Quentin lui tendit la clef, mais elle secoua la tête. Il haussa les épaules et inhala lui-même la poudre.

« Il y a pire, comme raison d'épouser quelqu'un, fit-elle remarquer.

— Il y a mieux, aussi, répliqua Quentin en se frottant les gencives de l'index.

— Qu'est-ce que tu en sais ? aboya Cleo.

— Hé. » Il vint se planter derrière elle, enroula ses bras autour de la taille de la jeune femme et percha le menton sur son épaule. « Du calme. Personne ne pense que tu as fait quoi que ce soit de mal. Je sais que vous vous aimez. C'est juste que c'est toujours moi qui t'aimerai le plus.

— Je sais. Essuie-toi le nez. »

Quentin déroula plusieurs feuilles de papier hygiénique dans lesquelles il se moucha. Il inspecta ensuite le contenu avant de jeter le tout dans la corbeille.

« Ce qui est sûr, c'est que je t'aime plus que Johnny ne m'aime, ajouta-t-il d'une voix claire et dure. Je crois qu'il me vole. Pour tout dire, je crois qu'il me vole mes vitamines. Je ne plaisante pas ! Il y en a pour des centaines de dollars. Mais quand je lui ai posé la question, il est devenu fou et a prétendu que j'avais dû toutes les avaler et que j'avais oublié. Putain, qui pourrait gober autant de vitamines sans s'en souvenir ? Il ne m'a même pas laissé mon magnésium, alors que tu sais combien j'ai besoin de maintenir un taux constant.

— C'est terrible, opina Cleo en réprimant un sourire. Le magnésium, c'est. Eh bien, c'est crucial, vraiment. Essentiel, même.

— Toi, au moins, tu sais que Frank ne te volera jamais tes affaires, gémit Quentin, avant de la jauger d'un regard rapide. Non pas qu'il y ait grand-chose à voler.

— Tu sais, je regrette qu'il n'ait pas écrit ça dans ses vœux de mariage, renchérit Cleo en détournant l'insulte pour ne pas lui laisser la moindre chance de la blesser. « Je promets de t'aimer, de te protéger et de ne jamais te voler tes merdes sans valeur.

— Ou de te coller la main sur la plaque chauffante allumée, ajouta Quentin. Comme mon père l'a fait à ma mère. »

Quentin avait le don de faire basculer une conversation de la lumière dans les ténèbres comme s'il appuyait sur un interrupteur.

« Il a vraiment fait ça ? » s'enquit Cleo.

Il avait baissé les yeux. Ses longs cils projetaient des plumets d'ombre sur ses joues.

« Vive la Pologne... » Il haussa les épaules en guise d'explication.

« J'ignorais.

— Comment tu aurais pu le savoir ? » Il releva les yeux, le regard brusquement rallumé par l'espoir. « *Maintenant*, tu veux bien partager une ligne avec moi ? »

Cleo roula les yeux et céda d'un hochement de tête à peine perceptible.

« Tu es vraiment splendide, fit remarquer Quentin tandis qu'elle s'agenouillait à côté de lui au-dessus de la cuvette des toilettes. Comme une mariée enfant. »

Dans le couloir, un groupe s'était massé près de la porte d'entrée, les uns pour récupérer leurs chaussures, les autres pour remplir leurs verres. Les saladiers de crème chantilly et de confiture de lait étaient balafrés de mégots. Zoe s'était écroulée sur un canapé et dormait avec la veste de smoking de Frank en guise de couverture.

« Te voilà. » Frank se glissa derrière elle. Il se frottait les yeux de son index plié, tel un enfant somnolent. « On va sur le toit lancer un feu d'artifice. Un feu d'artifice de mariage.

— C'est quoi, la différence ? » s'enquit Cleo, mais Frank disparaissait déjà dans l'escalier.

Sur la terrasse, la ligne de toits clignotante de Manhattan s'étalait sous leurs yeux sur comme une guirlande posée sur du velours noir.

« Il me restait des fusées du week-end du Souvenir, expliqua Santiago en sortant les paquets fluorescents. Mais j'en ai racheté quelques-unes pour l'occasion. »

Memorial Day. C'était quelques semaines plus tôt, pourtant il semblait à Cleo qu'il s'était écoulé une éternité, depuis. Son visa d'étudiante expirait à la fin du mois, et la compagnie pour laquelle elle travaillait en tant que designer textile free-lance ne pouvait se permettre de la salarier. Pour marquer le dernier tour de piste, pensait-elle alors, Frank l'avait emmenée dans son bungalow au nord de l'État de New York, où il ne se rendait que rarement. Comme aucun des deux n'avait le permis ni n'était une fée du logis, le séjour avait consisté en trois jours de lit en vrac, de dîners à base de corn flakes et de pure volupté.

Frank se dirigea vers l'extrémité du toit et tenta d'installer une fusée en la calant entre deux bouteilles de vin. Il trébucha et envoya les bouteilles valser à ses pieds.

« Hé, mon vieux, intervint Santiago en se plaçant derrière lui pour le stabiliser. Pourquoi tu ne me laisses pas faire ? Va regarder le spectacle avec Cleo.

— Qui a un briquet ? » hurla Frank en l'ignorant. Il tapa les poches de son pantalon. Quelqu'un lui en lança un, mais avec trop de force, si bien qu'il plongea par-dessus le rebord de la terrasse, dans l'abîme de ténèbres. Anders apparut à la porte et, après avoir échangé un long regard avec Santiago, réussit à guider Frank jusqu'à un groupe de convives qui s'étaient installés pour assister aux festivités. Cleo lui prit la main.

C'était dans le train du retour de l'Hudson qu'il lui avait fait sa demande. Elle somnolait sur son épaule, et lui avait la joue appuyée contre sa tête. *Cleo, ma Cleo.* Un ruban de rivière noir filait par la fenêtre, à peine discernable des champs et des arbres nimbés de pénombre. *Qu'est-ce que tu dirais...* ? Elle voyait le reflet blafard et lumineux du visage de Frank dans la vitre. On aurait dit un saint. *Qu'est-ce que tu dirais de te marier avec moi ?*

Santiago cria à tout le monde de reculer pendant qu'Anders et lui allumaient les premières fusées. Des geysers étincelants jaillirent derrière eux, momentanément suspendus en forme d'étoiles. Le ciel crépitait de lumière. Tout à coup, Frank dégagea vivement sa main de celle de Cleo et traversa le toit en quelques foulées en se pliant en avant. Il s'accroupit pour saisir une fusée qu'il alluma à même sa main, la lançant sans regarder et manquant d'un cheveu l'épaule d'Anders.

« Mais putain ! » entendit-elle ce dernier hurler tandis que Frank revenait vers elle en courant.

Il lui reprit la main et la serra fort. Des étincelles descendirent sur eux en une pluie céleste. Le feu d'artifice gagna en intensité, illuminant par flashs les visages des spectateurs éparpillés sur la terrasse. Cleo contempla le profil de Frank dans la lumière aveuglante. *Boum, boum, boum.* Il regardait droit devant lui, la mâchoire serrée, les yeux humides et étincelants.

Elle n'avait pas raconté à Quentin ce que Frank avait réellement dit, dans ses vœux de mariage. Il l'avait surprise en demandant à dire un mot à la fin de la cérémonie, une fois la liturgie d'usage terminée. Il était visiblement nerveux, à mille lieues de son personnage sociable habituel. Lorsqu'il avait fini par prendre la parole, ç'avait été pour prononcer une seule phrase. *Quand la part la plus sombre de toi rencontre le plus sombre en moi, cela crée de la lumière.*

3

Juillet

Moins d'un moins après le mariage de Cleo et Frank, Quentin et Johnny rompirent. Cleo ne passant plus l'essentiel de son temps libre avec son meilleur ami, ce dernier s'était brusquement retrouvé très disponible pour se concentrer sur Johnny – et ce qu'il en avait vu ne l'avait pas convaincu. Johnny s'était révélé être une de ces folles irlandaises catholiques avec un problème d'alcool. Il avait des parents républicains qu'il adorait en secret, et une telle toison corporelle qu'elle s'apparentait plus à de la fourrure. Quentin était bien mieux sans lui.

À présent que Johnny avait disparu du décor et que Cleo était toujours occupée avec Frank, Quentin avait tout le temps de faire ce qui lui chantait, comme passer une nuit blanche à regarder des *animés* japonais, fumer comme un pompier au lit, ou se rendre à des orgies privées – or c'était exactement ce qu'il avait en tête pour la soirée. L'invitation avait été glissée dans son casier, à la salle de gym : « On te veut. Événement privé. Détails par mail. » Il avait déjà entendu parler de ces soirées, organisées par un réseau gay clandestin dont la mission était de recréer l'ambiance des orgies sexuelles de l'ère pré-Sida dans des conditions sûres et néanmoins sexy. C'était sa première invitation et l'idée d'avoir été observé puis élu lui procurait un délicieux frisson de plaisir.

Johnny n'aurait jamais autorisé une chose pareille. Il était bien trop collet monté, et prompt à juger. Et puis, au départ Quentin avait seulement voulu coucher avec lui une fois ou deux, mais Johnny s'était insinué dans sa vie en déployant des trésors de serviabilité agressive. Par exemple, pour la fête d'anniversaire de Quentin dont le thème était la Révolution française, Johnny avait acheté un livre de recettes français du XVIIIe et s'était proposé de préparer le gâteau qui plairait à Quentin. Ce dernier avait choisi une tarte aux poires composée de centaines de pétales de pâte glacés et pliés un à un, non pas parce qu'il aimait particulièrement la tarte aux poires, mais parce que c'était la recette qui paraissait la plus laborieuse et infernale à réaliser. Johnny la lui avait confectionnée sans se plaindre et, à la lueur ambrée de ses vingt-six bougies d'anniversaire, à contempler ces centaines de pétales roulés à la main, Quentin avait eu la certitude que cette tarte était la preuve d'un amour si pur et si dévoué qu'il demeurerait *à nul autre pareil.*

Mais depuis qu'il avait avoué à Cleo que Johnny le volait, il avait fini par envisager que ce soit lui, et non Johnny, la personne abusée dans leur couple.

Le point de non-retour avait été atteint quelques jours plus tôt. Dans son vaste appartement aux murs de brique, Quentin aimait conserver l'été une température constante (et polaire) de dix-sept degrés. Il avait donc eu le projet d'enfiler son pull préféré, une merveille de confort et de légèreté en cachemire orange. Après l'avoir cherché en vain, il était descendu d'un pas traînant au rez-de-chaussée, où il avait trouvé Johnny vêtu de son pull fétiche.

« C'est mon pull, avait décrété Quentin.

— Et alors ?

— Tu sais que c'est mon préféré. Je l'ai acheté aux soldes Barney's Warehouse avec Cleo.

— C'est vraiment une fixette, chez toi, chéri.

— Barney's ?

— Non. Cleo. »

Quentin avait lâché un petit grognement à mi-chemin entre le dédain et la gêne. « C'est ma meilleure amie.

— Est-ce que ça ne devrait pas être moi ? » avait demandé Johnny.

Il avait pris dans le bol en céramique de Quentin une bouchée de céréales bio au chocolat. Un filet de lait brun avait dégouliné de son menton pour venir maculer le pull en cachemire. Johnny s'était alors léché les doigts avant de tapoter la tache. Quentin avait grimacé en constatant que Johnny n'avait réussi qu'à faire pénétrer le lait à l'intérieur des fibres. Une auréole brunâtre était visible, imprégnant la laine. Quentin avait senti pulser la chaleur à l'arrière de ses orbites.

« Retire-le, avait-il dit.

— Quoi ? avait ri Johnny. Non. »

Quentin avait porté ses mains tremblantes à ses tempes.

« RETIRE-LE ! » avait-il hurlé.

Johnny s'était momentanément retrouvé bouche bée, des flocons de chocolat collés aux commissures. Puis il s'était levé d'un bond pour retirer le vêtement d'un geste excédé, révélant son ventre mou et constellé de taches de rousseur.

« Doux Jésus, Quentin ! » Il lui avait jeté le pull au visage. « Ce n'est que du *matériel*. C'est vraiment important ? Ça te tend heureux ?

— Ça ne me rend pas *mal*heureux, avait répliqué Quentin.

— Les choses ne sont pas des gens, Quentin, avait décrété Johnny avec ce contentement de soi caractéristique des personnes authentiquement obtuses.

— Les *choses* ne me prennent pas pour un imbécile. Les *choses* ne me volent pas mon identité.

— *Te voler ton identité ?* » Johnny avait empoigné son torse nu et parcouru ostensiblement la pièce d'un regard implorant, comme pour s'assurer que tout le monde dans le public voyait bien. « C'est Cleo qui t'a mis ça dans la tête ?

— Elle essaie simplement de me protéger, avait rétorqué Quentin d'un ton pincé. C'est ce que font les *meilleurs* amis. »

Johnny avait grimacé de manière fort laide.

« Salope de British, avait-il grommelé, sarcastique.

— Tu l'aimerais sans doute mieux si elle venait de l'Ohio, comme toi ? avait lancé Quentin d'un ton cassant.

— Pour la centième fois, Quentin, Cincinatti est l'une des villes les plus *européennes* d'Amérique. »

Quentin n'avait pu réprimer un reniflement dédaigneux.

« Tu vois ! Tu n'es qu'un snob, comme elle. Tous les deux, vous m'avez abandonné pendant *une heure*, à son mariage. À l'évidence, elle pense que je ne suis pas assez bien pour toi.

— Peut-être parce que c'est la vérité. »

Johnny avait pris un air offusqué. « Tout ce que j'ai fait, c'est te donner de l'amour. Mais tu es trop bousillé pour reconnaître la douceur.

— C'est possible, avait concédé Quentin en se baissant pour

ramasser le pull avant de s'en draper les épaules comme s'il contenait toute sa dignité. Mais je vais m'en tenir à la douceur du cachemire italien. »

Quentin était très fier de cette repartie, qui pour lui sonnait comme une réplique de film, avec le timbre parfait, entre résignation et espoir. Du moins, il en avait été fier jusqu'au moment où Johnny s'était avancé d'un pas pour le gifler violemment. On aurait dit qu'un feu d'artifice lui éclatait dans tout le visage.

« Vous vous êtes bien trouvés, toi et elle », avait conclu Johnny.

En temps normal, Quentin aurait dédaigneusement corrigé sa syntaxe (*elle et toi*), mais il était trop sidéré pour prononcer un mot. Toujours torse nu, Johnny avait quitté les lieux comme un ouragan. En entendant claquer la porte, Quentin s'était surpris à fondre en larmes. Il avait posé sa paume sur sa joue endolorie et avait attendu que la crise passe. Voyant qu'elle s'éternisait, il avait appelé Cleo.

Dans la demi-heure, elle était dans sa cuisine. Elle portait une robe brodée mexicaine et deux longues tresses épis dans le dos, avec des nœuds blancs au bout. Il trouvait ce style trop bohème, mais appréciait l'effort qu'elle faisait toujours de soigner son apparence. Elle avait posé devant Quentin une bouteille de son soda japonais préféré ainsi qu'une boîte d'Advil, avant d'inspecter le visage de son ami d'un air préoccupé.

« Tu vas avoir un beau bleu, avait-elle constaté. Qu'est-ce qui s'est passé ?

— Il portait mon pull, résuma Quentin d'un air boudeur. Et c'est un psychopathe.

— Tu as des petits pois surgelés ? »

Elle avait ouvert la porte du congélateur, lequel ne contenait qu'une grande bouteille de vodka et trois cartouches de cigarettes polonaises. Elle s'était tournée vers Quentin en levant un sourcil interrogateur. Pour seule réponse, il avait haussé les épaules.

« Comme ça, elles restent fraîches. »

Cleo avait sorti la bouteille gelée et l'avait enroulée dans un torchon. Puis elle s'était assise face au blessé et avait prudemment apposé la bouteille sur sa mâchoire. Il pleurait toujours comme une madeleine.

« Ça fait mal ? » avait-elle demandé.

Il avait secoué la tête et s'était essuyé rageusement le visage avec le poignet.

« Je ne sais pas pourquoi je suis si… » Il s'était interrompu pour frotter ses paumes sur son pantalon. Il avait tenté de rire, mais il n'était sorti de sa gorge qu'un sanglot saccadé.

« C'est juste sensible, avait conclu Cleo en posant sa main en coupe autour de la joue du jeune homme. Il a atteint ton côté sensible, c'est tout. »

Il avait incliné son front pour venir l'appuyer contre celui de Cleo. Il était sur le point d'ajouter que tout en lui était sensible lorsque le téléphone de la jeune femme s'était mis à vibrer. Elle s'était écartée.

« Je vais dire à Frank de nous retrouver ici, d'accord ? »

Quentin avait ressenti une décharge d'exaspération le traverser.

« Ou pas ?

— Quentin. » Elle avait pris son ton de mère sévère. « Tu sais qu'il travaille comme un fou, et le week-end, c'est le seul moment où on peut vraiment passer du temps ensemble. S'il te plaît, ne me fais pas de problèmes.

— Tu ne peux pas te désister ? avait-il geint. Tu te désistes sans arrêt. C'est l'une de tes plus grandes qualités.

— Sauf que je ne veux pas. J'ai passé toute la matinée à peindre, et maintenant je veux voir mon mari.

— Tu peux te contenter de l'appeler Frank. Je déteste toutes ces conneries de « mon mari ».

— Mais c'est mon mari !

— Juste parce que tu avais besoin d'un visa.

— Pour la millième fois, ce n'est pas *seulement* un mariage pour le visa. » Elle avait poussé un soupir las. « Pourquoi tu te comportes comme ça ? Tu aimes bien Frank, je te rappelle. Il me rend plus heureuse que qui que ce soit d'autre… »

Cleo s'était lancé dans un panégyrique de leur félicité conjugale, mais Quentin ne l'écoutait déjà plus. Il ne pouvait nier qu'il aimait bien Frank – il était toujours partant pour faire la fête, et contrairement aux skateurs et autres artistes de rue crasseux avec lesquels sortait généralement Cleo, il avait de l'argent –, mais Frank n'était pas l'âme sœur de Cleo. Car c'était lui, l'âme sœur de Cleo. Il était d'ailleurs persuadé qu'un jour, Cleo et lui finiraient tous les deux, non pas dans une relation romantique – quelle idée –, mais comme de vraies âmes sœurs, à vieillir ensemble dans une maison décrépite du nord de la ville, entourés de chiens de race et de manteaux de fourrure vintage. Frank n'était pour Cleo qu'un bref interlude dans la sphère convenue de l'hétéronormisme. Alors que Cleo et lui étaient de la même espèce, ils étaient l'un pour l'autre une vraie famille, bien plus que leur famille biologique. Ils étaient pratiquement sœurs.

« ... J'ai arrêté mes antidépresseurs, disait Cleo, ce qui avait immédiatement ramené Quentin dans le réel.

— Ma puce, non. Ce n'est *pas* une bonne idée, pour toi. Rappelle-toi la Cleo triste d'autrefois. Personne ne veut la voir faire son *come-back*.

— C'était juste parce que je me sentais seule et à cause de, tu sais, toutes ces histoires avec ma mère. Ma vie est très différente, aujourd'hui. J'ai Frank, j'ai une maison à moi...

— À *lui*.

— À *nous*. Je pense que je suis beaucoup mieux équipée pour être heureuse, maintenant. Je le sais. »

Quentin avait senti monter une vague d'inquiétude, suivie d'une puissante inertie émotionnelle (* a riptide of apathy). Pour finir, Cleo ferait ce qu'on exigerait d'elle.

« C'est ta vie. » Il avait haussé les épaules. « Mais laisse-moi te poser une question. Et tu dois y répondre franchement. » Il avait plongé son regard dans celui de son amie. « C'était quand, la dernière fois que tu as été avec un gars hétéro, n'importe lequel, qui ait dit un truc plus intéressant que ce que tu étais en train de penser ? »

Elle avait éclaté de rire et s'était détournée.

« Je vais dire à Frank de nous apporter le déjeuner.

— Je vais prendre ça pour un “jamais”. »

Le temps que Frank arrive, les bras chargés de boîtes de sushi, le menton de Quentin avait viré au violet pommelé et pulsait douloureusement. Cleo s'était précipitée pour accueillir Frank tel un soldat de retour du front avec un butin, et s'était extasiée devant les boîtes en plastique de soupe miso, de salade d'algues et de riz.

« Au moins, tu pourras dire que tu as encaissé les coups comme un brave, avait fait remarquer Frank. Je ne peux pas en dire autant. »

Quentin avait jaugé Frank d'un regard hautain.

« Voilà qui ne me surprend pas. Rappelle-moi pourquoi tu es ici ? »

Cleo lui avait lancé un regard implorant.

« Hé, je m'inquiétais pour toi, avait rétorqué Frank en lâchant Cleo. Et puis, ça peut être pratique d'avoir un homme dans les parages, tu vois, au cas où il reviendrait.

— D'après mon expérience, avoir un homme dans les parages est généralement le problème, l'avait tancé Quentin, et Frank avait éclaté de rire.

— Je ne peux pas te donner tort là-dessus. »

Mais lorsque Johnny était bel et bien rentré, dans la soirée, Quentin s'était réjoui de la présence de Frank. Ils étaient en train de regarder un des documentaires préférés de Quentin, *Princess Diana : Her Life in Jewels* en sirotant des vodka-orange (la bouteille ayant décongelé entre-temps), lorsqu'ils avaient entendu la porte d'entrée s'ouvrir. Johnny avait appelé Quentin en braillant, d'une voix traînante et étouffée. Cleo avait posé sa main sur la cuisse de son ami en lui faisant signe de ne pas bouger. Frank s'était levé et avait gagné le salon. Quentin avait entendu les deux hommes murmurer, puis Johnny hausser le ton, exigeant de voir son amant. Quentin avait repoussé la main de Cleo pour s'approcher de l'embrasure de la porte.

« Alors comme ça, il ne veut pas me voir ? geignait Johnny d'une voix d'ivrogne. C'est *moi* qui ne veux pas le voir.

— Très bien, avait rétorqué Frank en le guidant vers la sortie. Et si tu revenais une fois que tu auras dessaoulé ?

— Tu sais qu'il est persuadé d'être une femme, hein ? avait insisté Johnny. Toutes ces robes... » Il s'était mis à glousser. « Il ne rencontrera jamais mieux que moi. »

Quentin avait entendu le hurlement d'une sirène, dehors, et s'était dit qu'en écoutant bien, à New York, on entendait toujours une sirène. Il y avait toujours un blessé quelque part.

« Très bien, je m'en vais », avait capitulé Johnny.

Quentin avait glissé la tête dans l'entrée. Johnny se tenait sur la première marche du perron, sa silhouette se détachant sur la lumière jaune émanant des réverbères. Il avait fait mine de partir, avant de se raviser et de se planter de nouveau devant Frank en titubant.

« Les hommes gays veulent sortir avec des *hommes*, avait-il éructé. C'est la *réalité*.

— Ça suffit, avait tranché Frank. Va cuver, maintenant.

— Je te *vois*, Quentin ! avait hurlé Johnny par-dessus l'épaule de Frank. Espèce de sale petite folle trans ! »

Frank lui avait claqué la porte au nez, tandis que Johnny continuait à brailler en pleine rue sa théorie sur la réalité. Quentin avait scruté le dos de Frank en se demandant ce qu'il pensait. Le jugeait-il ? Avait-il pitié de lui ? Il le prenait sans doute pour une de ces tapettes tarées aux placards remplis de robes. Il devait le trouver pitoyable. Frank s'était tourné et leurs regards s'étaient croisés. Il s'était avancé vers Quentin et lui avait serré l'épaule.

« Je dois dire que je l'aimais mieux tant que je le connaissais moins », avait conclu Frank.

Quentin n'avait plus reparlé à Johnny depuis, pourtant il n'arrivait pas à se sortir de la tête ce qu'il avait dit au sujet de la *réalité*. Qu'est-ce que la réalité venait faire là-dedans, d'ailleurs ? Quentin détestait la réalité. Elle était moche et suante. La réalité, c'étaient les taches de déodorant sur une chemise noire, la crème pour herpès labial et les agios bancaires. C'étaient les petites amies inventées et les dîners huppés en costumes mal coupés. C'était son père lui faisant un sermon en mauvais anglais sur ce que c'était qu'être un homme. C'était la Pologne tout entière, ce foutu pays qui n'était plus qu'un marché aux puces délabré, avec ses chiens errants et ses forêts secrètes où des hommes venaient s'enculer dans le noir avant de rentrer chez bobonne. Non, ce que voulait Quentin, c'était du *fantasme*, et c'était précisément la raison pour laquelle il se rendait à cette orgie.

La nuit mettait une éternité à tomber. Quentin promenait Lulu, son teckel, entre les immeubles de son quartier que le soleil couchant nimbait d'un halo doré. On était dans cet entre-deux où les boutiques étaient encore ouvertes et où les restaurants commençaient à peine à se remplir, et où une atmosphère à la fois industrieuse et frivole animait les rues. Il rentra chez lui et servit sa pâtée à son chien en se demandant qui il pourrait appeler.

Pas sa mère, qui expérimentait la randonnée subaquatique avec son tout nouveau *toy boy* sur une île privée sur laquelle, avait-elle précisé avec ravissement, les téléphones portables n'étaient pas autorisés. Il tenta le numéro de son père, mais tomba directement sur la messagerie : Il était déjà plus de minuit, à Varsovie. Il appela de nouveau Cleo. Pas de réponse. Il songea à contacter Johnny. Au lieu de quoi, il ouvrit sa boîte mail et fit défiler ses messages jusqu'à trouver l'adresse de l'orgie pour voir s'il avait pu passer à côté d'informations importantes, mais naturellement le message n'avait pas changé. Enfin, il essaya de joindre son dealer, qui décrocha dès la deuxième sonnerie. Quentin passa sa commande habituelle et se percha sur le rebord de la fenêtre pour allumer une autre cigarette. Dehors, le ciel virait au bleu hématome.

L'adresse donnée se trouvait dans une partie de Brooklyn où il n'avait jamais mis les pieds auparavant. Le seul immeuble non résidentiel était une laverie automatique, quelques numéros plus bas. Elle était restée allumée pour la nuit et le sol en lino à carreaux ainsi que les rangées de machines chromées étincelaient de mille feux.

Il s'était fait deux ou trois vodkas soda avant de partir – trop fortes, se rendit-il soudain compte en secouant la tête, avec l'impression de secouer un réservoir d'eau de droite à gauche. Il avait décidé de ne pas manger de la journée, ce qui s'avérait peut-être une erreur. En pénétrant dans le faible halo de lumière projeté par la vitrine de la laverie, il sortit sa fiole de sa poche pour l'inspecter : elle était déjà à moitié vide. Il se maudit intérieurement de ne pas en avoir emporté deux, tout en déposant deux petits tas sur le dos de sa main. C'était la manière de prendre de la coke qu'il aimait le moins, c'était brouillon et inefficace, mais il voulait faire vite. Il se sentit presque instantanément mieux et cette soudaine clarté d'esprit lui remit les idées en place.

Il n'avait dit à personne où il se rendait. Le temps que Cleo le rappelle, il était déjà dans le taxi et il ne voulait pas qu'elle le dissuade d'y aller. Il soupçonnait que les filles dans son genre – ouvertes socialement, aventureuses dans le sexe – étaient en leur for intérieur légèrement dégoûtées par ce que les mecs faisaient entre eux. Il n'imaginait pas avoir avec elle le genre de discussion franche que des copines auraient en partageant un brunch, en gloussant sur la taille du pénis et le Graal de l'orgasme vaginal. *Et alors je l'ai laissé me pisser dans la bouche pendant que son copain power bottom matait ! Et une autre tournée de champagne-jus d'orange !*

Il avait eu l'occasion de constater ce mouvement de recul chez Cleo, lorsqu'il lui avait parlé des bains publics où il se rendait, avant de rencontrer Johnny. Ils étaient à l'arrière d'un taxi, fonçant d'une fête à une autre. Il avait pris tellement de kétamine qu'il pouvait à peine tenir sa tête droite – *comme un bébé, comme un bébé*, n'arrêtait-il pas de répéter. Tout en déballant à Cleo ce qu'il avait demandé à ces hommes de lui faire, et ce qu'il leur avait fait, il l'avait vue, comme de très loin, tourner lentement, très lentement le visage vers la vitre, ne donnant plus à voir qu'un quartier de son profil, royal et détaché, le regard concentré sur le halo humide des feux de signalisation qui défilaient, et un sentiment de honte – il la sentait encore aujourd'hui, mêlée à la coke –, une honte terrible et amère avait envahi Quentin. *Ça suffit, maintenant, ça suffit.*

Il appuya sur la sonnette, l'interphone bourdonna, et il poussa la porte pour pénétrer dans un couloir sombre où l'attendait un homme chauve en pagne de cuir et collier de chien clouté, assis sur un tabouret, à surveiller une seconde porte.

« Nom ? exigea-t-il en passant en revue sa liste pour confirmation. Test négatif ? »

Quentin sortit de sa poche une feuille pliée en quatre. Il s'était fait tester dans la semaine en prévision de cette soirée, et avait été sidéré par le soulagement qu'il avait ressenti en recevant son résultat négatif. Il utilisait des préservatifs, mais à deux ou trois occasions, avec Johnny, ils avaient fait l'impasse. Il n'y avait rien de tel que de passer un test HIV pour être persuadé qu'on l'avait chopé. Le chauve lut le document avec attention avant d'opiner.

« Déposez tous vos vêtements et effets personnels au vestiaire avant d'entrer. Pas de téléphone portable à l'intérieur. »

Quentin éclata de rire, mais l'homme se contenta de le dévisager d'un air patient et parfaitement sérieux.

« Vous plaisantez ? Je me déshabille ici ? »

Il songea à faire demi-tour, mais ç'aurait été un tel gâchis, après des heures d'attente, sans compter le prix du taxi et de la drogue, de ne pas jeter au moins un coup d'œil à l'intérieur. Il retira sa chemise, puis s'agenouilla pour déboucler ses sandales spartiates. Il eut plus de mal à s'extirper de son short en cuir. Il plia le tout aussi proprement qu'il le put avant de le tendre au portier.

« Ce sont des pièces de créateur, explicita Quentin. Elles ont plus de valeur que vous.

— Les sous-vêtements, aussi », rétorqua le chauve.

Quentin se pinça ostensiblement la base du nez entre le pouce et l'index, inspira à fond et baissa son boxer. En échange, l'homme lui remit un bracelet de caoutchouc en spirale doté d'un numéro, rappelant un peu ceux qu'on portait à la piscine.

« C'est quoi, la suite ? Une fouille rectale ?

— Pour ça, voyez à l'intérieur. Faites juste attention de ne pas égarer le bracelet.

— Ce fabuleux joyau ? persifla Quentin. Il faudra me passer sur le corps. »

L'homme se décala légèrement sur son tabouret pour signifier à Quentin qu'il pouvait entrer. Celui-ci ouvrit la porte et pénétra dans un long couloir étroit menant à une autre porte, de derrière laquelle lui parvenait le rythme percutant et entêtant de la techno et les remous sombres de voix masculines. Il aurait adoré se refaire une ligne, un petit électrochoc pour se donner le courage de passer cette porte, mais naturellement la drogue se trouvait dans ses vêtements. Vêtu uniquement de son bracelet jaune canari, Quentin se sentait totalement exposé, ce qui n'avait rien d'érotisant. Il se fit d'ailleurs la réflexion que, jusqu'ici, toute cette expérience s'était révélée aussi excitante qu'une entrée en prison.

Il poussa la porte et déboucha dans ce qui ressemblait à un vaste salon. Une fresque fluorescente représentant des baigneurs grecs musclés recouvrait intégralement l'un des murs. De fausses fontaines en pierre en forme de petits anges pissant de l'eau émaillaient la pièce. Des stroboscopes pulsaient, accrochés en hauteur. Faisant face à une cabine de DJ improvisée, dans laquelle se trémoussait un homme au corps huilé portant une paire de cornes de bélier gigantesques, une petite foule d'hommes nus dansait. Tout dans le décor respirait le *cheap*. Si l'effet recherché était visiblement le fantasme grec, le résultat tenait plutôt du *restaurant* grec.

Quentin erra un moment en périphérie de la salle, cerclée de rideaux noirs qui délimitaient des espaces privés plus réduits. En jetant un œil entre deux tentures, il vit un empilement d'hommes, cinq, peut-être six, en train de forniquer. Tout cet empressement lui donnait l'impression d'observer l'intérieur d'une ruche. Dans le cube suivant, il croisa le regard d'un homme au cou épais en train de pilonner frénétiquement un mâle en cagoule à quatre pattes en dessous de lui. Le pilonneur fixa longuement et férocement Quentin, jusqu'à ce que ses yeux basculent en arrière d'extase.

Quentin se demandait s'il ne ferait pas mieux de partir – il ne se sentait pas suffisamment désinhibé pour rejoindre la piste de danse, et encore moins les « salons » privés –, lorsqu'il vit un grand gars s'avancer vers lui d'un pas rapide et résolu. À son sourire, on pouvait croire qu'il attendait Quentin.

« Zdrastvouïte », lança-t-il en posant doucement sa main sur l'épaule de Quentin.

Ce dernier considéra l'inconnu sans un mot. Il avait un physique frappant, avec un crâne chauve fraîchement rasé qui lui donnait un air de nouveau-né vulnérable. Son visage était un assemblage de contradictions : des yeux pâles et sensibles surmontaient un nez tordu de boxeur, des lèvres ourlées et féminines et un menton fort et carré. Quentin laissa son regard glisser sur le torse sinueux jusqu'au long pénis droit, lové dans une touffe de poils sombres.

« Est-ce que c'est toi qui as mis le mot dans mon casier ? demanda Quentin, se sentant ridicule.

— Le mot ? » Le sourire du garçon se mua en moue confuse. « Je suis désolé, non. C'est juste que j'étais certain que tu étais russe.

— Non, le détrompa Quentin, avant d'ajouter, décelant la déception de l'autre : Polonais. Je suis polonais d'origine.

— Ah ! » Le visage du garçon s'illumina. « C'est pour ça, alors.

— Pourquoi tu as cru que j'étais russe ? »

L'inconnu jaugea Quentin de haut en bas.

« À cause de tes sourcils », répondit-il en riant.

Son rire était surprenant et étincelant, comme un jet d'eau jaillissant soudain d'un robinet qu'on croyait tari. Le fait est que les sourcils de Quentin lui valaient souvent des commentaires. Soyeux et noirs, assortis à ses longs cils épais, il les considérait comme l'un des rares bénéfices de ses origines d'Europe de l'Est.

« Je suis désolé de ne pas être russe, bredouilla-t-il, cherchant désespérément une réplique spirituelle.

— Polonais, c'est mieux, fit le jeune homme en haussant les épaules. Vous avez moins de problèmes. »

Il saisit la main de Quentin pour la serrer. Il avait la peau à la fois douce et rugueuse comme une langue de chat. Rien qu'à son contact, Quentin sentit sa propre queue se réveiller.

« Je m'appelle Alex, annonça le garçon.

— Quentin. Je t'offre un verre ?

— Oui, acquiesça Alex en souriant toujours. Et je t'en offre un aussi ? Il paraît que c'est gratuit. »

Il guida Quentin jusqu'au bar, qui consistait en une planche de contreplaqué reposant sur deux tréteaux, derrière laquelle un homme incroyablement massif, portant quant à lui des bois de cerf, servait des boissons dans des gobelets en plastique.

« C'est un bar sans alcool, les garçons, hurla-t-il. Vous voulez un soda ? »

Quentin et Alex échangèrent un regard.

« Je connais un endroit super cool où on peut aller, si tu veux, proposa Alex. Juste de l'autre côté du pont. »

Se retrouver hors de cette salle leur fit l'effet d'être bannis du jardin d'Eden : ils se sentirent soudain très conscients de leur nudité. Ils réclamèrent leurs vêtements à l'homme chauve, qui leur reprit leurs bracelets avec ce même air impassible qu'il arborait à leur arrivée, et se rhabillèrent à la hâte dans le couloir. Quentin observait Alex du coin de l'œil. Sa tenue était des plus simples : T-shirt blanc, jean large, baskets et veste en jean délavée. L'ensemble semblait avoir été délibérément choisi pour en révéler aussi peu que possible sur l'individu. Une fois totalement rhabillés, ils se regardèrent attentivement, comme pour la première fois.

« Tu es habillé pour une fête différente », fit remarquer Alex en riant.

Le bar où il emmena Quentin, dans le Lower East Side, n'avait pas d'enseigne et se situait au pied d'un escalier fissuré et mal éclairé qui paraissait hors d'usage.

« Fais attention », recommanda Alex en se tournant pour lui tendre la main.

À l'intérieur, la salle était exiguë, avec des allures de grotte. Un halo de lumière écarlate se déversait sur le bar poisseux en acajou et éclaboussait le miroir derrière. Au-dessus des étagères de bouteilles d'alcool rougeoyantes était exposée une collection de samovars. De petites tables rondes et trapues et des chaises grêles en bois étaient disposées face à une estrade légèrement surélevée. Des hommes étaient avachis autour des tables, et Quentin se demanda s'il leur arrivait de bouger, car ils semblaient faire partie du décor au même titre que les meubles et les samovars. Alex salua le vieux barman et se mit à discuter avec lui en russe tandis qu'il servait trois verres de vodka.

« *Nastrovia !* » s'exclamèrent-ils.

Ils vidèrent leurs verres en une longue gorgée voluptueuse en faisant signe à Quentin de les imiter. Il s'étouffa sur l'alcool fort, tandis que le barman resservait déjà les deux autres.

« Un autre, ordonna Alex en accentuant volontairement son accent slave. Ce soir, tu bois à la russe.

— Il faut que j'aille aux toilettes, annonça Quentin.

— OK. Mais fais vite, le spectacle va commencer. »

Enfermé dans une cabine, Quentin tapota le reste de la fiole sur le clapet métallique du dévideur de papier – lequel semblait avoir été conçu précisément à cet usage – et sortit sa carte de crédit. Il lui restait de quoi se faire deux lignes courtes mais bien rebondies, ce qui n'était pas l'idéal mais suffirait à dissiper les nuages noirs de la vodka qui lui assombrissaient déjà les idées. Il tira une courte paille de son portefeuille et sniffa la première ligne. Délicieuse. Il envisagea brièvement de garder la seconde pour plus tard, avant de se l'enfourner aussi sec dans la narine.

Lorsqu'il réapparut, le spectacle avait commencé. Sur la scène, dans une flaque de lumière argentée, chantait une femme. Sa silhouette mince et sinueuse était drapée dans une robe à bretelles dorée, avec décolleté plongeant entre ses petits seins. Ses chevilles et ses genoux anguleux saillaient sous le collant en résille. Alex fit signe à Quentin de le suivre à l'une des tables les plus proches de l'estrade, et rapporta du bar une carafe de vodka et deux verres. En l'apercevant, la chanteuse souffla un baiser dans sa direction. Il hocha la tête et posa sa main sur son cœur. Elle baissa ses longs cils noirs et se mit à onduler de droite à gauche, et sa voix grave fendait l'air telle une aiguille déchirant la soie.

Alex remplit leurs deux verres et vida le sien d'un trait, d'un geste fluide et expert. Quentin fit de même, ce qui lui valut un hochement de tête approbateur du jeune homme. À cette distance, et malgré l'épaisse couche de poudre blanche sur son visage, il vit que la chanteuse avait le teint d'un jaune aigre rappelant la couleur du vin blanc. Le long de sa mâchoire, l'ombre noire de la barbe pointait et Quentin eut malgré lui un frisson d'horreur. Rater sa transition, c'était là sa plus grande hantise.

Ils restèrent assis à boire sans un mot. La chanteuse se balançait, les hommes aussi, en miroir et ce fut bientôt toute la salle qui tangua, les murs et le plancher et la petite armée de samovars, et Quentin eut la sensation qu'ils étaient tous happés d'avant en arrière par les mouvements de hanches de la chanteuse. Il se demanda ce que penserait Cleo, si elle le voyait là. Jamais elle ne se serait retrouvée dans un lieu pareil, en compagnie de quelqu'un comme Alex – itinérant, mystérieux, peut-être un peu dangereux. Ou peut-être que si, à une époque, mais plus depuis qu'elle avait rencontré Frank. Elle refusait de l'avouer, et n'en aurait sans doute jamais pleinement conscience, mais elle avait bel et bien abandonné son meilleur ami. Elle était devenue convenable.

La chanteuse finit par susurrer ses remerciements dans le micro en serrant ses paumes l'une contre l'autre. Quentin comprit que la chanson finale était arrivée. Aux premières notes, un murmure parcourut l'assemblée et les hommes se mirent à taper des mains en rythme.

« Ah ! s'exclama Alex en se joignant aux autres. C'est une chanson russe très célèbre. Des gitans.

— Qu'est-ce qu'elle dit ? s'enquit Quentin.

Alex tendit le cou pour écouter plus attentivement. « Elle chante : "On filait dans la *troïka*"... je ne sais pas traduire ça, un chariot, peut-être... "avec les cloches qui tintaient. Au loin il y avait les"... Comment vous diriez ? "les lumières qui brillaient. Comme j'aimerais pouvoir les suivre, faire disparaître la tristesse de ma vie..." Ça sonne moins bien, traduit.

— Ça sonne très russe, fit Quentin.

— Oui, c'est beau et triste comme la Russie, confirma Alex en contemplant la silhouette illuminée sur scène. Elle chante bien.

— Et elle ? Tu la trouves belle et triste ?

— Bien sûr. Pas toi ?

— Tu n'es pas une espèce de chasseur de travelos, n'est-ce pas ? »

Alex pivota sur son siège pour faire face à Quentin.

« Je n'ai jamais entendu cette expression. Mais : Non. Quand je suis venu ici la première fois, il y avait quelqu'un comme elle, pas elle mais comme elle, qui est devenu comme une mère pour moi. Tu ne la trouves pas belle ?

— J'ai de plus belles robes, répliqua Quentin. »

Alex éclata de rire et servit le reste de la vodka.

« Alors peut-être que tu devrais être artiste », suggéra-t-il en désignant la scène d'un mouvement du menton.

Quentin inclina la nuque en arrière pour liquider son verre. Un nuage de lumière rouge tournoyait autour de sa tête.

« J'aurais dû être une fille, déclara-t-il. Voilà ce que j'aurais dû être. J'aurais dû naître fille. »

Une fois dehors, l'air frais lui lécha la peau. Ils prirent un taxi jusque chez Quentin et il fut soulagé d'apercevoir par la vitre des silhouettes sombres en train de fumer devant les bars. Il détestait être le dernier à rentrer. Le véhicule s'arrêta à sa porte et il paya le chauffeur, sortant aveuglément des billets de son portefeuille.

« Tu es riche, dit Alex à mi-voix tandis que Quentin ouvrait sa portière.

— Pas moi, ma grand-mère, précisa-t-il en lâchant ses clefs et son portefeuille par terre dans l'entrée.

— Moi, je suis très pauvre.

— Tu veux un verre ? » proposa Quentin en le guidant vers la cuisine.

Lulu courut vers eux avec des jappements aigus, folle de joie de voir son maître de retour au foyer.

« Il est comme toi ! » rit Alex en la prenant dans ses bras pour qu'elle lui renifle le visage. « Vous êtes jumeaux. »

Il la reposa et elle se mit à sautiller à leurs talons. Quentin tenta de la repousser du pied mais perdit l'équilibre et s'affala contre le comptoir.

« Tu as de la vodka ? demanda Alex.

— Évidemment. Il y a de l'eau gazeuse et je crois que...

— Juste la vodka. Du moment qu'elle est froide.

— J'ai ça, aussi, annonça Quentin en sortant ses deux autres fioles de leur cachette secrète dans le tiroir des couverts. Si tu veux. »

Le regard d'Alex bondit aussitôt vers la paume tendue. À la lumière de la cuisine, Quentin remarqua qu'il avait les yeux d'une pâleur surnaturelle, avec des pupilles de la taille d'une pièce de dix cents, d'un noir miroitant.

« Et du crystal ? ajouta Alex à voix basse.

— Euh, bien sûr. » Quentin se tourna vers le placard des verres à pied, mais Alex lui attrapa le bras.

« Non, dit-il avec impatience. Du *crystal*. »

Quentin le dévisagea, alarmé.

« Tu veux dire de la *meth* ? Mon Dieu, non.

— Tu as déjà essayé ? demanda l'autre en lui lâchant le bras.

— Eh bien, non. Mais pourquoi prendre de la meth, quand on peut prendre ça ?

— Parce que c'est comme ça, répondit Alex en désignant les fioles d'un mouvement de la tête. Mais en mille fois mieux. »

Quentin le considéra d'un air sceptique. Il avait vu ce qui arrivait aux gars qui devenaient accros au crystal. À la fin leur visage ressemblait à un jouet à mâcher de Lulu.

« C'est vraiment aussi bon que ça ? hasarda-t-il.

— En Russie, on a un proverbe. “Quitte à se noyer, autant se noyer en eaux profondes.” »

Quentin secoua la tête, pas convaincu d'avoir compris le sens du message.

« OK, sourit l'autre, dévoilant ses dents pointues. Ce soir, on fait à ta manière. »

Puis il se laissa tomber à genoux, comme s'il se livrait en offrande aux pieds de Quentin.

Une heure plus tard, Quentin se retrouva à défiler dans le salon en cuissardes et nuisette de soie, en chantant sur une bande-son disco ultra-kitsch, sous le regard d'Alex, allongé par terre. Autour d'eux était éparpillée la moitié du contenu de la garde-robe secrète de Quentin : un assortiment de robes de satin et velours au décolleté plongeant, de talons aiguilles mal assortis et de perruques en cheveu véritable. Affublé d'une coiffure platine au carré posée de travers sur son crâne chauve, Alex leur faisait des rails sur une assiette en riant, tandis que Quentin dansait en sautant sur le canapé rembourré, se tordant sans arrêt les chevilles. Il finit par tomber à genoux en chantant toujours et remonta sa robe pour révéler sa cuisse entre le haut des cuissardes et le bas de son boxer. Il se sentait souple et sexy, féminin et libre. Alex l'attrapa par le poignet et le fit culbuter vers lui.

Il retira sa perruque et roula pour se retrouver au-dessus de Quentin, dont il prit le visage entre ses deux mains. Alex respirait fort et Quentin voyait vibrer des amas de poudre blanche dans les poils de ses narines. Quentin tourna la tête sur le côté et releva vivement ses bras au-dessus de sa tête. Il ne voulait plus rien voir, seulement sentir et être senti, que tout ne soit plus que texture. Alex abaissa une main entre les cuisses du jeune homme pour les écarter, faisant remonter la robe. Il tira sans ménagement sur les sous-vêtements de Quentin et glissa la main entre ses fesses pour le caresser, dessinant des cercles du bout de l'index et du majeur pour l'ouvrir.

« Ta chatte est toute mouillée, murmura-t-il au-dessus de la tête de Quentin.

— Ah oui ? » Il avait raté son effet, et au lieu d'être provocatrice, sa voix était sérieuse et haut perchée.

« Hmm, elle a faim de moi. » Il déboutonna tant bien que mal son jean pour libérer sa queue entre les jambes de Quentin. Il se redressa pour le pénétrer.

« Attends », intervint Quentin, plus fort qu'il ne l'aurait voulu. Il posa les mains sur le torse d'Alex. « Il me faut quelque chose. Il y a de l'huile d'olive dans la cuisine.

— Non, non, murmura Alex en saisissant les bras de Quentin pour les plaquer au sol au-dessus de sa tête. Les filles n'ont pas besoin de ça. Tu es toute mouillée, tu es déjà mouillée pour moi. »

Il laissa Alex cracher dans sa paume et s'introduire plus fort en lui, et à la douleur se mêla ce mot : *fille*.

Quentin se réveilla sur le dos, la lumière dans les yeux. Ils avaient fait un lit par terre dans le salon avec les coussins du canapé et deux de ses manteaux de fourrure. Ils étaient nus, et Alex était allongé sur le côté, de dos. Quentin se tourna vers lui et posa délicatement sa main en coupe sur la nuque du jeune homme. Ce dernier remua aussitôt et bascula sur le dos en se protégeant les yeux de son bras. Un rayon de soleil lui barrait le visage.

« On a dormi ? demanda-t-il.

— Un peu.

— De l'eau. »

Alex se leva avec raideur, ramassa son boxer par terre entre ses orteils et le lança en l'air pour le rattraper au vol. Il l'enfila et se dirigea vers la cuisine. En appui sur ses coudes, Quentin le regarda allumer le robinet et se baisser pour y boire directement, comme un chat. Ensuite il s'aspergea le visage et le cou.

En revenant, il se mit à ramasser ses vêtements éparpillés au sol sans un regard pour Quentin.

« Tu dois partir ? demanda-t-il.

— Oui, je devrais travailler, aujourd'hui. »

Quentin se leva et chercha ses propres sous-vêtements. Tout en les enfilant, il ressentit cette journée, avec sa gueule de bois à l'arrière-goût acide et sa redescente vers le vide absolu, comme une dette insupportable à acquitter. Il se glissa derrière Alex et appuya sa joue contre le dos du jeune homme et la toile rêche de sa veste en jean.

« Tu pourrais rester, dit Quentin. Si tu veux. Reste. »

Alex pivota et le considéra d'un air confus et interrogateur. Il ne dit pas un mot.

« Je te raccompagne, annonça Quentin. Laisse-moi m'habiller. »

Il se rabattit à l'étage et se planta, incertain, devant la penderie de sa chambre, face aux vêtements qui restaient. Il attrapa un short de basket et un vieux T-shirt ayant appartenu à Johnny puis redescendit. Alex avait mis ses chaussures et se tenait près de la table de la salle à manger, à fixer intensément du regard des billets en euros.

« Tu en as besoin ? demanda-t-il en se tournant vers Quentin. Je peux les convertir en dollars.

— Sérieusement ? Je pense que tu pourrais monter tes prix. »

Quentin essaya de se forcer à rire. « Il n'y a pas plus de soixante.

— Ce n'est pas *en échange* de quelque chose, précisa Alex. Juste un cadeau. Tu n'en as pas besoin. Regarde... » Il ramassa un billet tombé sous la table. « Tu les laisses traîner comme ça.

— Très bien, prends-les, fit Quentin, honteux pour eux deux. Tu as raison, ce n'est rien. Allons-y. »

Il suivit Alex dans l'entrée en regardant bouger le carré de peau blanche de son cou au-dessus du col de sa veste. Lorsqu'ils atteignirent la porte, Quentin ramassa le portefeuille et les clefs qu'il avait laissés tomber la veille. Il tenta un sourire. Son propre visage lui paraissait neuf et plus fragile.

Ils marchèrent ensemble jusqu'au coin de la rue et se quittèrent sans se toucher. Quentin prit la direction opposée et s'assit sur un perron pour allumer une cigarette. Il sentait sur lui le regard insistant des joggeurs matinaux et des parents qui emmenaient leurs enfants à l'aire de jeu à cent mètres de là. Il s'en moquait. Il n'allait pas tarder à rentrer chercher Lulu et ils iraient faire un tour. Peut-être qu'il achèterait des fleurs au marché. Il consulta son téléphone. Cleo était en train de l'appeler. Après tout, la journée ne faisait que commencer.

4

Début août

Frank commençait à trouver le temps long. Non seulement son nouveau client, le plus gros fabricant de rhum d'Amérique du Sud, lui avait demandé une *énième* version d'un spot télé de quinze secondes qui aurait dû être bouclé et rendu depuis des semaines, mais le spot en question était tiré d'un tournage qu'ils avaient relocalisé à Buenos Aires, ce qui signifiait que Frank n'avait pu s'y rendre – malgré la promesse qu'il avait faite au client de revoir tous les rushes *personnellement* –, car le tournage coïncidait avec la semaine de son mariage avec Cleo. Si bien que les séquences qu'il était en train de visionner de ce tournage auquel il n'avait pas assisté mais qu'il devait à présent prétendre avoir supervisé étaient, aux yeux de Frank, polluées – non, *gâchées* – par la présence d'un figurant colossalement mauvais, tellement mauvais que Frank ne pouvait que se demander s'il n'était pas entouré d'incompétents, ou si quelqu'un de son équipe ne s'était pas juré de le niquer bien profond. Par ailleurs, il avait la gueule de bois. La gueule de bois ultime, super premium.

« Là, s'exclama-t-il en pointant l'index vers le grand écran sur lequel se détachaient sa silhouette et celle du monteur, un gars au teint cireux qui s'appelait Joe (ou peut-être pas). Voilà. Là. Je suis le seul à voir ce grand gars blanc torse nu dans le cadre ? Dis-moi, sérieusement, tu ne le vois pas ?

— Ah, ouais, opina le monteur en se faisant craquer les jointures avec une telle délectation que Frank dut se retenir de lui attraper les doigts pour les lui atomiser lui-même comme des gressins. Qu'est-ce qu'il fait là ?

— Ce qu'il fait là, articula Frank avec une lenteur intentionnelle, c'est qu'il fout en l'air le plan. Ce qu'il fait là, c'est qu'il pollue une chorégraphie hyper léchée de jeunes Argentins bénis par la génétique

– et qu'accessoirement on paie au tarif syndical – avec son, son... Je ne sais même pas comment qualifier son apparence. Porcine ! Son apparence porcine.

— Peut-être qu'il est là pour apporter une dimension, tu vois, réelle à la scène ? »

Frank lança au monteur un regard assassin. Ils avaient tourné en Argentine pour optimiser leur budget, même si tout indice culturel authentiquement sud-américain avait été gommé du produit lui-même (la compagnie cherchait à se dissocier du marché latino). Le spot mettait en scène un banlieusard blanc superbe et improbable assis tout seul dans un bar. Il commandait à boire – un verre de rhum étincelant comme une rivière de diamants –, avalait l'alcool d'un trait et se retrouvait soudain transporté sur une plage tropicale. Une foule de fêtards tout aussi superbes (bronzés, mais de manière très européenne) se réunissait alors autour de lui. Et tandis qu'une jeune naïade au corps ferme moulé dans un bikini une taille trop petite lui tendait un autre verre, un avion estampillé du logo criard de la marque traversait le ciel bleu et désert en traînant une bannière portant le message suivant : « Il y a une fête quelque part. À toi de la trouver. »

Le fait de devoir travailler sur ce genre de pub dans l'état dans lequel il se trouvait (sachant que son cerveau n'était plus qu'un morceau de coton imbibé d'alcool à 90° en train de sécher lentement au soleil) apparut à Frank comme puissamment ironique. La veille, il avait retrouvé Anders dans un bar après le travail avec l'intention innocente de regarder les temps forts du match de première division. Anders était déjà sur place à son arrivée, en train de raconter ses exploits sexuels de la veille au barman.

« Je te le dis, lança-t-il en faisant signe au barman de servir la même bière brune qu'à lui, si les genres avaient été inversés, ç'aurait clairement été une agression sexuelle.

— Tu veux dire que tu n'as pas bandé ? » Frank se percha sur un tabouret et jeta un regard dubitatif à son ami par-dessus ses lunettes.

— Eh bien... » Anders se passa la main dans sa chevelure blond cendré et sourit en dévoilant ses dents écartées. « Je ne voulais pas l'offenser. Mais ce qui est sûr, c'est que c'était elle, l'agresseur. En fait, elle était bien trop agressive pour moi.

— Tu as de la chance que Cleo ne soit pas là, fit remarquer Frank en soulageant sa soif d'une longue gorgée de la bière qui venait d'apparaître devant lui. Ce commentaire te vaudrait un petit laïus féministe.

— Peut-être, acquiesça Anders d'un ton vague en se tournant vers l'écran lumineux. Ah, tu as vu cette passe ? Magnifique !

— Au fait, je ne bois que de la bière, ce soir, annonça Frank en reprenant une gorgée de la sienne. Sólo bière. »

Anders haussa un sourcil blond-blanc. « C'est Cleo qui a décidé ça pour toi ? »

Frank avait remarqué qu'Anders se montrait assez pincé, dès qu'était abordé le sujet de Cleo, et il se demanda si son ami était jaloux d'elle. Avec Anders, ils avaient derrière eux une amitié de deux décennies qu'une intense rivalité approfondissait en même temps qu'elle la menaçait. Lorsque Anders s'était séparé de Christine, son ancienne copine, c'était le canapé de Frank qu'il était venu squatter pendant des semaines, le temps de trouver un nouvel appartement. Aucun des deux hommes n'avait connu de relations sérieuses depuis des années – ils étaient chacun le contact d'urgence de l'autre, bon sang ! –, aussi voir Frank passer du statut de célibataire à celui d'homme marié en quelques mois avait-il dû être pour le moins déconcertant pour Anders.

Ou bien, songeait Frank, peut-être Anders était-il jaloux de *lui*. Qui ne voudrait partager la vie de quelqu'un comme Cleo, tellement attentionnée, spéciale et belle, après le défilé de mannequins insipides qu'Anders avait fréquentés après sa rupture avec Christine ? Quoi qu'il en soit, la perspective de posséder quelque chose qu'Anders convoitait lui procurait un sentiment d'intense satisfaction.

« Donc vous voulez que je coupe le plan ? demanda le monteur. Même si ça veut dire qu'on perdra la perruche dans la branche, là-bas ? »

Frank fit de nouveau le point sur l'écran et fixa le slogan pourri qui pendait dans le ciel tel un verdict divin. Il était évident que l'ensemble pouvait être qualifié de merde pure et simple. Ce qui devait être au départ une campagne révolutionnant les poncifs de la pub pour alcool était devenu une réclame allant *à l'encontre* des poncifs de la pub pour alcool, pour finalement tenter péniblement de *coller* aux poncifs de la pub pour alcool.

« Oui, confirma Frank en ouvrant son troisième Coca Light de la journée. C'est exactement ce que je veux que tu fasses, Joe.

— Mec, je m'appelle Myke, fit Joe. Avec un *y*.

— Pas tant que tu n'auras pas viré ce connard torse nu de mon plan. »

Frank n'était pas surpris par la tournure qu'avait prise cette foutue pub, mais au fond, il restait un idéaliste. Il avait lâché la fac à dix-huit ans pour faire ses débuts comme rédacteur publicitaire, et il était devenu majeur à une époque où il était encore possible de produire un travail qui, d'une manière ou d'une autre, paraisse important. Il était doué pour raconter des histoires et avait un talent visuel prononcé. Il avait alors pour ambition d'écrire et de réaliser des films, mais l'argent familial que sa mère avait consciencieusement dilapidé pendant des années s'était tari et la pub était le pari le plus rentable. Il avait remporté des prix et s'était acheté son appartement au début de la trentaine, mais il n'avait jamais oublié ce que lui avait dit à son pot de retraite son ancien patron, une icône faisant partie des créatifs à l'origine de la campagne Nike « Just Do It » : *Si tu veux faire du bon art, ne va pas dans la pub. Et si tu veux faire de la bonne pub, ne reste pas en Amérique.*

« Frank ? » La tête de Jacky, son assistante, apparut par l'embrasure de la porte. « J'ai Zoe en attente sur ta ligne directe. »

Jacky était originaire du Queens, et arborait une touffe vaporeuse de cheveux peroxydés ainsi qu'un train d'eye-liner dont Frank supputait qu'il était permanent. Depuis quinze ans qu'elle travaillait pour lui, elle n'avait jamais oublié un rendez-vous, n'avait jamais révélé d'informations compromettantes sur son patron à d'éventuels clients indiscrets, et ne s'était fait porter pâle qu'une seule fois – pour une péritonite.

« Pourquoi n'a-t-elle pas appelé sur mon portable ?

— Elle dit que tu ne lui réponds jamais.

— Il y a une raison à ça. » Frank fit glisser son siège à roulettes vers Jacky pour lui prendre la main et effectuer une pirouette assise devant elle. Elle lui adressa un sourire entendu.

« La famille c'est la famille, mon chou. Elle dit que c'est important.

— Avec Zoe, tout est important, rétorqua Frank. C'est une actrice. »

Zoe était le résultat de ce que sa mère avait affirmé être une grossesse surprise en début de quarantaine, mais que Frank soupçonnait d'être une ultime tentative pour réveiller l'intérêt de son second mari, Lionel. Originaire du Middle West, Lionel était un Afro-Américain très séduisant. Il possédait une agence immobilière au succès modéré et un talent prononcé pour le squash. Il était aussi le premier homme à ne pas s'être laissé totalement dominer par la mère de Frank, ce qui lui valait de la part de ce dernier un certain respect. Celle-ci avait demandé le divorce quand il avait deux ans, et son père en avait profité pour repartir vivre en Italie, où il avait rapidement fondé une nouvelle famille avec une femme qui, selon toute vraisemblance, ne mettait pas des couteaux dans son lit quand il rentrait trop tard.

« Et toi, tu vas faire quoi, d'ici à ce que je revienne ? demanda Frank en se tournant vers le monteur, lequel considérait l'écran d'un air découragé.

— Je vais virer ce connard torse nu du plan », récita l'autre d'un ton monocorde.

Frank éclata de rire et lui asséna une grande claque dans le dos.

« J'aime mieux ça. » Il lui adressa un petit clin d'œil. « Myke avec un *y*. »

Frank suivit Jacky dans le couloir éclairé au néon. Au fond, il était reconnaissant à Zoe de lui avoir fourni un prétexte pour quitter la salle de montage soporifique. Et de toute la famille, c'était celle à laquelle il le moins de réticences à parler.

« Dis-toi que ça pourrait être ta mère, au téléphone, mon chou », fit remarquer Jacky, toujours aussi douée pour lire dans ses pensées.

Sa mère et Lionel avaient élevé Zoe à Manhattan, avant de l'envoyer en pension, au moment de leur déménagement dans le Colorado pour ouvrir une boutique d'équipement de ski de luxe. La mère de Frank adorait skier : toute son enfance, il l'avait accompagnée lors de ses séjours dans les Alpes ou à Aspen. Sa famille avait toujours eu de l'argent et elle avait elle-même un port régalien, sur ou hors des pistes. Avec son long nez et son front blanc arqué, elle avait des allures impérieuses de lévrier russe. Mais elle avait eu Frank jeune, et par conséquent le traitait plus comme un copain que comme un fils.

Plus grand, elle l'emmenait souvent au restaurant, près de chez eux, dans l'Upper East Side. Elle leur commandait des escargots, de la salade à la truffe ou du steak tartare, autant de plats qui ne seyaient pas particulièrement au palais grossier d'un enfant, et elle lui parlait de sa vie comme si elle s'adressait à un adulte. *Oh, les hommes ont peur des femmes de mon âge. Ils sont persuadés qu'au-delà de trente ans, toutes les femmes ont un piège à mâchoire à la place de la chatte!* Il lui arrivait en outre de voler les couverts, juste pour s'amuser, et lorsqu'ils passaient la porte main dans la main, elle s'esclaffait tandis que Frank sentait des couteaux à beurre glisser dans sa jambe de pantalon. Encore aujourd'hui, en repensant au rire de sa mère, il entendait le tintement métallique des couverts sur le trottoir.

« Petite Z », s'exclama-t-il en empoignant le combiné. Il jeta un œil par la fenêtre au fourmillement joyeux dans Madison Square Park. « Qu'est-ce que je t'ai dit, au sujet des adultes qui ont de vrais boulots ?

— Fraaaaaank, gémit-elle d'une voix haut perchée.

— Zoooooooo, répondit-il en écho en mimant de se passer un nœud coulant autour du cou pour faire sourire Jacky, qui traînait non loin pour vérifier qu'il avait bien pris l'appel. Elle secoua la tête, mais elle avait dans le regard cette lueur d'humour qui lui avait permis de tolérer le cinéma de Frank depuis plus d'une décennie. Il remarqua qu'elle avait déposé une bouteille d'eau et deux Advil près du téléphone.

« Ce n'est pas drôle ! s'indigna Zoe d'une voix geignarde. Je suis à l'hôpital. J'ai eu une crise au théâtre, et le metteur en scène m'a amenée ici. Je dois passer une radio du cerveau, mais ils veulent me mettre de la colle bizarre dans les cheveux. » Elle haussa la voix, sans doute à l'intention du personnel médical à proximité. « *Ils peuvent toujours rêver!* Tu veux bien venir ? Je suis morte de peur. »

Zoe avait été diagnostiquée épileptique en pension car elle avait eu une crise après s'être introduite en état d'ébriété avancé dans la chambre d'un garçon. C'est Frank qui s'était rendu aux week-ends portes ouvertes pour les familles organisés par le programme Nature et Découverte de Soi (ou « Crypto-Désintox », comme l'appelait sa mère). Elle y avait passé le dernier semestre de sa terminale et c'était Frank qui avait assumé ses frais d'inscription à Tisch, l'école d'art de l'université de New York, et son loyer en première année de fac, lorsque sa mère avait connu un revers de fortune dans le commerce de skis.

Il avait versé à Zoe une pension mensuelle pour qu'elle puisse se concentrer sur les répétitions d'*Antigone*, que Tisch montait cet été-là, mais il avait dû arrêter lorsque Cleo et lui avaient décidé de se marier. Un seul homme ne pouvait entretenir en même temps toutes les artistes de son entourage. Mais il n'avait jamais cessé de se faire du souci pour Zoe et était toujours prêt à faire n'importe quoi, à aller jusqu'au bout du monde, pour s'assurer que personne ne toucherait à un cheveu de sa tête si elle n'était pas d'accord.

« J'arrive, répondit-il. Donne-moi quinze minutes. »

Il attrapa son sac sur le canapé en cuir blanc, en entraînant par inadvertance son téléphone et une pile de papiers posés sur son bureau.

« Je te bloque l'ascenseur ! », hurla Jacky depuis le hall.

Le sursaut de la cabine lui donna instantanément la nausée. Il chaussa ses lunettes de soleil et se força à inspirer à fond en appuyant le front contre la cloison fraîche et chromée tandis qu'il s'arrêtait au 24e étage, puis au 19e, puis au 11e... Mon Dieu, il se faisait vieux. Quand il avait l'âge de Cleo, il pouvait rester debout toute la nuit et enchaîner sur une journée de travail, en trouvant même le temps pour une séance de muscu à la pause déjeuner. À présent, s'il n'avait pas su qu'il s'agissait d'une simple gueule de bois, il se serait cru à l'article de la mort.

Avec Anders, ils avaient descendu quelques bières en regardant les temps forts du match, qui s'étaient achevés en beauté par un magnifique but tiré à vingt mètres (25 yards out). L'humeur festive suscitée par ce beau geste avait mené Frank au bar en sous-sol d'un restaurant du centre, où Anders connaissait quelqu'un qui faisait quelque chose pour un magazine quelconque. Il était accoudé au bar dans la musique assourdissante quand Anders lui avait passé un shot. Puis il s'était mis à discuter avec le DJ et bientôt il offrait sa tournée au DJ en question, à Anders, à un gars avec une cravate texane de shérif, à finalement à toute la salle. Puis il s'était retrouvé aux toilettes à faire des rails sur le lavabo avec deux filles qui s'appelaient toutes les deux Sara et qui trouvaient tout ce qu'il disait hilarant. Il était ensuite retourné sur la piste de danse parce qu'il avait reconnu une chanson, et il s'était senti tellement, tellement bien. Puis il s'était entassé dans un taxi avec cinq autres personnes pour aller Dieu savait où. *Il y a une fête quelque part. À toi de la trouver*. Ensuite il avait atterri dans l'entrée de son immeuble, planté devant la porte de son appartement, à essayer d'enfoncer la clef dans la serrure alors qu'il n'y avait qu'un seul trou, trois clefs et qu'il voyait double.

Lorsqu'il avait finalement réussi à ouvrir, il avait trouvé Cleo assise dans le noir, fixant la porte. La seule concession qu'elle avait faite à son arrivée avait été de fermer les yeux pour se protéger de la barre de lumière jaune en provenance du couloir. L'idée qu'elle était restée là en silence à l'écouter farfouiller avec ses clefs causa à Frank un pincement d'humiliation. Il referma derrière lui avec précaution, comme pour ne pas la réveiller, ce qui était parfaitement inutile. Lorsqu'il se retourna, le regard de sa femme sur lui était si direct qu'il en sursauta. *Pourquoi t'infliges-tu des choses pareilles ?*

La vérité, c'est qu'il ignorait pourquoi il buvait, tout comme il ignorait pourquoi son cœur pompait du sang ou pourquoi ses poumons absorbaient de l'oxygène. Cela arrivait, voilà tout. Il n'y avait pas de mots pour l'expliquer, aussi avait-il simplement contourné sa femme, la laissant assise dans le noir, pour aller s'écrouler sur son lit. À son réveil le lendemain matin, Cleo était déjà partie.

Dans le taxi qui le menait à l'hôpital, Frank baissa la vitre dans l'espoir de se rafraîchir et sortit son téléphone. Il resta trente bonnes secondes le pouce en suspens au-dessus du nom de Cleo. Lorsqu'il finit par se décider à appeler pour lui demander de le rejoindre là-bas, le ton de la jeune femme n'était ni froid, ni chaleureux. Il prêta attentivement l'oreille, en ayant l'impression qu'il cherchait à prendre la température de l'eau du bain muni de gants anti-bactériologiques.

Frank traversa une enfilade de portes battantes métalliques pour rejoindre le service de radiologie, où il trouva Zoe lovée sur un siège dans la salle d'attente en train de feuilleter mollement le *New Yorker*. Elle portait sa nouvelle panoplie favorite, d'inspiration bohème – une minuscule robe imprimée léopard, des espadrilles et des créoles gigantesques. Un interne qui passait par là se décrocha littéralement le cou à la regarder déplier ses jambes. Frank dut comme à chaque fois résister à la pulsion de lui aboyer de se couvrir. Après tout, il n'était pas son père.

« Tu es venu ! » Elle bondit de sa banquette pour se jeter dans ses bras et ses bracelets tintèrent aux oreilles de Frank.

« Ça va ? s'enquit-il en lui tapotant les épaules et les cheveux. Tu n'es pas blessée ? »

Zoe sourit. « Ouais, ça va. Mieux, maintenant que tu es là.

— Cleo est en route. »

Les narines de Zoe se dilatèrent et Frank reconnut sa moue de frustration. Elle avait un visage ouvert, léonin et des yeux pailletés de bronze qui brillaient d'une lumière singulière. Sa beauté était une légère source d'inquiétude pour Frank, découlant d'une intuition vague selon laquelle toute femme réellement attirante était en secret profondément malheureuse.

« Pourquoi est-ce qu'elle vient ?

— Parce qu'elle fait partie de la famille, maintenant, rétorqua-t-il. Ne sois pas comme ça, Zo.

— C'est ça. »

L'hostilité de sa sœur à l'égard de sa femme le décontenançait. Il lui avait paru totalement évident qu'elle adorerait avoir Cleo comme grande sœur, surtout au vu de leurs points communs : elles étaient toutes deux butées, créatives et débordaient d'une irrévérence irrépressible et rafraîchissante. Zoe était probablement intimidée, et Frank savait qu'elle finirait par dépasser ses a priori et ne tarderait pas à aimer Cleo. Comme tout le monde.

Zoe se rejeta en arrière sur son siège et se mit à fixer obstinément le vide devant elle, non sans pousser de temps à autre un soupir théâtral. Quelques instants plus tard, un infirmier aux cheveux bruns tout plats apparut, une planche à pince entre les mains.

« Eh bien, vous m'avez l'air remise, commenta-t-il.

— C'est mon grand frère », rétorqua Zoe en désignant Frank d'un mouvement du menton.

Il reconnut sur le visage de l'infirmier la réaction de surprise que suscitait toujours cette déclaration. Il s'était attendu à un *frère* à la peau caramel, pas à un Blanc à lunettes et à l'air vaguement juif.

« Frank, tu veux bien leur demander pourquoi je suis censée passer cet examen débile ? se lamenta Zoe.

— Ne t'inquiète pas, on obtiendra toutes les informations, la rassura Frank en consultant son téléphone, au cas où Cleo lui aurait écrit pour lui dire où elle était. Je suis sûr que c'est la meilleure chose à faire pour toi.

— En effet, opina l'infirmier d'un air convaincu. Ça s'appelle un électro-encéphalogramme, ou EEG, ça permet de voir l'activité de votre cerveau à l'aide d'électrodes placées autour de votre tête. On fait des relevés par ordinateur, et ensuite, avec un peu de chance, on saura ce qui cause vos crises.

— Ils doivent me mettre de la putain de colle dans les cheveux, pesta Zoe.

— Oui, acquiesça l'infirmier, avec une inquiétude tellement authentique dans le regard que Frank se demanda combien de temps il pourrait tenir, dans un boulot pareil. « On utilise un adhésif fort qu'on applique sur le cuir chevelu pour s'assurer que les électrodes restent bien en place. Mais tout part au bout d'un ou deux shampooings, du moins d'après ce que m'ont dit d'autres patients.

— Ouais, des patients *blancs*, sans doute, ronchonna Zoe en secouant son épaisse tignasse bouclée. Vous avez une idée du travail que ça exige, pour arriver à ce résultat ? »

Frank passa son bras autour des épaules étroites de sa sœur et l'embrassa sur le sommet du crâne. « C'est vraiment le seul moyen ? s'enquit-il.

— Oh, il y a un tas d'autres moyens, rétorqua l'infirmier d'un ton jovial en lui tendant le dossier. C'est juste qu'on ne les a pas encore inventés. »

Le temps que Cleo arrive, Zoe avait été installée sur un lit telle une Méduse gisante, une douzaine d'électrodes torsadées dressées sur le crâne. L'infirmier avait dû utiliser un « gel abrasif » pour lui exfolier le cuir chevelu avant d'y coller les disques, processus qui avait semblé à Frank aussi agréable que de se faire masser la tête avec une ponceuse à bande. Zoe lui avait écrabouillé la main dans la sienne pendant toute l'opération avec une expression qui oscillait entre la résignation et la rage pure.

Frank vit Cleo avant qu'elle ne le voie. Elle resta immobile un instant, à scruter le couloir d'un air inquiet. Il fut une nouvelle fois frappé par sa jeunesse. Elle avait encore l'air d'une enfant. En les apercevant, elle se précipita vers eux, et Frank resta piteusement assis. Il tenta d'attraper son regard, mais elle était concentrée sur Zoe. Il chercha sur son visage des signes de colère ou de déception, mais il ne vit que le calme. Cleo se baissa pour embrasser Zoe et ses cheveux glissèrent vers l'avant en un rideau doré qui laissait Frank en coulisses.

C'était peut-être dû au soulagement, puis à la gêne de voir Cleo, toujours est-il que cela lui rappela sa mère. C'était la même honte qu'il ressentait lorsqu'elle venait le chercher à l'école. Elle était toujours en retard, toujours agacée, comme si Frank avait conçu sa propre existence comme un moyen délibéré de la contrarier. Elle ne l'accueillait jamais en le prenant dans ses bras ou en lui posant des questions sur sa journée comme le faisaient les autres mamans et les nounous. Ce n'est qu'une fois de retour à la maison, quand les premiers glaçons glissaient dans son verre avant d'être noyés dans le gin et qu'elle avait envoyé Frank lui allumer une cigarette sur la cuisinière, qu'elle écoutait enfin ses histoires et que son visage s'adoucissait à mesure que l'alcool se diffusait dans ses veines.

« Il n'y a que toi pour rendre sexy une blouse d'hôpital, dit Cleo en tendant à Zoe un Kleenex pour essuyer la larme qui coulait sur sa joue.

— Je vais bien », rétorqua-t-elle en ignorant le mouchoir.

Zoe avait-elle pleuré avant l'arrivée de Cleo ? Frank avait fait en sorte de ne pas la dévisager et la mettre encore plus mal à l'aise. Mon Dieu, qu'il était nul pour ces choses-là.

« Je t'ai apporté quelques foulards pour qu'on puisse t'envelopper les cheveux, après, annonça Cleo. Et j'ai acheté de l'eau florale d'hamamélis. Il paraît que ça fait partir la colle en douceur. »

Frank n'avait jamais été particulièrement sensible à la gentillesse. Sans doute parce que sa mère ne le lui avait pas montré l'exemple. Ce qui l'attirait, c'étaient toujours des personnages, des gens doués de talent, d'ambition, ou sachant s'amuser. Le genre de personnes qui, tout comme Frank, se faisaient passer avant les autres. Même dans le cas de Cleo, c'était par son intelligence et sa charge sexuelle qu'il avait été attiré. Pas une seconde il ne s'était demandé si c'était quelqu'un de bien. En la regardant sortir des foulards de son sac telle une magicienne des mouchoirs d'un chapeau, il se rendit compte qu'il avait eu tort. S'amuser, c'était très bien quand on était jeune, mais en vieillissant, c'était la bonté qui comptait et qui ressortait.

« Ce sont juste de vieux échantillons que j'ai faits pour le boulot, expliqua Cleo.

— Tu travailles toujours pour cette marque ? » demanda Zoe.

Cleo secoua la tête. « Je me concentre plus sur ma propre peinture.

— Tu en as, de la chance. »

C'était très subtil, mais Frank crut bien percevoir un mouvement de recul chez Cleo. Sa sœur se tourna vers lui. « Au fait, tu seras content d'apprendre que j'ai un nouveau boulot. Dans cette boutique de Christopher Street.

— La partie bourgeoise près de Citarella, ou le coin avec tous les sex-shops gay ? demanda Frank.

— La partie bourgeoise. J'ai commencé la semaine dernière.

— C'est super, commenta-t-il. Tu as trouvé grâce à un de tes amis de l'école ?

— J'ai rencontré la patronne à un after. » Zoe haussa les épaules.

Frank roula les yeux à l'intention de Cleo. *Tel frère, telle sœur*, songea-t-il. Cleo leva les mains et fit glisser entre ses doigts les coupons de tissu colorés. L'un était décoré de branches bourgeonnantes dans le style des estampes japonaises, un autre de formes abstraites bleu électrique, et le dernier de fleurs plissées rouge sang éclaboussées d'ombres. Frank s'obstinait à essayer de croiser le regard de sa femme entre les étoffes bigarrées, mais son visage restait caché. Il aurait préféré qu'elle exprime ouvertement sa colère contre lui ; au moins aurait-il su ce qu'elle ressentait.

« Les coquelicots, décréta Zoe. Le rouge me va bien.

— Tu peux tous les garder, si tu veux, dit Cleo.

— Merci, fit Zoe. Vraiment. »

L'infirmier vint interrompre cette trêve fugace en glissant la tête devant le rideau.

« On dirait qu'on fait la fête, ici, observa-t-il.

— Bonjour, je suis la belle-sœur, annonça Cleo en se penchant pour lui serrer la main.

— C'est mon jour de chance, commenta l'infirmier en souriant de toutes ses dents. Deux belles femmes ici d'un coup. Vous pourriez être mannequins, toutes les deux.

— Eh bien, Zoe, oui, fit Cleo.

— Pas après ce que vous avez fait à mes cheveux, grogna l'intéressée.

— Est-ce qu'on va pouvoir parler à un médecin bientôt ? hasarda Frank.

— Après l'examen, un spécialiste consultera les résultats. Une fois qu'on aura fait tout le boulot difficile. » Il adressa un clin d'œil à Zoe. « Vous pouvez vous détendre et discuter pendant la première demi-heure, mais Zoe, je vais vous demander de ne surtout pas bouger. Et ensuite il y aura quinze minutes de silence pour qu'on enregistre l'activité du cerveau au repos. Ça vous convient ? »

Assis de chaque côté de Zoe, Cleo et Frank regardèrent l'infirmier allumer le moniteur. Des lignes rouges se mirent à onduler sur l'écran.

« C'est votre activité cérébrale, expliqua l'infirmier. C'est super, non ?

— C'est le mot, ouais, fit Zoe. Vous voulez qu'on échange nos places ?

— Oh, pendant ma formation, j'ai vécu bien pire que ça. » Il se pencha vers elle d'un air de conspirateur. « On s'entraînait en se faisant des lavements entre nous. »

Cleo tenta de réprimer un éclat de rire en se plaquant un foulard sur la bouche, mais ne réussit qu'à renifler encore plus bruyamment au travers. Zoe adressa un grand sourire à l'infirmier.

« Ça a l'air sexy, commenta-t-elle en glissant la petite pointe de sa langue rose entre ses dents de devant.

— Putain, il n'y en a pas un pour rattraper », dit Frank.

L'infirmier tira de nouveau de rideau autour d'eux et ils restèrent ainsi un moment, à écouter les *bips* du moniteur. Frank consulta sa montre : il était déjà 16 heures passées.

« Eh bien, je ne retournerai pas travailler aujourd'hui, annonça-t-il en posant les pieds sur le côté du lit de Zoe.

— Moi non plus, renchérit cette dernière. Allons prendre un verre, après ça, histoire de sauver l'après-midi.

— Il n'en est pas question, décréta son frère en se redressant tout droit sur son siège. Je suis certain que c'est ça qui t'a amenée ici. C'est ça que tu faisais, hier soir ?

— Je plaisantais !

— Vraiment ?

— Je n'ai pas bu tant que ça, insista Zoe en fixant intensément le plafond. Je me sentais bien en allant à la répète.

— Tu as fait cette crise au théâtre ? demanda Cleo.

— Tu étais avec ta coloc ? s'enquit Frank. Celle qui traîne avec les drogués ? »

Cette fille lui avait fait une drôle d'impression, le jour où il avait aidé Zoe à emménager dans cet appartement. Elle possédait un rat domestique, ce qui en disait long sur elle.

« Elle travaille pour un programme d'échange d'aiguilles, ce n'est pas la même chose. »

Frank produisit un son qui exprimait clairement que pour lui, si.

« Bref, c'était horrible, poursuivit Zoe. Dans ma chute j'ai arraché tout le décor de la grotte d'Antigone.

— Antigone a connu pire, murmura Cleo.

— C'est le régisseur qui m'a amenée ici juste après. Je lui ai dit que je t'appellerais. » Elle tira sur sa chemise de nuit d'un air contrit. J'imagine que ma doublure est *folle de joie*. Elle meurt d'envie d'avoir le rôle.

— Tu l'as bien cherché, Zo, lança Frank. Tu sais bien que tu ne dois pas boire avec ton traitement. »

À l'écran, les ondulations commençaient à s'emballer.

« Ignore-le, souffla Cleo. Il fait juste l'homme. »

Elle frotta le bras de Zoe d'un geste apaisant. Néanmoins, Zoe n'avait pas l'intention de s'allier à elle contre Frank, ce qu'elle signifia en dégageant son bras.

« C'est toi qui l'as épousé », rétorqua-t-elle. Incapable de résister à la pulsion de le charrier lui aussi, elle ajouta : « Dieu sait pourquoi, d'ailleurs.

— Pour le visa, railla Frank. Comme tu le sais, Zo. »

Il ne pouvait pas reprocher à Cleo d'essayer de se lier à Zoe, mais il n'était pas ravi pour autant d'endosser le rôle du sale type. De plus, il en avait assez d'entendre le terme « homme » utilisé comme synonyme de « connard ». À sa grande satisfaction, il vit les yeux de Cleo s'agrandir de surprise.

« Ce n'est pas juste, dit-elle d'une petite voix.

— Mais *toi*, poursuivit-il en se tournant vers Zoe, mon petit parasite ingrat. Je veux simplement que tu prennes soin de toi.

— Je sais, dit Zoe en lui tapotant la joue. Maintenant, arrête de me faire bouger, tu as entendu ce qu'a dit l'infirmier. »

Ils retombèrent dans le silence, avec les *bips* du moniteur comme métronome scandant le temps.

« OK, pas d'alcool ce soir, finit par capituler Zoe. Un ciné, alors ? De toute manière, il fait trop chaud pour rester dehors. Il y avait un truc d'art et essai à l'IFC que j'avais envie de voir.

— Mon Dieu, je n'y suis plus retourné depuis... Tu te souviens, Cley ? demanda Frank.

— Je me souviens, oui.

— Quoi ? fit Zoe.

— J'imagine qu'on peut appeler ça notre premier rendez-vous officiel », expliqua Cleo. Elle regardait Zoe, mais c'est à lui qu'elle parlait. « Même si on n'a jamais rien fait de manière traditionnelle.

— En gros, on a surtout baisé, résuma Frank.

— Dégueu, commenta Zoe.

— Mais exact, renchérit Cleo en adressant un minuscule sourire en coin à Frank. On est allés voir un film de ce réalisateur norvégien. Comment il s'appelle, déjà ? Toujours super déprimant ?

— Oui, je vois lequel, assura Zoe. Les Norvégiens sont tellement sombres.

— Et Bergman ? tenta Frank.

— Suédois, rectifièrent en chœur Cleo et Zoe.

— Bref, Bergman est déprimant, lui aussi, conclut Zoe. Tu sais que le taux de divorce a doublé en Suède après la sortie de *Scènes de la vie conjugale* ? »

Ce constat plana dans l'air un petit moment.

« Quoi qu'il en soit, finit par intervenir Frank en détournant la conversation du divorce au profit du souvenir qu'il voulait ranimer chez Cleo, c'était au milieu de cette tempête de neige géante. »

C'était à la mi-mars, la dernière tempête de la saison, qui avait enfoui la ville sous un mètre cinquante de neige et une chape de silence. Frank n'avait jamais vu une chose pareille à New York. Il y avait quelque chose de miraculeux à se retrouver ainsi dans ce cinéma vide – qui, contre toute attente, était resté ouvert –, assis tous les deux dans le noir, dans les odeurs mêlées de laine mouillée et de beurre fondu. Après le film, ils avaient déambulé dans les rues, aveuglés par les tourbillons immaculés que venaient percer par intermittence les phares d'une voiture rampant tant bien que mal dans le blizzard. Comme il n'y avait pas de taxis, ils s'étaient réfugiés dans une pâtisserie italienne restée ouverte sur Bleecker Street. Cleo avait commandé un chocolat viennois, plus épais que du sirop et si chaud qu'il lui avait brûlé le palais.

« On est allés dans cette pâtisserie, se remémora-t-elle. Et on s'est aussitôt mis à se disputer.

— À débattre avec passion des qualités cinématographiques de ce film, tu veux dire, rectifia Frank.

— J'avais trouvé l'actrice principale désastreuse, précisa Zoe.

— Eh bien, notre discussion animée portait sur le choix de père de se nourrir en premier après avoir risqué sa vie pour rapporter un repas à sa famille, pendant la guerre.

— Frank le défendait !

— Et tu as décrété, ajouta Frank en soutenant le regard de Cleo, que si je compatissais avec le père, c'était parce que je faisais toujours passer mes propres besoins en premier. »

Cleo était la première femme à être capable de l'exciter en le critiquant. Elle était très douée, avec une perspicacité qui donnait à Frank le sentiment d'être sans défense, mais aussi d'avoir été *vu*, réellement considéré, pour la première fois de sa vie.

« C'est plutôt méchant, commenta Zoe.

— C'était avant qu'elle sache tout ce que je fais pour *toi*, rétorqua Frank.

— Il s'est levé, a embarqué mon chocolat chaud, et est sorti de la pâtisserie, raconta Cleo. Il a même laissé son blouson. Je pensais qu'il était fou de rage, mais quand j'ai levé les yeux, il était dehors, à tendre mon gobelet de chocolat sous la neige.

— Pour quoi faire ? demanda Zoe en réprimant un bâillement.

— Pour le faire refroidir, dit Cleo.

— Pour la faire rire », objecta Frank.

Dans la touffeur d'août, il était presque impossible d'imaginer le froid polaire d'alors, de même qu'il est impossible d'imaginer la faim le ventre plein. Frank tenta de se remémorer les nuages de vapeur de son haleine et le contact des lourds flocons de neige imprégnant l'étoffe fine de sa chemise. Ce qu'il se rappelait en revanche avec une clarté absolue, c'était l'allure de Cleo, assise derrière la fenêtre du salon de thé, son adorable visage scintillant et ses cheveux couleur miel. Tout en elle était doré, alors : la myriade de bagues en or qu'elle laissait toujours près du lavabo de Frank, la première surprise de ses poils pubiens clairs et soyeux. Elle avait même l'odeur du miel, celle de cette crème dont elle s'enduisait en permanence, se plaignant d'avoir la peau trop sensible pour la rudesse des hivers new-yorkais.

« On peut se remettre à parler de moi, maintenant ? » demanda Zoe.

Mais Frank regardait Cleo. Elle soutint son regard. Elle sourit, et il sut qu'il était pardonné pour la veille. Elle était bel et bien sensible, mais elle savait être dure. Il s'était époumoné pour attirer son attention, mais elle n'avait rien entendu. *Alors, heureuse ?* avait-il hurlé à travers la vitrine, au milieu de la neige tourbillonnante. *Je te rends heureuse, là ?*

5

Fin août

Le groupe de parole « La Pleine Conscience par l'Orgasme » se réunissait chaque vendredi dans un studio de hot yoga de Canal Street, au-dessus d'une boutique proposant des lectures d'aura pour dix dollars. Zoe s'était laissée convaincre d'y participer par sa colocataire, Tali, qui avait les cheveux du même bleu que leur spray pour les vitres et proférait des vérités telles que : « Ton pouvoir est dans ta chatte. » Zoe n'avait accepté que parce que le cours était gratuit, or c'était tout ce qu'elle avait les moyens de faire ce soir-là.

Jusqu'ici, elle arrivait tout juste à joindre les deux bouts grâce à son boulot dans un magasin de mode pour femme de Christopher Street dont elle était l'unique employée. C'était une toute petite boutique rappelant un écrin en velours, dont la propriétaire était styliste et venait d'une famille aisée. Elle avait aussi clairement un problème de drogue, que Zoe avait découvert au moment de leur rencontre, lors d'un after, lorsque sa future patronne lui avait emprunté un tampon pour se servir de l'applicateur comme paille à coke. Les vêtements qu'elle vendait répondaient à la demande d'une certaine catégorie de clientes du West Village, à la fois riches et vaguement bohème, qui travaillaient dans... eh bien, Zoe ne savait pas trop dans quoi, mais leurs choix de carrière leur permettaient visiblement de faire du shopping en pleine semaine.

Zoe avait reçu pour consigne de s'asseoir derrière de la vitrine et d'avoir l'air ravissante pour attirer les passants, ce qui collait bien avec sa nature secrètement exhibitionniste. En dépit de ce solide plan marketing, la boutique restait déserte pendant des heures d'affilée, ce qui laissait à Zoe tout le temps de répéter ses rôles sans être interrompue. Et puisqu'elle était fermée lorsque Zoe n'y était pas, elle s'était arrogé le droit d'emprunter les vêtements en toute impunité, tant qu'elle veillait à ne rien renverser dessus, et ce plan avait tué dans l'œuf ses velléités dépensières naissantes. Et surtout, elle se faisait payer au black et en liquide, ce qui lui avait permis pour la première fois de sa vie de mettre un petit peu d'argent de côté.

Mais c'est alors qu'elle avait reçu la facture. Elle avait ouvert l'enveloppe en provenance de l'hôpital sans inquiétude particulière, n'imaginant pas une seule seconde qu'elle contenait l'équivalent financier d'une bifle pour une bourgeoise frigide des années 1950. Tous les frais liés à son examen du cerveau y étaient méticuleusement détaillés. Elle avait bien une mutuelle (payée par Frank, naturellement), mais malgré cela, il lui restait un peu plus de mille dollars à sa charge. Ses options pour trouver rapidement de l'argent étaient très limitées. Depuis son mariage, Frank lui avait clairement fait comprendre que la Banque Frangin était officiellement fermée. Aller trouver ses parents impliquerait de leur parler de cette crise d'épilepsie. Elle n'avait donc d'autre choix que de payer la facture, et donc de réduire à néant ses maigres économies.

C'est ainsi que ses projets initiaux pour ce vendredi soir, qui étaient de dîner chez Indochine avec ses copains de Tisch, s'étaient transformés en une séance gratuite de pensée sexuelle positive avec sa coloc légèrement dérangée. À son arrivée, Zoe constata que, du haut de ses dix-neuf ans, elle était nettement plus jeune que la plupart des hommes et des femmes en train de s'installer en demi-cercle sur le parquet. Elle se dit que si on lui demandait plus tard de décrire le groupe, elle dirait que pour une raison inexplicable, il y avait non pas une, mais *deux* personnes portant des jambières. L'une d'elles étant leur animateur, qui se planta debout devant eux, tapa dans ses mains d'un air réjoui et leur enjoignit à tous de s'asseoir confortablement en tailleur.

Zoe prit place près de Tali et observa plus attentivement le groupe. Elle dénombra deux T-shirts « tie and dye » (dont un portant l'inscription : « Bouge ton corps pour être raccord », quelques casquettes et feutres mous, une femme blanche portant un *bindi* coloré au milieu du front, et un assortiment de pendentifs en cristal. La seule autre personne de l'âge de Zoe était une fille assise pile en face d'elle, vêtue d'un T-shirt très échancré qui masquait à peine son décolleté en push-up. Elle avait un joli visage un peu boudeur qui la faisait ressembler à un petit bouledogue français.

« Bienvenue, les amis, s'exclama Jambières. Comme la plupart d'entre vous le savent déjà, je suis Kyle. Comment on se sent, ce soir ?

— C'est l'extase, Kyle ! brailla la femme au *bindi*, et le groupe poussa des cris de joie approbateurs.

— Heureux de l'entendre, opina-t-il, tout sourire. Maintenant, avant de commencer, avons de nouveaux membres, ce soir ? »

Plusieurs personnes levèrent la main de manière hésitante, parmi lesquelles Zoe et la fille aux gros seins. Zoe sentit l'attention du groupe se focaliser sur elle, et elle éprouva cette onde de plaisir familière à être remarquée, et inévitablement admirée.

« Bienvenue, dit Kyle. Surtout, ne soyez pas intimidés. On a beau être une bande de dingues, on est des dingues *sympas*, promis. Avec un peu de chance, vous avez déjà un peu entendu parler de la Pleine Conscience par l'Orgasme et de ce qu'on fait, ici. »

Il se lança néanmoins dans une description détaillée de leurs pratiques. Zoe sentit la chaleur lui monter aux joues lorsqu'il se mit à expliquer qu'un « stimulateur » caresserait le clitoris de la destinataire pour tenter de l'amener à un nouveau degré de conscience. À en croire Kyle, il existait trois étapes physiques : les caresses sur l'intérieur des cuisses de la destinataire, la pression appliquée sur le quadrant supérieur gauche de son clitoris, puis « la mise à la terre » de la zone pelvienne en posant la paume à plat une fois l'orgasme atteint.

« En haut à gauche, les amis ! répéta Kyle. C'est le point stratégique. Il y a des questions ? »

Il adressa des sourires enthousiastes à l'assistance. Zoe, qui se sentait déjà bien à terre, jeta un regard impatient vers la porte.

« Nan ? Bon, la séance de ce soir a juste pour but d'apprendre à se connaître, précisa-t-il. On va recréer *verbalement* les étapes de la méditation physique, à travers des jeux de mots et des exercices rigolos. Alors, désolé, s'excusa-t-il avec un clin d'œil au groupe, personne ne retirera sa culotte ce soir. »

Plusieurs personnes poussèrent des grognements de frustration ou des gloussements, suivis d'un tonnerre d'applaudissements. Zoe consulta son téléphone : elle était là depuis moins de dix minutes. Pour le premier exercice, Kyle demanda au groupe de faire un tour de cercle où chacun crierait comment il se sentait en cet instant. *Excité !*

Nerveuse! Prêt pour l'exercice! Reconnaissante! Aimé! Motivée! Hyper sexy!

« Fauchée, dit Zoe quand ce fut son tour.

— Désolée, tu as dit « fâchée » ? » demanda Kyle.

Elle répéta sa réponse.

« C'est génial, Zoe. Mais je pense qu'on peut dire que c'est plus un état qu'une émotion.

— C'est un état émotionnel, quand on est en plein dedans », rectifia Zoe.

Tali lui lança un regard désapprobateur, mais l'autre fille, le joli bouledogue, la fixa bien en face avec un petit sourire narquois. Zoe avait toujours eu un don pour se lier de cette manière avec une personne dans un groupe. « Le lien par le rejet », c'est ainsi que l'avait qualifié son thérapeute dans cette pension où on l'avait envoyée.

« Très bien. » Kyle se frotta nerveusement les mains. « On passe à la suite. »

Pour le jeu suivant, les membres du groupe pouvaient se porter volontaires pour venir s'asseoir sur un tabouret au centre de la salle (« le tabouret brûlant », comme l'appelait Kyle), pour que le reste du groupe leur pose des questions personnelles. Zoe apprit ainsi que Sandra, la fille au *bindi*, était coach de vie et aimait se masturber dans son bain, que pour Ralph (nouveau venu lui aussi) ce qu'il avait de plus excitant chez une femme, c'était sa gentillesse et son désir de tester le sexe anal, et que Kyle – qui accepta d'un air confus de prendre place sur le tabouret brûlant à la demande insistante de ses disciples – était vegan, adepte du poly-amour et aimait cuisiner pour sa mère. Zoe croisa le regard de Tali et articula à voix basse *je te déteste* avant de se concentrer à nouveau sur le groupe avec un sourire pincé.

Kyle leur demanda ensuite de s'allonger par terre et de relâcher leur corps le plus possible. Zoe consulta de nouveau son téléphone : des amis à elle se donnaient rendez-vous à la soirée d'ouverture d'un nouveau bar dans l'East Village. Toute la vie sur terre, semblait-il, se déroulait hors de cette pièce.

« Je veux que vous fermiez tous les yeux et que vous vous remémoriez un moment où vous vous êtes sentis vraiment vulnérables », dit Kyle en tamisant les lumières.

Il n'était pas question pour Zoe de faire une chose pareille. Elle fixa le plafond en essayant plutôt d'imaginer un moyen de gagner de l'argent rapidement et sans effort. Mais la pensée qu'elle s'échinait à écarter de son souvenir décida de passer en force et lui remonta clairement à la conscience. Elle avait quinze ans, et elle était amoureuse. C'était dans la première pension où elle avait été envoyée. Lui était une classe au-dessus, il était guitariste dans le groupe de jazz du lycée. Il l'avait embrassée à la fête d'Halloween – il était déguisé en morceau de bacon, elle en souris sexy –, avant de l'emmener sur le monticule herbu derrière le bâtiment de sciences. Ils avaient fait l'amour dans l'herbe humide, leurs costumes tout fripés roulés à la taille. Et il avait suffi de cela pour qu'il devienne le crochet auquel elle avait suspendu tout son être.

« Quelles émotions fait ressurgir ce moment ? chuchota Kyle. De la peur ? De l'excitation ? De la colère ? Immergez-vous totalement dans votre ressenti. »

Le simple fait de penser à lui générait en elle une vibration, une chaleur de l'intérieur vers l'extérieur. En classe, elle ignorait totalement les cours pour se repasser en boucle le film de cette nuit-là. Lorsqu'elle se montrait aux répétitions de son groupe ou qu'elle imaginait des scénarios improbables pour qu'ils se croisent dans les couloirs, il se montrait gentil mais indifférent à son égard. Elle ne comprenait ni ne supportait une telle passivité. Ils avaient découvert ensemble cette chose incroyable. Pourquoi n'avait-il pas envie de le refaire, encore et encore ?

Le week-end suivant, épuisée par sa propre déception, elle avait décidé de se saouler. Avec une amie, elles avaient attendu devant un magasin d'alcools qu'un homme accepte de leur acheter une bouteille de vodka, puis elles s'étaient assises sur un banc avec une brique de jus d'orange, et avaient bu tour à tour les deux breuvages au goulot jusqu'à avoir tout liquidé. Une heure plus tard, l'idée leur avait paru géniale de s'introduire dans le dortoir du garçon en question pour lui faire une surprise. Ce serait une aventure ultra romantique. Zoe voulait s'allonger à côté de lui, qu'il pose sa tête contre sa poitrine pour qu'elle puisse lui caresser les cheveux. Elle était en train de grimper tant bien que mal par la fenêtre, tellement saoule qu'elle ne s'en était pas souvenue ensuite, lorsqu'elle s'était effondrée par terre au milieu de la chambre. Sa première crise.

« Maintenant, imaginez un moment où vous vous êtes sentis aimés et en sécurité », dit Kyle.

Mais elle avait déjà plongé trop profondément dans son souvenir pour en ressortir si vite. En reprenant conscience après la crise, elle avait eu l'impression de passer au travers d'une vitrine. Elle se rappelait qu'en ouvrant les yeux, elle avait vu penché sur elle le visage blanc et rond de l'infirmière de l'école. Elle ignorait complètement où elle se trouvait. Ce n'est que lorsque l'infirmière l'avait aidée à se relever qu'elle avait senti sa jupe trempée collée sur ses cuisses. Il y avait une auréole sombre sur la moquette. Cette honte qu'elle avait ressentie, alors... Une honte tellement physique que même à présent, elle devait s'enfouir le visage entre les mains.

« Maintenant, imaginez un moment où vous avez aidé quelqu'un à se sentir aimé et en sécurité », poursuivit Kyle.

Elle avait lu ensuite qu'il était courant de relâcher les sphincters durant les crises d'épilepsie, et elle vivait depuis dans la terreur que cela lui arrive de nouveau, même si jusqu'ici cela ne s'était produit que cette première fois. Dans les semaines qui avaient suivi, elle avait visionné des millions de vidéos de gens s'écroulant par terre, secouant violemment la tête de droite à gauche comme pour se libérer de leur corps. C'était un acte de violence contre elle-même, de les regarder. *Lui* l'avait vue dans cet état. Y avait-il quelqu'un dans cette fichue salle qui se soit retrouvé aussi vulnérable ? Y avait-il dans toute l'histoire de l'Humanité une seule personne qui ait été aussi humiliée ?

« Je sens l'énergie de guérison dans cette pièce, annonça Kyle. Je la sens. »

Une fois qu'ils se furent étirés et redressés en position assise, Kyle leur expliqua que pour le dernier exercice, ils allaient travailler par deux. Zoe fut soulagée de se retrouver avec la fille qui lui avait souri un peu plus tôt. Kyle leur donna comme instruction de se placer face à face et d'unir leurs paumes, puis d'énoncer des phrases courtes commençant par « je suis » et « je ne suis pas ».

Zoe posa ses paumes contre celles de la fille, qui se présenta comme Portia. De près, elle était plus sensuelle que jolie, avec un nez légèrement retroussé et des lèvres charnues et rebondies d'un bordeaux profond. Elle avait un piercing dans la joue, un diamant en guise de fossette. Elles échangèrent des regards timides.

« Allez, les filles, les exhorta Kyle. *Je suis*...

— Je suis en train de me dire que tout ça, c'est des grosses conneries, marmonna Portia en roulant des yeux lorsque Kyle s'éloigna.

— Je ne suis pas en désaccord avec toi, sur ce coup-là, répliqua Zoe.

— Je suis ici parce que mon psychiatre en a eu l'idée.

— Je ne suis pas ici de mon plein gré. C'est ma coloc complètement dingue qui a insisté.

— Je *suis* prête à me bourrer la gueule. » Portia sourit de toutes ses dents.

Zoe éclata de rire. « Je ne suis pas opposée à cette idée. »

L'intimité accélérée, c'était là un grand talent de Zoe. Elle avait appris très jeune qu'il était plus rapide de se lier à quelqu'un par la critique que par les goûts communs, et que le meilleur moyen de se sentir proche d'une autre personne était de transgresser les règles avec elle. C'est pourquoi les fumeurs se font toujours des amis. À la suite l'incident de la crise d'épilepsie, son thérapeute avait même suggéré que ce comportement était en partie responsable de ce qui lui était arrivé, mais Zoe ne voyait pas où était le problème. Jusqu'ici, cela lui avait toujours plutôt réussi. Tali, qui avait levé les yeux lorsqu'elles s'étaient mises à rire, la dévisageait en fronçant les sourcils.

« Pourquoi ton psy pense-t-il que tu as besoin de ça ? demanda Zoe en se penchant vers l'inconnue.

— Parce que j'aime mon boulot. Et parce que c'est un gros con coincé. C'était ça ou les DASA, expliqua Portia. » En voyant Zoe incliner la tête d'un air interrogateur, elle précisa : « Les Dépendants affectifs et sexuels anonymes.

— Oh, je vois. Ma mère est chez les autres.

— Les AA ? La mienne aussi. » Portia roula les yeux. « Ou disons qu'elle y *était*.

— Et c'est quoi, ton boulot ?

— Je suis une Sugar Baby, annonça-t-elle fièrement. Je suis sur le site appelé Les Chéries de Papa, qui met en relation "des messieurs d'un certain standing" – elle détacha ses paumes de celles de Zoe pour dessiner dans l'air des guillemets de ses longs ongles vernis couleur lilas – avec des filles comme moi. Il faut être en fac ou avoir un diplôme, pour devenir Baby. Eux ont juste à être riches. Ce sont des hommes qui veulent des filles sexy, mais, tu vois, qui aient aussi de l'éducation, pour les emmener à des réunions ou des dîners professionnels, ce genre de trucs.

— Et tu...

— Couche avec eux ? l'interrompit Portia d'un air ravi. Ça, c'est entre toi et tes Papas. Mais si tu veux passer un arrangement avec eux... Eh bien, c'est avec ces conneries-là que j'ai remboursé mon prêt étudiant et que je me suis payé une Honda Accord. »

Zoe ignorait ce qu'était une Honda Accord, mais elle fut impressionnée par le remboursement du prêt.

« Et tout ce que tu as à faire, c'est être en fac ?

— Et être canon, précisa Portia, en creusant sa fossette à diamant d'un air entendu. Ce que tu es, ma grande. Bref, si tu es vraiment fauchée comme tu le disais, tu devrais tenter le coup. Ils sont dingues des filles ethniques, en plus. »

Zoe décida de ne pas relever.

« Je pense que je vais plutôt demander à mon frère de m'aider, répondit Zoe. Mais c'est génial, pour ta voiture, et tout ça. »

Elle savait que Frank se montrait déjà bien généreux de payer son loyer et ses frais de scolarité. C'était la faute de leur mère, si elle se retrouvait dans cette situation. Cette dernière s'était toujours montrée négligente, en matière d'argent, comme tous ceux qui sont nés dedans. Jamais elle n'aurait dû lancer cette boutique de matériel de ski de luxe, en embarquant au passage le pauvre père de Zoe. Cette dernière avait le sentiment d'être la seule de son groupe d'étudiants à NYU dont les parents ne lui assuraient pas un budget « sorties » illimité – le seul qui comptait pour mener une vie new-yorkaise décente.

« Tiens, je te donne ça. » Portia se mit à fourrager dans son sac à main Vuitton pour en sortir une carte de visite. « Je vais arrêter bientôt, alors je ne te fais pas la promo ou quoi que ce soit. Un de mes papas me veut pour lui tout seul, alors il m'a branchée sur un poste administratif qui en met plein la vue. Je me fais du fric, chérie ! » Elle claqua des doigts et se mit à se tortiller, assise en tailleur sur le parquet.

Zoe rit et prit la carte. Elle était épaisse, d'un noir mat. Le nom de Portia et les mots « Sugar baby » s'étalaient en cursives rose vif au-dessus de l'adresse du site. Au verso se découpait une silhouette de femme qui aurait pu être n'importe qui.

Pour clore la séance, le groupe forma une ronde en se donnant la main pour déclamer une série de « om », paupières closes. Au bout de quelques minutes, Zoe ne sut plus dire où s'arrêtait sa voix et où commençaient celles des autres : c'était comme si tous ces sons humains dans la salle émanaient de sa propre gorge. Peut-être, se dit-elle, que c'était l'effet produit par un orgasme avec une autre personne : la disparition de la frontière entre soi et l'autre.

La vérité, c'est qu'elle n'en avait jamais eu. D'orgasme. Ni avec personne, ni même avec elle-même. Peut-être aurait-elle une révélation tardive, mais jeune, elle n'avait jamais essayé. Elle avait perdu sa virginité avant d'avoir appris à connaître son propre corps. Après sa crise d'épilepsie, elle avait bien tenté la masturbation à quelques reprises, mais elle n'avait rien ressenti sinon de la gêne, aussi avait-elle rapidement abandonné. Depuis lors, sa pratique du sexe se résumait à éprouver sa propre valeur et son pouvoir sur l'autre, mais rarement du plaisir physique. Elle ne se sentait pas plus près d'avoir un orgasme avec un homme en elle que de prendre le métro à l'heure de pointe. Elle avait tranché : son corps était défectueux. Elle ne pouvait même pas boire d'alcool comme une personne lambda, sans parler de jouir normalement. La seule chose que son corps savait faire correctement, c'était la trahir.

La mélopée se tut peu à peu. Kyle frappa un coup de gong et les voisins de Zoe lui lâchèrent les mains. Lorsqu'elle rouvrit les yeux, elle constata avec surprise qu'elle avait du mal à refouler ses larmes. Elle tenta de se replier discrètement vers les vestiaires, mais Kyle l'intercepta au passage.

« Je suis tellement content que tu sois venu ce soir, Zoe, lui dit-il. J'ai comme l'impression que tu es encore un peu dans la confusion, par rapport à ce qu'on fait ici, alors je me demandais si je pouvais te raconter une petite histoire. » Zoe opina à contrecœur. « Super ! Un jour, par accident, un gars tombe dans un trou profond. « Au secours ! Au secours ! » hurle-t-il, mais il ne vient personne. Un rabbin finit par passer par là. Il lui tend la Torah en lui disant de prier pour trouver un moyen de sortir de là. »

Zoe chercha Tali du regard dans l'espoir qu'*elle* l'aide à trouver un moyen de sortir de là, mais elle avait une discussion animée avec une femme que Zoe avait entendu prétendre qu'elle avait accouché en silence.

« Ensuite, un prêtre passe par là et lui donne la Bible. Encore une fois, sans résultat. Un psychiatre lui dit que s'il est coincé là, c'est parce qu'il est déprimé et il lui jette des cachets. Que dalle. Un nihiliste lui conseille d'imaginer que le trou n'existe pas, mais ça ne marche pas non plus. Un homme politique, un intellectuel et quelques autres tentent le coup, mais rien ne fonctionne. Puis vient un spiritualiste, un vrai sage, qui s'approche au bord du trou. Il regarde l'homme coincé au fond et saute pour le rejoindre. Et c'est ça, le sens de cette méditation ; Zoe : quelqu'un qui vient dans le trou avec toi. »

Il lui adressa un sourire rempli d'espoir.

« Mais comment ils en sortent, du trou ? demanda-t-elle.

— Exactement, acquiesça Kyle.

— Mais maintenant, ils sont deux, coincés au fond », insista-t-elle.

Kyle lui serra le bras.

« J'espère te revoir la semaine prochaine », lança-t-il avait de s'éloigner.

Zoe se tourna vers la porte au moment où Portia partait. Leurs regards se croisèrent, et Portia se donna une claque sur les fesses en articulant silencieusement, d'un air réjoui : *Du fric, chérie.*

Requinquée par la conversation avec Portia et incapable d'affronter la perspective d'un vendredi soir dont le point fort serait le petit speech de Kyle sur le poly-amour, Zoe planta là Tali pour rejoindre le bar dont ses amis avaient discuté par textos. Juste pour avoir de la compagnie, se jura-t-elle. Elle ne dépenserait pas un cent.

C'était une de ces soirées de fin d'été, quand l'air est chaud et humide comme un bain et que la possibilité du sexe est partout. Avant de partir, Zoe s'était enduite d'un lait hydratant hors de prix, dont elle laissait le sillage derrière elle en marchant. Elle retira la chemise écossaise qu'elle portait pour se la nouer autour de la taille. Elle se retrouvait donc pratiquement nue, dans une micro-robe tellement serrée qu'on voyait presque son cœur battre. Elle l'avait empruntée dans la boutique de Christopher Street, évidemment, se réjouissant qu'elle fasse si bien ressortir le bronzage qu'elle avait peaufiné tout l'été. Un serveur en train de débarrasser les tables en terrasse d'un restaurant de fruits de mer posa carrément les assiettes qu'il tenait pour pouvoir tranquillement la regarder passer. Elle glissa ses écouteurs dans ses oreilles et accentua un peu le rebondi de sa démarche en passant devant lui. Mon Dieu, qu'elle aimait les derniers jours de l'été dans cette ville.

Zoe arriva devant le bar bondé sur Avenue B, où elle tendit sa fausse carte d'identité au videur avec les petites palpitations habituelles. C'était un grand balèze blanc au cou épais et au crâne chauve constellé de gouttes de transpiration.

« Une seconde, laissez-moi jeter un œil. »

Il attrapa la carte d'identité puis jaugea Zoe des pieds à la tête en s'attardant longuement sur sa poitrine.

« Alors comme ça, vous êtes du Delaware ? demanda-t-il. De quel coin ? »

Zoe se retrouva toute bête. Elle n'avait jamais mis les pieds au Delaware. Elle avait acheté sa carte quarante dollars au cousin d'un gars de première année. Elle recula les épaules et décocha son plus beau sourire. « Le coin où ça souffle fort ? »

Il soutint son regard avant d'exploser de rire.

« Très bien. Vous pouvez entrer. »

Il lui pinça la hanche au passage. « Repasse donc me voir tout à l'heure, OK ? » murmura-t-il.

Elle lui sourit de nouveau, un peu moins chaleureusement. Elle adorait attirer l'attention, mais elle savait qu'à chaque fois, elle marchait sur la corde raide.

À l'intérieur, elle ne vit nulle trace de ses amis. Elle se fraya un chemin à travers la foule jusqu'au fond du bar. Une feuille de papier avait été scotchée sur la porte des toilettes, sur laquelle elle lut l'inscription : LES AMIS, ALLEZ VOUS DROGUER DEHORS. IL Y EN A QUI ONT BESOIN DE PISSER, ICI. Cela dit, personne n'avait paru en tenir compte, et les groupes habituels de filles gloussantes et de gars tout sautillants défilaient sans discontinuer. Elle prit place dans la file et consulta son téléphone. Cela lui faisait au moins une occupation, vu qu'elle n'avait pas de quoi s'offrir à boire.

La porte des toilettes s'ouvrit de nouveau à la volée, et Zoe vit débouler Cleo avec sa copine asiatique, que Zoe avait rencontrée au mariage mais dont elle était incapable de se rappeler le prénom. Elle avait une mémoire déplorable, ce qui pour une actrice était un vrai problème. Elle savait que c'était à cause des crises. L'amie de Cleo portait un short en jean ultra court qui dévoilait ses jambes tatouées et instinctivement, Zoe baissa les yeux vers ses propres cuisses pour voir qui avait les plus fines.

« Bébé Zoe ! s'exclama Cleo en la prenant par le cou. Qu'est-ce que tu fais ici ? Tu connais Audrey, pas vrai ?

— Il fait une chaleur d'enfer, là-dedans, pesta Audrey en coupant court aux présentations. Elle mima l'action de fumer une cigarette en désignant la porte. Cleo plissa les yeux à l'intention de Zoe et lui serra le coude.

« Tu nous accompagnes ? » demanda-t-elle.

Zoe savait que Cleo essayait seulement d'être gentille, mais les tentatives incessantes de sa belle-sœur pour qu'elles deviennent amies l'irritaient. Ce n'était pas très compliqué, de se montrer généreux, quand on avait quelqu'un qui payait tout. Toutefois, comme aucun de ses amis ne voulait se montrer, Zoe n'avait pas vraiment le choix.

« Je m'en vais bientôt, de toute manière », marmonna-t-elle en les suivant.

Dehors, il faisait à peine moins chaud. Cleo sortit un éventail en bois de son sac et releva ses longs cheveux pour s'éventer la nuque. Elle le tendit ensuite à Zoe pour qu'elle l'essaie, avant de sortir un paquet de cigarettes. Tout en s'éventant, Zoe prit soin d'éviter le regard lubrique du videur. Cleo passa une cigarette à Audrey, puis en plaça une entre ses lèvres.

« Je peux en avoir une ? demanda Zoe.

Cleo haussa un sourcil. « Frank me tuerait.

— Je ne dirai rien. Je le jure. »

Cleo céda et lui tendit le paquet.

« Elles sont tellement fines », fit remarquer Zoe en allumant la sienne avec une désinvolture feinte. Elle n'était pas une vraie fumeuse, mais elle détestait être tenue à l'écart.

« Cleo est trop chic pour fumer autre chose que des slims, commenta Audrey.

— Le chic incarné, rétorqua Cleo, pince-sans-rire. C'est tout moi.

— Où est mon frère, au fait ? s'enquit Zoe.

— Sur un tournage de nuit, dit Cleo. Il travaille si dur.

— Eh bien, il faut bien qu'il y en ait un sur les deux », ne put s'empêcher de railler Zoe.

Elle vit le mouvement de recul de Cleo, à peine perceptible, bien vite chassé par son masque habituel, aimable et placide.

« Oh, mon Dieu, cachez-moi, s'exclama brusquement Audrey en tirant Zoe devant elle. C'est ce type du restaurant.

— Celui avec le truc au téton ? demanda Cleo en tendant le cou. Qu'est-ce qui lui est arrivé ?

— Il est parti, ouf. » Audrey relâcha Zoe. « Pour commencer, il n'a pas réussi à me faire jouir. »

Zoe fut ébahie d'entendre quelqu'un en parler aussi librement, mais elle fit de son mieux pour le dissimuler.

« Ensuite, poursuivit Audrey, il m'a appelée »sexy».

— Et ce n'est pas une bonne chose ? s'étonna Zoe.

— Pas sexy comme adjectif, sexy comme *nom*. Genre : « Ne bouge pas, Sexy », ou « Qu'est-ce que tu prendras, Sexy ? »

— Pigé, fit Zoe. C'est dégueu.

— Et pour finir, il chassait des vrais animaux. Et il avait des embauchoirs dans toutes ses chaussures, même les baskets. Un vrai psychopathe.

— Des embauchoirs ? répéta Cleo, éberluée. Et on le laisse tripoter de la *nourriture* ?

— Arrête de te moquer de moi, rétorqua Audrey. C'est clairement un symptôme non diagnostiqué de maladie mentale. »

Zoe, qui était toujours partante pour ce genre de conversation, lui adressa un regard de connivence.

« Clairement un psychopathe, renchérit-elle. Une chance qu'il ne t'ait pas dépecée.

— *Exactement*, s'enthousiasma Audrey en lui saisissant le bras. Tu es drôle. Cleo, elle est drôle. Rappelle-moi quel âge tu as ?

— Dix-neuf ans, répondit Zoe. Et demi, s'empressa-t-elle d'ajouter.

— Oh mon Dieu, je te *déteste*, soupira Audrey. Allez venez, allons à la pêche.

— À la pêche ?

— Je me plante à un bout du bar et Cloe à l'autre bout, et on prend un air tout perdu et à moitié shootée, jusqu'à ce qu'un gars se pointe pour proposer d'offrir un verre à l'une de nous. Alors elle en commande deux, en lui laissant croire qu'il y en a un pour lui, puis elle se barre avec à toute vitesse et on les boit nous-mêmes.

— C'est le seul sport pour lequel on soit vraiment douées, rit Cleo.

— Sauf qu'on a arrêté d'y jouer depuis que tu as rencontré Frank, balança Audrey.

— Parce que c'est lui qui paie nos verres, fit remarquer Cleo.

— C'est vrai », concéda son amie. Elle donna un petit coup d'épaule à Zoe. « Tu as un frère généreux, ma grande. »

Zoe eut un pincement au cœur en repensant à la facture de l'hôpital. Pas tout à fait assez généreux, songea-t-elle. « Vous savez quoi ? dit-elle. Je vais y aller. Il est tard, et... Ouais, je vais y aller. »

Elle lâcha sa cigarette sur le trottoir et l'écrasa du talon de sa basket. En relevant les yeux, elle lut une déception sincère sur le visage de Cleo.

« Oh, ne t'en va pas, dit celle-ci. Je ne te vois jamais sans Frank. Et j'espérais...

— Je rentre, l'interrompit Zoe en haussant les épaules. Bonne chance pour la pêche. »

Et elle sortit sans laisser Cleo terminer sa phrase. C'était grossier, elle le savait, et sans doute immérité, mais son découvert bancaire sapait toute velléité de gentillesse en elle. En repassant devant l'entrée du bar, elle sentit qu'on tirait sur sa robe. Elle se retourna, s'attendant à voir Cleo, au lieu de quoi elle se retrouva nez à nez avec le gigantesque videur. De si près, elle voyait les pores bouchés au bout de son nez et le film de sueur qui lui recouvrait le front.

« On rentre déjà ? » demanda-t-il.

Zoe rebaissa d'un coup sec l'ourlet de sa robe, qui était remonté quand il avait tiré dessus.

« Ouaip.

— Tu ne vas pas me snober comme ça, alors que je t'ai laissée entrer avec ta carte bidon. »

Zoe lui adressa un sourire pincé et haussa les épaules pour indiquer qu'elle n'avait rien à répondre à cela. Elle se retourna pour reprendre son chemin.

« Donne-moi au moins ton numéro, insista-t-il.

— Je ne crois pas, non », rétorqua-t-elle par-dessus son épaule.

Il se mit à marcher à côté d'elle. Elle aurait volontiers piqué un sprint jusqu'au bout de la rue, mais la circulation lui barrait le passage.

« Vous n'êtes pas censé surveiller la porte ? » demanda-t-elle.

Au départ, c'était dit pour le taquiner, mais elle y avait mis plus de force que prévu.

« Oh, tu me la joues comme ça ? Tu te crois trop bien pour quelqu'un qui fait le videur ? »

Et voilà. Le glissement de l'admiration vers l'agressivité. Zoe connaissait cela par cœur. Elle s'immobilisa pour qu'il arrête de la suivre. Le bout de la rue était désert, et elle ne voulait pas faire un pas de plus avec cet homme.

« C'est juste que… je ne veux pas sortir avec quelqu'un, ces temps-ci », se justifia-t-elle d'une petite voix.

Il s'approcha, si bien que son visage se retrouva à quelques centimètres à peine de celui de la jeune femme.

« Qui a parlé de sortir ? » murmura-t-il.

Il se mit à fixer avec insistance le devant de sa robe. Zoe sentit une onde brûlante de honte lui embraser les joues. Qu'est-ce qui, dans son apparence, pouvait bien donner l'impression que c'était ce genre de choses qu'elle voulait ? Soudain, elle détesta cette micro-robe blanche. Elle détesta son décolleté plongeant et ses jambes dénudées – c'est-à-dire tout ce qu'au départ elle adorait dans sa tenue. Elle eut envie de renfiler sa chemise et de rentrer furtivement chez elle. Elle aurait donné cher pour disparaître. Le videur allait en remettre une couche, sans doute un truc répugnant, lorsqu'elle s'entendit appeler.

« Zo ! Zo ! Est-ce que ce type t'embête ? »

Cleo et Audrey s'avançaient vers elle en trottinant, bras dessus bras dessous.

« Mec, tu veux bien t'éloigner d'elle ? fit Audrey. T'es invasif, là. »

— On discute, c'est tout », se défendit l'autre en tendant ses paumes ouvertes.

Audrey attrapa Zoe par le bras pour l'attirer vers elles. « Tu sais l'âge qu'elle a ?

— Elle a *vingt et un ans*, marmonna Cleo entre ses dents. Elle est majeure, quoi. Tu te rappelles ?

— Oh, c'est vrai, s'empressa d'acquiescer Audrey. Mais genre, un *petit* vingt et un.

— Exactement, renchérit Cleo en se tournant vers le videur. Ce qui n'est pas ton cas, il me semble.

— Et au fait, on connaît le propriétaire, ajouta Audrey. Donc, ouais, essaie de pas trop nous contrarier. »

Le gars alluma une cigarette et inspira profondément, puis ricana en expirant la fumée. Il regarda Zoe droit dans les yeux en se passant la langue sur la lèvre supérieure.

« Tu sais où me trouver, dit-il.

-Dégueu », marmonna Audrey à mi-voix.

Zoe fut soulagée que les deux filles lui épargnent d'avoir à répondre en l'escortant vers le bar. Cleo fit une pause dans le hall d'entrée.

« On connaît le propriétaire ? demanda-t-elle à Audrey. C'est qui ?

— Aucune idée. Mais on *pourrait*, tu vois ? »

Elles échangèrent un regard et éclatèrent de rire. Cleo retrouva son sérieux avant de se tourner vers Zoe. « Ça va, Zo ? Tu veux qu'on te trouve un taxi pour rentrer ? »

Elle réfléchit à la proposition. La perspective d'être seule dans son appartement lui parut soudain extrêmement déprimante. À sa grande surprise, elle se rendit compte qu'elle avait envie de rester.

« Il n'en est pas question, répondit Audrey à son amie. Ramener une robe pareille à la maison avant 23 heures ? On ne peut pas laisser faire une chose pareille.

— Viens danser avec nous, chantonna Cleo. Il se pourrait même que tu t'amuses. »

Zoe sourit malgré elle. C'était vraiment une robe fabuleuse, malgré les ennuis qu'elle lui attirait.

« Mais je n'ai pas d'argent.

— On peut aller à la pêche ! proposa Audrey d'un ton ravi.

— Pas besoin d'aller à la pêche. » Cleo secoua son sac en souriant de toutes ses dents. « J'ai la carte de crédit de Frank. »

Zoe faillit faire une remarque cassante, mais elle se ravisa. Au moins, elle allait y gagner quelques verres gratuits. Audrey poussa des cris de joie et leur passa le bras autour du cou, et elles se dirigèrent toutes trois vers le bar.

« Vous savez ce que c'est, mesdames ? brailla-t-elle pour couvrir la musique. C'est une putain de soirée de filles ! »

Zoe ne retrouva jamais ses amis, ce soir-là, mais cela n'avait pas d'importance. Les heures suivantes s'enchaînèrent en un tourbillon joyeux d'alcool et de danse. Elle s'étonna de se sentir si bien dans la sphère protectrice des deux femmes un peu plus âgées, qui savaient déjouer en riant les avances maladroites des hommes assez courageux pour les aborder, et qui faisaient barrage en la prenant en sandwich entre leurs deux corps.

Elle n'avait jamais fait partie d'un groupe de copines. En général, elle avait une seule personne proche, ou plutôt un acolyte, par roulement. C'étaient presque toujours des filles effacées et introverties, avec des rêves de grandeur sociale et qui idolâtraient inévitablement Zoe. Elle se savait plus jolie que les autres et avait accepté que le prix de cette beauté soit une certaine solitude. Elle n'estimait pas qu'elle y perdait au change. Mais là, dans le cocon chaleureux de l'attention que lui portaient Cleo et Audrey, elle se demanda si elle ne s'était pas fourvoyée, toutes ces années.

À 2 heures du matin, à l'apogée de la soirée, elles décidèrent de rentrer chez Cleo et Frank. Zoe était assise sur la grande échelle d'incendie à regarder Audrey rouler le joint parfait lorsque Cleo apparut, les bras chargés de glaces à l'eau de toutes les couleurs.

« J'ai pillé le congélo, annonça-t-elle. Il fait trop chaud pour manger quoi que ce soit d'autre.

— Amen, acquiesça Audrey en collant la feuille à rouler d'un coup de langue expert. Elle pinça l'extrémité du spliff et le secoua pour en faire un cylindre lisse et bombé.

Dans la rue en contrebas, un trio de types à l'allure de financiers, en manches de chemises roulées, s'arrêta sur le trottoir pour les regarder en se donnant des coups de coude.

Ouah, mesdames, on s'amuse, à ce qu'on dirait ! Où est la fête, ce soir ?

Vous nous laissez monter ?

« Pas de problème ! hurla Audrey. Mais il faut d'abord deviner le mot de passe ! »

Les hommes se mirent à rire.

Sésame, ouvre-toi ! Abracadabra !

« Désolée, les branleurs, brailla Audrey. Ça sera pas pour cette fois. »

Ils attendirent de voir si elle plaisantait ou pas. Une fois qu'il fut clair qu'elle était sérieuse, l'un d'eux secoua son poing au-dessus de son entrejambe en guise de réponse, puis ils repartirent d'une démarche nonchalante.

« Charmant », commenta Cleo.

Zoe éclata de rire. « Alors c'était quoi, le mot de passe ? »

Audrey alluma le joint et tira profondément dessus. « Putain-m'approchez-pas-espèce-de-sales-cons-de-blancs-pleins-aux-as, dit-elle en soufflant la fumée.

— Tu sais, je pense que c'était leur deuxième choix, fit remarquer Cleo.

Audrey secoua la tête. « Dans ce pays, les hommes blancs se croient tout permis.

— Je pense que c'est le bon moment pour t'annoncer qu'Audrey déteste les blancs, dit Cleo.

— Surtout les hommes, rectifia cette dernière. Mais, ouais, ils sont tous potentiellement des connards.

— Je te suis, ma sœur », opina Zoe, avant de jeter un regard furtif à Cleo pour vérifier qu'elle ne l'avait pas vexée.

Cleo leva les mains en signe de reddition. « Rien à redire.

— Je ne crois pas que les femmes blanches m'aiment beaucoup, fit Zoe, avant d'y réfléchir quelques secondes. Ou les femmes tout court, d'ailleurs.

— Au moins, tous les hommes ont l'air de t'aimer, eux », intervint Audrey. Cleo lui lança un regard désapprobateur. « Je rigole ! ajouta son amie. Enfin, un peu.

— Tu penses vraiment que les femmes ne t'aiment pas ? demanda Cleo.

— Je ne sais pas. Je fais des généralités. En cours de psycho, on a lu une étude qui dit que ce que les hommes redoutent le plus, c'est la pitié, alors que pour les femmes, c'est l'envie. Et ça a résonné en moi. Pour un mec, l'envie peut être une façon de s'assumer, alors que chez une nana, ça signifie juste que tu vas te faire agresser ou rejeter. »

Zoe sonda furtivement leur réaction. Il lui semblait qu'elle venait d'exposer une partie secrète d'elle-même, une vérité qu'elle avait toujours ressentie mais jamais explicitée clairement, et elle craignait d'être jugée arrogante ou à côté de la plaque. Mais les deux jeunes femmes hochèrent la tête.

« Je suis d'accord, fit Audrey. C'est pour ça que les filles renvoient toujours les compliments. Genre, si tu dis que tu aimes mes cheveux, alors il faut que je la joue *Non, ils sont tout plats et nazes, alors que les tiens sont sublimes !* »

Cleo lâcha un rire. « Alors que si tu dis à un mec qu'il a de beaux cheveux, il va faire : *Ouais, merci, et en plus j'ai une bite énorme.* »

Audrey décolla l'emballage en plastique d'une glace au raisin et se mit à gratter la croûte givrée avec son doigt. « Mais je peux comprendre pourquoi les hommes ont peur d'inspirer de la pitié. Mon père est comme ça, il faut toujours qu'il soit costaud. C'est dur, pour les hommes asiatiques, dans ce pays. Ils sont vraiment émasculés, ici, ce qui est dingue parce que les hommes coréens sont super macho, en fait.

— Sérieusement ? s'étonna Zoe.

— Oh ouais. Vous avez déjà été avec un Coréen ? »

Les deux autres secouèrent la tête.

« Vous ratez quelque chose. On dirait des phoques sexy, tout lisses et imberbes. »

Elles poussèrent toutes trois des petits cris perçants.

« Mais le type du bar, il était blanc, souligna Zoe en prenant le joint. Et pourtant, tu as couché avec lui.

— C'est exact, opina Audrey. Qu'est-ce que tu veux que je te dise ? Les colonialistes m'ont eue. J'ai même baisé avec Anders, l'archétype du connard aryen. »

Zoe baissa la tête. Après le mariage de Cleo et Frank, elle s'était envoyée en l'air avec Anders, alors qu'elle était saoule. Elle s'était bien gardée d'en parler à qui que ce soit. Frank la tuerait s'il l'apprenait, et de toute manière, elle ne s'était pas sentie à l'aise, après. Anders était plus vieux que Frank, qui était déjà bien vieux. En levant les yeux, elle remarqua que sa belle-sœur semblait elle aussi troublée par les révélations d'Audrey.

« Je vous ai parlé de la fois où un Hare Krishna s'est masturbé devant moi, dans le métro ? dit Cleo, visiblement pressée de changer de sujet. Il a juste soulevé sa robe. Sans me quitter des yeux une seconde. »

Zoe frissonna de manière théâtrale. Elle leur parla du gardien de sa pension, qui prenait des paris avec les filles sur la couleur de leurs sous-vêtements. Quand il tombait juste, elles devaient les lui donner – le haut et le bas.

« Il était irlandais, précisa-t-elle, alors ça donnait – elle imita à la perfection l'accent irlandais : "De quelle couleur sont vos culottes, mesdemoiselles ?" »

Audrey poussa un grognement à mi-chemin entre le ravissement et le dégoût.

« Mais pourquoi vous acceptiez ?

— Parce que figurez-vous que c'était aussi notre dealer d'herbe », expliqua Zoe.

Elles éclatèrent de nouveau de rire.

« Une fois, j'ai taillé une pipe à mon dealer de coke », déclara Audrey une fois qu'elle eut repris son souffle.

Cleo se couvrit la bouche d'un air atterré. Zoe, qui était réellement choquée, fit de son mieux pour n'en rien laisser voir. Audrey haussa les épaules.

« Même pas pour avoir un prix. Juste parce qu'il était canon. »

Zoe s'étrangla de rire. C'était tellement libérateur, de parler comme cela à des filles plus âgées. Rien ne les surprenait. Elles ne la jugeaient pas, et n'étaient pas jalouses d'elle. Elles la traitaient comme une des leurs.

« Les filles, vous pensez que ça veut dire quoi ? demanda-t-elle après leur avoir raconté l'histoire de Kyle, celle de l'homme tombé dans le trou.

— Ça se termine comme ça ? s'étonna Audrey. Donc maintenant il y a deux personnes dans le trou ?

— Visiblement, oui.

— Je plane trop pour y voir clair, déclara Audrey. Ils baisent, dans le trou ? »

Zoe gloussa. « Je ne crois pas.
— Le trou représente la solitude, dit Cleo à voix basse.
— Pourquoi ça ? s'enquit Audrey.
— Tu ne peux pas te tenir au-dessus de quelqu'un en lui disant d'en sortir, expliqua-t-elle. Ni lui enseigner comment sortir, ni prêcher comment sortir. Il faut aller dedans avec lui.
— Tu crois vraiment que c'est le sens ? dit Zoe.
— C'est pour ça que c'est une énigme, opina Cleo. S'il y a quelqu'un dans le trou avec toi, alors tu n'es plus dans le trou.
— C'est profond, ça, Cley, commenta Audrey. Mais je persiste à penser qu'ils baisent. » Elle se leva et s'engouffra tant bien que mal par la fenêtre de l'appartement. « Je vais essayer de pisser debout comme un mec ! » hurla-t-elle par-dessus son épaule.

Cleo croisa le regard de Zoe et éclata de rire.

« C'est ce que tu ressens, avec Frank ? demanda la jeune fille. Qu'il y a quelqu'un dans le trou avec toi ? »

Le regard de Cleo glissa sur les immeubles plongés dans le noir. En contrebas, la rue était calme et déserte. On aurait dit qu'elles étaient les seules personnes encore réveillées dans toute la ville.

« Parfois. » Elle marqua une pause pour y réfléchir. « Et parfois... c'est Frank, le trou. »

Zoe la dévisagea, et l'espace d'une seconde, elle vit sa tristesse. Quelque chose dans le regard, la courbe tombante de la bouche lorsqu'elle croyait que personne ne la regardait. On aurait dit qu'elle était la fille la plus seule du monde.

« Désolée de ne pas avoir été sympa avec toi », dit Zoe d'une petite voix.

Cleo la dévisagea avec un léger sourire. Zoe crut qu'elle allait prétendre qu'elle n'avait rien remarqué, mais lorsque la jeune femme reprit la parole, ce fut d'un ton direct.

« Merci de t'être excusée.
— J'imagine que j'essayais de protéger Frank, expliqua Zoe. J'ai été débile. »

Cleo secoua la tête avec douceur. « Tu n'es pas débile, Zoe. Tu es adorable. »

Zoe eut envie de la prendre dans ses bras, mais ç'aurait été maladroit, aussi se pencha-t-elle pour poser sa main sur celle de Cleo. Ce qui était quand même maladroit, se rendit-elle compte, mais un peu moins. Et c'est alors que Cleo fit une chose à laquelle elle ne s'attendait pas : elle souleva la main de Zoe et embrassa sa paume. Jamais personne ne l'avait embrassée là. C'était une partie sensible, peut-être la plus sensible de son corps. Cleo relâcha sa main pour la reposer doucement entre elles.

« Je suis épuisée, dit-elle. Et si on allait dormir un peu ? »

Elles laissèrent les glaces à l'eau fondre sur le balcon et rentrèrent par la fenêtre. Zoe et Audrey auraient pu dormir dans le canapé, mais Cleo insista pour qu'elles s'installent toutes les trois dans leur lit, à elle et à Frank. Zoe se retrouva au milieu, roulée entre le dos de Cleo et l'épaule d'Audrey. Elle fit la meilleure nuit de sa vie.

6

Début septembre

Cleo et Frank avaient convenu de déjeuner avec le père de Cleo et sa belle-mère du côté de Grand Central. Il était midi, en pleine semaine, et dans le métro branlant qui les emmenait vers le nord, le wagon leur paraissait frais et silencieux après le vacarme de la rue. Un vieillard secouant un gobelet pour faire tinter les pièces de monnaie qu'il contenait passa devant eux.

« Qui va m'aider ? » répétait-il d'une voix aiguë et grincheuse.

Frank lâcha un billet chiffonné d'un dollar dans le gobelet puis se tourna vers Cleo.

« Redis-moi leurs noms ?

— Tu n'auras qu'à les appeler Peter et Miriam, c'est ce que je fais, moi.

— Pas « Papa » ? »

Elle secoua la tête.

« Il est mon père, mais pas mon papa, tu vois ? »

Frank hocha la tête. Il voyait très bien.

« Peter l'appelle Mimi, ce que je trouve... » Cloe fit mine de s'enfoncer les doigts dans la gorge.

Peter et Mimi étaient de passage en ville pour quelques heures seulement et ils avaient demandé à Cleo de les retrouver dans le centre de New York avant qu'ils aillent reprendre leur train pour New Haven, où Miriam (qui était guérisseuse et psychologue) dirigeait un atelier sur l'enfant intérieur lors de retraites pour les entreprises.

C'est Frank qui avait suggéré qu'ils se rendent au Grand Central Oyster Bar, le fameux bar à huîtres, et qui avait insisté pour prendre une longue pause déjeuner afin de pouvoir se joindre à eux. Il trouvait secrètement qu'il était absurde qu'ils ne puissent pas consacrer plus de quelques heures à Cleo, mais il savait aussi que chaque famille possédait sa logique propre et impénétrable, aussi s'était-il abstenu du moindre commentaire. Cleo quant à elle était surprise qu'ils aient même pris des dispositions pour la voir. La plupart du temps, son père était tellement absorbé par sa nouvelle famille qu'il ne semblait pas se rappeler qu'il avait une fille.

« On descend à la prochaine, annonça Frank. Il y a autre chose que je suis censé savoir ?

— Voyons un peu. Peter *dit* que Humphrey est son fils, mais ce n'est pas le cas. Il avait huit ans quand mon père a rencontré Miriam, mais il l'a adopté plus tard. Humphrey ne sera pas présent, mais tu vas entendre parler de lui. Il entre à Cambridge l'année prochaine et c'est un dieu du sport. Tout le monde *adore* Humphrey. »

Elle roula les yeux et tenta de sourire. Derrière la désinvolture feinte du geste, Frank reconnut une tentative familière de balayer des années de ressentiment et de souffrance. Il lui prit la main et lui adressa un regard sincère.

« Je n'ai qu'une seule question. Quel genre de personne est capable en regardant un nouveau-né de l'appeler... Humphrey ? »

Cleo éclata de rire et secoua la tête.

« Tu n'as pas encore rencontré Miriam. »

Ils quittèrent le quai fétide du métro par l'escalier en métal pour émerger dans le grand hall aéré de la gare. Ils levèrent les yeux vers sa célèbre fresque céleste et échangèrent un regard complice, celui du bonheur de vivre dans cette ville. Même pour le New-Yorkais le plus blasé, il est difficile de ne pas ressentir un pincement de respect mêlé d'admiration en se tenant sous le plafond bleu canard de la gare de Grand Central et en inclinant la tête vers les constellations dorées peintes sous la voûte du dôme. Au-dessus du kiosque d'information, la pendule dorée qui avait scandé des millions de retrouvailles et de départs brillait chaleureusement. À côté, en smoking et robe froufroutante en dentelle, des mariés japonais se faisaient prendre en photo.

« Tu sais quoi ? fit Frank. On n'a pas une seule photo de notre mariage.

— Sauf celles des auras, rectifia-t-elle.

— Exact. » Il opina. « Tu aurais voulu qu'on fasse un truc comme ça ? »

Il désigna le couple. Le marié avait pris la jeune femme dans ses bras et la portait tel un bébé encombrant dont les volumineux jupons de tulle leur obstruaient à tous deux le visage. Entre les dents, il tenait une rose rouge.

« Je ne changerais rien à ce qu'on a fait, dit Cleo. »

Frank lui prit la main. « Moi non plus. Mais je me disais qu'il y avait *une* tradition qu'on devrait respecter.

— Laquelle ?

— Une petite lune de miel. Toi et moi en train de bronzer dans le sud de la France... Tu en dis quoi ? »

Cleo fit un petit saut à côté de lui et lui attrapa les pains. « Ce que j'en pense ? *C'est cool mais c'est fou !* » lança-t-elle en français en lui adressant un sourire rayonnant.

Le Oyster Bar était situé au niveau inférieur de la gare, deux étages plus bas, et on y accédait par un large escalier en marbre. Ils durent traverser la galerie des murmures, une arche vertigineuse tapissée de tuiles de terre cuite emboîtées, méticuleusement arrangées en chevrons.

« Tu connais cette histoire ? demanda Frank.

Cleo secoua la tête.

« Si on se met aux deux extrémités, et que je chuchote quelque chose dans le mur, alors tu pourras l'entendre. C'est lié à l'acoustique de l'architecture, qui fait que le son porte. Tu veux tenter le coup ? »

Ils allèrent se placer aux deux bouts et s'appuyèrent contre les murs froids en pierre. Autour d'eux se répercutaient les sons de la gare. Frank était sur le point de chuchoter à Cleo qu'il l'aimait lorsque sa voix à elle résonna dans les tuiles proches de son oreille.

« Je ne leur ai pas dit qu'on s'était mariés, murmura-t-elle.

— Ah bon ? chuchota-t-il en réponse.

— Alors ne parle pas du mariage. »

Frank pivota pour lui faire face, mais elle lui tournait toujours le dos. Elle portait une longue robe en soie jaune citron qui lui donnait l'air d'un rayon de soleil. Il traversait le passage pour la rejoindre lorsqu'ils entendirent appeler le prénom de Cleo. Peter et Miriam se tenaient devant le restaurant et leur faisaient signe.

« Je leur ait dit qu'on vivait ensemble, s'empressa d'ajouter Cleo. Mais c'est tout.

— Comme tu voudras », conclut Frank.

Le père de Cleo était un homme grand aux cheveux blond vénitien, avec les mêmes yeux bleu pâle et la même expression légèrement méfiante que sa fille. Il était vêtu d'un polo délavé et d'un bermuda, desquels ses jambes et ses bras épais dépassaient telles des branches de cactus recouvertes d'une fine couche de duvet blond. Son corps dense et tanné suggérait une vie de rude labeur physique, bien que cette impression fût tempérée par la présence d'un délicat anneau d'argent au pouce et d'une série de bracelets de pierres fines à chaque poignet.

Miriam arborait elle aussi un assortiment de bijoux en argent et turquoise, comprenant notamment une grosse bague à chaque doigt et une montre démodée accrochée à une chaîne autour du cou. C'était une femme attirante, dans la cinquantaine, avec une longue chevelure auburn striée de gris. Elle portait un foulard bleu canard noué autour de la tête, assorti à sa tunique large en lin. Ils avaient choisi les mêmes sandales Teva – en bleu océan pour Miriam, en noir pour Peter. Lorsqu'elle agitait la main, le vert de son vernis scintillait.

« Oh, j'oubliais, marmonna Cleo tandis qu'ils s'approchaient du couple plus âgé. Mimi a une obsession pour la couleur turquoise.

— On avait peur que tu ne nous reconnaisses pas, lança le père lorsqu'ils furent assez près.

— Pourquoi je ne vous reconnaîtrais pas ?

— Eh bien, tu sais, ça fait quelques années.

— Tu n'as pas changé, dit Cleo. Tu as l'air en forme. » Elle les enlaça brièvement avec raideur. « Je vous présente Frank. »

Celui-ci s'inclina aussitôt pour serrer vigoureusement la grosse pogne de Peter. Il tenta d'embrasser Miriam sur les deux joues, à l'européenne, mais elle résista si bien qu'il se retrouva le nez écrabouillé contre sa joue, et se recula à la hâte.

« Super content de vous rencontrer », lança-t-il.

Super content n'était pas une expression qu'il employait naturellement, étant donné que c'était un homme dans la quarantaine et non un lycéen boutonneux, mais il avait été tellement déstabilisé par la bise ratée qu'il tournoyait en virtuose dans une spirale d'embarras. Il ne trouva rien de mieux que de dégainer un sourire de psychopathe en se frottant les mains comme un méchant de dessin animé. Cleo quant à elle se sentait physiquement rapetisser en leur présence. Elle dut produire un gros effort de volonté pour redresser les épaules et regarder Miriam droit dans les yeux, laquelle fixait Frank d'un air perplexe.

« Vous êtes très américain, à ce que je vois, asséna-t-elle.

— Je ne suis pas sûr que ce soit un compliment, rétorqua Frank, dont le sourire s'élargit un peu plus pour dévoiler l'intégralité de ses gencives.

— Il est new-yorkais, rectifia Cleo, sur la défensive. C'est comme ça qu'on parle, ici.

— Oh, mais j'adore ça, chérie, gloussa Miriam. Tout le monde n'arrête pas de nous dire : « Passez une bonne journée. » Elle affecta un accent américain tellement nasal qu'il en était obscène. « Ils sont tellement amicaux, pas vrai ?

— J'adore votre, euh, votre truc vert, fit Frank. Super cool.

— La turquoise représente l'appropriation de sa propre puissance, déclara Miriam. C'est un peu plus que *super cool.*

— J'ai faim, l'interrompit Peter. Allons-y. »

Dans l'Oyster Bar souterrain, on aurait aussi bien pu être en plein hiver, car ni le temps ni la lumière du jour n'avaient prise sur lui. Les plafonds incurvés étaient dans la continuité de la galerie des murmures et le motif en quinconce donnait l'impression de se trouver à l'intérieur d'un four à brique. Des lustres bas en forme de gouvernail diffusaient une lueur couleur de beurre sur les comptoirs étincelants en chrome et Formica, autour desquels étaient disposés des rangées de tabourets tournants en vinyle. Le groupe ayant décidé de s'asseoir à une table plutôt qu'au bar, on les conduisit dans une partie cloisonnée de la salle, avec nappes à carreaux rouges et blanches et serviettes empesées, immaculées sous la lumière ambrée.

« Quel drôle d'endroit, commenta Miriam en s'asseyant.

— C'est une institution new-yorkaise, expliqua Frank. Les huîtres les plus fraîches de la ville. Ma mère m'emmenait ici, enfant.

— Ça doit faire un bail, commenta-t-elle d'un ton dégagé. Vous êtes beaucoup plus vieux que Cleo, non ?

— Allons, allons, intervint Peter. Commandons, avant de lancer l'inquisition. »

En général, Cleo prenait un malin plaisir à observer les inconnus tandis qu'ils essayaient de déterminer la nature de leur relation, à Frank et elle. Ils faisaient tous les deux moins que leur âge. On avait tendance à lui donner moins de vingt ans, et environ trente-cinq à Frank. Était-il son père ? Un ami de la famille ? *Non*, leur murmurait-elle intérieurement. *Je baise avec lui*. Mais à présent, en face de son père, elle ne ressentait que la honte, brûlante.

« Un apéritif ? »

Un serveur au visage allongé de cheval de course à la retraite apparut à leur table. Cleo et son père commandèrent du thé glacé, Miriam exigea une eau chaude citronnée et Frank, un Tom Collins. Il avait espéré faire passer cela le plus discrètement possible, mais Miriam lui sauta dessus dans la seconde.

« C'est comme un Arnold Palmer, pas vrai ? minauda-t-elle.

— Plus ou moins, acquiesça-t-il en tripotant sa serviette.

— Bombay Sapphire, ça ira pour vous, monsieur ? demanda le Serveur.

— Oui, parfait. »

Il lança un regard entendu au serveur pour lui signifier sa déception, mais ce dernier se contenta de tourner les talons après un hochement de tête guindé.

« De l'alcool, au déjeuner, et en semaine ! s'exclama Miriam. Comme c'est raffiné. »

Cleo sentit ses joues s'embraser et elle avala une grande gorgée d'eau glacée. Après un moment d'embarras, Frank prit en conscience la décision de se moquer de ce qu'elle pourrait bien penser. Il n'était pas question pour lui de traverser ce repas sans un verre.

« Est-ce qu'ils servent du pain, dans cet endroit ? s'impatienta Peter en scrutant la salle d'un air piqué.

— Je suis sûre que oui, mon lapin, fit Miriam d'un ton doucereux. C'est une institution new-yorkaise, après tout. »

Elle posa sa main sur celle de son mari. Cleo se leva d'un bond. « Je vais aller en demander.

— N'importe quoi, grommela son père. Rassieds-toi. »

Elle s'exécuta. Même après toutes ces années, elle était incapable de désobéir à son père. Aux yeux de Frank, il ressemblait à une espèce de grizzly bougon qu'on forçait à participer au pique-nique des ours en peluche.

« Oh, Cleo, roucoula Miriam, Humphrey t'embrasse. Tu sais qu'il rentre à Cambridge le mois prochain ?

— C'est un bosseur, ce gamin, commenta Peter.

— Ce qui veut dire qu'il va enfin se débarrasser de son horrible copine, s'enthousiasma Miriam. Il n'arrête pas d'essayer de rompre avec elle, mais à chaque fois, elle pleure et il n'a pas le cœur d'aller jusqu'au bout, le pauvre chou.

— Peut-être qu'il ne veut pas réellement rompre avec elle, hasarda Cleo.

— Bien sûr que si, s'indigna Miriam. Elle est absolument épouvantable, comme je n'arrête pas de le rappeler à Humphrey. Il est juste trop *gentil*, c'est son problème.

— Il faudrait surtout qu'il soit un homme », suggéra Frank.

Miriam lâcha un petit jappement, comme si on l'avait frappée.

« Humphrey est un garçon très sensible. Exceptionnel à bien des égards. Il n'y a absolument rien qui cloche chez lui.

— Il est ceinture rouge d'arts martiaux, renchérit Peter.

— Je plaisantais, dit Frank.

— Il plaisantait, répéta Cleo.

— Où est ce fichu pain ? » s'impatienta Peter.

Frank lança un regard à Cleo, qui recommençait à fixer ses genoux. Il comprit que c'était à lui de faire des efforts.

« Et sinon, Cleo m'a dit que vous dirigiez un atelier pour les enfants ? »

Miriam bascula la tête en arrière et s'esclaffa avec un abandon qui sonnait totalement faux.

« J'anime des ateliers pour réparer votre *enfant intérieur*. Ce n'est pas tout à fait la même chose. » Gloussant toujours, elle se tourna vers Peter. « Tu as entendu ça, Pete ? »

L'intéressé grogna en signe d'assentiment. Son attention était distraite par une généreuse corbeille à pain s'approchant de leur table sur un chariot, accompagnée d'un plateau avec les boissons. Le serveur n'avait pas fini de tout déposer sur la table que Peter se jetait sur un petit pain, qu'il coupa en deux et tartina copieusement de beurre.

« Nous venons de faire un groupe pour une start-up digitale de San

Francisco, et maintenant nous allons à New Haven. En fait, je passe mon temps à faire le tour du monde. La semaine dernière, j'étais en Chine !

— C'est formidable, fit Cleo.

Frank remarqua qu'elle avait l'air tout sauf emballée. En fait, elle avait même l'air complètement déprimée. Il avala une longue gorgée de son verre.

— Vous faites ces ateliers ensemble ? s'enquit-il.

— C'est Mimi, le cerveau derrière toute cette opération, précisa Peter en démolissant un nouveau petit pain. Maintenant que je suis à la retraite, je peux l'accompagner en voyage.

— Tu es un peu ma groupie, n'est-ce pas, chéri ? piailla Miriam.

Le gressin que Cleo tenait entre ses doigts se brisa net en deux.

« Commandons à manger, puisque vous si avez faim, Peter », proposa Frank. Il fit signe au serveur à longue figure. « Une douzaine d'huîtres et deux plateaux de fruits de mer avec homards pour la tablée. Qu'est-ce que vous en dites ?

— Parfait, fit Cleo, se réjouissant intérieurement que son père ne soit pas en tête de table. Frank était au sommet de sa réussite.

« Et, les amis… C'est pour moi, ajouta Frank. Donc je vous en prie, commandez ce qui vous fera plaisir.

— Non, il n'en est pas question, rétorqua Peter.

— J'insiste, insista Frank.

— Absolument pas, s'entêta le père.

— C'est très généreux de votre part, Frank, intervint Miriam. Merci.

— Mmm, commenta Peter d'un ton maussade.

— Frank possède sa propre agence de publicité, annonça Cleo. Il en est le directeur créatif.

— Vraiment ? fit Peter.

— Moi-même je travaille avec *un tas* de gens des médias, gloussa Miriam.

— Ce n'est qu'une petite entreprise, tempéra Frank. Mais qui se développe rapidement.

— Il a gagné un gros prix au festival de la publicité à Cannes, l'année dernière », renchérit Cleo.

Ni Peter ni Miriam ne réagirent à cette nouvelle. En dépit de la menace d'inquisition à leur arrivée, songea Frank, ils se montraient incroyablement indifférents à tout ce qui les concernait, Cleo et lui.

« Et que faisiez-vous, avant la retraite, Peter ?

— J'étais ingénieur. Dans le bâtiment, essentiellement.

— C'est comme ça qu'il a rencontré ma maman, expliqua Cleo. Elle était architecte.

— Une très bonne architecte, acquiesça Peter.

— Mais maintenant, c'est à *moi* qu'il est très utile, s'interposa Miriam. N'est-ce pas, mon lapin ?

— J'essaie, en tout cas.

— Sans parler de ces centaines de personnes qui ont terriblement besoin de guérison », ajouta Miriam.

Peter la considéra avec une fierté timide. « Répète-leur ce que cet homme d'affaires chinois t'a dit, Mimi.

— Oh, je ne vais pas les embêter avec ça. » Elle haussa les sourcils et lança aux jeunes mariés un regard lourd d'attentes. Clairement, on attendait d'eux qu'ils protestent. Cleo se mura dans un silence obstiné.

« Mais si, faites donc, l'encouragea Frank.

— Si vous insistez. En réalité, ce qu'on venait explorer en Chine, c'étaient les ramifications de la politique de l'enfant unique. On a une génération entière d'adultes qui ont grandi sans frères et sœurs, on les appelle d'ailleurs maintenant la "génération solitaire". De nombreuses études en psychologie montrent que les enfants uniques font preuve de plus d'égoïsme, de pessimisme et d'aversion pour le risque que les enfants faisant partie d'une fratrie. Sans vouloir te vexer, Cleo, ajouta-t-elle en lui adressant un regard lourd de sous-entendus.

— Humphrey est fils unique, lui aussi, fit remarquer la jeune fille.

— Il est un peu différent, rétorqua Miriam d'un petit ton cassant. *Quoi qu'il en soit*, cela peut vraiment les affecter en tant qu'adultes, quand ils arrivent dans le monde du travail, où on attend d'eux qu'ils fassent partie d'une équipe. Alors mon rôle, c'est d'entrer en scène pour aider les entreprises à *regarder* en quoi l'enfance de leurs employés affecte leur productivité. Et je le fais à travers ces stages sur plusieurs jours, qui me permettent de *pénétrer* profondément dans ces blessures d'enfance pour commencer à les guérir de l'intérieur.

— Répète-leur ce qu'a dit ce gars, insista Peter.

— Eh bien, à la fin de cet atelier, le PDG de la compagnie vient me trouver – et croyez-moi, ce type est riche comme Crésus –, et vous savez ce qu'il me dit ? « Miriam, il me dit, j'ai voyagé dans le monde entier, j'ai parlé avec les plus grands penseurs, j'ai même croisé le Dalaï-Lama, bon sang, c'est *vous* qui avez changé ma vie. Miriam, il me dit, vous êtes le premier vrai génie que je rencontre. »

Elle marqua une pause pour dévisager d'abord Frank, puis Cleo, pour s'assurer qu'ils mesuraient bien l'impact de ses paroles.

« Et vous savez ce que je lui ai répondu ? Eh bien, je lui ai dit comme ça : Liu – c'est comme ça qu'il s'appelait –, je ne suis pas un génie. Je ne suis pas un grand penseur mondialement reconnu. Je ne suis qu'un humble voyageur, comme vous. Et je suis tellement honorée de partager ce chemin avec *vous*.

— Ils l'ont réinvitée pour deux stages, l'année prochaine », précisa Peter.

Frank avait si peur d'exploser de rire qu'il n'osait regarder Cleo. Qui, elle, rêvait secrètement de se pencher en travers de la table pour gifler Miriam. Mais s'il y avait bien une chose qu'elle avait retenue de son enfance, c'était de toujours faire l'opposé de ce que ses pulsions lui dictaient. « Ils ont de la chance de t'avoir, on dirait, dit-elle à la place.

— C'est la meilleure chose qu'on ait faite, opina Peter.

— C'est *moi*, qui ai de la chance, rectifia Miriam en s'éventant le visage de la main. D'avoir cette occasion d'aider gratuitement un autre être humain.

— Parce que ces ateliers sont gratuits ? demanda Frank.

— Eh bien, non. Mais l'argent n'est pas la question.

— Combien coûtent-ils, dans ce cas ?

— Leur valeur ne se quantifie pas en argent.

— Ils sont très chers, trancha Peter. Mais ça vaut le coup.

— Peter, le gronda-t-elle. Nous donnons beaucoup plus que nous ne recevons.

— Mais on reçoit quand même beaucoup d'eux, objecte Peter. Cette fois-là, on a visité tout le nord de la Chine. On est allés à la Grande Muraille.

— C'est vrai que c'était sensationnel, confirma Miriam.

— Ça, c'était *vraiment* la meilleure chose qu'on ait faite, conclut Peter.

— J'ai peur qu'en comparaison, New Haven vous déçoive quelque peu, fit remarquer Frank.

— Oh, nous sommes des gens simples, vraiment, se défendit Miriam. Par exemple, New York est trop pour nous. Nous ne sommes là que depuis quelques jours, et nous n'avons déjà qu'une hâte, c'est d'en repartir. »

Cleo releva subitement les yeux de sa serviette, qu'elle triturait depuis le début de la conversation. « Depuis quelques jours ? Je croyais que vous n'étiez là que pour quelques heures, avant de prendre votre train ?

— On a décidé de venir un peu plus tôt pour faire du tourisme, expliqua Miriam. Désolée de ne pas t'avoir prévenue, chérie, mais c'était vraiment à la dernière minute, et puis on avait besoin de temps pour nous, pour décompresser entre deux stages. Faire tout ça pour autrui, c'est épuisant. »

Cleo se tourna vers son père, qui avait rougi.

« Tu n'as rien dit, lui lança-t-elle.

— Miriam a raison, bafouilla-t-il. C'était à la dernière minute. »

Le visage de la jeune femme s'endurcit aussitôt. Elle aurait dû se douter que son père allait encore trouver un moyen de la décevoir. Frank lui serra la jambe sous la table en signe de compassion.

« Et alors, vous en avez pensé quoi, Peter ? De New York ? demanda-t-il.

— Je ne sais pas comment vous faites pour vivre ici, geignit Miriam. Tout ce bruit ! Et c'est répugnant. Hier, j'ai même vu un *rat*.

— C'est une belle ville, dit Peter. Très belle. Mais pas pour tout le monde.

— Ma mère disait toujours : Ne baise jamais avec quelqu'un qui n'aime pas Manhattan, intervint Frank.

— Enfin, ne soyons pas vulgaire, fit Miriam.

— Au moins, elle a un avis », dit Cleo en jetant un coup d'œil à son père.

Miriam sauta sur l'occasion et tapa doucement sur la table de sa main manucurée et turquoise.

« C'est tellement *vrai*. Les femmes qui ont du tempérament ne sont pas assez mises en avant, pas vrai, Cleo ?

— Alors que d'autres le sont trop, rétorqua-t-elle.

— Ah, voilà nos plats ! s'exclama Frank.

On posa cérémonieusement devant eux deux splendides plateaux en argent débordants de fruits de mer sur un lit de glace pilée. Les homards couleur rubis ornaient le centre, et sous leur carapace fendue apparaissait la chair pâle et rebondie. En corolle autour des homards étaient arrangées une douzaine d'huîtres fraîchement ouvertes, des crevettes roses dodues, des moules et des palourdes de la taille d'une paume de main. De petites coupelles en papier fin remplies de mayonnaise et d'épaisses tranches de citron parachevaient cet ensemble alléchant.

Frank vida son verre et le tendit au serveur.

« Je vais reprendre le même, annonça-t-il avait de se tourner vers la tablée. Attaquons ce festin ! »

Tout en mangeant, Miriam continua à monopoliser la parole. On lui avait demandé de contribuer à une étude psychologique sur les traumatismes de l'enfance et la masturbation, aussi les régalait-elle du récit de son premier orgasme, qu'elle avait atteint à l'âge précoce de quatre ans et demi. Frank était sidéré que pendant tout ce temps, ni elle ni Peter ne posent la moindre question concernant Cleo. Où elle vivait, comment ils s'étaient rencontrés, qui étaient ses amis, ce qu'elle peignait... Aucun détail de sa vie à New York ne semblait les intéresser. Lorsque les plateaux de fruits de mer furent réduits à un tas de carapaces vides flottant dans de petites flaques de glace fondue, le serveur vint débarrasser.

« Vous avez des photos de Cleo bébé ? demanda Frank. J'adorerais les voir.

— Vous savez quoi, chéri ? dit Miriam. On n'en a pas.

— Je ne crois pas que... commença Peter.

— On aurait dû apporter des photos des tableaux de Cleo, pesta Frank. Elle a tellement de talent.

— Quel âge avais-tu, quand je t'ai rencontrée, Cleo ? l'interrompit Miriam, ignorant le sujet.

— Quatorze ans.

— Donc Humphrey devait avoir huit ans. Mon Dieu, qu'il était chou.

— Cleo était une très belle enfant, hasarda Peter. Avec des cheveux qui ressemblaient à de l'or filé.

— Oh, c'est vrai que c'était une beauté, confirma Miriam. Jusqu'à cette horrible période garçon manqué. Tu me croiras si tu veux, Cleo, mais je croise encore en ville des garçons en skateboard avec lesquels tu traînais. Enfin, je dis « garçons », mais ce sont des hommes, maintenant. Comment s'appelait celui dont tu étais folle ? Il avait un drôle de nom. Pantoufle ? Il travaille au Café Nero, maintenant.

— Pantin, rectifia Cleo. Son nom était Pantin.

— En effet, ça change tout », ironisa Miriam en levant un sourcil à l'intention de Frank, en signe de connivence. Il se détourna pour se concentrer sur Cleo, qui fixait la nappe à carreaux d'un regard vide.

« C'était à Londres ? demanda-t-il.

— Miriam et moi vivons à Bristol, précisa Peter. Cleo a passé un an chez nous, quand sa mère était malade. »

Frank lança de nouveau un regard à Cleo, mais elle n'était plus là. Elle était de retour à Bristol, à l'âge de quatorze ans. C'était le premier séjour de sa mère en hôpital psychiatrique, le début d'une longue série. Pantin était plus vieux, dans les dix-huit ans, et son surnom lui venait de sa manière de tomber de son skate, tout désarticulé. Elle était en train de faire du patin à glace avec des filles de son nouveau collège lorsqu'il l'avait aperçue. Elle faisait lentement le tour de la patinoire, les bras en croix, et il s'était penché par-dessus la rambarde pour lui attraper le poignet et l'attirer vers lui. Les autres filles avaient été sidérées qu'elle le suive si facilement. Mais Cleo n'était pas comme elles. Elle n'avait ni mère, ni amarres. Il l'avait emmené sous le pont autoroutier, où les garçons s'entraînaient sur leurs skates au crépuscule, et plus tard dans un HLM, avec un petit matelas au sol. C'est avec lui qu'elle avait perdu sa virginité, le soir même. Juste après, il avait retiré le préservatif et l'avait jeté dans une boîte de pizza vide. Lorsqu'elle était rentrée chez elle, personne ne lui avait posé de question. Ni ce soir-là, ni aucun autre soir de l'année qu'elle y avait passée.

« Je ne savais pas que vous viviez là-bas, fit remarquer Frank.

— Ce n'est pas surprenant, déclara Miriam. Vous vous connaissez à peine !

— On sait les choses qui comptent, objecta Cleo.

— Ce que veut dire Miriam, c'est qu'on ne voudrait pas que vous vous précipitiez, précisa Peter. Tu es si jeune, Cleo, il n'y a pas d'urgence.

— Ne parle pas à ma place, chéri, je te prie, le moucha Miriam. Mais tu as raison, Cleo est de toute évidence très... jeune.

— Et combien de temps vous avez attendu, tous les deux, après que tu as divorcé de Maman ? répliqua Cleo. Cinq minutes ?

— Pas d'hyperboles, Cleo, la sermonna Miriam. Tu n'es pas américaine. »

Peter rougit d'embarras. Il fixait ses poings, roulés sur la table comme deux tas de viande hachée.

« La situation était différente, grommela-t-il. Tu ne pouvais pas comprendre, à ton âge. Ce n'étaient pas tes *affaires*, ça ne te concernait pas.

— Tu as raison, opina Cleo. En quoi ça aurait pu me concerner, qui mon père allait épouser ?

— La colère de Cleo est normale et saine, commenta Miriam en s'adressant à Frank. On l'a toujours dit, n'est-ce pas, Pete ?

— Je ne suis *pas* en colère.

— Nous disons juste qu'il serait tout à fait acceptable que tu le sois, mon chou.

— Vous ne m'avez même pas invitée à votre mariage.

— C'était il y a dix ans, se défendit Peter.

— Oui, ne tombe pas dans la rancune, abonda Miriam. Ça donne des rides.

— J'étais ta *fille*, argua Cleo.

— Je ne voulais pas vous perturber, toi et ta mère, expliqua Peter. J'essayais de te protéger.

— Et tu as vraiment fait du beau boulot. Chapeau, Peter.

— Ton père a toujours fait passer les autres avant lui, décréta Miriam.

— Elle n'allait *pas bien*, Cleo, insista Peter. Ni toi ni moi ne pouvions rien y changer.

— Eh bien, devine un peu ? lança Cleo, le rouge aux joues. Je ne vous ai pas non plus invités au mien.

— Cleo, je ne crois pas que..., tenta Frank.

— On s'est mariés, précisa-t-elle. En juin. »

Le serveur réapparut avec son visage en lame de couteau et son air lugubre. « Comment ça s'est passé pour vous ? demanda-t-il.

— On va vous demander l'addition, répondit Frank.

— Vous ne vous laisserez pas tenter par un petit dessert ?

— Non ! s'énerva Frank en le repoussant presque physiquement.

— Eh bien, j'imagine qu'on doit vous féliciter ! » s'exclama Miriam en se tournant vers eux avec un sourire éclatant qui s'arrêtait à sa bouche.

Le visage de Peter avait pris une teinte lie-de-vin. « Je ne veux pas en parler, grogna-t-il.

— *Non*, mon chéri, le gronda Miriam sur le ton d'une mère à son enfant turbulent. Ce n'est pas bon pour Cleo de refouler tout ça. Parler, c'est soigner...

— Ma mère ne m'a jamais parlé du réel, intervint Frank. Pas même de l'identité de mon père ! »

Miriam lui adressa un regard perturbé. Elle détestait clairement qu'on l'interrompe.

« Eh bien, la mère de *Cleo*, comme elle vous l'a probablement dit, Frank, était une femme très dérangée. Elle n'était pas bien, ni dans sa tête, ni dans son esprit. »

En fait, Cleo ne lui avait jamais vraiment parlé de sa mère. Le premier soir, elle lui avait dit avoir perdu sa mère pendant sa dernière année de fac, et il n'avait pas pu lui tirer un mot de plus.

« Ne parle pas de ma mère, l'avertit Cleo.

— C'était pénible pour nous tous, dit Miriam.

— Ne parle pas de ma mère, répéta Cleo.

— Le suicide, poursuivit sa belle-mère avec une petite moue dégoûtée, comme si elle venait de mordre dans un fruit pourri, est une maladie familiale. »

Cleo sentit tout son visage vibrer. Elle voulait s'en aller, mais elle savait qu'elle n'en ferait rien. Bientôt ce serait le trou noir, et elle ne ressentirait plus rien.

Frank la dévisageait. Elle avait blêmi, à l'exception d'une seule petite tache rouge vif sur chaque pommette. Sous la surface lisse, il devinait un bouillonnement intense. Mais elle demeurait totalement immobile, ne cillait pas. Elle lui rappelait cette image d'un grand et noble boxeur, sonné après ce qui aurait dû être un K.-O., mais qui restait debout. Il se leva d'un bond de sa chaise.

« Je suis désolé, mais tout ça, c'est des conneries, lança-t-il. Cleo, tu ne mérites pas cette merde.

— Quel langage ! s'indigna Miriam. Les Américains sont *tellement* grossiers, parfois. »

La tête lourdement enfoncée entre les épaules, Peter ne prononça pas un mot. Frank se tourna vers Cleo et lui tendit la main. Lentement, avec une immense dignité, elle se leva et se tint à côté de lui.

« On s'en va », annonça-t-elle.

Elle sortit du restaurant, Frank sur ses talons. Soudain, il pivota et tira son portefeuille. Il retourna à la table et posa deux billets de cent dollars devant Peter.

« La meilleure chose que vous ayez faite, lui dit-il les yeux dans les yeux, c'est Cleo. »

7

Fin septembre

Leur lune de miel avait été parfaite, jusqu'à ce que Frank décide de relever ce fichu défi. Il était pieds nus, en appui sur le balcon de l'hôtel et se préparait à sauter de cette hauteur dans la piscine en contrebas, pendant que Cleo fixait son dos en bouillant de colère. L'air nocturne avait fraîchi, ce qui n'avait pas empêché Frank de se déshabiller. Il se trouvait donc en pantalon de lin, retenu à la taille par la ceinture en crocodile marron qu'elle lui avait achetée quelques jours auparavant, sur le marché, à Nice. Il se balançait sur la barre inférieure de la rambarde, les bras tendus tel un funambule prêt à s'élancer pour sa représentation du soir.

« On a dit combien, déjà ? brailla-t-il.

— Mille ! » répondit une voix d'homme, en contrebas.

Frank rit.

« Deux mille si elle plonge avec toi ! »

Cleo changea de position dans son fauteuil en rotin. Elle entendait le bourdonnement grave des voix des derniers convives attablés à la terrasse en dessous, et au-delà, les cigales dans les touffes de lavande tapissant les collines jusqu'à Cannes, et plus loin encore les aboiements des chiens des vignobles, cloîtrés dans leurs chenils pour la nuit. Et tout au bout, la mer, où tous les animaux étaient libres.

« Elle ne voudra pas », rétorqua Frank.

Mais lorsqu'il se tourna vers elle, elle reconnut son expression malgré la pénombre, cet air interrogateur qui lançait aussi un défi. Cleo regarda le cendrier qu'elle tenait entre ses mains. Une conque dorée qui jurait avec la décoration spartiate de la chambre. Frank en plaisantait, disant que l'hôtel leur faisait payer une cellule de moine le prix d'une suite royale, pourtant c'était lui qui avait suggéré de descendre là. Comme Frank l'avait prévu, Cleo adorait la simplicité de la chambre, le sol en pierre qui restait froid sous les pieds toute la journée, le lit bas en bois et la moustiquaire décolorée par la lumière du soleil, nouée au-dessus de leur couche telle une ruche.

Les artistes les plus fameux d'Europe avaient séjourné dans cet hôtel, réglant leur note en œuvres originales. Un grand mobile de Calder se balançait dans la brise à une extrémité de la piscine. Une fresque de Diego Rivera décorait un des murs de la cour du restaurant, et une sculpture de César Baldaccini montait la garde à l'entrée. Dans la chambre de Cleo et Frank, une esquisse de la Vierge par Matisse était modestement accrochée au-dessus du lit.

« Mille cinq cents ! lança la voix au rez-de-chaussée. Mais tu dois viser le cygne. C'est ma dernière offre.

— Le cygne ? brailla Frank. Tu plaisantes ? C'est une taille enfant ! »

Le cygne était la bouée préférée de Cleo. Ce matin-là, Frank était revenu du tabac du coin avec un sac de bouées fantaisie comprenant un dauphin qui souriait, un matelas pneumatique en forme de crocodile, un pneu doté d'une tête et d'ailes de cygne et une pince de homard géante totalement surréaliste. Cleo et Frank s'étaient amusés à tous les tester en faisant la course, pendant que les autres clients prenaient le soleil comme des lézards autour de la piscine.

« Frank, je t'en prie, dit Cleo à voix basse à son dos.

— Cleo a une objection ! dit Frank en riant à l'autre type en bas.

— Tu ne vas pas te dégonfler maintenant, mon vieux ! le titilla la voix. C'est seulement un étage. Enfin, deux... Tu peux le faire.

— S'il te plaît, dis non, insista Cleo. Pour moi. »

Frank se tourna vers elle. Elle soutint son regard. Il sourit.

« Putain de merde ! » beugla-t-il en se tournant de nouveau vers la piscine. Il enjamba la rambarde et se retint à deux mains dans son dos. « Mille cinq cents ! Comme acompte pour mon opération de la tête !

— On est en Europe ! s'esclaffa la voix. C'est gratuit ! »

Il fallut moins de dix secondes à Cleo pour gagner la porte et la claquer derrière elle. Il lui en fallut trente de plus pour se rendre compte qu'il ne l'avait pas suivie. Elle s'immobilisa dans l'entrée, son cendrier toujours à la main et guetta le *plouf* fracassant, mais rien ne vint. Pas question de faire demi-tour maintenant. Avec précaution, elle descendit l'escalier puis traversa la cour. Elle fit une nouvelle pause devant la porte en bois qui donnait à l'extérieur. Elle s'ouvrit soudain à la volée sur une des deux directrices d'école à la retraite qui s'étaient présentées au jeune couple quelques jours plus tôt, au bord de la piscine.

« Bonsoir, ma chère. Vous sortez ? »

On était au début de l'arrière-saison, et la poignée de clients restants avaient formé une communauté temporaire qui discutait le matin autour de leur melon et de leur tasse de café, reprenant chaque jour les mêmes places autour de la piscine. Cleo et Frank soupçonnaient les deux femmes d'être secrètement en couple et aimaient les regarder jouer aux cartes à l'ombre des cyprès. Toutes les deux adoraient Frank, qui flirtait sans vergogne avec elles et leur offrait toujours un verre de vin blanc glacé, donc il commandait bouteille sur bouteille quand ils paressaient près de la piscine.

« Attendez, laissez-moi vous aider. » Cleo se précipita pour ouvrir la lourde porte.

« Difficile de trouver des fruits à cette heure tardive, expliqua la femme en brandissant un sac d'oranges. À mon âge, il en faut beaucoup. Ça maintient en forme. »

Elle passa devant Cleo, avant de se retourner pour saisir le bras de la jeune femme avec une fermeté qui la surprit.

« Vous êtes très jolie, vous savez. Profitez-en tant qu'il est temps. On pense que ça durera toujours, mais c'est faux. »

La vieille dame lui tapota le coude et reprit son chemin. Cleo inspira à fond avant de franchir la porte en bois pour se retrouver sur la place où des hommes jouaient à la pétanque sur une bande de terre battue. De l'autre côté de la place, le café brillait comme une lanterne en papier. Des groupes étaient assis en terrasse autour de petites tables rondes, lâchant des bulles de conversation et de rires qui venaient éclater contre la peau de Cleo. Elle se détourna et remonta la petite rue pavée et tranquille qui menait au sommet de la ville.

À chaque pas, elle se disait qu'elle allait faire demi-tour, cependant elle ne ralentissait pas l'allure en passant devant les boutiques de babioles pour touristes plongées dans l'ombre, les tabacs et les pâtisseries fermés. Arrivée en haut, elle put contempler la haute enceinte médiévale qui délimitait la ville, construite à l'origine pour repousser les intrus et devenue une plateforme d'observation d'où les visiteurs pouvaient apercevoir les lumières éclatantes de Cannes et du Cap d'Antibes, en contrebas.

Cleo se cala le cendrier sous le bras pour fouiller dans les poches de sa chemise. L'une contenait un paquet de cigarettes et un briquet, l'autre deux gros billets donnés par Frank le matin pour acheter des souvenirs. Elle n'avait pas besoin de plus. Elle prit place à la terrasse d'un café à moitié désert face à l'église sombre et au stand du marchand de glaces, fermé lui aussi. Elle attira l'attention du serveur en se penchant vers la vitre du café. À l'intérieur, un groupe d'hommes était assis sous le halo vert d'un écran de télévision diffusant un match de foot. Le serveur se leva visiblement à contrecœur, avec la mine renfrognée du type qui croyait avoir terminé son service.

« Un verre de malbec, s'il vous plaît, demanda Cleo en français, pour une fois satisfaite de sa prononciation.

— On n'a pas de malbec, fit le serveur.

Il avait un nez en forme d'hameçon et de minuscules oreilles roses pas plus grosses que des palourdes.

« Oh, je vois, dit-elle, trop troublée pour poursuivre en français. Ce que vous avez en rouge, ça ira très bien. » Elle lui adressa un sourire le plus aimable possible.

L'homme opina et retourna à l'intérieur. Pourquoi se sentait-elle obligée de se faire aimer de tout le monde, même de ce serveur ? Comme ce devait être formidable, d'être indifférent à l'indifférence.

Un groupe d'adolescents s'étaient réunis près des grilles verrouillées de l'église, à fumer pour passer le temps, appuyés contre leurs mobylettes. Cleo en reconnut certains, qu'elle avait vus à l'hôtel, notamment les filles aux bras bronzés qui portaient les serviettes à la piscine, et les garçons qui les servaient, au dîner. Cleo se sentait mal à l'aise en leur présence, consciente qu'elle était à peine plus âgée qu'eux. Frank au contraire blaguait et badinait sans la moindre gêne avec tout le personnel, distribuant avec largesse compliments et billets de vingt euros. Cleo gardait les yeux baissés lorsque les serveurs empressés venaient débarrasser, feignant de ne pas remarquer leurs regards admiratifs. Libérés de leurs chemises blanches amidonnées et de leurs nœuds papillons, ils lui parurent encore plus jeunes et mâles. Elle les regarda se pencher vers les filles, les allumer avant de se reculer vivement, dans cette danse universelle du désir et de la timidité.

Le serveur revint avec un pichet, un verre et un cendrier.

« C'est bon, j'ai apporté le mien. » Cloe brandit le cendrier blanc et or que pour une raison inconnue elle avait pris à l'hôtel. Puis dégaina de nouveau son sourire inépuisable. Le serveur ne broncha pas mais se contenta de retourner à son match, avec sans doute encore plus de mépris pour les touristes qu'il était contraint de servir tout l'été, avec leurs coutumes étranges, leurs coups de soleil et leur ignorance crasse en matière de vin. Apporter son propre cendrier, c'était le genre de blague stupide que Frank aurait aimé, même si son truc à lui, c'était plutôt de voler des choses dans les lieux où il passait. Souvent, après avoir quitté un restaurant, il ouvrait sa poche pour exhiber fièrement une salière, une cuillère à café ou un bougeoir.

« Pour ma collection de souvenirs, prétendait-il.

— Pour ton butin », rectifiait-elle, non sans éclater de rire. C'était libérateur, d'être avec quelqu'un qui n'avait pas peur d'enfreindre les règles.

Cleo prit une grande gorgée de vin, puis une autre. Elle ne maîtrisait pas encore l'art d'être seule en public sans gêne, de sentir qu'elle pouvait regarder plutôt qu'être regardée. Elle avait tenté d'expliquer cela à Frank, que pour elle, la vie en public se déroulait de l'extérieur vers l'intérieur, c'est-à-dire qu'elle ne consistait pas à exprimer son intériorité, mais à absorber tout ce qui se produisait à l'extérieur, hors d'elle.

« Tu devrais profiter du fait qu'on t'admire, avait-il dit. Ça te manquera, quand tu auras mon âge, crois-moi. »

L'Américain l'avait remarquée, au dîner. Frank et Cleo étaient installés à l'une des tables dans la cour de l'hôtel, près du mur recouvert de vigne vierge et de bougainvillées, lorsqu'il s'était insinué dans leur conversation via une vague connaissance commune à New York. Cela n'avait pas dérangé Frank, qui appréciait toujours d'avoir un compagnon de débauche, mais dès l'instant où cet homme s'était penché pour lui serrer la main, Cleo avait senti qu'il était là pour elle.

Il s'était tourné vers Frank pour lui parler, tout en continuant à la regarder du coin de l'œil, telle une mouette. Il était beau, méridional, avec un teint hâlé et un Panama crème, et des dents blanches qui tintaient contre son verre. Frank avait beau être de Manhattan, cet homme-là était aux yeux de Cleo l'incarnation du véritable Américain, le genre qui dans sa jeunesse chassait le gros gibier et couchait avec des filles sur la banquette arrière de sa voiture. Ni Frank ni Cleo n'avaient le permis.

« C'est Cleo, la francophile, avait expliqué Frank, au cours de ce dîner. Elle a fait sa thèse sur Soutine. Ses tableaux de viande. Des œuvres de génie.

— Alors vous êtes intelligente, avait conclu l'Américain. Il y a plein de jolies filles, mais en plus vous êtes intelligente. C'est votre truc ? »

Il avait écrasé sa cigarette pour la regarder bien en face pour la première fois.

« Je ne crois pas avoir de *truc*, avait rétorqué Cleo.

— Bien sûr que si, avait contré l'Américain. Tout le monde a un truc.

— Cleo est comme un chat, était intervenu Frank. Elle peut vous toucher, mais vous ne pouvez pas la toucher. C'est ça, son truc.

— Je dirais que c'est un truc à la british. » Il avait éclaté de rire tout en les resservant à la bouteille que Frank avait commandée. Cleo avait posé la main sur son verre. « On s'arrête là ? OK. Que dit le proverbe, déjà ? Que les British n'aiment que leurs chiens et leurs chevaux ? Qu'ils sont flegmatiques, et toutes ces conneries.

— En réalité, nous sommes le pays le plus actif d'Europe, sexuellement parlant », avait rétorqué Cleo. D'un mouvement de tête, elle avait désigné le couple de Français dans la quarantaine à la table voisine en train de se caresser au-dessus de leur soufflé. « À côté, ici, ce sont des petits joueurs. Incroyable, non ?

— Ça ne m'étonne pas, avait déclaré l'Américain. Il faut se méfier de l'eau qui dort. »

Les lunettes de Frank étincelaient à la lueur des chandelles.

« Et moi, c'est quoi, mon truc ? avait-il demandé.

— Le vôtre, c'est facile. Vous devez gagner.

— Tout le monde aime gagner. Ça ne peut pas être mon truc à moi.

— Pas « aimer gagner », « devoir gagner », l'avait corrigé l'autre. C'est un besoin. Je connais votre agence. Combien de Lions avez-vous récoltés à Cannes, cette année?

— Un d'or et deux de bronze, avait répondu Frank avec une fierté qui crevait les yeux.

— Vous voyez?»

Frank avait souri à ses mains en se remémorant ce moment d'extase. L'Américain avait allumé une nouvelle cigarette et adressé un clin d'œil à peine perceptible à Cleo.

«Et vous? Votre truc? avait demandé Frank.

— À vous de me le dire.

— C'est vous l'expert.

— Eh bien, je..., avait commencé l'Américain.

— Vous voulez ce que possèdent les autres», avait dit Cleo.

L'homme avait lâché un rire qui rappelait un aboiement.

«Vous n'avez pas tort, ma belle. Mais vous n'avez qu'à moitié raison. Je veux ce que possèdent les autres, c'est vrai, mais je ne veux pas de ce que je possède.»

Frank avait haussé les épaules. «C'est juste la condition humaine, ça.

— Tu ne veux pas de ce que tu possèdes? s'était étonnée Cleo.

— Je veux *plus* que ce que je possède, avait-il rectifié en se mettant à compter sur ses doigts. «Deux Lions d'or, deux agences...

— Deux femmes? avait-elle suggéré.

— Seulement si c'est deux fois toi, s'était empressé de préciser Frank.

— Bien rattrapé, mon vieux.» L'Américain avait éclaté de rire en lui assénant une claque dans le dos. Il avait étiré les bras et noué ses mains derrière sa tête. «Je vais vous dire. On veut parce qu'on *manque*. Et plus on manque, plus on veut.

— Alors comme ça, vous êtes philosophe, avait dit Cleo.

— Et vous êtes plus intelligente que vous en avez l'air, avait-il rétorqué.

— Voilà bien une remarque qu'on ne fait qu'aux femmes.

— Et moi, je suis quoi, là-dedans? était intervenu Frank. Le bouffon du roi?»

Plus les deux hommes buvaient, plus ils étaient dans la compétition. Cleo les avait observés en se demandant quel mécanisme reptilien était à l'œuvre pour qu'en dépit de leurs vies de profusion, ils croient encore sincèrement qu'il n'y aurait jamais assez pour eux deux. Quand l'Américain se vantait d'avoir étudié dans une prestigieuse école de commerce de Pékin, Frank rétorquait triomphalement de ne pas avoir été en fac. Laissée pour compte, Cleo s'était reculée dans son fauteuil pour somnoler. Ils en étaient ensuite venus aux succès de leurs années de lycée. Fort à propos, l'Américain avait récolté un prix nommé « All-American », qui récompensait les athlètes doués dans tous les sports au programme. Frank avait dégainé ses compétences en plongeon, ayant battu les records fédéraux au tremplin à dix mètres.

« Il faut que je voie ça », avait décrété l'Américain.

Cleo avait fait glisser une cigarette de son paquet, et il s'était avancé pour la lui allumer. Ils s'étaient souri au-dessus de l'étincelle.

« Eh bien, ça fait un bail », avait dit Frank.

Il avait lui aussi pris une cigarette, qu'il avait placée à l'envers entre ses lèvres.

« Hé. » Cleo s'était penchée vers lui pour la remettre dans le bon sens. « Tu ne fumes pas, je te rappelle.

— Regardez-moi ces deux cheminées qui veulent me tenir à l'écart.

— Revenons à cette histoire de plongeon », avait insisté l'Américain.

Le serveur grognon du café réapparut et considéra le verre vide de Cleo.

« Terminé ?

— Je vais reprendre la même chose. »

Une cloche sonna au clocher de l'église. Il était 23 heures. La veille, Cleo avait laissé Frank en train de faire les cent pas dans leur chambre, en pleine dispute avec son directeur artistique à New York au sujet d'un nouveau contrat, et elle s'était rendue à la chapelle Matisse. De l'extérieur, on aurait dit un morceau de sucre tout simple. Mais en y entrant, on avait l'impression de pénétrer au cœur d'un joyau. Des vitraux éclaboussaient les murs blancs de lumière multicolore. Matisse n'avait utilisé que trois couleurs : le vert pour les plantes, le jaune pour le soleil et le bleu pour le ciel, la mer et la Madone. Il la considérait comme son chef-d'œuvre.

La mère de Cleo aurait adoré l'architecture de la cathédrale.

Elle avait coutume de dire qu'un bâtiment devait se composer de deux tiers de satisfaction et d'un tiers de désir. Cleo n'avait jamais compris ce qu'elle voulait dire par là, mais à présent, elle lui revenait en mémoire telle une prophétie. *Deux tiers de satisfaction, un tiers de désir.* Cela lui paraissait une bonne recette pour la vie en général, même si elle se sentait encore loin de la maîtriser. Sa mère, en tout cas, n'y était jamais parvenue.

Frank ne l'avait pas cuisinée au sujet du suicide de sa mère, mais il s'était mis à traîner près des portes d'un air nerveux, pour l'observer en douce quand elle lisait ou regardait la télévision. Il guettait les fissures. Depuis qu'ils avaient vu son père, elle avait conscience de se montrer distante. Elle n'avait pas voulu que Frank voie sa tristesse, si vieille et si laide. Si elle savait que le chagrin n'était pas linéaire, elle n'en détestait pas moins de sentir remonter ces sensations anciennes. Elle se sentait léthargique, déprimée, ce qu'elle n'avait plus réellement vécu depuis Londres. Elle avait envisagé de se remettre sous antidépresseurs, tout en gardant l'espoir que ce ne soit qu'une mauvaise passe. Et dans l'ensemble, elle le camouflait bien. Elle se lavait les cheveux, prenait du dessert et essayait de rire en même temps que tout le monde.

Mais Frank avait remarqué. C'était lui qui avait suggéré cette excursion en France, la patrie des artistes préférés de Cleo, pour leur lune de miel en retard. Et maintenant qu'elle y était, par cette belle soirée dans ce pays magnifique, elle ne voulait pas repenser à sa mère, à son chagrin ou aux beuveries de Frank.

Le serveur lui resservit un verre, qu'elle vida à moitié d'une seule gorgée. Elle se sentait comme revitalisée par le vin et commençait à profiter de l'instant. Du bout de sa cigarette, elle repoussa la cendre sur les côtés du cendrier blanc. En levant les yeux, elle vit un des adolescents de l'église qui se dirigeait vers elle de cette démarche chaloupée et assurée de celui qui se sait observé. Les filles avaient disparu et ne restaient que deux autres garçons, qui la scrutaient avec vigilance tandis que leur ami était à l'approche.

« Vous avez du feu ? », demanda-t-il dans sa langue en atteignant sa table et en désignant le briquet. Elle hocha la tête.

« Vous parlez français ? ajouta-t-il, en français puis en anglais.

— Un peu, répondit-elle, déjà intimidée par le simple fait de devoir prononcer ces deux simples mots. Et toi ? Tu parles anglais.

— J'apprends à l'école.

— Tu as un très bon accent.

— Non, objecta-t-il en soufflant la fumée par le nez. Je ne trouve pas, moi. »

Il avait un nez carré et massif, mais des yeux noisette doux comme du velours, bordés de longs cils épais.

« Je vous vois à l'hôtel, dit le garçon. Vous portez un, comment on dit, jaune... »

Il mit les deux mains en coupe sur son torse et explosa de rire. Plié en deux, il se tourna vers ses deux acolytes assis sur leurs mobylettes. Ils lui adressèrent de grands signes et lui crièrent quelque chose en français que Cleo ne comprit pas. Ils n'étaient que des enfants, et elle se sentit soudain très vieille, alors qu'elle avait envie d'éprouver tout le contraire.

« Je vois. Eh bien, bonne soirée », lança-t-elle.

Elle se souleva de sa chaise en cherchant le serveur du regard.

« Non, non. » Il secoua les mains devant lui, libérant les seins imaginaires qu'elles soupesaient, et lui adressa un regard de contrition surjouée. « Je suis stupide. Mes amis me demandent de vous dire que vous êtes *trop belle*, expliqua-t-il en français, avant de traduire. Belle. Vous comprenez ? »

Elle le dévisagea. Une brise se jeta soudain à l'assaut du mur de pierre, faisant applaudir les arbres froufroutants. La lavande, la terre, un discret relent de sel.

« Vous venez en boîte avec nous ?

— Non. » Elle se leva, épousseta la cendre sur sa jupe. « C'est où ?

— Pas loin, lui assura-t-il. À deux pas. »

Cleo rit.

Elle laissa un billet sur la table, trop gros, mais elle ne pouvait pas attendre, car la brise la transportait loin du café, vers l'église où patientaient les amis du garçon, totalement incrédules. Elle grimpa à l'arrière d'une moto qui revint à la vie sous elle puis l'emmena à vive allure dans une enfilade de petites rues pavées, loin des lumières de la ville, dans la nuit indigo. Elle avait oublié le cendrier sur la table.

À l'arrière de la moto, le monde qui défilait en traînées de couleurs était plus doux. Elle étendit les bras en croix pour attraper des poignées d'air solide. La nuit battait de milliers d'ailes de papillons noires contre sa peau. Cleo comprit pourquoi la moto était si souvent associée à la liberté : pour sa capacité non pas à vous emmener d'un point à un autre, mais à transformer le lieu où vous vous trouviez déjà.

Ils filèrent vers les lumières au pied de la colline, pour se garer devant un bar décrépit au coin d'une paisible rue résidentielle. Une enseigne au néon en forme de verre de Martini clignotait en bleu et rose dans la vitrine. Le garçon sauta de son engin et tendit la main à Cleo pour l'aider à descendre. Lorsqu'elle fut debout, elle constata qu'elle tremblait de tous ses membres, comme si le moteur continuait à vibrer en elle.

Le bar avait été transformé en boîte de nuit improvisée à l'aide de quelques enceintes, d'une machine crachotant de la fumée et d'une boule à facettes qui tournait paresseusement au-dessus de leurs têtes. Des losanges de lumière argentée tournoyaient sur les bras et les visages des corps qui s'agitaient. La salle était bondée, principalement de jeunes du coin, d'adolescents travaillant dans les hôtels, de femmes à forte poitrine qui tenaient des commerces en ville, plus deux vieux types à l'allure de pêcheurs, avachis sur le bar dans leurs maillots de corps blancs qui ressortaient sur leur peau tannée et fripée. Les haut-parleurs braillaient le genre de musique que Cleo écoutait, adolescente.

Le garçon leva son pouce vers sa bouche en faisant mine de boire et attira la jeune femme vers le bar. Il la poussa devant et croisa le regard du barman, qui avait déboutonné sa chemise pour exhiber un tatouage géant représentant un faucon tenant un hareng entre ses serres.

« C'est pour moi, dit-elle en plongeant la main dans sa poche pour y saisir le billet qui lui restait.

— Non, répliqua-t-il en lui donnant une petite tape sur les mains. Tu es invitée. »

Les cocktails apparurent, dans deux grands verres au rebord givré, décorés de petites ombrelles en papier et de cerises au marasquin. Ils faisaient tellement ado que c'en était risible, et Cleo aurait préféré un verre de vin ou une bière. La cerise formait une tache rouge, comme une empreinte sanglante sur la glace blanche. Elle tira sur sa paille et avala une gorgée. Le breuvage avait un goût de noix de coco, de sucre de canne et de savon.

« C'est bon, non ? » dit le garçon avec une grimace de dégoût à peine dissimulée, tout en avalant une grande gorgée à son tour.

Cloe se dit soudain qu'il avait dû choisir les cocktails en croyant lui faire plaisir à elle. C'étaient sans doute les plus chers de la carte.

« Délicieux », confirma-t-elle.

Elle le laissa l'entourer de ses bras pour l'entraîner vers la foule de corps gesticulants. Ses amis se déhanchaient déjà sur la piste de danse, se collant à deux filles aux cheveux longs, souples et ondulantes comme des anguilles dans leurs tops et leurs jupes en Lycra. Soudain timide, Cleo se raidit contre le corps du garçon. Elle aurait voulu que Quentin ou Audrey soit là. Eux auraient su exactement quoi faire. Le garçon l'attrapa par la taille et la fit balancer de droite à gauche en se calquant sur le mouvement de ses hanches. La musique emplissait la salle comme de l'eau, s'insinuant dans le moindre recoin. Cleo tournait et tournait, renversant son verre sur son poignet. Le garçon lui leva le bras et fit glisser sa langue depuis son coude jusqu'au bout de ses doigts, qu'il tira ensuite de sa bouche avec un « pop » humide. Cleo bascula la tête en arrière et éclata de rire. Il l'attira contre lui.

« Cette chanson est cool ! dit-il.

— Je suis mariée ! dit Cleo.

— Je ne t'entends pas ! répliqua-t-il.

— Mariée à un homme, hurla-t-elle. Qui a deux fois ton âge ! »

Mais le garçon se contenta de rire en désignant ses oreilles.

En dépit du goût de lessive, ils terminèrent rapidement leurs verres, puis Cleo se rendit au bar pour offrir une deuxième tournée. Elle était moins infecte que la première. Une chanson qu'ils connaissaient tous démarra, et ils se prirent par le cou en hurlant les paroles et se mirent à tourner en un cercle maladroit. Cleo tournoyait sur elle-même, se déroulait tels les rubans d'un mât de cocagne que personne n'aurait attrapés. L'une des filles aux cheveux longs alluma un joint et le fit passer dans le groupe. Cleo agita les mains pour refuser. Dans un mouvement étonnamment violent, la fille se pencha vers l'avant pour l'attraper par la nuque et coller sa bouche contre celle de la jeune femme. De si près, Cleo vit les pâtés de fard bleu dans les plis de ses paupières, étincelants dans la lumière. Elle était tellement sidérée qu'elle n'eut pas le réflexe d'empêcher la fille de lui souffler dans la bouche et de lui remplir la gorge de fumée épaisse. Elle se dégagea en toussant. Les garçons éclatèrent tous de rire.

« Ça va », dit son cavalier, en lui tapotant dans le dos.

Cleo tenta de sourire mais fut de nouveau prise d'une quinte de toux, et de nausées lui remontant dans la gorge. La salle se mit à tourner comme un manège. Elle tituba jusqu'à la sortie et déboucha dans l'air frais juste à temps pour vomir dans la rue en s'appuyant sur le mur du bar pour ne pas tomber. Le changement d'atmosphère entre l'intérieur et l'extérieur lui parut un séisme, et elle se demanda comment elle était arrivée là. Le garçon sortit à son tour, jeta un coup d'œil au vomi, du même blanc mousseux que le cocktail à la noix de coco, puis alluma une cigarette.

« Tu te sens mieux, maintenant », dit-il.

Cleo opina et s'adossa à la vitrine du bar et essuya son front moite du dos de sa main. Elle ferma les paupières. Un ballet de cygnes dansait devant elle. Le garçon lui posa les mains sur les épaules. Elle vit le corps de Frank, virgule courbe dans l'air. Le garçon écarta les cheveux de son cou. Frank plongeait vers le cœur des cygnes. Elle rouvrit les yeux. L'enseigne Martini au néon éclaboussait le visage du garçon. Bleu. Rose. Bleu. Rose. Il se pencha vers elle. Elle avait encore la bouche tout acide de vomi. Mais elle pouvait le laisser faire. Ce serait beaucoup plus facile de le laisser faire.

« Tu peux me ramener ? demanda-t-elle en détournant la tête. À l'hôtel ?

— Il est encore tôt, répondit-il en lui glissant un baiser furtif dans le cou.

— S'il te plaît. » Elle le repoussa doucement.

« S'il te plaît... », la singea-t-il, en français.

Il la saisit par la taille. Il fourra de nouveau son visage dans le cou de Cleo. « Allez... », murmura-t-il.

Elle le repoussa plus vivement. Il trébucha en arrière, lui lança un regard impérieux, puis jeta sa cigarette sur la route. La pointe rougeoyante roula dans la brise.

« Non. » Il haussa les épaules.

« Non ? répéta Cleo.

— Tu rentres. Moi non. »

Elle le dévisagea. Puis elle pivota et se mit à marcher dans la rue silencieuse, sous les réverbères projetant des flaques de lumière couleur de soufre, en direction de la route principale. Le garçon lui cria quelque chose en français qu'elle ne comprit pas. Elle tendit au-dessus de sa tête son majeur dressé sans s'arrêter de marcher.

L'euphorie qu'elle avait ressentie en partant si vite se mua rapidement en panique lorsqu'elle se retrouva à cheminer le long de la route obscure en direction de la ville. Elle se rendit compte qu'elle mettrait plus d'une heure à refaire le trajet qui avait pris dix minutes à moto. La balustrade blanche rayonnait dans le noir. Sur le bas-côté, des buissons de lavande emplissaient l'air de leur parfum mauve. Une paire de phares s'alluma subitement, plus loin sur la route. Son cœur se mit à tambouriner. Ce pouvait être n'importe qui. Si elle se faisait embarquer à l'arrière de cette voiture, personne n'en saurait jamais rien. Le véhicule approchait. Cleo serra les poings et accéléra l'allure. L'assaut des phares, puis l'obscurité. Il la dépassa sans ralentir.

Elle avait le souffle court. Les lumières de la ville en surplomb ne semblaient pas se rapprocher. Le chemin était interminable, insupportable. Elle songea à se coucher dans la lavande pour dormir jusqu'à l'aube. Mais il faisait froid et humide, la nuit, dans cette partie de la campagne : au matin, les feuilles des citronniers étaient constellées de gouttelettes de rosée que le soleil faisait s'évaporer. Elle vit une autre voiture descendre vers elle le long de la route sinueuse. Une nouvelle vague de panique lui serra la poitrine lorsque le véhicule ralentit. Épinglée par le double faisceau des phares, Cleo se pétrifia. Une tête sombre apparut par la vitre arrière.

La chevelure bouclée de Frank se détacha sur fond de colline violette. La voix de Frank cria son prénom. Alors elle se mit à courir vers la lumière, la portière s'ouvrit à la volée tandis que le taxi roulait toujours, Frank déboula et elle se catapulta littéralement dans ses bras. Les lèvres chaudes et avides de Frank lui embrassèrent le front, les oreilles, les cheveux, parce que c'était un miracle, que contre toute attente il l'avait retrouvée là, sur ce bout de route sombre, et à présent tout le reste était oublié, pardonné, tout ce qui comptait, c'était qu'il soit là, à la serrer contre son torse familier, et elle sut ce que c'était d'être un miracle.

Plus tard, alors qu'ils se tenaient enlacés, nus sur le lit, la moustiquaire vibrant doucement au rythme de leur respiration, Cleo se tourna vers le profil de son mari.

« Frankenstein, dit-elle en suivant de l'index le contour de son nez.

— Cléopâtre.

— Tu vas bien ?

— Tu parles du plongeon ? Pas une égratignure.

— Non, je voulais dire... en général. »

Il se tourna face à elle.

« Je suis juste stressé par le boulot. On a déjà dépassé notre budget de l'année, et je suis forcé d'engager cette nouvelle rédactrice publicitaire, sous prétexte que c'est une femme...

— Je ne parlais pas de ton travail.

— De quoi, alors ?

— Laisse tomber. »

Elle se détourna pour éteindre la lampe de chevet.

« Pourquoi as-tu relevé ce défi ? demanda-t-elle dans la pénombre.

Frank l'attira contre lui.

« Pour l'histoire, Cley. Ça fait un sacré bon scénario. »

8

Octobre

Par miracle, j'ai un nouveau boulot. C'est un contrat de free-lance comme rédactrice publicitaire dans une agence. J'ai un contrat de trois mois, renouvelable. C'est du temporaire qui peut devenir permanent. Du « temp./perm. », comme ils appellent ça. J'adore cette expression. Non seulement c'est limite un palindrome, mais en plus c'est très pratique. Toutes les situations de la vie tombent dans l'une de ces deux catégories. Par exemple, je me répète que le fait d'avoir trente-sept ans et de vivre actuellement chez ma mère dans le New jersey est « temp. ». Alors que malheureusement, la forme du mon menton est « perm. ».

*

Jusqu'à récemment, je vivais à LA, je travaillais comme coscénariste d'une série sur un chat extralucide, mais du fait de différends artistiques, j'ai démissionné. Ou plus exactement, j'ai été démissionnée. Les termes exacts qu'ils ont employés étaient : « invitée à partir ». Même le chat n'avait rien vu venir.

*

Et puis merde. Je suis soulagée d'avoir quitté LA, ce temple de l'ambition créatrice qui se la joue ville industrielle. Au moins, à Fair Lawn dans le New Jersey, la première question qu'on me pose n'est pas « télé ou cinéma ? », comme on demande « plate ou gazeuse ? » au restaurant.

*

C'est Jacky, l'assistante du directeur artistique, qui me fait visiter les bureaux. Elle a la cinquantaine, une touffe de cheveux platine et de grands yeux bleus, que pour une raison déconcertante elle maquille aussi en bleu. Jacky est en quelque sorte un caniche : son pelage duveteux ne fait pas honneur à sa grande finesse et à sa profonde intelligence.

« Non, dit-elle en me voyant m'asseoir. Nan-nan. On ne va pas vous mettre ici. » Elle se penche en travers du bureau pour composer un numéro sur un téléphone avec une efficacité redoutable. « Raoul ? Salut, mon chou, c'est Jacky. Je vais avoir besoin de toi pour m'aider à déménager une nouvelle employée. Elle n'a pas été installée au bon bureau. Ouaip, à tout de suite. Merci, mon grand. »

Elle raccroche et se tourne vers moi.

« Qu'est-ce qu'il a, ce bureau ? je demande.

— Vous êtes notre seule femme rédactrice, explique-t-elle. Et vous êtes une adulte. Pas question qu'on vous laisse dans la cambrousse avec les stagiaires. »

*

À mon arrivée, le seul objet sur mon bureau est un mug portant l'inscription : « Fais toujours de ce que tu aimes. » Il atterrit tout droit au fond d'un tiroir.

*

À mon retour à la maison, ma mère est dans le jardin, à cueillir de la menthe pour le thé. Ses mugs à elle sont décorés de différentes espèces d'oiseaux. Son préféré, c'est le chardonneret. Elle me donne le cardinal rouge. Elle ne donne le merle qu'aux gens qu'elle n'aime pas.

*

On passe la soirée devant *Chanter pour renaître*, un concours de chant qui exige apparemment que les candidats aient traversé des épreuves sur une échelle allant de « très graves » (la perte d'un parent ou une leucémie) à « plutôt tristes » (la perte d'un grand-parent ou une névrose mineure) en passant par « faut quand même pas pousser » (la perte d'un animal domestique ou une mononucléose). Ils passent à tour de rôle pour raconter leurs malheurs avec à l'arrière-plan une pub pour une boisson énergisante.

« Quelle chanson tu chanterais ? demande ma mère.

— Je n'en sais rien. Un truc sur le fait d'être une femme. Et toi ?

— Oh, une chanson pop sexy, répond-elle. Histoire de leur en mettre plein la vue. »

*

Dans le salon de ma mère, il y a deux canapés, le canapé-repas et le canapé-invités. Une de mes rédactions de CE1, qui parle de la nature, est accrochée au mur. Ma mère dit qu'elle a su que j'étais une enfant sensible en découvrant la première ligne : « Le parc est un lieu de beauté exquise et d'extrême danger. »

*

Je regarde les phares des voitures zébrer le plafond en essayant de dresser une liste de tout ce que je veux faire du reste de ma vie. Je trouve le numéro trois, « Retrouver mes rollers » juste avant que la pluie se mette à tambouriner sur le toit et que je cède à l'appel du sommeil.

*

Un des inconvénients de mon nouveau bureau, c'est que j'ai désormais pour voisin un monteur nommé Myke. Myke est grand, avec des cheveux blond roux et un visage pâle et sans relief. On dirait une glace à l'italienne en train de fondre. Il a un panier de basket miniature au-dessus de son bureau, à côté d'un poster de Karaté Kid.

« Tu as rencontré le directeur créatif ? me lance-t-il avant même de me demander mon nom.

— Pas encore, je réponds.

— C'est le meilleur. À notre dernière fête de Noël, il s'est saoulé et il s'est mis à distribuer des billets de cent dollars. L'an dernier, on a tourné un spot pour un désodorisant, à Tokyo, et il a montré ses fesses à tout le quartier du carrefour de Shibuya, depuis la vitrine d'un Starbucks, parce qu'il avait perdu un pari. Tous ces Japonais flippaient à mort.

— Et pourtant, étonnamment, le plafond de verre existe toujours », je dis.

Myke roule les yeux et fait reculer sa chaise à roulettes de mon bureau. « Ce n'est pas parce que c'est un *homme*, qu'il a fait ces trucs-là. C'est parce qu'il était *bourré*. »

*

Mon frère Levi, qui vit au nord de l'État de New York, appelle pour dire qu'il a décroché un nouveau boulot au comptoir des plats chauds à emporter du supermarché local. Levi joue du jazz expérimental et vit toujours dans la ville où il est allé en fac, qui compte une station-service et quatre églises. Il partage une maison avec une palanquée de copains de son groupe et sa copine, qui était possiblement SDF avant qu'ils se mettent ensemble. Il m'a dit que la seule chose qu'elle possédait quand il l'a rencontrée était un sèche-cheveux de qualité industrielle.

« Félicitations pour ton nouveau boulot aux comptoir des plats à emporter, Levi, je lui dis.

— Le comptoir des plats *chauds* à emporter », précise-t-il.

*

Avant de quitter LA, j'avais commencé un scénario sur deux parasites, Débris et Moisi, qui vivaient dans une décharge publique à l'autre bout du monde. En fermant les paupières, je vois des montagnes colorées de détritus, de canapés désossés, de poussettes recouvertes de mousse, de livres aux ailes de pigeon (comme dirait Bradbury), d'emballages de préservatifs chiffonnés, de pots de peinture écrabouillés, d'ordinateurs explosés, de dessus-de-lit moisis, de téléviseurs calcinés... C'est une série pour enfants, je dirais. Ou peut-être une comédie. Une comédie pour enfants. Ça s'intitule *Déchets humains.*

*

Je trouve Jacky en train de préparer le café dans la cuisine du bureau. À sa tenue, on dirait un peu qu'elle bosse dans une agence immobilière de Palm Springs dans les années 1980, avec ses nuances orangées et ses épaulettes rembourrées.

« Et donc, vous faisiez quoi, avant ? demande-t-elle. Vous venez d'une autre agence ? »

Je lui parle de la série sur le chat extralucide, en omettant la partie concernant mon départ ignominieux.

« Ma sœur a trois chats, dit Jacky.

— Dont combien d'extralucides ?

— Aucun, à ma connaissance. » Elle éclate de rire. « Je ne me sens pas trop proche d'un animal qui chie dans une boîte.

— Vous êtes plutôt chien ?

— Plutôt dauphin », précise Jacky.

*

Le directeur créatif vient se présenter. Il s'appelle Frank. Une fois j'ai entendu dire d'un homme qu'il avait tellement d'attraction sexuelle qu'il aurait pu être sa propre planète. Ce n'est pas exactement comme ça que je décrirais Frank mais il dégage une sorte d'énergie crépitante – avec ses mouvements saccadés, cette tignasse chargée d'électricité statique et ses drôles d'yeux qui lancent des éclairs –, qui envoie un courant de sa main dans la mienne.

« Vous avez le même prénom que ma mère, dit-il en souriant. Mais je vais essayer de ne pas vous en tenir grief. »

*

Avant sa retraite, ma mère enseignait la littérature dans un lycée pour surdoués. Aujourd'hui, elle joue au bridge trois soirs par semaine avec d'autres femmes de la synagogue et elle prend des cours à l'École professionnelle d'horticulture pour améliorer ses compétences en jardinage. Ma mère est comme un colibri : si elle s'arrête de bouger, ne serait-ce qu'un instant, elle mourra à tous les coups.

*

Mon père vit non loin de chez ma mère, dans une maison de retraite pour personnes dépendantes atteintes d'Alzheimer. Jusqu'à il y a quelques années, c'était un gynécologue obstétricien de renom. Mes parents ont divorcé quand j'avais dix ans, puis mon père a emménagé avec une dermatologue brésilienne, qui l'a quitté à son tour pour une femme. Malgré tout, ma mère continue de lui rendre visite une fois par semaine. On ne désigne l'endroit où il vit que par l'expression : « Ce Foyer-là ». Pour ne pas le confondre avec *un* foyer, car c'est tout sauf ça.

*

Un gynécologue juif avec une dermatologue brésilienne. Il y a forcément une blague quelque part, comme aime à le répéter ma mère.

*

« J'ai entendu quelque chose de merveilleux, à la télévision, aujourd'hui ! »

Ma mère est installée à la table de la cuisine, en train de lire des bouquins sur les différentes variétés d'hortensias. Je la rejoins dans la pièce et prends le lait de soja dans le frigidaire.

« Tu ne veux pas savoir ce que c'est ? fait-elle.

— Tu peux me le dire directement, M'man. Tu n'as pas besoin d'invitation.

— Vas-y, ne te gêne pas, rembarre-moi », rétorque-t-elle en me tendant un mug. Le moineau. « Eh bien, c'est à cause de *toi* que je m'en suis souvenue. C'était une de ces émissions de téléréalité que je ne regarde jamais, diffusées en journée. Une spécialiste des rencontres en ligne vient parler de la séduction à l'ère numérique. Et tu sais ce qu'elle dit à ses clients de se répéter mentalement, tous les matins au lever? « Rappelez-vous que vous pourriez tomber amoureux aujourd'hui. » Et je me suis dit: Je parie qu'Eleanor aimerait ça. Je suis sûre qu'Eleanor trouverait ça super. » Elle scande ses paroles avec le crayon à papier qu'elle tient à la main. « Tu. Pourrais. Tomber. Amoureuse. Aujourd'hui. »

— Pourquoi ce ne serait pas *toi* qui tomberais amoureuse aujourd'hui, M'man ? », je réplique en reposant la brique de lait de soja si fort sur le comptoir que j'en renverse partout.

« Torchon sous l'évier », lance-t-elle avant de retourner à son livre.

*

Il ne faut pas que j'oublie de remplir la mangeoire à colibris de ma mère avec du nectar. Il se trouve que le nectar est juste de l'eau sucrée qu'on fait bouillir.

*

Je me sens seule, c'est évident. Tellement seule que je pourrais dessiner une carte de ma solitude. Dans mon esprit, elle a la forme de l'Amérique latine, colossale au milieu, et se terminant en bas par une petite langue de terre tout étroite et déchiquetée. Parfois je me sens si seule que je ne suis même plus sur cette carte. Putain, parfois je me sens si seule que je suis les îles Malouines.

*

« Je me jetterais bien d'un pont mais j'ai le vertige ! » dit une vieille femme à une autre devant moi, en train de rentrer de faire leurs courses avec leurs sacs.

*

Je passe la matinée à bosser sur des slogans pour une campagne dans le métro pour un yaourt suédois.

Je suis bourré de culture !
Avec moi, vous aurez du pot.
Brasse-moi, idiot...
Et ensuite achève-moi.

*

Levi appelle pour nous annoncer qu'il s'est mis à la gravure au couteau après avoir lu dans un article que c'était l'antidote parfait au stress et aux contraintes de la vie moderne. Je lui dis que je devrais peut-être m'y mettre aussi.

« Hmm, ça va comment, le boulot ? demande-t-il en mâchant bruyamment dans le téléphone.

— Je suis une machine humaine à jeux de mots.

— C'est un oxymore, commente-t-il en continuant à croquer. Tu ne peux être à la fois humaine et une machine.

— J'espère que tu exploites à fond cette tendance au pédantisme au comptoir de plats chauds à emporter, je rétorque.

— Tu sais quel est l'antidote parfait à l'ennui existentiel ? demande-t-il.

— Dis-moi.

— La souffrance physique. »

*

Levi est né avec le QI d'un génie, mais je crains qu'à force de fumer de l'herbe, il soit redescendu au niveau d'un rat de laboratoire malin.

*

Myke insiste pour me parler, alors qu'il est clair qu'il n'éprouve aucun intérêt pour moi en tant que personne. Je joue à un jeu avec moi-même : je vois combien de questions je peux lui poser avant qu'il m'en retourne une seule. Jusqu'ici, j'en suis à neuf. C'est comme mettre des pièces dans une machine à sous sans aucun espoir de décrocher le jackpot.

*

Je suis restée tard à l'agence, et Frank vient se planter près de mon bureau.

« Vous êtes encore là ? »

Je lui dis que j'attends la fin du cours de ma mère aux Jardins Botaniques pour pouvoir la raccompagner dans le New Jersey.

« Ah, alors vous êtes une gosse de banlieue, dit Frank. Quand j'étais au lycée, c'étaient les plus dingues. Est-ce que vous aussi vous faisiez le mur le week-end pour venir faire la fête en ville ? »

Pour des raisons qui parlent d'elle-même, je me dis que ce n'est peut-être pas le moment de lui raconter que je passais mes week-ends avec mon petit copain âgé de quarante ans, à faire sa lessive et à l'aider à corriger ses « mémoires » de pilote de course en devenir. En fait, je ne me vois raconter ça à personne.

« Pas vraiment, je me contente de répondre.

— Ah, alors vous étiez bonne pâte, en conclut-il.

— Plutôt pâte à modeler, je précise.

— Pâte à modeler, c'est drôle. Je serais quoi, du coup, moi ? »

Il se met à rire. « Une pâte brisée. »

*

Je suis encore au bureau quand je vois éclore sur mon écran un mail de Frank.

J'ai oublié de vous demander comment ça se passait avec Myke.

Oh, très byen, je réponds.

J'entends le rire de Frank à l'autre bout des locaux.

*

Tout ce que je vois dans la boutique de cadeaux des Jardins Botaniques me donne envie de dépenser de l'argent. Qui peut affirmer que je n'aurai pas besoin un jour d'une paire de cisailles en forme de pélican ?

Je trouve un torchon portant l'inscription : « Ce n'est pas parce qu'on devient vieux qu'on arrête de jardiner, c'est parce qu'on arrête de jardiner qu'on devient vieux. » Ça semble le cadeau parfait pour ma mère, vu qu'elle a la main verte et un goût prononcé pour les aphorismes, donc je le lui achète.

Je suis en train de me diriger vers la sortie quand je remarque un Frisbee avec le message : « Ce n'est pas parce qu'on devient vieux qu'on arrête de jouer, c'est parce qu'on arrête de jouer qu'on devient vieux. » Puis je vois un mannequin vêtu d'un tablier avec une phrase brodée au milieu : « Ce n'est pas parce qu'on devient vieux qu'on arrête de cuisiner, c'est parce qu'on arrête de cuisiner qu'on devient vieux. » Puis un panneau près de la bibliothèque : « Ce n'est pas parce qu'on devient vieux qu'on arrête de lire... »

Quand je raconte ça à ma mère sur le trajet du retour, elle est prise d'un tel fou rire qu'elle renverse les jonquilles en pot sur ses genoux.

« Ce n'est pas parce qu'on devient vieux qu'on arrête de dire des conneries, dit-elle.

— On devient vieux parce que la vie est une grosse connerie », je conclus.

*

Depuis quelque temps, je vois des animaux morts, du coin de l'œil. Parfois, l'incident s'explique. Une feuille d'arbre aplatie sur le trottoir ressemble à s'y méprendre à une souris écrasée. Une basket noire abandonnée, avec ses lacets qui traînent sur le bitume, a à peu près la taille d'un rat. Mais ce sont les têtes de vache dans les poubelles et les cadavres de ratons laveurs accrochés dans les arbres que j'ai plus de mal à expliquer. Je cherche sur Google les signes précoces de schizophrénie, de démence et de psychose.

« Je pense qu'il faut que tu portes plus tes lunettes, décrète ma mère. À la banque, l'autre jour, au lieu de "compte privilège", tu as lu "crotte privilège". »

*

Je récupère la mission d'un projet immobilier dans l'Upper East

Side. Ce sera censé être une mini-métropole. À en croire le dossier de présentation, « ce parangon du luxe comme mode de vie est un compromis progressiste entre une esthétique institutionnelle et une créativité de pointe – la *perfection* pour l'urbain créatif. »

Frank travaille dessus avec moi. Comme on est tous les deux végétariens, nous allons ensemble à pied jusqu'au restaurant de falafels en bas de la rue. On est censés discuter des 538 000 mètres carrés d'espace de bureaux commerciaux, au lieu de quoi, il me raconte la vie de ses animaux domestiques, dans l'enfance.

« Mooshi, la chatte de ma mère, c'était une vraie saloperie, m'explique-t-il. Brigitte était un ange, un Persan magnifique, mais elles ne s'entendaient pas. Je n'arrêtais pas d'organiser des réunions familiales pour qu'elles règlent leurs problèmes ensemble, mais Brigitte a fini par disparaître.

— Mon premier animal de compagnie était une aile de corbeau coupée, je lui dis. Ma mère m'avait autorisée à la garder dans le cabanon à outils. Si je voulais la caresser, je devais d'abord enfiler des gants en latex que mon père rapportait de son cabinet.

— Votre père est médecin ? demande Frank.

— Il l'était. Bref, quand l'aile s'est décomposée, j'ai eu une plume blanche du nom de Spider, que je conservais dans une boîte à allumettes remplie de feuilles mortes.

— Il n'exerce plus ?

— Nan. Un jour, quand j'ai ouvert la boîte, la plume avait disparu, purement et simplement. J'ai pleuré tous les jours pendant une semaine.

— Il faudrait que vous rencontriez ma femme, dit Frank. Elle fait ça, elle aussi. De l'anthropomorphisme. »

*

Pour une raison qui m'échappe, il y a tout un paquet de cartes de Rorschach éparpillé partout dans nos bureaux. Je les étale par terre, face cachée et j'essaie de m'auto-psychanalyser en en retournant une subitement pour sonder ma propre réaction, lorsque Frank passe à côté de moi en riant.

« Quatorze papillons et un vagin, déclare-t-il. Tout ce qu'il y a à savoir dans la vie.

*

J'accepte de sortir dîner avec le fils du courtier de l'amie de ma mère. Je viens juste de me planter la brosse de mon mascara dans l'œil quand ma mère appelle. Elle passe la soirée dans Ce Foyer-là avec mon père. J'entends *Chanter pour renaître* en fond sonore.

« Ne fais pas ton truc, ce soir, me conseille ma mère.

— Quel truc ?

— Tu sais bien.

— Non. Sinon je ne te demanderais pas.

— Et n'oublie pas de *rentrer le ventre.*

— Au revoir, M'man.

Une dernière chose. Tu ! Pourrais ! Tomber ! Amoureuse ! Aujourd'hui ! »

*

Quand je demande au fils du courtier ce qu'il fait dans la vie, il lisse le plastron satiné de sa chemise d'un air ravi en disant : « Je me fais de *l'argent.* »

En fait, il est dans l'immobilier. Il me parle d'un complexe en cours de construction sur Randall's Island. Apparemment, le maire a pris parti pour les résidents actuels dans un conflit sur les droits de propriété, donc ça ressemble plus à un gros merdier qu'à l'affaire du siècle.

« On bâtit l'avenir, dit le fils du courtier entre deux bouchées de beignets de crabe. Alors qu'eux veulent s'accrocher à leur passé à loyer modéré. »

Je dis au fils du courtier que si j'étais maire de New York, je mettrais sur pied une politique de castration publique des violeurs. Je ferais construire une guillotine à pénis sur le Pont de Brooklyn. Au départ, je voulais que les pénis coupés soient cloués sur le pont à côté de la photo d'arrestation de leur propriétaire, mais je pense maintenant qu'il vaudrait mieux les lancer à la foule pour que des mains furieuses les déchiquettent. Je pourrais garantir à mes concitoyens qu'en un an le taux de crimes sexuels chuterait de moitié. Au moins.

*

« Voilà, dit ma mère le lendemain, après l'appel de la mère du gars pour lui raconter ce qui s'est passé. C'est ça, le truc que tu fais. »

*

Dans le train de banlieue qui relie le New Jersey à Manhattan, il y a un couple assis à côté de moi. L'homme et la femme portent des manteaux en cuir identiques, qui leur descendent jusqu'aux chevilles. Je me demande lequel a précédé l'autre, du manteau ou du couple.

« Qu'est-ce qui t'a pris, ce matin ? demande la femme.

— J'étais juste de bonne humeur, répond le type.

— Tu es comme ça quand tu es de bonne humeur ? rétorque-t-elle. Ça ne te va pas du tout. »

*

Sur le chemin du retour du restaurant de falafels, Frank me demande comment s'est passé mon rendez-vous. J'essaie de m'en tenir aux grandes lignes, mais c'est plus fort que moi, je me retrouve à lui détailler tout mon programme électoral de maire.

« Il y aurait des affiches de moi dans le métro, je précise, en smoking, avec un pénis tranché en guise de micro. »

*

Je ne dirai plus une seule ânerie de toute la journée. Et s'il faut même que je ne dise plus rien du tout de toute la journée, ni pour le restant de mes jours, ça m'ira très bien.

*

Je reçois un mail de Frank.
Vous pourriez l'appeler la guillo-pine.

*

Le jour de l'anniversaire de mon père, je lui apporte un livre sur les oiseaux du New Jersey. Je me retiens aussi longtemps que je peux en le regardant se débattre avec le papier cadeau comme s'il avait des couverts à salade en guise de mains, mais je finis par craquer et j'arrache l'emballage moi-même. Je lui tends le livre et il l'enroule autour de sa chaussure. Puis on reste assis tous les deux à regarder *Chanter pour Renaître* jusqu'à ce que l'écran de télé soit la seule source de lumière dans la pièce.

*

La maladie de mon père est une chose que je croyais temp. et dont je comprends maintenant qu'elle est perm...

*

Avec Frank, on a créé une conversation par mail pour se raconter les choses troublantes qu'on vit dans la journée. L'idée, c'est que si l'un de nous a dû traverser ça, alors l'autre doit en faire autant. J'imagine que c'est de l'amitié, ou quelque chose comme ça.
Une femme aveugle qui trébuche sur le bord du trottoir.
Un bébé rat mort sur les rails du métro.
Un préservatif, vide mais apparemment usagé, devant un restaurant sur Broadway.

*

« Qu'est-ce qui te fait sourire ? demande ma mère.
— Rien. Un mail de quelqu'un du bureau.
— C'est une photo de chat ? Les filles de la synagogue n'arrêtent pas de m'envoyer des photos de chats. Pourquoi elles tiennent absolument

à ce que je regarde des chats ?

— Je crois que c'est un grand classique, chez les vieilles dames.

— La *ménopause* est un grand classique, chez les vieilles dames, rectifie ma mère. Tout le reste n'est que marketing. »

*

Frank veut ouvrir un bureau à Paris. Il écoute des CD censés lui apprendre à parler couramment français en un mois. Il me dit quelques phrases que je trouve très convaincantes. Apparemment, elles signifient : « Est-ce que vous aimez les légumes ? » et « Vous étiez mignonne, enfant ? »

*

Myke me raconte que la femme de Frank est artiste, et originaire d'Angleterre. Il me dit qu'elle a l'âge fœtal de vingt-cinq ans. Et qu'ils se sont mariés l'été dernier. Et qu'elle est venue une fois au bureau. Et qu'elle est carrément *canon*.

*

« La seule chose que je ne tolérerai pas, c'est tout ce qui ne sera pas perfection absolue », décrète la femme en noir qui marche devant moi sur la Cinquième Avenue. Plus tard, je m'entraîne à me répéter cette phrase comme un mantra. *La seule chose que je ne tolérerai pas, c'est tout ce qui ne sera pas perfection absolue.* Ouais, bien tenté.

*

Tous les gens que je connais réussissent mieux et sont plus intéressants que moi. Cette révélation ne date pas d'hier. En fait, j'ai toujours eu l'impression que même les gens que je ne connaissais *pas* réussissaient mieux et étaient plus intéressants que moi. Je me revois encore en train de regarder cette émission où une gamine qui dansait avait un an de moins que moi. Elle portait une robe rouge à sequins et des chaussures de claquettes vernies. On aurait dit un rubis, un joyau humain tournoyant sur la scène. Je portais un pyjama acheté au supermarché et je mangeais des céréales en guise de dîner, déjà destinée à une vie de médiocrité. Pourquoi je ne m'étais pas ressaisie, alors ? J'avais cinq ans ! J'aurais encore pu changer le cours de mon destin !

*

Je rencontre un ami de Frank nommé Anders, qui était directeur artistique ici avant de prendre un gros poste dans un magazine de mode. J'imagine à peine ce que ça doit être, d'être un homme blanc, hétéro, dans la quarantaine dans un endroit de ce genre. En plus, il est tellement beau que c'en est insultant. Au moment où Frank fait les présentations, le regard d'Anders glisse sur moi comme s'il parcourait un article de journal en se rendant compte trop tard qu'il ne l'intéresse pas du tout, mais qu'il se forçait quand même à lire jusqu'au bout.

*

Je reçois un mail de Frank. C'est une vidéo d'un Péruvien en train de jouer « Hôtel California » à la flûte de pan sur le quai du métro. À chaque fois qu'il arrive à deux mesures de la fin de la chanson, il reprend depuis le début.

J'ai supporté ça pendant quinze minutes aujourd'hui, maintenant c'est votre tour.

*

« Tu souris encore, fait remarquer ma mère.

— Hin-hin. Ça m'arrive, parfois.

— Qu'est-ce qui te fait sourire ?

— Juste des trucs de boulot.

— En week-end ? Tu me prends pour une gourde. C'est qui, ce type ?

— C'est du *boulot*, M'man.

— D'accord, donc vous travaillez ensemble. Comment

s'appelle-t-il ?

— Je ne veux pas en parler.

— Donc il y a bien quelque chose ! »

Même les scientifiques ayant découvert des preuves de vie microscopique sur Mars n'avaient pas l'air si triomphants.

« Nan. Il n'y a rien du tout, M'man.

— Ellie, dit-elle plus calmement. J'aime juste que tu me racontes ce qui te rend heureuse. »

Je la regarde. Elle rapetisse d'année en année.

« Très bien, je capitule. Oui, on travaille ensemble. Il s'appelle... Myke. Avec un « y ». Je ne te dirai rien de plus.

— Myke avec un « y » ! » Elle lève les mains en l'air. « Et Pourquoi pas, après tout ? Myke. Myke ! Ça me plaît. Myke va nous faire bouger swinguer ! »

Je quitte la pièce quand elle se met à mimer des maracas. Ou à *mymer*, plutôt.

*

« Et sinon, comment les gens vous appellent ? me demande Jacky.

— Comment ça ?

— Vous avez un surnom, quelque chose comme ça ?

— Eh bien, ma mère m'appelle Ellie. Et j'avais un petit ami qui me surnommait Nor, ce que je détestais parce que ça me donnait l'impression d'être un Viking. Mais pour la plupart des gens, je suis juste Eleanor.

— Qu'est-ce que vous pensez de Lee ? Ça vous dérangerait que je vous appelle comme ça ?

— Pas de problème.

— Ça vous va bien. » Elle hoche la tête. « C'est un peu masculin. »

*

Avec ma mère, on projette de passer Thanksgiving dans Ce Foyer-là avec mon père. Je ne vois pas l'intérêt de voyager, et de toute manière, je ne vois pas où on irait. L'aile de Ce Foyer dans laquelle vit mon père s'appelle les Jardins Memento, même si j'ai plusieurs fois entendu le personnel la désigner comme les Jardins Memento Mori. Chaque fois que j'y pense, j'ai envie de prendre mon père par la main, d'arroser toute la baraque d'essence, de balancer une allumette par-dessus mon épaule, d'allumer une cigarette avec les flammes, et de m'enfuir en courant avec lui sans me retourner.

*

« Vous savez où je peux acheter de l'herbe ? »

Avec Frank, on est en train de rentrer du restaurant de falafels. Le temps a fraîchi, tout d'un coup.

« Ouah. » Il rit. « Vous avez de grands projets pour Thanksgiving ?

— Juste un truc de famille.

— On dirait que vos trucs de famille vous inspirent la même chose que mes trucs de famille. Donc bien sûr, je peux vous mettre en relation avec mon dealer.

— Je vous remercie.

— C'est le rôle d'un patron, pas vrai ? Mais il faut que je vous prévienne. N'allez pas chez lui.

— Pourquoi ? Il est dangereux ?

— Mon Dieu, non ! C'est un chaton. Mais c'est un collectionneur compulsif.

— Il va falloir que vous développiez le contexte.

— Le contexte, c'est qu'il ne jette rien. Des journaux jaunis entassés jusqu'au plafond, putain. Il a, je ne sais pas, douze postes de télé, dont aucun ne fonctionne. Et une fois que vous serez entrée, il voudra absolument tout vous montrer. Je me suis retrouvé piégé pendant vingt minutes, à contempler sa collection de théières ébréchées. Alors pour votre bien-être mental, donnez-lui rendez-vous dans la rue.

— OK, je dis. Collectionneur compulsif. Je le note. »

Frank me lance un regard en coin. « Je peux vous accompagner, si vous voulez. »

J'essaie de réprimer un sourire. « Est-ce que ce ne serait pas un peu... inapproprié ?

— Je pense qu'on a passé le stade de l'inapproprié il y a environ deux cents mètres.

— Deux cents mètres et deux mois.

— Non. » Il m'attrape le bras. « Ça ne fait pas que deux mois qu'on se connaît ? »

Un mois, trois semaines et cinq jours.

« À la louche », je confirme.

Frank ajoute quelque chose, mais un groupe d'écoliers déboule entre nous au moment où on tourne au coin de la rue. Il pivote pour les laisser passer, et je rate sa réplique.

*

Frank prend rendez-vous avec son dealer après le boulot, à un coin de rue non loin de Gramercy Park, le plus innocent des parcs. En approchant, je discerne un homme vêtu d'un T-shirt portant l'inscription « 99 % ANGE » sous un blouson de basket. En nous repérant, il nous rejoint à petites foulées. Frank et lui se donnent l'accolade. Il glisse sa main dans la poche de Frank, et Frank dans la sienne.

« Mon frère, dit-il.

— Mon pote, répond Frank. Comment ça va ?

— C'est l'extase. Et toi ? »

Frank sourit de toutes ses dents. « Je n'ai tué personne aujourd'hui, y compris moi-même.

— Voilà qui va aider, dit-il en désignant la poche de Frank d'un mouvement de la tête.

— Je te présente mon amie Eleanor. »

Le dealer me tend la main, et je la lui serre.

« C'est quoi, le pourcent restant ? », je demande en montrant son T-shirt.

Il pivote et fait glisser son blouson dans son dos. Au verso de son T-shirt, c'est écrit : « 1 % ? »

« On a tous 1 % de point d'interrogation en nous, déclare-t-il avec un clin d'œil à Frank.

— Il faut que je le note, rit celui-ci. On tient une accroche, là ! »

Mon regard est attiré par une forme près des buissons qui bordent les grilles du parc. Elle est partiellement recouverte de feuilles brunes, mais c'est incontestablement un porcelet mort. Son petit corps est roulé en forme de C. Il a une marque au fer rouge sur le flanc. Je vois les poils blancs sur sa peau pâle et ses pieds noirs qui pendent mollement.

« Oh mon Dieu, je dis. Il y a un porcelet mort derrière vous.

— Quoi ? Putain ! » Le dealer fait volte-face.

« Où ça ? Où ça ? » Frank s'accroche à mon bras.

Le dealer se met à rire. « Tu m'as foutu une trouille bleue. »

Il s'approche de la grille et donne un coup de pied dedans. Je regarde le porcelet voler en l'air. C'est un sac en plastique rose. Je le fixe. Avec un logo rouge et des poignées noires.

« L'esprit de cette fille », dit-il en regardant Frank et en secouant la tête, alors que le sac rose atterrit lentement entre nous. « Voilà bien un endroit où je ne voudrais pas aller faire un tour. »

Tandis qu'on repart vers le métro, Frank me passe le bras autour des épaules pour les serrer.

« Son appartement, chuchote-t-il, voilà bien un endroit où *on* ne voudra jamais faire un tour. »

*

« Mes cheveux sont en super forme, dit la dame qui fait la queue devant moi, au téléphone. Mais pour le reste, tout se casse la gueule. »

*

Ce Foyer-là a fait des efforts de décoration. Des guirlandes de dindes flasques et de chapeaux de pèlerin en papier aluminium ont été accrochées aux murs. Nous retrouvons mon père dans la salle à manger, assis tout seul à une des tables près de la baie vitrée. Il porte un gros pull en laine et les cheveux lissés en arrière, en deux boucles autour des oreilles. Le col de sa chemise est mal ajusté, comme celui d'un écolier débraillé. Il regarde droit devant lui, avec cette expression d'espoir et de peur mêlés qu'ont les enfants quand leurs parents sont en retard pour venir les chercher.

« Salut, P'pa », je dis en me penchant pour le prendre dans mes bras.

Ses grandes mains roulent sur ses genoux. Il les fixe avec un sourire, d'un air de s'excuser.

« On a apporté de la tarte, annonce ma mère en la faisant glisser sur la table. À la crème, pour notre crème à nous. » Elle se penche pour lui remettre le col droit. Il essaie de la repousser doucement, avant de se soumettre à l'opération en levant les yeux au ciel.

« Joyeux Thanksgiving, je dis. Tu te souviens quand tu découpais la dinde en blouse chirurgicale ? »

Son visage s'illumine, avant de s'éteindre aussi vite qu'une allumette.

*

Je prétends avoir oublié mon téléphone dans ma voiture, et je me réfugie sur le parking pour fumer le joint que Frank m'a roulé. Passé la première quinte de toux, je réussis à tirer quelques longues bouffées, en retenant la fumée dans mes poumons et en expirant lentement. Le goût est infect, j'ai l'impression de manger un sachet de thé. Je crache sur le gravier et frotte le tout avec ma semelle.

*

Tout ce que contient mon assiette est beige, hormis une coulée rosâtre de gelée d'airelles. Néanmoins, c'est délicieux. Aucune nourriture ne m'a jamais autant comblée. Si je pouvais me déboîter la mâchoire tel un serpent pour avaler l'assiette tout entière, je le ferais. En levant les yeux, je constate que mon père regarde droit devant lui, la fourchette en suspens dans l'air, un filet de bave argenté lui dégoulinant le long du menton.

« Vous avez terminé, Dr Rosenthal ? » Une infirmière souriante en blouse couleur pêche se penche au-dessus de son plateau. Le simple fait qu'elle continue de l'appeler « docteur » me donne envie de lui prendre la main pour embrasser ses petits doigts roses.

« Tu avais faim, dis donc, me fait remarquer ma mère. Tu avais sauté le petit déjeuner ?

— Je suis contente que ça vous ait plu », se réjouit l'infirmière en emportant mon plateau.

Je cherche la réplique parfaite. Je l'ai sur le bout de la langue.

La gentille infirmière a déjà tourné les talons et se dirige vers la cuisine lorsqu'elle me vient : *Le Docteur sera content.*

*

Avec ma mère, nous retournons à la voiture en silence.

« Eh bien, je suis heureuse que tu sois venue, me dit-elle alors que nous quittons le parking. Il a l'air bien, tu ne trouves pas ?

— Très bien, dis-je en me débattant pour mettre ma ceinture. Vraiment, vraiment bien. »

Elle cligne les paupières en me dévisageant dans le rétroviseur central. Je lui adresse un clin d'œil.

« Eleanor Louise Rosenthal, as-tu pris de la drogue ? »

Je ne peux pas m'empêcher d'éclater de rire.

« 1 % point d'interrogation ?

— Doux Jésus. Est-ce que c'est l'influence de *Myke* ? Est-ce que Myke fume de la marijuana ? »

Je baisse ma vitre et ris aux larmes.

*

Pour le Black Friday, ma mère me traîne au centre commercial pour faire les soldes. Elle est spécifiquement en quête d'un nouveau porte-serviettes, vu que le nôtre s'effondre dès qu'on y pose le moindre gant de toilette. Nous déambulons donc au rayon salle de bains de la section décoration intérieure.

« Il a une mauvaise opinion de lui-même, décrète ma mère au sujet du porte-serviettes. Il ne croit pas en lui.

— Peut-être qu'il est juste paresseux ? » je suggère.

J'ai la gueule de bois à cause de l'herbe (et sans doute aussi de toute cette nourriture beige). Devant nous, j'observe un homme qui transporte sur sa tête un carton de téléviseur, comme un petit cercueil.

« Quand tu auras des enfants, tu verras par toi-même qu'il ne faut jamais employer ce terme. Quand j'enseignais, on nous répétait que la paresse chez nos élèves était en fait un problème d'*estime de soi*.

— Je n'aurai pas d'enfants, M'man.

— Hmm, on verra ça. Tu sais qui n'a *pas* de problème d'estime de soi ? Notre lave-vaisselle. Il ne se tait jamais ! Tu as remarqué qu'il n'arrête jamais de ronronner, même quand le cycle de lavage est terminé ?

— Je n'aurai pas d'enfants. Et c'est ton lave-vaisselle, M'man.

— De quoi tu parles ?

— C'est *ton* lave-vaisselle. Ce n'est pas moi qui l'ai payé. Tout dans cette maison est à toi.

— Eh bien, tout ce qui est à moi est à toi, ma chérie.

— Non, M'man. Ce qui est à moi est à moi. Ce qui est à toi est à toi. C'est la frontière appropriée entre une femme adulte et sa mère.

— Qu'est-ce qui te met dans cet état ? »

Une fille en pyjama sous sa doudoune longue déboule entre nous pour se saisir d'un tapis de bain en forme de smiley.

« Je ne vais pas vivre avec toi éternellement. J'ai presque quarante ans. C'est pitoyable. Je devrais avoir mes propres appareils ménagers, avec leurs propres problèmes d'estime de soi.

— Arrête d'exagérer, Eleanor, tu es très loin des quarante ans. Et je n'ai jamais prétendu que tu vivrais avec moi éternellement. Mais puisque tu vis avec moi *en ce moment*, j'ai pensé que tu aimerais être traitée comme un membre de ce foyer.

— De ce foyer ? Quel foyer ? Il n'y a que toi et moi, Mm'an. Levi ne nous rend même plus visite. Quant à P'pa, il pourrait tout aussi bien être lui-même un porte-serviettes. Il n'y a que toi et moi, et puis on reviendra à juste toi et juste moi.

— Ne parle pas comme ça de ton père, dit-elle.

— Tu rigoles ? Il t'a *quittée*, M'man. Pour une lesbienne !

— Et alors ? Tous les hommes quittent leur femme ! Et de toute manière, on vit plus vieilles. J'ai un scoop pour toi, bébé : à la fin, il ne reste *toujours* que les femmes.

— Tous les hommes te quittent, *toi* ! je beugle. J'ai encore une chance d'y échapper !

— Qu'est-ce que tu essaies de me dire, exactement ? braille ma mère.

— QUE TU NE PEUX PAS ÊTRE L'AMOUR DE MA VIE ! »

Un homme en train de pousser son caddie rempli à craquer apparaît au bout du rayon, me lance un regard terrifié et fait instantanément demi-tour. Je m'accroche au présentoir des porte-serviettes et incline la tête.

« Je veux plus, M'man, je dis. Tu ne voudrais pas plus, à ma place ? »

*

Dans la queue interminable vers les caisses, ma mère m'ignore superbement. De même quand je lui montre que la caisse « moins de cinq articles » a été convertie en « moins de cinquante articles » à l'occasion du Black Friday. Et encore quand je suggère qu'on aille à l'espace restauration, où on vend ses beignets à la cannelle préférés, qui font la taille de sa main et contiennent assez de calories pour toute une journée – ce qui explique qu'elle ne s'autorise pratiquement jamais à en manger. Elle m'ignore toujours quand je lui demande si elle sait dans lequel des trois parkings identiques on est garés (même si c'est peut-être simplement parce qu'elle n'en a aucune idée).

*

On est presque sorties du centre commercial lorsqu'une femme nous intercepte. Elle a le visage emplâtré de fond de teint du même beige que la nourriture que j'ai ingérée à Thanksgiving. Elle a les cheveux tirés en arrière en un chignon tellement serré qu'il lui fait remonter les sourcils.

« Que diriez-vous d'un petit essai gratuit sur notre fauteuil massant rotatif en apesanteur ? » propose-t-elle. Je plante mon regard dans le sien. Folle furieuse.

« Merci, mais non, je réponds.

— Mais, insiste-t-elle en nous bloquant le passage de son sourire de prédateur, il a six programmes uniques préréglés, cinq niveaux de vitesse et d'intensité et deux positions en apesanteur inspirées par la NASA.

— Vraiment, on ne... ». Je n'ai même pas le temps de terminer ma phrase, qu'elle entraîne ma mère et l'installe dans un des fauteuils en moumoute. Ébahie, ma mère s'enfonce, les bras et les jambes engloutis dans le rembourrage en cuir.

« Merveilleux, n'est-ce pas ? s'extasie la femme. Regardez un peu. »

Elle me prend le porte-serviettes des mains et me guide vers le fauteuil d'en face. Toute résistance est inutile. J'ai l'impression de me faire dévorer par le siège, qui m'enroule dans sa langue de cuir. Je dois admettre que ce n'est pas entièrement désagréable. La femme appuie sur une télécommande et des vagues de pression se mettent à pulser le long de mon dos, de mes bras et de mes jambes. J'imagine que c'est l'étape de la digestion.

« C'est relaxant, hein ? fait la démonstratrice. Essayons l'effet apesanteur. »

Elle appuie sur un autre bouton et nos fauteuils se soulèvent du sol comme si on les remontait à la manivelle, avant de se mettre à tourner sur eux-mêmes et d'avant en arrière. Je me fais secouer, balancer, pétrir et rouler. Je ne sais plus où s'arrête mon corps et où commence le fauteuil. Je regarde ma mère. Elle est minuscule, au milieu de tout ce cuir. Elle aussi me regarde. On se rapproche et s'éloigne successivement au gré des balancements.

« Eleanor ! me lance-t-elle par-dessus le vacarme des vibrations.

— M'man !

— Je n'ai jamais voulu que tu aies moins ! » dit-elle.

*

Dès le retour à la maison, nous installons le porte-serviettes. Deux mugs remplis de thé sont posés en équilibre sur le rebord de la baignoire. Le chardonneret et la crécerelle.

« Si tu avais pu acheter ce que tu voulais le plus, dans ce centre commercial, qu'est-ce que tu aurais choisi ? » je demande.

Elle ferme les yeux pour y réfléchir, et je vois un sourire se dessiner sur ses lèvres.

« Un ouvre-boîtes électrique », répond-elle.

Parfois, ce qui m'inquiète, c'est que ma mère rapetisse à tous les niveaux.

*

Vu que je n'ai ni copain ni enfants, il devrait m'être facile de passer mes soirées à écrire ma comédie pour enfants, *Déchets humains*, mais en fait, non.

J'ouvre mon moteur de recherche et tape de nouveau « hallucinations animaux morts ». Il semble que personne d'autre ne souffre de ce trouble. Moi qui pensais qu'à l'ère de l'Internet, il était impossible de trouver quoi que ce soit qui vous rende absolument unique, il semblerait que je me sois trompée. Je reste là à fixer mon écran d'un regard vide. Dieu sait comment, je réussis quand même à développer un syndrome du canal carpien.

*

Je finis par craquer et je tape son nom. Une combinaison de lettres tellement parfaite que j'en ai mal aux dents. Je trouve une photo d'elle à une expo d'art. Elle se tient devant un nu tape-à-l'œil et regarde l'appareil droit dans les yeux, l'air sérieux. Ses cheveux sont coiffés en une longue tresse égyptienne. Sa peau est du blanc crémeux du lait entier. Son chemisier en soie et sa longue jupe plissée sont dans les mêmes tons. Elle porte de minuscules anneaux d'or aux oreilles. C'est une perle. Une perle de fille parfaite.

*

OK, je ne suis ni belle, ni blonde, ni britannique. Mais je sais inventer de bonnes blagues, être sympa avec votre mère et tailler des pipes dignes de ce nom. Voilà mes compétences à moi.

*

Jacky m'a invitée à déjeuner. En venant la chercher à son bureau, je remarque une photo d'elle dans l'océan, avec un dauphin de chaque côté qui lui embrasse la joue. Sur son ordinateur, elle a un autocollant avec l'inscription : « Les dauphins sont les meilleurs amis de la femme ! »

« Vous êtes mariée, Jacky ? je lui demande au déjeuner.

— Non, mon chou. Où je trouverais le temps, alors que je dois tenir cette baraque ?

— Mais... » Je baisse les yeux vers mon assiette. « Vous aimeriez l'être ?

— Pas mon style. » Elle sourit. « Mon projet, c'est de déménager en Floride. De nager tous les jours. La majorité de ma famille vit là-bas, de toute manière. » Elle se penche vers moi. « Pourquoi ? Vous voulez vous marier ?

— Non. » Je secoue la tête. J'essaie de trouver les mots. Je finis par opter pour : « Vous avez tellement de chance d'avoir trouvé les dauphins, Jacky. »

Elle me lance un drôle de regard. « Vous avez de la chance, vous aussi. Frank me dit que vous êtes une super auteure. Vous avez trouvé la chose que vous adorez faire. »

Je repense à la salle d'écriture, à L.A. Les blagues, les hommes, les sandwiches à chaque repas. Je repense à mes soirées seule chez ma mère, à travailler sur *Déchets humains*.

« Parfois je déteste la chose que j'adore faire », je dis.

*

« Ce que nous recherchons, déclare le client du complexe immobilier, c'est un texte qui fasse sourire avec *l'esprit.* »

*

Frank m'apprend qu'en Pologne, ils ont traduit *Les Pierrafeu* en rimes, si bien qu'on dirait de la poésie.

*

Frank me dit qu'il n'y a pas de honte à se faire payer pour être créatif. Il me raconte que quand John Lennon et Paul McCartney s'installaient ensemble pour composer un nouveau titre, ils disaient : « On va s'écrire une nouvelle piscine. »

*

Frank dit que le slogan Nike est inspiré des dernières paroles d'un meurtrier de l'Utah. En 1977, juste avant de passer devant le peloton d'exécution, il se serait tourné vers eux en disant : « Allons-y. » Je lui réponds que ça me paraît convaincant.

*

Je dis à Frank que d'après mon expérience, plus la photo est réussie, plus l'acteur est taré.

*

Je dis à Frank que mon tableau préféré est le portrait de Thomas Cromwell par Hans Holbein, à la Frick Collection. Devant, il y a un morceau de tapis rouge tout élimé à cause des milliers de pieds qui l'ont foulé. Je lui dis que c'est un bon espoir à avoir dans la vie, que le tapis s'use avant nous.

*

Exit la petite amie de Levi. Elle a rencontré un Hell's Angel canadien au bar du coin et elle s'est barrée, ce qui est le genre de choses qui arrivent, dans le monde de Levi.

« J'aurais dû deviner qu'elle n'était pas faire pour moi le jour où elle a composé le flyer de notre groupe en police Comic Sans », conclut-il.

*

Ma mère trouve un colibri mort dans le jardin. Apparemment, c'est de mauvais augure. Elle le ramène dans la cuisine pour le déposer sur le torchon que je lui ai offert. De près, c'est un animal incroyable. Un joyau à plumes. Son bec n'est pas plus gros qu'une aiguille. Ses minuscules yeux noirs sont ouverts et brillent comme de l'onyx.

« Peut-être que je pourrais l'empailler et le porter en broche ? » suggère-t-elle d'un ton ravi.

*

Ce vieux type avec lequel je sortais au lycée est mort, depuis. Je le sais parce que j'ai croisé par hasard une ancienne camarade de classe, Candi Deschanel, devant Home Depot. Elle m'a dit: « Ce vieux type avec lequel tu sortais au lycée est mort. »

Candi porte un bébé sur sa hanche et deux autres enfants enroulés autour de ses jambes. Moi je porte un sac format géant de graines pour oiseaux pour ma mère.

*

Plus tard, je cherche son nom sur Internet. Je trouve une courte notice nécrologique écrite par sa famille. C'était un accident de tondeuse. Ils sont plus fréquents que ce qu'on croit, prend la peine de préciser la notice.

*

Un pilote de course tué par sa tondeuse. Il y a forcément une blague quelque part.

*

Les deux lycéennes à côté de moi dans le métro en savent tellement plus que moi sur la vie.

« J'essayais d'être, tu vois, hyperrationnelle, dit la première. Et de lui expliquer qu'il ne peut pas me traiter de cette manière.

— C'est la meilleure attitude, commente son amie.

— Mais tous mes *sentiments humains* m'ont parasitée.

— Ça arrive, » conclut la seconde.

*

Je trouve un message vocal de Ce Foyer-là sur le répondeur de la maison nous informant qu'il y a eu un incident avec mon père. Ma mère est toujours à son cours de botanique, alors je rappelle l'institution. Pendant que ça sonne, je m'accroupis par terre comme si j'allais faire pipi, un instinct atavique qui me dicte que je suis plus en sécurité en bas. Le temps qu'on me passe l'infirmière en chef, j'ai aussi posé le front contre le parquet. Je me balance d'avant en arrière sur les talons en chantonnant doucement jusqu'à ce qu'elle prenne l'appel.

Elle m'explique d'un ton brusque que mon père a réussi à subtiliser une vieille carte de crédit, avec laquelle il a commandé pour plusieurs centaines de dollars de produits sur une chaîne de téléachat.

« Depuis quelques jours, les paquets n'arrêtent pas d'arriver, dit-elle. Notre règlement interdit que les patients reçoivent des marchandises commerciales.

— Vous n'auriez pas pu le préciser dans votre message, j'articule très calmement à l'intention du parquet. Que cet incident avec mon père âgé et infirme était un putain de *problème commercial.* »

*

Je me rends à Ce Foyer-là et trouve mon père recroquevillé dans sa chambre, tout seul près de la fenêtre comme un chien qui aurait mangé le gâteau d'anniversaire.

« Salut, P'pa », je dis d'une voix douce en m'agenouillant à côté de son fauteuil.

Il tient dans sa main le bout du rideau, dont il frotte le coin rêche avec le pouce. La lumière du soleil se déverse par la vitre. Je pose la main sur son bras, et il se dégage d'un mouvement d'épaule.

« Tu n'as rien fait de mal, P'pa », je dis.

Il prend une plus grosse poignée de tissu et la porte lentement à son visage.

*

Les trucs qu'il a achetés ont été confisqués et sont stockés dans le bureau des infirmières. *Confisqués ?* ai-je envie de hurler. *Il est médecin ! Il est allé à Princeton !*

J'emprunte une paire de ciseaux pour découper les emballages dans le hall d'entrée. Il y a une canne télescopique, un fer à friser, deux coffrets de calligraphie, un gadget appelé « aimant de dynamitage », un coussin de voyage violet en forme de panda et une poêle à revêtement antiadhésif.

« Je vous conseillerais de retourner tout ça », dit l'infirmière.

Je vais charger les cartons dans ma voiture et m'assieds à l'avant pour remplir les formulaires de réexpédition. Naturellement, dans les causes de retour, il n'y a pas de case : « Maladie neurovégétative », alors je dois me contenter de : « Le produit n'a pas rempli les attentes du client ».

Je reste assise à regarder le ciel virer au gris. Une infirmière en blouse couleur lavande sort fumer une cigarette. Un groupe de pigeons fait des vrilles dans l'air. Je saisis le coussin panda et me le cale sous le bras.

« Ça, il le garde », j'annonce en passant devant le poste de l'infirmière-chef.

*

Avec Frank, on travaille tard, censément sur la présentation à la compagnie immobilière.

« C'est mauvais, mais pas autant que mon premier contrat, dit Frank. C'était pour un restaurant chinois. Il y avait tellement de jeux de mots avec « wok ».

— Comme « wok'n'roll ? » J'éclate de rire.

— Les plus évidents étaient déjà pris. Donc on en était réduits à des trucs du genre : « Solide comme un wok », « Wok t'es belle ! »...

— Le wok du bagne...

— Vous voyez, vous êtes douée, dit-il. Comme slogan, j'ai proposé : « Venez tester le Hard Wok Café ! », mais ils n'ont pas accroché. »

Frank pose sa main sur le bureau, paume vers le haut. Je songe à l'embrasser. Ces deux parties de nous, mes lèvres et sa paume, sont en pleine communion. Je n'en fais rien, évidemment, mais j'ai la tête qui se penche vers l'avant comme dans un de ces concours débiles où on essaie d'attraper des pommes avec les dents. Ma tête écoute ma bouche.

*

Levi appelle pour dire qu'il travaille sur un album solo qui parle de sa rupture. Il s'intitule *Table pour une personne… Pas près de la fenêtre.*

*

Je trouve cette citation de Sáenz, que j'envoie par mail à ma mère :

Je veux rêver un ciel/ Rempli de colibris. C'est dans un tel orage que j'aimerais mourir.

Elle me répond :

Je crois que j'aimerais mieux mourir dans mon sommeil comme Tatie Louise.

*

« Mais ces concepts sont-ils possédables ? voudrait savoir le client du dossier immobilier dans son costume à fines rayures. Utilise-t-on un registre et une phraséologie qui soient nôtres de manière indigène ?

— Je vais devoir vous arrêter à « indigène », « dit Frank.

La réunion ne s'est pas bien passée.

*

« Vous et moi méritons un verre », décrète-t-il quand nous quittons les bureaux impersonnels du magnat dans l'immobilier, dans le centre. « Ou plutôt douze. »

Nous échouons dans un bar irlandais au coin de la rue, qui sent les cacahuètes salées et la déception. Je me dis que Frank s'inquiète de perdre un client, et que c'est pour cette raison qu'il commande trois whiskies pour chacun de mes spritz. Au bout d'un moment, il me regarde comme s'il essayait d'y voir clair dans une eau trouble et noire.

« OK, M. Jack Daniels, dis-je. On va vous ramener à la maison. »

J'essaie de lui héler un taxi dans la rue, tandis qu'il tourne autour de moi en exécutant une petite danse. Il attrape un horodateur et colle sa joue contre le métal froid d'un air triste et délaissé, en clignant des yeux à travers ses lunettes.

« Je ne veux pas rentrer chez moi. »

Mon cœur fait un looping. Qu'est-ce que je peux répondre à ça ? *Pourquoi vous ne rentreriez pas avec moi dans le New Jersey ? Essayez juste de ne pas réveiller ma mère.*

« Votre femme va s'inquiéter », voilà ce que je réponds à la place.

Il pousse un soupir. « Vous avez raison. Quand vous avez raison, vous avez raison ! » Il tourbillonne autour du parcmètre sans me quitter des yeux. « Vous êtes vraiment quelqu'un de bien, Eleanor.

— Vous aussi, vous êtes quelqu'un de bien, Frank », je lance par-dessus mon épaule en alpaguant un taxi libre.

Frank secoue la tête, le regard trouble.

« Non, moi je suis un homme mauvais. »

Le taxi se gare au bord du trottoir et j'ouvre la portière arrière.

« Un homme mauvais, très mauvais », répète-t-il en se hissant sur la banquette. Je me penche vers lui pour lui parler avant de refermer la portière.

« Vous n'êtes pas un homme mauvais, Frank. Vous êtes juste saoul.

— C'est pareil », rétorque-t-il en s'affalant sur le siège.

Et il éclate de rire, mais il n'a pas du tout l'air de trouver ça drôle.

*

Dans le mail qui nous invite tous à la fête de Noël, une petite note précise que la compagnie ne paiera pas la caution de quiconque se ferait arrêter cette année. Je demande à Myke si c'est une blague.

« Tu n'es pas au courant ? Il y a deux ans, un stagiaire et un gars de la compta se sont fait choper en train de prendre de la coke dans la rue. Frank a dû payer leur caution. C'est légendaire. » Myke secoue la tête, entre respect et admiration. « Absolument légendaire. »

*

Je passe approximativement trois heures et demie à me préparer pour cette fichue fête, c'est-à-dire plus de temps que pour n'importe quel autre événement de toute ma vie, y compris le bac. Je me suis mise à tremper, frottée, essuyée, rasée et enduite de lait pour le corps. Mes cheveux ont été lavés, domptés au sèche-cheveux, rebouclés, et aspergés de laque. J'ai appliqué sur mon visage toutes les crèmes et les poudres que je possède. Enfin, j'ai vaporisé du parfum dans l'air et me suis pavanée dans ce nuage humide.

*

J'ai aussi fait une chose que je ne fais jamais, c'est-à-dire acheter des vêtements. Je sors une paire de collants neufs de leur boîte pour les enfiler. Ils étaient indécemment chers, compte tenu du fait qu'il n'y a là que dix grammes de nylon, mais le monde de la mode regorge de bizarreries de ce genre. Je les mets avec un soin infini, sachant que si je les file avec un de mes ongles d'orteils de croque-mitaine, il faudra sans doute ensuite que je me suicide. Je remonte la fermeture éclair de ma robe noire neuve et chausse une paire de talons hauts vernis. Je saisis un gloss « arôme gâteau d'anniversaire » que je garde depuis le lycée et l'enfourne dans mon sac à main, au cas où.

Quand enfin je me plante devant le miroir en pied, je vois… le ventre mou, les cheveux ébouriffés, la taille épaisse. Je suis une drag-queen juive.

*

OK, donc je ne suis pas jolie. Il y a des gens qui ont du diabète. D'autres qui ont six orteils. Il y en a qui se font piéger dans des feux de forêt et se font brûler au troisième degré sur tout le corps. Ou encore qui ont des migraines qu'ils ignorent pendant des mois, puis le médecin leur annonce que c'est une tumeur et elle les tue en quelques semaines sans qu'ils aient accompli les possibles de leur existence. Ma seule malédiction est de ne pas être jolie. Youpi.

*

J'aimerais sortir incognito de la maison, mais ma mère est dans le salon, penchée sur un de ses livres de jardinage, à m'attendre. Elle lève les yeux au-dessus de ses demi-lunes perchées sur son nez.

« Oh, s'exclame-t-elle. Tu es très belle. »

Je lisse le devant de ma robe.

« Je ne ressemble pas à une drag-queen juive ?

— Tu dis de ces âneries, parfois, me gronde-t-elle. Elle se lève pour venir m'embrasser, et me serre la taille. « Va t'amuser. Et n'oublie pas de *rentrer le ventre.* »

*

Je prends le train de banlieue pour regagner New York. Deux étudiants en fac assis en face de moi discutent bruyamment de la boîte de nuit dans laquelle ils se rendent. Il est question de prendre une bouteille. Toutes leurs fins de phrases remontent comme des queues de baleine pour se terminer en questions.

Mais ça doit quand même être sympa, d'avoir de la compagnie. Je porte le réticule en satin de ma mère, dans lequel j'ai eu du mal à faire rentrer le gloss, sans parler d'un livre. Parfois, faire des efforts ne paie pas. C'est la leçon du jour.

*

Les portes de l'ascenseur s'ouvrent et je découvre Jacky en équilibre précaire sur un escabeau, une boule à facettes au-dessus de la tête.

« Qui que vous soyez, aidez-moi ! hurle-t-elle par-dessus son épaule.

— C'est moi, Jacks », dis-je en lui tenant les jambes pour la stabiliser tandis qu'elle enfonce le clou dans le plafond en polystyrène. Elle redescend et essuie les paillettes à ses doigts sur sa robe en maille rouge. Elle est couronnée d'énormes bois de renne.

« On a engagé un serveur, alors je pensais que… » Elle me jauge des pieds à la tête et lâche un long sifflement. « Ouah. Regardez-moi un peu ça. »

*

Frank parle à tout le monde, sauf à moi. Je me retrouve coincée dans une conversation avec l'un des gars en costard du dossier immobilier. Clairement, ils n'ont aucune intention de nous laisser tomber avant d'avoir profité de l'open bar.

« Vous avez des projets, pour les fêtes ? je demande.

— Je dois aller dans *l'Ohio*, putain. Voir mon ex-femme et nos gosses.

— Oh. J'ai entendu dire que l'Ohio était...

— J'aurais pu aller à Hawaï, m'interrompt-il. Mais non, je vais dans un cauchemar.

— Hum. » Je cherche fiévreusement Jacky du regard. « Et vous allez y rester longtemps, dans ce cauchemar ?

— Nan, rétorque-t-il d'un ton amer. On a un programme : lait, biscuit, cadeaux, dégage. »

Je suis sur le point de dire que je passerais bien sur-le-champ à la dernière étape du programme quand, tel un archange, Frank apparaît devant nous.

« Est-ce que vous êtes en train de dire à un de mes auteurs de dégager, monsieur ? »

L'autre rit d'un air embarrassé et se penche pour prendre un verre. Frank sort une excuse bidon et nous tournons les talons. Il passe un bras autour de mes épaules et approche son visage du mien. Son haleine sent la vodka et le jus d'orange.

« Désolé, pour l'autre soir. Apparemment, c'est la saison pour se ridiculiser devant ses collègues.

— Ce n'était rien, je lui assure. Il n'y a pas mort d'homme.

— Eh bien, vous êtes une championne. Et merci d'avoir géré ce type. Il a toujours la tête du gars qui découvre que sa chambre d'hôtel est pourrie. Vous avez remarqué ? »

Je regarde Frank. C'est ça, le truc. Il remarque ce genre de détails. Il remarque les gens. C'est ça, son don. Ou plutôt, le don qu'il vous fait. Celui d'être *vu*.

« Quoi ? » Il me dévisage sans comprendre.

« Rien. Vous êtes bien élégant.

— J'en ai autant à votre service. »

*

« Tu t'amuses bien ? demande à son voisin un stagiaire portant un nez rouge.

— Le seul endroit où j'ai envie d'être, dans une fête, c'est sous les manteaux, en train de roupiller», répond l'autre.

*

Je suis en train de danser lentement, les bras tendus, sur « Last Christmas », de Wham. C'est ma chanson préférée depuis toujours, toutes catégories confondues. C'est une mine de pathos et de perspicacité. Peut-être que la vraie tragédie, dans tout ça, ce n'est pas que George Michael se soit fait dépouiller de son cœur, mais que cette magnifique chanson soit reléguée à un seul mois de l'année, alors que son message d'amour non réciproque qui conduit à mieux choisir ses partenaires de cœur serait une leçon bien utile toute l'année.

« Vous n'avez pas l'habitude de boire autant, n'est-ce pas, mon chou ? », me demande Jacky quand je lui fais part de cette réflexion.

*

Avec Myke, on saute sur place et je suis littéralement hilare. Son imitation de la gigue irlandaise est à mourir de rire. Nous nous sommes enroulé des guirlandes autour du cou, ce qui est aussi à mourir de rire, même si ça tient chaud et démange. Je me sens une amitié profonde et universelle pour le genre humain. Avec Myke, nous nous attrapons par les poignets pour tourner en une boucle étourdissante. La pièce devient une machine à barbe-à-papa qui tournoie d'extase.

Et c'est alors que je la vois. La perle. Ses cheveux forment un rideau doré qui lui recouvre le dos. Elle porte une combinaison pantalon en soie avec pantoufles dorées. À côté d'elle se tient un gars incroyablement mince vêtu d'un pull en mohair et d'un pantalon en vinyle miroitant. Je lâche les mains de Myke et arrête de faire la toupie. Je la regarde. Toute la lumière de la pièce la reflète. Myke regarde Frank, qui me regarde, qui la regarde. Elle se tourne et dit quelque chose qui fait rire son ami.

Eh bien, je me dis, voilà un coup dur pour nous.

*

J'essaie de me faufiler discrètement jusqu'aux toilettes, lorsque le pire se produit : Les présentations.

« Mon chou, vous connaissez la femme de Frank, Cleo ? » Jacky me saisit par le bras. Je remarque que ses bois de renne sont de guingois et qu'une touffe de cheveux s'est coincée dans les pointes du haut. Je me débats pour dérouler la guirlande autour de mon cou. « Lee est une bénédiction. Quel talent. Qui plus est, c'est une femme.

— Je vois ça. »

Cleo me sourit. J'essaie d'enregistrer les détails de son visage. Elle est à la fois plus jolie et moins jolie que je m'y attendais. Elle a la peau pâle comme du lait et des yeux vert menthe. Ses sourcils sont tellement blonds qu'ils sont pratiquement invisibles, elle a un nez fin d'elfe et un menton pointu. Ses lèvres sont deux fines traînées roses. Elle a quelque chose d'évanescent, presque une absence au monde, comme un morceau de tissu dont le soleil aurait délavé la couleur vive.

« Ils ont de la chance de vous avoir », dit-elle.

Cet accent britannique... j'avais oublié. Elle est le charme personnifié.

« Merci, dis-je. Au revoir ! »

*

Ça aurait pu être mieux mais ça aurait pu être largement pire, voilà le jugement objectif que je porte sur cette rencontre tout en vomissant dans les toilettes.

*

En sortant, je constate qu'une des graphistes junior s'est perchée sur un tabouret dans l'intention de prononcer un discours.

« Vous tous, vous êtes... comme une famille, pour moi », réussit-elle à hoqueter avant de fondre en larmes.

S'ensuit un moment de gêne, pendant lequel nous la regardons se faire aider à descendre de son perchoir par une amie qui l'emmène, toujours reniflante. Frank se lève et tape dans ses mains.

« OK, merci Courtney pour ce message qui fait chaud au cœur.

— Elle s'appelle Corey ! braille son amie par-dessus son épaule, tandis qu'elles quittent la salle.

— Eh bien, je suis d'accord avec elle, enchaîne Frank. Nous sommes vraiment une famille. » Il balaie l'assistance du regard. « Et je ne sais pas pour vous. » Il lève son verre au-dessus de sa tête. « Mais pour être en famille, j'ai besoin de boire beaucoup. Alors, Mazel tov ! »

Tout le monde rit. Tout le monde sauf Cleo.

*

« C'est quoi, ta résolution pour la nouvelle année ? demande un stagiaire à un autre.

— Arrêter mes antidépresseurs une bonne fois pour toutes, répond le deuxième. J'en ai assez d'être anesthésié, de ne pas ressentir les joies de la vie. Et toi, ta résolution ? »

Le premier gars se baisse pour relever le bas de son pantalon.

« Des chaussettes de créateur. »

*

Je me trouve près du buffet à descendre des litres d'eau et des Figolu pour dessaouler lorsque Cleo s'approche de moi. Je scrute les environs. Aucune trace de Frank.

« J'adore vos cheveux, dit-elle.

— Oh, je m'exclame en époussetant les miettes sur ma robe. Merci. Les vôtres sont beaux aussi.

— Les miens sont tout plats et ternes, rétorque Cleo. Les vôtres sont bien plus excitants. »

Je connais la chanson.

« Pas du tout, je réplique hardiment. Enfant, j'ai toujours rêvé d'avoir les cheveux raides. Exactement comme les vôtres.

— Et moi, je voulais des boucles. » Elle lâche un rire cristallin. « Si seulement on pouvait échanger nos places.

— Si seulement », j'acquiesce.

Nous nous dévisageons. Ces deux mots, lourds d'envie et de regrets, planent un moment entre nous.

« Comment il est, au travail ? demande-t-elle.

— Frank ? Il est très intelligent. Et, euh, drôle. Globalement, c'est un gars très bien. »

Allez savoir pourquoi, je prononce cette dernière phrase avec l'accent cockney. Je ne suis pas certaine que je pourrai me regarder à nouveau dans la glace. Cleo me sourit avec largesse.

« Je suis contente qu'il soit sympa. » Elle se penche vers moi d'un air de conspiratrice et soutient mon regard. Je ressens soudain une peur inexplicable qu'elle m'embrasse sur la bouche, mais elle se contente de chuchoter : « Lee, je peux vous poser une question ? C'est un peu délicat... »

Son ami en pull poilu nous interrompt. « Cleo, tu sais si on a le droit de fumer à l'intérieur ? » Il nous lance un coup d'œil suspicieux. « Vous étiez sur le point d'emballer, ou quoi ? »

Cleo rougit. Elle a le teint si pâle qu'on voit littéralement le sang remonter à la surface de sa peau.

« Je vous présente mon ami Quentin.

— *Meilleur* ami », précise l'intéressé.

Je n'ai plus entendu prononcer cette expression depuis le lycée. Voilà, c'est ça. Cleo, ses amis, sa vie sont ceux d'une jeune fille. J'avais l'air plus vieille qu'elle à dix-huit ans. *J'étais* plus vieille qu'elle à dix-huit ans.

« Il va falloir que tu demandes à Frank si tu peux fumer », dit Cleo.

Comme s'il s'était senti appeler, Frank apparaît, Anders sur ses talons. Je ne suis pas certaine, mais je crois voir passer une lueur de panique dans ses yeux.

« Je vois que vous avez rencontré le véritable mari de Cleo », dit Frank en donnant une tape dans le dos à Quentin.

Celui-ci regarde Cleo avec un air de propriétaire.

« Au fait, je m'appelle Eleanor, dis-je.

— Frank, je fume à l'intérieur, d'accord ? dit Quentin.

— Vous vous appelez Eleanor ? demande Cleo.

— Vous êtes ravissantes, les filles, dit Anders. J'adore vos robes.

— Cleo est en combinaison pantalon, fait remarquer Quentin.

— C'est *vous*, Eleanor ? répète Cleo.
— Dans ce cas, j'adore la combinaison pantalon, rectifie Anders.
— Tu peux fumer à la fenêtre, là-bas », fait Frank.
Quentin roule les yeux et retire sa cigarette éteinte de sa bouche. « Tu viens, Cleo ? » C'est plus un ordre qu'une requête.
« Une seconde, répond-elle en se tournant de nouveau vers moi.
— Pourquoi, vous... Vous croyiez que j'étais quelqu'un d'autre ?
— *Cleo*, geint Quentin.
— J'ai dit : Donne-moi une seconde », répète-t-elle avec une pointe d'exaspération à peine perceptible.
Elle se tourne vers moi. La regarder lutter pour reprendre contenance, c'est comme visionner à l'envers une vidéo de vase qui se brise. Soudain, toutes les pièces sont aspirées les unes vers les autres et se recollent.
« Je croyais que vous vous appeliez Lee... Je n'avais pas compris.
— Cley, tu veux bien venir m'aider à sortir les cadeaux pour le Père Noël secret ? intervient Frank. Ses traits sont tendus et un petit nerf tressaute sous sa paupière.
« Si vous voulez bien m'excuser. » Cleo le suit, l'air vaguement hébétée.
« Eh ben voyons ! » peste Quentin en se ruant vers la fenêtre d'un air furieux, pour fumer seul.
Si bien que je me retrouve seule avec Anders, qui contemple le sapin de Noël en clignant successivement un œil, puis l'autre, en rythme avec la guirlande lumineuse.

*

Je redescends dans le hall par l'ascenseur. Un groupe de créatifs s'engouffre dans la cabine pour aller fumer dehors. Pour éviter qu'ils voient mon visage, je fais semblant de refaire mes lacets, même si je suis en escarpins. Leurs rires se réverbèrent à chaque étage. Je sors mon téléphone. Il ne sonne qu'une fois.
« M'man, je dis d'une petite voix.
— Qu'est-ce qui ne va pas ?
— Il faut que je te dise.

— Qu'est-ce qui se passe ? Tu veux que je vienne te chercher ? Je prends mes clefs. »

Je secoue la tête, même si elle ne peut pas me voir.

« Il est marié, M'man. Il est marié à quelqu'un d'autre. »

Je me plaque la paume sur la bouche pour étouffer les sanglots hoquetants qui montent.

« Myke est marié ?

— Non, Frank est marié. » Je ris malgré moi et essuie ma morve sur la manche de ma robe. « Myke est un idiot. »

Silence à l'autre bout du fil. Je l'entends souffler.

« Oh, Ellie. J'ai cru que tu allais m'annoncer quelque chose de vraiment terrible, par exemple que tu retournais vivre à LA. »

*

Le lendemain matin, ma mère me fait des pancakes avant le travail. Je reste affalée sur le comptoir, la tête dans mes bras repliés, à gémir. Dehors, il neige. Sur le trajet jusqu'à la gare, j'essaie d'inhaler les flocons, pour faire entrer quelque chose de pur en moi. Il finit par m'en tomber un sur la langue. Et… rien.

*

« Comment se passe ta journée ? » me demande Jacky. Depuis la fête, on est passées au tutoiement.

Je relève la tête de mes bras.

« Elle ne vaut pas un double bisou de dauphins », je réponds.

Elle se roule par terre de rire.

« Il n'y a rien qui vaut ça, mon chou », décrète-t-elle.

*

La veille de la fermeture des bureaux pour deux semaines, à la pause déjeuner, un juif orthodoxe nous aborde, Frank et moi, sur le trajet du restaurant et nous demande si nous sommes juifs. La mauvaise moitié, répond Frank, et moi je lui dis que je le suis. Il sourit et me souhaite un joyeux Hanouka.

La mauvaise moitié. Je ressasse intérieurement cette phrase tout en marchant. J'ai envie de dire à Frank qu'il n'y a pas de mauvaise moitié, pas de moitié du tout, en fait, que s'il y en avait, on n'en finirait pas de se couper en deux jusqu'à ne plus être qu'un minuscule carré qui serait le meilleur de nous-mêmes, libre d'aimer et d'être aimé.

« Passons par le parc », propose-t-il en me poussant doucement vers les grilles.

La lumière glacée du soleil me fait cligner les paupières. Une fine couche de gel fait scintiller le chemin. Tout est dur et étincelant, comme si je regardais le monde depuis l'intérieur d'un diamant.

« Alors comme ça, vous êtes juive ? dit Frank.

— Vous ne vous en étiez pas rendu compte ?

— Ma mère a toujours voulu que j'épouse une fille juive.

— Je viens juste de comprendre que le mariage est la définition même du temp./perm.

— Quoi ?

— Le temporaire/permanent. C'est ce que je suis.

— Oh non, vous, vous êtes perm. On ne peut pas être plus permanente que vous. »

Une brise chargée de lumière et de glace nous encercle. Un policier assis sur un banc démaillote une papillote au chocolat. Dans une aire de jeu quelque part, des enfants poussent des cris d'extase. Nous nous arrêtons de marcher. Frank me regarde. Je regarde Frank. C'est un lieu de beauté exquise et d'extrême danger.

9

Janvier

« Elle n'est pas heureuse », dit Frank.

Il se trouvait dans son bureau donnant sur Madison Square Park, qui était couvert de plaques de glace sale. Le ciel était plat et gris ardoise. C'était cette période de l'année où l'hiver cesse d'être festif et devient une épreuve d'endurance qui dure jusqu'au printemps. La journée touchait à sa fin et il ne restait qu'une heure de lumière environ. Au téléphone, il entendit le cliquetis du briquet et sa mère qui inhalait.

« Je ne comprends pas cette obsession du bonheur, rétorqua-t-elle. Le bonheur, c'est comme l'enseigne Hollywood. C'est énorme, c'est inaccessible et même si on arrive à grimper jusque là-haut, qu'est-ce qu'il y a à faire, sinon redescendre ?

— Maman ! s'exclama Frank. S'il te plaît ! Je te demande de l'aide, là.

— Très bien, très bien. Raconte-moi ce qui se passe. »

Frank souffla de la buée sur la vitre et y écrivit distraitement son prénom en attaché.

« On essaie de décrocher un contrat avec un nouveau client. Une boisson énergétique du nom de Kapow !

— Quel nom sot, commenta sa mère.

— À qui le dis-tu. Et le point d'exclamation fait *partie* du nom.

— Ça s'entend. Je serais incapable de dire pourquoi, mais je l'ai entendu. »

Frank éclata de rire.

« Quoi qu'il en soit, si on gagne, je vais devoir voyager beaucoup, encore plus que maintenant. Et... je suis inquiet de la laisser.

— Quelles sont les probabilités pour que vous remportiez le contrat ? »

Frank sourit malgré lui.

« On est l'outsider, mais on a une chance. C'est de l'argent, Maman. Du genre qui paierait le reste des études de Zoe et un appartement plus grand.

— Je m'en réjouis pour toi, Frankie. » Il l'entendit souffler la fumée. « Pars en quête de ce que tu veux dans la vie, peu importe ce qu'en pensent les autres.

— Hmm. Comme tu l'as fait ? »

Dans l'enfance de Frank, sa mère était toujours en vadrouille ici ou là, dans des stations de ski. Et, avant d'arrêter de boire, dans les bars. Comme elle détestait la chaleur, elle expédiait chaque année son fils dans une colonie de vacances chrétienne du Minnesota pour aller passer le mois d'août à Zermatt, en Suisse, où il y avait de la neige trois cent soixante-cinq jours par an. Elle n'aimait pas les autres mères, aussi ne venait-elle jamais assister à ses pièces de théâtre ou à ses compétitions de plongeon. *Tu me raconteras tout ça après, Frankie. Ça me plaira beaucoup plus de l'entendre de ta bouche.*

« J'ai pris soin de moi, se défendit-elle. Et je ne compte pas m'en excuser.

— J'avais bien compris. » Du revers de sa manche, Frank effaça son nom sur la vitre.

« J'ai une idée ! s'enthousiasma-t-elle. Si tu prenais un animal ? Tu te souviens de Brigitte, que je t'avais offerte pour te tenir compagnie ? Tu l'adorais.

— Brigitte s'est enfuie, lui rappela Frank d'un air boudeur.

— N'importe quoi, railla sa mère. Brigitte est morte d'un cancer de la thyroïde. Je ne te l'ai pas dit pour ne pas te faire de peine. Ne me dis pas que tu crois toujours que c'est elle qui t'envoyait ces cartes postales ? »

Après la disparition de Brigitte, il avait été inconsolable. Mooshi, le chat arthritique de sa mère qui semblait bien décidé à tous les enterrer, ne lui avait été d'aucun réconfort. Et bien sûr, sa mère était repartie en séjour au ski peu après. Quelques jours plus tard, il avait trouvé au courrier une carte postale de Brigitte. Elle s'excusait d'avoir dû partir et expliquait qu'elle avait été invitée à faire la tournée mondiale d'un spectacle à Broadway, une suite de *Cats* racontant sa propre vie.

Une semaine plus tard, il recevait une carte du Ritz, à Paris, puis de Londres, et enfin de Zermatt, en Suisse.

« J'avais oublié, dit Frank. J'adorais ces cartes.

— Prends-lui un chat, lui conseilla sa mère. Ça vous fera du bien à tous les deux.

— Elle est allergique au poil de chat.

— Alors prends-lui-en un sans poils. Un lézard ! On a tous besoin de s'occuper de quelqu'un.

— Et si on prenait plutôt quelqu'un pour s'occuper de nous ?

— Vous n'êtes plus des enfants. Vous pouvez prendre soin de vous-mêmes.

— Ouais, mais j'ai été un enfant, Maman, précise Frank. J'en étais un. »

Il raccrocha peu après, et resta un moment à contempler le plafond tourner en faisant pivoter son siège de bureau sur lui-même. Les discussions avec sa mère le déroutaient toujours. Il regrettait de ne pas l'aimer un peu plus (ou de ne pas la détester un peu moins), pour pouvoir faire pencher leur relation vers quelque chose de plus épanouissant. Au lieu de quoi, il vivait dans un équilibre dont chaque terme intensifiait l'autre : plus il attendait de sa mère, plus il se sentait déçu par elle. Il bascula la tête en arrière, ferma les paupières et laissa échapper un long *putaaaaaaain*.

« C'est à peu près ce que j'ai envie de dire à chaque fois que je parle à un client, moi aussi », fit une voix dans son dos.

Eleanor. Frank avait vu un jour l'image d'un tsunami emportant dans son sillage des centaines d'espèces marines, des requins, des raies, des bancs entiers de poissons à dos argenté, tous soulevés par la vague immense avant de s'écraser à terre. C'était ce qu'il ressentait à proximité d'Eleanor. Ils ne s'étaient jamais touchés, jamais embrassés, pourtant il réagissait à elle de manière titanesque. Tout en lui se soulevait pour aller à sa rencontre.

« Et quand vous parlez à votre mère ? » demanda-t-il.

Il rouvrit les yeux et pivota pour lui faire face.

« Ah. » Elle opina. « La cliente à problèmes originelle.

— Sauf qu'elle, elle n'a pas d'argent.

— Allez. » Eleanor sourit de toutes ses dents. « Une créature qui vous a enfanté ne peut pas être si horrible que ça. »

Elle se tenait dans l'embrasure de la porte. Ses boucles brunes formaient une masse désordonnée sur le dessus de sa tête. C'était la seule femme de sa connaissance à se servir d'un stylo comme pic à chignon non pas par coquetterie – comme Cleo avec les baguettes chinoises ou de longues plumes –, mais par distraction. Il avait une vue magnifique sur son visage, que l'on aurait pu qualifier de quelconque (mais qui n'avait jamais paru tel à Frank, avec sa peau pâle, ses joues rondes, ses sourcils en bataille et ses yeux sombres toujours en mouvement). Lorsqu'elle sourit, il vit ses dents, étonnamment petites, de minuscules carrés qui révélaient l'espace d'un instant l'enfant qu'elle avait été, malicieuse et précoce, encore visible dans la femme qu'elle était devenue.

« Quel est votre avis sur les chats sans poils ? s'enquit-il.

— Ils sont démoniaques. Je préfère les tortues.

— Ça vit trop longtemps. Je ne veux pas d'un animal qui me survive. C'est pour Cleo, au fait. »

Il guetta un changement d'expression chez elle, mais son visage demeura comme toujours impénétrable.

« Un poisson, alors ?

— Trop mortel, pour le coup. On l'aura tué la première semaine.

— Vous avez déjà écarté l'option chien ? Trop provincial ?

— Ils sont interdits dans notre immeuble.

— Je sais ! Qu'est-ce que vous diriez d'un phalanger volant ? Mes voisins en avaient un, quand j'étais petite. On l'adorait, mon frère et moi.

— Comment va Levi ? demanda Frank.

— Sa petite amie est revenue. Du coup, il est plus heureux.

— Qu'est-il arrivé au Hell's Angel ?

— Je pense qu'il vaut mieux qu'on ne sache pas. Cherchez "phalanger volant". »

Frank se tourna vers son ordinateur et tapa les mots dans son moteur de recherche. Des photos d'une petite créature, une sorte de rongeur à grands yeux noirs et longue queue, se mirent à pulluler à l'écran.

« Il a l'air fou, dit Frank.

— Magnifique, vous voulez dire. On dirait un croisement entre un écureuil volant et un chinchilla.

— Si ça c'est magnifique...

— Écoutez, ils font des animaux de compagnie géniaux, plaida Eleanor. Il faut que je file. Réfléchissez-y.

— Vous avez un rendez-vous galant ? ne put s'empêcher de demander Frank.

— Non, je pensais m'épargner cet outrage ce soir. » Elle eut un sourire triste. « Mon père ne va pas très bien. Il a, disons, franchi une étape, donc je veux aller le voir avant la fin des heures de visite.

— Bien sûr. Je suis navré. Si vous avez besoin de prendre du temps pour être avec lui, dites-le à Jacky. Prenez tous les jours qu'il faudra. Rémunérés, bien sûr. »

Ce qui allait totalement à l'encontre des règles de l'entreprise concernant les pigistes.

« Bonne chance avec l'animal de compagnie, dit Eleanor. Je suis certaine que Cleo l'adorera, quoi que vous choisissiez pour elle. »

Après son départ, Frank lut tout ce qu'il put trouver sur les phalangers volants. Propres, affectueux, peu coûteux à nourrir, ils semblaient en effet le choix parfait. Il se mit en quête d'un vendeur dans les parages. Le premier lien qui ressortit était une annonce sur Craigslist. !!!!! BÉBÉS FALANGÉ VOLANT A VENDRE TROP CHOU VENER LES VOIR!!!!! Frank cliqua dessus et parcourut la brève description, dans laquelle il était demandé aux éventuels acheteurs d'appeler pour plus de renseignements. Frank alla fermer la porte de son bureau avant de composer le numéro indiqué. La voix qui répondit lui parut étonnamment sensuelle et mutine.

« Vous voulez un phalanger volant ? Bien sûr, que j'en ai. Je peux vous faire cent soixante-quinze l'un, trois cents les deux, ou quatre cent vingt-cinq les trois. Il vous en faut combien ?

— Euh, un seul, je pense, répondit Frank. Les gens en prennent combien, en général ?

— Vous ne voulez pas lui prendre un copain ? ronronna-t-elle. C'est un bon prix, pour deux. »

Frank fixa la photo de la créature aux grands yeux sur son écran et éclata de rire.

« OK, va pour deux », céda-t-il.

Il prit le métro pour se rendre à l'adresse que lui avait donnée la fille, dans le Bronx. C'était le début de soirée et le train était bourré des gens sortant du bureau, leurs écouteurs enfoncés dans les oreilles, plongés dans leurs bouquins avec un air vaguement hostile. Il descendit sur la 149ᵉ Rue et parcourut à pied les quelques dizaines de mètres restants en baissant la tête contre le vent. Les rues résidentielles étaient plongées dans la pénombre et pratiquement désertes. Une voiture passa au rythme assourdissant d'un morceau de reggae qui avait fait un gros succès l'été précédent, mais qui paraissait aussi déplacé dans cette rue austère que le palmier qui poussait dans l'un des jardins abandonnés. Il atteignit le numéro qu'il cherchait et scruta la façade brune aux fenêtres obscures. Il semblait n'y avoir personne. Il souffla dans ses mains et rappela le numéro indiqué sur le site.

« Hé, je suis devant. Vous êtes sûre de m'avoir donné la bonne adresse ?

— Vous êtes en retard, le gronda gentiment la voix. Ma mère va bientôt rentrer. » Il vit bouger les stores du rez-de-chaussée. « Je vous vois. Venez à la porte. »

Bon sang, se dit Frank en gravissant les marches du perron d'un pas lourd. Comment diable s'était-il retrouvé au fin fond du Bronx, à acheter un rongeur volant à ce qui semblait être une pré-ado ? C'était quoi, le problème, d'acheter un putain de poisson, au fait ? Il sonna à la porte en secouant la tête. Il était la seule personne de sa connaissance capable de se fourrer dans des situations pareilles. Sauf peut-être Eleanor. Il sourit tout seul rien qu'en pensant à elle. Elle était capable de tout, à n'en pas douter.

La femme qui lui ouvrit était costaude, au moins trois fois plus large que lui, et d'après les estimations de Frank, pas loin de la cinquantaine. Elle portait un sweat-shirt couleur lilas orné d'un Mickey délavé et une paire de leggings élimés et décolorés par endroits. Elle avait la peau sombre, lisse, sans pores apparents. Frank scruta ce visage en quête de signes qui indiqueraient que c'était bien cette femme qu'il avait eue au téléphone. Elle avait les yeux brun acajou, bordés de cils courts et serrés, et qui se concentraient avec une intensité déconcertante sur un point au-dessus de l'épaule de Frank. Les joues pleines et le menton lourd lui conféraient un air mélancolique, que venait démentir le très léger sourire dessiné sur ses lèvres maquillées au gloss. Il n'y avait pas une seule ligne droite dans son visage ou dans son corps.

« Vous êtes Frank ? »

C'était bien elle, cette voix suave. Temporairement abasourdi, Frank opina.

« Entrez, dit-elle en lui faisant signe de passer devant elle. On doit faire vite. Ma mère va bientôt sortir du travail, et elle n'aime pas que je laisse entrer des gens chez nous. »

Des relents mêlés de sciure, d'humidité, et d'une odeur impossible à nommer mais indubitablement humaine assaillirent Frank dès qu'il franchit le seuil. Des piles de vêtements jonchaient le salon dans lequel elle le fit pénétrer, et dont l'un des murs était entièrement recouvert par un énorme écran plasma.

« Vous n'avez pas de chats, hein ? » vérifia-t-elle.

Frank secoua la tête.

« Bien, parce que les chats tuent les bébés. Je vais vous en chercher un. »

La femme disparut dans l'escalier sombre. Il balaya du regard la pièce, que n'éclairait que le halo blanc d'un néon bourdonnant. Parmi les vêtements entassés, il aperçut des sacs en plastique, vraisemblablement remplis d'autres vêtements. Frank se percha sur l'accoudoir d'un grand sofa à côté de lui, avant de se relever. Il se frotta les mains sur les cuisses. La femme revint, les mains en coupe, tendues devant elle. Il s'échinait à essayer de deviner son âge. Elle ne pouvait avoir moins de quarante ans. Ses cheveux noirs et clairsemés étaient striés de blanc. Mais elle vivait avec sa mère ? Toute cette situation le mettait sur les nerfs.

« OK, vous êtes prêt ? ronronna-t-elle. Celui-ci, c'est un garçon. Je viens de le réveiller. Espérons qu'il vous aimera bien. »

Elle fit signe à Frank de tendre ses mains et il s'exécuta. Avec beaucoup de douceur, elle déposa au creux de ses paumes le contenu des siennes. Il sentit la pression tiède et légère d'un corps vivant et le chatouillis de la fourrure contre sa peau. Elle se recula, et Frank eut un bref aperçu d'une petite créature grise accroupie sur sa paume. Avant qu'il ait pu y regarder de plus près, la bête sauta en l'air, s'accrocha aux stores métalliques derrière lui avant de rebondir sur le canapé et de plonger dans un tas de vêtements voisin.

« Oh non, gémit-elle doucement. Il ne vous aime pas. Vous voulez en essayer un autre ?

— Mon Dieu, dit Frank. À vous de me le dire. »

Il fit un pas vers la pile de chemises, qui ne semblaient pas propres. Comme il aurait dû le prévoir, toute cette scène était totalement délirante. Mais il était impliqué jusqu'au cou, maintenant. Il fallait qu'il se fasse aimer d'un phalanger volant.

« Est-ce qu'il faudrait que... j'essaie de le rattraper ? s'enquit-il.

— Tout va bien, dit-elle d'un ton dégagé. Il sortira quand il sera prêt. Je vais vous en chercher un autre. »

Elle disparut à nouveau dans l'escalier, et Frank considéra d'un air dubitatif le tas de vêtements camouflant la créature. Rien ne bougeait.

« Tu es bien sûr de ce que tu fais, mon gars ? » marmonna-t-il pour lui-même.

La femme revint, et Frank tendit docilement les mains devant lui.

« Celui-ci, c'est une petite fille. Quelque chose me dit que vous êtes meilleur avec les filles. »

Une boule de poils bascula des mains de la femme dans celles de Frank et là, au creux de sa paume, il découvrit le petit phalanger femelle. Elle leva les yeux vers lui. Elle était d'un gris très pâle, presque lilas, avec une bande sombre du front à la naissance de la queue, qui donnait l'impression qu'on l'avait trempée dans l'encre. Entre ses pieds et ses mains, la fourrure formait un pli et était froissée comme les lamelles en dessous du chapeau d'un champignon. Ses ailes. Ses yeux étaient immenses et noirs, comme humides d'avoir pleuré. Son nez était rose pétale, ainsi que le bout de ses doigts. Elle leva une petite main pour l'enrouler, comme un petit singe, autour du pouce de Frank. Elle était aussi douce que des aigrettes de pissenlit.

« Oh, fit Frank.

— Vous la voulez ?

— Je la veux.

— Youpi, s'exclama la femme en tapant dans ses mains. Vous voulez que j'aille vous chercher une autre fille ?

— Non, non. Celle-ci me suffit. Tenez... »

Avec tendresse, il retint d'une main le petit phalanger contre son torse pour sortir de l'autre son portefeuille de sa poche. Il sentait le petit cœur pulser doucement contre ses doigts, sous la fourrure. Il tira trois billets de cent dollars, qu'il tendit à la femme.

« Vous êtes sûr ? » Elle baissa les yeux vers l'argent. « Mais vous n'en prenez qu'une seule.

— S'il vous plaît, j'insiste. Pour vous remercier de m'avoir laissé entrer chez vous. »

Il accepta d'emporter une boîte à chaussures au couvercle percé de trous, pour le transport jusque chez lui. Il se mit à pleuvoir alors qu'il marchait jusqu'au métro, aussi héla-t-il le premier taxi qu'il vit. Il passa tout le trajet avec la boîte bien calée sur ses genoux. Les feux de signalisation défilaient derrière la vitre en traînées vertes et ambrées. De grosses gouttes de pluie scintillaient sur le verre. Dans la chaleur humide de l'habitacle, Frank se pencha en avant sur la banquette pour chuchoter doucement à travers les trous de la boîte de petites bêtises et des plaisanteries dont il n'était pas coutumier. *Oui, c'est ça, chouchou bébé, petite chérie, on rentre à la maison.*

En arrivant dans l'appartement plongé dans la pénombre, Frank trouva Cleo allongée sur le canapé, sous une lampe qui faisait tomber sur elle une pyramide de lumière. Elle ne bougea pas en entendant le bruit de la porte. Elle lui tournait le dos, roulée en boule sur le divan, un livre devant le visage. Elle portait un jean baggy et un des grands pulls en cachemire de Frank. Ses plantes de pieds étaient marron de crasse. Du bout des doigts, Frank lui effleura l'arrière de la tête. Ses cheveux d'or étaient ternis par l'hiver, et des nœuds étaient visibles sur la nuque.

« Cleo, ma chérie, dit-il. J'ai quelque chose pour toi. »

Elle pivota pour lui faire face. Elle avait le rouge aux joues. Une expression confuse et contrariée entachait son visage. Il posa sa main sur le cou de sa femme, qui était chaud et humide, et embrassa furtivement sa tempe. Il avait placé la boîte par terre, près du divan, hors de vue.

« Je dormais à moitié, dit-elle. Tu as déjà entendu parler de Berthe Morisot ?

— Je ne crois pas. Mais, chérie, je veux te montrer quelque chose.

— Regarde ça», dit Cleo.

Il y avait chez elle quelque chose de fiévreux et d'intense. Elle se redressa sur un coude et tendit vers lui son livre ouvert. Il y vit un tableau représentant une femme assise devant un miroir. Son dos incurvé était tourné vers lui, seuls une oreille et un pan de joue pâle étaient exposés. Le reflet de son visage avait délibérément été laissé vierge, dénué de traits ou d'expression. Les mains relevaient les cheveux sombres sur le dessus de la tête, comme Eleanor avec son stylo. Le fond était bleu vif, brossé avec énergie, comme si une brise parcourait la pièce qui remuait tout, le tissu qui tombait des épaules de cette femme, et les fleurs rouges sur la table de chevet.

«Très beau, commenta Frank. Ça ressemble à Degas.

— Non!» Cleo referma brutalement le livre d'un air de dégoût. «C'est Degas qui ressemble à du *Morisot*. Degas, Manet, Renoir, Monet... Ils l'admiraient tous, la copiaient tous, mais a-t-on déjà entendu parler d'elle? Non! Comparé à elle, Degas est un laborieux! Je déteste ses ballerines insipides. Regarde comme en comparaison les sujets de Morisot sont pleins de vie, pleins d'*immédiateté*.

— Oui, oui, je le vois bien, lui assura Frank en jetant un vague regard au tableau, qui pour lui ressemblait tout de même furieusement à un Degas.

— Degas peut me sucer la bite», lança Cleo avec ferveur.

Frank éclata de rire et lui prit le livre pour le ranger. Il posa sa main sur la courbe de la taille de la jeune femme.

«Tu as peint, aujourd'hui? demanda-t-il.

Elle se redressa brusquement, faisant retomber la main de Frank.

«Pourquoi tu me poses cette question?»

Frank s'amusait de voir Cleo comme cela, tout exaltée et belliqueuse, même s'il savait aussi se méfier de ses humeurs. Quoi qu'il en soit, il préférait la voir ainsi plutôt que dans cet abattement dans lequel elle semblait sombrer depuis peu, et qui lui faisait un regard mort. Elle prenait tant soin de son apparence, auparavant. Il l'adorait la voir s'habiller le matin pour aller travailler. Il l'avait soutenue dans sa décision de démissionner de son boulot dans le design textile (occupation qu'elle considérait comme une insulte à son pédigrée d'artiste) pour se concentrer sur la peinture. Il soupçonnait à présent que ç'avait été une erreur. Tout ce temps libre, ce n'était pas bon pour elle. Il était ravi de l'entretenir financièrement pendant qu'elle pratiquait son art, mais le fait est qu'elle peignait de moins en moins. Quant à cette colère qu'elle avait contre le sexisme dans le monde de l'art, contre les tortures infligées aux femmes en général... La passion était une chose, l'hystérie en était une autre. Et l'hystérie semblait croître en elle à mesure que son identité de peintre déclinait.

« Écoute, j'ai quelqu'un à te présenter, annonça-t-il. Elle attend très patiemment depuis tout à l'heure, et...

— Oh Frank, tu n'as pas ramené quelqu'un à la maison ? geignit Cleo. Je ne suis pas d'humeur. On ne pourrait pas passer un peu de temps tous les deux, pour changer ? »

Frank ramassa la boîte à chaussures et la tendit devant le visage tout froncé de sa femme.

« Ouvre-la. »

Cleo écarquilla les yeux. Du bout des doigts, elle souleva le couvercle. Et là, assis sur un petit tas de sciure, se trouvait le bébé phalanger. Elle leva ses grands yeux noirs vers Cleo. Celle-ci poussa un cri perçant. Frank sentit son cœur plonger. Elle détestait sa surprise.

« Oh Frank, ce n'est pas vrai ! » Les mots fusaient dans tous les sens. « Tu es fou ! Tu es dingue ! Qu'est-ce qui t'a pris ? Je l'adore ! Je t'adore. Comment as-tu... Qu'est-ce qu'on va en faire ? Il nous faut de la nourriture ! Qu'est-ce que ça mange ? Je l'adore, vraiment je l'adore. Il est très beau, mais... qu'est-ce que c'est que ce truc ?

— C'est un phalanger volant, expliqua Frank avec un gigantesque sourire de soulagement. C'est un peu comme un croisement entre un écureuil volant et un chinchilla. Mais en petit et en plus mignon.

— Tu veux dire qu'il *vole* ? » Elle rejeta la tête en arrière avec ravissement. « Tu es fou, Frank. Il est parfait. Je l'adore.

— Il faut tu lui trouves un nom, à cette petite. »

Il n'arrêtait pas de sourire.

« C'est une fille ?

— Hm-hmm. Une petite fille pour ma petite fille. »

Cleo plissa le nez d'un air de dégoût. Elle détestait ce genre de langage, qu'elle jugeait infantilisant, il le savait. Mais parfois, il ne pouvait résister. Même tout échevelée, elle avait toujours quelque chose de tellement féminin que c'en était désarmant : Elle était indéniablement une *fille*, et c'était pure folie qu'il n'ait jamais le droit de le lui dire.

« Je peux la prendre dans mes mains ? demanda-t-elle.

— Bien sûr. Elle est à toi. »

Cleo souleva délicatement le phalanger pour le poser contre sa poitrine.

« Bonjour, petit amour. Comment on va t'appeler ? Quel est ton nom, hein ?

— Et si on lui donnait le nom de cette peintre ? suggéra Frank. Comment elle s'appelait ? Berthe ? »

Cleo considéra la créature dans ses bras, laquelle tentait d'escalader son pull pour s'enfouir dans ses cheveux. Sans compter sa queue, elle n'était pas plus grosse qu'une boîte d'allumettes.

« Je ne sais pas. Ça me paraît un nom terriblement sérieux, pour une petite chose aussi folle.

— Donc... Pas Berthe ? » Frank était déçu. Il était content de lui d'y avoir pensé.

« Elle ne peut pas avoir un nom humain. Elle est trop magique pour un vieux nom humain à mourir d'ennui.

— Qu'est-ce que tu veux faire, alors ? Lui donner un nom en langue des signes, un truc comme ça ?

— J'adore l'idée ! s'exclama-t-elle. Tu sais dire quelque chose, en langue des signes ?

— Tu es sérieuse ? Eh bien, je connais ça. »

Il effectua les mouvements avec ses mains.

« Qu'est-ce que ça veut dire ?

— Oh Jésus, comme je t'adore. »

Cleo se plia en deux de rire.

« Mais comment tu sais dire un truc pareil ?

— Ma folle de mère m'envoyait chaque été dans une colo de chrétiens fondamentalistes, où on nous apprenait à chanter les cantiques en langue des signes. C'est la seule partie dont je me souvienne. Ce qui est assez ironique, pour un gars à moitié juif, je sais.

— Très bien. Remontre-moi. »

Frank lui fit une nouvelle démonstration. Ils considérèrent tous deux le phalanger.

« Oh-Jésus-comme-je-t'adore, dit Cleo, bienvenue dans notre petite famille. »

Le soir-même, ils se rendirent à l'animalerie Petco de leur quartier, qui pour une raison inconnue restait ouverte jusqu'à minuit, le week-end. Ils laissèrent Oh-Jésus-comme-je-t'adore dans sa boîte à chaussures avec une cacahuète, car ils avaient lu qu'elle avait droit à une par jour, comme récompense.

« Tu crois que ça va aller, sans nous ? », s'inquiéta Cleo sur le chemin du magasin. Elle prenait déjà très au sérieux son rôle de mère angoissée.

« Tout ira bien pour elle. » Il lui passa le bras autour des épaules. « Il faut juste qu'on lui trouve de la nourriture et une belle grande cage pour lui faire une maison. »

Cleo enfouit son visage dans le cou de Frank. Elle avait le nez qui coulait, à cause du froid. La pluie avait cessé, mais un vent glacial balayait l'avenue, souffletant leurs manteaux et leurs écharpes. Il avait oublié ses gants. Il glissa une main dans sa poche et poussa l'autre entre les boutons du manteau de fourrure de Cleo, pour aller la nicher contre la laine chaude du pull. Elle embrassa le bout glacé de son lobe d'oreille qui dépassait de son bonnet.

« Je t'aime, Frankenstein », lui murmura-t-elle.

À l'intérieur du Petco éclairé au néon, les odeurs mêlées de litière pour chat et d'aquarium fétide leur sautèrent aux narines. Le magasin était pratiquement désert, avec ses rayons interminables jalonnés de jouets à mâcher fluorescents et d'énormes sacs de croquettes. Frank adorait cet endroit, archétype même de la vie ordinaire, qui lui offrait un soulagement bienvenu. Ils parcoururent les allées à la recherche d'un membre du personnel et réussirent à trouver quelqu'un non loin des cages à oiseaux.

« Excusez-moi, vous travaillez ici ? demanda Frank.

— Si je travaille ici ? Je suis le gérant junior », répondit le gérant junior Petco, qui avait un visage long et blême, encore allongé par son bouc en pointe.

« Génial. En théorie, laquelle de ces cages serait la plus adaptée pour un phalanger volant, selon vous ? »

Le gérant junior inspira si fort que le bord de ses narines vira au blanc.

« Je dirais qu'*aucune* de ces cages ne serait adaptée à un phalanger volant, étant donné que la détention de phalangers volants est illégale dans les cinq districts de la ville de New York. »

Cleo se tourna vers Frank en réprimant difficilement un sourire. « Eh bien, quelle chance que nous n'ayons pas de phalanger volant, n'est-ce pas, chéri ?

— Quelle chance en effet, renchérit-il. Jamais on ne ferait quoi que ce soit d'illégal.

— Jamais. C'est pourquoi nous demandons ça...

— ... de manière purement théorique, acquiesça Frank.

— De manière théorique ou pas, il ne serait pas dans mon intérêt de vous recommander, à vous ou à qui que ce soit, du matériel pour héberger, nourrir ou divertir un phalanger volant. »

Cleo se tourna de nouveau vers Frank.

« Parce qu'il faut la divertir ?

— Je te trouve suffisamment divertissante à toi toute seule.

— Je pourrais lui faire mon imitation de Dolly Parton ?

— Tu fais une Dolly Parton plus vraie que nature. Et je pourrais jongler.

— J'ignorais que tu savais jongler.

— Seulement avec des objets très ronds.

— Tu es plein de talents cachés », déclara-t-elle avant de l'embrasser.

Le gérant junior expira bruyamment.

« Par divertir, j'entends : fournir des *activités*, précisa-t-il. Les phalangers volants sont des animaux nocturnes et extrêmement actifs, aussi est-il impératif de leur fournir des roues pour hamster, des balles ou...

— Vous avez ça ? » demanda Frank.

Cleo hocha la tête.

« Une roue pour hamster », précisa-t-elle.

Le gérant junior porta le bout de ses doigts à ses lèvres. « J'en ai trop dit.

— Oh, allez, l'encouragea Frank. Pourquoi sont-ils illégaux, déjà ?

— Ouais, ils ne font de mal à personne, renchérit Celo.

— La question n'est pas qu'ils fassent du mal », rétorqua le gérant junior.

Ils attendirent qu'il précise sa pensée, mais il se contenta de leur lancer un regard mystérieux et lourd de sous-entendus.

« C'est quoi, la question, alors ? fit Frank.

— Éclairez-nous, par pitié, dit Cleo.

— C'est une question de reproduction, expliqua l'homme. Bien qu'ils soient techniquement autorisés dans l'État de New York, ils sont illégaux dans les cinq districts de la ville à cause de leur proximité génétique avec l'écureuil gris. Si un phalanger volant venait à s'échapper et à s'accoupler avec des écureuils, cela créerait une lignée d'écureuils volants qui s'avéreraient, c'est le moins qu'on puisse dire, impossibles à gérer pour les habitants.

— Tu entends ça, Cley ? dit Frank.

— Des écureuils volants aux quatre coins de la ville, acquiesça Cleo.

— Ils pourraient causer une épidémie, ajouta le gérant junior d'un ton grave.

— Ce qui serait... hasarda Frank.

— Merveilleux », s'exclama Cleo, le souffle court.

Le visage du gérant junior s'allongea encore plus.

« Je vais devoir vous demander de quitter le magasin. Ceci est un commerce réservé aux propriétaires d'animaux légalement autorisés.

— Et pourquoi pas celle-ci ? suggéra Frank en désignant une cage par-dessus l'épaule de l'homme. Elle m'a l'air très grande.

— Vous m'avez entendu ? insista le gérant junior.

— Vendue ! » s'écria Cleo.

Frank l'entraîna vers les cages, et ils riaient tous les deux comme des enfants. Tout en galopant à côté de son mari, Cleo se retourna vers le gérant junior.

« Vous avez été un vrai chou, lança-t-elle. Vous êtes une mine d'informations. On ne sait pas comment vous remercier. »

Puis elle lui envoya un baiser de sa main gantée de rose et reprit sa course dans le rayon avec Frank.

Les jours suivants furent ceux de la découverte, lors desquels ils s'aperçurent par exemple que Oh-Jésus-comme-je-t'adore aimait les pommes, le Gatorade, le quinoa, le yaourt à la pêche (mais pas les autres parfums). Ils comprirent également pourquoi, en général, les gens ne donnaient pas de nom en langue des signes à leurs animaux de compagnie, surtout un nom de six mots, si bien qu'ils se mirent rapidement à appeler le phalanger « Jésus », tout simplement. Ils constatèrent qu'elle se réveillait vers 22 heures et se couchait enfin à 10 heures du matin, pour dormir ensuite la majeure partie de la journée. Même en plaçant sa cage dans le salon, ils l'entendaient à travers le mur tourner toute la nuit dans sa roue, et pousser à l'occasion de petits cris chevrotants (un moyen d'attirer leur attention, d'après ce qu'ils lurent par la suite). Ils passèrent un temps fou en recherches sur Internet, en se lisant à voix haute leurs trouvailles favorites.

« Écoute un peu ça », dit Cleo. C'était vendredi soir, et pour la première fois depuis une éternité, ils le passaient tous les deux à la maison. « Bien qu'ils s'attachent à tous les membres de la famille, chaque phalanger aura presque toujours une personne favorite dans le foyer, en général celle qui le câline le plus et qui sera son lien originel. »

— Eh bien, ce n'est pas juste, commenta Frank. Ce sera de toute évidence toi sa chouchoute, parce que tu es beaucoup plus à la maison.

— Ça n'est pas de chance, rétorqua Cleo en riant. C'est l'un des avantages de la vie passionnante de mère au foyer.

— Hmmmph.

— J'ai lu quelque part qu'elle court l'équivalent d'un marathon, chaque nuit, dans sa roue.

— Pas étonnant qu'elle dorme toute la journée.

— Je trouve cruel de la garder enfermée comme ça dans sa cage, la nuit, dit Cleo. Elle devrait être libre.

— Mais si on la libère, on va la perdre. L'appartement est trop grand. Elle trouvera un trou quelque part et prendra la poudre d'escampette.

— Il y a une femme sur fansdephalangers.com qui dit qu'elle laisse les siens se balader dans sa chambre, la nuit. Elle dit qu'il suffit de bien fermer les portes et de sécuriser l'appartement, comme on le ferait pour un bébé.

— Cley, c'est de la folie. » Frank se resservit un verre de vin. Il s'apprêtait à en faire autant avec celui de Cleo, lorsqu'il constata qu'il était encore plein.

« Eh bien, visiblement, viensvoirmaman1956 ne considère pas que ce soit de la folie, elle.

— Je vais devoir te demander de te répéter mentalement ce que tu viens de dire, et ensuite on reparlera de folie », sourit Frank.

Mais naturellement, Cleo finit par obtenir ce qu'elle voulait. Ils déplacèrent la cage dans la chambre et la laissèrent ouverte pour la nuit. Ils firent des recherches sur les moyens de sécuriser la pièce ; en gros, il fallait obstruer les prises électriques, vérifier que les fenêtres étaient hermétiquement fermées, de même que la porte des toilettes (avec le couvercle de la cuvette baissé, afin que l'animal ne tombe pas dedans et ne se noie pas). La première nuit, ils ne fermèrent pas l'œil, surveillant ses moindres faits et gestes.

« Elle a une de ces pêches », fit remarquer Cleo.

Ils étaient tournés l'un vers l'autre dans le noir, nez contre nez.

« Je lui ai donné une cacahuète dans la soirée, c'est peut-être à cause de ça, dit-il.

— Je lui en ai donné une, moi aussi ! Frank, il *faut* qu'on arrête de faire ça, sinon elle va faire une crise cardiaque.

— Mais j'adore lui donner des cacahuètes. Sinon, comment je vais faire pour être son lien originel ?

— Si un jour on a un enfant, il va être carrément pourri gâté.

— Tu... tu veux des enfants ? »

Il était totalement ridicule qu'ils n'en aient pas parlé plus tôt. C'était dû à leur précipitation à se marier, se dit-il. Il valait mieux le faire avant de se poser trop de questions.

« Je crois, oui, répondit-elle. Pas toi ?

— Si », dit-il, se surprenant lui-même. Il lui paraissait incroyable de parler de manière aussi concrète, et que ce soit ainsi que les couples prennent ce genre de décisions, dans la vraie vie. « Je pense que tu ferais une mère formidable.

— Je me suis toujours demandé si j'avais le gène de la maternité. Je ne pense pas que ma mère l'ait eu, sinon elle n'aurait jamais, enfin tu vois.

— Tu l'as, affirma Frank. C'est certain. Tu es tellement nourricière. Tu prends soin de tout le monde.

— Tu crois ?

— Évidemment. Tu prends soin de moi. » Il prit sa main, qu'elle avait glissée sous son oreiller.

« Tu seras un père merveilleux, murmura Cleo.

— Qu'est-ce qui te fait dire ça ?

— Tu es gentil. Et joueur. Tu seras un papa rigolo, c'est sûr. Et puis, je vois bien comment tu es avec Zoe. Toi aussi, tu prends soin des autres. »

Frank serra sa main dans l'obscurité. « J'aime comment tu me vois. »

Il bascula sur le dos et Cleo vint poser la tête sur sa poitrine. D'une main, il lui caressa les cheveux sur les tempes.

« Je crois que je te vois tel que tu es, dit-elle.

— Ce qui est sûr, c'est que je ne veux pas ressembler au mien, de père. Tu sais qu'une fois je suis allé en Italie, pour le rencontrer ? À la vingtaine. Il a refusé de me voir. J'ai trouvé le restaurant dans lequel il traînait avec ses potes de beuverie, j'y suis allé un soir et je lui ai dit qui j'étais. Il a fait comme si je n'étais pas là. Il a fait semblant de ne pas parler anglais. Connard.

— Ta mère le sait ?

— Non, reconnut Frank. Je pense que ça lui ferait trop mal. »

Cleo roula pour se retrouver sur lui, face à face, et elle posa ses deux mains de part et d'autre de la tête de Frank. Dans le noir, il ne pouvait déchiffrer son expression.

« Frank ?

— Oui ?

— Je vais dire quelque chose, et je veux que tu m'écoutes très attentivement.

— D'accord.

— Tu ne ressembles en rien à ton père. »

Elle roula de nouveau sur le côté. Non loin, Jésus sauta d'un meuble à un autre avec un son mat. Les yeux grands ouverts, Frank guettait son prochain mouvement.

« Cley ?

— Ouais ?

— Comment était ta maman ? Tu n'en parles jamais.

— Elle était plein de gens différents », répondit-elle à voix basse.

Frank ne commenta pas. Si Cleo était prête à parler, elle le ferait.

Pas question de la presser.

« Elle faisait les meilleurs gâteaux d'anniversaire de la terre, poursuivit-elle. Sans soute parce qu'elle était douée pour les maquettes, en architecture. Une année par exemple, elle a fait un gâteau en forme de Tour Eiffel, avec une petite poupée qui me ressemblait, au sommet. On était allés à Paris aux vacances de Pâques et on avait adoré, alors toute la fête était sur la thématique de la France. Il y avait moi et vingt autres gamins de onze ans, avec des bérets sur la tête, en train de jouer à des jeux du genre « je plante une moustache sur la tête du bonhomme français ». Ma mère nous avait même acheté de fausses cigarettes dans une boutique de farces et attrapes, ce que j'avais trouvé assez scandaleux, à l'époque.

— C'est drôle. À quoi elle ressemblait ?

— Elle était blonde, comme moi, mais plus grande. Elle portait des talons hauts tous les jours, et des jupes en soie sur mesure. J'allais les toucher dans sa penderie, j'adorais le contact du tissu entre mes doigts.

— Elle avait l'air très glamour.

— Elle l'était, acquiesça Cleo. Mais ensuite elle a dû prendre ce traitement qui l'a fait beaucoup grossir, et elle dormait tout le temps. C'était une femme très active, tu vois, donc elle détestait ça. Je pense que c'est pour ça qu'elle a fini par arrêter de les prendre.

— C'était quand, ça ?

— Quand elle et mon père ont divorcé. J'ai dû aller vivre chez lui et Miriam à Bristol parce que ma mère devait se faire hospitaliser un moment. Puis c'est allé mieux, et je suis rentrée à la maison. Quand elle était en forme, elle était capable de deviner quel genre de journée j'avais eu rien qu'à ma manière de dire bonjour. Elle voulait tout savoir de ce que je pensais, de mes lectures au lycée. Je m'asseyais au comptoir de la cuisine et je lui racontais tout, pendant qu'elle préparait le dîner. Mais il y avait aussi les mauvaises passes où elle ne dormait et ne mangeait pas beaucoup. Elle se concentrait sur un projet, et elle était tellement absorbée que je pouvais répéter son nom dix fois, elle ne m'entendait pas. Je détestais ça. On aurait dit que je n'existais pas. Elle parlait et riait toute seule. Elle recevait un tas d'hommes, qui ne faisaient que passer. Parfois je les croisais dans la salle de bains. C'est pendant une de ces périodes qu'elle a fait sa première tentative de suicide.

— Je suis désolée, Cley, soupira Frank. Putain.

— Et puis elle a commencé un nouveau traitement, reprit-elle, les mots se déversant de plus en plus vite. Et pendant un temps, elle est redevenue normale. Elle est retournée travailler, j'ai déménagé pour aller en fac, et elle s'est mise à sortir avec ce type, un gars bien, pour une fois. Il était architecte, lui aussi. Et puis il s'est passé quelque chose, ils ont rompu, j'imagine, et elle a de nouveau arrêté ses médicaments. À l'époque, je ne l'ai pas su, ce sont les médecins qui me l'ont dit, après. Elle est morte quand j'étais en dernière année. Il lui restait un tout petit peu d'argent, et j'en ai hérité. Mais comme je te le disais, j'étais déprimée, c'est pour ça que je suis venue ici faire mon école d'art. J'ai commencé à prendre des antidépresseurs et à peindre plus, et les choses se sont arrangées. Et puis je t'ai rencontré, et c'était vraiment la meilleure chose qui me soit arrivée depuis des années. »

Frank se tourna sur le côté pour enrouler ses bras et ses jambes autour d'elle. Il la serra aussi fort qu'il le pouvait sans lui faire mal. Il entendait les battements sourds du cœur de Cleo sous son oreille.

« Tu ne ressembleras en rien à ta mère », promit-il.

Jésus sauta sur le lit près d'eux, avant de rebondir de nouveau, son corps minuscule laissant à peine un creux sur le drap.

« Qu'est-ce qui te fait dire ça ? demanda-t-elle d'une voix plaintive.

— Parce que tu m'as, moi.

— Mais s'il t'arrive quelque chose ? Ou si tu t'en vas ?

— Je ne m'en irai pas.

— Tu me le promets ?

— Je le jure sur la tête de Jésus.

Il ne faisait pas exprès d'éviter Eleanor au bureau, mais il était tellement absorbé par la présentation pour le contrat Kapow ! que leurs chemins ne se croisaient plus beaucoup. Frank adorait le processus créatif, cette impression que les idées tournaient en orbite autour de lui, et il faisait confiance au travail de son équipe. La veille de la présentation au client, Frank avait réussi à boire juste assez pour calmer ses nerfs et s'assommer, sans risquer de saboter sa performance du lendemain (du moins, il l'espérait). Il glissait lentement dans le sommeil lorsque Jésus fit tomber le livre posé sur la table de nuit de Cleo.

« Tu as entendu ? souffla-t-elle dans le noir.

— Hmm, grommela Frank. On dirait qu'elle s'éclate comme une folle.

— Tu veux bien me prendre dans tes bras ?

— J'ai trop chaud. J'ai le torse en feu. Prends-moi dans tes bras, toi.

— OK. »

Cleo se lova contre son dos et fourra son nez dans les cheveux de Frank.

« Ma fournaise, dit-elle. C'est bon de t'avoir ici.

— J'habite ici, rétorqua Frank.

— Tu vois ce que je veux dire. Tu es plus souvent à la maison, en ce moment. C'est chouette. »

Il était presque endormi. Il opina dans le noir, les yeux fermés.

« Frank ? » murmura-t-elle.

Il ne réagit pas. Il avait vraiment besoin de dormir.

« Frank ? répéta-t-elle, plus fort.

— Hmm-m.

— Je me sens seule. »

Il rouvrit les paupières dans le noir. Il sentait le souffle de Cleo sur sa nuque.

« Vraiment ?

— Mmm. Et Audrey, Quentin, tu sais, ils ne m'aident pas. Ils sont tellement...

— Bousillés ? »

Cleo lâcha un rire larmoyant dans son dos. « Oui. Mais, chéri, je suis désolé de te l'apprendre, mais nous aussi.

— J'essaierai d'être moins bousillé, bâilla-t-il. C'est promis.

— Comment ?

— Tu veux des exemples précis ?

— Pas forcément... Enfin, il y a bien une chose. »

Il la sentit se raidir derrière lui, soudain alerte. Frank demeura parfaitement immobile et continua à fixer l'obscurité.

« Peut-être, je ne sais pas, que tu pourrais boire un peu moins.

— Ah oui ?

— Tu ne trouves pas ?

— C'est ce que tu penses ?

— Eh bien, c'est juste que, ça a l'air de s'aggraver... Et si tu pouvais, disons, réduire un peu ou essayer de ne pas boire tous les soirs, ça pourrait... ça pourrait aider. »

Frank se redressa en position assise. « Et tu as trouvé que la veille de ma grosse réunion était le bon moment pour m'en parler ?

— Oh. OK, je vois ce que tu veux dire. Je ne pensais pas que ça causerait une grosse discussion. Je me disais juste que...

— Je suis désolé, j'ai dû rater un épisode, l'interrompit Frank. Est-ce qu'il y a quoi que ce soit que je ne t'apporte pas ?

— Quoi ? »

Frank se rendit compte avec surprise qu'il avait une diction un peu pâteuse. Il ralentit le débit pour le cacher, en accentuant bien chaque mot.

« *Est-ce. Qu'il. Y a. Quoi que ce soit. Que je ne. T'apporte pas ?*

— Bien sûr que non, dit Cleo à voix très basse. Tu m'apportes tout.

— Alors qu'est-ce que tu essaies de dire ? Est-ce que ce n'est pas moi qui paie notre crédit ? Est-ce que ce n'est pas moi qui vais bosser tous les jours ? Qui me casse le cul pour que tu puisses faire tout ce que tu veux de ta vie, putain ?

— Je ne remets pas en question le fait que tu travailles beaucoup. Je ne me permettrais pas ! J'ai juste remarqué...

-Qu'est-ce que tu as remarqué, Cleo ? Est-ce que c'est *toi* qui paies cet appartement ? Avec tes... tes tableaux ? Tu vivais dans une putain de décharge, quand je t'ai rencontrée.

— Frank, arrête ! »

La voix de Cleo s'était fêlée. Il savait qu'il fallait qu'il s'arrête, mais il en était incapable. Il trouvait un plaisir malsain à se défendre aussi impitoyablement.

« Ne t'avise surtout pas de pleurer. Ce n'est pas toi qui es attaquée. Je n'arrive pas à croire que tu te pointes comme ça pour me critiquer, après tout ce que j'ai fait pour toi.

— Je ne te critique pas, objecta Cleo d'une voix suppliante. Je m'inquiète seulement quand tu...

— Je croyais avoir épousé une artiste, pas une mégère qui compte les verres que je bois.

— Je ne compte pas les...

— Qu'est-ce que je peux faire de plus ? Sérieusement, qu'est-ce que je pourrais faire pour toi ? » Elle tenta de répondre, mais il enchaîna. « Non, dis-moi, Cleo, s'il te plaît, dis-moi ce que je ne t'apporte *pas*. Je travaille comme un chien. Je gagne plus d'argent que tous tes amis réunis. Je te donne tout ce que tu demandes. Je n'ai jamais essayé de contrôler ce que tu fais. Tu peins, tu ne peins pas, de toute manière, je t'entretiens. Et maintenant tu m'accuses de te négliger, de négliger mes devoirs.

— Tu transformes mes propos ! Je... je n'ai jamais dit une chose pareille.

— Tu sais quoi ? Ça me rend malade, Cleo. Ça me dégoûte que tu puisses te montrer aussi ingrate.

— Je suis désolée, je suis vraiment désolée, s'excusa-t-elle. Je ne sais pas ce que j'essayais de faire comprendre. Fais comme si je n'avais rien dit.

— Moi qui croyais que tu étais une artiste, répéta-t-il. Je ne m'attendais pas à ce puritanisme petit-bourgeois venant de toi, Cleo. De quelqu'un d'autre, d'accord, mais pas de toi. Franchement, ça me rend malade. Ça me donne le sentiment de ne pas te connaître.

— Mais si, tu me connais, sanglota-t-elle. Tu es le seul qui me connaisse vraiment. »

Frank se regardait faire comme si ce n'était pas lui. Il se sentait à la fois horrible et puissant. De toute son enfance et son adolescence, il n'avait pas eu le droit d'exprimer sa colère. Ni de ressentir quoi que ce soit. À présent, la colère recouvrait tous les autres sentiments. Il n'y avait ni honte, ni remords, ni tendresse. Il se sentait protégé et intouchable. Il se sentait saoul.

Cleo se leva du lit pour aller s'enfermer dans la salle de bains. Il fixa la barre de lumière jaune sous la porte. Il entendit Cleo se moucher et l'eau couler. Il regarda l'ombre de ses pieds voleter dans le rai de lumière. Puis l'eau s'arrêta de couler et elle ouvrit l'armoire à pharmacie. *Elle n'a qu'à pleurer*, pensa-t-il. Il n'avait rien fait de mal. Elle n'était toujours pas revenue au lit lorsqu'il sombra dans un sommeil agité et sans rêves.

Ils remportèrent le compte Kapow ! Ils firent leur présentation dans la matinée, et Frank reçut l'appel du client l'après-midi même. Celui-ci lui dit qu'ils étaient certains de leur choix. Frank réunit aussitôt l'équipe pour annoncer la nouvelle, ordonnant que chacun quitte aussitôt ses fonctions pour se rendre au bar le plus proche pour fêter leur victoire. Il était de retour dans son bureau, à tenter de joindre Cleo pour partager cela avec elle, lorsque Jacky passa devant sa porte, en tête d'un groupe en train de brailler « We Are the Champions ».

« Tu viens, mon chou ? hurla-t-elle. C'est toi, le héros du jour !

— Cleo ne répond pas. » Il saisit son manteau sur le dossier de sa chaise. « Je vais filer à la maison voir si elle y est. Et prendre des nouvelles de Jésus. Je vous retrouve tous dans une heure, maximum. »

Jacky lui adressa un sourire. « D'accord, va donner le biberon au bébé. »

En entrant dans l'appartement, il trouva Cleo assise par terre dans le salon avec Audrey, penchées sur des morceaux de carton et munies de pinceaux. Jésus était perchée sur son épaule, délicatement emmêlée dans ses cheveux.

« Quoi de neuf, Frank ? s'exclama Audrey. Regarde ce qu'on est en train de faire. On manifeste !

— J'ai essayé de t'appeler, dit Frank à Cleo. Tu ne m'as pas entendu ?

— J'ai laissé mon téléphone dans la chambre, répondit-elle sans lever les yeux. Désolée.

— Jésus est bien matinale, fit-il remarquer en se penchant pour les embrasser toutes les deux.

— Elle est encore à moitié endormie, rétorqua Cleo en détournant le visage. Elle ne reste jamais immobile aussi longtemps, en temps normal. »

Frank prit le phalanger dans sa main. Elle avait déjà un peu grandi. Il se voyait reflété dans ses immenses yeux sombres. Il la grattouilla sous le menton et elle ferma les paupières de plaisir. Parfois, il aurait juré qu'elle souriait.

« Vous êtes vraiment bizarres, les gars, dit Audrey.

— Pourquoi ? lancèrent Cleo et Frank à l'unisson.

— Vous avez un rongeur qui s'appelle Jésus, fit Audrey. C'est la définition même de la bizarrerie.

— Ce n'est pas un rongeur, riposta Cleo. C'est un marsupial.

— Et donc ? répliqua Audrey.

— Cley, je peux te dire un mot, rapidement ? À côté ?

— J'en connais une qui va avoir des ennuis, chantonna Audrey.

— Je suis occupée, objecta Cleo.

— S'il te plaît.

— On peut parler ici.

— Très bien. » Frank lança un regard en coin à Audrey. Elle était allongée sur le ventre, le menton en appui sur ses paumes, se préparant visiblement à être divertie. « Eh bien, la première chose que je veux te dire, c'est que je suis désolé. Je suis vraiment désolé. Et, au sujet de ce que tu as dit hier soir ? Tu as probablement raison et... eh bien, je vais changer. Je te le promets.

— C'est tout ? s'impatienta-t-elle.

— Non. L'autre chose que je voulais te dire, c'est qu'on a gagné. Je viens de l'apprendre.

— Quoi ? » Elle porta ses mains à sa bouche. « Mais tu sors à peine de la présentation de ce matin.

— Je sais, je sais, c'est fou. Ils ont dit qu'ils étaient certains de leur choix.

— Je n'y crois pas ! » Cleo se releva brusquement et se mit à sauter en l'air. « Mais... tu avais entendu dire qu'ils penchaient pour quelqu'un d'autre !

— Il faut croire que non. »

Il fit mine de hausser les épaules nonchalamment, mais il ne pouvait se retenir de sourire.

« Quelqu'un peut me rencarder sur ce qui se passe ? demanda Audrey.

— Il a remporté un *énorme* contrat, expliqua Cleo, avant de se tourner vers Frank. Bon sang, je suis tellement fière de toi. Je n'arrive pas à y croire. »

Elle se jeta à son cou.

« On commencera à tourner en Afrique du Sud le mois prochain. Pour eux, c'est le milieu de l'été. Vingt-cinq degrés, plein soleil, baby ! »

Cleo laissa retomber ses bras.

« Ouah, ouais, génial. » Elle baissa les yeux.

« Qu'est-ce que tu en penses, Cléopâtre ? Tu veux venir avec moi pour fuir le froid ? »

Elle leva les yeux vers lui. « Tu veux que je vienne ?

— Évidemment.

— Mais tu ne m'avais jamais proposé de t'accompagner sur un tournage.

— Eh bien tu faisais tes trucs textiles, avant, se justifia Frank. Et je ne pensais pas que tu aimerais ça. Mais tu vas adorer l'Afrique du Sud. Tu pourras peindre, tu auras le *room-service*, tu te détendras sur la plage. Ce sera fantastique.

— Oh, Frank ! »

Cleo lui sauta dessus pour lui embrasser les joues, le front, la bouche.

« Trop contente pour vous », dit Audrey d'une voix traînante, toujours affalée par terre.

« Toute l'équipe est en train de fêter ça, dit Frank. C'est ma tournée. Vous voulez vous joindre à nous au bar, les filles ?

— Putain, ouais, s'enthousiasma Audrey.

— Eh bien, en fait... » Cleo baissa les yeux vers les affiches qu'elles étaient en train de peindre. « On est censées aller à cette manif contre les frais de scolarité dans les écoles d'art. On a fait des pancartes.

— Mais, le bar..., plaida Audrey.

— C'est juste que, c'est important, insista Cleo. Comment la prochaine génération d'artistes est-elle censée émerger, si elle n'a pas les moyens d'apprendre ?

— Je venais juste pour les étudiants en art, ils sont trop sexy, rétorqua Audrey. Allons au bar.

— Tu veux que je vienne ? demanda Cleo à Frank. Je peux. Je peux manifester une autre fois.

— Non, non, va à ton truc. Je serai rentré tôt, de toute manière. Je te retrouverai ici et on fêtera ça tous les deux.

— Vraiment ? fit Cleo. Tu n'auras pas envie de rester tard ?

— Pas question », lui assura-t-il.

Cleo contempla une nouvelle fois le slogan qu'elle était en train de peindre : « De l'art, pas des dettes ! »

« Tout est en train de changer, marmonna-t-elle.

— Parfois, le changement a du bon, mon trésor », fit remarquer

Frank.

Cleo leva les yeux vers lui et lui sourit.

En arrivant au bar, Frank constata qu'il était bondé de gens de son agence. Un ballon de fierté se gonfla à l'intérieur de lui. Il avait monté cette affaire dix ans plus tôt, dans des bureaux de merde derrière la voie rapide Franklin Roosevelt. Son premier employé avait été Anders, un ancien mannequin que personne n'avait pris au sérieux en tant que directeur artistique. La première année, ils n'avaient eu qu'un seul client, un fabricant de costumes en soie connu pour être le fournisseur de choix de la mafia italienne. Les trois premières années, Frank ne s'était autorisé que cent dollars de prime de fin d'année. Et voilà où il en était, aujourd'hui.

« Frank ! » Jacky lui faisait signe en tendant son téléphone devant elle. « Je suis en ligne avec un journaliste d'*Admania*. Il voudrait une citation de toi, avant de faire paraître la nouvelle ce soir. »

Jacky beugla à tout le monde de se taire et fit signe au barman de baisser la musique. Frank prit le portable et une foule se réunit autour de lui. Une voix minuscule émanait de l'appareil.

« Hey, Frank, félicitations pour cette victoire. Je peux avoir un commentaire au sujet de votre succès ?

— Bien sûr, acquiesça Frank. Comment avez-vous deviné que c'était mon sujet de conversation préféré ?

— Écoutez, ajouta le journaliste, soyons francs...

— Personnellement, je suis déjà *Frank*. »

Tout le monde éclata de rire autour de lui.

« Très fin, commenta le journaliste. Plus sérieusement, vous étiez en compétition contre de grosses pointures du métier, sur ce contrat, et... personne ne s'attendait à vous voir gagner, au milieu de la meute. Nous avons entendu dire que votre présentation a tapé en plein dans le mille. Quel effet ça fait, pour une agence de votre taille, de jouer officiellement dans la cour des grands ?

— C'est génial, reconnut Frank. On a très hâte de s'atteler à ce dossier. C'est énorme, c'est audacieux, c'est culotté, c'est tout nous. Écoutez, vous parliez de meute... Nous ne sommes pas des chiens, nous sommes des loups. Des loups féroces, putain. »

Frank bascula la tête en arrière et poussa un hurlement. Un chœur d'employés se joignit presque aussitôt à lui, et la salle résonna de cris et de jappements. Frank leur fit signe de se taire en souriant de toutes ses dents.

« Ce qui m'amène à ma deuxième question, poursuivit le journaliste. Vous vous êtes fait un nom comme le *bad boy* de la pub. Doit-on s'attendre à voir d'autres, comment dire, cascades périlleuses dans ce nouveau chapitre de votre carrière ?

— Non, non, cette époque est derrière moi, lui assura Frank en adressant un clin d'œil à Jacky.

— Un commentaire sur la rumeur qui dit que vous envisagez d'ouvrir un bureau en Europe ?

— *T'étais mignon, enfant* ? répondit Frank en français.

— Pardon ?

— Je vous demande si vous étiez mignon, petit... en français.

— J'en déduis donc que Paris est votre nouvel horizon ?

— Déduisez-en ce que vous voudrez. Maintenant, pourquoi vous ne viendriez pas nous rejoindre, que je vous offre un verre ? Jacky, débarrasse-moi de ce truc. »

Il lui tendit son téléphone alors que le journaliste était encore en train de parler. La musique repartit de plus belle. Il se dirigea vers le fond de la salle, faisant au passage le plein de poignées de mains et de félicitations. Il cherchait Eleanor. Il ne pouvait pas s'en empêcher : il cherchait toujours Eleanor. Il la trouva perchée sur un tabouret à l'autre bout du bar, où la foule était plus dispersée et moins turbulente. Il se pencha à côté d'elle sur le comptoir en bois.

« Regardez qui voilà, dit-elle. Le fils prodigue.

— Vous ne portez pas vos lunettes, fit-il remarquer.

— Je suis passée aux lentilles. J'en avais assez de voir des animaux morts.

— Quoi ?

— Rien.

— Eh bien, fit Frank, ça vous va très bien.

— Je crois qu'on ne devint vraiment adulte que le jour où on est heureux de se toucher l'intérieur des yeux pour commencer sa journée.

— Et aussi le jour où on possède un aérateur de vin, renchérit Frank.

— Vous possédez un aérateur de vin ?

— J'en ai même *deux*. On en a reçu un second comme cadeau de mariage.

— Toute cette maturité », commenta Eleanor.

Elle prit une gorgée de son verre et sourit pour elle-même, de ce sourire drôle et secret qui la caractérisait. On avait toujours l'impression qu'elle entretenait un dialogue amusant dans sa tête, le genre de dialogue dont Frank espérait un jour faire partie.

« En tout cas, en tant qu'homme...

— Oh, vous êtes un *homme* ? » Elle prit un air sidéré. « J'aurais préféré que vous me le disiez plus tôt.

— Ah ah. Bref, je disais donc que oui, en tant qu'*homme*, j'ai toujours trouvé que les lentilles de contact étaient un accessoire efféminé. J'ignore pourquoi. Mais en ce moment, je n'arrête pas de perdre mes lunettes, et quand on est très myope comme moi, perdre ses lunettes, c'est aussi perdre le moyen de *retrouver* ses lunettes. De retrouver la vue, en somme... Donc c'est un cercle vicieux. »

Mais qu'est-ce qu'il était en train de raconter ? Il était en pleine logorrhée. Tout ce qu'il voulait, c'était lui parler.

« Tout à fait, rétorqua Eleanor avec son petit sourire ironique.

— Ce que je veux dire, c'est qu'il est peut-être temps pour moi de passer aux lentilles. Après tout, la vie est une constante renégociation avec sa propre vanité.

— Là, je suis d'accord.

— On est d'accord sur beaucoup de choses, constata Frank, en se rendant compte en le disant que c'était la pure vérité. Qu'est-ce que vous buvez ?

— Eau gazeuse et citron vert. » Elle secoua son verre. « C'est pétillant.

— C'est vous qui êtes pétillante. »

Eleanor rit et détourna la tête. Frank se racla la gorge.

« Ça a l'air génial, déclara-t-il. Je vais prendre la même chose. »

Elle haussa un sourcil en le voyant commander. « Vous ne buvez pas d'alcool ? »

Le barman fit gicler l'eau gazeuse d'un robinet directement dans un verre, avant de planter sur le rebord un quart de citron vert franchement déshydraté et de poser bruyamment le tout devant Frank. Celui-ci prit une longue gorgée tout à fait décevante.

« C'est pour limiter les frais, vu que ceux-là sont déjà en train de me mettre sur la paille. » D'un mouvement de la tête, il désigna la foule à l'autre bout du bar, parmi laquelle un des gars de la compta, pour une raison inconnue, était déjà torse nu, sa cravate autour de la tête.

« C'est vraiment la raison ? » demanda Eleanor.

Il lui lança un regard de côté. « Et... Je réfléchis à réfléchir à arrêter.

— Ça fait beaucoup de réflexion.

— À qui le dites-vous. » Il se tapota le front. « C'est dangereux de se balader dans ce quartier. »

Eleanor rit de nouveau. Son rire, c'était le son du jackpot à la machine à sous, de la canette qu'on dégoupille, de la musique de la fête foraine au loin, d'un moteur de Corvette qui démarre, de mille mains qui applaudissent en même temps. C'était un son authentiquement pur et beau.

« Vous devriez essayer, dit-elle. De faire des choses que vous n'avez jamais faites pour obtenir la chose que vous n'avez jamais eue. Enfin, voilà quoi.

— Ouah, fit Frank. Où est-ce que vous avez entendu ça ? Chez *Oprah* ?

— C'est écrit sur un des aimants de frigo de ma mère.

— Vous devriez dire que c'est de vous, suggéra Frank en avalant une nouvelle gorgée d'eau gazeuse.

— Mais c'est faux, rétorqua Eleanor. Alors je ne ferai pas ça.

— Vous n'êtes vraiment pas faite pour la pub, dit-il. Ce qui est une bonne chose, croyez-moi. »

Elle avait la main posée sur le tabouret entre eux, juste en dessous de la ligne de mire des clients qui passaient à proximité. Il la tapota, puis laissa ses doigts s'attarder sur ceux d'Eleanor. Leurs paumes lisses reposaient l'une sur l'autre telles deux plaques tectoniques en train de trouver enfin leur place sous la surface de la Terre. Eleanor leva vers lui son drôle de regard intense. Frank se sentit traverser tout entier.

« Je ne peux pas mentir, Frank, dit-elle d'une voix calme. Même... même si je le voulais.

— Je ne vous le demande pas, dit-il.

— Alors qu'est-ce que vous demandez ? »

S'il le pouvait, il lui demanderait si elle se souvenait que lors de leur première rencontre, un courant était passé de sa main dans la sienne à elle, un choc électrique. C'était un détail apparemment sans conséquence, mais qui pour lui contenait désormais le sens de tout. Il lui demanderait si les mails qu'il lui envoyait étaient le soleil de sa journée, comme les siens à elle, pour lui. Il lui demanderait si son père était mourant, et si c'était pour cela qu'elle était toujours un peu triste, même quand elle prétendait le contraire. Il lui demanderait quel effet cela faisait, d'avoir un père. Il lui demanderait si elle croyait qu'on pouvait être amoureux de deux personnes à la fois. Si elle savait ce que c'était, d'aimer quelqu'un qu'on ne devrait pas aimer. Si elle savait ce que c'était, de ne pas s'aimer soi-même comme on le devrait.

« Rien, mentit-il. Juste, euh, de prendre les commandes sur le contrat immobilier, parce que je vais me concentrer essentiellement sur Kapow ! maintenant. »

Déconfite. C'était le mot pour décrire son expression. Elle retira sa main de sous celle de Frank.

« Ça marche, patron », lança-t-elle. Elle liquida d'un trait le reste de sa boisson, fit claquer le verre sur le bar entre eux et lâcha un rot sonore. « Eh bien dites donc, je suis cuite, moi. »

D'un coup d'épaule, elle enfila sa doudoune basique, puis tourna les talons. Il la vit jouer des coudes dans la foule pour se frayer un chemin jusqu'à la sortie. Ses cheveux bouclés étaient coincés dans sa capuche. Il la regarda partir. Le barman s'approcha pour débarrasser leurs verres vides.

« Je vous en ressers un ? proposa-t-il.

— Absolument », acquiesça Frank. Puis, malgré lui, malgré tout, il ajouta : « Avec de la vodka, cette fois. »

Il avait dû laisser la porte ouverte. Il était plus de minuit, et Cleo dormait déjà. Il était rentré en titubant et avait aussitôt pris une douche, pour faire partir l'odeur. Il pouvait le cacher. Si Cleo ne sentait rien, il pouvait le cacher. Il avait été réveillé quelques heures plus tard par l'envie d'uriner. Dans les limbes du demi-sommeil, la tête embrumée par la gueule de bois, il avait baissé les yeux. Au-dessous de lui, le phalanger flottait dans la cuvette, le corps secoué par le jet de pisse. Elle gisait sur le ventre, déroulée en étoile. Elle ressemblait à une étoile déchue.

Il avait tiré la chasse d'eau. Que pouvait-il faire d'autre ? Il avait fait disparaître son corps avant que Cleo ne se réveille et voie ce qu'il avait fait. La petite créature avait tourné sur elle-même, résisté, avant d'être engloutie. Après, pour la première fois depuis des années, il avait vomi, agenouillé dans cette position familière qui lui rappelait les étés de sa jeunesse chez les chrétiens du Minnesota. *Oh, Jésus*. Il avait scruté l'eau croupie et mousseuse. Il avait tiré la chasse d'eau. Cela ne voulait pas descendre. Il avait recommencé. En vain. L'eau souillée n'en finissait pas de remonter.

10

Février

C'est à contrecœur qu'Anders assistait à cette soirée caritative au profit de Cubed, une cantine de Chinatown reconvertie en galerie indépendante, et plus connue pour ces afters débridés que pour l'art qu'on y exposait. La salle était bondée d'artistes autoproclamés, qui croyaient exprimer à travers leur look l'individualisme le plus pointu, et qui de ce fait même se ressemblaient tous, aux yeux d'Anders. Il se fit la réflexion que partout dans le monde, on pouvait reconnaître les étudiants en art. Cette quête de l'individualité avait abouti au résultat contraire : une prévisibilité maximale. Il parcourut du regard la marée de bonnets et de chevelures de couleur à la recherche d'une tête connue, repéra deux femmes avec lesquelles il avait couché en train de discuter près du mur du fond et prit immédiatement la direction opposée, celle du bar. New York, qui lui allait jadis comme un costume sur mesure, lui paraissait plus étriqué d'année en année.

En chemin vers le bar, il tomba sur Elijah, créateur d'un site devenu culte qui délivrait des critiques acides de critiques d'art, et que le magazine d'Anders tentait actuellement de débaucher comme rédacteur. En l'approchant, Anders vit qu'Elijah était occupé à jauger d'un air blasé une sculpture constituée de sex-toys sur un tapis roulant.

« Est-ce que tu as déjà remarqué qu'un plug anal ressemblait furieusement à une pointe de flèche d'Indien ? demanda-t-il.

— Moi aussi, je suis content de te voir, répondit Anders.

— J'essaie de trouver quelque chose pour mettre une enchère, expliqua-t-il. Bien qu'il semble que je sois le seul. »

Ils déambulèrent dans la galerie, à la périphérie des œuvres exposées, Elijah proférant son avis, le plus souvent négatif, d'une voix de fausset sonore. Anders passait distraitement en revue les photos et les tableaux, tout en gardant un œil sur les deux femmes qu'il avait reconnues un peu plus tôt. Quand les femmes s'unissaient, cela ne finissait jamais bien pour lui. S'il était tout à fait honnête, il commençait à se lasser de ce défilé de magnifiques créatures dans sa chambre. Ou plutôt, il était lassé de lui-même. Il les avait toutes déçues. Non pas parce qu'il avait trahi des promesses, mais parce qu'il avait refusé d'en faire. Il leur avait offert des instants, quand ce qu'elles voulaient, c'étaient des mois, des années, le mariage.

« Tu as l'air perdu dans tes pensées, lui lança Elijah. Tu envisages de faire une offre ? »

Anders balaya la salle du regard. La majorité de ce qui y était exposé demeurait pour lui impénétrable. Tout semblait avoir été fait à l'ordinateur. Il se dirigea tout droit vers une peinture, représentant une femme nue. Au moins, celle-là n'était pas mal. Il aimait sentir la présence de l'artiste sur la toile, les coups de pinceaux tantôt excessifs, tantôt retenus. Il se pencha pour lire le nom de l'artiste. C'était Cleo.

« Qu'est-ce que tu penses de celui-ci ? » s'enquit-il auprès d'Elijah.

Ce dernier remonta ses lunettes sur son nez en fronçant les sourcils.

« Timide, déclara-t-il. Sentimental façon fifille. Je déteste qu'on sache rien qu'en regardant une toile qu'elle a été réalisée par une femme. L'art ne devrait pas être restreint par les tropes du genre. C'est dommage, vraiment, parce que techniquement, elle est très douée. »

Dommage pour toi, peut-être, songea Anders. *Tu viens de perdre une belle offre de boulot.*

« Bien. Allons prendre un verre, proposa-t-il.

— Oh, je ne bois pas d'alcool. » Dans un geste de protection, Elijah appuya le bout de ses doigts sur son torse. Je suis allé en désintox à cause des amphètes, il y a deux ans. Tu n'as pas lu la bio sur mon site ? »

Anders sourit sans ouvrir la bouche.

« De l'eau gazeuse, dans ce cas. »

Il passa le reste de la soirée paré à tomber sur Cleo. Il scruta la foule à la recherche de sa chevelure blonde, sentit son estomac se nouer d'excitation en croyant l'apercevoir, puis vriller de déception en découvrant qu'il s'était trompé. Après avoir vidé un nombre indéterminé de flûtes à champagne en plastique, il fit une enchère sur son tableau. Il proposa douze cents dollars, pas beaucoup plus que l'enchérisseur précédent, mais assez pour faire monter le prix et qu'elle puisse le vendre pour une somme respectable. Il fut surpris de recevoir le lendemain un mail lui apprenant qu'il avait gagné. Cet après-midi-là, elle l'appela à son travail. Au moment d'appuyer sur « répondre », il sourit à son reflet dans le miroir au-dessus de son bureau.

« Douze mille dollars, s'exclama-t-elle. Mais qu'est-ce que c'est censé vouloir dire, une somme pareille ? »

Anders fut certain de voir son reflet pâlir.

« C'est Cleo ? bégaya-t-il.

— C'est ta manière de t'excuser pour ce que tu as fait ? »

Son cerveau se mit à mouliner furieusement pour assimiler cette nouvelle information. Douze cents. Douze mille. Une simple erreur de virgule. Huit, dix, douze flûtes de champagne...

« Je suis contente que tu t'excuses, poursuivit-elle. Il y a de quoi. Mais ça fait un an, et c'est... c'est plutôt extrême, comme geste.

— Comment... Je croyais que les enchères étaient anonymes ?

— Quand on me l'a dit, je n'ai pas voulu le croire. » Cleo éclata de rire, ignorant sa question. « J'ai même entendu dire que quelqu'un avait envisagé de surenchérir. Tu imagines un peu ? C'est comme dans *Les Habits neufs de l'Empereur*. Il suffit qu'une personne y croie, et ça devient vrai.

— Eh bien, ce qui est sûr, c'est que je crois en toi. »

Anders était déjà en train de réécrire les événements de la veille pour les intégrer à ce nouveau scénario. Peut-être avait-il finalement *souhaité* faire une offre aussi énorme. Cela ne tombait pas très bien, naturellement, mais il pouvait se le permettre, et tout à coup cela lui apparaissait comme un acte d'une spontanéité charmante.

« Merci, Anders. Vraiment. »

Il l'entendit pousser un soupir de satisfaction à l'autre bout du fil.

« Qu'est-ce que tu vas faire de cet argent ? demanda-t-il. T'acheter un truc sympa ?

— C'était une vente caritative, Anders. Ce n'est pas moi qui vais toucher l'argent. Mais ça fait quand même bien sur mon CV, d'avoir vendu si cher.

— Mais qui le touche, alors ?

— Je crois que c'est la Société aviaire de Central Park.

— Qu'est-ce que c'est que ça ?
— Des protecteurs des oiseaux.
— Putain, tu déconnes, là. J'ai donné douze mille dollars à une bande d'oisologues ?
— Apparemment il y a deux ou trois faucons qui ont besoin d'être protégés.
— Dis-moi que c'est une blague.
— Je ne blague jamais avec l'argent, déclara Cleo d'un ton qui ne confirmait ni n'infirmait que c'était vrai. Alors, où tu vas le mettre ?
— Mettre quoi ?
— Mon tableau, Anders.
— Oh. Je me disais un truc de fou... sur un mur ?
— Arrête de faire le malin. Dans ton appartement ? »
Anders n'y avait pas réfléchi. À aucun moment il ne lui avait effleuré l'esprit qu'il allait se retrouver propriétaire du truc.
« Pourquoi tu ne viendrais pas voir ? Tu pourras m'aider à choisir l'emplacement.
— Nous savons tous les deux que j'ai déjà vu ton appartement. »
La réponse le prit par surprise. Ni l'un ni l'autre ils n'avaient évoqué les détails de la nuit qu'ils avaient passée ensemble. C'était arrivé peu de temps après la rencontre entre Cleo et Frank, avant qu'aucun deux ne sache que cela deviendrait sérieux. Il se rendit compte que c'était même la première fois depuis ce jour qu'ils se parlaient en dehors de la présence de Frank.
« Jamais de jour, rétorqua-t-il.
— La faute à qui ?
— La faute à personne. C'est juste un fait. »
Mais il savait qu'il s'était montré froid, en la renvoyant chez elle au milieu de la nuit. C'était par culpabilité. S'il l'avait laissée dormir près de lui, s'il l'avait touchée à la lumière du matin, en pleine lucidité, ç'aurait été une deuxième trahison à l'égard de Frank.
« Tu m'as humiliée, dit-elle à mi-voix.
— Écoute, je m'en suis mordu les dents, je peux te dire.
— Quoi ?
— C'est ce qu'on dit, au Danemark, quand on regrette d'avoir dit quelque chose. »

Il l'entendit sourire dans le silence. « Et combien de dents tu as mordues, comme ça ?

— Toutes. Bref, ça a changé, aujourd'hui.

— Qu'est-ce qui a changé ?

— Mon appartement. Tu devrais venir le voir.

— Changé comment ?

— J'ai de nouvelles... poignées de portes. »

Cleo éclata de rire. C'était dans la poche.

Le fait que Frank soit parti quelques semaines en Afrique du Sud tourner une série de pubs pour une boisson énergétique qui prétendait guérir la gueule de bois facilita grandement les choses. Des millions de dollars de conneries, avait-il dit en riant à Anders autour de quelques bières, avant son départ. Anders avait cru comprendre que Cleo partirait avec lui, mais clairement, elle ne l'avait pas suivi. Il n'avait jamais réfléchi à ce qu'elle faisait, pendant que Frank était en voyage. Il présumait qu'elle peignait, toutefois, lorsque quelques heures plus tard il lui demanda des nouvelles de son travail, elle écarta la question avec une brusquerie qui frôlait l'exaspération.

Cleo se tenait dans son appartement, à considérer les murs blancs du salon. Dans la rue en contrebas, la circulation du soir faisait monter sa cacophonie habituelle de klaxons et de sirènes.

« Comment peux-tu vivre sans rien sur tes murs ? » s'étonna-t-elle.

Anders haussa les épaules. Au magazine, il passait ses journées à se faire prendre en embuscade par des images. Pour lui, rentrer dans un décor spartiate était un soulagement.

« Je peux t'offrir quelque chose ? Un verre, peut-être, ou... »

Il s'avança droit vers elle et la souleva du sol. Elle enroula ses jambes autour de la taille d'Anders et le laissa glisser sa langue dans sa bouche. Ils basculèrent sur le canapé, mais Cleo secoua la tête et l'attira par terre. Évidemment. La dernière fois, ils avaient fait ça sur le canapé. Elle était couverte comme un oignon. Il lui ôta un pull, un col roulé, un T-shirt, puis déboutonna son jean, révélant en dessous une paire de collants. Il rit en les lui retirant.

« C'est comme ouvrir une poupée russe. »

Elle lui décocha son lent sourire de chat.

« Mais ça vaut la peine », déclara-t-elle.

Elle était étendue devant lui, nue, sur le tapis, ses vêtements dispersés en un halo autour de sa tête. Il arracha sa propre chemise et baissa son pantalon et son caleçon aux genoux. Il ne prit même pas la peine de les envoyer valser avant d'écarter les jambes de Cleo et de se mettre à pilonner, vite et fort. Il était dans un autre monde, où toute pensée était abolie et où n'existait que cette sensation du corps de Cleo enroulé bien serré autour de lui. Mon Dieu, que c'était bon, encore meilleur que dans son souvenir.

Cleo posa les mains sur son torse et le repoussa. Elle le dévisageait d'un air sérieux.

« Anders, dit-elle. Ce n'est pas du sexe, ça. »

Il la fixa sans comprendre, haletant.

« Qu'est-ce que tu veux dire ?

— Je veux dire que ce que tu es en train de faire – ton labourage, là –, ce n'est pas du sexe. C'est toi qui te masturbes en utilisant mon corps en guise de main.

— Je... euh... Bon sang, Cleo... Eh bien, qu'est-ce que tu voudrais que je fasse ? »

Elle posa la main au-dessus des fesses d'Anders et l'attira plus profondément en elle.

« Tu sens, ça ? Cette crête, en haut au fond ? C'est ça qu'il faut que tu essaies de viser. Enfin, de viser, pas exactement, plutôt de caresser avec le bout de... Oui, oui, comme ça, mais *plus lentement*. Roule dessus. Bien... Bien... Tout doucement. Hmm, continue à rouler et à caresser, à caresser et à rouler. Oui, oui, c'est ça... »

Il n'avait pas l'habitude qu'on lui dise quoi faire. Cela le contrariait au plus haut point. Il songea à se retirer, mais après tout, c'était Cleo. Celle qu'il désirait le plus. Celle à qui il avait le plus envie de faire plaisir. Elle glissa deux longs doigts dans la bouche d'Anders et les enroula autour de sa langue. Ils avaient un goût de cendre à cause de la cigarette, mais il s'en moquait. Elle le fixait avec cette drôle d'intensité, cette fureur qu'elle mettait en toute chose. Ses yeux étaient d'un vert tacheté, incroyablement clair. Comment se faisait-il qu'il ne l'ait jamais remarqué auparavant ? Elle retira sa main pour la glisser dans l'espace entre leurs deux ventres. Il sentit la courbe de ses jointures contre sa peau tandis qu'elle se touchait. Elle battait des paupières, et on aurait dit de petites ailes. Elle glissa la main jusqu'à son sexe, et le serra entre ses doigts à l'endroit où il la pénétrait, accompagnant le mouvement. Il tint encore dix secondes, s'autorisa quelques pompes rapides pour terminer, puis éjacula en elle.

Elle rit lorsqu'il s'écroula de tout son poids sur elle en grognant.

« Très bien, dit-elle en lui donnant une petite tape dans le dos. On y travaillera. »

Il se faisait trop vieux pour avoir des relations sexuelles par terre. Lorsqu'il se hissa sur les coudes pour basculer sur le côté et renfiler à la hâte son caleçon sur son pénis qui se ratatinait, il reçut une décharge dans les reins qui lui confirma que son dos n'était pas content. Sur le tapis, le corps pâle et immobile de Cleo lui fit penser à un vase de lys qu'on aurait renversé. Elle fixait le plafond avec une expression d'impassibilité, indéchiffrable. À quoi pensait-elle ? Regrettait-elle déjà ? Elle semblait soudain s'être retirée très loin. Son corps était là, mais pas son être. C'était comme reculer du soleil dans l'ombre.

« Tu aurais une cigarette ? demanda-t-il en s'efforçant de paraître désinvolte.

Sans un mot, elle roula sur le ventre pour attraper son sac et en sortir son paquet. Elle plaça une cigarette entre ses lèvres, qu'elle alluma avec la grâce de l'habitude. Elle souffla la fumée avant de la lui tendre.

« Tu n'es pas en Afrique du Sud », fit-il remarquer.

Elle secoua la tête.

« Tu avais du travail, ou des projets ? »

Même réaction.

« Pourquoi, alors ? »

Elle se redressa en position assise et lui prit la cigarette pour tirer une bouffée. Il vit que son sperme avait laissé une tache sur le tapis, en s'écoulant hors d'elle.

« Tu as décidé de ne plus parler ? »

Cleo posa sur lui ses yeux clairs. Cette douceur qu'il avait vue en elle quelques instants plus tôt avait disparu, pour céder la place à une sévérité qui le déconcertait. Lorsqu'elle répondit, ce fut d'une voix grave.

« Qu'est-ce que tu veux que je te dise ?

— Pourquoi tu n'es pas allée en Afrique du Sud ? »

Elle chercha du regard où mettre la cendre de sa cigarette, puis finit par se servir de sa paume.

« Mon Dieu. Tiens. »

Il se releva d'un bond pour attraper une tasse sur le comptoir de la cuisine. C'était le problème avec Cleo, songea-t-il : quoi qu'il arrive, elle ne demandait jamais d'aide. Il s'agenouilla en face d'elle, prit sa main dans la sienne et épousseta doucement la cendre pour la faire tomber dans la tasse.

« Je n'avais plus envie d'y aller, dit-elle à voix basse.

— Vous vous êtes disputés ?

Ses épaules pâles étaient remontées près de ses oreilles. « Peu importe.

— Je suis sûr que ça importe pour Frank.

— Frank est un ivrogne », rétorqua-t-elle posément.

Anders prit un moment pour y réfléchir. Il fallait bien admettre que Frank buvait beaucoup, mais lui aussi. Bien sûr, étant scandinave, Anders considérait cela comme un atavisme culturel. Et puis, Frank n'était pas un pauvre poivrot SDF qui cuvait ses cuites sous un pont. Si c'était bien un ivrogne, c'était du genre hyper-performant.

« C'est pour ça que tu es ici, alors ? Pour te venger qu'il boive ? »

Elle secoua une nouvelle fois la tête et contempla ses mains, qu'il tenait toujours entre les siennes.

« Alors quoi ? insista-t-il. Tu voulais juste un peu de compagnie ? »

Elle serra ses doigts avec une fermeté surprenante.

« Je te voulais, toi. »

Ce qui l'étonnait le plus, c'était cette facilité qu'il avait à être avec elle, cette absence de culpabilité. Depuis la nuit bien arrosée qu'ils avaient passée ensemble, il avait souvent pensé à elle, bien sûr, mais il avait appris à repousser ses sentiments à l'égard de Cleo bien à l'abri dans une partie inexplorée de lui-même. Le jour où Frank lui avait annoncé qu'ils allaient se marier, Anders s'était étrangement senti trahi – par Frank ou par Cleo, il n'aurait su dire –, et s'était alors juré de garder ses distances avec elle. Et pendant près d'un an, il y était arrivé. Jusqu'à maintenant.

Tous les soirs, après le travail, dans sa hâte de la tenir dans ses bras, il rentrait précipitamment la retrouver. Ils ne quittaient qu'exceptionnellement son appartement. Ils se faisaient livrer des sashimis qu'ils mangeaient avec les doigts. Ils fumaient de l'herbe et faisaient l'amour lentement, en transe. Ils regardaient des films, enroulés l'un contre l'autre. Ils ignoraient la neige qui tombait. Ils prenaient des bains. Ils buvaient du thé. Ils se massaient les pieds. Ils se jouaient de la musique. Ils firent un bonhomme de neige sur le balcon. Ils se confectionnaient de la soupe avec les restes. Ils sniffaient de la coke et restaient debout toute la nuit, jusqu'à ce que l'aube les chasse vers leur lit. Ils dormirent l'un à côté de l'autre, parfois d'un sommeil agité, parfois sereinement, toutes les nuits pendant deux semaines. Le jour du retour de Frank, Anders se réveilla aux premières lueurs. Cleo dormait à côté de lui, le visage barré d'une bande de lumière dorée. Même dans le sommeil, elle gardait une expression soucieuse. Il dégagea précautionneusement son bras glissé sous elle et sortit du lit. Il songea à se doucher, mais il voulait sentir Cleo sur lui toute la journée. Il s'habilla rapidement, enfilant son jean noir et son col roulé habituels, puis se rendit à la cuisine. Du thé et du porridge, voilà ce que Celo aimait prendre le matin. Tout en sifflotant entre ses dents, il brancha la bouilloire et prit le lait dans le frigo. Un plumet de vapeur envahit la pièce. Il mélangea les flocons d'avoine, y ajouta une pincée de sucre roux. Frank allait atterrir quelques heures plus tard.

Anders avait exposé sur le comptoir de la cuisine la carte que son ami lui avait envoyée. Au recto, un dessin montrait un homme en train de se faire déchiqueter par un lion. En dessous, la légende disait : « Envoyez plus de touristes en Afrique du Sud ! » À réception, Anders avait d'abord ressenti un petit pincement de panique – était-ce Frank, le lion ? –, avant de se rappeler ce défi qu'ils s'étaient mutuellement lancé, de s'envoyer la pire carte possible des pays qu'ils visitaient. Au verso, en pattes de mouche presque illisibles, Frank avait écrit cinq mots : « Je pense à toi, frère. »

Anders consulta sa montre : il n'avait pas beaucoup de temps. C'était son jour avec Jonah, le fils de son ex-compagne Christine. Jonah n'était pas son fils biologique, mais Anders avait vécu avec lui entre ses quatre et ses dix ans, et l'aimait d'une manière farouche et maladroite qui lui semblait paternelle. Il avait hâte de le voir, même s'il n'en prenait pas assez souvent le temps. Aujourd'hui précisément, il se réjouissait de cette diversion. Ainsi il ne serait pas obsédé par la lente descente de l'avion de Frank sur New York.

Lorsqu'il revint avec le petit déjeuner, Cleo était étalée en étoile en travers du lit. Elle avait écarté les draps, dévoilant sa poitrine pâle. Il aimait la voir ainsi, le matin, sans artifices. Ses cils argentés conféraient à son visage un air ouvert et spontané. Il s'assit sur le bord du matelas et se pencha très doucement pour lui embrasser le téton. Elle lui adressa un sourire endormi, tel un rayon de soleil luttant pour percer une trouée dans un ciel couvert.

« Tu as bien dormi ? demanda-t-il.

— Les canalisations faisaient du bruit.

— C'est un immeuble ancien. J'ai préparé le petit déjeuner. »

Elle se redressa avec une expression sérieuse. « Qu'est-ce que tu penses d'Eleanor ?

— Qui ?

— La rédactrice, à l'agence de Frank.

— Je ne sais pas... Qu'elle est sympa ? Pourquoi diable poses-tu cette question ?

— Je pense que Frank est amoureux d'elle. »

Anders déposa bruyamment le porridge et le mug de thé sur la table de nuit.

« Pourquoi tu amènes le sujet maintenant ?

— Tu penses qu'il est amoureux d'elle, toi aussi ?

— Ce que je pense, c'est que c'est ridicule. Eleanor ? Elle... Elle n'est pas son genre.

— J'ai vu les mails qu'ils s'envoient.

— À l'instant ?

— Non. Il y a un petit moment.

— Et ?

— Ils échangent des blagues. Des trucs qu'ils trouvent drôles.

— Et ?

— C'est le genre de choses que font les amoureux.

— Ou les collègues morts d'ennui. Tu n'as jamais bossé dans un bureau, Cleo. Ce genre de choses est normal.

— Ça ne me paraît pas normal.

— C'est donc ça ? Tu es persuadée que Frank a une liaison, alors tu voulais en avoir une, toi aussi ?

— Je ne crois pas qu'ils aient une liaison, pas vraiment... Je pense qu'il... qu'ils ont des sentiments l'un pour l'autre.

— Tu es folle.

— Ne t'avise pas de me traiter de folle. »

Cleo se redressa tout à fait contre la tête de lit et remonta le drap sur elle d'un coup sec. Elle était blême, avec les traits tirés.

« Écoute... » Il se débattit pour prendre dans les siennes les mains de Cleo, qu'elle tenait serrées contre sa poitrine. « Je sais que c'est difficile, avec Frank qui rentre et nous qui ne savons pas... eh bien, comment faire pour la suite. Mais on a passé un tellement bon moment, ensemble. Ne nous disputons pas maintenant, s'il te plaît.

— Je vais lui parler », annonça-t-elle.

Il lui lâcha aussitôt les mains. « Comment ça ?

— Je ne peux pas... » Elle s'interrompit pour chercher les mots justes. « Il faut que quelque chose change. »

Anders sentit comme un appel d'air à l'intérieur de son ventre, comme si un bouchon venait de sauter.

« Cleo, je t'en prie, quoi que tu fasses, ne lui dis rien à notre sujet. Pas encore. J'ai besoin... j'ai besoin de temps.

— Je ne te mêlerai pas à ça.

— Mais alors, qu'est-ce que tu veux lui dire ?

— Je n'en sais rien ! Que je ne suis pas heureuse. Que je déménage. Il faut que je fasse *quelque chose*. Tu veux bien me promettre une chose ? Rien qu'une ? »

Elle se pencha pour lui prendre les mains à son tour. Anders se sentit physiquement enclin à reculer. Il dut résister à l'impulsion de bondir hors du lit pour s'enfuir par l'échelle d'incendie.

« Laquelle ?

— Promets-moi que tu seras là. Tu n'as pas à faire de grandes déclarations, à dire à tout le monde qu'on est ensemble. Promets-moi juste que tu seras là pour moi.

— Écoute, il faut que je file. C'est ma journée avec Jonah, comme je t'ai dit. Il y a du porridge sur la table de nuit. Je t'en prie, ne prends aucune décision radicale, Cleo. Par pitié. »

Il l'embrassa à la sauvette sur la joue et désigna le porridge, comme si manger allait tout résoudre.

« Reste », dit-elle, mais il se dirigeait déjà vers la porte.

Il héla un taxi. Avec tout cela, il s'était mis en retard. Lorsqu'ils pénétrèrent sur le tronçon de périphérique de la Douzième Avenue, Anders se détendit et appuya la nuque contre la banquette. Des joggeurs bien couverts contre le froid couraient le long de l'eau, au-delà de laquelle se détachait la ligne de toits disgracieuse du New Jersey. Il lui sembla se rappeler que Frank lui avait dit qu'Eleanor vivait dans le New Jersey. Il n'accordait pas grand crédit à la théorie de Cleo sur leurs sentiments l'un pour l'autre. Cleo était sensible, débordante d'imagination, et légèrement paranoïaque : elle voyait des signes partout. S'il était tombé amoureux de quelqu'un d'autre, Frank en aurait parlé à Anders. Et puis, quelle mouche l'aurait piqué, de s'enticher d'une femme comme Eleanor, quand il avait Cleo ?

Les sentiments d'Anders lui-même à l'égard de la jeune femme étaient un nœud de contradictions. À la perspective qu'elle avoue tout à Frank, il avait instinctivement eu une réaction de terreur, presque de répulsion. À présent, assis au calme dans ce taxi, l'idée que Cleo puisse être sienne tout le temps, et pas seulement pour quelques instants volés, faisait monter en lui une onde de plaisir. Mais quel serait le prix de ce plaisir ? Il connaissait Frank depuis plus de deux décennies, et Cleo depuis à peine un an. Mais en sa présence, il se sentait intrépide et imprudent, capable de carboniser sa vie pour la faire renaître de ses cendres.

Arrivé en bas de chez Christine, il sonna à l'interphone. Quand il y vivait, il avait adoré cet appartement, avec ses murs courbes et ses verrières poussiéreuses, mais après la séparation, il avait été soulagé de retourner dans le centre. Il trouvait l'Upper West Side oppressant, avec ses poussettes à tous les coins de rue et ses discussions de sortie d'école. À tort ou à raison, il avait toujours eu le sentiment d'être trop jeune pour vivre dans ce quartier.

Il entra dans l'ascenseur et attendit qu'elle l'appelle à son étage. Christine était comptable dans un cabinet d'architectes et tirait une immense fierté du fait de très bien gagner sa vie sans l'aide d'un conjoint. Lorsque les portes coulissèrent, il se retrouva face à son visage anguleux et familier. Elle l'attira contre elle pour le serrer dans ses bras.

« Oh, Anders, dit-elle en frottant le visage dans son cou. Ne me dis pas que tu as recommencé à fumer.

— Seulement en société, lui assura-t-il.

— Tu sens l'ado.

— Et toi tu sens comme d'habitude. »

Il reconnut les notes familières de bois et d'épices de l'eau de toilette qu'elle lui volait quand ils étaient ensemble.

« Jonah est en train de se préparer dans sa chambre, expliqua-t-elle. Des cités entières se sont érigées en moins de temps. »

Il la suivit à la cuisine.

« Il y a un risque que je doive filer un peu tôt. »

Il calcula que Frank était en train d'atterrir. Il lui faudrait ensuite une heure, peut-être deux, pour passer la douane et rentrer en ville. Allait-elle lui parler sitôt qu'il franchirait la porte ? Il faisait confiance à Cleo pour ne pas le trahir en révélant tout à Frank. Mais que dirait-elle, alors ? Allait-elle le quitter ? Et si Frank le soupçonnait tout de même ?

« Pas de problème, dit Christine. Amusez-vous, tous les deux. Mais pas trop quand même. Je l'ai dans le viseur, en ce moment. Expresso ? »

Anders opina et consulta son téléphone. Pas de nouvelles de Cleo.

« Qu'est-ce qu'il a fait ? demanda-t-il.

— Il m'a traité de chienne parce que je refuse qu'il ait une carte de crédit comme tous ses amis, paraît-il. Une carte de crédit ! Il a *treize ans*, bon sang. Il devrait se sentir le roi du pétrole avec cinquante dollars en poche. »

Elle se rendit dans le couloir pour appeler son fils. Dans sa bouche, les deux longues syllabes évoquaient l'appel d'une sirène d'alarme antiaérienne.

« J'arrive, femme ! entendit-il l'adolescent répondre.

— Ça a dix poils pubiens et ça croit que ça peut m'appeler « femme », commenta Christine. Parfois je me demande si je n'en ai pas fait un sale gosse.

— Si *on* n'en a pas fait un sale gosse, rectifia Anders. Et à cet âge, tous les gamins sont à baffer. »

Elle sourit, puis fronça les sourcils. « Pas moi, non. »

Elle se tourna vers la machine à expresso et tendit à Anders la minuscule tasse fumante.

« Et sinon, tu sors avec quelqu'un, en ce moment ? D'autres top models russes ?

— Sasha était ukrainienne, précisa-t-il. Et : non.

— Bien, bien. » Elle haussa les sourcils. « Comment tu occupes ton temps libre, alors ? »

Cleo, pensa-t-il.

« Le boulot », répondit-il.

Tout allait bien, au magazine, malgré son récent manque de concentration. Ils s'apprêtaient à ouvrir une filiale à LA et, pour tout dire, on avait proposé quelques jours plus tôt à Anders de diriger l'équipe sur la Côte Ouest. Il n'en avait encore jamais parlé à personne, et il se rendit compte avec un pincement de plaisir qu'il pouvait le dire à Christine.

« En fait, on m'a offert le poste de rédacteur en chef dans la nouvelle antenne à LA.

— Oh, Anders, c'est merveilleux. » Elle se pencha pour l'embrasser sur la joue. « Ça veut dire que tu vas déménager ?

— C'est flatteur, mais je vais refuser leur offre. Il y a Jonah, tu comprends, il faut que je reste à proximité. Et ce serait beaucoup plus loin pour mes parents, s'ils venaient me rendre visite. »

Il n'avait pas l'intention de quitter New York. Surtout à présent que sa vie était toute remplie de Cleo. Peut-être valait-il finalement mieux que Frank l'apprenne, un jour ou l'autre. Il finirait bien par pardonner à Anders. D'autant plus s'il était amoureux d'Eleanor, comme Cleo s'en était persuadée (même si Anders ne pouvait se résoudre à la croire). Il pourrait être heureux, avec Cleo. Ils pourraient vivre ensemble, trouver leur propre appartement. Dans les quartiers chics, peut-être, près du parc. Il était certain que Jonah apprécierait Cleo.

« Anders. » Christine le dévisagea en fronçant les sourcils. « Depuis toutes ces années que je te connais, tes parents ne sont pas venus une seule fois aux États-Unis pour te voir. Quant à Jonah, tu ne le vois qu'une fois par mois, et encore. Il pourra te rendre visite là-bas. Je suis sûr qu'il serait ravi.

— Je le vois plus souvent que ça, non ? hasarda Anders.

— Quoi qu'il en soit, ce n'est pas de Jonah, qu'il faut que tu t'inquiètes. Celui qui ne pourrait vraiment pas vivre sans toi, c'est Frank. »

Elle prit une gorgée de café et grimaça. « Il est l'archétype parfait de la codépendance.

— Ce n'est pas vrai. Et puis, il a Cleo, maintenant. »

Le simple fait de prononcer son prénom lui brûla les entrailles.

« Je ne vois pas ces deux-là vieillir ensemble.

— Ah bon ? Pourquoi ça ? »

Peut-être parce que tu l'as baisée deux fois la nuit dernière ?

« Frank se comporte encore comme un enfant, expliqua Christine. Et, d'après ce que j'ai entendu, elle est *réellement* une enfant.

— Elle n'est pas... » Il eut un petit coup de panique en l'entendant la décrire ainsi, sachant qu'en plus lui-même avait deux ans de plus que Frank.

« Ah ! s'exclama Christine en levant les mains et en regardant pardessus l'épaule d'Anders. Et voici mon enfant !

— Je suis pas un enfant, M'man », grogna Jonah.

Anders se leva d'un bond pour prendre le garçon dans ses bras, qui se laissa faire sans lui rendre son étreinte. Jonah se trouvait dans la phase disgracieuse d'une poussée de croissance, qui faisait paraître ses bras et ses jambes trop longs pour lui. Ses cheveux bruns ébouriffés camouflaient partiellement l'acné qui lui mangeait les joues et les tempes. Et malgré tout cela, constata Anders, il était encore beau. Il avait mis un maillot de foot de Chelsea, et un jean slim qu'Anders aurait volontiers porté.

« Mon Dieu, fit-il. Tu es presque aussi grand que moi, maintenant.

— Ouais, peut-être, fit Jonah en regardant ses baskets. Mais t'es quand même monstrueusement grand.

— Je me disais qu'on pourrait aller au Musée d'Histoire naturelle. » Anders posa doucement ses mains sur les épaules du garçon. « Il y a une exposition de papillons. »

C'était vraiment une proposition pourrie, il en avait conscience. Jonah lui adressa un regard qui donnait tout son sens au terme « cinglant ». Depuis quand regardait-il les gens comme ça ?

« Très bien, on oublie, putain. » Anders lui décocha un grand sourire. « Tu veux aller bouffer un steak ?

— Les gros mots ! pesta Christine.

— Ouais, peu importe », grommela Jonah en enfilant sa parka.

Le restaurant de viande dans lequel ils atterrirent était sombre et désert. Ni le soleil, ni l'ambiance joyeuse du week-end qui animait les rues ne pénétraient à l'intérieur. Par souci de cohérence avec le menu, toute la décoration était rouge sang : les murs carmin, les fauteuils brun, les épaisses serviettes écarlates pliées sur les tables en acajou. On se serait cru dans une artère.

Anders leur commanda des chateaubriands de bœuf accompagnés de pommes de terre au four et d'épinards à la crème, ainsi qu'une Peroni et un Coca. De la nourriture pour les hommes, les vrais, songea-t-il, pince-sans-rire, en se remémorant ses brunches végétariens hebdomadaires avec Frank chez Sant Ambroeus : les œufs bio, et les nombreuses tournées de Bloody Mary pour atténuer les effets secondaires de la soirée de la veille. Il eut un coup au cœur en se rendant compte que cette habitude-là disparaîtrait pour toujours.

« Et la troisième, comment ça se passe ? demanda-t-il.

— Je suis en avance, dit Jonah en avalant une grande gorgée de Coca. Tous les autres ont quatorze ans.

— Mais c'est comment ? Tu t'es fait des amis ?

— C'est pas mal. Comment ça s'appelle, quand tu as des lettres qui représentent des mots ?

— Un acronyme, répondit Anders, soulagé de s'en être souvenu.

— Ouais, voilà. Le logo des troisièmes techniques, c'est VPATP. Normalement, c'est l'acronyme de « Validation du Programme et des Acquis Techniques et Professionnels ». Sauf que selon eux, c'est : « Viens Planer Avec Tes Potes. »

— Et rappelle-moi combien paie ta mère, pour t'envoyer là-bas ?

— Un max de thunes. » Jonah haussa les épaules. « Ils ont une bonne équipe de foot. »

Anders consulta subrepticement son téléphone. Rien. Il prit une longue gorgée de bière dans le silence qui retombait. Il tenta de relancer la discussion.

« Donc... la troisième, c'est bien. C'est très différent des autres années ?

— Ça circule pas mal, côté drogues, dit Jonah en jouant avec sa serviette. La semaine dernière, un gars de seconde s'est fait choper en train de prendre de la coke à la bibli. Tu as déjà essayé ? »

Essayé ? Il adorait ça. Mais il n'était pas question de le dire à Jonah. Il se revit en train de sniffer une ligne sur les seins lisses de Cleo et un frisson électrique lui traversa le corps. Il reprit une gorgée de bière.

« Non, mon pote. Cette saleté te pourrit le cerveau. » Puis, craignant d'avoir fait le genre de réponse minable que lui-même aurait ignorée, adolescent, il ajouta : « Reste à la bière et à l'herbe. C'est plus sûr.

— Merci pour l'info. » Jonah lui adressa un sourire en coin. « Hé, cool, le bracelet. »

Il se pencha en travers de la table pour toucher le poignet d'Anders. C'était la première fois de la journée qu'il initiait un contact physique avec lui.

« Il te plaît ? Il est pour toi, si tu veux. »

Il le détacha et regarda Jonah se l'enrouler autour de son poignet fin. C'était une fine corde de marin bleue avec un hameçon en argent comme fermoir. Jonah le considéra un moment avant de relever les yeux vers Anders.

« Nan. Il est trop gay. »

Anders examina le bracelet tandis que Jonah le retirait. Quatre-vingt cinq dollars chez Barney's, pour un truc que son père aurait pu fabriquer en fouillant dans son matériel de pêche. Il le glissa dans la poche de son jean.

« Je n'en reviens pas que vous employiez encore ce terme, fit-il remarquer.

— Ça veut juste dire pas classe, tu vois, minable. Ça n'a rien à voir avec la sexualité, ni quoi que ce soit.

— Qu'est-ce que tu sais de la sexualité ? s'exclama Anders. Tu n'as que dix poils pubiens !

— Eh bien, rétorqua Jonah en sautant sur sa chaise. J'ai déjà une copine. Alors va te faire foutre. »

Anders était ravi que Jonah lui fasse cette confidence, même de manière agressive. Jusqu'ici, il ne lui avait jamais parlé de filles.

« C'est génial ! C'est qui ?

— C'est genre ma copine, je sais pas. » Jonah écrabouilla sa serviette dans sa main. « Elle s'appelle Raquel.

— Raquel, répéta Anders. Formidable. Elle est comment ?

— Elle est dans ma classe. Elle est cool. Ce n'est pas la plus canon, ça c'est une fille qui s'appelle Natalia, mais elle est dans le top quatre. Et puis... » Le souvenir le fit sourire. « Elle m'a laissé lui mettre un doigt.

— Ouah », fit Anders, authentiquement estomaqué.

Jonah se recula sur sa chaise et saisit son couteau à viande, qu'il fit tourner sur la pointe au bout de son majeur. Celui-là même, supposa Anders, qui s'était récemment trouvé dans le vagin d'une élève de troisième de Dwight du nom de Raquel.

« J'ai essayé de la convaincre de me faire une pipe, poursuivit Jonah. Mais elle n'arrêtait pas de se plaindre, alors j'ai laissé tomber. »

Ce ton qu'il employait, c'était tout nouveau. Le Jonah d'Anders était sensible et gentil. Il avait pleuré devant pratiquement tous les films qu'Anders l'avait emmené voir. Il se remémora ce que Cleo lui avait dit de l'empathie, qu'il fallait l'entraîner comme un muscle, surtout chez les garçons, dès le plus jeune âge. Elle avait dit que c'était la faculté la plus importante qu'on puisse posséder, celle de ressentir ce que l'autre ressent.

« Et, euh, comment tu crois qu'elle s'est sentie ? hasarda-t-il.

— Qu'est-ce que tu veux dire ? »

Le serveur apparut au même moment pour déposer les chateaubriands sur la table. Ils nageaient dans le sang. Anders ouvrit sa pomme de terre en deux et jeta un regard interrogateur au garçon à travers le nuage de vapeur qui s'en échappa.

« Quand tu l'as, euh, touchée », précisa-t-il une fois le serveur reparti.

Jonah prit une bouchée de son steak.

« Oh, ça, je sais comment elle s'est sentie. Mouillée ! »

Au même moment, le téléphone d'Anders sonna. Il le tira de sa poche et tout en lui se contracta. C'était Frank. Elle lui avait tout dit. Il marmonna à Jonah que c'était le boulot et qu'il fallait absolument qu'il réponde et s'éloigna de la table en trébuchant. Il sortit du restaurant pour se retrouver en plein soleil, le téléphone vibrant toujours au creux de sa main. Pour un jour de février, il faisait anormalement chaud : même sans veste, il transpirait. Un groupe de filles passa en chantant sur une chanson pop qui s'échappait d'un de leurs portables. Anders resta le pouce en suspens au-dessus de l'écran, incapable de bouger. Il ordonna à son pouce d'appuyer, mais il était paralysé. Il fixa le nom qui s'affichait. Frank. Frank. Frank. Puis l'écran redevint noir. Il avait manqué l'appel. Les filles traversèrent la rue et la musique s'affaiblit peu à peu. Anders souffla, tapota sa poche à la recherche des cigarettes qu'il avait laissées à Cleo. Son téléphone vibra de nouveau, annonçant un message vocal. Il le porta à son oreille, le cœur battant.

« Mon frère ! lança la voix de Frank. Je suis rentré. J'ai jamais mangé d'aussi bons fruits de mer. Des poulpes gros comme mon bras. Tu aurais adoré ça. Bref, je suis sur le point d'aller chercher à dîner, avec Cley. Elle veut manger pendant le match d'Arsenal, évidemment. Viens nous rejoindre ! Ou si tu préfères boire un verre plus tard... »

Il entendit un murmure à l'arrière-plan, une voix grave de femme. Cleo.

« En tout cas, rappelle-moi, conclut Frank. Ta belle tête de Danois m'a manqué. »

Anders retourna à table. Le soulagement et la déception l'assaillaient par vagues, chaque émotion prenant alternativement le dessus sur l'autre. Elle ne l'avait pas quitté. Elle n'allait pas le quitter. Elle lui avait épargné un chagrin, tout en lui en infligeant un autre. Il se rassit, considéra son steak sanglant avec dégoût, puis se leva de nouveau.

« Je fais juste un petit tour aux toilettes, expliqua-il en réponse au regard interdit de Jonah. N'en profite pas pour manger mon steak. » Il tenta de sourire.

Il s'enferma dans une cabine et déboutonna son jean, prenant appui d'une main contre le mur tout en se positionnant au-dessus de la cuvette. Il ferma les paupières et vit Cleo. Elle était agenouillée devant lui, nue, et le regardait en souriant. Il frotta sa queue et s'imagina se baissant pour lisser ses doux cheveux blonds. Il lui caressa les seins, lui pinça les tétons. Puis il pressa plus fort. Il lui fourra sa bite dans la bouche et la sentit avoir un haut-le-cœur. Il l'attrapa par l'arrière du crâne et s'enfonça de plus en plus profond dans sa gorge. Elle avait les joues inondées de larmes. Il se retira pour la gifler, d'un côté puis de l'autre. Ensuite il la prit par-derrière, lui écarta les fesses de ses deux mains. Il pilonna son trou du cul tout rose. Il la fessa, lui cracha dessus, tira sur ses longs cheveux. Puis il la retourna et lui écarta brutalement les cuisses. Il laboura sa chatte trempée. Il enfonça ses doigts dans sa gorge rouge et serrée. Il lui planta les pouces dans les yeux. Puis il lui roua le visage de coups, son magnifique visage déchirant et irrévérencieux, pam pam pam, jusqu'à ce que ses poings passent à travers, comme une poupée en porcelaine, et à l'intérieur il n'y avait qu'un trou noir à la place de sa bouche et de son nez. Et alors il baisa le trou, il encula le trou de toutes ses forces jusqu'à ce que, dans une longue éjaculation hoquetante, il tombe dedans et disparaisse complètement.

Dieu sait comment, il réussit à tenir pendant le reste du déjeuner sans dérapages, sauf lorsqu'il promit mollement à Jonah qu'il lui obtiendrait une carte de crédit. Christine serait folle de rage, mais il pourrait toujours régler cela plus tard. Ils rentrèrent à pied par Columbus Avenue, en passant par le marché aux puces sur la 77e. Jonah le suivait d'un pas traînant, rivé à son téléphone, insensible au fatras déballé sur les stands. Anders dut résister à la pulsion de jeter son propre téléphone dans une poubelle. Il erra dans une travée, finit par s'approcher d'une table et se mit à feuilleter distraitement un tas de magazines des années 1980 lorsque, dans un sursaut, il se retrouva à se contempler lui-même.

La photo avait été prise dans une ruelle de Soho, en noir et blanc, avec du grain pour se donner un style, si bien qu'elle paraissait encore plus ancienne qu'elle ne l'était. Il n'avait aucun souvenir de cette séance, mais il n'y avait là rien de surprenant. Il referma le magazine pour examiner la couverture. 1982. Il avait vingt ans. Il portait un pantalon bouffant et une veste de costume, sans chemise, et il était adossé au mur de brique, les mains dans les poches, dans cette pose intemporelle de l'insouciance juvénile. Il était incroyablement mince : les joues creuses, le torse concave, ses cheveux pâles lui tombant sur un œil tandis que de l'autre il fixait l'appareil, se fixait lui-même.

« Hé, Jonah, viens voir un peu ça ! »

Il tendit vers lui le magazine ouvert.

« C'est toi ?

— On dirait bien.

— Il y a un mec dans la classe au-dessus de moi qui est mannequin, dit Jonah en remontant les épaules d'un air bravache. Tout le monde l'aime bien. C'était comment ? Tu te marrais bien ?

— Le mannequinat ? Parfois. La plupart du temps, c'était pénible. »

Et terrifiant, ce qu'il n'avait jamais avoué à personne. Il parlait rarement de ces premières années à New York. Quand les directeurs de casting, les agents et les couturiers se le refilaient comme un objet, des types tous plus âgés que lui, rompus à cet univers de suggestion et de sous-entendus que lui-même était incapable de déchiffrer. Pour un shooting, on l'avait convaincu de se mettre entièrement nu, avec juste du rouge à lèvres qui bavait. Il se remémora avec une étrange acuité l'humiliation, la sidération, et ses efforts pour rester impassible face au photographe. Il ne savait toujours pas pour quelle marque ces clichés avaient été pris.

Jonah se pencha pour mieux examiner la photo entre ses mains.

« Non, c'est pas toi… Regarde, ça dit que le mannequin s'appelle Jack.

— Quoi ? » Anders regarda à son tour l'image et scruta le texte. Jonah avait raison. Apparemment, le mannequin s'appelait bien Jack.

« Trop bizarre, commenta Jonah. Il te ressemble vachement. »

Il se dirigea vers un autre stand d'antiquités, abandonnant Anders, gêné, en train de fixer son double. À bien y regarder, le gars était plus mince qu'Anders l'avait jamais été, avec un visage plus symétrique, plus américain. Il referma le magazine d'un coup sec et le reposa sur la pile. Qu'est-ce que son agent répétait toujours ? Personne n'était irremplaçable.

« Hé, Anders », l'appela Jonah depuis le stand voisin. Il jouait avec un ballon de foot en cuir marron, le faisant passer d'une main à l'autre. Il était aussi vieux qu'Anders, et ressemblait à ceux avec lesquels il s'entraînait, avec son père. « Tu veux te faire une petite session ? J'ai les épreuves de sélection dans une semaine. »

Cent billets pour un foutu ballon de foot (« Il a été cousu à la main », avait insisté le vendeur), mais peu importait. Jonah laissa Anders le tenir par l'épaule sur tout le chemin jusqu'au parc. Il n'avait jamais été très doué pour jouer les figures d'autorité auprès du garçon, ce que Christine lui avait souvent reproché lorsqu'ils étaient ensemble. Mais la situation était particulière, pour lui. Il connaissait Jonah depuis ses quatre ans, c'est-à-dire sur les deux tiers de sa vie, mais pas sur *toute* sa vie. L'amour n'était pas garanti.

Ils se placèrent face à face sur la grande pelouse et se firent des passes. L'esprit d'Anders se cala sur le rythme du ballon et, peu à peu, ses pensées ralentirent et s'ordonnèrent. Elle n'allait pas quitter Frank. Et même si elle le faisait, Anders et elle ne pouvaient être ensemble. Ce serait un carnage, une relation née de la destruction d'un mariage et d'une amitié. Et pourtant il était là, à se convaincre que c'était une bonne idée, comme un pauvre con romantique. Il fallait que ça cesse.

« Tu as un jeu de jambes pas trop dégueu, pour un vieux, lui lança Jonah.

— Merci, répliqua Anders. Mais je ne suis pas vieux.

— Tu as genre, cinquante ans, fit Jonah en s'approchant.

— Quarante-cinq, putain. »

Jonah éclata de rire. « Les gros mots !

— Ne dis rien à ta mère.

— Et pourtant tu n'as pas de gosses, fit soudain remarquer Jonah.

— Je t'ai, toi.

— Ouais, je sais, mais pas des vrais gosses qui vivent avec toi, et toutes ces conneries.

— Les gros mots, le gronda Anders sans conviction.

— Écoute. » Jonah immobilisa la balle avec son pied. « Je crois juste que ma mère s'inquiète pour toi. Je l'ai entendue, au téléphone avec Tante Vicky, elle parlait de toi.

— Tante Vicky, c'est celle qui a un gamin surdoué ?

— Ned ? Ce gosse est un con.

— Un con total, renchérit Anders, et le sourire de Jonah le réchauffa de l'intérieur. Personne n'a à s'inquiéter pour moi. Maintenant, montre-moi un peu tes kick-ups. »

Il regarda Jonah faire rebondir la balle de son pied à son genou et vice versa, en comptant en même temps que lui, *neuf, dix, onze, douze*... Il avait quarante-cinq ans. Il n'avait pas de gosses qui vivaient avec lui et ce genre de conneries. Il n'avait jamais été marié. Sa relation la plus longue avait été les six ans avec Christine. Mais il était toujours en forme et beau gosse. S'il avait un enfant l'année prochaine, il n'aurait que soixante-six ans quand le gosse aurait vingt ans. Ce n'était pas si vieux. Il y avait des gars qui couraient des marathons, à cet âge-là. Il fallait juste qu'il rencontre quelqu'un. Quelqu'un sans toutes ces casseroles. Jonah perdit le contrôle du ballon et Anders courut le récupérer.

« Hé, Jonah, dit-il en lui relançant la balle. J'envisage de déménager à LA. Ça te ferait quoi ?

— Genre, à la plage ?

— Peut-être. Oui, en fait. Je pourrais chercher du côté de Venice Beach.

— Le coin des Z-Boys ? fit Jonah.

— Exactement. Et bien sûr, tu pourrais venir me voir. On irait surfer. Et j'achèterais une voiture, décapotable, pour qu'on puisse aller faire un tour jusqu'au désert.

— Sympa, dit Jonah. Chelsea joue au LA Galaxy bientôt.

— Je nous prendrai des billets, promit Anders en lui serrant l'épaule. Ça t'irait, comme programme ? »

Jonah fixa le sol et haussa les épaules.

« Je m'en fiche. »

Il plongea pour reprendre le ballon pour se mettre à faire des têtes. Anders l'intercepta et ordonna à Jonah d'aller se positionner. Celui-ci traversa la pelouse en courant, avec le West Side en toile de fond. Le soleil se couchait encore tôt, mais il leur restait une bonne heure de lumière. Anders recula de quelques pas, prit son élan, et shoota dans le ballon. Un tir parfait.

11

Début mars

Frank avait laissé un mot sur le comptoir de la cuisine pour que Cleo le trouve, mais ce n'était pas lui qui l'avait écrit. C'était leur voisin de palier. Il se plaignait de leur « crise d'hystérie nocturne digne d'un mauvais feuilleton ». Étant critique théâtral et arborant une chevelure impeccable, il pouvait se permettre d'employer des expressions de ce genre. Cleo relut le mot avant de le plier proprement en un petit carré puis d'y mettre le feu au-dessus de l'évier. Il était midi.

Frank était parti tôt pour un tournage qui ne se terminerait pas avant la fin de la soirée. Elle ne l'avait pas entendu partir : il avait pris l'habitude de dormir sur le canapé, officiellement pour ne pas la déranger quand il travaillait tard, en réalité pour pouvoir rentrer ivre mort en toute impunité. Il allait sans dire que cet arrangement signifiait que leur vie sexuelle était réduite à néant. Cleo avait passé la matinée au lit, à regarder le soleil qui rampait le long du plafond de manière culpabilisante, jusqu'à ce que la soif la fasse se lever et se rendre à la cuisine, où l'attendait la petite note. Frank ne lui avait pas laissé de message ni n'avait ajouté de commentaire au mot du voisin. Il avait fait en sorte qu'elle le découvre toute seule.

Elle rangea les allumettes dans le tiroir à couverts. Elle y vit les baguettes qu'elle avait peintes à la main pour lui, au moment de leur rencontre, un peu plus d'un an auparavant. À l'époque, elle n'arrêtait pas de fabriquer des choses, qu'elle rapportait à Frank tel un chat venant fièrement déposer un moineau à ses pieds. Mais plus maintenant.

Ce mot était une forme d'humiliation. Quelqu'un avait été témoin de leur dispute. Pire encore, quelqu'un confirmait ce qu'elle redoutait : ils n'étaient pas normaux. Car il n'était pas normal de se battre ainsi. Ni que Frank rendre saoul autant de soirs d'affilée. Pas normal non plus qu'elle réagisse aussi sauvagement lorsque c'était le cas. Rien que ce mois-ci, elle avait atomisé un vase et un cendrier, elle l'avait frappé au visage et aux bras, et la veille, elle lui avait lancé l'orchidée bleue qu'il lui avait offerte comme cadeau de mariage, rompant la tige en deux.

« Personne d'autre n'est comme ça », avait-elle dit. Ils étaient assis par terre, dans le salon, au milieu de la terre noire de l'orchidée. « N'est-ce pas ? »

Elle l'avait regardé bien en face.

« Je ne sais pas, Cley, avait-il répondu.

— Eh bien, qu'est-ce que tu en penses, alors ?

— J'en pense qu'il y a des couples qui sont pires. » Il avait haussé les épaules. « Et d'autres, mieux.

— Tu croyais qu'on ferait partie des mieux ? »

Nouveau haussement d'épaules. « Je ne m'attendais pas à ce que ce soit si difficile.

— D'être marié ?

— De vivre ensemble, tout ça. Je ne pensais pas que tu serais tellement... affectée par moi.

— Par quoi je suis censée être affectée, sinon par toi ?

— Je sais, je sais. C'est juste que... Je travaille dur. La vie est dure. Je ne veux pas rentrer à la maison pour... pour me battre, tu vois. Je n'aime pas ça. Et je n'aime pas que tu sois contrariée par moi en permanence.

— Mais pourquoi ce serait moi qui devrais porter la responsabilité de ne pas être contrariée ? Pourquoi tu ne peux pas rentrer plus tôt ? Ou bien ne pas sortir tous les soirs ? Pourquoi tu ne peux pas... Je ne sais pas, être meilleur ? »

Frank avait posé le front contre ses paumes et avait fixé le sol.

« Quoi ? avait-elle demandé. Ça fait trop de sentiments pour toi, Frank ? »

Il avait relevé les yeux vers elle entre ses mains.

« Ce n'est pas drôle, tu sais, dit-il calmement. D'avoir toujours tort. »

Il s'était levé avec raideur et avait quitté la pièce, et c'était comme si toute la lumière disparaissait avec lui, abandonnant une fois encore

Cleo dans le monde des ombres de ses propres pensées.

Cleo alluma le robinet pour inonder les cendres noires dans l'évier, poussant le tout vers le trou avec la paume de sa main. Un mauvais feuilleton, avait dit le voisin. Et il avait raison.

Elle s'agenouilla par terre dans la cuisine et s'envoya un coup de poing dans le ventre, puis un deuxième. Elle tomba à quatre pattes, le souffle court. Elle sentait ses seins et son ventre attirés vers le sol. Elle se mit en équilibre sur une paume et se frappa de nouveau dans le ventre. C'était inutile : Elle avait la gravité contre elle, qui amortissait les coups. Elle voulait assommer la colère pour l'expulser hors d'elle, retrouver le calme et l'immobilité, mais les coups étaient trop mous pour la déloger. La colère n'en finissait pas de bondir.

Elle se remit debout et inspecta la pièce d'un regard vide. Frank et elle avaient reçu un bloc de couteaux à viande comme cadeau de mariage, avec manche en bois de hêtre. Ils ne s'en servaient jamais, bien entendu, puisqu'ils ne cuisinaient pas ni ne se livraient à la moindre activité domestique. L'appartement était rempli d'ustensiles pratiques reconvertis en objets purement décoratifs – un aérateur de vin sophistiqué, un trampoline miniature, des instruments de musique hors de prix dont ils ne savaient jouer ni l'un ni l'autre. Ils avaient même un thérémine, pour l'amour du ciel ! Ils ne pouvaient même pas posséder un animal de compagnie sans que… Cleo secoua la tête. Le souvenir était trop douloureux.

Elle tira un hachoir de son bloc en bois. Elle étira son bras bien raide devant elle, posa le dos de la main sur le comptoir et serra le poing. L'intérieur de son bras était très clair, la peau mordorée pâlissant peu à peu vers le blanc doux, vulnérable comme le ventre d'un chien. Il lui fallait un électrochoc pour sortir de ce sentiment, le contrôler pour qu'il cesse de la contrôler. Elle leva le couteau et fit quelques mouvements d'entraînement. La lame siffla dans l'air de manière satisfaisante. Elle ferma les paupières et inspira à fond. Le secret, c'était de ne pas hésiter.

Pourtant, elle hésita. Elle rouvrit les yeux, reposa le couteau et retourna dans la chambre, à son lit défait aux draps froissés. Le plafond n'avait pas bougé. La colère refluait, mais dans son sillage apparaissait un vide que rien ne pouvait combler. Cleo ferma de nouveau les yeux et attendit. Elle imagina des plumes de cendre descendant du plafond. Douces et argentées, elle plaquait le corps de la jeune femme contre le matelas. Des flocons se prirent dans ses cils, s'accumulèrent dans le creux entre ses bras et sa poitrine. Elle se retrouva muselée sous un monticule de cendre nacrée qui assourdissait tout.

Ce n'est qu'alors, dans le silence tendu sur elle, que le nouveau sentiment monta. La honte. La honte d'avoir démissionné de son travail, la honte de ne plus peindre, la honte d'avoir épousé Frank, la honte qu'il soit amoureux de quelqu'un d'autre, la honte d'être allée chercher le réconfort auprès d'Anders, la honte qu'il l'ait rejetée, la honte que Frank boive autant, la honte qu'ils aient fait mourir Jésus, la honte que Frank l'ait laissée retourner tout l'appartement pour la retrouver avant de lui avouer ce qu'il avait fait, la honte de l'avoir couvert auprès de tout le monde en racontant que Jésus s'était échappée, la honte d'être désormais piégée dans ce secret, la honte d'avoir eu trop peur de le quitter quand elle avait dit qu'elle le ferait, la honte que sa mère soit morte, la honte que le fait d'être sa mère ne lui ait pas suffi pour *ne pas* mourir, rien que la honte, la honte, encore la honte.

Elle avait envie d'arracher les fils qui tenaient ensemble ces douze derniers mois, de découdre les points comme pour élargir la robe pour quelqu'un d'autre. Elle voulait être quelqu'un d'autre. Elle resta allongée là, tandis que la lumière du soleil emplissait puis quittait l'appartement. Son téléphone sonna une fois, puis une seconde. Cleo supporta dix longues sonneries stridentes avant de se relever de son tas de cendre pour répondre.

« Ah, quand même ! Pourquoi tu fais semblant d'être occupée ? Je sais bien que c'est faux. »

C'était Quentin. Il devait aller chercher un aspirateur trouvé sur Craigslist et voulait qu'elle l'accompagne, au cas où le vendeur tenterait de l'assassiner.

« Qu'est-ce qui te fait croire qu'il n'essaiera pas de m'assassiner, moi aussi ? » demanda Cleo. Elle fut surprise d'entendre sa propre voix si claire et si naturelle. Il était si facile de feindre le bonheur que c'en était effrayant.

« Eh bien, parce qu'il ne s'attendra pas à ce que tu sois là, plaida

Quentin. Et puis, c'est beaucoup plus difficile de se débarrasser de deux corps. »

Le fait que Quentin achète un aspirateur d'occasion était typique de ce mélange particulier chez lui d'extravagance et de frugalité. Il était prêt à claquer plusieurs milliers de dollars pour un trench en laine d'agneau de créateur ou pour une figurine d'*animé* japonais, mais dépenser de l'argent pour un objet un tant soit peu utile (par exemple du matériel de ménage) l'affligeait profondément. Il était le client le plus assidu de sa pharmacie de quartier, où il collectionnait avec fanatisme les points fidélité sur sa carte. Étrangement, c'était à ces contradictions chez Quentin qu'elle était le plus attachée. Cette partie de lui qui portait uniquement les chaussettes gratuites qu'on donnait dans l'avion, qui dessinait chaque année à la main une carte d'anniversaire pour Cleo, qui fumait des cigarettes polonaises bas de gamme et mangeait des céréales achetées en gros sur Internet. Quant à l'autre Quentin – méprisant, riche et invulnérable –, elle avait plus de mal à le tolérer.

« Cet aspirateur vaut vraiment la peine de risquer de se faire violer et assassiner ? demanda-t-elle.

— Doux Jésus, qui a parlé de se faire violer ? Mais c'est un Dyson Ball Compact avec *trois* des cinq têtes originales. »

Cleo ne répondit rien, occupée à examiner son bras.

Quentin souffla bruyamment. « Ça veut dire oui. »

Cleo le laissa se mettre en quatre pour la convaincre de l'accompagner, puis ressentit un mélange de soulagement et de ressentiment, comme chaque fois qu'elle se conformait à ce que les autres attendaient d'elle. Elle resta un long moment figée face à sa penderie, tant le simple fait de choisir une tenue lui paraissait insurmontable. Très lentement, elle enfila un jean. C'était toujours ça de fait. Puis elle choisir un pull en cachemire de Frank et l'enfila sur son torse nu. Il sentait son eau de toilette, feuille de tabac et épices, et aussi son odeur intime, unique. Elle retira le pull d'un geste nerveux pour le remplacer par un des siens. Elle regarda ses chaussures. Il faisait un froid mordant, dehors, un froid à mettre des bottes fourrées, mais elle n'était pas certaine de pouvoir se rappeler comment nouer ses lacets. Elle enfila des chaussettes épaisses et glissa précautionneusement ses pieds dans une paire de baskets à élastique. Elle ne s'en sortait pas si mal.

Tout en attendant l'ascenseur, elle guetta les bruits chez le voisin. Souvent, en passant devant sa porte, Cleo percevait dans le couloir de la musique classique, essentiellement de l'opéra. C'était beau et déchirant. Mais aujourd'hui, c'était le silence.

Lorsqu'elle retrouva Quentin au pied de chez elle, il portait un pyjama en soie bleu nuit orné de minuscules flèches dorées, un large manteau de fourrure et une vieille paire de baskets de course. Quentin avait toujours eu ce don contradictoire de faire passer ses vêtements chers pour des rebuts trouvés dans une poubelle et ses fripes pour des tenues de créateurs hors de prix.

« Sympa, le pyjama, commenta Cleo.

— C'est mon look « Jack Nicholson qui va voir un match des Lakers », se justifia-t-il en repoussant sur son nez ses lunettes à épaisse monture dorée. Il la jaugea d'un air approbateur. « Tu es super mince. »

Cleo avait mis le gros manteau en poil de chameau de Frank, qu'elle avait resserré à la taille à l'aide d'une de ses ceintures vintage. Elle décrivit une petite pirouette sur le trottoir.

« C'est la dépression ! »

Quentin haussa les épaules. « C'est le meilleur régime que je connaisse. »

Cleo fut déçue qu'il ne pose pas plus de questions. Ils se mirent à remonter l'avenue, où la circulation commençait à s'intensifier. La lumière jaune des phares giclait et se répandait en flaques sur le trottoir. Quentin consulta son téléphone.

« On est en retard.

— Tu veux courir pour choper le feu ?

— Courir, c'est bon pour les voleurs et les enfants », décréta Quentin.

Il était en train de retirer ses gants pour allumer une cigarette quand quelque chose attira son regard, de l'autre côté de la rue. Cleo le vit inspirer brutalement. Quentin avait le visage immensément expressif : on aurait dit que ses émotions s'agitaient juste sous la peau, comme ces poissons qui survivent dans les bas-fonds quand la mer s'est retirée. Rien qu'avec ses sourcils, il pouvait exprimer la peur, l'espoir, la déception, le soulagement, tout cela en une seconde.

« Quoi ? fit Cleo.
— Rien. J'ai cru voir Johnny.
— Où ça ? » Cleo scruta le trottoir d'en face à la recherche de la chevelure orange de Johnny.
« Arrête, ordonna son ami. Ce n'était pas lui. »
Ils attendirent en silence que le feu passe au rouge, et Quentin s'avança en premier sur le passage clouté.
« Comment va-t-il ? Johnny ? demanda-t-elle en le rattrapant de l'autre côté.
— Comment veux-tu que je le sache ?
— Je pensais que vous étiez peut-être encore en contact. »
Un groupe d'écoliers passa en courant, laissant derrière eux un sillage de cris joyeux comme autant de rubans de son colorés. Quentin pivota pour les esquiver et Cleo le vit grimacer légèrement.
« Désolée d'avoir évoqué le sujet. »
Quentin se planta face à elle, les babines retroussées en un rictus furieux.
« Cet avorton insignifiant, avec sa calvitie naissante ? » Il jeta sa cigarette à peine entamée dans une flaque bordée de glace et zébrée de lumière. « Il est déjà oublié. En fait, je fréquente en quelque sorte quelqu'un. »
Surprise, Cleo haussa les sourcils.
« J'ignorais que tu avais un nouveau copain.
— Alex n'est *pas* mon copain, rétorqua Quentin.
— Ooh, le taquina-t-elle. Il s'appelle Alex, alors ?
— Je t'ai déjà dit son nom. C'est juste que tu ne t'en souviens pas. »
Cleo fronça les sourcils. Elle était pratiquement certaine qu'il se trompait.
« Écoute, poursuivit Quentin, c'est juste un type que... que je vois de temps en temps. C'est très imprévisible. Il est très sombre et très russe.
— Charmant, commenta Cleo.
— Je ne sais pas si je dirais ça de lui. Mais ce qui est sûr, c'est que ce gars, c'est quelque chose. »
Cleo lui lança un regard en coin.
« Mais ça... ça te convient, comme situation ? demanda-t-elle. Il te

traite bien ?

— Qu'est-ce que ça peut te faire ? aboya-t-il. Tu as cessé de te soucier de ce qui pouvait bien m'arriver dès l'instant où tu as dit oui à Frank. Ne fais pas comme si maintenant ça t'intéressait. »

Il annonça qu'ils étaient arrivés à destination sur un ton qui indiquait clairement qu'il n'écouterait pas la réponse de Cleo. L'adresse communiquée par le vendeur était un immeuble d'avant-guerre typique du quartier, dans une rue calme près de Washington Square. Une grande toile représentant un paysage nordique recouvrait l'un des murs du hall. En général, Cleo trouvait ce genre de peintures oppressantes, avec leurs montagnes noires et leurs forêts de pins obscures, mais celle-ci avait un très beau cadre doré qui se reflétait sur le carrelage laqué en une flaque métallique. Cleo s'imagina en train de patiner dessus comme sur un lac argenté et gelé. Elle se remémora une chanson que lui chantait sa mère, dans laquelle une femme se languissait de s'enfuir en patins à glace sur une rivière... C'était tellement juste. Sa mère l'avait ressenti, à l'époque, et à présent c'était son tour. C'était là le véritable héritage que sa mère lui avait transmis, songea-t-elle, plus signifiant encore que les traits de son visage ou sa façon de bouger. Elles avaient toutes deux envie de disparaître.

« J'adore entrer chez des inconnus, déclara Quentin tandis qu'ils traversaient le hall avec ses tapis épais. C'est comme une transgression. Genre, si on avait un peu prévu le coup, on pourrait le dévaliser, là, tout de suite. Je ne dis pas qu'on le ferait. Mais on pourrait. »

L'homme qui leur ouvrit la porte était roux, avec un large visage couvert de taches de rousseur et des yeux bleus presque transparents ornés de cils blond blanc. Il se trouvait que les roux étaient le point faible de Quentin. Quant à Cleo, cet homme lui évoquait les tonalités des Postimpressionnistes hollandais, tout en bleu, rouille et crème.

« Vous êtes ici pour voir un homme à propos d'un aspirateur, déclara-t-il avec un sourire qui lui plissa les yeux. Le voici ! » Il brandit l'engin pesant dans l'entrée pour l'exhiber. « Comme je le disais dans l'annonce, il manque deux des embouts, mais à part ça, il est comme neuf. »

Quentin ne fit pas mine de toucher l'appareil ou de sortir son portefeuille pour payer. Il dévisageait l'homme avec un regard que Cleo avait vu maintes fois. Un regard de gourmandise.

« Et donc, euh, si vous avez du liquide, c'est super, dit l'homme en se concentrant sur Cleo. Mais un chèque, ça ira aussi, si vous préférez. Même si plus personne ne trimballe de chéquier, de nos jours.

— Ça vous dérange, si je l'essaie ? » demanda Quentin. Il haussa un sourcil. « Je voudrais essayer la... succion.

— Oh, pas de problème », fit l'autre en s'écartant pour les laisser entrer.

L'appartement était exigu et ordinaire sur tous les plans, aussitôt oubliable. Le seul point d'intérêt était un poster de Mozart encadré, sur lequel (comme toujours, se dit Cleo) il arborait un air extrêmement lascif. Le roux s'agenouilla pour brancher l'aspirateur derrière une bibliothèque basse qui courait le long du mur. Lorsqu'il se pencha en avant, sa chemise à carreaux se souleva, dévoilant le bas de son dos pâle et moucheté de son. Du lait saupoudré de cannelle.

Sa femme était sous la douche, expliqua-t-il en s'époussetant les genoux. Il leur avait fallu des années pour se rendre compte qu'ils n'avaient pas besoin de deux aspirateurs. Celui de sa femme était beaucoup plus petit, un modèle à main qu'elle préférait au Dyson. Et il savait qu'il valait mieux ne pas argumenter avec une femme sur ce genre de sujet.

« Allez-y, faites un tour avec. »

Il tendit la poignée à Quentin et appuya sur le bouton. L'appareil se mit à rugir, et Quentin entreprit d'aspirer nonchalamment les lattes du parquet. Comme attirée par le bruit, une femme apparut à la porte de la chambre dans un peignoir fleuri en éponge. Elle était de toute évidence enceinte et très en courbes. Elle observa la scène avec un sourire perplexe.

« Désolé, trésor, s'excusa le rouquin. Ils voulaient faire un tour d'essai.

— Ça vous ennuie, si je l'essaie sur le tapis ? » intervint Quentin.

Cleo lui lança un regard d'avertissement, qu'il ignora superbement.

« Je vous en prie », répondit la femme en l'invitant d'un sourire.

Quentin pénétra plus avant dans la pièce pour s'attaquer au tapis sous la table basse, en balançant les hanches lascivement. Les trois autres étaient debout en triangle autour de lui, à observer cette étrange créature nimbée de satin en train de torturer le tapis turc miteux.

« Il est parfait, sur le tapis, assura l'homme d'un ton dubitatif.

— Je vois ça, s'enthousiasma Quentin, tout sourire comme s'ils venaient tous les deux d'échanger une blague secrète. Il appuya sur le bouton du bout de sa chaussure, et le silence retomba dans le salon.

« Eh bien, ça me paraît très bien, s'exclama Cleo en faisant mine de partir. On devrait y aller.

— Il n'y a pas le feu, *baby*, dit Quentin.

— Depuis combien de temps vous êtes ensemble ? demanda la femme en les regardant tour à tour d'un air interdit.

— On n'est pas..., rectifia Cleo.

— Deux ans, l'interrompit Quentin. N'est-ce pas, trésor ? »

L'homme haussa les sourcils, visiblement surpris. Quentin adorait faire croire qu'ils étaient en couple. Elle ignorait si c'était pour réaliser un fantasme secret, dans lequel il n'aurait pas à mentir à sa famille sur ses véritables orientations. Et comment le lui reprocher ? Sa famille lui avait appris que le seul moyen d'être aimé était de mentir.

« Deux ans et demi, précisa Cleo.

— On, je me souviens de cette phase des deux ans et demi, sourit la femme. Pour nous, ça remonte loin. »

Cleo la regarda échanger un regard complice avec son mari, un regard empreint d'une fierté incommensurable, et d'autre chose, aussi. De la joie pure. Ils étaient amoureux. Elle portait leur enfant. Ils vivaient dans un deux-pièces dans le West Village et personne n'avait à mentir à personne pour y vivre. Était-ce ce que voulait Cleo ? Sinon aujourd'hui, du moins dans l'avenir ? Qu'est-ce qui lui avait pris, d'épouser Frank ? Elle aurait dû épouser Quentin. Elle n'aurait dû épouser personne. Comment apprenait-on à vivre ? À être heureux ? Elle s'était entourée de gens qui n'avaient pas de réponse à cette question. Ce couple, lui, avec ses deux aspirateurs, l'avait trouvée.

« Et vous êtes d'où ? s'enquit la femme.

— D'Angleterre, dit Cleo.

— Je m'en doutais un peu, sourit la femme.

— D'ici, rétorqua Quentin d'un ton cassant, avant de se tourner vers l'homme. Et vous ?

— De Philadelphie. » Il jeta un regard à son épouse. « Mais Anna est d'ici, elle aussi.

— Oui, au fait, je suis Anna. Et lui, c'est Paddy.

— Je suis allée en colo minceur, à Philadelphie, dit Quentin en ignorant totalement Anna. Quand j'avais huit ans. Mes parents m'y ont envoyé depuis la Pologne. La colo se trouvait juste à côté d'une usine de chocolat. Quelle idée, de mettre un camp d'amaigrissement dans un endroit pareil. Ça sentait le chocolat et le fumier. L'un des deux n'était pas bon pour la perte de poids. »

Quentin se concentrait désormais exclusivement sur Paddy, avec une intensité qui frôlait la ferveur.

« J'imagine, marmonna Paddy.

— On est allés visiter cette usine, une fois, et..., intervint Anna.

— Et ensuite je suis devenu mannequin, au lycée, poursuivit Quentin. J'ai entendu dire qu'ils avaient mis ma photo sur le mur de la « Mince-piration », pour les gamins de la colo. Pour les encourager à manger sainement. Mais, j'ai envie de dire, *les gars*, ça n'est pas sorcier : Il suffit d'arrêter complètement de manger, et de vous mettre à la coke. »

Quentin éclata de rire, et Cleo se força à en faire autant. Elle voyait bien que le couple essayait de digérer ces nouvelles informations, échangeant des regards nerveux. Cleo n'en pouvait plus d'être le genre de personne qui met les autres mal à l'aise. C'était systématique, lorsqu'elle était avec Frank, les inconnus qui essayaient de définir la nature de leur relation. Il était trop jeune pour être son père, trop vieux pour être son mari. Et pour ce qui était de mettre les gens mal à l'aise, Quentin était le champion toutes catégories. Au début, elle trouvait cela excitant – comme si elle répudiait son éducation britannique rigide –, mais à présent, cela ne faisait que l'épuiser.

Paddy se pencha pour débrancher l'appareil. « Eh bien, nous allons nous mettre à table. Donc si tout vous paraît bon avec le Dyson...

— On dîne tellement tôt, maintenant, s'excusa Anna en frottant son ventre protubérant. Au-delà de 21 heures, je ne tiens plus debout.

— C'est pour quand ? demanda Cleo.

— Vous devriez passer au Duplex, un de ces soirs, la coupa Quentin. C'est juste au coin de la rue. J'y chante, parfois. Enfin, si vous pouvez rester réveillés. » Il lança un regard suggestif à Paddy.

« On va vous laisser dîner, annonça Cleo.

— Eh bien, j'espère que vous en profiterez bien, dit Paddy en désignant l'aspirateur perché entre eux tel un animal aux aguets.

— Je profite de tout ce qui se présente », conclut Quentin avec un clin d'œil à peine perceptible.

« Pourquoi fais-tu ça ? » demanda Cleo, une fois de retour dans la rue, en sautant d'un pied sur l'autre pour se réchauffer. Une ambulance passa devant eux en illuminant leurs visages.

« Quoi donc ? »

Quentin alluma une cigarette avant de lui tendre le paquet.

« Mentir aux inconnus. À propos de nous.

— Et pourquoi pas ? » Il haussa les épaules. « Ce n'est pas comme si on allait les revoir un jour. Même si je ne dirais pas non à un petit quart d'heure en tête à tête avec ce bon vieux Paddy. » Il agita ses sourcils au-dessus de ses lunettes.

« Je pense qu'il a reçu le message, lui assura Cleo.

— Tant mieux, commenta Quentin. C'est toujours bien d'ouvrir les perspectives d'un homme.

— Et Alex, alors ?

— Quoi, Alex ? Ce n'est pas mon petit ami. »

Cleo souffla. Quentin s'était-il toujours montré aussi irritable et sur la défensive ? Il était impossible de lui parler – juste au moment où Cleo avait le plus besoin d'être écoutée.

« Leur vie semblait tellement... simple, dit-elle.

— Si tu utilises *simple* comme euphémisme pour *ennuyeuse à mourir*, alors oui, elle était très simple. » Quentin sortit son téléphone. « Il y a une fête avec open bar ce soir, si on réussit à y être avant 22 heures.

— Non, ce que je veux dire, c'est qu'elle avait l'air sympa.

— Oh, Cleo, tu ne vas tout de même pas laisser Frank te mettre en cloque ?

— Pour ça, il faudrait déjà qu'on ait une vie sexuelle. » Cleo piqua un fard. Elle n'en avait parlé à personne.

« Très bien, dit Quentin sans lever les yeux de son téléphone. Tu n'es pas faite pour ça. » Il prit sa voix de reine mère. « Nous ne sommes pas ce genre de personnes, mon chou. »

Cleo regretta aussitôt d'avoir abordé le sujet. Pourquoi se serait-il soucié que son mariage soit à la dérive ? Pourquoi qui que ce soit s'en soucierait-il ? Quentin essaya d'insister pour qu'elle vienne prendre un verre avec lui, mais elle prétendit qu'elle devait dîner avec Frank.

« Parle-lui de la fête de ce soir, suggéra Quentin en s'affalant sur la banquette arrière d'un taxi avec son aspirateur. Il sait apprécier un open bar, *lui.* »

Le sourire de Cleo s'évanouit aussitôt que le taxi démarra. Son visage était une tente blanche dont les cordages lâchaient, faisant tout s'écrouler en même temps. Avec le soir s'était levé un vent glaçant et les gens se pelotonnaient les uns contre les autres pour rentrer se réfugier dans la chaleur des restaurants ou chez eux. Toute frissonnante, elle prit à pied vers le sud, en direction de son appartement. Elle cherchait de toutes ses forces dans son entourage une seule personne qu'elle admire et qui soit heureuse. Certainement pas Quentin, qui trimballait son être tel un costume sophistiqué et scintillant, et bourré d'épingles.

Elle se dit soudain qu'Anders semblait satisfait de sa vie, à sa manière égoïste. Cette pensée lui fut intolérable. Elle l'avait appelé, le lendemain du retour de Frank. Il avait fallu des semaines de silence pour qu'elle comprenne enfin qu'elle n'aurait plus jamais de nouvelles de lui. Elle n'arrêtait pas de se répéter cette expression, qu'il s'en « lavait les mains ». Il se lavait les mains d'elle. Elle était une salissure, quand lui aspirait à la propreté. Lorsque Frank lui avait annoncé qu'Anders avait accepté un poste à LA, elle avait su qu'il l'avait éliminée pour de bon, qu'il l'avait vidée avec l'eau sale. Frank s'était tourné vers elle pour qu'elle le console, et elle n'avait réussi qu'à le fixer sans un mot. Pour la soirée d'adieux d'Anders, elle s'était fait porter pâle et avait passé toute la soirée et la nuit dans son lit, incapable de fermer l'œil. Le simple fait d'entendre prononcer son nom faisait fuser en elle une onde brûlante d'humiliation. Évidemment, elle n'aurait pas pu être heureuse, avec Anders. Elle ne pouvait s'imaginer être heureuse avec qui que ce soit. Quentin avait raison. Elle n'était pas ce genre de personne.

Cleo était arrivée à la hauteur du fleuriste près de chez Frank. Elle avait toujours adoré jeter un coup d'œil en passant dans la cour remplie de palmiers, oasis tropicale totalement improbable dans le gris ambiant. Sans réfléchir, elle entra et se retrouva aussitôt plongée dans la vie végétale. Elle se serait crue dans un tableau du douanier Rousseau. Tout sentait le vert.

« Je peux vous aider ? »

Un jeune homme vêtu d'une salopette la dévisageait.

« Ça se voit tant que ça ? » dit Cleo. Elle se mit à rire. Que faisait-elle là ? Elle était venue racheter une orchidée bleue, oui, c'était cela. Parce qu'elle avait cassé l'orchidée bleue. « Vous avez des orchidées ?

— La plupart sont dans la serre. Vous voulez que je vous aide à faire votre choix ? »

Cleo secoua la tête et partit dans la direction qu'il indiquait. À l'intérieur de la serre, la touffeur l'enveloppa instantanément, ainsi qu'une odeur douce et âcre à la fois. Cleo sentit tous ses pores s'ouvrir comme autant d'yeux curieux. Tout lui paraissait si proche et ressurgissait à l'intérieur d'elle. Les orchidées étaient disposées en rangées, par couleur : blanc perle, fuchsia éclatant, jaune beurre, rose vulve... mais pas de bleu. Il n'existait qu'une seule et unique orchidée indigo, et elle l'avait anéantie.

Elle scruta cette enfilade de fringants petits visages de fleurs qui la fixaient. Ils étaient tellement frais, tellement humains. Du bout de l'index, Cleo caressa un pétale écarlate. Elle s'attendait à le trouver souple et velouté, au lieu du quoi il était raide et cireux. Ainsi ce n'étaient pas des visages, mais des cadavres. Ces fleurs étaient toutes mortes et faisaient semblant d'être en vie. Derrière leurs masques de cire, elles étaient en train de pourrir. Brusquement, le parfum entêtant lui satura les narines et la gorge, si bien qu'elle suffoqua, étouffée par les effluves sucrés et putrides. Elle se rua vers la porte et s'enfuit dans le froid nocturne.

Une fois sortie de la structure vitrée, elle respira en bouffées saccadées. Dès le jour de son mariage, lorsque Frank lui avait offert cette orchidée bleue, teinte à l'encre empoisonnée, elle aurait dû deviner qu'il ne la comprenait pas et ne la comprendrait jamais. Elle avait besoin de retourner à la terre, simple et sans fioritures. Elle n'avait que trop vécu dans le monde de fausseté de Frank. Elle croyait qu'elle y trouverait la sécurité, mais elle s'était trompée. Elle entra dans la boutique principale, acheta une brouette et quatre gros sacs de terreau en ignorant le regard interrogateur de l'homme en salopette. Elle savait à présent ce qu'elle avait à faire.

Elle dut se débattre avec la brouette, lourde et impossible à manier, cependant elle réussit à la manœuvrer sur les cent mètres qui la séparaient de l'immeuble de Frank, puis à la faire entrer dans l'ascenseur. Au moment où elle la poussait dans l'appartement, elle entendit du bruit chez le voisin. De la musique et des rires, des tintements de vaisselle et des rires masculins. Elle lâcha la brouette au beau milieu du salon et laissa échapper un sourire de soulagement. L'humiliation du mot trouvé le matin lui parut soudain bien loin.

Chaque chose en son temps. Elle alla chercher dans l'étagère des CD le disque qu'elle voulait, un exemplaire taché de *La Bohème* de Puccini qui avait appartenu à sa mère et qu'elle alla déposer sur le paillasson du voisin. Tout serait pardonné. Il n'embêterait pas Frank.

Cleo revint à l'intérieur et se servit un verre de lait. Elle contempla sa main sur le comptoir, et son alliance en or. Elle repensa à la flaque dorée sur le sol en marbre, dans le hall de l'immeuble où elle avait accompagné Quentin. Lentement, elle glissa son annulaire dans sa bouche et retira l'alliance en la tirant avec ses dents. Elle la garda un instant en équilibre sur le bout de sa langue, prit une grande gorgée de lait, et avala voluptueusement l'anneau.

Elle choisit un couteau sur le bloc – l'éplucheur, courbe comme un petit sourire narquois – et retourna dans le salon. L'orchidée brisée gisait toujours au sol. Elle la repoussa et roula le tapis avant de le relever contre le mur. Elle extirpa les sacs de terreau de la brouette et ouvrit le premier d'un coup de lame. L'humus noir s'échappa par la balafre et se répandit à ses pieds sur les lattes du parquet. Cleo déposa l'orchidée sur le tas et secoua le sac pour en faire tomber le reste de la terre pardessus. Une fois tous les sacs vidés, le tas était aussi long que la jeune femme et deux fois plus large. Elle l'aplatit avec ses paumes. La terre était riche et humide, familière et réconfortante. Ensuite elle retira ses chaussures, son jean, son pull et sa culotte, les plia et les rangea dans la brouette. Elle prit le couteau.

Elle s'allongea sur la terre et inspira à fond. Comme elle se sentait calme. Frank ne rentrerait pas avant plusieurs heures. Elle était seule, comme elle l'avait toujours été. Elle appuya la lame contre la peau tendre de l'intérieur de son bras. Le monde, qu'elle avait senti si proche quelques instants plus tôt, lui échappait à présent telle une robe en soie glissant de ses épaules. Elle ne pensa ni à Frank, ni à Anders, ni à Quentin, ni à aucun autre des hommes égoïstes qu'elle avait aimés égoïstement. Elle ne pensa pas à ses tableaux, à ces toiles qui jadis respiraient la vie lorsqu'elle s'agenouillait au-dessus d'elles, la nuit. Elle ne pensa pas à New York.

Elle pensa à une soirée d'été, quinze ans plus tôt. Elle avait alors dix ans et se trouvait dans sa maison d'enfance. On était en train de refaire sa chambre, que sa mère avait conçue pour elle. Celle-ci prenait Cleo par la main pour la conduire eu haut de l'escalier, où une échelle pointait vers une verrière dans le toit. L'air était empli de poussière et de lumière. Cleo se sentait soulevée en l'air, soutenue par les mains de sa mère autour de sa taille. Et brusquement, sa tête et ses épaules se retrouvaient libres, au-dessus de la maison, où tout n'était que ciel. *Regarde.* La voix de sa mère, en dessous. Elle découvrait une longue traînée indigo, incroyablement large, d'un bleu extraordinaire. Il lui semblait qu'elle n'avait jamais vu le ciel, avant ce soir. Elle sentait les bras de sa mère autour d'elle. *Tu vois ?* Cette étendue immense, sans aucun nuage qui l'entachait. Tout ce bleu, toute cette beauté. Les bras de sa mère autour de sa taille. Elle la voyait. Elles l'avaient trouvée, toutes les deux, cette issue vers la liberté et la clarté qui les propulsait dans le vaste monde.

12

Plus tard, en mars

Le jour où Frank l'appela pour lui apprendre ce qui était arrivé à Cleo, Santiago avait été nommé « Héros Minceur de la semaine », ce dont il était très fier et dont il ne comptait parler à personne. Il avait perdu deux kilos, cette semaine-là, et huit au total. C'était grâce à « Mince Alors », le programme d'amaigrissement qu'il suivait depuis plus d'un mois. Tous les samedis matin, il retrouvait une dizaine d'autres mangeurs compulsifs à l'Union Square Coffee-Shop pour discuter de ce qu'ils avaient ou non fait entrer dans leurs corps durant la semaine écoulée.

Cette fois, la discussion était menée par Dominique, un Américaine d'origine jamaïcaine souriante qui aimait le rouge à lèvres fuchsia et les robes taillées dans des tissus vifs et diaphanes. Lorsqu'elle bougeait, ses longues tresses se balançaient dans son dos telles des torsades de brioche. Santiago la trouvait belle et l'aurait volontiers invitée à dîner, mais après avoir dû se peser devant elle, il s'était dégonflé. Dominique avait elle-même perdu plus de cinquante kilos grâce au programme, et elle était la preuve vivante qu'il était possible non seulement de perdre du poids mais, bien plus difficile, de ne pas en reprendre. Elle n'était pas pour autant menue, mais, comme elle l'avait dit avec humour au groupe, elle était capable de se pencher pour nouer ses lacets, ce qui n'avait pas de prix.

Ç'avait été une semaine difficile, pour le groupe. Une femme avait reçu à son travail un gâteau d'anniversaire qu'elle n'avait pu manger, la fille d'une autre se plaignait de ne plus pouvoir avoir de *bagels* chez elle, et lors d'un dîner galant au restaurant, en consultant le menu, un homme avait constaté que la seule chose qu'il pouvait manger était une grande portion de brocoli, qui lui avait causé des flatulences fort malvenues. Santiago avait aussi eu son lot d'épreuves. Il était en train d'ouvrir un deuxième restaurant, ainsi qu'une cantine pop-up à LA, et entre les menus à goûter, les séances photos et l'hémorragie financière – rien que cette semaine, il avait fait un chèque dont le montant excédait tout ce qu'il avait gagné entre ses vingt et ses trente ans –, et il avait eu du mal à ne pas « compenser », comme on disait dans le groupe, par la nourriture. Parfois, Santiago enviait les alcooliques et les toxicomanes, car ils pouvaient choisir l'abstinence totale. Alors que les accros à la nourriture étaient bien obligés de manger.

Pourtant, il n'avait pas failli, si bien qu'à présent, outre la satisfaction de pouvoir boucler sa ceinture au trou le plus serré pour la première fois depuis des années, il avait reçu en récompense un *tote bag* jaune sur lequel était inscrit : « Héros Minceur de la semaine ! » en cursive pétillante. Il rapportait fièrement ce trophée au restaurant lorsqu'il avait reçu l'appel de Frank.

Il fallut plusieurs secondes à Santiago pour comprendre ce que son ami disait, en partie parce qu'une sirène d'ambulance hurlait à l'arrière-plan, mais surtout parce qu'il n'arrêtait pas de répéter le mot *accident* pour qualifier ce qui était arrivé à Cleo. *Cleo a eu un accident.* Santiago fut aussitôt envahi d'images de motos écrabouillées, de cuisines en flammes et d'agressions violentes, jusqu'à ce qu'il comprenne que ce dont parlait Frank n'était pas du tout un accident, mais un acte malheureusement délibéré. La voix de son ami s'étrangla au moment d'en livrer les détails.

« Trente points de suture, disait-il. Sur le bras. Apparemment, ils doivent garder les patients soixante-douze heures en psychiatrie, quand ils, euh... » Santiago l'entendit lutter pour trouver les mots justes. « Quand ils font ce qu'elle a fait », conclut-il.

« Ay, dios mío. » Santiago secoua doucement la tête. « Je suis tellement désolé, mon vieux.

— Mais la paperasse a pris des heures. » La voix de Frank s'endurcit. « Alors ils l'ont laissée toute la nuit sur un brancard, dans le hall des urgences. Dans le hall, putain ! Elle était sonnée à cause des antidouleurs, mais c'était... Eh bien, tu peux imaginer ce qui se passe aux urgences la nuit. C'était rude, mon pote. Ils ont fini par la transférer en psychiatrie hier.

— Elle y est bien ?

— J'en sors juste. Et les visites ne reprennent qu'à 14 heures. Mais il faut que je retourne au boulot. On a une énorme réunion client que je ne peux pas rater. Pour être clair, je me demandais si tu pourrais aller la voir, et rester une heure ou deux ? Je demanderais bien à un de ses amis, mais ils sont tellement...

— Bien sûr, mon frère. J'y serai. Je peux lui apporter quelque chose ?

— Non, non. Je lui ai déposé des vêtements ce matin. Ramène juste ta fraise.

— Et toi, comment tu prends tout ça ? »

Frank lâcha un rire rauque.

« Pour être franc, je ne dirais pas non à un verre. Mais ça va, ça va. C'est pour Cleo, que je me fais du souci.

— N'oublie pas de prendre soin de toi aussi, lui conseilla Santiago, répétant des paroles que lui avait dites Dominique. Tu te dois le même soin que tu apportes aux autres.

— Tu ne le raconteras à personne, hein ? s'inquiéta subitement Frank. À propos de Cleo ? C'était une erreur, et je ne veux pas que les gens... se trompent sur elle.

— Jamais je ne dirais quelque chose qui pourrait vous blesser, Cleo ou toi.

— Je sais, mon vieux. Merci. Tu es un vrai ami. »

Santiago s'était malgré lui arrêté de marcher. En raccrochant, il prit soudain conscience des passants qui devaient le contourner sur le trottoir, le cognant avec leurs coudes ou leurs sacs. Il n'en pouvait plus, de prendre autant de place. Il descendit sur la voie cyclable pour les éviter et consulter à nouveau son téléphone. Il était midi, il lui restait deux heures avant la réouverture des visites. La perspective de se rendre au restaurant pour discuter du design des tabourets de bar et de l'agencement des tables lui parut inenvisageable. Il aurait bien aimé manger quelque chose, mais il avait déjà pris son muesli au petit déjeuner ainsi que l'en-cas autorisé, une simple pomme avec une cuillérée à soupe de beurre de cacahuètes. Sur le trottoir d'en face, l'enseigne tentatrice orange et rose d'une boutique de beignets lui adressait des clins d'œil lubriques. Il s'imagina en train de mordre dans la pâte tiède et moelleuse, le sucre glace lui tapissant le palais et lui apaisant l'esprit. Il baissa les yeux vers son tote bag jaune. Il ne pouvait ruiner en une seconde tous les efforts de cette semaine, surtout maintenant que Dominique lui avait dit qu'elle était fière de lui.

S'il ne pouvait manger, il pouvait au moins cuisiner. Il rentra confectionner quelque chose pour Cleo. Il décida de préparer son péché mignon à lui en cas de coup dur, un *arroz con leche*, ou gâteau de riz espagnol. C'était ce que sa grand-mère lui faisait, à Lima, lorsqu'il avait eu une rude journée à l'école. « Pour apaiser ton chagrin », disait-elle. Il fit bouillir le riz dans le lait en ajoutant un bâton de cannelle et regarda la texture épaisse et crémeuse napper voluptueusement la cuillère en bois. Sa grand-mère lui racontait que ses ancêtres de Babylone faisaient déjà de même des milliers d'années plus tôt, en sucrant la mixture avec du miel et des dattes. Aujourd'hui, il le réaliserait comme elle le lui avait appris, avec de la vanille et des zestes d'orange. Il versa le lait concentré et respira profondément le nuage de vapeur sucrée qui l'enveloppait.

Dans ce brouillard parfumé, il songea à Lila, qui avait été autrefois sa femme. Lila était originaire du Chili et son mètre cinquante-deux était encore plus spectaculaire à côté de son mètre quatre-vingt-dix-huit à lui. Lila parlait espagnol comme si elle coupait du verre avec sa langue. Elle savait faire le poirier et cuisiner le poulet à la perfection. Elle avait toujours froid et jamais tort. Lila avait fini première dauphine au concours de beauté de sa ville mais elle possédait surtout le sésame suprême, un passeport américain, grâce à son père à moitié américain lui-même. À quinze ans, on l'avait envoyée au lycée à New York pour apprendre à parler comme une Américaine blanche et, après son bac, elle avait atterré sa famille en choisissant d'intégrer l'école de danse Alvin Ailey pour apprendre à danser comme une noire Américaine.

Santiago avait rencontré Lila alors qu'il faisait l'école hôtelière. Il débarrassait des tables dans le snack-bar de la 56e Rue. Elle rentrait de ses cours avec d'autres danseuses, toutes agiles comme des panthères en justaucorps et sweats noirs, fumant des cigarettes et buvant du café noir en parlant avec déférence de gens dont il ignorait jusqu'aux noms. Alors qu'il venait ramasser les assiettes souillées de ketchup et les emballages de burgers vides, il avait tenté de les mémoriser pour faire des recherches plus tard. *Martha Graham. Merce Cunningham.*

Il avait remarqué Lila, évidemment. Elle exigeait qu'on la remarque.

Un soir, peut-être par provocation, ou peut-être simplement parce que quelqu'un avait suggéré qu'elle n'en serait pas capable, elle avait effectué une série de flip-flaps sur le linoléum de la travée centrale, sous les cris de joie et les braillements de ses amies, son corps mince s'arquant tel un arc-en-ciel miniature en mouvement.

Elle l'avait remarqué, elle aussi. À l'époque, il était mince et musclé à force de trimballer les livraisons, avait une chevelure épaisse et bouclée dont les femmes raffolaient. C'était elle qui lui avait parlé en espagnol, à voix basse comme si elle partageait un secret avec lui, elle qui l'avait invité à se joindre à elle et ses amies en boîte de nuit, un club où les garçons s'habillaient en fille et où tout le monde était shooté à l'ecstasy. Elle encore qui l'avait embrassé sous le Pont de Brooklyn, qui nue sur son matelas lui avait demandé de la réchauffer, qui avait emménagé dans son minuscule studio au-dessus d'une laverie automatique pour le remplir de fleurs séchées et de justaucorps humides.

C'était Lila qui l'avait épousé afin qu'il puisse décrocher son premier emploi légal en cuisine, qui l'avait emmené à des spectacles de danse devant lesquels il avait pleuré dans le noir, elle qui lui avait appris que le corps possédait son propre langage, qui exprimait ce que les mots ne pouvaient retranscrire. Et c'était Lila qui l'avait initié à l'héroïne, qui leur avait à tous deux injecté la drogue la première fois avec du matériel que lui avait donné un chorégraphe qui lui avait juré qu'elle se sentirait prise dans les bras de Dieu. Cette première fois, Santiago avait été malade comme un chien, et il n'avait pas osé récidiver. Mais Lila n'avait pas été malade, elle. Elle s'était laissé choir sur les genoux de Santiago, aux anges, et lui avait dit qu'enfin, elle n'avait plus froid.

Parfois, lorsque l'activité était intense au restaurant, il s'écoulait des semaines entières sans qu'il pense à elle. Mais depuis le mariage de Cleo et Frank, elle s'était remise à lui rendre visite en rêve. Parfois, elle dansait, mais la plupart du temps, elle était juste là, à le regarder. Il se demandait maintenant si elle n'était pas venue le prévenir, pour Cleo. Elle essayait de lui dire que Cleo se faisait du mal à elle-même comme Lila avant elle, pour des raisons qu'il n'avait pas comprises, et qu'une fois encore il n'avait pas réussi à l'empêcher.

Santiago sursauta en se rendant compte que le gâteau de riz commençait à attacher au fond de la casserole. Il transféra la masse crémeuse dans un saladier en verre et planta deux bâtons de cannelle au centre. Il se pencha pour respirer le parfum familier de la vanille, puis se détourna. Pas question de ruiner sa recette avec le sel de ses larmes.

Santiago se rendit en taxi à l'hôpital NYU, sur la 31e Rue, avec le gâteau de riz en équilibre sur ses genoux comme un petit enfant. Il suivit les flèches dans le hall, longea la boutique de cadeaux pour rejoindre l'ascenseur, à côté duquel un grand panneau listant les différents services lui indiqua que la psychiatrie se trouvait au sixième. Les portes s'ouvrirent sur une petite salle d'attente dotée d'une série de sièges contre un mur et de casiers contre un autre. Par la vitre de la porte en acier verrouillée, il aperçut un long couloir éclairé au néon et jalonné de chariots métalliques. Il constata en consultant sa montre qu'il avait quelques minutes d'avance, aussi prit-il place sur un siège, près d'une vieille femme juive vêtue d'un ample manteau violet. De la tête, elle désigna le mur de casiers face à eux. Les numéros semblaient avoir été attribués au hasard, le 1 se trouvant entre le 45 et le 12.

« La folie commence ici », commenta la femme.

Un interphone nasillard près des portes en acier annonça l'arrivée d'une infirmière, qui ordonna à la poignée de visiteurs de placer leurs effets personnels dans les casiers. Elle les informa qu'aucun objet en provenance de l'extérieur n'était autorisé dans le service, y compris les sacs, téléphones, manteaux, nourriture et boissons.

« J'ai fait ceci pour une des patientes, dit Santiago avec un sourire rempli d'espoir, en tendant devant lui son saladier.

« Aucune nourriture ou boisson en provenance de l'extérieur, répéta l'infirmière en tournant les talons.

— Mais je...

— Écoutez, ils ne vous laisseront pas faire entrer ça, lui dit la femme en manteau violet. Imaginez qu'il y ait un couteau caché dedans.

— Un couteau ? balbutia Santiago. C'est un gâteau de riz !

— Ben voyons », rétorqua la dame en fourrant son pardessus dans le casier.

Le service était principalement peuplé de jeunes femmes à l'air triste – des étudiantes en médecine, supposa-t-il – qui déambulaient d'un pas traînant en blouse et jogging avec une expression à la fois lasse et triste. Il passa devant ce qui semblait être un cours d'art-thérapie, avec des patients assis en cercle peignant des couchers de soleil.

Santiago poussa jusqu'à la chambre de Cleo, tout au bout du couloir. Il l'y trouva assise sur un des deux lits une place, appuyée au mur, en train de lire. Elle portait une robe de chambre kimono en soie pastel, dans des nuances allant du pêche au lilas en passant par le crème. Les longues manches chauve-souris étaient repliées autour d'elle pour former comme un nid.

Surprise, elle leva subitement les yeux. C'était la première fois qu'il ne la trouvait pas renversante de beauté. Elle avait le visage blême, presque gris même, avec des cernes violets sous ses yeux chassieux. Sa chevelure dorée et brillante était terne et grasse, rassemblée en une houppe informe. Ses lèvres sèches étaient de la même teinte anémique que sa peau. Tout en elle était assourdi, asséché, à l'exception de ses yeux, encore plus transparents que dans son souvenir, d'un vert tellement clair qu'il ne put soutenir son regard.

« *Mi amor*, dit-il d'une voix douce.

— Qu'est-ce que tu fais ici ? demanda-t-elle. Qui t'a dit que j'étais ici ? »

Santiago fut pris de panique. Il ne reconnaissait pas cette Cleo. Pire encore, elle ne semblait pas le reconnaître, et même avoir peur de lui. Son ami Santiago, qui ferait n'importe quoi pour elle ! Il baissa la voix en un murmure apaisant.

« C'est Frank qui m'a mis au courant. Il ne voulait pas que tu sois seule.

— À qui d'autre il l'a dit ?

— Rien qu'à moi, la rassura-t-il.

— Tu me le jures ?

— Je te le jure sur la tombe de ma grand-mère. »

Ce serment parut la calmer. Elle le considéra de ses yeux pâles qui papillotaient.

« Tu es si mince », dit-elle.

Il ne put réprimer un sourire.

« Je dois avoir l'air d'un fantôme, s'exclama-t-elle en portant la main à son visage.

— Impossible. Je t'ai apporté de l'*arroz con leche*, mais... » Il leva ses mains vides vers le plafond d'un air contrit.

Cleo le dévisageait tel un chat, les paupières mi-closes.

« Le plus grand chef du monde, lança-t-elle d'un ton trop accusateur pour être vraiment affectueux. Ce n'est pas ce que répète Frank ? »

Santiago opina.

« Je t'en referai quand tu sortiras », promit-il.

Cleo détacha ses cheveux d'un geste brutal. Il eut un coup au cœur en comprenant qu'elle tentait de se rendre plus présentable pour lui.

« Alors, comment tu vas ? demanda-t-elle en forçant la désinvolture. Comment ça se passe, avec le nouveau restaurant ?

— Bien. Je pars demain à L.A. pour... » Il s'interrompit. Il ne voulait pas avoir l'air de se vanter de ce qui lui arrivait, quand elle était sur un lit d'hôpital. « Tout se passe bien. Et toi, comment, comment tu vas ? »

Cleo haussa un sourcil. Elle n'avait pas besoin de lui préciser combien cette question était stupide. Il tira une chaise et vint s'asseoir en face du lit, posa ses mains sur ses genoux puis les joignit devant lui. Il se sentait trop grand pour son siège, un éléphant perché sur un tabouret.

« Cet endroit, en fait, ça n'est pas mal... », hasarda-t-il.

La chambre avait la taille d'un grand studio. Elle comprenait deux lits simples poussés contre les murs et deux bureaux équipés de ces chaises basses et sans âme que l'on trouve dans les écoles primaires. Par la fenêtre, Cleo avait vue sur la Première Avenue en direction de l'Upper East Side et, au-delà, de Harlem, où Santiago avait passé sa première année à New York. Aujourd'hui, le quartier lui semblait aussi étranger que la Suisse.

« C'est le Carlyle des services de psychiatrie, expliqua Cleo. À en croire ma voisine de chambre, en tout cas.

— Oh, tu as une voisine de chambre ? s'enthousiasma-t-il. Et où est-elle ?

— Elle se fait faire une lobotomie. »

Santiago afficha une telle expression de choc que Cleo ne put s'empêcher de sourire, quoique sans joie.

« À son cours d'art-thérapie. Mais elle sait de quoi elle parle. La dernière fois, elle a été emmenée à Bellevue. Tu sais, les gens qui braillent dans le métro, et que tu évites en changeant de wagon ?

Apparemment il n'y a que ça, là-bas. »

Santiago avait lui-même connu Bellevue, après la première overdose de Lila. Il savait que personne de normalement constitué n'aurait envie de retourner dans ce genre de lieu. Il avait encore en mémoire les cris incessants des patients tels des chiens enchaînés aboyant furieusement, et l'odeur sauvage de merde humaine qui flottait dans l'air.

« Tu as bien fait de venir ici, conclut-il.

— Je n'avais pas le choix. C'est l'ambulance qui nous a emmenés.

— Nous ?

— Frank et moi.

— Il était avec toi ?

— C'est lui qui m'a trouvée. »

Le visage de Cleo ressemblait à une serviette de table blanche chiffonnée par terre. Il eut la tentation de dire que ç'avait dû être terrifiant pour Frank, mais il se ravisa. Décidément, il n'en ratait pas une.

« Tu sais que moi aussi, j'ai été marié ? dit-il, changeant de stratégie. C'est comme ça que je suis resté ici, après l'école. »

Cleo hocha la tête. « À une danseuse.

— Oui, Lila. Vous vous seriez beaucoup appréciées, toutes les deux. Elle serait plus âgée que toi, aujourd'hui, presque quarante ans, mais vous êtes pareilles, à votre manière. »

Il n'arrivait pas à imaginer Lila à cet âge-là. Lorsqu'il l'avait connue, elle était plus jeune que Cleo aujourd'hui, et d'une nature irréfléchie et inconséquente qui seyait mal à quiconque avait dépassé la vingtaine.

— En quoi était-on pareilles ?

— C'était une artiste, comme toi. Avec un... je ne sais pas comment le dire bien... un grand ego mais une petite estime de soi ? »

Cleo laissa échapper un rire rauque. « Je vois très bien.

— C'est une chose dangereuse. Elle tenait beaucoup à intégrer une compagnie de danse, mais elle avait peur d'échouer. Audition après audition... Ça lui faisait mal.

— Et elle y est arrivée ?

— La compétition était rude, mais elle aurait réussi, oui.

— Qu'est-ce que tu en sais ?

— Elle dansait comme l'eau. »

Lila était douée, personne ne pouvait le nier, mais elle manquait de discipline. Entre son talent, l'argent de sa famille et son accès facile aux États-Unis, elle n'avait jamais eu à l'apprendre. Lorsque le chorégraphe d'une prestigieuse compagnie d'avant-garde lui avait empoigné l'entrejambe pour mieux lui montrer un porté, Lila n'avait pas hésité une seconde à lui envoyer une bouteille d'eau en pleine tête. Cela avait affecté sa carrière, ce refus de capituler devant les hommes qui la pelotaient et l'amadouaient sous prétexte de la faire progresser. C'était pour cette qualité que Santiago – craintif et obséquieux, acceptant toujours le pouvoir d'instruire de l'homme blanc – la respectait plus que n'importe qui d'autre dans sa vie. Et pourtant, à la fin, elle avait douté d'elle-même.

« Combien de temps vous êtes restés mariés ?

— Pas longtemps. On est toujours mariés ici. » Il se tapota le cœur.

« Mais elle est morte, dit Cleo, impassible.

— C'était un accident », précisa-t-il.

Un accident. C'était aussi ce mot que Frank avait employé pour décrire ce qui était arrivé à sa femme. Mais avec Lila, c'était *réellement* un accident. La première fois qu'ils s'étaient injecté de l'héroïne, c'était juste avant Noël : il se rappelait s'être servi d'une guirlande électrique comme garrot. À la fin de l'été suivant, elle était morte. Il était tellement facile de faire une overdose, lui avait-on dit à maintes reprises. Et Lila était si légère, à peine cinquante kilos toute mouillée.

« C'était un accident ? demanda-t-il. Ce que tu as fait ? Frank dit que oui. »

Cleo baissa les yeux vers son bras. Un bandage de gaze de la couleur de l'argile séchée dépassait de la manche de son kimono.

« Ce n'est jamais un accident », murmura-t-elle.

Il sentit soudain monter de la colère contre elle, contre cette jeune fille qui gaspillait sa propre vie. Comment osait-elle ? Elle n'avait pas connu Lila. Lila ne voulait pas mourir. Il n'avait jamais connu personne d'aussi vivant. Et ils étaient heureux, ensemble, heureux dans leur mariage. Elle n'avait pas pu arrêter la drogue, voilà tout. C'était différent.

« Alors tu voulais mourir ? »

Elle le fixa de ses yeux verts et durs. « Je voulais que les choses changent.

— Mais pourquoi ? » La voix de Santiago sonnait comme une plainte. « Frank t'aime tellement. Nous tous, on t'aime tellement. Moi, Quentin, Anders...

— Anders ! éructa-t-elle. Il ne tient pas à moi. Aucun d'eux ne tient à moi. Ils ne soucient de personne...

— C'est faux ! l'interrompit-il, mais Cleo refusa de se taire.

— Ils me veulent, ils se battent pour m'avoir, mais est-ce qu'ils *tiennent* à moi ? Tu penses qu'Anders a pensé une seule fois à moi, après, après... »

Elle inspira à fond et porta les mains à sa gorge comme pour étrangler les mots à la source. Elle déglutit et il vit ses doigts fins glisser sur la peau de son cou sous l'effort que ce simple geste lui demandait. Il attendit qu'elle s'explique, mais elle avait visiblement réussi à museler ce qui avait failli lui échapper.

« Après quoi ? » demanda-t-il.

Elle ferma les paupières et cogna l'arrière de son crâne contre le mur derrière elle. Une seule larme perla sous sa paupière, dévala sa joue jusqu'au menton, puis disparut dans la soie de son kimono.

« Je suis désolée, Santiago. Je crois qu'il faut que je dorme. Ils me donnent des médicaments... Ils me font dormir.

— Bien sûr. Bien sûr, tu dois te reposer. »

La colère l'avait quitté aussi subitement qu'elle était apparue. Il prit le livre qu'elle avait sur les genoux afin qu'elle puisse se retourner et s'allonger sur le lit. Elle garda les yeux fermés et se roula en boule en travers du fin matelas. Elle sembla se réfugier à l'intérieur de plis de soie : il était incapable de dire où son corps se terminait et où commençait le drap.

Le livre serré entre ses mains, il resta à contempler sa silhouette. Il ne lui semblait pas bien de partir si vite, alors que Frank lui avait demandé de rester avec elle.

« Je pourrais te faire la lecture ? »

Il décida de prendre son silence pour un oui.

« Désolé pour mon accent », s'excusa-t-il avant de se racler la gorge.

Il ne connaissait pas ce livre, un recueil de nouvelles avec en couverture une photo sépia d'une vieille femme debout dans un champ. Elle avait une belle tignasse blanche et un regard solide et jovial. Les nouvelles étaient très courtes, pour certaines une page ou deux seulement, et il lui sembla qu'il ne s'y passait pas grand-chose, jusqu'à la chute, étonnante et irrévocable. Dans l'une des histoires, quatre jeunes garçons jouaient entre les wagons d'un train, gênant les autres passagers, jusqu'à ce que l'un d'eux tombe et se fasse écraser sous les roues. Dans une autre, l'amie de la narratrice l'appelait pour lui dire qu'elle était mourante et l'autre lui disait : « On meurt tous un jour », mais ensuite l'amie mourait bel et bien et la narratrice était très triste. Dans une troisième, intitulée tout sobrement « Vouloir », une femme tombait sur son ex-mari sur le perron de la bibliothèque. Celui-ci lui reprochait de ne rien vouloir, mais elle répondait qu'au contraire elle voulait un tas de choses : être quelqu'un d'autre, ne plus se battre pour la garde de ses enfants, rester mariée toute sa vie à la même personne, et être capable de rendre les livres de bibliothèque dans les temps. Sauf que cette femme ne disait pas tout cela à voix haute, mais dans sa tête, et que seul le lecteur l'entendait.

Depuis son lit, Cleo murmura quelque chose, à voix si basse que Santiago ne comprit pas les mots. Il se pencha pour approcher l'oreille de sa bouche. Il sentit son haleine doucereuse.

« Je veux ma maman », dit-elle.

Dans le vol pour Los Angeles, Santiago regarda le chariot des en-cas passer en bringuebalant dans la travée tout en reprenant une bouchée de la salade quinoa-cranberry qu'il s'était préparée pour le voyage. Les repas d'avion faisaient clairement partie de la liste des Indésirables de Mince Alors. Il avait entendu dire, sans jamais se le faire confirmer, que les repas servis par les compagnies aériennes contenaient chacun l'apport calorique d'une journée, au cas où les passagers devraient s'en nourrir après un crash en plein désert – ce qui expliquait sans doute pourquoi Santiago les trouvait si délicieux. *En cas d'urgence, merci de ne pas vous jeter sauvagement sur les salades tortellini, poulet, champignons à la crème.*

Il y avait certains types de nourriture que les chefs respectés tels que lui n'étaient pas censés aimer. Cela incluait les repas d'avion, les glaces Häagen-Dasz, les fromages à cordes, les Cheetos version épicée, les hot-dogs vendus dans la rue, les plats au micro-ondes, les sushis de supermarché, les nachos de cinéma, et toutes les chaînes de fast-food (à l'exception toutefois de In-N-Out, qui servait des frites maison et soignait la composition de sa sauce). Mais Santiago adorait tout ça. Pour lui, c'était ça, le goût de l'Amérique.

Il devait traverser le pays pour aller lancer sa cantine pop-up sur la Côte Ouest. Le concept était de créer certains des plats phares de son nouveau restaurant, mais simplifiés, vendus dans des pots réutilisables qui permettaient de les emporter partout. C'était de la cuisine simple et durable, dans un contexte où la mode dans la restauration était de tout rendre aussi compliqué que possible. Santiago estimait que c'était l'avenir et qu'il avait des années-lumière d'avance sur ses concurrents, aussi avait-il accepté de faire fabriquer à prix d'or une capsule spéciale en bois qui servirait de boutique témoin pour la vente des bocaux réutilisables.

Il avait prévu de descendre au Château Marmont, où le défilé de célébrités justifiait à lui seul le prix de la chambre, mais Anders avait insisté pour qu'il passe ces quelques jours chez lui, à Venice Beach. Santiago avait accepté, tout en sachant qu'il lui serait plus difficile de tenir sa routine de repas chez Anders, dont le quotidien se composait de fêtes avec traiteur, de dîners à six plats et de drogue à volonté, et n'était pas très compatible avec un mode de vie ascétique. À proximité du Viking blond et agile, Santiago se sentait toujours l'ami basané et rondelet – sans prétentions, sans relief, imbaisable. Ce qui, naturellement, ne faisait qu'accroître ses pulsions de manger.

Et voilà qu'à présent il lui fallait en plus garder le secret de ce qui était arrivé à Cleo. Il n'avait toujours pas décidé s'il allait ou non parler d'elle à Anders. À l'hôpital, Cleo avait refusé de lui en dire plus et il était reparti sans savoir s'il avait assisté à une confession ou à autre chose. Mais quoi ? Anders avait-il fait quelque chose qui ait heurté Cleo ou Frank ? Santiago avait résolu de faire parler Anders sans lui révéler ce qu'il savait. Car au fond, il ne savait pas grand-chose.

En arrivant à l'adresse sur Amoroso Place que lui avait donnée son ami, sa première pensée fut qu'Anders avait réussi à se trouver une maison à LA qui lui ressemblait parfaitement. À deux étages, de style scandinave, elle datait des années 1950, avec un toit haut et anguleux, des panneaux de bois blond et des portes coulissantes en verre poli. C'était le début de la soirée et la maison luisait d'un halo doré et accueillant, sur fond de ciel lavande poudré. Ou plutôt, elle aurait pu paraître accueillante à Santiago, s'il ne s'était aussitôt senti minuscule et insignifiant. De ses paumes moites, il tenta de lisser les plis de sa chemise en lin puis sonna.

Il entendit une voix d'homme et le cliquetis de griffes de chien sur le bois, et soudain la porte s'ouvrit à la volée. Anders apparut dans l'embrasure, bronzé et torse nu, accompagné d'un chiot golden retriever tout frétillant.

« Mon frère », beugla-t-il en tirant d'un coup sec sur le collier du chien qui aboyait frénétiquement. Il serra Santiago contre lui. « Comment s'est passé le voyage ? »

Santiago était en sueur et il craignait qu'Anders ne sente l'odeur aigre et fétide émanant de ses vêtements. Il recula d'un pas et tapa dans ses mains.

« Tout bon, mon vieux, tout bon. Et qui avons-nous là ?

— Mon nouvel ami ! annonça Anders en souriant de toutes ses dents. Je te présente Thor.

— Ouah. Tu n'es là que depuis un mois, et tu as déjà un chien !

— Six semaines. Mais, je ne sais pas, j'avais envie de me poser un peu.

— Eh bien, la Californie te va bien, mon vieux. Quelle baraque. »

Anders réussit plus ou moins à mater Thor et s'agenouilla à côté du chien pour lui ébouriffer vigoureusement les poils fauves avec ses deux mains. Même son chien lui ressemblait. C'était ridicule. Anders repoussa une mèche blonde sur son front et grimaça avec une humilité feinte.

« Ouais, elle est sympa. Viens donc sur la terrasse. Avec les filles, on prenait justement un verre. »

Santiago le suivit dans un vaste salon de type loft décoré dans les tons crème chic, avec quelques touches de vert palmier. Un large escalier moderne laissait deviner un étage tout aussi luxueux. Ils franchirent les portes vitrées pour rejoindre une terrasse qui faisait office de deuxième salon, bordé de plates-bandes de bruyères et de cactus. De longues banquettes en bois recouvertes de coussins en peluche étaient disposées autour d'une cheminée d'extérieur. Paressant sur lesdites banquettes, à boire des verres de vin étincelants, se trouvaient cinq femmes qui à l'évidence était toutes mannequins.

« Les filles, lança Anders, je vous présente mon ami Santiago. Il a fait tout le chemin depuis New York pour apprendre aux Los Angelenos ignorants ce qu'est la cuisine péruvienne. »

Santiago se délogea maladroitement son sac en cuir de l'épaule et leva une main pour saluer l'assemblée. Les mannequins roucoulèrent en réponse. La plus frappante d'entre elles s'avança pour l'enlacer. Elle se déplaçait avec la grâce liquide et envoûtante d'un cobra. Elle portait une tunique bleu nuit très fine, tissée de fils scintillants.

« C'est génial de te rencontrer, murmura-t-elle. Je suis Kesewa. Et... » Elle se tourna vers Anders avec un sourire entendu, « On dit juste *Angelenos*, bébé. »

Anders sourit de toutes ses dents. « C'est ce que j'ai dit. »

Il s'affala sur la banquette et servit un verre de vin à Santiago, puis un pour lui-même. Il portait un pantalon en lin ample, sans chaussures ni chemise. La peau de son ventre plat et bronzé se plissa lorsqu'il se pencha pour tendre son verre à Santiago.

« Je ne suis pas ici pour éduquer, précisa celui-ci. Juste pour rassasier.

— J'adore ! » s'exclama une des autres femmes, dont le visage pointu et mutin lui évoqua une fraise.

Kesewa revint se lover sur un coussin près d'Anders et dévisagea Santiago d'un regard calme et curieux. Elle avait le nez constellé de taches de rousseur qui débordaient sur ses pommettes jusqu'à ses yeux soulignés d'un trait de khôl. Santiago se percha sur la banquette qui leur faisait face et rentra le ventre. Il se demanda quand il pourrait s'échapper pour prendre une douche.

« Alors comme ça, tu vis à New York ? demanda-t-elle.

— Ouais, comment va New Beurk ? intervint Anders. Que je suis content d'avoir quitté cet endroit. »

Santiago se hérissa mais n'en laissa rien voir. « Comme d'hab, comme d'hab, mon vieux, répondit-il d'une voix neutre.

— Tu devrais venir t'installer ici, suggéra Anders. C'est ce que tout le monde fait !

— Mais mes amis me manqueraient, objecta Santiago, avançant ses pions avec prudence.

— Ce n'est pas si loin.

— D'ailleurs, reprit-il, j'ai vu Cleo hier. »

À la lueur des flammes, il scruta le visage le visage d'Anders, guettant une réaction, mais ce dernier demeura parfaitement impassible.

« Ah ouais ? Comment elle va ?

— Je crois qu'elle est dans une mauvaise passe.

— C'est une artiste. Elle est *toujours* dans une mauvaise passe.

— Qui est Cleo ? » s'enquit Kesewa.

Anders s'apprêta à répondre, mais Santiago le prit de vitesse. « La femme de son meilleur ami. »

Anders referma la bouche et lui adressa un sourire pincé. « Je croyais que c'était toi, mon meilleur ami.

— On est tous les deux ton meilleur ami.

— Vous vous êtes connus comment ? dit Kesewa.

— Ça remonte loin, expliqua Santiago. Sans doute avant ta naissance.

— Je suis plus vieille que ce que tu crois, répliqua-t-elle. J'ai juste de bons gènes.

— On s'est rencontrés à l'époque où j'étais mannequin, précisa Anders. Sa femme Lila et moi, on posait ensemble pour un shooting pour le magazine *Paper*, sur le milieu de la danse dans le centre de New York.

— Tu étais danseur ? s'étonna Kesewa.

— Elle, oui. J'étais juste là pour faire joli. »

Lila et Anders n'avaient pas tardé à devenir amis. Ils étaient tous deux extravertis, intrépides et aimaient s'amuser. Santiago s'était d'abord senti menacé, puis s'était rapidement mis à apprécier le fait d'avoir un autre homme hétéro dans les parages pour discuter foot, une rareté dans le cercle d'amis danseurs de sa femme. Pendant la période délirante du début des années 1980, ils avaient tous les trois fait le tour des fêtes et des boîtes de nuit où le hip-hop, la new wave et la dance music faisaient fureur. Dans les sombres années qui avaient suivi, celles du sida, de l'épidémie de crack et d'héroïne et de la mort de Lila, Santiago et Anders étaient restés amis. C'était d'ailleurs Santiago qui avait conseillé à Frank (client régulier du restaurant dont il était devenu chef) de donner une chance à Anders comme directeur artistique.

« J'ai toujours ces photos, fit remarquer Santiago.

— Oh mon Dieu, brûle-les, dit Anders en riant. Je n'arrive pas à croire qu'on ait pu avoir un style aussi pourri, à l'époque. Tous ces pantalons parachutes. » De honte, il enfouit son visage dans le cou de Kesewa.

« Je ne vais pas brûler une photo de Lila, dit Santiago à voix basse. »

Le visage d'Anders reparut, empreint d'une expression de contrition sincère.

« Désolé, c'était complètement idiot de ma part. En plus, Lila y est sans doute extraordinaire. Elle l'était toujours. »

À l'évidence lassée par le tour que prenait la conversation, Kesewa se tortilla sur son siège. « Et donc... tu es chef ?

— En ce moment, il est *le* chef, rectifia Anders. Pas vrai, balèze ?

— J'ai un petit restaurant, concéda Santiago.

— Tu fais traiteur gratuit sur les shootings ? demanda-t-elle.

— Non. »

Thor sortit en trombe de la maison et sauta sur les genoux d'Anders dans un tourbillon de fourrure dorée.

« Salut mon pote. » Anders se mit à jouer à la bagarre avec l'animal. « Tu veux qu'on s'occupe de toi ?

— Il a sans doute besoin de faire un tour, commenta Kesewa. Tu l'as sorti, ce soir ?

— Il n'a besoin de rien, pas vrai, mon grand ? » Il repoussa doucement le chiot par terre. « Il pourra toujours chier dans un cactus, en cas de besoin. »

Kesewa se tourna de nouveau vers Santiago et le contempla imperturbablement de son regard serpentin.

« Et tu es mannequin ? demanda-t-il.

— Ouais. Mais je crée des vêtements, aussi.

— Elle lance sa propre ligne de caftans », précisa Anders.

Elle acquiesça. « Et de bikinis au crochet.

— Formidable, réussit à articuler Santiago.

— C'est pour ça que mes copines sont ici. On part demain pour le parc de Joshua Tree, pour prendre des champignons magiques et faire un shooting. Anders nous prête sa voiture. »

L'une des mannequins lâcha un cri de joie un peu tiède.

« D'ailleurs, elle porte une de ses créations, lança Anders. Vas-y, bébé, lève-toi. Montre-lui. »

Kesewa roula les yeux, mais en deux secondes, elle était debout en train de tournoyer devant lui, les bras en croix pour qu'il puisse profiter pleinement du tissu chatoyant et, accessoirement, d'elle dans le plus simple appareil. Quel effet cela faisait-il, de ne jamais être embarrassé de son propre corps ? Il suivit du regard la longue ligne de sa taille fuselée, jusqu'à la courbe de ses petits seins. Les aréoles sombres de ses tétons se devinaient sous l'étoffe fine. Anders souriait en la couvant d'un regard de proxénète. Mais au fond, Santiago n'était pas attiré par cette femme, ni par aucune des autres présentes.

Il repensa à Dominique racontant avec fierté la première fois qu'elle avait pu courir dix kilomètres. Un jour, alors qu'elle se penchait vers l'avant, il avait vu les vergetures nacrées qui zébraient la peau de sa poitrine telles des fissures tracées par la foudre. Le corps de Dominique avec du caractère, et une histoire. Il était comme elle, solide et généreux. En voyant la beauté en elle, il se prenait à croire que quelqu'un pourrait un jour la voir en lui. Alors que tout le monde pouvait voir la beauté en Kesewa.

« Qu'est-ce que tu en penses ? fit Anders.

— *Qué linda*, dit-il à mi-voix.

— J'aimerais tellement parler espagnol, dit Kesewa.

— Et pourquoi pas danois ? suggéra Anders.

Elle plissa son nez moucheté de son. « Un petit peu moins utile.

— Tu as grandi ici ? demanda Santiago.

— Mes parents sont originaires du Ghana, mais je suis née ici. J'ai vécu à Paris pendant un temps, puis je suis revenue ici en fac.

— Tu as étudié quoi ?

— Le commerce, à Stanford.

— J'ignorais, s'étonna Anders.

— Tu n'as jamais posé la question.

— Eh bien, on ne se connaît pas depuis si longtemps.

— Santiago vient de me rencontrer, et pourtant ça l'intéresse. »

Le Péruvien sentit son estomac gargouiller, ce qu'il tenta de camoufler en toussant.

« Bref, poursuivit Kesewa. J'ai laissé tomber à la fin de la première année parce que les mannequins blacks commençaient enfin à pouvoir faire leur trou, et puis ma carrière a décollé.

— J'ai toujours travaillé avec des tonnes de filles blacks, intervint Anders. Et c'était dans les années 80.

— Bébé, couvre-toi, dit-elle en tapotant le torse nu d'Anders. Ta blancheur m'aveugle. »

Santiago ne put s'empêcher de lâcher un rire de gorge. Il n'avait jamais vu quelqu'un parler comme cela à Anders. Celui-ci le fixa par-dessus les flammes en plissant les paupières.

« Désolé, je manque à tous mes devoirs, dit-il brusquement. Tu veux prendre une douche, mon vieux ? Je parie que tu pues. »

Les deux jours suivants furent tellement chargés que Santiago ne vit pratiquement pas Anders. Entre l'installation de la cantine pop-up et les séries interminables de réunions, de repas et d'appels téléphoniques avec des investisseurs potentiels (la phase « On fait les pâtes et la pute », comme disait son sous-chef), il n'eut tout simplement pas une seconde à lui. Il rentrait tard le soir, dans une maison vide. Anders était toujours en vadrouille dans une fête ou un vernissage quelconque, et Thor l'attendait à son poste devant la porte, trépignant d'espoir et d'énervement.

Alors Santiago détachait la laisse de son anneau et emmenait la créature surexcitée faire un tour sur les planches, où l'animal reniflait avec délice des tas de détritus ou l'entrejambe des passants ou des vendeurs ambulants qui squattaient le bord de plage. Thor se régalait visiblement de la crasse puante de Venice Beach, alors que Santiago ne pouvait s'empêcher de s'inquiéter de voir tant de sans-abri dans le quartier. Il avait honte de cette pulsion en lui de se détourner, d'effacer les images de leurs pieds nus et craquelés grouillant de mouches. Partagé entre le chagrin et le soulagement, il tirait sur la laisse de Thor pour le ramener à la maison.

Le dernier jour, il demanda explicitement à Anders s'ils pouvaient passer l'après-midi ensemble. Anders le surprit en suggérant qu'ils passent se prendre des jus verts avant de filer à Malibu avec Thor pour faire un peu de randonnée à Sandstone Peak. Santiago se fit la réflexion qu'il ne fallait pas longtemps pour que LA change quelqu'un. Mais il se réjouit d'avoir une activité en vue, qui aurait aussi l'avantage de lui faire atteindre ses dix mille pas quotidiens.

Il avait abandonné l'idée de cuisiner Anders au sujet de Cleo. Ou bien son ami ne savait rien de ce qu'il avait fait pour contrarier à ce point la jeune femme, ou bien il ne faisait pas assez confiance à Santiago pour s'en ouvrir à lui. À défaut de confrontation frontale (perspective qui de toute manière épouvantait la nature douce de Santiago), il devait simplement accepter qu'il n'était plus proche d'Anders. Ils prenaient des directions différentes. Santiago cherchait le genre d'amour qu'Anders ne saurait comprendre ou apprécier à sa juste valeur. Mais il était partant pour une belle balade avant de rentrer chez lui.

Ils abandonnèrent la voiture pour rejoindre le point de départ des sentiers de randonnée. C'était un jour de semaine, en milieu de journée, et outre quelques véhicules poussiéreux, le parking était désert. L'une des voitures arborait une plaque minéralogique qui disait « SPiRiTUALiST ».

« On a le choix, annonça Anders. Il y a un circuit court mais raide, ou bien un plus long mais plus facile.

— Court et raide, dit Santiago. Je peux gérer. »

Anders lui donna une tape virile dans le dos. « Je te reconnais bien là. »

Ils s'engagèrent dans l'étroit chemin en file indienne, Thor ouvrant la marche en bondissant. Le bleu pur du ciel s'étirait voluptueusement au-dessus d'eux, immaculé. Ils traversèrent une petite passerelle en bois puis entamèrent l'ascension des collines. Des belles-de-jour sauvages, du chèvrefeuille et de l'armoise couverte d'épines tapissaient les talus. Partout où Santiago portait me regard, la verdure pailletée de soleil était ponctuée de touffes de fleurs sauvages d'un blanc mousseux, d'un jaune franc ou d'un rose magenta. En dehors de quelques cailloux affleurant çà et là, le sentier de terre était lisse, ce qui n'empêcha pas Santiago de trébucher en tentant de mieux regarder un papillon orange qui voletait d'un air taquin juste au-dessus de sa tête.

« Ça va, tu tiens le coup ? », lança Anders par-dessus son épaule, visiblement amusé.

Pour toute réponse, Santiago lâcha un grognement. Il refusait de donner à Anders la satisfaction de le voir déjà hors d'haleine. Grâce à ces huit kilos perdus, il était plus léger sur ses pieds qu'il ne l'avait été depuis des années, mais il n'était pas pour autant un poids plume. Devant lui, Anders bondissait de rocher en rocher tel un cabri, sur ses jambes agiles et toniques.

Ils cheminèrent pendant presque une heure en silence à travers les collines couvertes de chaparral et de corniches abruptes. Après une montée à pic à flanc de colline qui mobilisa toute la volonté de Santiago (qui n'aspirait qu'à s'allonger par terre au milieu du maquis), la voie se dégagea aussi soudainement qu'on ouvre un rideau et ils débouchèrent au sommet. Les collines mouchetées de soleil s'étendaient en contrebas en vagues successives, au-delà desquelles la côte courbe laissait place à la mer plane et miroitante. Anders s'assit sur un rocher plat et s'épongea le visage avec son T-shirt. La chemise de Santiago était trempée de sueur, aussi tira-t-il un bandana de sa poche pour s'en tamponner le front. Quant à Thor, dont les réserves d'énergie n'avaient en rien été entamées par la montée, il s'en alla gambader dans un taillis.

« Tu veux de l'eau, balèze ? On dirait que tu en as besoin. » Avec un petit sourire satisfait, Anders lui tendit sa bouteille biodégradable en agar-agar. Santiago avala une longue gorgée avant de la lancer à Anders.

« Hé, mon vieux ? Tu veux bien me faire une faveur ? Est-ce que tu peux arrêter de m'appeler « balèze » ? »

Anders leva les mains en signe de reddition. « J'ignorais que ça te dérangeait. Pas de problème. »

Santiago fixa le sol en tapant la poussière du talon de sa basket. « Ce n'est pas grave.

— Tu vas bien ? Depuis que tu es arrivé, tu es... je ne sais pas, distant. »

Santiago était sur le point de minimiser les choses en prétendant être très occupé au restaurant lorsqu'il se ravisa. Qu'avait dit Dominique, déjà ? Rien ne change si rien ne change. Il était fatigué de faire le paillasson affable. Il releva les yeux.

« Que s'est-il passé, entre toi et Cleo ? », demanda-t-il.

Il vit l'expression d'Anders changer. Passé le premier choc, il parut soudain sur la défensive.

« Qu'est-ce qui te fait penser qu'il s'est passé quoi que ce soit entre Cleo et moi.

— Elle ne va vraiment pas bien, mon vieux. »

Andes arracha une touffe jaunie, qu'il agita devant lui d'un air désinvolte. « Cleo va bien. Elle a Frank. C'est tout ce qu'elle veut.

— Non, mon vieux. Elle s'est fait du mal. Beaucoup de mal.

— Comment ça ? »

Santiago mima le geste de se couper le poignet. « C'est grave, Anders.

— Tu te fous de ma gueule ? Qui t'a dit ça ?

— Je suis allé la voir à l'hôpital.

— Quand ?

— Avant de venir ici. »

Anders se leva d'un bond. Son teint avait viré au bordeaux. Il s'attrapa les cheveux à deux mains et pivota de droite à gauche comme si Cleo allait apparaître sous ses yeux. Lorsqu'il reprit la parole, ce fut d'une voix enrouée.

« Pourquoi tu n'as rien dit ? Ou Frank ? Pourquoi il ne m'a pas appelé ?

— Il m'a demandé de ne pas le faire. J'imagine qu'il ne voulait pas que... les gens soient au courant. »

Santiago ressentit un certain plaisir à lire sur le visage d'Anders une pointe d'amertume à avoir été ainsi exclu.

« J'ai besoin d'aller la voir », décréta-t-il avec fermeté.

Il tâtonna pour ramasser sa bouteille d'eau et la laisse du chien. Ainsi, c'était vrai, comprit Santiago. Anders et Cleo. L'indignité de la situation le heurta de plein fouet, comme s'il avait physiquement reçu un coup. Il se planta devant Anders pour lui bloquer le passage.

« Comment as-tu pu ? dit-il d'une voix calme. Frank est comme ton frère.

— Quel vol tu prends ? Je rentre avec toi.

— Ton *meilleur ami*. Qu'est-ce qui cloche, chez toi ?

— Écoute, tu ne comprends pas la situation... Alors, avec tout le respect que je te dois, dégage de mon chemin, putain. » Anders le contourna et fit mine de s'en aller, avant de s'immobiliser subitement. « Attends, où est Thor ? Thor ! Thor ! »

Il redescendit le sentier en courant sur quelques mètres, fit demi-tour, puis sauta dans un bosquet de broussailles et de fleurs sauvages, repoussant violemment les plantes avec ses bras en braillant le nom du chien. Santiago se mit lui aussi à l'appeler. Ce nom sonnait étrangement, dans sa bouche, toutefois il le prononça d'une voix claire et ferme. Anders réapparut, tout suant et contrarié.

« Je ne le vois pas.

— Tu étais vraiment obligé de le lâcher ?

— Je ne sais pas. C'est un *chien*, putain. Les chiens sont censés courir partout, non ? »

Au bout d'un quart d'heure d'efforts infructueux, ils décidèrent de revenir sur leurs pas dans l'espoir que le chiot les retrouverait. Anders s'engagea dans le chemin d'un pas martial.

« On ne mollit pas ! » beugla-t-il à Santiago par-dessus son épaule.

Santiago le suivit en soufflant comme un bœuf. Le trajet était plus facile dans ce sens-là, en redescendant, et ils progressèrent rapidement sur le sentier étroit et sinueux. Tous les dix mètres, Anders hurlait le nom de Thor d'une voix angoissée. Santiago fit de son mieux pour en faire autant, mais il était trop concentré à ne pas trébucher sur la pente abrupte. À chaque pas, ses pensées tourbillonnaient dans son cerveau. Pour qui Anders se prenait-il ? Comment osait-il dire que cela ne le regardait pas ? Cleo et Frank étaient ses amis les plus chers. C'est lui qui avait préparé leur repas de mariage. Il n'était pas le bon copain grassouillet et sans aucun sentiment, ravi de jouer les faire-valoir et l'oreille compatissante sans jamais avoir d'avis propre. Il faisait partie de tout cela. Il *comptait*.

« Tu es tellement égoïste, c'est complètement dingue ! cria-t-il au dos d'Anders.

— Va te faire foutre ! » répondit l'autre par-dessus son épaule.

Anders accrut bientôt son avance. Santiago inspira à fond et accéléra l'allure, sautant par-dessus un rocher avec aisance. Il se sentait surhumain.

« Tu dois la laisser tranquille ! Elle a déjà assez souffert !

— Ne me dis pas ce que je dois faire !

— On dirait un gamin ! brailla Santiago.

— J'ai besoin d'y aller ! J'ai besoin de la voir !

— On s'en fiche, de tes besoins ! »

Anders le souple disparut dans un tournant devant lui. Santiago pressa encore l'allure : Pas question de se laisser semer sans réagir. Il volait littéralement, des années qu'il n'avait plus couru si vite, lorsque soudain sa cheville se déroba. Il resta en suspens, dans un vertige d'apesanteur, puis dégringola vers l'avant, les bras tendus, et dévala la pente sur le ventre, dans un nuage de poussière. Il entendit les pas légers d'Anders s'éloigner, puis le chœur riant des cigales tout autour de lui. Il roula péniblement sur le dos et contempla l'immense étendue de ciel au-dessus de lui. Il ressentit un élancement sourd dans le genou droit. En dehors de cela, il était indemne. Il se sentait bien. Vivant.

Allongé sur le dos, il reprit lentement son souffle. Il posa une paume sur son cœur tambourinant et l'autre sur son ventre, comme on le lui avait enseigné au cours de yoga auquel il s'était récemment inscrit, et se concentra afin de ralentir son rythme cardiaque. Il entendit du bruit dans les buissons et, dans un tourbillon de jappements et de glapissements, Thor déboula et lui fonça droit dessus. Il lui pétrit joyeusement le torse et le ventre avec ses pattes, lui lécha le menton, les narines et même, fort malencontreusement, l'intérieur de la bouche lorsque Santiago l'ouvrit pour protester. Il se releva en position assise et donna quelques petits coups de poing joueurs au chien.

« Où tu étais, *hombre* ? »

Par terre, abandonné au profit d'un jouet bien plus intéressant – la masse avachie de Santiago –, gisait la forme verte et charnue d'un lézard à moitié mastiqué.

Santiago prit son temps pour enterrer l'animal sous un tas de sauge et de broussailles, puis déposa une unique fleur blanche sur la tombe improvisée. Par chance, Thor se trouva tellement intrigué par ses agissements qu'il resta à proximité. Les nuages envahissaient le ciel lorsqu'il reprit sa descente avec le chien gigotant dans ses bras. En atteignant le début du sentier, il trouva Anders adossé à la voiture, les épaules voûtées et tout le corps dégonflé. En les entendant approcher, il releva vivement la tête et son regard croisa celui de Santiago. Et alors, il fit une chose qui prit totalement son ami de court : il fondit en larmes. Le chiot sauta à terre et courut rejoindre son maître avec un jappement ravi. Anders tomba à genoux et enfouit son visage dans la fourrure dorée.

Une fois qu'ils furent remontés dans la voiture, assis côte à côte dans l'obscurité, Anders ne fit pas mine de rallumer le moteur. Thor avait fini par céder à la fatigue et s'était roulé en forme de croissant sur la banquette arrière, où il ronflait doucement.

« Je l'aime, dit Anders à voix basse. Je sais que je ne devrais pas, mais c'est comme ça. »

Santiago opina lentement.

« Peut-être que tu crois l'aimer parce que c'est la seule personne que tu ne peux avoir ?

— Peut-être. Mais ce n'est pas l'impression que j'ai.

— Cleo est quelqu'un de précieux, acquiesça-t-il. Mais elle n'est la femme qu'il te faut.

— Et si elle l'était ?

— Non.

— Qu'est-ce que tu en sais ?

— Si elle l'était, elle ne serait pas mariée à Frank.

— Qu'est-ce que je devrais faire, alors ? Qu'est-ce que tu ferais, à ma place ?

— Laisse-la partir. Elle a besoin de guérir. Et Frank aussi. Il ne peut pas encaisser plus de chagrin, en ce moment. Tu sais que c'est lui qui l'a trouvée ?

— Mon Dieu. C'est vrai ? Il va bien ?

— Il n'ira pas mieux si tu débarques pour déclarer ta flamme à sa femme. Fais comme s'il ne s'était rien passé. Laisse-les tous les deux passer à autre chose, quoi que ça signifie pour eux.

— Je veux juste lui parler.

— Je sais, mon vieux, je sais. Parle-moi à moi. »

Andes se frotta vigoureusement les yeux du dos de la main. « Tu crois qu'elle voulait réellement mourir ?

— Elle m'a dit qu'elle voulait que les choses changent. »

Andes expira bruyamment. « Tu parles d'une solution.

— Elle est jeune. Tu te rappelles, quand on avait vingt-cinq ans ? Ces trucs qu'on faisait ? On était *locos*. »

Anders caressa le volant avec sa paume. « Je comprends cette envie que les choses changent. Pourquoi tu crois que je vis dans cette ville de dingues ?

— Je croyais que tu adorais LA !

— Je ne *déteste pas* LA, nuance. C'est seulement que... depuis que je me suis installé, on m'a déjà demandé genre trois fois si j'avais besoin d'une recommandation de chamane, mon vieux. »

Santiago poussa un soupir. C'était vrai. Les habitants de LA atteignaient des sommets de suffisance, sur le sujet de la spiritualité.

« Et Kesewa ? demanda-t-il.

— Kesewa ? grogna Anders, sarcastique. Elle veut juste que je place ses caftans dans le magazine.

— Je suis sûr que ce n'est pas...

— Tu sais que toutes ces mannequins baisent entre elles, hein ? poursuivit-il. Elles n'ont pas vraiment envie d'avoir d'un homme dans les pattes. » Il expira. « Sauf quand elles ont besoin d'emprunter une grosse voiture.

— Sérieusement ?

— Oh ouais. »

Ils éclatèrent tous les deux de rire. Anders pivota dans son siège pour faire face à Santiago.

« Et toi, alors ? Qu'est-ce qui se passe ? J'ai bien cru que tu allais me frapper, tout à l'heure. Et pas qu'à cause de Cleo.

— Je change, mon vieux.

— Je vois ça.

— Depuis tout ce temps, vous me traitez comme le... » Prononcer le mot à voix haute lui coûtait, mais il n'avait pas le choix. « Comme le *gros* de service. Le copain de rechange. Mais j'ai des sentiments. Je ressens beaucoup de choses.

— Personne ne te voit comme ça, Santiago, sauf peut-être toi-même.

— Ne me dis pas que c'est dans ma tête. Je sais ce que vous pensez tous de moi.

— C'est ce que tu te racontes, depuis toutes ces années. Réveille-toi, mon pote ! Tu as une belle réussite. Tout le monde s'extasie sur ton restaurant. Et tu es charmant, tu es profond. Kesewa n'a pas arrêté de vanter ta prévenance. Honnêtement, ça m'a carrément fait chier.

— Ouais, je suis le gars à qui les femmes aiment *parler*, mais ça ne va pas plus loin. Elle ne me voit pas comme amant.

— Eh bien, est-ce que tu as invité quelqu'un à sortir, récemment ? »

Santiago dut reconnaître que non. Il avait été avec des femmes, mais la dernière fois qu'il était tombé amoureux, c'était de Lila. À l'époque, il était jeune, et pesait trente kilos de moins. Il était plus léger, sur tous les plans.

Anders scruta ses traits avec une tendresse inhabituelle. « Tu sais qu'elle me manque, à moi aussi, pas vrai ? »

Santiago opina.

« En vérité, dit-il, j'ai peur.

— Sans déconner ? On a tous peur.

— Pas toi. Tu es Don Juan.

— Oh ouais, je m'en sors comme un chef. Quarante-cinq ans. Célibataire. Amoureux de la femme de mon meilleur ami. Même toi, tu ne voulais pas venir chez moi.

— Ce n'est pas vrai. » Santiago s'agita sur son siège. Il avait horreur de mentir.

« Ne t'en fais pas, je comprends. Le pire, c'est que Jonah ne veut pas venir. Je lui ai envoyé un billet d'avion, et tout.

— Pourquoi ?

— Il est furieux contre moi d'être parti, j'imagine. Je suis un beau-père merdique, si tant est que j'en sois même un pour lui. On ne peut pas dire que j'aie été à bonne école. Tu sais que mes parents ne sont pas venus me rendre visite une seule fois en Amérique ? Et ça fait vingt-six ans que je vis ici. »

Le père et la mère de Santiago étaient venus pas plus tard que l'année précédente. Ils l'avaient même embarrassé en venant dîner tous les soirs en restaurant, et en répétant à qui voulait l'entendre qu'ils étaient ses parents.

Anders recula la nuque contre l'appui-tête et contempla le toit. « Personne ne m'aime, conclut-il. Personne ne m'aime vraiment. »

Santiago se remémora les discussions à Mince Alors, quand le groupe cherchait à comprendre ce qui poussait quelqu'un à manger, cette faim au-delà de la nourriture. Les gens mangeaient parce que cela leur rappelait leurs parents, le fait d'être nourris et choyés. Ou bien ils mangeaient parce que leurs parents ne les avaient pas nourris et choyés, et c'est ainsi qu'ils avaient appris à prendre soin d'eux-mêmes. Ils mangeaient parce qu'ils se sentaient moins seuls, alors. Ils voulaient se sentir pleins, puis ne plus rien sentir. Dominique disait que c'était comme cette chanson de Bruce Springsteen, dans les années 1980, « Hungry Heart ». Tout le monde avait un cœur affamé. Le secret, c'était d'identifier les moments où m'on mangeait pour remplir le cœur, et non l'estomac. « Car nourrir l'estomac, c'est très facile, avait-elle dit. C'est juste une question de régime alimentaire. C'est apprendre à nourrir le cœur, qui est difficile. »

Santiago posa sa large paume sur l'épaule d'Anders. « Je t'aime, mon vieux, dit-il. Je t'aime vraiment. »

Anders inclina la tête, sans un mot. Puis il tapota la main de Santiago et mit la clef dans le contact.

« Tu dis ça uniquement pour que je t'amène à l'aéroport. »

Avant de prendre son avion, Santiago fit une chose qu'il n'avait plus faite depuis des années : il se rendit à la chapelle de l'aéroport. La plupart des gens ignoraient que de nombreux aéroports avaient une église. Mais Santiago avait été élevé dans la stricte tradition catholique, et sa grand-mère insistait toujours pour qu'il y fasse une halte avant de décoller, pour prier pour atterrir sain et sauf. Il ne tenait jamais sa promesse, mais une fois dans le terminal, il cherchait le panneau indiquant l'église et se signait, au cas où.

La chapelle de LAX était une longue pièce sans fioritures dotée de deux rangées de bancs en bois et d'un autel très sobre. C'est l'odeur, qu'il remarqua en premier. Il aurait pu pénétrer les yeux bandés dans n'importe quelle église catholique et deviner instantanément où il se trouvait. De Lima à Los Angeles, l'odeur était la même, ce mélange entêtant d'encens et de fleurs, de détergent au savon, d'encaustique, de bougie, et aussi l'encre des fascicules et cette note indéfinissable de renfermé, une expression du temps qui passe. La pièce était fraîche et sombre, déserte. Un panneau d'affichage annonçait qu'une messe avait lieu tous les soirs, mais il venait de la rater. Peu importait. Il préférait parler à Dieu seul à seul.

Il s'engonça sur un des bancs et s'agenouilla. Il n'était pas revenu depuis si longtemps. Que fallait-il dire ? Des phrases de son enfance lui revinrent machinalement, vieillottes et incomplètes. Par habitude, il se mit à réciter le Notre-Père, mais les vraies pensées, ses vraies prières, firent irruption avant qu'il ait terminé. Il demanda que sa grand-mère repose dans la paix éternelle. Il demanda que Dieu veille sur ses parents. Il pria pour que Cleo ne souffre plus. Il pria pour que Frank et elle soient à nouveau heureux. Il demanda qu'Anders soit pardonné. Et qu'où qu'elle soit, Lila puisse danser. Sa grand-mère lui avait toujours dit qu'il ne devait pas prier pour lui-même, pourtant à la fin, c'est ce qu'il fit. Il pria pour trouver le courage de parler à Dominique. Il demanda que l'amour lui revienne. Et pour finir, il demanda humblement à Dieu la force de porter son cœur affamé, car c'était bien là le poids le plus lourd entre tous.

13

Fin mars

Au nord de l'État de New York, le peu de neige qui restait avait durci en une croûte de glace. Cleo avait fait semblant de dormir pendant la majeure partie du trajet en train, pour finalement sombrer dans une somnolence sans rêve. Frank quant à lui avait alternativement regardé par la fenêtre d'un air anxieux, consulté son téléphone d'un air anxieux, et observé Cleo d'un air anxieux. Elle était sortie de l'hôpital le matin même.

Ils prirent un taxi depuis la gare, d'où ils regardèrent défiler en silence les champs blancs et les maisons décrépites. L'une d'elles était entourée d'une grille en fer forgé hérissée de pointes et arrivant à hauteur d'épaule. Une masse brune et poilue pendait par-dessus. En s'approchant, ils constatèrent qu'un cerf avait tenté sans succès de franchir la clôture, se lacérant le ventre sur l'une des pointes affûtées. Il était largement éventré, suspendu en un arc plongeant, ses antérieurs pendant d'un côté et ses postérieurs de l'autre.

« Est-ce que c'était bien ce que je crois ? demanda Frank en se tordant le cou pour mieux regarder lorsqu'ils dépassèrent la scène.

« Oui, si vous croyez avoir vu un cerf mort », répondit le chauffeur.

Cleo se plaqua la main sur la bouche.

« Et c'est normal ? s'enquit Frank. Ça arrive souvent ? Qu'un cerf se suicide sur votre propriété ? »

L'homme gloussa. « Je ne sais pas si c'est normal, mais c'est arrivé. »

C'était la fin de l'après-midi et le ciel avait pâli. Le temps qu'ils rejoignent le bungalow de Frank, il avait pris une teinte gris délavé. Le taxi repartit après les avoir déposés, et ils échangèrent un regard dans un silence gêné. Ils étaient mal à l'aise en tête-à-tête, constata Frank en se tournant pour déverrouiller la porte. L'accident de Cleo et la séparation des jours qui avaient suivi avaient dissous l'intimité construite au cours de cette année ensemble. Il lui avait rendu visite tous les jours, pendant cette semaine où ils l'avaient gardée en observation, en psychiatrie, mais ils n'avaient fait qu'échanger des banalités sur la météo et le travail de Frank. Il s'était imaginé que ses visites seraient ponctuées des hurlements stridents ou des délires chaotiques de ceux dont la folie était palpable, au lieu de quoi il avait trouvé les lieux d'un calme oppressant. La plupart des patients passaient semblait-il leurs journées à dormir ou à fixer le vide devant eux. Entre les murs de ce service, la vie paraissait à l'arrêt. Frank espérait que maintenant qu'elle était libre, Cleo s'ouvrirait un peu. Mais elle n'avait apparemment rien à dire.

À l'intérieur de la maison, tout était sombre et paisible et l'air avait cette pesanteur caractéristique, accumulée pendant des semaines d'immobilité. Cleo se tenait dans l'entrée, frissonnante. Elle resserra son manteau autour d'elle.

« Il fait plus froid dedans que dehors, fit-elle remarquer.

— L'électricité est coupée », constata Frank en appuyant plusieurs fois sur l'interrupteur. Il se rendit à la cuisine pour allumer les robinets. « Au moins, l'eau chaude fonctionne. Je pense que le courant vient de sauter.

— On en a, de la chance.

— On est à la campagne, soupira Frank. Ce sont des choses qui arrivent. Ça devrait être rétabli demain. »

Cleo trouva savoureuse cette prétendue connaissance des us et coutumes campagnards, de la part d'un homme qui avait manqué de s'évanouir à la simple vue d'un cerf mort, mais elle décida de ne pas faire de commentaire.

« Tu as des bougies, au moins ?

— Dans le buffet. Je vais faire du feu. »

Cleo lui lança un regard par-dessus son épaule et leva un sourcil. « Tu sais faire ça ? »

Frank repoussa l'affront d'un haussement d'épaules. « Si les hommes des cavernes s'en sont tirés, je devrais pouvoir y arriver. »

Le bungalow n'était pas luxueux, composé simplement d'un salon, d'une cuisine, d'un espace repas et de deux chambres à l'étage. C'était en réalité une maison d'été, conçue pour les mois chauds, avec une décoration sans caractère mettant par contraste en valeur la vue extérieure : de l'autre côté des baies vitrées, la colline boisée ondulait jusqu'à la splendeur miroitante du lac. Frank l'avait achetée plus de dix ans auparavant, essentiellement pour cette vue, qui était spectaculaire. Aujourd'hui toutefois, l'eau était étouffée par une couche de glace d'un gris plat et sale, la couleur d'une crevette crue. Elle ne scintillait pas, n'accrochait pas l'œil. Cleo revint avec des chandelles et un sachet de bougies chauffe-plats. Elle balaya la pièce du regard, le canapé en cuir brun éraflé, les poufs élimés et la table basse en bois rudimentaire.

« Ce n'est pas comme dans mon souvenir », dit-il d'une voix triste.

Frank sentit monter un mélange de méfiance et de lassitude à l'égard de cette maison, la première propriété qu'il ait jamais possédée.

« On va rendre ça douillet », dit-il.

Le silence retomba, tandis qu'ils songeaient l'un et l'autre à la dernière fois qu'ils étaient venus ici, lors de ce joyeux week-end ensoleillé de mai. Ils avaient l'impression de pouvoir plonger les mains sous la surface du présent pour sentir courir entre leurs doigts le courant de cette autre vie, neuf mois plus tôt seulement. Ils y virent Cleo courant nue dans le salon, toute dégoulinante de l'eau du lac, et Frank juste derrière elle, riant aux éclats, qui essayait d'attraper ses bras et ses jambes glissants. C'était là la cuisine dans laquelle ils avaient mangé des fruits frais, des céréales ou des sandwiches à chaque repas car ils ne savaient ni l'un ni l'autre cuisiner. Et Frank somnolant sur le canapé, un livre ouvert retourné sur son torse nu, que Cleo soulevait avec précaution pour pouvoir poser sa tête à la place. C'était dans le train du retour qu'il lui avait demandé de l'épouser. La joue appuyée contre l'épaule de Frank, elle avait levé la tête, ébahie. *Comment tu as su que c'était ce que je voulais ?* Il avait ri. *Alors c'est un oui ? Oui*, avait-elle répondu. *Mille fois oui, oui.* Et ç'avait été le début de tout.

À présent, debout avec ses allume-feu à la main, Frank fixait d'un regard vide l'âtre stérile et noirci. Il se rappelait vaguement s'être fait expliquer comment faire un feu, en dressant du petit bois. La vérité, c'est qu'il était paumé. Cleo le dévisagea un moment puis fronça les sourcils.

« Il faut que tu vérifies la trappe, dit-elle.

— La quoi ?

— Tiens, laisse-moi faire. » Elle le poussa doucement sur le côté et s'agenouilla pour glisser la tête dans le foyer et tendre le bras dans le conduit pour ajuster un mécanisme quelconque. « Si elle est fermée, la fumée refoule dans la pièce. Ça devrait aller, maintenant. »

Frank fut une nouvelle fois frappé par l'étendue de ce qu'il ignorait qu'elle savait. Elle se rassit sur ses talons et roula des boules de papier à partir de journaux entassés dans le panier. Puis elle les fourra dans l'âtre et disposa le petit bois par-dessus.

« Tu es douée », commenta-t-il, gêné.

C'était une forme de castration, de rester planté derrière elle à la regarder faire. Il ramassa une grosse bûche dans le panier, qu'il fit mine de déposer sur le petit bois, mais elle l'intercepta pour en attraper deux autres, qu'elle arrangea en tipi. D'un mouvement agile, elle alluma plusieurs allumettes à la fois et les plaça dans le nid de papier journal.

« On avait une cheminée, quand j'étais petite, expliqua-t-elle en soufflant sur les flammes qui émergeaient. C'est Maman qui m'a appris. »

Frank fut surpris de l'entendre mentionner sa mère. Il ne pouvait deviner que, même si Cleo s'était vu assigner des voisines de chambre pendant son séjour en psychiatrie (une femme atteinte de dermatillomanie, puis une bipolaire boulimique), sa véritable compagne d'infortune cette semaine-là avait été sa mère. Celle-ci l'avait veillée pendant les longues heures plombées où elle attendait le début des malheureuses activités de la journée, poterie ou thérapie de groupe. Sa mère s'était tenue auprès d'elle dans la salle de bains, accoudée au lavabo, tandis que Cleo se lavait les dents chaque soir, si fort qu'elle s'en faisait saigner les gencives, comme un acte de rébellion contre l'engourdissement qui gagnait son corps. Sa mère s'était glissée entre elle et Frank à chacune de ses visites, obligeant sa fille à se pencher pour espérer apercevoir son mari. Pire que tout, lorsque Cleo se regardait dans le miroir, c'était désormais le reflet de sa mère qu'elle voyait. Elle luttait pour ne pas les réduire toutes deux, sa mère et elle, à des êtres brisés et suicidaires. Au minimum, elles étaient des femmes sachant faire du feu.

Elle continua à souffler jusqu'à ce que les flammes se mettent à craquer, puis s'essuya les mains sur son jean avant de se tourner vers lui. Même en hiver, ses sourcils étaient à peine discernables, presque blancs. Elle les haussa comme pour dire : *Ne prends pas cet air surpris.* La sévérité de ses traits était démentie par la tache de suie au bout de son nez. Frank lui trouva des airs d'adorable ramoneur. Très délicatement, il avança le bout de son index, et Cleo eut un mouvement de recul, comme s'il avait approché une allumette de sa peau.

« Tu as de la suie, expliqua-t-il en levant ses paumes en signe de reddition.

Cleo se frotta vigoureusement le nez avec la manche de sa veste.

« C'est mignon, précisa-t-il.

— C'est très mauvais pour la peau.

— Très bien. » Il se détourna pour camoufler son expression blessée. Elle ne le laissait même plus la toucher. « Tu as faim ? »

Frank était passé chez Dean&Deluca dans la matinée pour faire des courses avant d'aller chercher Cleo à l'hôpital. Sans avoir eu à se le dire, ils semblaient considérer tous deux qu'il était encore trop tôt pour retourner ensemble dans leur appartement, dans ce lieu où il l'avait trouvée, aussi Frank avait-il suggéré qu'ils se rendent directement à la gare pour passer quelques jours au bungalow. Ne sachant pas trop ce que Cleo aurait envie de manger, il avait attrapé au hasard un assortiment de plats qui ne s'accordaient pas vraiment : des sushis, de la salade de pâtes, du poulet au curry, du saumon fumé, de la mozzarella de bufflonne, de la salade de fruit, un citron et une grosse part de gâteau à la crème. Et bien entendu, il avait aussi fait un arrêt chez le marchand de vins.

« Toujours pas. » Pour l'apaiser, elle tenta un sourire. « Mais je te préviendrai dès que ça changera.

— Il faut que tu manges.

— Je mangerai quand j'aurai faim.

— Tu n'as rien avalé de la journée.

— Leurs médicaments me donnent la nausée.

— Ça vaut quand même le coup d'essayer.

— J'essaierai quand j'aurai faim.

— OK. »

Ils se tournèrent tous deux vers le feu. Cleo leva les mains vers les flammes et les fit pivoter en un geste élégant pour exposer le dos. Sa manche glissa, révélant le haut de son bandage. En l'apercevant, Frank revit la terre humide de sang, la peau de son bras proprement tranchée comme le ventre d'un poisson. Elle perçut son regard et baissa les mains.

« Il commence à faire un peu meilleur, dit-elle.

— Tu as réfléchi à ce qu'ils ont dit, à l'hôpital ? demanda Frank. Sur le fait de voir un thérapeute ?

— Je viens tout juste de sortir.

— Parce que le médecin a dit que...

— Je n'ai pas envie de parler de ce qu'a dit le médecin. »

Frank expira. « J'essaie juste d'aider.

— Eh bien, ça n'aide pas.

— OK. Je suis désolé. Tu es trop fragile pour avoir cette conversation maintenant. »

Cleo pivota sur ses talons et se releva. « Je ne suis *pas* fragile.

— Je ne voulais pas dire fragile. » Il agita la main comme pour faire se dissiper le mot entre eux, telle de la fumée. « Sensible.

— Je ne suis pas sensible. C'est *toi* qui es sensible.

— Très bien, tout ce que tu voudras, Cleo. » Il se détourna de nouveau d'elle. « Je vais aller recouper du bois. »

Cleo se retint de toute réflexion désobligeante ayant trait à cette démonstration soudaine de virilité. Une fois Frank sorti, elle resta debout dans le salon, frissonnante de froid. Bientôt elle perçut les coups sourds et cadencés de la hache. Elle alluma quelques bougies et tisonna le feu, contemplant longuement les flammes. Elle avait eu tellement hâte de quitter l'hôpital, mais à présent qu'elle était dehors, elle ne savait comment réagir. Elle savait bien que Frank faisait de son mieux pour l'aider, ce qui donnait à Cleo l'impression d'être une invalide incapable de s'aider elle-même. Elle avait passé toute sa vie à lutter pour ne pas être réduite à ce que sa mère avait fait, à lutter pour rester intacte, pour être heureuse et légère. Et voilà qu'elle avait tout gâché. Elle lâcha le tisonnier et entreprit de rejoindre Frank. Elle allait agir normalement. Elle allait être gentille.

Frank était à l'arrière de la maison, où un auvent en bois et un petit jardin donnaient sur la pente descendant jusqu'au lac. En levant les yeux, il la vit debout près de la balançoire rouillée, en train d'allumer une cigarette. Elle remit le paquet dans sa poche tout en regardant Frank. Où diable les avait-elle dénichées ? Ce qui était certain, c'est que ce n'était pas lui qui les lui avait apportées. Cleo comprit ce qui l'intriguait et sourit intérieurement. Elle avait fait du charme à l'un des infirmiers pour qu'il lui donne son paquet avant de quitter son service, ce qui expliquait pourquoi elle daignait fumer des Camel au lieu de ses Capri habituelles. Elle considérait ce haut fait comme sa seule réussite de cette semaine à l'hôpital.

Frank remarqua son sourire et en déduisit qu'il était ironique, aussi décida-t-il de continuer à couper le bois comme si elle n'était pas là. Naturellement, il manqua le coup suivant, faisant riper la lame le long du billot. Décidément, il ne savait rien faire bien. Il jura à mi-voix et tira sur le manche pour extraire la lame du sol. Cleo pinça la cigarette entre ses lèvres pour applaudir, les mains blanchies par le froid.

« Essaie encore une fois, lança-t-elle. Comment vous dites, déjà ? » Elle prit un accent nasillard. « *Tu gères, mon pote.* »

Il scruta le visage de sa femme pour voir si elle se moquait de lui, mais son regard brillait d'une lueur malicieuse et bien intentionnée. Il détourna les yeux, souriant intérieurement, et abaissa sa hache, brisant le bloc de bois en deux moitiés parfaites. Lorsqu'il pivota de nouveau vers elle, le désir d'être félicité se lisait sur sa figure.

« Bravo, dit-elle, toujours avec son accent nasillard. C'était génial.

— Donc tu es américaine, maintenant ?

— Seulement quand je suis pleine d'entrain. Tu connais mon américanisme préféré ?

— Non. »

Elle prit une voix de baryton et une intonation bourrue du sud. « Les gagnants gagnent et les perdants perdent.

— Où as-tu entendu ça ? »

Cleo sourit.

« Dans la bouche de cet Américain, pendant notre lune de miel.

— Ça lui ressemble bien », ricana Frank.

Il ramassa les morceaux de bois qu'il venait de couper. Le souvenir de leur lune de miel faisait remonter en lui une tristesse terrible. C'était avant qu'il rencontre Eleanor, avant qu'il achète Jésus, avant que quiconque blesse irrémédiablement quelqu'un d'autre. À l'époque, il se sentait un gagnant. Il rejoignit le porche et déposa les bûches entre eux.

« Je sais que tu me prends pour un perdant, dit-il. Sinon tu n'aurais pas fait ce que tu as fait. »

Cleo souffla la fumée vers le ciel gris en secouant la tête. « Ce n'est pas pour ça que je l'ai fait. Ça dépasse ta petite personne.

— Ma petite personne ? C'est moi qui t'ai *trouvée*. J'ai cru que tu étais…

— Ce n'est pas ce que j'ai voulu dire. C'est juste que… »

Il se laissa tomber sur la balançoire et se prit la tête entre les mains. « J'ai cru que tu étais morte, Cleo. »

Elle ignorait ce qu'il avait vécu, lui, pendant qu'elle était internée. D'abord, l'horreur de la découverte. Les mains qui convulsent en appelant l'ambulance. Serrer la serviette de toilette autour de son poignet et sentir le sang pulser à travers. Il n'avait toujours pas réussi à faire partir les taches sur la manche de son manteau. La seule chose qui pouvait arrêter le tremblement de ses mains, désormais, c'était un verre. Puis les jours et les nuits sans elle, à se languir d'elle, à la détester et à s'inquiéter pour elle. Les visites à l'hôpital, terribles et abrutissantes, où elle avait l'air à peine consciente de sa présence. Il avait l'impression de l'avoir perdue pour de bon. Santiago, la seule personne au courant, était parti pour LA. Depuis la fête Kapow ! Eleanor l'évitait au bureau. Il avait désespérément besoin de se confier à elle, la personne à qui il faisait le plus confiance, mais il s'en abstenait par loyauté envers Cleo. Au moins, à l'hôpital, tout le monde savait. À l'extérieur, il n'avait personne. Il rentrait directement chez lui après le travail, se débarrassait de son manteau et de son sourire feint dans l'entrée. Le soulagement du premier verre. Le soulagement de ne plus avoir à faire semblant. Le soulagement de s'écrouler jusqu'au lendemain matin, lorsqu'il réenfilait son manteau taché de sang et son sourire épuisé pour tout recommencer.

Cleo secoua la tête avec une expression peinée. « Je n'essayais pas de mourir, dit-elle. J'étais… C'était… un moment de faiblesse. »

Frank leva les yeux de ses mains.

« Un moment de faiblesse, c'est descendre un pot entier d'Häagen-Dazs, Cleo. Ce que tu as fait, c'était de la violence.

— Seulement contre moi-même. Personne d'autre.

— *Seulement*? éructa-t-il. Tu crois que ce que tu as fait n'a affecté personne d'autre? que ça ne m'a pas affecté, moi?

— Non, je... » Elle marqua une pause pour y réfléchir. « Je ne veux juste pas que cet acte unique devienne la totalité de ce que je suis. Pour moi, il ne me représente pas plus en tant que personne que ce que tu as fait à Jésus ne te définit. »

Frank la dévisagea d'un air incrédule.

« C'était un animal... et un accident, en plus. Là on parle de *toi*.

— Elle comptait tout autant que moi.

— Tu entends ce que tu racontes? C'est de la folie.

— Sa vie avait autant de valeur que...

— Non, je suis désolé, ce n'est pas vrai. Certaines vies ont plus de valeur que d'autres. C'est un fait. Ta vie vaut mille vies de phalangers volants. Mon Dieu, elle vaut mille vies de *gens*, pour moi. Je sais que c'est contraire à la morale, mais c'est ce que je ressens. C'est comme ça que fonctionne le cœur humain. Pour moi, ta vie est plus précieuse que toutes les autres. Et même plus précieuse que... que la mienne.

— Est-ce que c'est censé être romantique?

— Ce n'est pas censé être quoi que ce soit. C'est vrai, c'est tout. »

Cleo, qui n'avait rien ressenti depuis sept jours, sentit une onde de colère revigorante enfler en elle. Une impression d'être lucide et forte. Cela faisait du bien. Elle se mit à faire les cent pas sous le porche en agitant sa cigarette.

« Tu as une drôle de manière de montrer que ma vie t'est si précieuse, vu que tu ne fais strictement aucune concession, que tu ne changes rien à ton comportement pour améliorer mon bonheur.

— Pourquoi tu t'adresses à moi comme si on était au tribunal? Est-ce le psychiatre qui t'a dit ça? Est-ce que c'est lui que tu cites? »

Cleo s'immobilisa pile en face de lui. « C'est moi-même, que je cite.

— Tu penses vraiment que je n'ai fait aucun changement dans ma vie pour toi?

— Tu peux m'en citer un? »

Frank ouvrit la bouche pour répondre, puis la referma. Il se leva.

« Écoute, on est tous les deux fatigués. Laissons tomber.

— Je ne suis pas fatiguée! Je n'ai fait que me reposer pendant une semaine !

— Très bien, alors c'est moi qui suis fatigué. Et si on préparait à manger ?

— Je t'ai dit que je n'avais pas faim.

— D'accord », hurla-t-il. Il inspira à fond et tenta de moduler sa voix. « Qu'est-ce que tu voudrais faire, alors ? Lire ? Regarder un film ?

— Je meurs de froid. Je meurs de froid, ici.

— Alors retournons à l'intérieur.

— Il fait aussi froid à l'intérieur.

— Je peux te faire couler un bain.

— Je n'ai pas le droit de mouiller mes sutures.

— Tu peux tenir le bras hors de la baignoire.

— Mais je ne *veux* pas. Tu ne m'écoutes pas, en fait.

— Bon Dieu, j'essaie, pourtant.

— Et pas moi, peut-être ?

— Dis-moi juste ce que tu veux que je fasse, et je le ferai.

— Je ne veux pas avoir à te le dire ! »

Cleo rentra dans la maison d'une démarche raide. Frank ramassa le bois avant de la suivre, bataillant pour ouvrir la porte grillagée avec les bras chargés. Il lâcha les bûches près du feu et rejoignit Cleo dans la cuisine. Il ne voulait pas se battre avec elle, mais il ne pouvait empêcher ses pieds de la suivre. Ils se tenaient de part et d'autre de la table, les sacs de courses entre eux.

« Écoute, j'ai *pigé*, Cleo, dit Frank en époussetant les restes d'écorce sur ses doigts. Je suis un connard. Je suis le bouffon capitaliste. Je suis le méchant qui a foutu ta vie en l'air. »

Cleo roula les yeux.

« Arrête, avec ça. Ne te victimise pas en Prétendant endosser la responsabilité de tout ça. Ça ne s'appelle pas s'excuser, mais s'apitoyer sur son sort.

— Peu importe que je m'excuse ou pas ! Tu ne *veux pas* me pardonner. Combien de fois dois-je répéter que je suis désolé ?

— Je n'ai pas besoin que tu le répètes ! Je suis fatiguée de tous tes mots ! Des mots, encore des mots, toujours des mots... » Cleo tapa de la paume sur la table pour bien marquer le coup. « Les mots suffisent peut-être pour Eleanor, mais pas pour moi. »

Frank lui lança un regard interloqué.

« Eleanor ? bégaya-t-il. Qu'est-ce qu'Eleanor vient faire là-dedans ? »

Cleo plissa les paupières d'un air suspicieux. « Tu le sais, Frank.

— Je ne vois absolument pas de quoi tu parles. »

Cleo envisagea de poursuivre l'attaque, mais elle se remémora brusquement Anders et une vague de honte la saisit. Elle abandonna le sujet. Frank se torturait les méninges pour essayer de comprendre comment Cleo avait appris quoi que ce soit au sujet d'Eleanor. Il ne l'avait jamais touchée, n'avait jamais parlé d'elle à personne, s'avouait à peine ses sentiments pour elle. Ils ne s'étaient plus adressé la parole depuis un mois. Alors, comment était-ce possible ? Cleo connaissait-elle si bien son cœur ?

« Je ne peux pas croire un seul mot sortant de ta bouche, lança-t-elle pour se rabattre sur des banalités.

— Très bien, tu ne fais pas confiance à ce que je dis, résuma Frank. Mais je suis où, au juste ? Je suis encore là, Cleo. Accorde-moi au moins ça. *Je suis là.* »

Bouche bée, Cleo s'attrapa la poitrine. « Tu veux une médaille parce que tu ne m'as pas quittée ? Tu plaisantes, j'espère ? Désolée, Frank, mais tu m'as *épousée*. Dans la richesse et dans la pauvreté, dans la maladie et dans la santé. C'était le marché. Tu les as prononcés, ces vœux. Tu l'as fait, ce serment. Et maintenant, tu veux qu'on te félicite... pour quoi, exactement ? Pour avoir tenu tes promesses ?

— Nous savons tous les deux pourquoi nous avons fait ce serment, Cleo. J'étais dans la richesse, toi dans la pauvreté.

— Oh, va te faire foutre. Ne me balance pas toute cette merde binaire. Et maintenant, quoi ? Je suis dans la maladie, et toi et dans la santé ? »

Frank faillit répondre, se ravisa et battit en retraite dans le salon. Cleo franchit la porte voûtée et poussa l'épaule de Frank pour le faire pivoter.

« Quoi ? Qu'est-ce qu'il y a, Frank ? Dis-le !

— Ne me provoque pas, Cleo...

— Dis-le ! »

Il souffla lentement.

« J'allais dire que ce n'est pas *moi* qui porte un bracelet d'hôpital. »

Surprise, Cleo baissa les yeux sur son propre poignet. Elle portait ce bracelet depuis si longtemps qu'elle l'en avait oublié. Quelle humiliation. Elle attrapa le morceau de plastique et tira brutalement dessus.

« Tu es complètement malade ! » aboya-t-elle.

Le bracelet refusait de céder. Elle ne réussit qu'à le resserrer autour de son poignet. « Ta maladie est *devenue* ma maladie », dit-elle en se débattant toujours.

Il lui saisit les mains. « Écoute, arrête. Attends, attends... »

Il disparut dans la salle de bains et en ressortit pour prendre une bougie. « Trop sombre », marmonna-t-il.

Cleo regarda par la fenêtre. Le soleil était effectivement en train de se coucher et une obscurité sourde gagnait la pièce. Frank réapparut avec une paire de ciseaux et fit signe à la jeune femme de lever le poignet. Très prudemment, presque tendrement, il coupa le bracelet de plastique, en ayant l'impression de libérer la patte d'un animal sauvage ombrageux qui se serait pris dans un piège. Il contempla son poignet et le bracelet tomba au sol entre eux en décrivant une spirale telle une pelure de pomme. Il n'avait pas envie de lâcher Cleo.

Elle ne supportait pas cet air qu'il avait. Elle ferma les paupières. Lorsqu'il reprit la parole, ce fut d'une voix douce.

« Pourquoi t'es-tu infligé ça ? »

Elle murmura quelque chose d'indistinct.

« Quoi ?

— C'est toi, qui m'as infligé ça », chuchota-t-elle.

Il laissa retomber son poignet et recula comme si elle l'avait frappé. C'était la sensation qu'il avait, d'avoir été cogné. « Tu essaies juste de me faire mal. »

Elle secoua la tête.

« Non. J'essaie de te survivre. »

Frank recula encore d'un pas.

« De me survivre ? De quoi tu parles ? Je t'ai soutenue. Je t'ai donné tout ce que j'avais. *Me survivre* ? Comment peux-tu dire une chose pareille ?

— L'alcool, dit-elle doucement. Je ne parle pas de ce que tu as fait pour moi financièrement. Je parle de ton problème d'alcool. »

Frank secouait la tête, sidéré par ce qu'il entendait. Oui, cela avait mal tourné, la semaine précédente. C'était pire qu'avant. Mais elle ne pouvait pas le savoir. Pour la première fois de sa vie, il n'était pas allé travailler, à cause de la gueule de bois. Il s'était aussi mis à boire un peu le matin, ce qui était nouveau pour lui. Mais qui viendrait le lui reprocher, quand chaque fois qu'il fermait les yeux, il voyait Cleo en train de se vider de son sang sur ce monticule de terre noire ? L'alcool l'avait apaisé, abruti, aimé quand personne ne le pouvait. Sans l'alcool, il n'aurait pas survécu à cette semaine. Elle ne savait pas ce qu'elle disait.

« J'ai toujours veillé sur toi, dit-il.

— Pas quand tu étais saoul.

— Je n'y crois pas. » Frank se détourna vivement d'elle. « Tu veux savoir à quoi ça ressemble, de survivre à un alcoolique abusif ? C'est d'avoir été élevé par ma mère. Elle s'endormait avec une cigarette allumée à la main. Elle oubliait de venir me chercher à l'école. » Il s'interrompit pour inspirer à fond. « Tu ne sais pas de quoi tu parles. »

— Cleo balaya la pièce du regard en feignant la surprise. « Non, vraiment ? On rejoue cette scène ? Celle de la complainte éternelle de Frank ?

— Tu es à mourir de rire, murmura Frank. Non, vraiment, c'est à mourir de rire.

— Si seulement c'était une plaisanterie, railla Cleo. Combien de fois je vais devoir entendre ça ? Le pauvre petit Frank n'a pas eu une enfance facile. Personne ne l'a aimé comme il en avait besoin. *Bienvenue au club, putain.* Donc ta mère était une connasse. La belle affaire ! Ma mère à moi s'est *suicidée.*

— J'aurais *voulu* que ma mère se suicide.

— Non mais tu t'entends ?

— Et *toi*, tu t'entends ? renchérit-il. Est-ce qu'on est vraiment en train de se disputer pour savoir qui a eu l'enfance la plus merdique ?

— Oh, on ne se dispute pas, parce que je sais que c'est moi. »

Frank leva les deux mains. « Très bien. Tu as gagné. Tu es irrémédiablement abîmée. Ta vie a été un enfer, et la mienne une partie de plaisir. »

Cleo s'empoigna des touffes de cheveux.

« Je ne peux pas te parler ! Tu es infernal. Personne ne dit que tu as eu la vie facile, même si, soyons francs, c'est le cas. Mais au moins, tu as encore une mère.

— Et toi, tu sais qui est ton père ! Le mien n'a jamais reconnu mon existence !

— Oh, c'est vrai que ç'a été une vraie bénédiction, d'avoir un père, ricana Cleo. Tu l'as rencontré, Frank. Tu sais ce que j'ai vécu.

— Et tu sais ce que *moi* j'ai vécu. »

Ils étaient dans l'impasse. Frank se laissa choir sur le canapé et fixa le plafond. « Est-ce que tu as la moindre idée de ce que ça fait, d'être marié à toi ? demanda-t-il posément. Je sentais ta déception à mon égard à des kilomètres à la ronde.

— Non, c'est *ta* déception à ton propre égard, que tu sentais. La proximité avec moi n'a fait que t'en rendre conscient.

— Tu vois, tu présentes ça comme un fait, comme si tu avais une connaissance de ma psyché à laquelle je n'avais pas accès, alors qu'il s'agit simplement de ton interprétation.

— C'est l'interprétation de quelqu'un qui n'est pas saoul la moitié du temps, Frank. »

Il se leva d'un bond et se précipita vers la cheminée pour y jeter une nouvelle bûche. Des étincelles fusèrent dans sa direction. Le visage en feu, il se tourna vers elle. Elle avait le don de lui mettre ses échecs sous le nez, de lui montrer l'ampleur de ses défaillances. C'était démoralisant.

« Ça n'a jamais été moi que tu voulais, dit-il. Depuis le premier jour. »

Cleo fit le tour de la table basse pour pouvoir faire face à Frank. Elle voyait les rouages de son esprit construire cette nouvelle mythologie personnelle, celle d'un échec annoncé. Il n'était pas question pour elle de le laisser s'en tirer comme ça.

« Pourquoi je t'aurais épousé, si c'était le cas ? demanda-t-elle.

— Pour ton visa —

— Arrête de dire ça ! Pour ça j'aurais pu épouser ce foutu Quentin. Je *voulais* me marier avec toi. Je voulais que tu suffises. Je voulais être chaque jour surprise par toi. » Elle se mit à compter sur ses doigts pour scander son propos. « Mais je ne savais jamais quand tu allais rentrer. Tu es obsédé par ton travail, tu lui donnes la priorité sur tout, même sur moi. Et tu refuses de grandir et d'arrêter de tout reprocher à ta mère. Dis-moi pour qui ça suffirait. Pour *qui* ? »

Frank contempla le visage de la jeune femme, ambré à la lueur des flammes. Derrière elle, le ciel par la fenêtre était bleu nuit. Elle semblait prendre un malin plaisir à énumérer ses défauts. En cet instant, il découvrit en lui la capacité de la détester.

« Et toi, tu as abandonné ton rêve quand tu m'as rencontré. Tu étais une artiste. Qu'es-tu, maintenant ?

— Et toi, qu'es-tu ? siffla-t-elle.

— Je suis celui que j'ai toujours été. C'est vrai, je travaille dur, c'est comme ça que j'ai bâti ma réussite. Et : oui, il m'arrive de trop boire. Mais je n'ai jamais prétendu être quelqu'un d'autre. C'est ce que je suis, point barre. »

Cleo le jaugea avec un mépris palpable. « Voilà les paroles les plus tristes qu'une personne puisse prononcer.

— Quoi ?

— « C'est ce que je suis, point barre. »

— Pourquoi ?

— Parce qu'elles prouvent un refus total de changer. Ce n'est *pas* ce que tu es, Frank. C'est ce que tu es devenu, ce que tu as choisi d'être. Tu refuses juste d'admettre que tu as fait un choix. »

Frank leva les bras au ciel. « Très bien ! Qui veux-tu que je sois, Cleo ? Dis-moi qui tu veux que je sois. »

Elle fit volte-face et se mit à regarder par la baie vitrée. Les étoiles minuscules commençaient à apparaître, comme du sel saupoudré sur le ciel. À Manhattan, elle avait oublié jusqu'à l'existence des étoiles. Ce qu'elle voulait, c'était quelqu'un qui lui dise à *elle* qui être. Frank avait quarante-quatre ans. Pourquoi avait-elle la responsabilité de le réparer ? Elle se tourna de nouveau vers lui. Elle se sentait vidée de tout amour pour cet homme.

« Est-ce que tu mesures combien c'est facile, d'être toi ? lança-t-elle. Tu vis dans la ville où tu es né. Tu es entouré de gens qui t'aiment. Même ta mère, malgré tous ses défauts.

— Mais toi aussi ! »

Cleo secoua la tête. « Je ne suis pas d'ici.

— Mais tu as choisi de venir. C'est chez toi.

— Je n'ai pas de famille.

— C'est faux.

— Non. Je n'ai personne. »

Sa voix se brisa sur le dernier mot, et elle mesura combien c'était vrai. *Personne.* Elle passa devant lui pour se placer face au feu et ne plus avoir à le regarder, lui. Il fit un pas vers elle. Il leva la main dans l'intention de la poser sur l'épaule de Cleo, puis la laissa retomber. Elle fixait les flammes avec une telle intensité que les yeux se mirent à lui piquer. Un voile de larmes lui brouillait la vision.

« Tu m'as, moi. »

Il lui toucha l'épaule, et elle le repoussa d'un mouvement brutal. La pitié. Elle l'entendait dans sa voix. De la pitié pour elle, l'orpheline suicidaire. Elle avait beau être seule, elle avait encore sa fierté.

« Je ne veux pas de toi », dit-elle.

Elle ne le vit pas tressaillir.

« Dans ce cas, je vais sortir de ta vie », déclara-t-il d'une voix dure.

Elle ne se retourna pas.

« Si je suis si nocif pour toi, qu'est-ce qu'on fait encore là ?

— Ne fais pas ça », dit Cleo d'une voix lourde de fatigue.

Il retourna à la cuisine, saisit les sacs de courses et pour une raison inconnue les posa par terre. Puis il revint dans le salon.

« Je vais appeler un taxi. C'était une idée stupide. À l'évidence, tu ne veux pas de moi dans les parages.

— Très bien. Fais ce que tu veux. »

Il retourna à la cuisine d'un pas raide en la désignant du doigt. « C'est ce que *toi*, tu veux. »

Il composa le numéro en faisant les cent pas jusqu'au réfrigérateur, puis raccrocha et réitéra l'opération. Il patienta, puis reposa violemment le téléphone sur la table.

« Pourquoi je n'ai jamais appris à conduire ! » hurla-t-il au plafond.

Lorsqu'il reparut, Cleo s'était affalée dans le canapé. Ni lui ni elle n'avait retiré leur manteau.

« Je réessaierai dans quelques minutes, annonça Frank. Tu n'auras plus à me supporter très longtemps.

— La ferme, Frank, dit Cleo avec lassitude. La ferme.

— Je sais que tu traverses des moments durs, dit-il. Mais tu es cruelle. »

D'exaspération, Cleo frappa l'assise de ses deux mains. « Arrête de me parler comme si j'étais une putain d'invalide. Je vais bien ! »

Il s'avança vers elle et lui prit le bras, celui qu'elle avait tailladé, et le tira vers le haut comme si elle venait de gagner un combat de boxe. « Ça, ça va bien ? Tu trouves que ça va bien, putain ? »

Elle se dégagea brutalement et serra son bras contre sa poitrine en se levant. « Ne t'avise pas de me toucher.

— Ne t'avise pas de me dire que tu vas bien ! brailla-t-il. On ne va pas bien ! Rien ne va !

— Je le sais bien, que rien ne va, putain ! cria Cleo.

— Alors dis-moi quoi faire pour arranger ça. Dis-moi simplement quoi faire.

— Arranger ça ? » Elle le toisa avec une fureur absolue. « C'est toi qui as tout cassé ! hurla-t-elle. Tu m'as cassée !

— Tu étais déjà cassée !

— Pas comme ça ! » Elle agita son bras au-dessus de sa tête. Toute cette souffrance, c'est ta faute !

— Et moi, alors ? beugla Frank. Et ma souffrance ?

— Je m'en fous ! rétorqua-t-elle d'une voix stridente. Je m'en fous, je m'en fous, je m'en fous ! »

Frank avança droit sur elle et vint placer son visage tout près de celui de Cleo. Ils avaient atteint le point culminant de toutes leurs disputes, de chaque parole cruelle qu'ils avaient proférée contre l'autre. Il ne restait plus rien à protéger.

« Tu es la pire chose qui me soit arrivée ! » rugit-il.

Cleo le repoussa. Il trébucha en arrière sur un des poufs et tomba par terre, se cognant la tête sur l'une des bûches près de la cheminée. Sonné, il se redressa en position assise et porta la main à l'arrière de son crâne.

« Oh mon Dieu, pardon. » Cleo tomba à genoux et toute trace de colère s'évanouit aussitôt de son visage. « Tu es blessé ?

— Ça va, dit-il en la repoussant d'un geste de la main. Je vais bien. » Puis, se reprenant, il ajouta : « Enfin, puisqu'on a établi que rien n'allait, disons que je ne suis pas blessé.

— Laisse-moi au moins regarder. »

Elle se plaça derrière lui pour examiner son crâne en écartant doucement ses cheveux. Un souvenir d'enfance lui revient en mémoire, de sa mère lui inspectant la tête pour vérifier qu'il n'avait pas de poux. C'était l'un de ces rares moments où elle l'avait touché volontairement, si bien qu'après il n'arrêtait pas de se gratter furieusement la tête en sa présence, dans l'espoir qu'elle le referait. *Pousse-toi de là, Frankie, tu es comme un chien bourré de puces.*

« Dur comme du bois », conclut Cleo en faisant doucement toc toc sur son crâne.

Frank rampa vers l'avant pour aller s'avachir sur le pouf. Il ferma les paupières.

« Je suis désolée, dit-il. Je ne peux plus me battre.

— Tu es désolé de ne plus pouvoir te battre, ou de m'avoir dit que j'étais la pire chose qui te soit arrivée ?

— Les deux », marmonna-t-il sans rouvrir les yeux.

Cleo s'assit par terre et s'adossa au pouf à côté de lui. Ils restèrent ainsi, à écouter en silence le feu craquer et siffler tandis que l'obscurité s'installait progressivement dans la pièce. Une par une, les bougies chauffe-plats s'éteignirent, ne laissant pour seul éclairage que les flammes jaune pâle et tremblotantes des chandelles. Cleo finit par reprendre la parole.

« Tu te souviens, quand on rentrait de France, il y avait un couple en face de nous, à l'aéroport ? »

Frank ouvrit un œil et le posa sur elle. « Quand on est rentrés de lune de miel ? On les connaissait ?

— Non. C'était juste un couple normal, avec deux enfants en bas âge, un bébé et une autre de deux ou trois ans. Ils étaient en train de passer les portillons de sécurité, ils essayaient de démonter la poussette, de retirer leurs chaussures, de sortir l'ordinateur du sac, toute cette merde, tu vois, et le bébé pleurait et la petite faisait une crise de colère terrible pour qu'on la prenne dans les bras. »

Frank secoua la tête.

« Je ne m'en souviens pas.

— Eh bien, au milieu de tout ce chaos, la femme a regardé son mari, leurs yeux se sont croisés au-dessus des gamins qui braillaient et ils se sont mis à rire.

— Pourquoi ?

— Parce que c'était un tel cauchemar, tu vois. Il fallait en rire. » Cleo prit quelques instants pour y réfléchir. « En fait, c'est ça, l'essentiel. Ils n'étaient pas *obligés* de rire. Mes parents se seraient hurlé dessus.

— Et mon père n'aurait pas été là pour se faire hurler dessus. »

Cleo opina. « Exactement, acquiesça-t-elle. Mais ces deux-là, ils étaient embarqués ensemble. Ils riaient.

— Et tu te souviens de ça.

— Oui.

— Parce que c'est ce que tu veux ?

— Parce que je me suis rendu compte que c'est ce que la vie exige. Quand la situation devient compliquée, difficile et pas sexy. Ce genre de partenariat.

— Et on n'a pas ça. »

Ç'aurait pu être une question, mais c'était une affirmation.

« Je ne crois pas que je puisse avoir ça avec qui que ce soit. » Elle sourit intérieurement en repensant à ce que Quentin lui avait dit, le jour de l'accident. « Je ne suis pas ce genre de personne.

— Qui t'a dit ça ? »

Cleo secoua la tête. « Je croyais qu'on pourrait à nouveau être heureux.

— Je sais.

— Je croyais qu'on pourrait se pardonner l'un à l'autre.

— Je n'ai rien à te pardonner. »

Cleo baissa la tête et contempla ses genoux. « Tu ne sais pas tout ce que j'ai fait. »

Frank se redressa et scruta les traits de la jeune femme. Elle se détourna de lui et son visage éclairé par les flammes bascula dans l'ombre.

« Qu'as-tu fait ? Tu peux me le dire, Cleo.

— J'ai tellement honte, chuchota-t-elle.

— Qu'est-ce que tu as fait ? »

Elle inclina la tête. Elle visualisa Anders au-dessus d'elle, les mains d'Anders sur son corps, la queue d'Anders dans sa bouche. Elle se revit le suppliant de rester, et lui prenant la poudre d'escampette. Et dans les jours qui avaient suivi le retour de Frank d'Afrique du Sud, ses appels en douce à Anders, restés sans réponse. Et l'humiliation, en comprenant qu'elle n'obtiendrait rien de plus.

« Parfois, la honte... je ne supporte pas... » Elle s'attrapa la gorge comme si elle étouffait. « Ça t'est déjà arrivé ?

— Je suis moitié juif et moitié catholique, alors, d'après toi ? »

Frank tenta de lui sourire, mais lorsqu'elle tourna à nouveau le visage vers lui, il vit qu'elle était en proie à un grand tourment.

« Mais de quoi pourrais-tu bien avoir honte ? » demanda-t-il gentiment.

Cleo voulait tout lui dire, à propos d'Anders. Elle voulait se montrer dans toute sa vérité, dans toute son imperfection, et être pardonnée. Mais le prix de cette absolution serait une nouvelle souffrance pour Frank. Quand bien même il réussirait à la supporter, elle n'était pas certaine de pouvoir assumer de la lui avoir infligée.

En cette seconde suspendue, Frank sentit intuitivement que ce que Cleo ne pouvait pas lui dire, il ne voulait pas l'entendre. Il s'agissait forcément de quelque infidélité humiliante, quoi d'autre ? Encore un coup porté à sa virilité. Et, malgré lui, il se prit à espérer qu'elle lui épargnerait cela.

Très subtilement, il écarta son corps de celui de Cleo pour se tourner vers le feu. Cleo contempla son profil rougeoyant et elle sentit qu'il ne voulait pas savoir. Elle demeura silencieuse, et ils restèrent tous deux assis dans cette absence de confession, se comprenant intimement l'un l'autre, mais chacun demeurant profondément seul dans sa compréhension. Il finit par tendre le bras pour lui prendre la main.

« Tu es glacée, dit-il. Tu veux que je te fasse couler un bain ? »

D'un hochement de tête à peine perceptible, Cleo consentit. Il lâcha sa main et s'empara d'une des chandelles pour qu'elle l'éclaire jusqu'à la salle de bains. Elle resta assise là, à écouter l'eau gargouiller et remplir peu à peu la baignoire. Dehors, l'obscurité était totale.

14

Avril

En arrivant au restaurant, Zoe vit que Frank était assis à une table près de la fenêtre, à siroter un Bloody Mary. Elle fut soulagée de voir qu'il était déjà en train de boire, puis culpabilisa aussitôt de se sentir soulagée. C'était elle qui avait demandé à le voir, sans toutefois préciser ses motivations. La vérité, c'est qu'elle était en difficulté. Elle avait perdu son boulot dans la boutique de Christopher Street le mois précédent, après avoir croisé par hasard sa patronne dans une soirée, alors qu'elle portait une combinaison en soie ruineuse qu'elle avait empruntée au magasin. Mais même avant cette rencontre malencontreuse, Zoe avait réussi à accumuler plusieurs milliers de dollars de dettes, qu'il devenait de plus en plus difficile d'ignorer.

Si elle ne s'était pas mise pour autant à la soupe en sachet ou aux trajets en métro, elle estimait ne pas s'être comportée de manière totalement irresponsable – du moins, pas plus que les gens qu'elle fréquentait. Son erreur avait été d'oublier qu'elle n'était pas comme ses autres amis de Tisch. Lorsqu'ils se disaient fauchés, il ne fallait pas l'entendre au sens littéral. Quand ils allaient boire un verre ou dîner dehors après les répétitions, se partageaient le prix d'une *eight ball* de crack, prenaient une flotte de taxis au petit matin pour se rendre d'une fête à une autre, ou s'offraient un jus détox à douze dollars avant les cours pour écluser leur gueule de bois, ils le faisaient avec la certitude qu'il y aurait toujours un parent ou un fidéicommis quelconque pour les ramener sains et saufs sur les rives de la solvabilité. Pendant ce temps, Zoe dérivait en haute mer.

Son plan consistait à amadouer Frank à coups de cocktails pendant le dîner, puis de lui faire ses yeux de cocker pour lui demander de la renflouer, mais il avait contrarié ses projets en proposant de petit déjeuner dans le nouveau restaurant de Santiago. Au moment d'accepter, quelques jours plus tôt, elle savait déjà qu'elle arriverait en retard. Mais qu'est-ce qu'il espérait, au fond ? Midi, un samedi, sérieusement ?

Elle se fraya un chemin entre les tables déjà bondées tout en balayant le décor d'un regard approbateur. L'ambiance était contemporaine, américaine, enrichie de quelques touches péruviennes çà et là, et la rencontre entre deux traditions culinaires (ancienne et nouvelle écoles) était reflétée par la juxtaposition de meubles en inox et de textiles andins de couleur vive. Dans l'ensemble, l'espace était frais, ouvert et détendu – à l'exact opposé de ce que ressentait Zoe en cet instant.

Depuis la dernière fois qu'elle l'avait vu, Frank s'était fait couper les cheveux et il ne restait de son abondante tignasse bouclée que quelques ondulations sur le haut du crâne. Ainsi, sa tête paraissait étrangement vulnérable, comme celle d'un nouveau-né. Il se leva pour l'enlacer puis se recula en se tenant la poitrine.

« Qu'est-ce qui ne va pas ? s'enquit Zoe.

— Rien. » Il écarta la question d'un geste évasif. « Une petite brûlure.

— Brûlure d'estomac ? Tu te transformes en Maman.

— Pas d'estomac, non. Je... Eh bien... » Il marqua une pause, puis expira bruyamment. « Et puis merde. J'ai essayé de teindre les poils gris que j'ai sur le torse, mais le produit que j'ai acheté était trop fort, et il m'a carrément décollé la moitié de la peau. »

Par égard pour l'embarras de son frère, Zoe ravala l'éclat de rire qui montait.

« Fais-moi voir », dit-elle en écartant la chemise de Frank, pour découvrir ce qui lui parut une vilaine brûlure écarlate sur toute la poitrine. « Ça n'a pas l'air trop méchant », mentit-elle.

Ils prirent place et se regardèrent en silence.

« Je vois que tu t'es fait faire une coupe de rupture, fit-elle remarquer.

— Ça n'existe pas, ce genre de trucs, chez les hommes. »

Zoe faillit objecter qu'en général les hommes ne se teignaient pas non plus les poils du torse, mais elle résista à la tentation.

« Ils étaient trop longs, c'est tout. Bref, tu en penses quoi ? »

Il retira ses lunettes et s'ébouriffa le dessus du crâne. Elle lui trouvait des airs de joueur de foot gay, mais la vision de son cuir chevelu pâle et de ses yeux plissés lui fit un coup au cœur.

« C'est cool. Ça te rajeunit. »

Elle fut heureuse de le voir sourire lorsqu'elle prit le bol de glaçons sur la table pour se l'apposer sur le front. Il lui lança un regard par-dessus ses lunettes et fit glisser son Bloody Mary vers elle.

« Tu as la gueule de bois.

— Juste une petite. » Elle prit une longue gorgée.

« Qu'est-ce que tu as fait, hier soir ? »

Hier soir. Elle était sortie avec les amis de Tisch en question, s'était promis qu'elle ne boirait pas, mais une fois là-bas, il lui avait paru ridicule de ne pas prendre un verre de vin, et finalement ils avaient commandé une bouteille à plusieurs, et ensuite elle avait retrouvé ce producteur de cinéma croisé une fois dans une fête, qui avait offert sa tournée, et elle avait trouvé que c'était une bonne idée de se faire une ligne dans les toilettes, une seule juste pour boire moins, et là elle avait entendu dire qu'il y avait une soirée dans un hangar à Brooklyn, et, oui, d'accord, elle s'était entassée dans le taxi avec les autres, mais juste pour aller jeter un œil, pas pour rester longtemps, et ouah les boissons étaient tellement moins chères qu'à Manhattan, pratiquement gratuites en fait, est-ce qu'elle avait du liquide sur elle, elle en avait pris deux, puis trois, mais où étaient passées ses copines, peu importait, le producteur était là, il dansait, suait et braillait par-dessus la musique, elle n'entendait rien mais on aurait dit JEMESENSSISEUL et il n'était pas si mal, physiquement, juste un peu vieux et il était descendu dans un hôtel et il avait encore un gramme dans sa chambre, il leur avait appelé un taxi et trou noir et elle s'était mise à beugler à propos de la diversité ethnique à Hollywood, elle était en colère et trou noir, elle roulait sur le lit en riant, en disant « Ne m'en mets pas dans les cheveux », trou noir, nue sur le carrelage de la salle de bains à essayer de se laver, c'était tout humide, se relever pour attraper une serviette – trounoirtrounoirtrounoirtrounoirtrounoirtrounoir...

« J'ai bu quelques verres avec des potes, répondit Zoe en secouant la tête pour s'éclaircir les idées. Mais bon, toi aussi tu as la gueule de bois, je le vois bien.

— J'en ai gagné le droit, se justifia Frank.

— Comme c'est pratique.»

Un serveur blond qui ne devait pas être beaucoup plus âgé que Zoe s'approcha d'un bond de leur table, agrippant son bloc. Zoe lui adressa un petit clin d'œil. À sa grande satisfaction, le garçon rougit jusqu'aux oreilles.

«On va prendre les *huevos*», déclara Frank en lui rendant les menus et avant même qu'il ait pu ouvrir la bouche. «Et un autre Bloody Mary. Et une bière à côté.

— Pour moi aussi, dit Zoe.

— Euh, quel genre de bière? demanda-t-il en gribouillant avec férocité sur son bloc.

«Corona, répondirent-ils en chœur.»

Le serveur éclata de rire. «Vous êtes ensemble depuis longtemps?

— C'est ma sœur», rétorqua Frank.

L'autre se répandit en excuses embarrassées, et Zoe lui assura que cela se produisait tout le temps, ce qui était la vérité. À les voir, impossible de deviner qu'ils avaient un lien de parenté. Leur mère n'avait peut-être pas fait des enfants à son image, mais elle leur avait transmis sa nature, ce qu'ils regrettaient tous deux amèrement. Prompts à aimer, prompts à se mettre en colère, prompts à s'autodétruire. Le serveur leur apporta leurs boissons et battit en retraite en s'inclinant d'un air contrit.

«Comment se passe ton stage? demanda Frank.

— Génial. Je travaille vraiment dur.»

Dans le cadre de ses études, Zoe faisait un stage auprès d'une compagnie de théâtre expérimental, à Dumbo. Le but était qu'elle acquière une expérience directe dans le milieu du théâtre d'avant-garde à Brooklyn, mais en gros jusqu'ici, elle avait surtout appris à survivre avec un minimum de sommeil tout en continuant à aller bosser et en cours. Elle reprit une gorgée de Bloody Mary, qu'elle fit descendre avec de la bière. Elle se demandait quel serait le moment pertinent pour aborder le sujet de ses dettes lorsqu'une vague de nausée la submergea.

«C'est la seule manière de faire, commenta Frank. Tu sais que quand j'ai débuté chez Saatchi, je travaillais soixante-dix heures par semaine. Toutes les femmes de ménage de nuit connaissaient mon nom.

— Et tu gardais un costume de rechange dans le placard à balais, compléta Zoe d'un ton monotone.

— D'accord, tu en as assez d'entendre cette histoire. Mais je n'étais pas comme toi, hors du commun et bourré de talent. J'étais un bosseur, je n'avais que ça. » Zoe tenta de le contredire, mais il l'arrêta d'un geste de la main. « J'en suis content, aujourd'hui. Ça m'a donné la vie que je voulais. Ça m'a aidé à te donner la vie que tu veux. »

La vie qu'elle voulait. Était-ce ce que vivait Zoe ? À vingt ans, sa seule réussite était d'avoir fait partie du callback pour le rôle « Fille dans jacuzzi ». Elle se croyait *effectivement* hors du commun, même si elle aurait préféré mourir plutôt que de l'admettre. Car elle savait qu'il n'y avait rien de plus commun que de se croire hors du commun.

« Quoi qu'il en soit, poursuivit Frank. Je suis fier de toi, c'est ce que j'essaie de dire. »

C'était le moment idéal pour amener le sujet de l'argent. Il lui offrait la transition parfaite. Mais lorsqu'elle entreprit de parler, les mots refusèrent de sortir. Serait-il toujours fier d'elle, s'il savait pourquoi elle avait demandé à le voir ? Elle reprit une gorgée de son cocktail.

« Tu as parlé à Cleo ? » demanda-t-elle, changeant son fusil d'épaule.

Zoe avait été attristée d'apprendre la séparation de Frank et Cleo, même si, en toute honnêteté, la nouvelle n'avait pas été une surprise totale pour elle. Elle avait souvent repensé à ce que Cleo avait dit, sur le balcon, ce soir d'été. *Parfois, c'est Frank, le trou.* Zoe avait beau ne pas être très calée, en matière de relations, elle savait que ce n'était pas là le discours d'une personne heureuse en amour.

« On se donne un peu d'espace. » Il leva vers elle un regard chargé d'espoir. « Pourquoi ? Tu lui as parlé ? »

Zoe haussa les épaules et fit en sorte de ne pas regarder le visage de son frère, tout illuminé par l'attente. Elle regretta aussitôt d'avoir parlé de Cleo.

« On s'envoie des textos de temps en temps. Juste des trucs de filles, tu vois.

— C'est cool, fit Frank en jouant la désinvolture. C'est génial.

— Tu n'as pas à faire semblant d'être content, dit-elle. Je sais que ça peut être bizarre.

— Je ne fais pas semblant. Je suis content que vous soyez en contact. Vous ne vous êtes pas toujours si bien entendu.

— C'est parce que j'étais vraiment immature, l'année dernière, expliqua Zoe, magnanime. Je l'aime vraiment bien... Mais je peux essayer de ne plus l'aimer, si ça te rend triste. »

Frank secoua la tête. « Elle peut être ton amie, même si elle n'est pas la mienne.

— Mais elle n'a jamais été ton amie, objecta Zoe. Pas vraiment. »

Frank baissa les yeux. « Le problème, c'est qu'elle était ma meilleure amie. »

Zoe dévisagea son frère et vit qu'il souffrait. Avec tous ses soucis, elle n'avait pas pris la peine de réfléchir à ce que pouvait ressentir Frank. Elle était partie du principe qu'il était contrarié, bien sûr, mais devant son expression tourmentée et abattue, elle comprit qu'il avait réellement le cœur brisé. Zoe le considéra avec inquiétude et se jura intérieurement de ne jamais, jamais laisser qui que ce soit la faire souffrir ainsi. Frank liquida son verre et tenta de sourire.

« Bref, conclut-il. Changeons de sujet. Où en sont tes notes ? »

Elle fut sauvée par l'apparition de Santiago, lequel surgit par les portes battantes de la cuisine en tenant bien droites deux assiettes d'œufs, telle une allégorie de la justice. Zoe ne l'avait jamais vu aussi mince, et il semblait avoir rajeuni de plusieurs années.

« Regarde-moi ça ! s'exclama Frank. Voici l'incroyable, le seul, l'unique... l'Homme qui Rétrécit ! »

Il tapota affectueusement la taille encore imposante de Santiago. Celui-ci baissa la tête, tout rayonnant de fierté.

« J'ai entendu dire que la plus belle fille de New York était dans mon restaurant. Il fallait que je vienne vérifier par moi-même. »

Il fit glisser les assiettes sur leur table et se pencha pour embrasser Zoe.

« Frank a raison, dit-elle. Tu as une allure fantastique. »

Santiago se tourna vers son ami et posa sa grande pogne sur son épaule. « Et lui, alors ? Ses cheveux, *muy guapos*.

— Hum, n'essaie pas de noyer le poisson, objecta Frank. Qu'est-ce qui t'arrive, mon vieux ? Tu es splendide. Et en plus tu sens bon. Quoi de neuf ?

— Rien de neuf ! Je me nourris bien, tu sais, je fais de l'exercice...

— Tu as rencontré quelqu'un, pas vrai ? » dit Zoe.

Santiago sourit de toutes ses dents. « J'ai une nouvelle amie, oui.

— Et tu me l'avais caché ! s'indigna Frank. Qui est-ce ? Quand puis-je la rencontrer ?

— Elle s'appelle Dominique. On a eu trois rendez-vous.

— Et ? s'enquit Zoe.

— Elle est aussi chaleureuse que le soleil.

— Ouah, mon vieux, le félicita Frank. Pourquoi tu ne m'as rien dit ?

— C'est tout récent. Et avec ce qui se passe entre Cleo et toi, je ne voulais pas...

— Hé, l'interrompit Frank. Arrête ça. Ce n'est pas parce qu'on a rompu que je ne peux pas être heureux pour mon ami quand il trouve l'amour. »

Santiago tira une chaise en métal et l'enfourcha. « J'apprécie, merci mon frère. Dis-moi, Zoe, est-ce qu'il a fondu en larmes sur ton épaule ? Parce qu'il faut qu'il pleure. Quand un mariage finit, un homme doit pleurer à s'en vider le cœur.

— Je ne veux pas en parler, dit Frank.

— Il ne veut pas en parler, répéta Zoe.

— Mais tu *dois* en parler, insista Santiago. C'est le seul moyen de guérir. »

Le fait est que Zoe n'avait jamais vu Frank pleurer. Il en blaguait souvent, en prétendant que leur mère était tellement dégoûtée par les larmes qu'elle l'avait immunisé dès l'âge tendre de cinq ans.

« Vous allez rester mariés ? demanda le Péruvien. Pour son visa ?

— Si elle le souhaite. Franchement, je n'en sais rien. D'après ce que j'ai entendu dire, elle serait chez Quentin. Qui, j'en suis sûr, ne se gêne pas pour la monter contre moi.

— Ce que tu as *entendu dire* ? s'exclama Santiago. Pourquoi tu ne l'appelles pas, mon vieux ? Je me souviens des plats que j'avais préparés pour votre mariage, comme si c'était hier. *C'était* hier. Elle t'aime toujours, je le sens. Une fille comme Cleo aime pour la vie.

— Je ne suis pas certain qu'on puisse dire ça de qui que ce soit, objecta Frank.

— Pchhhh. » Santiago fit mine de couvrir les oreilles de Zoe pour la préserver de cet anti-romantisme flagrant. « J'ai essayé de l'appeler, reprit-il. Le docteur ne m'a pas laissé lui donner mon gâteau de riz. Alors j'ai voulu lui en refaire.

— Le docteur ? » répéta Zoe.

Frank décocha un regard furieux à son ami. Zoe vit qu'il rougissait aussitôt.

« Pas le *docteur* ! Pardon, parfois je me trompe de mot, dans votre fichue langue, sourit-il. Je voulais dire... le consultant, le gars qui gère la com du restaurant. Il a refusé que je donne à Cleo la recette secrète de mon gâteau de riz. Il est très strict, là-dessus.

— C'est bizarre, commenta Zoe. C'est ta recette, quand même. »

Elle se tourna vers Frank, qui s'était tassé dans sa chaise et se tenait de nouveau la poitrine. Elle sentait dans ses tripes que Santiago mentait. Sa première impulsion fut de harceler son frère jusqu'à ce qu'il avoue – après tout, elle était une enfant de théâtre, pour qui le secret était véritablement un moyen de subsistance –, mais elle se ravisa. Soudain, elle eut une vision de Frank enfant, qui considérait le monde avec ce regard rempli d'espoir et de crainte, derrière ses lunettes. Elle eut envie de se pencher en travers de la table pour prendre sa tête entre ses mains. Elle voulait qu'il sache qu'elle le choisirait toujours, lui, qu'elle serait toujours dans son camp et que même s'il devait ne jamais lui raconter ce qui était arrivé à Cleo, elle comprendrait. Parce qu'il était son frère et qu'elle était sa sœur. C'était aussi simple et aussi compliqué que cela.

« Santiago, ces œufs ont l'air fabuleux », dit-elle.

Elle sentait que le plus grand acte de bonté qu'elle pouvait avoir à l'égard de Frank en cet instant était de faire en sorte que Santiago ne parle plus de Cleo, or parler de nourriture rendrait la chose plus facile. Elle reprit une bouchée.

« C'est du paprika ?

— Il faut que tu lui parles, mon vieux, s'entêta Santiago.

— Les meilleurs œufs de la ville, décréta Frank en enfournant pratiquement la moitié de sa portion en une seule bouchée.

— J'ai aussi ajouté un peu d'*ají panca* , précisa Santiago, cédant enfin.

— On le sent bien, opina Frank en toussant dans sa serviette.

— Parlons de Zoe, alors. » Santiago se tourna vers elle et posa le bras sur le dossier de sa chaise. « Dis-moi, comment est-il possible qu'une fille comme toi n'ait pas de petit ami ? Il faut qu'on te trouve un chouette garçon. Tu ne connais personne, Frank ?

— En ce qui me concerne, Zoe est toujours vierge et le restera jusqu'à sa mort.

— Ne t'inquiète pas, *mi amor.* » Il adressa un clin d'œil à la jeune fille. « Je vais te trouver un gars bien. »

Zoe détestait ce genre de langage, en partie parce qu'elle craignait de plus en plus de ne pas être une fille bien. Les filles bien gloussaient et rougissaient quand elles avaient trop bu, elles commandaient un verre de vin mais n'en buvaient que la moitié. Les filles faisaient de la gym suédoise et avaient des comptes d'épargne. Elles ne faisaient pas de crise d'épilepsie. Elles n'avaient pas de dettes. Elles ne laissaient pas des vieux coucher avec elles dans des chambres d'hôtel et disparaître avant leur réveil. Les filles bien ne déjeunaient pas avec leur frère uniquement pour lui soutirer de l'argent.

« Je ne crois pas que je veuille d'un petit ami, dit Zoe.

— parfait, commenta Frank. Concentre-toi sur tes études.

— Bien sûr, concentre-toi, acquiesça Santiago. Mais gaspiller la jeunesse et la beauté est une chose terrible. »

Frank faillit dire quelque chose, mais il se ravisa et continua à engloutir ses œufs.

« Eh bien, c'est une belle journée, et je suis heureux de vous voir tous les deux. » Le Péruvien posa la main sur la table entre eux. « Qu'est-ce que c'est que cette bière que vous buvez ? » Il secoua la tête et appela le serveur, qui astiquait son bar chromé étincelant d'un air anxieux. « Une bouteille de prosecco pour mes amis ! » Il se tourna vers eux avec un sourire radieux. « C'est l'intérêt d'être samedi, pas vrai ? »

La journée touchait à sa fin lorsque Zoe poussa la porte de chez elle. Tali était sortie, et l'appartement sentait l'encens, la cigarette et la poubelle. Elle avait besoin de dormir. En se couchant tôt, elle pourrait avoir une vraie journée le lendemain, peut-être faire un tour dans un musée, puis reprendre les cours lundi bien reposée, pour changer. Elle s'allongea sur son lit et écouta le brouhaha de la foule du samedi qui filtrait par la fenêtre.

Mais son esprit refusait de se calmer. Il n'arrêtait pas de remplir les trous noirs de la nuit précédente. Elle se revit en train d'ouvrir avec les dents une bouteille du minibar, répandre des M&M's partout sur la moquette, ramper à quatre pattes... Elle envoya valser ses chaussures dans un frisson violent. Il fallait qu'elle pense à autre chose. Elle ouvrit son ordinateur et l'écran se ralluma sur son relevé de compte. Elle ferma les paupières. Elle n'avait pas demandé d'argent à Frank et ne le ferait pas.

Elle était en train de sombrer dans un sommeil agité lorsqu'elle fut réveillée en sursaut par une notification sur son portable, dans son sac. C'était un texto de sa mère, lui demandant comment se passait son stage. Recevoir des messages de sa mère était pire que de ne pas recevoir de messages. Elle lança son portable dans son sac, puis ouvrit le tiroir de son bureau pour en sortir la carte de Portia. Ce n'était pas la première fois qu'elle envisageait de s'en servir, depuis leur rencontre à cette séance de « La Pleine Conscience par l'Orgasme » ; en revanche, c'était la première fois qu'elle se sentait assez désespérée pour passer à l'action. Elle la tira de sa cachette secrète et l'emporta dans la cuisine avec son ordinateur. Il ne restait ni vin ni bière, aussi se rabattit-elle sur la demi-bouteille de rhum arrangé posée sur le réfrigérateur, dont elle se versa une rasade dans son mug Tisch. Puis elle se laissa glisser contre les placards et s'assit par terre. Là, elle tapa l'adresse du site.

L'image d'un couple attirant en tenue de soirée apparut à l'écran, avec pour titre : « Trouvez une relation qui vous profite... » Le site était simple et fonctionnel, remarquablement peu sexy, jusqu'à ce que Zoe clique sur l'onglet « Sugar Babies » et fasse défiler les photos des filles. La plupart avaient été prises par les filles elles-mêmes, faisant la moue en fixant l'appareil tendu au-dessus de leur tête, mais il y avait aussi des filles sur la plage, des filles dans des voitures, des filles sur des canapés, des filles sur des bateaux, des filles au lit. En haut de la page, deux phrases : « Vous voulez apporter de la compagnie, et en échange être chouchoutée comme la princesse que vous êtes ? Signez ici et connectez-vous instantanément ! » Zoe liquida son mug et cliqua.

Elle remplit son profil à la hâte et machinalement. Dans la case « religion », elle inscrivit : Marlon Brando. Lorsqu'il lui fut demandé de télécharger une photo, elle passa en revue celles qu'elle avait et opta pour un cliché d'elle en robe noire à fines bretelles, prise après la première d'*Antigone*. Elle avait la peau cuivrée par le soleil et ses boucles étaient rehaussées de reflets d'or. Elle était couleur miel et paraissait en pleine santé. Elle cliqua pour télécharger son profil, et il apparut presque aussitôt sur le site. *Super rigoureux, le modérateur*, songea-t-elle. Elle s'allongea sur le carrelage frais. Ç'avait été presque trop facile.

Elle était toujours étendue là, la bouteille de rhum vide en équilibre sur son front, lorsque son ordinateur émit un tintement joyeux, indiquant l'arrivée d'un message. Elle fut surprise d'en recevoir un aussi rapidement. Est-ce que ces hommes restaient rivés à leur écran, à guetter la chair fraîche ? Elle roula sur le ventre pour se placer face à l'écran, faisant bruyamment choir la bouteille derrière elle. L'expéditeur était un dénommé Jiro Tanaka. Elle cliqua sur son profil avant de lire son message. Japonais, trente-huit ans, large visage bronzé avec de petites pattes d'oie. Dans la rubrique « intérêts », il citait le ski, les sports nautiques et Tina Turner. Elle ne s'attendait pas à cela. Elle s'était imaginé les hommes fréquentant ce site grisonnants, constellés de taches de vieillesse, du genre délinquants sexuels, mais en beau costume. Elle ouvrit le message.

Salut Zoe !
Quel beau nom vous avez. Et vous êtes très jolie ! ☺
Serez-vous libre pour prendre un verre ce soir ? Je connais un excellent bar à saké dans le centre qui je pense vous plairait.

Jiro.

Elle se frotta les yeux et relut le message plusieurs fois. Très lentement, avec deux doigts, elle tapa sa réponse.

Salut Jiro,
Vous aussi, vous avez un nom cool. Je suis libre ce soir.

Elle marqua une pause, remplaça les points par des points d'exclamation, et envoya le tout. Il répondit presque instantanément, en joignant l'adresse et en suggérant qu'ils s'y retrouvent à 19 heures. Ce qui laissait à Zoe plus d'une heure pour se préparer et se rendre là-bas. Tout cela allait beaucoup plus vite qu'elle l'avait imaginé. Elle appuya sa joue sur le carrelage et gémit.

Tout en remontant Bowery au pas de course, Zoe chercha du regard à qui taxer une cigarette. Elle croisa trois filles en manteaux couleur pierres précieuses qui la frôlèrent dans un sillage parfumé. La dernière, en manteau émeraude, avait une cigarette aux lèvres. Zoe fit demi-tour pour les aborder, mais elles disparurent en virevoltant dans un grand éclat de rire, réfractant la lumière. Sous son manteau léopard, Zoe avait enfilé la robe noire de la photo et elle regretta de ne pas avoir choisi une autre tenue. Elle tenta d'attraper son rouge à lèvres dans son sac à main, mais elle n'arrêtait pas de trébucher. Elle toucha le trottoir du bout des doigts. Quelle différence faisait du rouge à lèvres, de toute manière ? Elle éclata de rire. Elle était comme elle était !

Le bar à saké était encastré au rez-de-chaussée d'un immeuble étroit, dans une rue résidentielle. Elle fit une halte à l'épicerie au coin pour y acheter des chewing-gums, et finalement ressortir avec une canette de bière. Elle s'avança sur le trottoir d'en face et, dans l'ombre, scruta la façade du bar. Elle resserra son manteau autour d'elle et but sa bière. À travers la fenêtre éclairée, elle discerna une rangée de clients assis à l'étroit comptoir doré. Un homme se tenait seul, à la chevelure noire et brillante. Des bouquets de fleurs de cerisier roses pendaient de l'écran en papier au-dessus de sa tête, telles des pensées suspendues. Quelle aventure. Elle se serait crue un personnage de film. Elle se fit brusquement la réflexion que sa vie d'adulte était un tourbillon tumultueux et excitant, qui l'étourdissait et la submergeait indéfiniment, comme une vague la renversant chaque fois qu'elle tentait de se relever.

Elle constata avec soulagement que Jiro en vrai n'était pas foncièrement différent de sa photo. Il avait le même visage large, couleur bronze, les mêmes yeux curieux. Il paraissait même légèrement plus jeune. Il émanait de lui ce que Frank appelait « l'aura de l'argent », un bronzage d'hiver rehaussé par une chemise chic visiblement très chère, et ce léger relâchement des chairs qui découle de repas sophistiqués et fréquents. Il la regardait avancer vers lui le long du bar lorsque son visage se contracta momentanément en une expression de stupéfaction extrême : ses sourcils se soulevèrent de manière spectaculaire, ses yeux s'écarquillèrent et sa mâchoire s'ouvrit en grand. Zoe cligna des paupières et les traits de Jiro retrouvèrent leur sérénité. C'était le genre de grimace que l'on faisait aux enfants pour les amuser ou les effrayer. Toutefois elle passa si vite que Zoe se demanda si elle ne l'avait pas rêvée. Elle s'immobilisa à un mètre de lui.

« Ouah, Zoe, s'exclama Jiro en sautant de son tabouret. Je suis tellement content que vous ayez pu vous joindre à moi. »

Il avait un accent sec et américain, avec toutefois des voyelles un peu trop appuyées. Il posa le bout de ses doigts sur les épaules de Zoe et appuya sa joue contre la sienne. Craignant de sentir la bière, elle se recula hâtivement en regrettant de ne pas avoir acheté de chewing-gums à l'épicerie. Elle avait voulu faire une entrée tout en confiance et en charme, pour savourer son rôle de séductrice professionnelle, mais elle était bien trop fatiguée pour cela.

« Salut, Jiro, dit-elle d'une voix douce.

— Vous êtes tout aussi jolie que sur votre photo. »

Zoe remarqua qu'il n'avait pas dit *plus* jolie et en fut instantanément déçue. « Tout aussi jolie » était pratiquement une insulte.

« Vous aussi. Pas joli. Enfin, je veux dire... Merci.

— C'est très bien, si vous me trouvez joli », dit Jiro en souriant, et ses yeux se plissèrent. Il remonta sur son tabouret. « Eh bien, j'espère que vous aimez le saké.

— Il faut que vous me donniez cinq cents dollars », éructa-t-elle.

Elle s'était rendu compte sur le chemin qu'ils n'avaient pas discuté du prix. Elle avait fixé la barre à cinq cents dollars car la somme lui paraissait standard, assez conséquente pour prouver qu'elle n'était pas une amateure, mais pas assez pour l'effrayer. Elle n'avait pas prémédité de le proférer à cet instant *précis*, mais un phénomène curieux se produisait dans son cerveau, qui l'empêchait de contenir ses pensées.

Jiro inclina la tête sur le côté tel un oiseau qui jaugerait un morceau de nourriture en se demandant s'il pourra le transporter, puis tendit le bras pour attraper sa veste sous le bar. Aussitôt, Zoe fut submergée par le regret. Cinq cents, c'était trop : il aurait fallu taper plus bas. Après tout, deux cents, c'était déjà mieux que rien.

Mais Jiro n'enfila pas son manteau. Au lieu de quoi, il l'étendit sur ses cuisses et sortit une enveloppe de la poche intérieure. Il l'ouvrit, s'humecta le pouce et l'index, et sépara d'un geste expert une portion des billets du reste de la liasse, avant de les lui tendre. Avec un sentiment de déchirement caractéristique, Zoe le regarda ranger l'enveloppe encore rebondie dans sa poche de manteau. Ainsi, elle avait demandé trop peu. Naturellement.

« Maintenant que cette question est réglée, dit Jiro, vous préférez le saké chaud ou froid ? »

Un des bénéfices du fait d'avoir bu non-stop depuis la veille était que Zoe était en proie à une nausée aiguë qui exigeait qu'elle consomme son saké (alcool que de toute manière elle n'appréciait pas particulièrement) à toutes petites gorgées, alternées avec de l'eau. La descente après la coke la rendait peu bavarde, aussi fut-elle capable de faire une chose totalement inhabituelle pour elle, à savoir écouter l'autre sans se concentrer exclusivement sur ce qu'elle allait lui répondre. Jiro lui parlait de son travail, une histoire de fonds d'investissement privés, et Zoe opinait vigoureusement, lorsqu'il s'interrompit brusquement.

« Commandons aussi à manger, qu'en dites-vous ? Je vois que vous n'êtes pas une grosse buveuse. La cuisine est très bonne, ici. »

Zoe lui assura qu'elle n'avait pas faim, mais il balaya ses objections d'un revers de main. Des bols de soupe miso fumante apparurent presque aussitôt et il lui en présenta un. À la grande surprise de Zoe, le liquide doux et légèrement terreux lui glissa sans mal dans la gorge, stimulant son appétit. Un plat de boulettes frites toutes fripées nageant dans l'huile à l'échalote arriva ensuite, et Jiro regarda avec un plaisir évident la jeune femme les engloutir une à une, finissant les six à elle seule, avant de taper dans un bol de riz. Puis ce fut au tour des petits beignets de porc ventrus. Jiro en ouvrit un en deux, libérant un minuscule nuage de vapeur. Zoe se pencha pour respirer les effluves sucrés et sourit.

Il commanda d'autres plats et, pendant qu'elle les mangeait, il parlait. Des images lui vinrent, à l'écoute du récit de Jiro : le goût de la solitude dans le verre de chardonnay et le club sandwich à la dinde au bar de l'aéroport. La forme de la solitude dans le petit lit de son fils, où Jiro dormait les rares soirs où il rentrait chez lui, pendant que son fils dormait dans la grande chambre au côté de sa mère. Le début de la solitude, quand il avait dû quitter le Japon pour Bruxelles à l'âge de neuf ans, puis Toronto à onze, ensuite le Missouri, le Paraguay, la

Suisse... Une nouvelle maison tous les deux ans, jusqu'à ses dix-sept ans. Ce surnom, « Oh ouah », dont on l'avait affublé dans l'une des écoles internationales qu'il avait fréquentées, cet américanisme qu'il avait adopté et utilisait à outrance, au point que les autres gamins s'étaient mis à l'imiter. Le retour au Japon pour faire une école de commerce, lorsqu'il avait constaté qu'il n'était plus assez japonais. Le mariage avec une femme qu'il connaissait à peine, juste avant que son père meure, pour lui permettre de quitter ce monde en paix. Le devoir conjugal jusqu'à ce qu'elle lui donne un enfant, qui l'avait ensuite remplacé, ce qui l'avait rendu plus libre et encore plus seul.

« C'est pour ça que vous faites appel aux Chéries de Papa ? s'enquit Zoe. Parce qu'avec votre femme vous ne... consommez plus ? »

Jiro secoua la tête avec un air de dégoût. « Jamais je ne ferais ça avec quelqu'un d'autre que ma femme. Ce serait inapproprié. »

Zoe fit de son mieux pour dissimuler le sourire de soulagement qu'elle sentait flotter à la surface de son visage.

« Alors vous vous en servez simplement pour... traîner avec des gens ?

— J'aime savoir ce que font les jeunes, dans les villes que je visite. »

Zoe haussa un sourcil. « Les jeunes hommes, aussi ?

— Non. » Il sourit. « Je suis moins intéressé par ce qu'ils font. »

Zoe avait liquidé tous les plats commandés par Jiro et considérait avec étonnement l'assortiment de bols et d'assiettes devant eux. Jiro suivit son regard.

« Oh ouah, fit-il. Vous avez bien travaillé.

— Oh ouah ! rit Zoe.

— Oui. » De sa serviette, il tamponna une traînée de sauce soja sur le comptoir devant lui. « C'est un surnom approprié pour moi. Je suis souvent émerveillé par ce qui m'entoure.

— C'est une bonne chose. Pour ma part je suis souvent déçue par ce qui m'entoure.

— Vous êtes trop jeune pour être déjà déçue.

— Être déçu fait partie de la jeunesse. Ma génération à de plus grandes attentes que la vôtre. »

Jiro la dévisagea. « Vous voulez savoir quelle est la clef d'une vie heureuse, Zoe ?

— Il n'y en a qu'une ?

— Une seule qui compte. Pas d'attentes. Pas de préférence. Si vous privilégiez un scénario par apport à un autre, vous êtes pratiquement certaine d'être déçue. Je n'ai pas de préférence, et je suis toujours surpris.

— Ce que vous me dites, c'est que si vous aviez le choix, là, entre deux options : que je vous embrasse ou que je vous balance un coup de poing dans la figure, vous n'auriez pas de préférence ?

— J'essaierais de ne pas en avoir, non.

— Mais au fond de vous-même, vous préféreriez le baiser, n'est-ce pas ?

— Peut-être que si vous m'embrassiez, j'attraperai un herpès labial. Alors que si vous me balanciez un coup de poing dans la figure, je découvrirais un aspect inattendu de la douleur. Je n'ai pas de préférence, c'est l'issue qui me montre ce qui est bénéfique ou nocif pour moi. Ce n'est pas à moi d'imposer cette valeur.

— Vous êtes bouddhiste, ou quoi ?

— Non, je suis juste plus âgé que vous. J'ai appris des choses.

— Quel âge avez-vous ?

— Trente-huit ans.

— Oui, acquiesça Zoe d'un air pensif. C'est très vieux. »

Jiro bascula la tête en arrière dans un grand éclat de rire. Il avait la gorge couleur cuivre.

« Vous voulez prendre une glace avec moi ? »

Dans la boutique du glacier presque déserte, il faisait bon et la lumière était de la couleur du caramel dur. Zoe et Jiro prirent place sur les tabourets hauts près de la fenêtre, en vitrine. De sa paille, elle jouait en souriant avec la boule de glace qui flottait sur son Coca. Quelque chose d'inattendu était en train de se produire : Elle se sentait mieux. C'était peut-être le fait d'avoir cinq billets de cent dollars tout neufs au chaud dans sa poche de manteau, ou d'avoir mangé son premier repas digne de ce nom depuis des jours, ou bien le mélange stimulant de sucre et de caféine, mais elle sentait son corps et son esprit en harmonie pour la première fois depuis une éternité.

« Vous voyez, je pense que c'est bien que vous ayez pris un thé vert, fit remarquer Zoe en plongeant sa cuillère dans la tasse de Jiro et en lui donnant un petit coup d'épaule. Ça prouve que vous n'avez pas peur des stéréotypes.

— Parce que je suis japonais ? » Il éclata de rire. « Vous savez, le thé vert vient de Chine. Et veuillez noter que j'ai aussi commandé de la glace au chocolat.

— *Tout le monde* commande de la glace au chocolat.

— Vous avez pris de la vanille !

— Oui, mais sur un Coca. C'est carrément vieux jeu. » Zoe lécha la cuillère en métal et sourit de toutes ses dents. « Je pourrais faire une remarque inappropriée, mais je m'abstiendrai.

— Sur la glace ?

— Sur le fait qu'à l'évidence vous aimez le chocolat. » Elle leva un sourcil. « Parce que, vous voyez, vous m'avez invitée à sortir.

— Vous pensez que c'est pour ça que je suis entrée en contact avec vous ?

— Je pense que ça fait partie du choix, oui. Allez, mec, vous avez mis Tina Turner comme centre d'intérêt.

— J'aime sa musique », se justifia Jiro. Il bougea légèrement sur son tabouret, de sorte qu'ils ne se touchent plus.

— Et sa peau noire, compléta Zoe.

— Vous vous considérez comme noire, Zoe ?

— Je ne me *considère* pas comme noire. Je suis noire. C'est un fait, pas une opinion.

— Mais vous êtes blanche, aussi, non ?

— Ma mère est blanche. Mon père est noir. Donc : oui, je suis blanche, aussi. Mais ça ne me rend pas moins noire.

— Il me semble pourtant que si.

— Et qu'est-ce que vous en savez ? » Zoe sentit la chaleur lui monter aux joues.

« Ma mère est à moitié sud-coréenne, dit Jiro, alors je comprends un petit peu. Ç'a été très dur, pour elle, de grandir au Japon. Je pense qu'elle s'est toujours sentie... Je ne suis pas certain, mais... "moins que".

— Eh bien, je ne me sens pas "moins que", rétorqua Zoe en haussant le ton.

— Bien sûr », concéda Jiro. Il essaya de poser sa main sur celle de Zoe, mais elle le repoussa. « Et j'espère que ça ne vous arrivera jamais.

Je vous raconte seulement l'expérience de ma mère.

— Eh bien, je ne suis pas votre mère, putain.

— S'il vous plaît, calmez-vous, dit Jiro. Je ne vois pas les choses de cette manière. La race n'a pas d'importance, pour moi. Je voulais simplement...

— Oh, allez. » Zoe roula les yeux. « C'est comme quand les hommes disent : « J'adore les femmes ! » S'ils ressentent le besoin de le dire, c'est parce que c'est faux. Quiconque prétend que la race n'a pas d'importance pour lui dit en fait l'exact contraire.

— Vous connaissez la différence entre un café et votre avis ? » demanda Jiro, avant d'ajouter, voyant que Zoe secouait la tête : « La différence entre un café et votre avis, c'est que le café, je l'ai demandé.

— C'est ça, ouais, mec. » Zoe lâcha violemment sa cuillère sur la table. Un couple à la chevelure blonde assortie leur lança un regard apeuré. « Vous venez de l'un des pays les plus racistes au monde. Vous êtes accro aux crèmes éclaircissantes, aux parasols, et vous haïssez les Chinois.

— Vous êtes déjà allée au Japon ?

— Non, mais...

— Alors peut-être devrions-nous avoir cette conversation quand ce sera le cas.

— Ce n'est pas parce que je n'y suis jamais allée que je ne suis pas au courant.

— Peut-être, oui. Mais ça ne me paraît pas la conversation la plus constructive à avoir. Surtout sachant que jusqu'ici votre jugement se fonde sur... – Zoe se réjouit de le voir perdre un peu son calme –... sur je ne sais quoi ! Les dessins animés, peut-être.

— Très bien, conclut-elle. On peut aussi se taire.

— Si vous préférez.

— Profitez bien de votre glace et de votre racisme ordinaire. »

Elle regretta instantanément le tour qu'avait pris la conversation, mais pas question pour elle de s'excuser. Zoe fusilla du regard le contenu de son verre en fouettant la glace jusqu'à ce qu'elle soit complètement dissoute en une mousse brunâtre. De l'autre côté de la rue, un groupe de jeunes qui devaient avoir son âge se dirigeaient vers un bar. L'un des garçons portait une fille sur son dos et ils riaient tous. Zoe avait oublié qu'on était samedi soir.

Jiro se pencha pour saisir une paille. Il en retira l'emballage, le plia en accordéon bien serré et déposa le tout devant elle. Puis il trempa l'extrémité de la paille dans son verre d'eau et lâcha précautionneusement une goutte sur le papier. Les plis s'ouvrirent et l'emballage se mit à se tortiller sur le comptoir tel un lombric. Jiro laissa tomber une autre goutte, et il se déplia encore plus et s'avança vers Zoe en se contorsionnant. Elle se tourna vers le visage ouvert et rempli d'attente de Jiro.

« Oh ouah ? suggéra-t-elle.

— Oh ouah, acquiesça-t-il.

— Qu'est-ce que vous diriez qu'on dégage d'ici ? proposa-t-elle. J'ai repéré un endroit au bout de la rue où on pourra prendre un verre. »

Zoe se réveilla encore une fois dans une chambre d'hôtel inconnue – une sorte de globe de verre baigné de lumière. Elle tapota les différentes parties de son corps. Elle portait toujours son manteau, sa robe et ses collants. Elle était seule dans le lit. Elle se redressa en position assise pour balayer du regard la suite luxueuse. De larges fenêtres d'usine à petits carreaux donnant sur l'Hudson, un bureau et un bar aux lignes épurées, une table basse décorée de fleurs et d'un tas de magazines impeccables. Tout était lumineux, aéré et moderne. À quelques mètres du lit, Jiro était assis sur un divan gris en peluche, toujours en costume, à lire le journal. Une couverture pliée proprement et un oreiller étaient posés à côté de lui. Il leva les yeux et lui sourit.

« Bonjour, Zoe.

— Salut », répondit-elle d'une voix rauque.

Elle aperçut une bouteille d'eau en verre sur sa table de nuit, l'ouvrit et avala une grande gorgée.

« Vous avez un peu trop bu, hier soir. J'espère que votre tête ne vous le fait pas trop payer aujourd'hui. »

Zoe se passa la main dans les cheveux, qui n'étaient plus qu'une masse de nœuds inextricables.

« J'ai quand même réussi à vous battre au billard, lança-t-elle.

— À ma grande honte, c'est exact, acquiesça Jiro en riant. Et à la danse, vous m'avez... comment dit-on ?... mis une raclée, aussi. »

Zoe laissa échapper un gloussement. « Vous aviez une petite choré pas mal. Je vous ai vu faire le robot. »

Jiro improvisa quelques mouvements sur le canapé.

Zoe se redressa, riant toujours. « Vous avez dormi sur le sofa ?

— C'était très confortable. Comme vous le savez, je suis habitué aux petits lits.

— Merci. Vraiment.

— J'ai bien peur de ne pas avoir su déchiffrer votre adresse.

— Sérieusement, vous auriez pu juste me mettre dans un taxi. » Zoe poussa un soupir. « Je suis douée pour rentrer toute seule. »

Jiro fronça les sourcils. « Je ne pourrais laisser faire ça, dit-il. Et vous ne devriez pas non plus. »

Elle leva les yeux au ciel et se laissa retomber sur les oreillers dans son dos. « D'accord, Papa.

— Je vais vous donner mon numéro d'abonnement de taxi, au cas où, poursuivit Jiro. À partir de maintenant, vous pourrez vous en servir pour rentrer chez vous. »

Zoe le fixa d'un air endormi. « D'accord, Papa », dit-elle plus lentement.

Il rit et se détourna. « Alors, quel est votre programme, aujourd'hui ? »

Elle se redressa dans le lit. Elle avait les cheveux ébouriffés et le visage tout chiffonné (en mode « bohème sublime » et pas « électrocution », espérait-elle). Elle posa son index sur sa joue, fit semblant de réfléchir, et sourit.

« Nada, dit-elle.

— Je n'ai pas de rendez-vous avant cet après-midi. Et si nous prenions le petit déjeuner ensemble ?

— Vous travaillez un dimanche ?

— Je travaille tous les jours.

— C'est l'hôtel où vous descendez, quand vous êtes en ville ? »

Il opina.

« Très chouette, commenta-t-elle en nouant ses mains derrière sa tête. Mais je juge toujours les chambres d'hôtel à leur baignoire.

— Voudriez-vous prendre un bain avant de descendre prendre le petit déjeuner ? proposa-t-il.

— On est dans un *hôtel*, Jiro, s'exclama Zoe en se hissant hors du lit. Le petit déjeuner, on va se le faire *monter.* »

Et c'est ainsi que débuta ce que Zoe considérait comme la matinée parfaite. Elle vida la moitié d'une bouteille de bain moussant dans la baignoire en marbre noir et resta à tremper jusqu'à l'arrivée du chariot du room-service. Jiro prit une douche, et elle eut toute liberté de manger des pancakes et du bacon avec les doigts, au lit, en regardant une émission de téléréalité. Elle but une cafetière entière avec deux pichets de lait. Lorsqu'elle se plaignit de l'état de ses cheveux, Jiro appela la réception pour qu'on leur procure une brosse, qui leur fut apportée fort cérémonieusement sur un plateau d'argent. Ensuite, emmaillotés dans des peignoirs en éponge d'un blanc immaculé, ils s'allongèrent côte à côte sur le dessus-de-lit pour faire défiler la liste de films.

« Pourri, pourri, pourri, commenta Zoe. Passons aux classiques.

— Vous êtes bien certaine de vos opinions, fit remarquer Jiro.

— J'ai *tout* vu, décréta-t-elle. Vous êtes peut-être calé en fonds d'investissement privés, Jiro, mais moi je suis calée en cinéma.

— J'ai lu sur votre profil que Marlon Brando était votre religion. » Jiro secoua la tête en riant. « Qu'est-ce que vous aimez tellement, chez lui ?

— Sa gestuelle, son émotion, sa manière de *respirer.* » Zoe agita les jambes en l'air pour appuyer son propos. J'ai son poster au-dessus de mon lit depuis mes dix ans.

— Et vous avez toujours voulu être actrice ?

— Dans le mille, Jiro.

— Pourquoi ? »

Zoe haussa les épaules. « J'adore ça.

— Mais pourquoi ?

— Eh bien... Quand on est acteur, on peut à la fois être vu et ne pas être vu. On parle, mais ce ne sont pas nos mots à nous. On exprime des sentiments, mais eux non plus ne sont pas les nôtres, ou du moins, rarement. On peut jouer un personnage sans être jugé sur son propre caractère. C'est libérateur, vous voyez ? Ça libère de devoir être soi-même.

— Vous ne voulez pas être vous-même ? »

Jiro l'observait, et soudain ses traits se tordirent en cette même expression de surprise exagérée que lors de leur rencontre. On aurait dit un éclair qui zigzaguait au milieu de son visage. Zoe baissa les yeux et se mit à triturer le cordon de son peignoir.

« Qu'est-ce que c'est, cette grimace que vous faites ? »

Il porta doucement la main à sa joue.

« Ça se produit depuis quelques années, maintenant. Depuis la mort de mon père. Personne ne sait d'où ça vient.

— Ça vous gêne ?

— Énormément.

— Moi aussi, j'ai un peu la même chose. Enfin, c'est pire, en fait. J'ai des genres de... de crises, parfois. »

Jiro se tourna pleinement vers elle et écarquilla les yeux. « Vous êtes épileptique, Zoe ? »

Elle sentit une boule se former dans sa gorge, mais elle hocha la tête. Il était tellement rare qu'elle prononce ce mot à voix haute.

« Je suis désolé pour vous. Ça vous effraie ? »

Elle déglutit. Articuler lui demandait un effort surhumain. « Énormément. »

Jiro opina lentement. « Vous savez, Aristote disait que ces crises étaient la marque du génie. Il en souffrait lui-même, tout comme ses maîtres Platon et Socrate avant lui. »

Zoe eut un petit sourire contrit. « Mais ce ne sont que des hommes blancs, et morts. »

Jiro éclata de rire. « Et occidentaux ! Mais ça n'empêche pas d'entendre son message.

— Je pense pouvoir affirmer que je ne suis pas un génie.

— Qui sait ce que vous serez ? Vous êtes encore en devenir. »

Zoe lissa sa robe de chambre sur ses cuisses et pointa les orteils. « C'est peut-être vrai, concéda-t-elle.

— C'est pour ça que vous êtes allée au groupe de méditation dont vous me parliez, hier soir ? Celui où vous avez entendu parler des Chéries de Papa ? Pour soulager les crises ?

— Oh mon Dieu ! Je vous ai parlé de ça ? » Zoe enfouit son visage dans ses mains. « J'y suis allée uniquement parce que ma coloc m'y a traînée. C'est une longue histoire.

— Vous aviez l'air très émue, en en parlant, argua Jiro. Apparemment, c'était une expérience hors du commun. »

Gênée, Zoe se tortilla sur le lit. Elle n'avait aucun souvenir d'avoir parlé de cela à Jiro. Elle ferma les paupières. Elle se demanda si c'était son nouveau traitement contre l'épilepsie qui causait ces trous de mémoire lorsqu'elle buvait, comme une bobine de pellicule qui saute brusquement et projette le spectateur dans le noir. Ou peut-être était-ce simplement dû à sa *manière* de boire. La même que Frank. La même que sa mère, apparemment.

« Vous y croyez, à tous ces trucs ? demanda-t-elle. « La Pleine Conscience par l'Orgasme » ?

— Ça, je n'en avais jamais entendu parler. Mais... oui, je crois aux bénéfices de la méditation. Quand j'en ai le temps, je pratique le zazen, un héritage du bouddhisme zen.

— Ah, vous voyez. » Elle lui donna un petit coup dans l'épaule. « Je savais que vous étiez bouddhiste. »

Jiro éclata de nouveau de rire. « Vous m'aimeriez mieux si j'étais un moine Zen ?

— Les moines n'ont pas le room-service. Et puis, je vous aime bien tel que vous êtes.

— Moi aussi, je vous aime bien telle que vous êtes, Zoe. »

Ils échangèrent un regard et un sourire.

« Très bien, dit-il. On regarde votre film préféré de Marlon Brando, et ensuite je vais à ma réunion. Ça marche ? »

Zoe tritura joyeusement le cordon de son peignoir.

« Ça marche. »

Lorsque Zoe rouvrit les yeux, la chambre était plongée dans la pénombre. Les stores des baies vitrées avaient été baissés, mais un pâle carré de lumière filtrait autour. Ainsi il faisait jour, dehors. Elle roula sur le côté et sa joue s'écrasa contre un morceau de papier laissé sur l'oreiller.

Je ne voulais pas vous réveiller (il est bon pour vous de dormir, je pense). Je serai de retour de ma réunion à 18 heures et j'apporterai à dîner, au cas où vous auriez faim. Si vous devez partir avant, n'hésitez pas.

PS : Marlon Brando est aussi ma religion, maintenant ☺

Le halo digital du réveil sur la table de chevet indiquait 17:30. Elle avait dû s'endormir pendant le film, chose qui ne lui arrivait jamais. En général, pour s'endormir avec un homme, il fallait que Zoe soit ivre. Elle se redressa contre la tête de lit et étira les bras devant elle en tournant les poignets. Elle sentit son estomac gargouiller, et aussi une autre tension, plus bas, une sensation totalement nouvelle. Elle passa les mains sous les draps pour les poser sur son entrejambe. En appuyant, elle sentit une pointe de plaisir lancinante. C'était cela, la sensation nouvelle. Zoe s'était déjà masturbée, mais jamais elle n'avait éprouvé cela. Si bien qu'au bout d'un moment, elle avait tout bonnement abandonné. Elle était partie du principe qu'une partie de son corps était brisée, à l'image de son cerveau épileptique. Mais cette fois, elle s'était réveillée... différente.

Zoe se laissa glisser sous l'édredon sur le large matelas et ouvrit son peignoir en dessous de la taille. Elle hésita, consulta de nouveau le réveil. Elle préférait mourir plutôt que d'être surprise, mais d'après ses estimations, elle avait largement le temps avant le retour de Jiro.

« Quadrant supérieur gauche », se murmura-t-elle à elle-même.

Elle guida ses doigts jusqu'à l'endroit en question et ferma les paupières. Elle inspira à fond. Ses doigts décrivaient des cercles lents. Il ne se passait rien. Quand soudain. Il se passa quelque chose. Le temps s'écoulait, et d'un seul coup, il disparut. Elle ne ressentait pas grand-chose... jusqu'à ce qu'elle ressente *tout*. Comme décrire ce bourgeonnement ? Une souffrance exquise, chaque centimètre carré de son corps tendu dans une raideur intolérable, les orteils rigides et écartés, et cette concentration paralysante, cette certitude que si elle relâchait un tant soit peu ses efforts, elle perdrait tout, elle se perdrait... Mais non, c'était bien là, elle se tenait juste au bord, suspendue en apesanteur dans une attente insoutenable, elle était proche, si proche et soudain, c'était maintenant, c'était là, elle tombait, elle sombrait, elle se ruait dans le cœur rouge et moelleux de la sensation, comme du velours, une vague après l'autre, de plaisir pur, et voilà que cela recommençait, cette immense intensité, cette intense immensité, et la vague de velours affluait, au-delà des mots, mieux qu'aucun mot, c'était arrivé, elle y était, elle était une vraie fille, une vraie fille, une vraie fille…

Elle rouvrit les yeux et laissa retomber sa main. Une moiteur nouvelle recouvrait ses doigts. Elle se sentait à la fois vide et pleine. Avec cette délicieuse pulsation entre ses cuisses. C'était donc *ça*, dont on faisait toute une histoire, songea-t-elle. Et alors elle éclata de rire en enfouissant sa tête dans l'oreiller chaud. Une flaque de plaisir, voilà ce qu'elle était.

Un peu plus tard, lorsqu'elle entendit la porte s'ouvrir, elle était toujours sur le lit, tout attendrie. Jiro se tenait dans l'embrasure, un sac en papier kraft dans chaque main, tout sourire.

« Je sais que vous allez me traiter de cliché, annonça-t-il. Mais j'ai pris des sushis. »

Il marqua une pause pour la contempler. Il voyait bien qu'elle avait les joues roses et chaudes, les yeux étonnamment brillants. Zoe tenta un sourire, mais le rire revint en force, montant en elle telle une volée de ballons multicolores. Jiro posa les sacs et se mit à rire, lui aussi.

Pour finir, quand ils furent tous deux hors d'haleine, il s'assit sur le bord du lit et se tourna vers elle.

« Au fait, dit-il en s'essuyant les yeux, pourquoi on rit ? »

15

Mai

Cleo habitait chez Audrey depuis une semaine lorsqu'elle remarqua que le voisin l'espionnait par la fenêtre. Elle sortait de la douche et se trouvait nue dans la chambre d'Audrey, en train de s'enduire de lait hydratant, lorsqu'en levant les yeux, elle l'aperçut. Elle se figea. Pour fermer les rideaux, il fallait qu'elle s'avance vers lui. Si elle battait en retraite, elle ne ferait que lui offrir une vue imprenable sur son postérieur. Prise de panique, elle se jeta par terre et rampa à la militaire jusqu'à la salle de bains, laissant tel un escargot un sillage luisant de crème sur les lattes du parquet.

Elle referma la porte en la poussant du pied et s'assit en boule sur le carrelage. Ce n'était pas le fait qu'il l'ait vue nue. C'était sa cicatrice. La fine tranchée violette qui courait de son poignet à son coude, trente points de suture qui dessinaient une voie ferrée. Que lui importait qu'il ait pu la voir ? Il n'était personne. Mais sa cicatrice, c'était au-delà de la nudité, plus intime que le sexe. Personne d'autre que Frank ne l'avait vue. Et elle n'avait pas recroisé Frank depuis deux mois.

Lorsqu'elle rouvrit la porte, le voisin avait disparu. Cleo s'habilla hâtivement en jean taille haute vintage et en cache-cœur en soie, un de ceux qu'elle avait peints en début d'année et dont elle avait éclaboussé le dos de paons géants et de corbeaux noirs et brillants. Elle en avait apporté quelques-uns dans sa valise, en partant de chez Frank. Pour tout dire, elle avait pris tout ce qu'elle avait à manches longues. Elle vérifia celles du cache-cœur. Elles étaient un peu évasées et avaient tendance à glisser sur les bras. Elle arracha le vêtement pour enfiler un T-shirt à manches longues en maille, puis renoua le cache-cœur pardessus en se félicitant que le printemps ne soit pas encore trop chaud.

Lorsque Cleo pénétra dans le salon, Audrey paressait sur le canapé, avec son nouveau petit ami, Marshall, lequel lui massait les pieds.

C'était un grand type aux cheveux châtain et au visage carré et symétrique, assez mignon. Il incarnait ce que Cleo avait un jour entendu qualifier de « physique de doublure », une forme de beauté générique qui manquait cruellement de caractère.

« Ouah, tu es superbe, s'exclama Audrey.

— Je crois que ton voisin me mate quand je suis toute nue, annonça Cleo en se perchant sur l'accoudoir du canapé pour se tresser les cheveux.

— Sale pervers, grogna son amie. Je l'ai chopé en train de nous regarder faire l'amour, l'autre jour.

— Bébé, c'est parce que tu refusais de fermer les rideaux, fit remarquer Marshall.

— Eh bien, je préfère mon corps à la lumière naturelle, mon trésor.

— Tout ce que je dis, *chaton*, c'est que ce n'était pas très privé. »

L'échange fit sourire Cleo intérieurement. Plus ils s'agaçaient l'un contre l'autre, plus les surnoms qu'ils se donnaient devenaient mièvres. Quelle que soit la situation concernée, Marshall avait en outre le don d'offrir toujours la lecture psychologique la plus bas de gamme (« Le couple, c'est compliqué », « La vie est pleine de surprises », « La guerre, c'est moche »), ce qui était pour Cleo une source intarissable d'amusement.

« C'est ce qui est dingue, à New York, déclara Audrey. Même la chambre à coucher n'est pas privée. Le monde entier est un théâtre, j'imagine.

— Et les hommes et les femmes n'en sont que les locataires exploités, compléta Cleo.

— Les loyers à New York sont *délirants* », renchérit Marshall.

Audrey lui caressa affectueusement la joue de son gros orteil. Ils s'étaient rencontrés au premier restaurant de Santiago, où Audrey était toujours hôtesse, et où Marshall avait été serveur jusque récemment. À présent, il gagnait sa vie en harcelant joyeusement les touristes pour les convaincre d'acheter des billets pour des spectacles de comiques sur MacDougal Street, où il lui arrivait à l'occasion de se produire avec son groupe d'impro. Cleo avait été dispensée d'assister à ses prestations par Audrey elle-même, qui ne croyait pas à une forme de théâtre dans laquelle « personne ne se donnait la peine d'apprendre son texte». Marshall était le premier petit ami d'Audrey, et même le premier homme avec qui Cleo l'ait vue coucher plus d'une fois.

«Bref, dit Audrey, il faudrait que je pense à me préparer, moi aussi. Tu es superbe, Cleo. Je veux une tenue comme la tienne.

— Vraiment ? J'en ai d'autres, si tu veux jeter un œil à la pile à côté de ma valise.»

Audrey se leva d'un bond et disparut dans la chambre.

«C'est l'avantage d'avoir Cleo comme coloc ! chantonna-t-elle.

— Juste comme invitée ! rectifia Cleo. Je promets de libérer ton canapé au plus vite.

— Ne t'inquiète pas, fit Marshall. On est ravis de t'avoir ici.»

Cleo haussa un sourcil. *On* ? Pour autant qu'elle sache, Marshall vivait à Red Hook, dans un loft qu'il partageait avec six autres acteurs au chômage. Audrey ressurgit de la chambre vêtue de l'un des cache-cœurs par-dessus une robe si courte qu'on aurait dit un micro-peignoir.

«Ta-da !» Elle pivota sur ses talons aiguilles. «Qu'est-ce que vous en pensez ? Ça fera l'affaire, pour la soirée de l'année ?»

Ils se rendaient au vernissage de la nouvelle exposition de l'artiste Danny Life, *Mortelles Révélations*. Danny et Cleo avaient été à la fac ensemble, à l'époque où il portait un appareil dentaire et s'appelait encore Danny Rodriguez. C'était grâce à ce passé commun qu'elle avait réussi à leur obtenir des invitations pour ce qui promettait d'être la soirée la plus *hype* et select organisée par un cercle connu précisément pour ses soirées *hype* et select.

Situé dans un hangar à alcool désaffecté sur Randall's Island, l'événement était sponsorisé par des promoteurs immobiliers espérant racoler la clientèle pour leur projet du siècle, à savoir deux tours luxueuses qu'il comptait faire ériger à l'emplacement du hangar. C'était l'idée maîtresse d'une stratégie de réhabilitation du quartier, qu'ils essayaient de vendre comme le nouveau pôle résidentiel des créatifs urbains, lesquels n'avaient pour la plupart jamais entendu parler de Randall's Island. Mais Cleo n'y allait ni pour le *hype*, ni pour le beau monde, ni pour le plaisir de pouvoir raconter ensuite qu'elle y était. Elle y allait pour voir Frank. Elle y allait pour que Frank la voie.

Supposant à juste titre qu'une heure de métro découragerait les foules qu'ils espéraient rameuter, les organisateurs de la fête avaient affrété une flotte de bus scolaires jaunes pour faire la navette entre Union Square et le hangar. Les véhicules étaient alignés le long de la 15e Rue, près d'un stand de fleurs de manguier, d'un vendeur de kebabs et d'une diseuse de bonne aventure. C'était tout l'esprit de New York, songea Cleo. Ne sachant ce dont vous aviez besoin, la ville vous offrait tout.

« Ça va aller, si on tombe sur Frank ? demanda Audrey.

— C'est parfois dur, de revoir un ex, fit valoir Marshall avec sa sagesse légendaire.

— Ce n'est pas mon ex, rectifia Cleo. Pas encore. »

À leur retour du bungalow, ils avaient convenu que faire une pause chacun de son côté serait une bonne idée. Depuis, Cleo avait repris les antidépresseurs et commençait enfin à se sentir à nouveau elle-même. Ce serait une bonne chose que Frank la voie lors d'une occasion sociale, où elle semblerait normale et insouciante, comme lorsqu'il l'avait rencontrée. Et il était certain que Frank serait présent. Il avait acheté une des premières toiles de Danny et jamais il ne manquerait une fête de cette envergure. Cleo dénoua sa tresse pour la refaire. Elle espérait qu'elle était jolie. Elle aurait dû se maquiller plus.

« Ouah, c'est tellement *banlieusard* », piailla Audrey en montant dans le bus scolaire.

Cleo passa les sièges en revue. Pas de Frank. Il se trouvait sans doute dans un autre véhicule. Elle suivit Audrey et Marshall le long de l'allée centrale. Ils dépassèrent un homme portant un perroquet orange sur son épaule et un T-shirt à l'effigie, semblait-il, de ce même perroquet.

« Sympa, le T-shirt », commenta Audrey.

Il lui lança un regard désapprobateur avant de se tourner vers la vitre pour regarder dehors, à l'unisson de son volatile.

Quentin était déjà installé au fond, visiblement fébrile et fumant frénétiquement à la fenêtre. À côté de lui se trouvait Alex. Cleo avait passé l'essentiel de ces deux mois chez Quentin, jusqu'à ce que débarque Alex, l'amant russe rencontré dans des circonstances dont Cleo ne voulait rien savoir. Il avait prétendu avoir été viré de son appartement près de Brighton Beach, et Quentin s'était empressé de lui proposer de rester, ce que Cleo avait interprété comme une invitation à déménager chez Audrey.

Alex était beau mais ravagé, il était comme un magnifique manteau de vison que l'on ouvre pour découvrir une doublure tachée et mitée. Il dévisageait constamment Quentin d'un regard prudent et hagard, acceptant sans le moindre remerciement les drogues, l'alcool et la nourriture que Quentin lui donnait.

« Ce n'est pas un chien errant, l'avait grondé Cleo. Tu ne devrais pas avoir à le nourrir pour le garder. »

Mais cela n'avait fait que pousser Quentin à surnommer Alex *Pies* – chien, en polonais. Comme Alex ne s'exprimait que rarement en sa présence, Cleo ignorait comment il avait pris son nouveau surnom.

« C'est l'éclate, non ? lança Quentin quand elle l'eut rejoint. On se croirait en sortie scolaire. Avec de la drogue dans les cartables. »

Quentin portait un corset en satin sous un blouson en cuir, avec un jean slim noir et des bottes motardes à talon. Ses clavicules ressortaient sous le décolleté plongeant du corset, et ses pommettes naturellement saillantes étaient émaciées. Elle n'arrivait pas à croire qu'il ait tant maigri en quelques semaines seulement. Elle ne l'avait jamais vu porter ses tenues de femme hors de chez lui, et elle veilla à ne pas trop laisser voir sa surprise.

« Tu es fabuleux, dit Cleo. Est-ce que tu vas réussir à marcher ?

— Je me suis entraîné », rétorqua Quentin en lui adressant un clin d'œil. Ses paupières miroitaient, recouvertes de paillettes noires.

Cleo remarqua avec une certaine inquiétude qu'Alex en revanche portait les vêtements BCBG de Quentin. En croisant son regard, elle se rendit compte qu'il guettait sa réaction avec une satisfaction évidente.

« Ouaf ! » dit-elle en s'installant derrière eux, près de la fenêtre.

Le bus recréait une atmosphère de nostalgie de l'enfance et de festivités d'adulte. Une excitation, presque une frénésie, gagna les passagers qui commencèrent à faire passer des bouteilles d'une rangée à l'autre et à entonner en chœur – sans grand succès – des tubes des années 1990. Par malchance, Cleo se retrouva assise à côté de Guy, un maquilleur français et vieil ami de Frank qui s'était tellement saoulé à leur mariage qu'il s'était retrouvé à errer dans le local à poubelles et avait vomi dans le vide-ordures.

« Salut, Guy, lança-t-elle, incapable de résister à la pulsion de prononcer son nom à l'américaine, sachant que cela le mettait immanquablement en rogne.

— Allez, quoi, c'est *Guy*, comme dans guillotine, la reprit-il. Ça fait combien de temps qu'on se connaît, maintenant ?

— Assez longtemps pour arrêter les salades. »

Elle lui sourit et appuya sa joue contre celle de Guy. Elle prit soin de respirer par la bouche, car il fumait comme un vrai Français, c'est-à-dire constamment. Mais à sa grande surprise, elle ne sentit que le parfum de son shampooing. Elle espéra qu'il ne demanderait pas où était Frank. La nouvelle de leur séparation ne s'était pas encore répandue. La meilleure tactique pour éviter cela était de le faire parler de lui.

« Tu es superbe, dit-elle.

— Je sais, rétorqua-t-il. Je suis sobre depuis presque six mois.

— Sérieusement ? » Cleo se recula de côté pour mieux l'inspecter. « Je croyais que tous les Français fumaient comme des pompiers et buvaient comme des trous ?

— Je disais la même chose, acquiesça Guy. Jusqu'à ce que je parte en tournée. »

Tandis que le bus s'engageait sur la voie rapide Franklin Roosevelt, il leur raconta les quatre mois qu'il avait passés à maquiller les membres d'un des groupes de rock les plus connus au monde, pour une tournée de retrouvailles à travers les États-Unis et l'Europe. Il décrivit la farandole incessante de drogue et d'alcool, la bagarre dans un bar d'Amsterdam dans laquelle il avait perdu la moitié de son lobe d'oreille, la prostituée à Bruxelles qui l'avait dépouillé en le menaçant d'un couteau, et pour finir, le jour où il s'était réveillé complètement nu dans un couloir d'hôtel, sans savoir l'heure, quel était son numéro de chambre, ni même s'il se trouvait dans le bon hôtel. Il avait erré dans les corridors interminables, nu et égaré, tremblant de panique. Devant lui, il avait aperçu de la lumière derrière la porte d'un placard à balais. Comme en transe, il avait marché vers cette lumière. Il avait ouvert la porte. À l'intérieur, il avait trouvé une robe blanche en plumes, sur un cintre. À l'intérieur, il avait trouvé Dieu.

« Et c'est tout ? fit Audrey. Tu as enfilé la robe et tu as arrêté la drogue ?

— Non. » Guy haussa les épaules. « J'ai foncé au Mexique prendre l'ayahuasca et j'ai fait un trip de trois jours. C'est après ça, que j'ai arrêté la drogue.

— C'était comment ?

— D'abord, répondit Guy en levant son index jauni par le tabac, tu vois la couleur orange. Ensuite – avec ses mains, il mima une explosion à l'intérieur de son crâne –, tu comprends que tu n'as jamais vraiment aimé.

— Ouah, s'extasia Marshall. Un seul instant peut changer ta vie pour toujours. »

Quentin se tourna vers Cleo et roula les yeux.

« Maintenant, je suis seulement accro à la méditation.

— La méditation comme médication, conclut Audrey, visiblement très fière de son bon mot.

— *Exactement*, acquiesça Guy en français. Mon but dans l'existence, c'est un jour de ne vivre qu'avec un pagne et un bol chantant.

— Sans oublier la brosse à dents », ajouta Quentin.

Cleo ne dit mot, absorbée par l'East River qui défilait derrière la vitre, les lumières de Long Island au-delà, l'enseigne Pepsi-Cola art déco, avec ses lettres rouge vif théâtrales. Elle repensait au jour de sa sortie de l'hôpital. Frank l'avait déshabillée dans la salle de bains du bungalow plongé dans l'obscurité, il avait fait glisser sa chemise le long de ses bras levés comme si elle était une petite fille. Elle avait posé ses mains sur ses épaules à lui tandis qu'il s'agenouillait pour lui retirer son jean. Elle sentait l'air chuchoter autour de ses agrafes. Il lui avait ôté ses sous-vêtements. Elle avait soulevé un pied, puis l'autre, pour s'en défaire précautionneusement. Elle sentait son corps totalement asexué. Elle était redevenue une enfant. Il avait appuyé son front juste en dessous du nombril de Cleo. Elle avait pris le crâne de Frank entre ses mains et ses belles boucles s'étaient entrelacées à ses doigts à elle. La dévotion, c'était le mot pour décrire deux corps ainsi. Ils auraient dû faire preuve de plus de dévotion. Elle le comprenait maintenant.

« Cleo ? Ça va ? demanda Quentin d'un air inquiet.

— Ça va, mentit-elle. J'ai un peu le mal des transports, c'est tout.

— Je vérifie juste, tu vois. Vu que je suis un bon ami. »

Elle eut envie de lui rétorquer qu'un bon ami n'éprouverait pas le besoin de lui faire sans arrêt remarquer ce qu'il faisait pour elle, mais elle laissa couler. Quentin se concentra de nouveau sur Alex, dont les yeux jaunes étaient restés fixés sur lui. Sans le regarder, Quentin tira un sachet en plastique de sa poche, qu'il fit glisser sur les genoux d'Alex. Dedans brillait ce qui ressemblait à des éclats de glace. Dans l'interstice entre leurs sièges, Cleo vit le coin de la bouche d'Alex se soulever en un rictus étrange.

« Regardez, c'est Zoe ! » s'écria Audrey.

Ils étaient en train de doubler un des autres bus de la procession. Par la vitre, ils virent la belle tête bouclée de Zoe appuyée contre l'épaule d'un homme asiatique plus âgé, en costume. Leur bus accéléra, et elle disparut derrière eux.

« Cette fille est une énigme », décréta Audrey en secouant la tête.

Quentin leva subitement les bras en l'air en agitant les mains.

« On est bientôt arrivés ? brailla-t-il.

Audrey éclata de rire. « Ne me dis pas que tu t'ennuies déjà.

— Tu me connais. J'aime mieux pleurer dans une limousine que rire dans un bus. »

Une demi-heure plus tard, ils arrivèrent en vue des grilles d'entrée du hangar et les bus se garèrent près d'une grande cour. De l'autre côté du fleuve obscur, la ligne de toits hérissés de Manhattan leur adressait des clins d'œil. Les fêtards s'entassèrent sur le parking et furent orientés le long d'un passage jalonné de torches vers deux femmes sculpturales dont l'une tenait à la main une tablette. Elles étaient encadrées par une rangée d'agents de sécurité impassibles. Tous donnèrent leurs noms aux deux filles, à l'exception d'Alex, qui resta planté à leur jeter des regards de défi.

« Lui, il n'entre pas, dit la fille à la tablette.

— C'est l'ex de Danny, intervint Quentin en poussant Cleo devant lui. Et lui, c'est son invité. »

Ce qui était un peu exagéré, car Cleo avait seulement couché occasionnellement avec Danny pendant un an. L'échange de bons procédés avait cessé le jour où, dans ce qui s'était avéré le coup le plus stratégique de sa carrière, Danny s'était mis à sortir avec la fille du propriétaire de l'une des plus grosses galeries d'art contemporain de New York. Elle avait amené son père à son vernissage de fin d'études, et c'est ainsi que Danny était devenu en deux ans le jeune artiste le plus coté de la ville. À vingt-six ans seulement, la moindre de ses toiles se vendait deux cent cinquante mille dollars. Mais récemment, la carrière de Danny avait pris un tournant, et une série d'expos – qui avaient été des succès commerciaux mais des échecs critiques – lui avaient valu quelques rumeurs désobligeantes. Il se disait qu'il était peut-être l'exemple parfait de l'adage selon lequel rencontrer trop tôt le succès pouvait ruiner l'intégrité de la carrière d'un artiste.

Une fois que Cleo eut prouvé à travers une série de textos exhumés de son téléphone qu'elle avait bien été personnellement invitée par Danny, la fille à la tablette les autorisa à contrecœur à entrer. Ils traversèrent une aire de déchargement pavée encadrée par deux grands bars à ciel ouvert, ainsi que par des food-trucks et un point photo. Au centre se dressait une sculpture en glace représentant Danny en train de brandir une bouteille d'alcool de l'un des sponsors de la soirée. La sculpture était si petite qu'elle en était comique – à peine plus grande qu'un enfant, dotée de quelques dreadlocks caractéristiques du personnage et qui se hérissaient bizarrement sur sa tête.

« Ils n'auraient pas pu investir dans un truc à taille réelle ? s'étonna Quentin en désignant l'œuvre. C'est atrocement pingre. »

Tandis qu'elle regardait autour d'elle, un sentiment d'échec palpable, liquide, s'insinua en Cleo. À quoi avait-elle passé ces dernières années ? Elle était déjà tellement larguée. À l'école, Danny était moins calé qu'elle, en technique, et pourtant il avait déjà accompli tout cela. Elle n'avait rien fait, ni de son art, ni d'elle-même.

« Tu sais ce que j'aime, avec les vernissages ? dit Quentin. C'est qu'à tout moment, tu as dans ton champ de vision au moins trois personnes en col roulé noir.

— Et un bonnet ridicule, renchérit Audrey.

— Très bien, vérifions un peu ta théorie », proposa Marshall. Il se tordit le cou pour passer en revue la foule. « Ouaip, j'ai les trois cols roulés. »

Cleo fit de même et en compta un, deux... Et là, dans le troisième, elle reconnut Anders. Elle scruta les personnes qui l'entouraient. Il était seul. Pas de Frank. De manière inexplicable, il paraissant plus jeune qu'avant, mince et bronzé. Évidemment, songea-t-elle, amère.

Il fendait la foule pour la rejoindre. Puis il l'attira contre lui, l'entourant de ses bras et l'embrassant sur le sommet du crâne. Son odeur... C'était insupportable. Elle se recula. Les bras d'Anders retombèrent mollement et une expression de gêne et de tristesse passa sur son visage.

« Je suis heureux de te voir, dit-il en se tournant vers les amis de Cleo pour les saluer avec son accent danois. Salut, salut.

— On était justement en train de compter les gens en col roulé noir dans la salle, lança Quentin.

— Eh bien, rit Anders en regardant son torse comme s'il se rendait seulement compte de ce qu'il portait, il y a moi ! Qu'est-ce que ça signifie ?

— Que tu n'es qu'un cliché, rétorqua Quentin, avant d'ajouter : Je plaisante. »

Cleo ressentit ce mélange familier, cette sensation contradictoire de fierté et d'humiliation. La fierté que Quentin se montre protecteur, l'humiliation qu'il le soit de manière aussi narquoise.

« Tu as remarqué que quand les Américains te disent : « Je plaisante », en fait ils ne plaisantent jamais vraiment ? demanda Anders en se tournant vers Cleo.

— Allô, je suis polonais », riposta Quentin.

Anders prit Cleo par le bras tout en s'adressant au jeune homme. « Je t'emprunte ton amie. »

Il attira Cleo dans un coin tranquille, près des torches. Ils restèrent plantés, face à face, à la lueur des flammes qui leur léchaient le visage. De plus près, Cleo constata que, sous son bronzage, Anders ne paraissait pas plus jeune, mais épuisé. La lumière du feu ne touchait pas ses yeux.

« Comment vas-tu ? demanda-t-il. Tu es superbe.

— Toi aussi. Très... californien.

— Ah, oui, dit-il en se frottant les joues. Je vis près de la plage, maintenant. Je pratique même le surf, de temps en temps.

— Jonah doit adorer ça.

— En fait, Jonah n'est pas encore venu me rendre visite. » Il regarda ses pieds.

« Oh, je pensais qu'il...

— Ce n'est pas un problème. » Il agita la main devant lui.

« Tu connais les ados. » Il n'arrêtait pas de sortir nerveusement son téléphone de sa poche. « Mais j'adore le coin, le bon air... Tout. Et puis, tu sais, j'ai rencontré quelqu'un.

— C'est ce que j'ai entendu dire, oui. »

En réalité, elle avait plutôt *vu*. Elle avait découvert l'existence de sa nouvelle petite amie lors d'une recherche Google très mal inspirée. Elle était magnifique, bien sûr, encore un mannequin. Il y avait deux photos d'eux ensemble, lors d'une soirée au magazine d'Anders à LA. La première avait été prise à l'extérieur. Ils se tenaient la main et penchaient légèrement la tête l'un vers l'autre. Sur la seconde, ils étaient à l'intérieur, une flûte de champagne à la main, tous deux en train de rire. Assise en boule sur le canapé d'Audrey, auréolée de la lumière bleue de son écran, avec comme fond sonore les gémissements de plaisir d'Audrey et Marshall qui filtraient à travers les murs, elle avait cliqué frénétiquement de l'une à l'autre des photos d'eux souriant et riant, riant et souriant...

« Elle est ici ? demanda Cleo.

— Non, malheureusement elle voyage beaucoup pour son travail. Elle est aux Bahamas, en ce moment. »

Cleo lui adressa un faible sourire. « C'est la belle vie.

— Je ne suis ici que pour le week-end, en fait, expliqua-t-il. J'espérais emmener Jonah au ciné, ce soir, mais il voulait voir ses potes, évidemment. » Il évita son regard et jeta un œil par-dessus son épaule, remarquant la présence d'une connaissance dans la foule, à qui il adressa un signe de tête en articulant silencieusement : « Salut ».

« Où est Frank ? demanda Cleo.

— Frank ? » Anders se concentra de nouveau sur elle. « Il s'est dit que ce ne serait pas approprié, sachant que Danny et toi étiez à l'école ensemble. »

Il se passa la main dans les cheveux. Ils étaient plus clairs, presque blanchis par le soleil, par endroits.

« Je vois. » Elle fit de son mieux pour conserver une expression neutre. Mais sa déception était tellement intense, physique même, qu'elle craignait que son visage blêmisse. Elle ressentit soudain une envie incontrôlable de rentrer à la maison, de se retrouver seule, loin de toute cette comédie. Mais où ? Elle n'avait plus de maison nulle part.

« Il pensait que tu serais soulagée, ajouta Anders.

— Et toi ? » Elle leva la tête pour planter son regard dans celui d'Anders. Tu ne t'es pas dit que tu devrais te planquer, toi aussi ?

— Je voulais te voir. Je voulais m'assurer que tu allais bien.

— Parce que *maintenant*, tu te soucies de mon état ?

— Allez, quoi, Cleo. » Il tira de nouveau son portable de sa poche, incapable de soutenir le regard de la jeune femme. « On est toujours amis, non ? Je voulais te donner de l'espace, tu vois, pour que tu puisses faire le tri dans tes sentiments.

— De l'espace ? siffla-t-elle. Ne jamais plus m'adresser la parole, tu appelles ça me donner de l'espace ? »

Elle s'était souvent imaginé cette scène de retrouvailles avec Anders. Dans son fantasme, elle restait inflexible, brillante, froide et impénétrable comme du métal. Mais tous ses sentiments, tout ce ressentiment stupide n'arrêtait pas de remonter à la surface.

— Qu'est-ce que j'étais censé faire ? demanda Anders en levant les mains comme pour se protéger. Tu as dit que tu le quitterais. Tu ne m'as pas quitté. Alors je... J'imagine que j'ai essayé de tourner la page. »

Cleo avait envie de rétorquer qu'elle ne pouvait quitter Frank sans avoir l'assurance qu'Anders serait là pour elle de l'autre côté, assurance qu'il n'avait pas pu lui donner lorsqu'elle lui avait demandé. Elle s'était détestée de l'avoir ainsi mis au pied du mur. Elle avait eu trop peur. Et elle avait réellement cru qu'elle pourrait aimer Anders, même si elle comprenait à présent qu'elle s'était accrochée à lui simplement parce qu'elle ne voyait pas d'autre issue. Rien que d'y repenser, elle en était malade. Elle voulut lui rappeler que c'était elle, qui avait vingt ans, quand Frank et lui étaient dans la quarantaine. Ils avaient leurs carrières. Ils avaient l'argent, la citoyenneté américaine, la stabilité et le pouvoir. En comparaison, elle n'avait rien d'autre qu'elle-même.

Mais tout ce qu'elle dit, c'était : « Je t'ai appelé.

— J'ai pris ce que je pensais être la meilleure décision, se justifia Anders. Je t'en prie, essaie de voir les choses de mon point de vue. Je connais Frank depuis vingt ans. »

Une file de gens rejoignant le bar s'insinua entre eux en s'interpellant à grands cris surexcités. Anders recula d'un pas pour les laisser passer.

« Tu n'as même pas dit au revoir.

— Je suis désolé, Cleo. Je ne sais pas quoi dire. J'ai fait ce que je croyais bien. »

Il la dévisagea d'un air apitoyé. Il devait la trouver misérable. Elle eut envie de tendre la main pour arracher cette expression de son visage comme une feuille de papier à dessin et de la chiffonner entre ses mains. Elle croisa les bras et recula. Il n'y avait rien d'autre à ajouter. Il se pencha pour lui toucher délicatement le coude.

« Cleo », dit-il d'une voix douce.

Dans sa bouche, son prénom sonnait comme une chute, deux rebonds dans un escalier. *Cle-o*.

« Quoi ? »

Il s'apprêta à dire quelque chose, puis se ravisa. « Ne sois pas une étrangère, s'il te plaît, finit-il par dire.

— Certains de mes meilleurs amis sont des étrangers », rétorqua-t-elle avant de disparaître dans la foule.

Elle joua des coudes pour se frayer un chemin à contrecourant des invités qui se dirigeaient vers les bars, et pénétra dans la première salle du hangar. Un cercueil criblé d'impacts de balles tournait lentement au bout d'une épaisse chaîne en métal, en suspension au-dessus d'un monticule de miroirs brisés. En baissant les yeux, elle vit des centaines de fragments de son visage, un éclat de joue, de gorge, d'œil. Qui était-elle ? Une artiste qui ne faisait pas d'art. Une épouse sans mari. Une enfant sans mère.

« Te voilà ! » Quentin lui attrapa le bras. Ses yeux n'étaient plus que des globes noirs et miroitants. « Tu as vu Alex ? »

Elle secoua la tête. Il la tenait assez fort pour lui faire un bleu. Elle posa sa main sur celle de Quentin et lui desserra les doigts. « Tu te sens bien ?

— Merveilleusement bien ! » s'exclama-t-il avec un accent britannique, en rejetant la tête en arrière en un rire théâtral, toutes dents dehors. Il la rebaissa subitement, une expression sévère sur le visage. « Il faut que je trouve Alex.

— Qu'est-ce que tu as pris ? » s'inquiéta Cleo, mais Quentin se ruait déjà dans la foule. Elle suivit du regard son crâne jusqu'à la salle principale, puis lorsqu'elle cligna les paupières, il avait disparu parmi les corps qui grouillaient.

Elle passa devant un couloir où des invités arrachaient voluptueusement des lattes de parquet comme s'il s'agissait de peaux mortes. La piste de danse était déjà bondée, et la foule se déhanchait sur une chanson que Cleo ne connaissait pas. Elle sentait la basse pulser dans sa chair et vibrer contre sa peau. Elle aperçut Audrey et Marshall en train de sautiller près du mur.

« Par ici ! l'appela son amie, avant de lui tendre une bouteille d'eau. Tu en veux ? On l'a un peu améliorée. »

Oui, elle en voulait. Elle voulait quelque chose qui roule en elle comme une marée, qui balaie des années entières de sa vie. Ces derniers mois remplis d'espoir, où elle avait cru que sa mère était en train de guérir. Disparus. Le soir où elle avait rencontré Frank, son sourire, ses compliments, sa main se glissant sous sa robe pour trouver un nid entre ses cuisses. Disparue. Ces semaines avec Anders. Disparues. Chaque homme, au fond, qui s'était creusé un passage en elle, qui l'avait embrassée, qui l'avait baisée, qui avait joui en elle et sur elle. Elle voulait qu'il dégage. Elle voulait qu'un flot chargé de corps d'hommes soit aspiré hors d'elle. Elle voulait la mort par inondation.

Elle prit la bouteille et but à longues gorgées, et l'eau dégoulina des deux côtés de sa bouche.

« Ouah, tout doux, hurla Marshall. C'est costaud.

— Parfait. »

Elle lui lança la bouteille et les repoussa tous les deux pour s'immiscer dans la masse des danseurs. Elle se fit bousculer de toutes parts. Tout le monde lui paraissait plus grand qu'elle. Un homme avec une tête de mort tatouée recouvrant entièrement son crâne rasé la saisit par la taille en collant brutalement ses hanches contre celles de Cleo. Elle s'appuya contre lui pour reprendre son équilibre tandis qu'il l'attirait plus près et lui fourrait son visage mouillé dans le cou. Elle lui attrapa les bras et lui planta ses ongles dans la peau, aussi profond qu'elle put.

« Mais putain ! » glapit-il en la repoussant violemment. Elle l'entendit brailler tandis qu'elle se glissait de nouveau dans la foule : *Tarée, cette chienne.*

Elle trouva la sortie et se réfugia dans une salle secondaire remplie de grands cierges en verre décorés d'images de la Vierge Marie. Toute la pièce baignait dans un halo jaune. Et là, au milieu de toute cette lumière, se tenait Danny Life. Il était tout de blanc vêtu, d'un bleu de travail sur mesure et de bottes de chantier immaculées. Avec lui se trouvait un critique d'art que Cleo reconnut. Il tendait fervemment un dictaphone vers Danny, même s'il avait plutôt l'air de faire la conversation tout seul.

« Dans quelle mesure peut-on dire de votre œuvre qu'elle est autobiographique ?

— Comment ça, autobiographique ?

— Vous voyez ce que je veux dire, répondit le critique. Comment votre propre expérience de la violence de la rue influence-t-elle votre travail ? Est-ce que vous...

— Écoutez, mon vieux, l'interrompit Danny. J'ai grandi dans une banlieue résidentielle. Ma mère est épidémiologiste. Si vous ne savez pas ce que c'est, allez regarder sur Internet.

— Mais ces armes... »

Cleo se planta derrière lui et fit semblant de se tirer une balle dans la tête avec sa main, tout en louchant. Le beau visage de Danny s'illumina d'un sourire qui découvrit ses dents étincelantes.

« Si vous voulez bien m'excuser. » Il poussa le critique pour enlacer Cleo. « Cleo le chat. J'espérais te voir.

— Regarde-toi, sourit Cleo. Le gars le plus sexy de la ville.

— C'est tout moi. » Il éclata de rire. « Comment tu vas ? »

« Je n'ai plus de maison. » Elle haussa les épaules. « Plus de boulot. Plus de mari. Et toi ? »

Elle sentit quelque chose lâcher en elle, comme les premières fissures annonçant un tremblement de terre.

« Merde. Je m'en sors mieux que toi, c'est sûr. »

Cleo ne put s'empêcher de rire. Danny n'était pas enclin à la compassion, ce qu'elle avait toujours apprécié chez lui. De la *tendresse*, c'était le terme qui définissait le mieux ce qu'ils ressentaient l'un pour l'autre. La tendresse était chaleureuse et pas tiède, la tendresse avait la couleur de l'ambre, elle était plus affectueuse que l'amitié tout en étant moins compliquée que l'amour. Pendant leurs études, ils avaient passé des heures allongés dans le lit de Danny, enroulés dans les draps, à faire tomber la cendre de leurs joints dans une canette de Coca posée par terre, à discuter librement de leur travail, des artistes qu'il cherchait à fréquenter, des autres gens avec qui ils couchaient.

« Sérieusement, tu es à la rue ? demanda Danny. On vient de me proposer de désigner quelqu'un pour une résidence d'artistes à Rome. Tu veux la faire ? »

Cleo ne savait pas ce qu'elle voulait. Elle fut sauvée de son indécision par une fille en pantalon et soutien-gorge en cuir qui déboula en courant et sauta sur le dos de Danny.

« Je t'adore, Danny, hurla-t-elle d'une voix stridente, en l'embrassant sur la joue.

— Moi aussi, je t'adore, ma belle, fit Danny. Mais il va falloir que tu descendes de mon dos, maintenant. »

La fille se laissa glisser à terre en riant, et courut rejoindre ses amis pour prendre des photos.

« Tu m'accompagnes ? J'ai besoin de faire une pause. Je n'en peux plus de tous ces gens. On m'a donné ma propre caravane. C'est du délire. »

La loge de Danny était tapissée de moquette épaisse et dotée d'un immense canapé en velours et d'une table décorative sur laquelle étaient alignées des bouteilles d'alcool et de champagne. Un lustre éclairait la pièce, et il sembla à Cleo que la lumière papillotante lui caressait la peau comme des plumes légères. Elle avait l'impression que tout son sang avait été carbonisé. Danny la regarda droit dans les yeux et explosa de rire.

« Tu as pris quelque chose ? »

Cleo acquiesça.

« Tu veux un verre ? »

Elle opina de nouveau. Elle sentait le halo du lustre la réchauffer de l'intérieur. Elle leva la main pour toucher une des breloques en cristal. Un arc-en-ciel de lumière dansa sur son visage.

« Comment tu te sens ? demanda Danny.

Elle ferma les yeux.

« Sensass. On devrait utiliser ce mot plus souvent. *Seeeeensaaaaass.*

— Attends. »

Il s'approcha pour décrocher une breloque du lustre. Très

délicatement, il ôta le clou que Cleo portait à l'oreille droite et glissa la tige métallique dans le trou. Lorsqu'il retira la main, elle sentit le pendant tirer sur son lobe, et le contact inhabituel du verre contre sa joue.

« Maintenant, tu as aussi *l'air* sensass. » Il saisit une bouteille de champagne et but directement au goulot avant de la lui tendre. « Tu as faim ? »

Ils s'assirent sur le sofa et Danny lui présenta le plus gros paquet de chips qu'elle ait vu de sa vie. Il en prit une poignée qu'il se mit à engouffrer.

Il haussa les épaules. « Les sponsors.

— Ce paquet est plus gros que ta sculpture de glace », fit remarquer Cleo.

Ils se mirent à rire, de plus en plus fort, jusqu'à ne plus pouvoir s'arrêter, hors d'haleine et le visage baigné de larmes. Chaque fois qu'ils échangeaient un regard, cela repartait de plus belle, au point que Cleo en avait mal au ventre. Cela faisait si longtemps qu'elle n'avait plus ri comme ça. Quand les derniers spasmes se furent enfin calmés, Danny s'essuya les yeux et la regarda d'un air sérieux.

« Et sinon, dit-il. Tu crois que j'ai vendu mon âme ? »

Cleo toucha la breloque à son oreille. « Je crois que tu as vendu tout court.

— Selon eux, c'est la même chose. » D'un mouvement de la tête, il désigna la porte de la caravane, puis appuya la nuque contre le dossier du canapé. « Tout le monde veut que je sois le futur Basquiat, putain. Basquiat s'est entouré de blancs, puis il s'est buté. Plutôt crever que de terminer comme lui, mon pote.

— Pour commencer, j'éviterais la drogue en intraveineuse, fit remarquer Cleo. Et les blancs.

— Plus facile à dire qu'à faire, rétorqua-t-il en lui adressant un clin d'œil affectueux.

— Pas faux. »

Elle reprit une gorgée de champagne et lui rendit la bouteille. Il fit de même avant de poursuivre.

« Parfois, on dirait qu'ils *veulent* que je sois stone en permanence. Mon agent m'injecterait la coke direct si elle croyait que ça me ferait vendre plus.

— Au moins, tu as tout ça, dit Cleo. Maintenant il faut que tu décides quoi en faire. »

Danny hocha lentement la tête et se resservit une poignée de chips.

« Et toi ? Tu exposes quelque part ? Tu sais, tu étais une des meilleures de notre promo. Tous les profs le disaient. Je me rappelle ton expo de fin d'études. C'était… majestueux, mon vieux. » Il reprit une gorgée. « Majestueux, putain », répéta-t-il avant de roter.

Cleo pivota pour lui faire face. Il avait répandu des miettes de chips partout sur sa salopette. Elle se pencha pour l'épousseter. Danny ouvrit la bouche pour dire quelque chose, puis lui attrapa le poignet. Elle suivit son regard. C'était sa cicatrice, qui dépassait de sa manche tel un point d'exclamation. Elle vit les yeux de Danny s'écarquiller en découvrant l'étendue de la blessure. Cleo dégagea délicatement son bras. Danny la considéra de ses yeux noirs et liquides, emplis d'une tendresse immense.

« Tu veux en parler ? » demanda-t-il.

Cleo inclina la tête. Avec beaucoup de douceur, il l'embrassa sur le front. Ils restèrent ainsi, les lèvres de Danny posées à la naissance des cheveux de Cleo, pendant un très long moment. Puis il se recula lentement.

« Viens, dit-il. Il y a un truc que je veux qu'on fasse. »

Il la prit par la main, la sortit de la caravane et l'entraîna au cœur de la fête. Ils se frayèrent tant bien que mal un chemin jusqu'à la salle principale, puis se glissèrent dans le couloir. Danny saisit une planche sur un tas de lattes arrachées par les invités et fit signe à Cleo de faire de même, puis la mena dans la cour d'entrée. Il se dirigea vers sa sculpture de glace et, d'un mouvement agile, fit sauter la tête du tronc à l'aide de sa planche. Il se tourna vers son amie d'un air réjoui.

« À ton tour. »

Cleo empoigna sa planche à deux mains et frappa de toutes ses forces le torse de la statue. La réverbération de l'impact se diffusa sur toute la longueur de ses bras. La moitié supérieure de la sculpture se fissura et bascula sur les pavés. Des tessons de glace volèrent autour de Cleo comme autant d'étincelles. Danny fracassa ensuite les jambes et les pieds, les réduisant en fragments de plus en plus petits à coups de planche. La foule se réunissait peu à peu autour d'eux pour regarder et prendre des photos.

« Ça fait partie de l'expo ? », demanda quelqu'un.

Danny traversa la foule en tenant sa planche au-dessus de sa tête. Il courut vers le hangar, où il atomisa la première fenêtre qu'il trouva. Les bris de verre se répandirent à ses pieds et sur les spectateurs qui s'agglutinaient derrière lui.

« Danseur étoile, putain ! », brailla-t-il.

L'énergie se diffusa dans la foule comme un courant électrique. Quelqu'un grimpa dans le food-truck de tacos et se mit à jeter de la nourriture par la vitre. Un burrito explosa contre le mur du hangar, le maculant d'une étoile de sauce. Les corps se cognaient les uns aux autres, ricochaient en tous sens, tout le monde poussait pour se rapprocher de Danny, le joueur de flûte d'Hameln en pleine bouffée anarchiste. Un groupe de fêtards se rua à l'intérieur du hangar en embarquant au passage une torche enflammée. Cleo prit la direction opposée.

Elle le vit de dos. Anders le grand, le beau, le chatoyant, sur qui les difficultés de la vie glissaient comme une robe en soie tombant d'un cintre. Cleo s'entendit appeler, mais elle s'en moquait. Il la prenait pour une poupée de porcelaine, la petite Cleo qui se fissurait et craquait sous la pression, Cleo vide à l'intérieur. Mais c'était terminé. Elle lâcha la planche pour saisir à la place un seau à glace duquel quelqu'un venait d'extraire une bouteille de vodka. Elle se le hissa sur l'épaule, en sentit le poids chanceler vers l'arrière l'espace d'une seconde, puis poussa de toutes ses forces pour le renverser sur la tête d'Anders. L'eau glacée lui inonda le haut du torse, et le seau vint s'encastrer à la perfection sur sa tête tel un bonnet d'âne. Les glaçons rebondirent par terre autour de leurs pieds. Anders se débattit pour soulever le seau puis pivota vers elle, les cheveux dégoulinants. Sur sa figure qui avait blêmi se lisait le choc, abyssal. Cleo se sentit attraper par-derrière.

« Mon Dieu, Cleo. » Zoe la tenait par les épaules, essayant de déchiffrer son visage. « Tu es devenue dingue ? »

Le service de sécurité déboula. Anders avait jeté le seau par terre et était penché vers l'avant, les mains en appui sur ses cuisses, à tenter de reprendre son souffle. À travers une mèche de cheveux trempée, il ne quittait pas Cleo des yeux. Elle sentit qu'on lui tirait les poignets dans le dos pour les attacher. Puis on la coucha au sol en la frappant derrière les genoux.

« Lâchez-la ! » hurla Zoe.

La joue de Cleo était appuyée contre les pavés froids. La pulsation sourde d'une basse faisait vibrer le sol jusque dans son oreille. Elle était complètement amorphe, vidée de toute animosité. On lui entrava les poignets avec des liens en plastique. Sa cicatrice. Elle pria pour qu'on ne voie pas sa cicatrice. Au-dessus d'elle, elle percevait des cris, des tintements de métal, des pas précipités. Un riff de guitare électrique zébra l'air. La foule scandait le nom de Danny. À contretemps, une voix de femme l'appelait aussi, encore et encore, en une complainte douloureuse.

Cleo ferma les paupières. Lorsqu'elle les rouvrit, le visage de Zoe était tout près du sien. Elle s'était couchée au sol près d'elle pour pouvoir la regarder dans les yeux. Elle posa sa main sur la joue de Cleo en lui murmurant des « chuuuut » apaisants. À hauteur d'homme, un garde lui ordonna d'une voix implacable de se relever.

« Respire, Cleo, dit Zoe. Je ne te laisserai pas. Je n'irai nulle part. Tu es en sécurité. »

Cleo sourit aux yeux mouchetés d'or de Zoe. Tout ce qu'elle avait toujours rêvé d'entendre de la bouche d'un homme lui était donné par une jeune fille. Les yeux de Zoe avaient la couleur du sirop de mélasse de son enfance, le Lyle's Golden Syrup. Petite, Cleo adorait ça et en mangeait avec tout. Le logo était démodé, même pour une marque anglaise, cette illustration d'un lion couché entouré d'un essaim d'abeilles. En dessous, le slogan : « De la force a surgi la douceur. » C'était tout Zoe. Un lion rempli d'abeilles.

« Magnifique et courageuse Zoe », dit Cleo.

Zoe sourit et ses yeux se plissèrent.

« Magnifique et courageuse Cleo. »

« Qu'est-ce qui se passe, ici, putain ? »

Les bottes blanches de Danny apparurent dans le champ de vision de Cleo. Elles n'avaient pas une égratignure. Zoe se releva tant bien que mal.

« Monsieur, cette femme vient d'agresser un invité », déclara l'homme à la voix dure. Nous avons dû la maîtriser.

— Agressé ? vociféra Zoe. Elle lui a renversé un seau à glace sur la tête. La belle affaire.

— Tu es qui ? dit Danny.

— Sa belle-sœur. Et toi, tu es qui ?

— Je suis Danny Life, putain. Attends une minute, sa belle-sœur est une *sœur* ? Je croyais qu'elle avait épousé un vieux blanc.

— C'est bien ça, acquiesça Cleo, toujours par terre.

— Monsieur, nous allons devoir vous demander de reculer, afin que nous puissions emmener cette femme en détention.

— Vous n'allez pas l'emmener, non. C'est moi qui vous ai engagés, les gars. Vous n'êtes pas de la police.

— Elle aurait pu gravement blesser…

— Non, elle n'aurait pas pu », dit Anders d'une voix dure et résignée. « Laissez-la partir. »

On hissa Cleo sur ses pieds. Elle regarda Anders. Anders la regarda. Elle avait tenu ce visage entre ses mains, elle avait embrassé ces paupières, posé sa joue contre cette joue, tapissé l'intérieur de cette bouche avec sa langue. Elle le connaissait, ce visage. Et lui connaissait le sien. Rien ne pourrait jamais détruire cela. Anders s'apprêta à dire quelque chose, mais le critique d'art se rua vers eux, l'air totalement égaré.

« Le hangar est en feu ! beugla-t-il. Le hangar est en feu ! »

Derrière lui, une des extrémités du bâtiment dégageait effectivement d'épaisses colonnes de fumée noire. Cleo vit une seule flamme orange bondir pour lécher le ciel obscur.

« Oh merde », s'exclama Danny avant de détaler pour sauver le travail de toute sa vie.

Vingt minutes plus tard, les invités s'étaient tous réunis au bord de l'eau, sur un monticule de cailloux et de gravats. Les gyrophares des camions de pompiers illuminaient les visages d'éclairs écarlates et bleu électrique. L'incendie avait rapidement été contenu, toutefois il avait quand même fallu évacuer tout le monde. À l'évidence, cet épisode spectaculaire ne ferait qu'ajouter à la dimension légendaire de la soirée. Marshall partit à la recherche de Quentin et d'Alex dans la foule éparse, tandis qu'Audrey et Zoe restaient auprès de Cleo. Toutes les trois contemplèrent les contours étincelants de Manhattan, au-delà de la tache d'encre de l'East River. Une large couverture grise – qu'un pompier leur avait fournie pour une raison inexplicable – enveloppait leurs trois paires d'épaules.

« J'imagine que les tableaux qu'il a peints à l'essence n'auront pas survécu à l'expérience, fit remarquer Audrey, qui frissonnait dans sa micro-robe. « Que va faire Danny, d'après vous ? »

Zoe haussa les épaules. « Dire que c'est de l'art performance ? »

Audrey éclata de rire.

« Tout recommencer », suggéra Cleo.

Elles regardèrent la fumée décrire des tonneaux au-dessus de l'eau.

« Alors comme ça... » Zoe entoura Cleo de son bras, sous la couverture. « Toi et Anders ? »

Cleo baissa les yeux vers ses pieds et opina.

« Ma grande, j'ai vécu ça, dit Zoe.

— Moi aussi, renchérit Audrey. Ça faisait un bail que ce gars méritait de se prendre un seau à glace sur la tête. »

Elles éclatèrent de rire. Cleo désigna un homme asiatique en costume qui se dirigeait vers elles avec une expression hésitante.

« Je crois qu'il y a quelqu'un qui te cherche.

— Qui est-ce ? demanda Audrey.

— Juste un nouvel ami », répondit Zoe en riant, avant de courir à sa rencontre. Il lui chuchota quelque chose à l'oreille et elle sourit.

« Une énigme, je vous dis. » Audrey secoua la tête. « Je devrais sans doute aller repêcher Marshall. Ça va aller, pour toi ? »

Cleo hocha la tête et se tourna de nouveau vers l'eau. Les gyrophares tournaient encore, baignant le fleuve de lumière. Rouge. Manhattan se déroulait devant elle, pareille à une poignée de joyaux. Bleu. La ville qui ne vous laissait jamais partir. Rouge. Alors elle vous offrait tout, n'importe quoi. Bleu. Il était temps de la quitter.

16

Août

Étrangement, je n'ai plus de boulot. Cette fois, cependant, on ne m'a pas « invitée à partir », ce qui constitue déjà une amélioration par rapport à la dernière fois. Pour tout dire, je me suis « invitée » moi-même. Allez savoir pourquoi, prendre chaque jour le train de banlieue pour vanter les mérites du développement immobilier, des gommages pour le corps et des boissons énergétiques ne me paraît plus si primordial. Mon père est malade. Plus que malade, d'ailleurs. Mourant. D'abord, il s'est fracturé le col du fémur en glissant sur le sol en lino de Ce Foyer-là. Puis il a attrapé une pneumonie. Parkinson ne tue pas, ne cessent de nous répéter ses médecins. C'est tout le reste, qui tue.

*

Mon infirmière préférée s'appelle Stacy. Elle est originaire de Trinidad. Elle porte des couleurs comme le vert kiwi ou le rose fluo, et elle me raconte les meilleures blagues d'infirmière. *Que dit une infirmière en trouvant un thermomètre rectal dans sa poche ? Quel est le trou du cul qui a mon stylo !*

*

Ma mère feuillette un magazine dans la salle d'attente pendant que mon père passe une énième série d'examens.

« Tout ça n'a aucun sens », décrète-t-elle.

J'en déduis qu'elle parle de sa maladie, de la fragilité de la vie humaine, de la santé, de la richesse et de tout ce que ça implique, quand elle me désigne une page de pubs dans le magazine.

« Est-ce que tu peux me dire ce que ça représente ? demande-t-elle.

— Oh, c'est facile. Celle-ci parle du syndrome prémenstruel, celle-là essaie de te vendre une montre fantaisie. Et là, tu as une vieille dame qui fait une attaque.
— Tu as vraiment un don, dit-elle.
— Tout ça en moins d'un an dans la pub, poupée. »

*

Avec Frank, on ne s'est pas parlé depuis que j'ai quitté l'agence. Ça va faire trois mois. J'avoue que je continue de rêver de lui. La nuit dernière, par exemple, j'ai rêvé qu'il me brossait les cheveux. J'avais la tête posée sur ses genoux, et je me sentais heureuse. Puis en portant la main à mon cuir chevelu, je n'ai senti que de la peau. J'ai regardé par terre, et toute ma chevelure était éparpillée autour de nous, comme des algues. Quand je me suis redressée, Frank avait disparu. J'étais chauve, et seule. Sans vouloir faire mon Carl Jung, mais ça ne m'a pas paru de bon augure.

*

Au moins, mon père a encore tous ses cheveux. C'est une chose dont je suis fière. Vous seriez surpris de voir comme une belle tignasse ou une dentition complète sont rares, ici. J'espère que ses dents sont intactes, elles aussi. Je le saurai s'il se remet à sourire un jour.

*

Je suis dans le salon quand ma mère m'appelle depuis la cuisine.
« Quoi ? je hurle depuis le canapé.
— Qu'est-ce que tu dis ? hurle-t-elle en réponse.
— Quoi !
— Quoi ?
— Quoi !
— Quoi ?
— Laisse tomber ! »

*

J'envoie les deux premiers épisodes de *Déchets humains* à mon agente, à LA. C'est dingue, mais elle ne m'a jamais virée, même après que j'ai traité de gros con le *showrunner* de la série sur le chat extralucide. Cependant, elle ne m'a toujours pas répondu. J'imagine qu'une série sur deux parasites appelés Débris et Moisi et qui vivent dans une décharge à la fin du monde n'a pas forcément le potentiel commercial de la série pour laquelle elle voulait me faire écrire (dont l'héroïne est une avocate sans complaisance mais sexuellement disponible qui a une liaison avec son dealer).

*

Je sors de l'hôpital prendre un peu l'air. Tout autour de moi, des personnes âgées sont penchées en avant sur leur fauteuil roulant pour tirer sur leur cigarette d'un air sinistre et déterminé. Pour convaincre les ados de ne pas se mettre à fumer, il faudrait leur faire faire un stage ici. On verra s'ils trouvent toujours la clope sexy, après avoir vu un vieil homme de quatre-vingts ans couvert de taches de vieillesse débrancher d'une main tremblante ses tubes à oxygène pour pouvoir s'en griller une.

*

Stacy passe dans le couloir avec un plateau de cathéters. Aujourd'hui, elle porte de l'orange mangue.

« Comment ça va, ma belle ?

— Oh, très bien. Et votre fils ?

— Il a trois copines. » Elle roule les yeux. « Dites-moi, comment c'est possible que j'aie donné naissance à mon ex-mari ? »

Je ris.

« Votre père est au bloc ? » demande-t-elle.

Je hoche la tête et les yeux me piquent.

« Il faut vous distraire. Il ne voudrait pas que vous restiez assise là à vous faire du mouron.

— Je sais. Je vais suivre vos conseils.

— C'est bien. »

Elle me serre gentiment l'épaule. « Vous savez ce que les infirmières du service de transplantation redoutent le plus, dans une relation amoureuse ?

— Quoi ?

— Le rejet ! »

*

Comme je l'ai promis à Stacy, je descends à la boutique de cadeaux pour me trouver quelque chose à lire. J'ouvre un magazine de mode. En haut de l'ours, je vois apparaître le nom d'Anders, l'ami de Frank. Je le revois à la fête de Noël de l'agence, avec son beau visage. Et en train de cligner les yeux en rythme avec la guirlande lumineuse du sapin. Plantée sous le néon brutal de cette boutique d'hôpital, le fait d'avoir connu une personne comme lui me paraît maintenant totalement absurde. Je repose le magazine sur son présentoir.

*

Mon père se réveille de son opération. On nous informe qu'il souffre atrocement. Je rôde près de son lit, à l'observer, mais il ne me voit pas. Il ouvre et referme la bouche incessamment, et laisse échapper de petits gémissements plaintifs. Il roule les yeux en regardant le plafond. Il a le cou si fin et sinueux qu'il ne peut soutenir sa tête, mais sa bouche continue à chercher les mots. Il ressemble à la vieille tortue qu'on avait comme mascotte, en maternelle. On lui tendait un pétale de rose juste un peu trop loin pour qu'elle l'attrape et on la regardait tendre inlassablement le cou, avec détermination, sans produire un seul son.

Ma mère se lève et vient se pencher au-dessus de son visage pour qu'il puisse la voir. Du pouce, elle caresse le pli entre ses sourcils en disant, « Allez, allez. » Elle l'embrasse sur la tempe. Les larmes coulent des yeux de mon père, jusque dans ses grandes oreilles. Je quitte la pièce.

*

« Du moment qu'il y a du poulet au parmesan dans le congélateur, dit une femme au téléphone en passant devant moi, tout ira bien. »

*

Mon père s'est endormi. L'infirmière de nuit porte un crucifix autour du cou, des boucles d'oreilles en forme de crucifix, et un solitaire en forme de crucifix.

« Elle pourrait jouer dans une cruci-fiction », je me dis intérieurement.

Rien n'arrête la machine à jeux de mots.

*

Notre lave-vaisselle tonitruant a finalement rendu l'âme, si bien qu'avec ma mère, on fait la vaisselle à la main. Elle lave, j'essuie.

« Pourquoi tu continues à t'occuper de lui ? je demande. Vous n'êtes plus mariés depuis des années. »

Ma mère me jette un regard en coin, sans cesser de frotter. Je lui donne un petit coup de coude. Elle pose son éponge.

« Quand quelqu'un est malade comme l'est ton père, explique-t-elle, c'est une grosse responsabilité. Comme tu le sais, sa famille n'a jamais été d'une grande aide, et je ne trouve pas juste que ce fardeau pèse sur tes épaules et sur celles de Levi.

— Attends une minute, dis-je en passant la cuisine en revue. Levi est ici depuis le début ? Je pense qu'il va me falloir une meilleure paire de lunettes.

— Très bien, sur tes épaules *à toi*.

— J'apprécie, M'man. Mais je vais bien, vraiment.

— Quand quelqu'un ressent le besoin de préciser qu'il va bien, c'est en général le contraire, ma chérie », rétorque-t-elle.

*

Mon père ne peut ni parler, ni bouger, ni lire ni écrire, mais il entend. Je lui ai déjà lu la moitié de *Moby Dick*, en sautant certains passages interminables sur l'anatomie des baleines, parce que, bon, on n'a pas le temps. Enfin, ça se discute. Le temps passe si lentement, dans cet hôpital, qu'on dirait qu'on nous en rajoute une petite dose chaque jour. Il y a une citation de Shakespeare (je ne sais plus dans quelle pièce), où un personnage est décrit comme ayant « un visage long comme un dimanche ». C'est comme ça, ici. C'est tous les jours dimanche.

*

Jacky vient me rendre visite. Puisque je vis à l'hôpital, désormais, je n'ai nulle part où la recevoir à part dans le couloir des distributeurs de boissons et de confiseries. À côté de nous, les machines émettent un bourdonnement sourd et continu, comme si elles méditaient.

« Tiens, mon chou. » Elle me tend un sandwich pita acheté chez mon vendeur de falafels préféré, en ville. « Mange. Alors, comment va ton paternel ? Et toi ?

— Je vais bien. Lui, il... » Je hausse les épaules.

« Tu savais que j'avais perdu mon père quand j'étais en fac ?

— J'ignorais. Désolée. »

Je fixe le sac sans l'ouvrir.

« D'une rupture d'anévrisme au cerveau. Il est tombé raide, un beau jour. Il n'avait que cinquante ans, le pauvre vieux.

— Il te manque ? »

Jacky secoue la tête en souriant. « Il n'était pas là assez souvent pour me manquer. C'est ça que j'ai trouvé le plus dur. Je n'étais pas proche de mon père, et puis il est mort. Fin de l'histoire. Au moins, tant qu'il était vivant, il y avait l'espoir que ça pourrait changer un jour. Et puis cet espoir a disparu, tu vois ? C'est de ça que j'ai dû faire le deuil, au fond. »

J'opine. On écoute le bourdonnement des machines pendant un petit moment.

« Mon père a quitté ma mère pour une lesbienne », je dis.

Jacky hoche la tête, sans jugement.

« Mange », dit-elle.

Je déroule le papier d'aluminium et mords dans le sandwich. Il a le goût de Frank. C'était notre restaurant préféré. Jacky me scrute avec sa perspicacité habituelle.

« Ils se sont séparés, tu sais. Elle est partie en Italie grâce à une bourse de peinture. »

Je m'étouffe un peu avec ma bouchée de falafel.

« Même si ça ne t'intéresse pas particulièrement, pas vrai ? »

Je mange en silence, et Jacky finit par taper dans ses mains, exaspérée. « Mais appelle-le, ordonne-t-elle. Arrêtez de vous languir comme ça, tous les deux.

— Il ne se languit pas de moi.

— Et qu'est-ce que tu en sais ?

— Il est trop tard pour ça.

— Pfff. Il n'est jamais trop tard, tant qu'on est jeune.

— J'ai trente-sept ans. Et demi.

— Mon chou, c'est *jeune.* »

De manière inexplicable, je me retrouve les joues trempées. Jacky sort un Kleenex de sa manche et me le tend. Elle me frotte le dos avec des petits *chut* apaisants. Je m'émerveille, une fois de plus, de voir Jacky parée pour toutes les situations, grandes ou petites.

*

Avec Stacy, on aide mon père à faire ses exercices circulatoires, en lui faisant plier le genou, rouler les chevilles, fléchir les bras, tourner les poignets. J'accomplis chaque tâche avec plaisir et délicatesse. Le mot le plus effrayant que j'aie entendu ici est *esquarres.*

« Vous avez vu beaucoup de gens mourir ? je demande.

— Mm-hm.

— Et ça vous rend triste ?

— Mm-hm.

— Qu'est-ce que vous faites, pour ne pas vous sentir triste ?

— Je m'autorise à être triste. »

*

Qu'est-ce qu'on donne à un homme qui a tout ?
Des antibiotiques.

*

Encore un dîner pour deux, puis la vaisselle.

« Pourquoi tu ne t'es jamais remariée ? je demande à ma mère.

— Tu sais, il y a une étude que dit que les femmes veuves sont la tranche de population la plus heureuse.

— Tu n'es pas veuve. Pas encore.

— Je voulais essayer quelque chose de nouveau.

— Être divorcée ?

— Je dirais plutôt être qui je suis, seule.

— D'accord. Et alors, elle a raison, cette étude ? Ça t'a rendue heureuse ?

— Eh bien, on en a fait des gorges chaudes à la synagogue pendant quelques années, jusqu'à ce que le fils du rabbin fasse son *coming out*. C'était quelque chose.

— Ils n'ont qu'à aller se faire foutre, je décrète.

— Surveille ton langage, me gronde ma mère. Ces gens sont les tiens.

— Les miens, c'est toi. »

Elle serre ma main.

« Pense à mettre les torchons à sécher, sinon ils vont sentir mauvais. »

*

Je change de registre et me mets à lire de la poésie à mon père. J'ai pioché des auteurs dans sa vieille bibliothèque – Rudyard Kipling, W.H. Auden, Wallace Stevens. Et comme ce sont tous des hommes blancs et morts, je glisse quelques perles de ma propre bibliothèque – Anne Sexton, Terrance Hayes, Tracy K. Smith. Je me dis qu'il n'est jamais trop tard pour élargir ses horizons.

*

Pendant que l'infirmière fait la toilette de mon père, je prends une pause dans ma lecture et vais m'asseoir dans le couloir. Une femme à cheveux blancs passe près de moi en traînant son pied d'intraveineuse à côté d'elle. Elle me scrute des pieds à la tête.

« J'essaie de faire sortir les gaz, annonce-t-elle. Ça ne vous dérange pas ? »

*

Comme il n'y a personne dans le salon télé de l'hôpital, je m'empare de la télécommande derrière le poste et zappe distraitement. Je me rends compte qu'il y a beaucoup de vie, à l'extérieur. Un jeune de vingt et un ans a reçu une avance d'un million de dollars pour écrire un livre. Il a tout dépensé sans jamais rendre le bouquin. Les prix des mutuelles de santé ont atteint un record sans précédent. La plus belle personne de l'année élue par le magazine *People* est un chien. Le divorce d'un couple de stars d'Hollywood est en train de tourner au vinaigre. On a trouvé une nouvelle raison de ne pas manger de fromage.

*

Il faut que je gagne de l'argent. Il faut que j'écrive aujourd'hui. Il faut que je nettoie la salle de bains. Il faut que je mange quelque chose. Il faut que j'arrête le sucre. Il faut que j'aille chez le coiffeur. Il faut que j'appelle Verizon. Il faut que je savoure le moment présent. Il faut que je retrouve la carte de bibliothèque. Il faut que j'apprenne à méditer. Il faut que je fasse plus d'efforts. Il faut que je fasse partir cette tache. Il faut que je trouve une meilleure mutuelle. Il faut que je découvre mon parfum personnel. Il faut que je fasse du gainage et des UV. Il faut que je sois dans le moment présent. Il faut que j'apprenne le français. Il faut que je sois moins dure avec moi-même. Il faut que j'achète des étagères de rangement. Il faut que je rappelle. Il faut que je développe une relation profonde avec un dieu qui me corresponde. Il faut que j'achète du contour des yeux. Il faut que je réalise mon plein potentiel. Il faut que je me recouche.

*

« Très bien, dit ma mère. Tu sors. »

Je suis en train de somnoler sur l'une des chaises du couloir, avec un paquet de Fritos ouvert en équilibre sur la poitrine. Elle me donne un coup de pied dans les jambes, sans ménagement.

« Ce n'est pas bon pour toi, de passer ton temps à te morfondre ici nuit et jour.

— M'man, je ne me *morfonds* pas. Mon père est mourant.

— Oui, et il sera toujours mourant demain. Tiens. » Elle me fourre une liasse de billets dans la main. « Va en ville. Retrouve des amis. Va voir une comédie musicale. Fais ce que tu veux mais sors d'ici, je t'en prie.

— Mais M'man...

— Bonne soirée, et bonne chance ! »

Ma mère tourne les talons et disparaît.

« Je n'aime même pas les comédies musicales ! je crie à son dos qui s'éloigne.

— Bonne ! Soirée ! Et ! Bonne ! Chance ! »

*

Je prends le train de banlieue pour rejoindre Manhattan. Quelqu'un a vomi à l'autre bout du wagon. Ce genre d'incident se cantonne en général aux événements festifs come la Saint-Patrick, ou les ponts aux beaux jours. L'atmosphère aseptisée de l'hôpital me manque déjà, car toutes les rébellions du corps y sont expliquées, et cachées.

*

Je descends à la Sixième Avenue et me plante au croisement. Au cours de l'année qui vient de s'écouler, la librairie a fermé et le fast-food a été reconverti en bar à jus. Un couple de toxicomanes avec un pitbull fait la manche à la sortie de l'épicerie bio, et ils ont pris la peine de spécifier sur leur pancarte en carton qu'ils étaient vegan. Je me moque de tout ça. Je reste nostalgique du bon vieux New York, avec ses putes, ses héroïnomanes et la menace constante de se faire dépouiller ou violer. Je suis ravie de sacrifier la malbouffe et les livres de poche sur l'autel de la sécurité personnelle, ce qui fait sans doute de moi la personne la moins cool du monde.

*

Je vagabonde en direction du sud, vers le terrain de basket près de West Fourth. Je me rends compte que je n'ai nulle part où aller et personne à voir. Je longe le bar à karaoké de Cornelia Street, où je suis allée faire la fête avec une bande du bureau, il y a quelques mois à peine. Myke s'était révélé être un très beau baryton, et sa version de « It's Not Unusual » de Tom Jones nous avait littéralement fait mourir de rire, Jacky et moi. Je m'attends presque à les retrouver tous si je franchis la porte, mais le bar est désert. Et puis merde, je me dis, et je réserve une salle privatisée.

*

Je bois une margarita dans ce qui ressemble à un aquarium et je chante trois chansons de Stevie Nicks d'affilée. Qu'on ne vienne pas me dire après ça que je ne sais pas m'amuser.

*

Une fois dehors, je vois une femme taper une clope à un homme. Elle le jauge des pieds à la tête. « Ta chemise me dit que tu habites Brooklyn », décrète-t-elle.

*

Je me demande s'il est assez tard pour satisfaire ma mère ou si je devrais tuer une heure de plus à me faire masser les pieds dans l'un des salons de la 8e Rue. J'aime tous les massages qui ne requièrent pas qu'on se mette tout nu.

Je suis en train de vérifier dans quelle rue je me trouve lorsqu'un taxi passe à ma hauteur. À l'intérieur, je reconnais Frank. Il est de profil, penché vers l'avant pour dire quelque chose au chauffeur. Ce n'est qu'un flash. Le feu passe au vert, le taxi redémarre, et il disparaît. Je dois faire un effort surhumain pour ne pas me jeter à quatre pattes et me mettre à cavaler derrière la voiture comme un chien dont on aurait lâché la laisse.

*

Assise dans le train du retour, j'essaie de ne pas penser à Frank, ce qui s'avère impossible. Pour faire diversion, j'essaie de nommer tous les fromages que je connais. Camembert. Gouda. Emmental. Cheddar. Manchego... Est-ce qu'il serait possible qu'il se languisse de moi ? Mais si tel était le cas, pourquoi ne pas m'avoir prévenu que Cleo avait déménagé ? Peut-être pense-t-il que je m'en moque ? Comment pourrait-il penser que je m'en moque ? Provolone. Feta. Stilton. Mozzarella... Je ne lui ai même pas dit au revoir, le jour où j'ai quitté l'agence. Mais il savait comment me contacter... Brie. Pecorino. Ricotta. Persillé. Il ne pense pas à moi, sinon il m'aurait fait signe. Tout ça, c'est dans ma tête. Reblochon.

*

Visiblement pas convaincue par ma folle virée en ville, ma mère insiste pour que je l'accompagne à son cours de bonsaïs. Le formateur est habillé en vieux scout, avec chaussettes au-dessus du genou et short sanglé sur le nombril. Son seul support pédagogique est un morceau de papier couvert de schémas de bonsaïs, qu'il tient devant lui d'une main tremblante. Il a tendance à répéter « C'est ce qu'on appelle... » à tout bout de champ : *C'est ce qu'on appelle une feuille*, alors que les termes *ramification* et *bourgeon apical* ne nécessitent apparemment aucune explicitation.

*

« Alors, qu'est-ce que tu en as pensé ? demande ma mère sur le trajet du retour. Je parie que tu ne regarderas plus jamais un bonsaï du même œil, je me trompe?

— C'est ce qu'on appelle une perte de temps colossale», je dis en désignant la voiture, cette conversation, l'État du New Jersey, le monde entier.

«Et ça, rétorque ma mère en me désignant, c'est ce qu'on appelle une sale gosse.»

*

Mon frère Levi débarque.

«Mon vieux, ce que je déteste les hôpitaux, déclare-t-il en traînant des pieds sur le sol en linoléum.

— Celui-ci n'est pas si mal, je tempère. Les infirmières sont sympas, et ils ont un salon télé.

— Ellie, m'interrompt-il. C'est un dépotoir. Papa mérite mieux que ça.»

— Je suis tentée de lui balancer un coup de poing dans le cou, mais je me retiens. C'est typique de Levi, cette façon d'éluder habilement toute responsabilité, pour se pointer ensuite à la dernière minute et offrir une critique bien sentie.

«Merci pour ton retour, Levi, je grommelle. Tu veux peut-être qu'on écrive un avis consommateur sur Yelp?»

Levi me lance un regard offensé.

«Maman t'a dit que j'avais été radié de Yelp? Je lui avais demandé *explicitement* de ne rien dire.»

*

Je fais la lecture à mon père, dans l'un de ses recueils de poésie tout écornés. Je m'arrête sur une page annotée au crayon à papier. Il a souligné deux strophes d'un poème de Derek Walcott, d'un trait fin et hésitant, comme pour ne pas froisser le feuillet.

J'ai retenu des jours
D'autres, je les ai perdus,

Certains grandissent, telles mes filles,
Au-delà du refuge de mes bras.

À côté de ces vers, il a coché d'un trait presque effacé. Un petit trait contenu. Mon cœur.

*

Je n'arrive pas à dormir, aussi suis-je restée debout devant un documentaire sur les Américains de la classe moyenne qui se battent contre une addiction à la méthamphétamine. L'homme qui témoigne a le visage couvert de plaques d'eczéma qu'il gratte distraitement, presque tendrement, tout en parlant.

« Je n'ai jamais eu de véritable anniversaire, dit-elle. Pas de cadeaux, rien. Mes parents s'en fichaient. Mais grâce à la meth, je peux avoir un anniversaire quand je veux. Je peux me faire un anniversaire tous les jours de la semaine. »

*

Levi a mis son nouvel album solo, *Table pour une personne... Pas près de la fenêtre* à fond sur la chaîne du salon.

« Éteins-moi vacarme ! », hurle ma mère.

Il baisse le volume, pas complètement, mais assez pour que la maison cesse de vibrer.

« Mes tympans, bon sang, gémit ma mère en se laissant choir sur le canapé-repas.

— Ce n'est pas du vacarme, rétorque Levi.

— C'est la définition même du vacarme, insiste ma mère.

— Écoute, dit Levi. Quand les premières émissions de radio sont apparues en Inde, sous domination britannique, tout le monde se réunissait pour écouter la radio anglaise. Pour la plupart, ils n'avaient jamais entendu de musique occidentale. Une fois les émissions terminées, il y avait de longues plages de bruit blanc, juste des parasites. Eh bien, les Indiens écoutaient ça, aussi.

— Tout ça pour dire ? s'impatiente ma mère.

— N'en ayant jamais entendu auparavant, ils prenaient ça pour de la musique.

— Et donc ?

— Donc, tu ne vois pas que c'est juste une question de perspective, M'man ? Notre bruit blanc était leur musique. Ton vacarme est mon chef-d'œuvre.

— C'est génial, je dis avec diplomatie. Pour les Indiens.

— Il va falloir que tu ailles bien plus loin que l'Inde pour trouver quelqu'un qui pense que c'est un chef-d'œuvre », conclut ma mère.

*

Il est mort.

*

Devant l'hôpital, j'attends l'arrivée de ma mère et de Levi. Près de moi, une femme âgée enveloppée dans une couverture rose en dépit de la chaleur tire sur sa cigarette entre deux quintes de toux.

« Je peux vous en piquer une ? je demande.

— Contre un dollar.

— Je n'ai pas un dollar. Mon père vient de mourir. »

Sous les sourcils rêches, le regard reste imperturbable.

« Dans ce cas, non. »

*

Ma mère est partie en voiture pour aller annoncer la nouvelle au frère de mon père. Levi est à l'étage, au téléphone avec sa petite amie. Je suis assise dans le jardin, à regarder les oiseaux aller et venir autour de la mangeoire. La journée s'achève. Le ciel est abricot, pommelé de nuages dorés. Je suis entourée par un chœur de sauterelles. La terre est vivante. Je suis vivante. J'attends de ressentir ce que je suis censée ressentir, mais rien ne vient.

*

Je répète intérieurement les différentes façons de l'annoncer aux gens. Il n'est plus parmi nous. Il nous a quittés. Il est six pieds sous terre. Il est décédé. Il n'est plus de ce monde. Il a passé l'arme à gauche. Il a rejoint son créateur. Il a cassé sa pipe. Il mange les pissenlits par la racine. Il a rejoint les verts pâturages. Il est passé de vie à trépas. Il a avalé son bulletin de naissance. Il est sorti les pieds devant. Il est entre quatre planches. Il a avalé sa chique. Il a payé sa dette à Dame Nature. Il s'est réincarné, on ne sait pas en quoi, mais on n'espère pas en fan des Jets.

*

« Le rabbin a appelé, annonce Levi. Il veut savoir pourquoi on ne fait pas les sept jours de la Shiv'ah.

— En quoi ça le regarde ? je demande.

— Je m'en occupe, répond ma mère.

— Qu'est-ce que tu vas dire ? s'enquiert Levi.

— Je vais dire : « Qui a l'énergie d'organiser tout ça ? »

— Et s'il n'est pas d'accord ? » je dis.

Ma mère hausse les épaules. « Et alors ?

— C'est tout ? s'étonne Levi. Dix ans d'école hébraïque, et ça se termine par quoi ? *Et alors* ?

— Je vais vous dire une chose, conclut ma mère. Ces deux mots sont parmi les plus puissants de la langue anglaise. Et entre les deux se trouve une vie libre et heureuse. »

*

Mon père est enterré. Je suis dans le garage, à chercher des graines pour ma mère. Je fourrage parmi des piles de détritus de la vie. Des cartons d'albums scolaires. Un vieux vélo d'appartement tout rouillé. Un vase confectionné par Levi en primaire. Je finis par apercevoir un sac de graines sur l'étagère du haut.

Tandis que je me hisse sur la pointe des pieds pour l'attraper, je me prends les pieds dans un câble électrique qui traîne et je tombe à genoux sur le sol en béton. Je me retrouve à quatre pattes. La douleur fuse dans mes jambes. Je me sers de la batte de base-ball pour m'aider à me relever. Et puis je me mets à taper. J'atomise une boîte remplie de décorations de Noël. Je dégomme le vélo d'appartement. Je frappe un ballon de foot dégonflé comme s'il s'agissait d'une piñata. Je cogne sur la porte en métal du garage et je finis par la cabosser. Les réverbérations que j'envoie dans les murs sont tellement violentes que le vase de Levi vacille puis tombe de son étagère. Il explose par terre au moment où mon frère apparaît à la porte. Il regarde le vase, puis la batte, puis moi.

« Fichues graines », je dis.

*

Je trouve Levi accroupi par terre dans la cave, en train de recoller son vase.

« Mon Dieu, Levi, je suis désolée. Je n'avais pas compris que tu y tenais tellement. »

Il lève les yeux vers moi, un tesson à la main. « Oh, non. » Il hausse les épaules. « Je pratique le kintsugi.

— Le quoi ?

— Le kintsugi. C'est l'art japonais de réparer la céramique brisée.

— Euh, quoi ?

— Ils se servent d'une laque dorée spéciale, si bien qu'une fois réparés, les objets sont plus beaux qu'avant d'être cassés.

— Mais tu n'as que de la super glu, je fais remarquer.

— Ouais. Mais le principe est le même. »

— Je m'assieds par terre face à lui. « Comment tu connais tout ça ?

— Quoi donc ?

— Sur l'Inde, le Japon, et tout. Tu n'as jamais quitté l'Amérique.

— Je suis allé au Canada.

— OK. »

Levi lève les yeux de la pièce qu'il est en train de recoller distraitement. « Je passe la journée assis derrière mon comptoir de plats chauds, m'explique-t-il. Et je lis. »

Je hoche la tête. « Et tu crois vraiment que le vase sera plus beau maintenant ?

— Oh ouais. Il aura plus de caractère.

— Très bien. »

Concentré, il continue son collage en silence. Il a les mains larges et noueuses de mon père.

« Tu sais, c'est vrai aussi pour les gens, finit-il par dire. On casse. On se répare. Les fissures, c'est ce qu'il y a de meilleur. On ne doit pas les cacher.

— Tu y crois vraiment ?

— Mm-hm, affirme-t-il sans lever les yeux. Je le crois. Je le vois en toi.

— C'est bien gracieux de ta part, Levi.

— Que veux-tu ? Je suis un enfoiré de sentimental. »

*

Je suis en train de me débattre avec un nouvel épisode de *Déchets humains* quand un mail surgit sur mon écran. J'en tombe presque de ma chaise. Rien qu'à lire le nom, j'ai l'impression de recevoir un coup de poing dans le vagin.

Chère E,

Jacky m'a dit que vous aviez perdu votre père. Sachez que j'ai été navré de l'apprendre. Je me souviens de la manière dont vous parliez de lui, ça avait l'air d'être un homme bien. Je sais qu'il va vous manquer. J'aimerais être là pour vous réconforter, parce que... Eh bien, bon sang, Eleanor, vous me manquez.

S'il vous plaît, laissez-moi vous revoir.

F.

*

C'est le jour de la Shiv'a et la moitié de la synagogue sera présente. Avec ma mère, on s'est levées tôt pour finir de préparer les bagels, les boulettes de poisson, le fromage frais à tartiner et tout un assortiment de plats beiges.

« Ils ne vont pas trouver ça bizarre qu'on fasse ça ici ? je demande. Dans la maison de son ex-femme ?

— Qu'est-ce que je t'ai dit au sujet de l'opinion des autres ? demande ma mère ?

— Et alors ?

Exactement. »

*

La petite amie de Levi est venue passer la journée avec nous. Il semble qu'il ait oublié de nous dire deux ou trois choses, à son sujet. Premièrement, que c'est une toute petite Coréenne, ce qui n'a pas forcément à être souligné. Deuxièmement, qu'elle est enceinte, ce qui est peut-être plus pertinent, comme information.

« M'man, Eleanor, dit Levi, je vous présente Min. »

Estomaquée. Je ne trouve pas d'autre mot pour décrire la tête de ma mère.

« C'est un grand plaisir de vous rencontrer, dit Min. Vous auriez un endroit où je pourrais brancher mon fer à friser ? »

*

Ce gars avec qui je suis sorti, le fils du courtier de l'amie de ma mère, est ici, chez moi, ainsi que l'amie de ma mère et le courtier. Rien que des mauvaises nouvelles.

« Quesamémoiresoitbénieêtesvouscélibataire », balance l'amie de ma mère, comme ça, sans reprendre sa respiration, avant de me maculer la joue de rouge à lèvres.

*

Le fils du courtier vient me trouver un peu plus tard, l'air toujours aussi suffisant.

« Désolé, pour ton père, dit-il.

— Merci.

— Il était très vieux, non ?

— Pas vraiment. La soixantaine.

— Ce n'est pas jeune non plus, insiste-t-il.

— OK.
— Et sinon, tu veux toujours couper le pénis des hommes ?
— Pas de tous les hommes, je rectifie. Seulement des violeurs.
— Au temps pour moi. C'est bien plus raisonnable.
— Tu devrais vraiment apprendre à écouter, je dis.
— Et tu devrais probablement apprendre à filtrer, riposte-t-il.
— OK. Bonne nuit. »
Il n'est pas encore midi.

*

Le plus jeune frère de mon père, Bernie, nous fait une belle sortie de route. Dans toutes les familles, il faut un ivrogne ; dans la nôtre, c'est Bernie. Petite, j'étais sous le charme. Il sentait le schnaps à la pêche et il faisait apparaître des pièces de monnaie derrière mes oreilles. Bizarrement, aujourd'hui, je me sens moins encline à la générosité.

« Ellie Jolie, comment tu vas ? demande-t-il d'une voix pâteuse et traînante.

« Comme une demi-orpheline. Mais je tiens bon. Et toi ?

— Pfff. Orpheline ? Mes parents ont survécu aux camps de concentration. *Eux* savaient ce que ça veut dire, d'être orphelin. »

Ma mère qui passe par là avec un plateau de petits pâtés en croûte casher me lance un regard entendu. « Propose-lui de l'eau gazeuse. Toutes les deux minutes », me chuchote-t-elle à l'oreille.

« La voilà qui butine encore, dit Bernie en désignant ma mère d'un geste évasif. Tout le temps occupée, bzz, bzz, bzz. » Il se penche vers moi avec un air de conspirateur. Je sens les relents chauds de levure dans son haleine.

« Je peux te dire quelque chose ? Un secret.

— C'est vraiment indispensable ? je demande.

— Je suis bizarre. » Il hausse les épaules. « Tu as sans doute remarqué que je suis un peu bizarre. »

Je hoche vaguement la tête.

« Eh bien, moi, j'ai toujours su que j'étais bizarre. Et maintenant je sais pourquoi. Les docteurs me l'ont dit.

— Ah oui ? » Je parcours la pièce du regard pour voir si je ne pourrais pas faire revenir ma mère, mais elle a disparu dans la cuisine. Bernie m'attire plus près.

« J'ai un chromosome féminin en plus. Je viens de le découvrir. Moi ! Un mètre quatre-vingt-dix ! Costaud comme un bœuf ! Mais ça explique beaucoup de choses.

— D'accord. Ouah.

— Mmm, acquiesce-t-il. Ça fout les jetons, hein ? »

Dieu sait comment, je réussis à opiner.

« J'ai un rendez-vous le dix, pour en savoir plus, annonce-t-il.

— Donc demain.

— Le dix.

— Oui, le dix, c'est demain.

— Demain, tu dis ? Alors j'en saurai plus très bientôt, conclut-il d'un air satisfait.

— Eh bien, bonne chance avec le médecin. » J'essaie de m'éclipser.

« Ça explique beaucoup de choses, répète-t-il. Ça c'est sûr. »

D'un mouvement agile de serpent, il projette sa tête vers moi et colle sa bouche chaude contre mon oreille. « J'ai des petits seins, chuchote-t-il.

— Un peu d'eau gazeuse ? Je suis sûre que tu veux de l'eau gazeuse.

— Non, pas besoin, dit-il en me tapotant l'épaule. Mais tu es une bonne fille. Tu comprends tout, toi. Bonne fille. »

*

Le fils du courtier fait le coq dans le salon, au milieu de deux ou trois vieux gars de la synagogue.

« S'abaisser pour triompher, dit-il. C'est ce qu'on fait sur le projet des quais de Randall's Island. On achète à perte pour tripler les profits. Ça marche pour l'immobilier, et pour – là-dessus, il me décoche un regard salace – les femmes. Parfois, il faut savoir attaquer en bas pour finir au-dessus.

— Et pourtant, je dis en passant, tu n'as pas l'air d'avoir fait jouir une seule femme de ta vie. »

*

Le rabbin vient me voir, avec son sourire affable, ses oreilles énormes et son air poli et respectueux. J'ai envie de me mettre à quatre pattes et de ramper sous la nappe.

« Que le Seigneur te console, au milieu des affligés de Sion et de Jérusalem !

— Merci, M. le rabbin », je dis.

Il prend ma main entre les siennes. Sa peau fine comme du papier me rappelle les daphnies que je donnais à manger à mes poissons rouges. « Tu nous manques, à la synagogue.

— Je sais, je suis désolée, je balbutie. C'est que... Je ne suis pas vraiment croyante.

— En quoi ne crois-tu pas ? demande-t-il.

— Vous savez. » J'esquive son regard. « Dieu. La prière. Ce genre de choses.

— Tu ne pries pas ? » Sa voix est douce.

— Euh, non.

— C'est dommage. Ça peut être d'un grand réconfort.

— Je n'ai personne vers qui prier.

— Tu n'es pas obligée de t'adresser directement à Dieu. Parfois, ça aide de parler à l'air dans la pièce. »

*

Mimi, une des amies de bridge de ma mère, vient me donner un baiser poudré sur la joue. Elle sent N° 5 de Chanel, les caramels Werther's et le Vicks Vaporub.

« Désolé pour ton p'tit papa, me susurre-t-elle. Tu prends soin de toi ?

— Absolument.

— Mm. » Elle inspecte mon visage. « Regarde-moi ces cernes. Est-ce que tu dors ?

— Suffisamment.

— Tu te masturbes ?

— Quoi ?

— La masturbation, répète-t-elle. C'est le meilleur sédatif qui existe, tu sais. Si tu ne dors pas, il faut que tu te masturbes plus.

— Arrêtez de parler de masturbation, je demande.

— Un bon film, de la mélatonine, la masturbation, énumère-t-elle en me tapotant la main de son index. Tu n'auras jamais aussi bien dormi. »

*

Je surprends Levi dans la cuisine avec une assiette de salade de pommes de terre.

« Mimi, l'amie de Maman, vient de m'ordonner de me masturber plus, j'annonce.

— Ezra, le cousin de Papa, m'a dit qu'il avait chopé deux fois des chlamydiae cette année, rétorque Levi. Il a quatre-vingt-deux ans.

— OK, c'est toi qui gagnes.

— Apparemment, c'est une vraie épidémie, dans les maisons de retraite. Que des veuves et des veufs fringants, tu vois. Il n'a pas arrêté de me demander si je me protégeais.

— Eh bien, clairement, non, je persifle.

— Désolé, je voulais vous le dire, à propos de Min et du bébé. Mais alors papa est mort.

— C'est vrai ! » Je me frappe le front de la main. « Papa mort ! J'avais oublié. »

Il roule les yeux d'un air las. « Maman aussi m'a fait un beau sermon. Puis elle a fondu en larmes et a essayé de me donner de l'argent.

— Je t'ai dit félicitations, et toutes ces conneries ?

— Nan. »

Je l'attire contre moi pour le serrer dans mes bras. « Félicitations, je dis. Et toutes ces conneries. »

*

Je rattrape le rabbin sur le départ et lui tapote gentiment le coude. « Il faudrait que je dise quoi ? Si je voulais, vous savez, prier ? »

À l'autre bout de la pièce, deux amies de ma mère de la synagogue me lorgnent jalousement. Je préférerais mourir plutôt que qui que ce soit entende cette conversation.

« Eh bien, il y a des livres. Mais tu peux aussi simplement dire ce que tu as dans le cœur. Ce qui te paraît bien pour toi.

— Mais... Je ne saurais même pas par où commencer.

— Oh, tu peux faire très simple. Deux de mes prières favorites sont : « Aidez-moi » et « Merci ».

— Ce sont des prières ?

— Ce sont d'excellentes prières. »

Il sourit en prenant la direction de la sortie, avant de se retourner vers moi une dernière fois. « Tu veux connaître l'une de mes prières personnelles préférées ?

— Quoi ?

— Ouah », répond-il.

*

Avec ma mère, on est dans le patio, à profiter de la dernière heure de soleil de la journée, quand Levi surgit.

« Où est Min ? je demande.

— Elle fait une sieste. Je pense qu'elle s'est sentie un peu débordée par tous ces discours sur l'Holocauste. Elle se réfugie dans le sommeil.

— C'est malin de sa part », commente ma mère.

Levi rapproche une chaise pour s'asseoir avec nous, et sort un joint de derrière son oreille. Il l'allume, tire une longue bouffée, puis nous le tend.

« Levi Jeremiah Rosenthal, qu'est-ce que tu es en train de faire, au juste ? s'indigne ma mère.

— M'man. » Il souffle la fumée. « Allez, quoi. Papa est mort. Je vais avoir un bébé. Prends une taffe, putain.

— Il n'est jamais trop tard pour essayer », je dis en prenant le joint.

Ma mère secoue la tête et lâche un gloussement débile. « Pour *essayer* ! Tu me prends pour qui ? Au lycée, votre père et moi, on fumait du hasch en se pelotant sur du Bob Marley. Et ça ne s'est pas arrêté là ! Pendant que je faisais ma formation de prof et lui sa deuxième année d'internat, on adorait fumer un peu d'herbe le soir. Comment vous croyez que vous avez été conçus ?

— Dégueu ! je hurle.

— M'man ! » s'insurge Levi.

Ma mère me prend le joint des mains, inhale à fond et souffle un rond de fumée parfait. Je croise le regard de Levi et hausse un sourcil. On fait tourner le spliff une dernière fois en regardant le soleil plonger derrière la haie du voisin.

« Quand je pense que mon bébé va avoir un bébé, dit ma mère à mi-voix.

— Quand je pense que ma mère *a été* un bébé », renchérit Levi.

Aucun de nous ne sait pourquoi on explose de rire.

*

Le soir, je vais m'asseoir devant mon ordinateur et j'ouvre mes mails. Si Levi peut avoir un bébé, si Bernie peut avoir un chromosome supplémentaire et si Mimi peut s'assommer par la masturbation, je dois pouvoir faire ça. Je demande de l'aide à l'air dans la pièce, puis j'ouvre le mail de Frank, et tape un seul mot.

Venez.

*

Levi et Min repartent chez eux, dans le nord de l'État. Apparemment, le comptoir des plats chauds à emporter n'attend pas. Ma mère insiste pour enrouler un traversin autour du ventre de Mimi pour le voyage en voiture, comme si ça pouvait protéger le bébé de ce que la vie va lui balancer. Debout dans l'allée, on les regarde partir ma mère et moi en se tenant par la taille. J'imagine que c'est à ça que devrait ressembler la vie : partir pour un long voyage en voiture avec tous ses soucis et ses espoirs enroulés autour de soi, tandis que ceux qu'on aime le plus au monde font frénétiquement coucou dans le rétroviseur.

*

Je suis en train de regarder sur Internet la recette du sandwich au fromage fondu, en me demandant ce que j'ai fichu toute ma vie pour ne jamais avoir appris à faire un truc aussi simple, quand on sonne à la porte. Frank est debout sur le seuil. Ah, voici l'homme que j'aime, je me dis. La pensée me traverse si furtivement, si naturellement, que je suis à un cheveu de la prononcer à voix haute. Au lieu de quoi, d'une voix complètement surexcitée, je braille : « Le New Jersey vous souhaite la bienvenue ! »

*

Avec Frank, on s'installe sur deux fauteuils de jardin. Les meubles du patio sont vieux et constellés de merdes d'oiseaux. J'envisage pendant quelques secondes d'en être gênée, puis je décide que ça ne vaut pas la peine.

« Vous avez grandi ici ? » demande Frank.

Je hoche la tête.

« Vous avez de la chance. »

Un éclair émeraude se pose brièvement sur la mangeoire à oiseaux devant nous.

« Vous saviez que le nectar à colibris n'était en fait que de l'eau avec du sucre ? », je dis.

Frank se met à rire.

« Quoi ? je fais.

— Putain, pourquoi il faut toujours qu'on rende la vie si compliquée ? »

*

On est dans le jardin depuis environ une heure, à discuter de manière anodine de ce qui se passe au bureau, le tout entrecoupé de silences remplis de sourires timides, quand ma mère rentre à la maison. On fait tous les deux un bond comme des ados surpris en train de se masturber mutuellement, et on se tourne vers les portes grillagées.

« Ma chérie, tu veux bien venir m'aider ? hurle-t-elle.

— M'man, j'ai de la visite, je braille en réponse.

— De la quoi ?

— De la visite ! »

J'ouvre les portes et fais rentrer Frank à l'intérieur.

« Je te présente Frank. »

Ma mère se détourne un instant du berceau en bois qu'elle est en train de traîner dans le salon.

« Frank qui ? demande-t-elle.

— Frank du travail.

— Oh ! »

Elle le jauge d'un regard si prompt qu'il en est presque imperceptible, sauf pour moi.

« Je suis tellement content de vous rencontrer, dit Frank. Je peux vous aider pour...

— Non ! » Ma mère lève une main. « Vous êtes notre invité. Je prépare le thé. »

Ce n'est pas bon signe. Plus ma mère fait preuve de sollicitude à l'égard de quelqu'un, moins elle l'aime. Alors que si vous vous la mettez dans la poche, vous vous retrouverez à récurer la gouttière. Si votre tête ne lui revient pas, elle vous fera une tisane. C'est contre-intuitif, mais c'est un fait. Nous la suivons dans la cuisine et elle met l'eau à bouillir.

« C'est un beau berceau, fait remarquer Frank.

— Pour mon futur petit-enfant, dit ma mère. Pour qu'il ou elle ait un endroit où dormir, après la naissance. »

Frank jette un regard alarmé vers mon ventre.

« Mon frère, je précise.

— Pfiou. Je veux dire : Félicitations.

— Vous avez des enfants ? s'enquiert ma mère.

— Pas à ma connaissance. »

Ma mère renifle puis prend le mug merle sur l'étagère. Elle ne donne le merle qu'aux gens qu'elle n'aime pas.

« Frank doit y aller, j'annonce. Il est tard.

— Ah bon ? dit Frank.

— Hm-mm, je confirme en le poussant hors de la cuisine pour le raccompagner à la porte, tandis qu'il crie au revoir à ma mère.

— Je peux revenir vous voir ? demande-t-il. Demain ?

— Demain. »

Je retourne dans la cuisine, où j'attrape le mug merle pour le balancer à la poubelle.

— Mais qu'est-ce que..., s'exclame ma mère.

— Il faut qu'on parle. »

*

Je prends le canapé-repas, et elle le canapé-visiteurs.

« Il est toujours marié ?

— Non. Enfin, techniquement, si, je pense. Elle a déménagé en Italie.

— Et maintenant il veut être avec toi ?

— Je crois, oui.

— Et toi, tu veux être avec lui ?

— Je crois, oui.

— Et tu es amoureuse ?

— M'man, on ne s'est jamais embrassés.

— Je ne vois pas le rapport !

— OK, très bien. Oui, je crois. Mais ne le dis à personne. Ne te le répète même pas à toi-même.

— Pourquoi ?

— Parce que c'est humiliant.

— Trésor, par essence, l'amour est humiliant. Personne ne te l'a donc jamais dit ?

— Qui aurait été censé me le dire ?

— Tu sais que le mot *humilier* vient du latin *humus*, qui signifie « la terre » ? C'est ça, qu'on doit ressentir, en amour.

— On doit se sentir comme de l'houmous ?

— Comme de la *terre*. Enraciné. Toutes ces balivernes sur l'amour qui serait une drogue, qui te mettrait sur un petit nuage, ce n'est pas le réel. L'amour doit te soutenir comme la terre.

— Ouah, M'man.

— Quoi ? J'ai un cœur, moi aussi.

— Tu as aussi un mug merle. »

*

Le lendemain, je fais un truc que je ne fais jamais, c'est-à-dire aller chez le coiffeur. Franchement, je préférerais me faire dévitaliser une molaire. J'endure une heure et demie de papouillage, de shampooinage, de peignage, de coupage et de papotage, en veillant pendant tout ce temps à ne croiser ni mon reflet ni le regard du coiffeur.

« Et sinon, lance-t-il, qu'est-ce qu'on dirait d'une frange ?

— Je ne sais pas. Qu'est-ce qu'on en dirait ?

— Vous avez un visage fait pour la frange, affirme-t-il.

— Parfait, je rétorque. Soyons fous. »

*

Folle, c'est ce que je suis. Totalement dingue. La frange, ça ne va à personne. La frange, c'est juste une barbe pour le front, un bonnet en cheveux qu'on ne peut jamais retirer.

Sitôt dans la voiture, je vérifie dans le rétroviseur que c'est aussi terrible que je l'imagine. Même dans ce petit morceau de miroir, le constat est sans appel : je suis un œuf dur avec une perruque.

*

Le soir, Frank vient directement après le travail.

« Pourquoi vous portez une casquette de base-ball ? », demande-t-il quand je lui ouvre la porte.

*

Heureusement, je n'ai pas trop le temps de m'inquiéter de ce que Frank pense de ma frange, vu que je dois m'inquiéter que ma mère ait insisté pour nous préparer à dîner. Le repas consiste en un wok de viande et de légumes sautés, la seule recette que ma mère sache faire, avec le pain de viande.

« Ça a l'air super, dit Frank en voyant ce qui se trame en cuisine. Wok'n'roll.

— On voit que vous êtes dans la pub », commente ma mère, avant de lui demander de trouver les couverts et de mettre la table.

*

« Vous êtes ravissante, ce soir, me dit-il tandis qu'on débarrasse les assiettes. Vous avez fait quelque chose à vos cheveux ?

— Je ressemble à un œuf dur avec une perruque.

— Hé. » Il me prend par les épaules. « Je veux qu'on essaie quelque chose. »

On se regarde droit dans les yeux, et il me tient fermement. Jamais on ne s'était touchés aussi longtemps. J'ai le cœur qui fait le marteau piqueur.

« D'accord.

— Je vais vous dire : « Vous êtes jolie », annonce-t-il. Et vous allez répondre : « Merci. »

— Mais...

— Pas de blague sur les œufs durs. Pas de blague du tout. Juste « Merci ». Vous voulez bien essayer ça pour moi ? »

J'opine sans un mot.

« Eleanor, dit-il, vous êtes très jolie, avec vos cheveux comme ça. »

Je voudrais m'engouffrer dans le siphon de l'évier, allumer le système de broyage, et être atomisée jusqu'à annihilation complète.

« Merci », je dis en m'étranglant.

Il rit.

« Je vous en prie. On recommencera demain. »

*

J'ai oublié de raconter à Frank ce que m'a dit le rabbin, au sujet de « Merci » qui peut être une prière. Une prière, c'est un espoir, une demande d'aide, et un acte de foi. Lorsque je dis « Merci » à Frank, c'est assurément une prière.

*

Quelques jours plus tard, on est de nouveau dans le jardin. Le tuyau d'arrosage est étalé à nos pieds, abreuvant paresseusement les rhododendrons de ma mère. Les abeilles volettent joyeusement de fleur en fleur. C'est la dernière semaine de l'été.

« Ce n'est pas pareil, sans vous, dit Frank. Au bureau, je veux dire. Plus personne pour me charrier sur mes jeux de mots pourris. Je suis en train de devenir ultra-puant.

— Dèz de l'entendre, je dis.

— Quoi ?

— Dèz. » Je hausse les épaules. « C'est comme ça que les ados anglais disent "désolé".

— Comment on peut être sincèrement désolé si on ne se donne pas la peine d'aller jusqu'à trois syllabes ?

— Depuis quand la longueur d'un mot est-elle corrélée à la sincérité qu'on y met ? "Je hais le rouge" me semble bien plus sincère que, par exemple : "Le rouge m'abomine." »

Frank éclate de rire. « De même que : "C'est exact", par opposition à : "Il y a une certaine vraisemblance dans vos propos."

— Exactement. Ou "Je vous aime" par opposition à... »

Je m'arrête net. Je l'ai dit. Par mégarde et pour illustrer une démonstration linguistique, d'accord, mais je l'ai dit.

« ... Je ne trouve pas de manière plus longue de le dire, je me justifie.

— « Adore », suggère Frank d'une voix douce. « Chéris. »

— « Aime » sonne mieux.

— En effet, acquiesce-t-il. Et moi aussi. Je vous aime, je veux dire. »

*

Je suis dans ses bras.

« Dèz de m'être comporté de cette manière après qu'on a décroché le contrat Kapow ! J'ai été stupide. J'ai eu peur.

— Dèz d'avoir disparu sans dire au revoir.

— Dèz de t'avoir laissée partir. J'aurais dû m'y prendre autrement.

— Dèz de ne pas t'en avoir donné l'occasion.

— Dèz d'avoir attendu tout l'été pour te dire que Cleo était partie.

— Dèz que Cleo soit partie.

— Dèz que ton père soit mort.

— Dèz que tu ne l'aies pas rencontré.

— Dèz d'avoir tout foiré.

— Mais pas pour ça ? Tu n'es pas dèz, là tout de suite, hein ?
— Non. Là tout de suite je n'ai jamais été aussi peu dèz de ma vie. »
Et il m'embrasse.

*

Frank me dit que sa mère venait le chercher ivre à l'école. Et comment est morte la mère de Cleo. Et qu'il l'a trouvée en sang sur le parquet de leur salon. Il me raconte ce qui est arrivé au phalanger volant. Ce n'est pas joli. Il me dit qu'il y a quelques semaines, il a arrêté de boire et qu'il s'est mis à aller à des réunions. Il avait toujours cru qu'à cause de sa mère il détesterait les AA, mais en fait il a l'impression de commencer à se comprendre, pour la première fois de sa vie.

« Est-ce que tu penses que…, dit-il. Est-ce que tu penses pouvoir être avec un homme qui a fait tout ça ? »

Je pose ma main sur la sienne.

« Tu as déjà entendu parler du kintsugi ? »

*

Étonnamment, mon agente répond par mail à l'envoi des deux épisodes animés de *Déchets humains*.

Tu es un drôle de zèbre, ma grande. Mais fais-m'en trois épisodes de plus et je crois que je pourrais le vendre.

*

Aujourd'hui, je vais écrire.

« On verra ça, je dis en allant me faire couler un bain.
— Tu ferais mieux d'y croire, je rétorque en allumant plutôt la douche.
— Dans tes rêves ! je réplique en sautant sur le lit.
— Chiche. » Et je me force à aller m'asseoir à mon bureau.

*

Avec Frank, on va au cinéma et on se pelote pendant deux heures d'affilée. On visite les galeries d'art de Chelsea. On va faire un bowling à Brooklyn. On mange un sandwich œuf-fromage dans Washington Square Park. On s'échange des livres. On recommence à s'envoyer des mails rigolos. On va dans un club de jazz, pour se rendre compte qu'on n'aime le jazz ni l'un ni l'autre, alors on sort manger une glace. On se balade. On mange des pizzas. Bien qu'il commence à faire froid, on prend le ferry jusqu'à Rockaway pour aller contempler le coucher de soleil. De si loin, la ville est un vaste reflet du ciel. Des gratte-ciel roses, comme des temples en sel de l'Himalaya. On dirait une cité mythique pour les dieux, et en un sens, c'est le cas.

« Au fond, le ferry, c'est comme le bus, mais avec une meilleure vue, je conclus.

— C'est ça que j'adore, chez toi, dit Frank. Cynique même face à un coucher de soleil. »

*

Je vais travailler à la New York Public Library, dans la Rose Reading Room. Mis à part les chaises qui grincent, c'est le paradis des auteurs. D'ailleurs, le paradis est peint au plafond, au-dessus de nos têtes. Des cieux d'un bleu poudreux et des nuages savonneux. Je m'installe à une des longues tables en acajou jalonnées de lampes vert émeraude et j'adresse un sourire à mes congénères. Qui sait combien de séries à succès et de best-sellers ont été conçus entre ces murs tapissés de livres ? Je commence juste à trouver mon rythme quand un homme vient s'asseoir juste en face de moi, ouvre une encyclopédie sur ses genoux, et se met à se masturber furieusement au-dessus.

*

Frank me laisse utiliser une salle de conférences vide à l'agence, pour que je puisse écrire. Au moins, comme ça, dit-il, la seule personne que je risque de voir se masturber devant moi, c'est lui.

*

Le meilleur, dans cet arrangement, c'est que je peux recommencer à déjeuner avec Jacky.

« Et donc, tu te tapes le patron, dit-elle en s'asseyant. *Beauté*.

— Je ne me le tape pas. On sort ensemble, c'est tout.

— C'est tellement mignon, ce côté lycéen. Soyons folles, partageons des frites. »

J'inspire à fond. « En fait, au lycée, je sortais avec un homme de quarante ans. Il me faisait faire des trucs comme laver son linge et avaler son sperme. » J'expire. « Ce n'était pas génial. »

Jacky se penche vers moi par-dessus les énormes menus poisseux. « Oh, mon chou. Une année, pendant les vacances de printemps, je me suis saoulée et un groupe de terminales m'a enfermée avec un autre gars dans un placard, et ils m'ont promis de me donner cent dollars si je les laissais me regarder pendant que je lui taillais une pipe.

— C'est ignoble, je dis. Et tu l'as fait ? »

Elle hausse les épaules. « J'aimais bien un des garçons de l'autre côté de la porte, et je me suis dit... Je ne sais pas ce que je me suis dit. J'avais seize ans, je pesais cinquante kilos et je venais juste de découvrir la vodka. »

Elle prend ma main et la serre.

« Je suis vraiment désolée que ça te soit arrivé, jacky.

— Je suis désolée pour toi aussi. » Elle secoue la tête. « Qu'il aille se faire foutre, le vieux.

— Eh bien, il est mort dans un accident de tondeuse. Donc au moins tout est bien qui finit bien.

— Dieu n'est peut-être pas toujours juste, commente-t-elle. Mais il faut lui reconnaître un certain sens de l'humour. »

Notre serveur apparaît et on commande nos salades ainsi qu'une portion de frites.

« Et un milkshake au chocolat, pour faire descendre tout ça. » Jacky m'adresse un clin d'œil. « Je pense qu'on en a besoin. »

On se recule sur nos banquettes et on se regarde en souriant.

« Tu as eu tes cent dollars, au moins ? je demande.

— Oh oui, mon chou. » Elle rit. « J'ai emmené mes copines chez Benihana pour dîner. Les beignets de crevettes valaient le coup ! »

*

Les feuilles ont viré à l'ocre, je porte un blouson, ça sent la citrouille partout et je me suis fait inviter à cueillir des pommes. C'est officiellement l'automne.

*

Je suis près de Cooper Square, en train de faire la queue pour m'acheter un café, et j'écoute les étudiants en art devant moi.

« Qu'est-ce qui s'est passé, finalement, avec ce type, le *performer* islandais ? demande une fille à une autre.

— On a rompu.

— Qu'est-ce qui a cloché ?

— Il dormait en nuisette victorienne, il avait eu un bébé avec ses voisines lesbiennes qu'ils avaient appelé Jean-Pepe, et il me hurlait : « Regarde-moi dans les yeux ! » juste avant d'éjaculer.

— Et sinon… Qu'est-ce qui a cloché ? » redemande la première.

*

Frank est sobre depuis quatre-vingt-dix jours. On n'a toujours pas couché ensemble. Il veut attendre, et ça ne me dérange pas. J'imagine que je l'ai déjà tellement attendu, alors quelques mois de plus, qu'est-ce que ça change ? On fête cette grande nouvelle de la meilleure façon que je connaisse, sachant qu'il est à la fois chaste et abstinent : par un feu d'artifice illégal.

*

Je n'y crois pas, mais mon agente a aimé les nouveaux épisodes. Elle est en train d'essayer de les vendre à un studio d'animation au Japon. Au *Japon* !

*

Il se trouve que mon père m'a laissé de l'argent. Pas beaucoup, mais assez pour que je quitte le New Jersey et me trouve un appartement à moi, en ville. Maintenant, tout ce qu'il me reste à faire, c'est à trouver l'appartement et à annoncer à ma mère que je déménage. Je me demande si je pourrais ajouter un bonus à l'agent immobilier pour qu'il le fasse à ma place.

*

Avec Frank, on passe le dimanche à faire la tournée des portes ouvertes immobilières dans le centre de New York.

« On dirait des appartements dans lesquels des gens ont été assassinés, me chuchote-t-il à l'oreille.

— Je pense que la catégorie « mort naturelle » n'est pas dans mon budget, je lui fais remarquer.

— Quelques mois dans un taudis de ce genre, et tu n'auras plus à t'en inquiéter. Parce que tu te seras pendue au plafonnier.

— Ne dis pas de bêtises. Aucun de ces appartements n'a de plafond assez haut.

— Je pense que je pourrais nous trouver un endroit avec un plafond plus haut, argue-t-il.

— Nous ?

— Toi et moi. Un nouveau départ, dans un nouveau lieu. Réfléchis-y. »

*

Alors j'y réfléchis. J'y réfléchis même sans interruption pendant une semaine. Je trouve ma mère dans le jardin, en train de rempoter ses vivaces d'automne. Elle lève le nez et s'étale du terreau sur le front avec son gant de jardinage.

« Tu sais quelle était la définition d'un trait d'esprit, pour Nietzsche ? me lance-t-elle. Une épigramme que l'on fait sur la mort d'un sentiment.

— M'man. Je voudrais te parler de quelque chose.

— Tu ne trouves pas ça brillant ? Nietzsche me retourne à chaque fois la tête.

— C'est au sujet de ma situation de vie.

— Je t'ai offert *Ainsi parlait Zarathoustra* quand tu avais quinze ans, au moment de ta première crise existentielle. Tu l'as toujours ?

— Frank m'a fait une proposition, l'autre jour.

— Nietzsche a une âme de poète, poursuit-elle. Comme toi. »

J'attrape une truelle et me mets à creuser. Jamais je ne partirai.

*

Un groupe de hiboux est surnommé un parlement. Un groupe d'étourneaux, un murmure. Un groupe de perdrix, une compagnie. Un groupe de goglus, une perchée. Un groupe de paons, une ostentation. Un groupe de manchots, une colonie. Un groupe de poules, une basse-cour. Tous ces termes peuvent également décrire un groupe de femmes juives.

*

Je vais chercher Frank à la sortie de sa réunion du soir sur Perry Street. Dehors, les gens fument et rient. Ils m'ont l'air tout à fait normaux. Quelques costumes, quelques looks d'artistes quinquas du Village. Une blouse de chirurgien.

Nous allons au restaurant italien de la 10ᵉ Rue, où la qualité déplorable du service est inversement proportionnelle à celle de la cuisine. Frank rentre sa serviette dans sa chemise comme il le fait toujours avant de commencer un repas et saisit un morceau de pain dans l'assiette qu'on dépose bruyamment devant nous.

« Le meilleur pain de la ville, décrète-t-il en l'imbibant d'huile d'olive.

— C'était comment, la réunion ?

— Incroyable. Super émouvante. L'animateur avait vingt-cinq ans de sobriété et il était tellement costaud, spirituellement parlant. Et *reconnaissant*, tu vois ? Sa prière et son exercice de méditation étaient démentiels. »

Je lève un sourcil. Frank se frotte le front en riant. « J'ai l'air dingue, dit-il.

— Tu as l'air heureux.

— Je le suis. Ça me fait toujours bizarre de le dire.

— Eh bien, il va falloir t'y habituer, bébé, je rétorque. Grâce au ciel, tu ne seras pas l'oncle Bernie de ta famille.

— Le quoi ?

— Mon oncle Bernie a un problème d'alcool, j'explique. Et, apparemment, un chromosome féminin supplémentaire.

— Parfait, dit Frank. Tu veux partager une entrée ?

— La salade de tomates a l'air bien.

— Qu'est-ce que tu dirais des asperges ?

— Tu dois aller voir Cleo, je réponds. »

Frank avale sa bouchée de pain avec difficulté.

« Je dois quoi ?

— Tu dois aller voir Cleo, je répète. Ta femme.

— Je sais qui elle est.

— Premièrement, vous êtes toujours mariés, par conséquent ce qu'on fait en ce moment s'appelle une relation extra-conjugale.

— Je ne t'imaginais pas aussi puritaine.

— Deuxièmement, tu dois t'assurer qu'on s'occupe bien d'elle, là-bas.

— Cleo est capable de s'occuper d'elle-même, argue-t-il.

— Si c'était le cas, dis-je calmement, ce qui est arrivé ne serait pas arrivé. »

Il me dévisage et je vois dans son regard la tristesse laissée par cette expérience, et qui n'existait pas auparavant. « Continue.

— Elle est encore très jeune, et elle n'a pas beaucoup de famille, ce qui signifie que toi et moi, on est sa famille. On a la responsabilité de vérifier qu'elle est en sécurité.

— Financièrement, tu veux dire ? Je peux lui envoyer de l'argent.

— Il y a des choses qui demandent un peu plus que de l'argent.

— J'ignorais que tu te souciais autant de son bien-être. C'est un trip du genre *Club des Ex* ? »

J'essaie de ne pas le regarder comme s'il était le gars le plus débile sur cette planète.

« Non, Frank, dis-je très lentement. C'est de la solidarité féminine. »

Il me prend doucement la main en travers de la table.
« Eleanor, tu es une femme bien.
— On va prendre la salade de tomates », je décrète.

*

Avec ma mère, nous passons la soirée à regarder une ancienne saison de *Chanter pour renaître*. Il est possible que nous nous soyons surinvesties dans le succès du jeune Harold, qui a mis ses aspirations de carrière en attente pour pouvoir s'occuper de sa vieille mère diabétique. Chaque fois qu'il chante, ils repassent les mêmes images de la mère et du fils dans leur petit appartement miteux de la Nouvelle-Orléans.

« Il est ma seule fierté, dit la grosse maman en robe à fleurs. Mon cœur bat pour lui. »

Ma mère se tourne vers moi et pose sa main sur la mienne.

« Frank m'a appelée, dit-elle. Vas-y. »

*

Frank est venu aider ma mère à préparer un déjeuner d'adieux. Bizarrement, il ne semble pas que l'opération implique un wok. J'ai passé toute la journée à emballer mes affaires et j'ai besoin de prendre l'air. J'enfile un manteau et sors dans le jardin. Tout est sombre, immobile et silencieux. Mon haleine produit de petits nuages gris devant moi. Au-dessus de ma tête, les étoiles sont à peine visibles. Je respire l'odeur de la terre. J'entends Frank et ma mère rire dans la cuisine. Un chien aboie quelque part. Je sens la nuit qui appuie contre ma peau. Il fait froid, pourtant j'ai bien chaud. Mon souffle rencontre l'air.

*

Ouah.

17

Janvier

Lorsque Frank débarqua à Rome, la région vivait son hiver le plus doux depuis cinquante ans. Une brise presque tropicale lui léchait le visage par la fenêtre du taxi, tandis qu'il se dirigeait vers l'Institut des Beaux-Arts, où vivait Cleo. Le bâtiment était peint en fuchsia délavé, avec de grands palmiers encadrant l'entrée. Un palais rose. Il en émanait quelque chose d'antique, d'assourdi, de précieux et de légèrement suranné. Il n'aurait pu imaginer meilleur lieu pour elle.

À l'abri des regards derrière sa fenêtre à guillotine, Cleo le regarda remonter le chemin de pierre sinueux qui menait à l'entrée, de sa démarche familière et sautillante. Elle était plantée là à l'attendre depuis un moment, le cœur battant tel un oiseau emprisonné à l'intérieur de sa poitrine. D'en haut, elle le regarda atteindre la porte et parcourir la liste de noms, pour appuyer ensuite sur le bouton en face de celui de Cleo. Il recula pour scruter la fenêtre dont elle venait de s'écarter précipitamment.

Des pas, le frottement des doigts sur le bois de la porte, un juron à mi-voix, le coulissement d'un verrou et Cleo apparut. Le cœur de Frank enfla telle une vague revenant sur le rivage.

Elle avait coupé ses longs cheveux au carré, comme une capuche blonde qui lui encadrait le visage. Son beau visage en forme de cœur qu'il avait envie de prendre entre ses mains et de tendre vers la lumière comme une boule à neige. Elle portait un jean délavé et un gilet couleur caramel qu'il reconnut. Ses chevilles fines dépassaient d'espadrilles maculées de peinture. Quelle fille ravissante elle était. Semblable à un papillon blanc dans une éclaboussure de soleil.

« Tes cheveux, dit-il.

— Courts, acquiesça-t-elle en passant ses doigts dedans.

— Bien. » Il opina.

« Pas trop courts ? demanda-t-elle.

— C'est beau. Comme une guimpe de nonne.

— Tu veux dire un voile. La guimpe, c'est ce qu'elles portent autour du cou.

— Tu vois ! C'est pour ça que j'ai besoin de toi dans ma vie. Tu sais depuis combien de temps je fais cette erreur ? Et si j'avais dû discuter avec une *vraie* nonne ? »

Cleo recula d'un pas dans la pièce et le prit par les épaules pour mieux le regarder. Le visage de Frank avait quelque chose de différent, son regard était plus clair. Elle vit distinctement que ses yeux n'étaient pas marron, comme elle l'avait toujours cru, mais noisette et or. On aurait dit que la lumière était entrée en lui. Elle enroula les bras autour de son cou et l'attira contre elle jusqu'à ce qu'ils soient joue contre joue. Elle eut l'impression qu'il était une grande tente qui s'écroulait autour de son mât, son corps à elle.

« Entre », lui glissa-t-elle à l'oreille.

Frank la suivit dans l'entrée fraîche et sombre. Elle lui fit monter l'escalier jusqu'à un palier lumineux, désigna la cuisine et la buanderie avec la fierté timide d'une étudiante le jour où ses parents visitent le campus. Éparpillées sur la table, plusieurs bouteilles de vin datant de la veille dessinaient des auréoles écarlates sur le bois. Frank les scruta avec un mélange de soulagement et de nostalgie. Jamais plus il ne pourrait rester traîner ainsi après le dîner, à discuter passionnément de tout et de rien, à remplir inlassablement les verres jusqu'à ce que le soir bascule dans la nuit. Cleo suivit son regard. Frank lui avait annoncé qu'il avait arrêté de boire, lorsqu'il l'avait appelée pour proposer de lui rendre visite. Cela faisait six mois, avait-il dit, mais elle avait eu du mal à le croire. À présent, elle voyait de ses yeux qu'il était différent, sobre. Plus doux. Ces défenses que l'alcool érigeait autour de lui avaient disparu.

« Tu veux de l'eau ? Ou du thé ? Du lait ? Du thé *avec* du lait ?

— Ça va, répondit-il. C'est seulement que c'est la première fois que je voyage comme ça, tu vois... Je me sens un peu...

— Sensible ? »

Frank sourit. « Oui, dit-il. C'est exactement le terme. » Ils échangèrent un long regard, et un frisson de chaleur passa entre eux. « Et si tu me montrais ta chambre ? »

La pièce était à mi-chemin entre la chambre d'hôpital et de résidence universitaire, avec du linoléum moucheté au sol et un lit une place recouvert d'un édredon rose. Des cartes postales de tableaux de Lee Krasner et de Jay DeFeo tapissaient tout le mur au-dessus de son petit bureau. L'Institut des Beaux-Arts évoquait à Frank un internat pour adultes, un espace à la fois personnel et impersonnel, reflet d'un groupe d'occupants appelés à repartir. C'était précisément pour cette raison que Cleo adorait cet endroit : parce que c'était un lieu dédié à la création.

En se perchant sur le bord du lit, Frank sentit quelque chose de dur sous lui. Il passa la main sous la couverture et en sortit une pierre lisse et oblongue. Elle était d'un rose opalescent veiné de blanc, de la longueur de sa paume, fraîche au toucher et lourde dans la main. Il se tourna vers Cleo, qui éclata de rire. « Oups, j'ignorais que je l'avais laissée là. »

Elle la lui prit pour la ranger hâtivement dans un tiroir de son bureau. À l'intérieur, il aperçut des feuilles de papier à dessin épais striées d'aquarelle, une plume blanche et un stylo au capuchon en forme de tournesol.

« Qu'est-ce que c'est ? s'enquit-il.

— Un cristal. » Cleo s'adossa au bureau pour faire face à Frank. Une fine bande de peau apparut entre son T-shirt et la ceinture de son jean, comme une trouée de soleil entre les nuages. « À mettre à l'intérieur de soi. En fait, c'est Zoe qui m'en a parlé. On peut s'en servir pour ouvrir ses chakras, soigner des traumatismes, ce genre de choses. Tu roules les yeux, là.

— Pas du tout !

— Tu les roules *vers l'intérieur*. Je le vois.

— Impossible. »

C'était pourtant vrai. Cette capacité qu'elle avait de voir en lui l'avait toujours contrarié et électrisé. Il ne s'était jamais senti vu, réellement *vu*, avant de la rencontrer.

« Tu le mets à l'intérieur comment ?

— Eh bien, pas en l'avalant.

— C'est un truc sexuel ?

— C'est un truc qui soigne.

— Tu as besoin de ça ? »

Cleo sourit. « J'ai besoin de tout ce qui existe.

— C'est la grâce d'avoir vingt-six ans, déclara Frank. On peut tout essayer, on a juste l'air plein d'espoir. À quarante-cinq, on est simplement ridicule, même pour soi-même. »

Cleo lâcha un grognement. « N'importe quoi ! Regarde-toi, avec tes réunions. Tu es une toute nouvelle personne !

— Tu le penses vraiment ?

— Tu es plus léger. C'est une bonne chose.

— Et toi, alors ! s'exclama Frank. Tu as coupé tous tes cheveux. »

Cleo secoua son carré en forme de tulipe. « J'imagine que je suis plus légère, moi aussi », acquiesça-t-elle.

Frank opina en souriant. « Zoe t'a dit qu'elle avait monté un groupe féministe d'épanouissement sexuel avec des étudiants de la fac ? »

Les yeux de Cleo scintillèrent. « Elle m'a dit ça, oui.

— Si elle me vante encore une fois la puissance de l'orgasme féminin... »

Cleo bascula la tête en arrière en riant. Zoe l'avait elle aussi abreuvée d'histoires à ce sujet, la dernière fois qu'elles s'étaient parlé. Elle se comportait comme si elle était la première femme à découvrir le clitoris, mais son enthousiasme et sa fraîcheur avaient aussi leur charme.

« C'est bien pour elle, dit Cleo. Elle explore, tu vois. Et... » Elle le regarda avec un mélange de timidité et de fierté. « J'ai une thérapeute, maintenant, moi aussi.

— C'est vrai ?

— Une lesbienne bouddhiste originaire d'Irlande, mais qui vit en Italie depuis des années.

— Je ne saurais imaginer de meilleure thérapeute pour toi.

— Je lui fais confiance. C'est la première personne à qui je fasse confiance depuis longtemps.

— Je comprends ça. C'est ce que je ressens avec mon parrain.

— Ouah, Frank. Regarde-nous, en train de nouer des relations saines. »

Ils se dévisagèrent en silence pendant un moment, à la fois familiers et étrangers l'un à l'autre.

« Je suis heureux de te voir », finit-il par dire.

En vérité, il était pris dans un tourbillon de liesse, de terreur et de soulagement, tout comme Cleo, mais ni l'un ni l'autre ne se sentait prêt à le dire.

« Moi aussi, dit-elle. Je ne pensais pas qu'on se reverrait avant l'année prochaine.

— Comment ça ?

— Pour le mariage de Santiago et Dominique.

— Oh ouais, bien sûr ! Tu y crois, toi ?

— Mais oui. Jusqu'ici, il m'a écrit deux lettres, toutes les deux des odes à son amour pour Dominique, plus une recette de pâtes. »

Frank rit. « C'est le dernier vrai romantique. Tu te rappelles son discours, à notre mariage ?

— Oui. Il avait dit qu'on était tous les deux en or, quelque chose comme ça.

— Je ne sais pas pour moi, mais toi, c'est certain. »

Cleo sourit. Pour lui, elle était vraiment dorée.

« Tu veux voir mon atelier ? proposa-t-elle. Il est dans l'autre bâtiment. »

Frank la suivit dehors en contemplant sa démarche légère et liquide.

« Quelqu'un d'autre est déjà venu te voir ? Quentin ?

— On ne se parle plus », dit-elle à mi-voix.

Il attendit qu'elle développe. Elle s'immobilisa et se retourna pour lui faire face.

« La meth. J'imagine que c'est Alex qui l'a fait plonger. Il ne va pas bien. »

La dernière fois que Cleo avait vu Quentin, lui raconta-t-elle, il l'avait invitée dans un hôtel miteux du centre. À son arrivée, elle était tombée sur trois autres types aux orbites creusées, en train de faire les cent pas dans la chambre avec lui. Quentin était à moitié nu, complètement survolté. Tout son corps mince et livide sursautait, comme traversé par un courant électrique. Il avait épuisé la coquette rente mensuelle que lui envoyait sa grand-mère, alors qu'on n'était que le vingt du mois. Lorsqu'elle avait tenté de le convaincre de partir, il l'avait agressée. *Ne t'avise pas de me juger, espèce de sale pute.* Cleo avait fui et appelé Johnny, qui n'avait été d'aucun secours, et elle n'avait pas les numéros des membres de la famille de Quentin. Elle n'avait rien pu faire d'autre que le laisser là. Frank secoua la tête.

« J'ignorais totalement.

— Il nous a offert de la cocaïne comme cadeau de mariage. Tu ne t'es pas dit qu'il avait peut-être un tout petit problème de drogue ?

— C'est un personnage, hasarda Frank. Je ne pensais pas que ça tournerait si mal, pour lui. Je veux dire, si se shooter de manière récréative et trop boire fait de toi un toxico, alors tous ceux qu'on connaît... » Frank se tut et grimaça. « Mon Dieu, Cley. Tous les gens qu'on connaît à New York sont des toxicos, pas vrai ? »

Cleo hocha tristement la tête. « On dirait bien.

— Tu n'as pas essayé de le joindre, après ça ? »

Elle lui adressa un regard peiné.

« Bien sûr que si. À de très nombreuses reprises. J'ai appelé des centres de désintox, je lui ai trouvé une place gratuite, mais il a refusé d'y aller. Puis son numéro a été coupé. À ce stade, je ne sais même pas qui j'aurais à l'autre bout du fil.

— Tu veux dire que son numéro a été attribué à quelqu'un d'autre ?

— Je veux dire que je ne sais plus *qui il est.*

— Mais ça va ? »

Elle le regarda dans les yeux, un sourire d'épuisement aux lèvres. « Il faut bien que l'un de nous deux aille.

— Tu as de la chance d'avoir pu partir de New York, c'était le bon moment.

— À un cheveu près », acquiesça-t-elle.

Elle l'emmena jusqu'à son atelier, qui était petit et encombré, pas vraiment le loft baigné de lumière qu'il s'était imaginé. Bas de plafond, avec des poutres en bois, des relents chimiques de peinture dans l'air, un sol en béton poussiéreux zébré de rouge foncé. Le cœur de Frank fit un bond. Était-ce du sang ? Non, de la peinture, évidemment. Il repéra la même teinte sur les toiles alignées contre le mur.

Frank se rappelait le travail de Cleo comme chargé et charnel, de la couleur d'un hématome au plus dur de la cicatrisation, des jaunes acides et des violets profonds, et des crème teintés de vermillon. Les tableaux qu'il découvrait là étaient bien plus simples, des lignes rouges et propres sur fond blanc ou gris. En y regardant de plus près, il vit que les lignes étaient des représentations abstraites de parties du corps féminin, des fesses écartées, la courbe d'un ventre, le lourd arrondi d'un sein.

Il n'avait jamais vraiment su si elle était douée, comme artiste. En tout cas, elle avait été assez malheureuse pour ça. Mais qu'est-ce que cela voulait dire ? Les gens talentueux étaient souvent malheureux, mais les gens malheureux n'étaient pas toujours talentueux. Pour Frank, le don de Cleo avait toujours été sa façon d'être. Elle était unique et envoûtante, pas seulement physiquement, mais dans son essence même. Elle avait une manière d'amener la lumière avec elle quand elle entrait dans une pièce, comme si une fenêtre s'ouvrait à la volée.

Cleo le regarda s'agenouiller pour examiner une petite toile carrée. Sous ses yeux, le sujet – un genou plié, saisi en plein mouvement – devint subitement une simple ligne. C'étaient des corps présentés comme une absence. Plus on s'en approchait, plus ils se dérobaient. Elle était fière de ces toiles, moins clairement figuratives que ses œuvres précédentes, et qui lui offraient la liberté et l'anonymat de l'abstraction. Elle scruta le visage de Frank pour tenter de déchiffrer ses pensées.

En relevant les yeux, il vit que Cleo l'observait avec cette curiosité et cette intensité qui la caractérisaient. Elle attendait quelque chose de lui, il le savait, une réponse qu'il ne savait lui donner. Ce qu'il comprenait, c'était le langage. L'image de marque. C'était devenu des gros mots, presque une injure, pourtant il y avait là-dedans une franchise qui pour lui frisait le sublime. Toutes les interactions étaient foncièrement transactionnelles. Au moins la publicité ne trichait-elle pas. Alors que dans ce monde subtil d'ombre et de lignes qu'occupait Cleo, qui revendiquait ostensiblement d'être chargé de sens, et qui en était potentiellement tellement dénué... Frank avait l'impression d'essayer d'ouvrir un paquet avec les instructions à l'intérieur.

« C'est très chouette, Cleo, dit-il. Tellement... artistique. »

Cleo éclata de rire. Elle voyait bien qu'il était perplexe, mais elle se surprit à être moins affectée par sa réaction qu'elle l'avait envisagé. Indépendamment de ce qu'il en pensait, elle était satisfaite de ce travail.

« J'ai une expo, le mois prochain, annonça-t-elle, incapable de museler la fierté dans sa voix. Dans une petite galerie de Monti.

— Tu as un titre ?

— *Lignes de vie.*
— Bien trouvé.
— Comment ça ?
— C'est approprié, précisa-t-il. Pour toi.
— Il y a aussi une installation. Je pense que c'est la meilleure partie. Tu veux la voir ? »

Elle était si sincère, tellement pleine d'espoir. Frank partageait son élan. Il n'y avait aucune certitude qu'elle réussisse ; en réalité, il y avait même peu de chances. Il se remémora leur première rencontre, quand elle claironnait dans les rues de New York qu'elle était une artiste en penchant la tête d'un petit air fier. Il voyait cette même confiance dans le combat de Zoe pour devenir actrice, quand elle marchandait sa jeunesse et sa beauté, les épuisait sans aucun retour tangible. Toutes deux ignoraient encore ce que lui savait. Qu'on pouvait être doué, bosseur, tenace, parfois même avoir un coup de chance, et *malgré tout cela*, ne pas réussir. Ou du moins, pas durablement. Et que ne jamais connaître de succès et de reconnaissance à la hauteur de son talent, ne jamais être rétribué de manière satisfaisante pour ses efforts était une expérience terriblement démoralisante.

Frank suivit Cleo dans la cour qui séparait les bâtiments. La brise anormalement tiède s'enroulait autour d'eux tel un chat se frottant à leurs chevilles.

« L'installation est dans le cabanon, dit Cleo. Je voulais juste fumer une cigarette d'abord. »

Elle en roula une qu'elle lui tendit, avant de s'en confectionner une.

« Je ne fume pas, dit-il en pinçant la cigarette entre ses lèvres.

Elle sourit. « Tous ceux qui arrêtent de boire se mettent à fumer, juste un petit peu. »

Seul l'écho assourdi de la radio par une fenêtre ouverte venait briser le silence. Cleo rangea son pochon de tabac dans la poche arrière de son jean et croisa les bras. Il était temps d'aller au cœur des choses.

« Alors, dit-elle, parle-moi d'Eleanor. Pas ta mère. »

Frank s'étouffa sur la fumée qu'il venait d'inhaler. Il avait prévu d'amener lui-même le sujet d'Eleanor. Il ignorait que Cleo avait appris leur relation des semaines auparavant, de la bouche de Zoe. Pour Cleo, apprendre que Frank était amoureux de quelqu'un d'autre, ç'avait été comme se faire piquer par une méduse : après la première surprise de la douleur, il ne subsistait qu'un élancement sourd. Jamais plus cela ne lui ferait aussi mal. Et Cleo était bien décidée à se réjouir pour lui – mais d'abord, il fallait qu'ils en parlent.

« J'ai lu vos mails, l'année dernière. » Elle haussa les épaules, à la fois pour s'excuser et pour clore le sujet. « C'est drôle, parce que j'étais tellement contrariée, mais je riais, aussi. Je l'aime bien. » Elle se força à sourire. « Je l'aime peut-être plus que toi.

— Moi aussi, réussit-il à articuler. Certainement plus que je ne m'aime moi. »

Que pouvait-il dire d'Eleanor ? Elle était belle, pas sublime, et elle n'attirait pas l'attention comme le faisait Cleo, simplement en entrant dans une pièce. Mais elle était faite d'un bois plus profond et plus vigoureux. Elle avait le sens de l'humour le plus puissant qu'il ait rencontré chez une femme, chez n'importe qui, en fait, sauf peut-être sa mère. Mais elle était plus gentille que sa mère, plus tendre aussi, avec cette vraie capacité d'empathie propre aux écrivains.

« On... on est très attachés l'un à l'autre.

— J'avais cru comprendre. Vous êtes ensemble depuis un petit moment, maintenant, non ? »

Cleo faisait de son mieux pour paraître désinvolte, mais une certaine dureté pointait dans son ton, celle d'un interrogatoire en règle.

« On vient de trouver un appartement à Brooklyn. J'allais te le dire.

— Brooklyn ! » La voix de Cleo monta à l'octave. « Ouah, ça doit être du sérieux, alors. »

Frank se frotta nerveusement la nuque. « Pas au cœur de Brooklyn, précisa-t-il. Juste de l'autre côté du pont.

— Brooklyn, répéta-t-elle, incrédule. C'est très adulte. Mais au fond, vous *êtes* tous les deux des adultes. Quel âge a-t-elle ? » Malgré son désir de se montrer bienveillante, force était de constater que la contrariété avait pris le dessus.

— La trentaine, rétorqua Frank, lui aussi piqué au vif. Quelle importance ?

— Je me posais la question, c'est tout. Elle semble mature, c'est tout. Plus mature que moi.

— Elle fêtera ses trente-huit ans la semaine prochaine », dit Frank, mal à l'aise.

Cleo tira une longue bouffée sur sa cigarette. La cendre dégringola le long de son jean.

« C'est génial. » Elle épousseta férocement son genou. « Tu lui souhaiteras un joyeux anniversaire de ma part. *Buon compleano*, Eleanor ! »

Elle avait voulu se montrer joviale, et elle se retrouvait à la limite de l'hystérie. Frank la dévisagea longuement, puis il lâcha sa cigarette et s'approcha d'elle. Il prit ses épaules étroites entre ses mains.

« Je suis désolé de ne pas te l'avoir dit avant de venir »

Cleo baissa les yeux vers ses pieds. « Tu ne me dois rien. »

Il secoua la tête. « Je te dois tout. Et je suis désolé. »

Cleo leva le regard vers lui et son expression s'adoucit.

« J'ai quitté le pays, tu te souviens ? Tu as bien le droit de quitter Manhattan. »

Frank souffla. C'était le moment d'aborder le sujet du divorce. Les circonstances s'y prêtaient naturellement. Après tout, Cleo avait atterri à l'hôpital, en cherchant à mettre fin à leur mariage. Par contraste, le divorce était une approche incroyablement douce. Mais quelque chose l'arrêta.

« C'est Eleanor qui a suggéré que je vienne, dit-il. Pour m'assurer que tu allais bien. »

Cleo fronça ses sourcils blonds. « Vraiment ? Tu ne voulais pas venir toi-même ?

— Bien sûr que si, s'empressa-t-il d'ajouter. Je voulais juste dire... qu'il n'y a pas d'animosité de sa part. Elle se soucie de toi. Je crois qu'elle t'admire. » Il parlait trop, mais il était incapable de s'arrêter. « Elle aimerait apprendre à te connaître, si les... circonstances le permettent un jour. »

Cleo fronça un peu plus les sourcils. Ainsi Frank était-il venu pour Eleanor. Bien sûr, pas pour elle. Et voilà qu'il surgissait, ce sentiment qu'elle avait tenté de museler, cette jalousie obscure et poisseuse, l'évidence que Frank ferait pour Eleanor ce qu'il n'avait jamais fait pour elle. Eleanor avait droit à *cette* version de Frank, l'homme sobre et attentionné qui écoutait ses conseils, alors que Cleo avait enduré celle de l'ivrogne, comme une cruche.

Elle eut soudain la pulsion de transpercer la surface lisse de son nouvel amour. Cela n'aurait pas été bien compliqué. Après tout, elle avait rencontré Eleanor, et elle savait que c'était loin d'être le genre de personnalité étincelante dans laquelle Frank aimait se refléter. Il suffirait d'une remarque, et elle pouvait faire éclater son bonheur à la pointe de son aiguille empoisonnée.

Mais elle résista. Elle ne ferait que le regretter. Et au fond de son cœur, elle savait qu'Eleanor était une femme pour lui. Cleo n'avait pas menti, en disant qu'elle l'aimait bien. Ils avaient beau avoir essayé de toutes leurs forces, Cleo et Frank n'avaient pas réussi à se rendre mutuellement heureux. Autant le laisser partir, le renvoyer, poussé par son amour comme par la brise méditerranéenne, fût-ce vers quelqu'un d'autre.

« Moi aussi, j'aimerais bien apprendre à la connaître, dit-elle. Elle a l'air... sensationnelle. »

Un sourire de soulagement se dessina sur le visage de Frank. « Elle sera heureuse d'entendre ça. Et c'est vrai qu'elle l'est. Vous l'êtes toutes les deux.

— Vous deux, vous... vous êtes heureux ? » Cleo le dévisagea avec sa concentration habituelle.

Frank réfléchit à la manière de répondre avec honnêteté mais sans la blesser. La première fois qu'Eleanor et lui avaient fait l'amour, il avait cru mourir de bonheur. Jamais auparavant il n'avait patienté avant de coucher avec quelqu'un, en tout cas jamais il n'était tombé amoureux *avant*. Il était horriblement nerveux, et elle aussi. Tout était allé de travers : Il n'avait pas réussi à dégrafer son soutien-gorge, elle lui avait donné un coup de coude dans le ventre qui lui avait coupé le souffle, et lorsqu'il était enfin parvenu à la pénétrer, il avait tenu trente secondes avant d'exploser. Ils en avaient ri aux larmes. Elle s'était laissée tomber sur son torse, il l'avait serrée fort entre ses bras et elle s'était endormie aussitôt, son cœur battant contre celui de Frank, et lui aussi avait dormi, cloué sous elle, heureux, oui, heureux enfin.

« On essaie de l'être, finit-il par répondre. Et toi ? Tu es heureuse, ici ? »

Cleo balaya la cour du regard. Et elle se surprit à constater que, par miracle, elle l'était. Depuis sept mois qu'elle était à Rome, elle peignait tous les jours, elle redécouvrait le plaisir à la fois de la solitude et de la communauté. Elle prenait son petit déjeuner dans la cuisine avec les autres artistes de la résidence et les retrouvait chaque soir pour discuter de leur travail du jour autour d'un plat de pâtes et de quelques bouteilles de vin. Elle avait vu le lit étroit où Keats avait rendu son dernier soupir, elle avait marché dans la Chapelle Sixtine, le visage tendu vers le haut, dévorant les mélanges d'or, de chair et de ciel.

Elle avait beau adorer New York, ce n'était pas sa ville, elle le savait désormais. Il lui plaisait de faire partie de ce réseau complexe de capitales européennes, situées à quelques heures seulement les unes des autres, abritant toutes des Caravage, des Sorolla et des Soutine. Elle s'était même mise à communiquer plus avec son père, maintenant qu'il n'y avait entre eux qu'une heure de décalage horaire.

Et elle découvrait que le rythme plus lent de Rome l'apaisait. Elle y était assidue, mais jamais épuisée. Elle dormait profondément, et seule. Elle n'avait pas encore pris d'amant, même si un autre artiste, un designer suisse et timide de son âge, lui avait avoué son amour, tard une nuit, dans l'atelier. Elle lui avait répondu avec douceur qu'elle avait besoin de plus de temps. L'après-midi, elle buvait des expressos au bar en observant les Italiens qui se tournaient autour telles des mouches affairées. Elle avait enfin appris à être elle-même en public, sans se préoccuper de ce que les autres pouvaient penser d'elle. C'était un grand soulagement, de pouvoir enfin vivre de l'intérieur vers l'extérieur.

« J'essaie », répondit-elle.

Frank hocha la tête, satisfait. « Tu veux me montrer l'installation ? »

Cleo le conduisit jusqu'à un petit appentis derrière l'atelier. Elle ouvrit la porte sur une pièce blanche et carrée, avec un projecteur au centre, tourné vers le plafond. De l'humus recouvrait le sol. L'odeur saisit Frank en une vague de nausée – terreuse, riche et doucereuse.

« Cley... » Il chancela sur le seuil.

« Je sais. S'il te plaît, allonge-toi. »

Il se coucha sur la terre, le cœur au bord des lèvres. Cleo alluma le projecteur, et la pièce se teinta de rouge. Elle prit place à côté de lui. La lumière écarlate ondulait au plafond tels les rides d'un pétale de coquelicot. L'odeur de terre imprégnait tout, le ramenant à ce moment...

Ce qui le surprit, ce fut l'onde de colère que ce souvenir fit monter en lui. C'était *lui* qui l'avait trouvée, qui avait dû appeler l'ambulance, lui qui s'était agenouillé sur le sol noirci par son sang, et voilà que c'était *elle* qui en faisait de l'art. Qui se fourrait un cristal dans le corps en prétendant se soigner. La pièce vira au carmin, imbibée de sang. Eh bien, tant mieux pour elle. Il était bien content d'en être débarrassé. Lui aussi s'était servi de cette violence, pour se propulser hors de ce mariage, vers une relation avec une femme saine d'esprit. Dieu merci. Il n'avait qu'une envie, se rasseoir et lui parler des papiers du divorce. Il voulait un verre. Il voulait mille verres. Il voulait empoigner la terre et se l'enfoncer dans les yeux et pleurer comme un bébé. Il voulait sa mère, pas sa vraie mère, cette saoularde égocentrique, mais sa vraie mère, encore inconnue, la femme qui pouvait vraiment prendre soin de lui. Il voulait Eleanor.

« Cleo. » Il se redressa. « Je ne peux pas, je ne peux pas.

Elle posa sa main sur son bras, mais il la repoussa. « C'est *trop*, Cley. » Et brusquement, il fondit en larmes, sidéré. « C'est trop. »

Il enfouit son visage dans ses mains et pleura tout son soûl. Il ne se rappelait pas la dernière fois qu'il avait pleuré. C'était un exorcisme de larmes. Cleo l'attira vers elle et prit sa tête sur ses genoux. Elle n'avait pas voulu lui faire de mal, mais elle avait besoin qu'il voie cela. Pendant tout leur mariage, elle s'était soumise aux versions d'elle imposées par d'autres, elle s'était réfugiée dans le moule de leurs désirs. Elle repensa aux vœux de Frank, le jour de la cérémonie. *Quand la part la plus sombre de toi rencontre le plus sombre en moi, cela crée de la lumière.* À présent, elle avait achevé le processus par elle-même. Elle avait rencontré la part la plus sombre d'elle-même et elle avait créé cela.

Autour d'eux, la lumière changea de couleur et prit une teinte ambrée. De la musique se mit en route, une écrasante mélopée funèbre de guitares et de synthétiseurs, un son vaste et profond, qui enflait démesurément. Puis tout l'appentis devint bleu. Ils se trouvaient dans une boîte de ciel éclatant, zébré de nuages blancs et vaporeux. *Lignes de vie.* C'étaient les siennes. Elle avait trouvé un moyen de choisir sa vie. Il devait en faire autant.

« Divorce, dit-il contre ses cuisses.

« Je sais, acquiesça-t-elle en lui caressant les cheveux. Je le savais. »

Ils s'installèrent à une terrasse de café près de la Piazza di Spagna, dans la lumière rosée qui baignait les rues. La journée de travail était terminée, et la langueur du soir pesait dans l'air comme du pollen. Après l'intensité de l'installation de Cleo, c'était un soulagement de se retrouver dans le bourdonnement léger de la vie publique. Entre eux, une forme de facilité était revenue.

« C'est ravissant, ici, commenta Frank. Je n'avais pas de préjugés très positifs à l'égard de l'Italie, à cause de mon père. Mais maintenant que tu vis ici, j'envisagerai le pays différemment. »

Cleo mordit dans une des tranches de salami qui avaient été déposées sans cérémonie devant eux à leur arrivée. Dans la lumière pêche du soir, son visage rayonnait.

« Je suis contente. Il ne devrait pas avoir le droit de te voler l'Italie. »

Un serveur qui ne devait pas avoir vingt ans vint leur proposer un apéritif, visiblement ravi d'avoir l'occasion de pratiquer son anglais. Frank lança un regard paniqué à Cleo, mais avec une fluidité impressionnante, elle leur commanda deux limonades en italien.

« Jamais je n'aurais imaginé venir à Rome et ne pas boire, fit-il remarquer lorsque les verres perlés arrivèrent.

— Le vin est la partie la moins intéressante de Rome, dit Cleo. Et de toi. »

Frank lui adressa un sourire sans défense. « Merci, Cleopâtre.

— Je t'en prie, Frankenstein. »

Et là, soudain, il ressurgit dans l'esprit de Cleo, le souvenir de leur premier Halloween ensemble. Ils s'étaient déguisés à l'image de leurs surnoms, Cléopâtre et le monstre de Frankenstein. Cleo avait passé l'après-midi à se préparer, à peindre un diadème doré et à se fabriquer une robe avec des coupons de lin. Elle avait dégotté une longue perruque noire, s'était ourlé les yeux d'un épais trait d'eye-liner, et c'est ainsi qu'elle s'était transformée en sa jumelle maléfique.

« Tu te souviens d'Halloween ? » demanda-t-elle de but en blanc.

Ils étaient allés avec des amis à une fête chez Anders, tous entassés dans un taxi, à se battre pour choisir la station de radio, et le premier sachet de coke avait tourné sur la banquette arrière comme un petit mot en classe.

« Bien sûr, dit Frank. Qu'est-ce qui t'y a fait repenser ? »

Cleo haussa les épaules. Son esprit avait toujours cette tendance à jongler avec les souvenirs douloureux, comme un pense-bête pour l'exhorter à aller de l'avant. Contrairement à Frank, elle n'était pas encline à la nostalgie.

« Quand je pense à boire, j'ai le réflexe de me remémorer le meilleur de chaque soirée, expliqua-t-il, comme s'il lisait dans ses pensées. Mon parrain me répète la chose suivante : « Accélère la vidéo. » Il faut que je déroule les souvenirs jusqu'à atteindre le point où ça cesse d'être drôle.

— D'accord, dit Cleo. Alors accélère la vidéo. Tu sais comment s'est terminée cette nuit-là. »

Frank s'exécuta, se revit à la fête d'Halloween, mal à l'aise dans son costume, qui se composait d'un masque de monstre qui puait le chlore. Anders était habillé en meurtrier sexy, et à tomber à la renverse. Accélérer la vidéo jusqu'à ce sentiment d'être laid et oublié, comme un vrai monstre, trop boire, se disputer avec Cleo sur le trajet du retour, l'entendre pleurer dans son oreiller à côté de lui dans le lit, regarder le plafond tourner. Oui, les taies d'oreiller le matin, toutes souillées de maquillage noir qui n'était jamais parti au lavage. Il les avait fourrées à la poubelle, bien en dessous, tout comme il le faisait enfant avec ses draps trempés de pisse pour que sa mère ne les trouve pas. C'était pour cette raison qu'il détestait se rappeler. En accélérant la vidéo, il se retrouvait toujours emporté par le flot obscur qui sous-tendait chaque soirée en apparence insouciante, par la tristesse secrète de Cleo qu'il ne savait pas étancher, par ces cicatrices noires sur les draps blancs qu'il ne pouvait faire disparaître.

« J'ai honte, quand je m'en souviens, dit-il. Honte de t'avoir fait du mal. »

Cleo opina. « Tu m'as fait du mal. Mais il y a eu un bon côté, à cette soirée. » Elle lui adressa un de ses regards entendus et mystérieux. « C'est que le lendemain, tu étais tellement fracassé que j'ai fini par te battre au Pinch Punch. »

Frank éclata de rire. Au début de leur relation, Cleo avait mentionné avec désinvolture cette tradition anglaise qui consistait à être le premier à s'exclamer, le premier jour du mois : « Pinch, punch, premier du mois ! » Il fallait que le vainqueur ajoute aussitôt : « Et sans riposte ! » Il était alors libre de pincer et de donner des coups de poing sans représailles. Le perdant quant à lui devait attendre tout un mois pour espérer être le premier. Frank, qui avait un goût prononcé pour l'absurde, s'était lancé dans ce défi avec une compétitivité qui frôlait le fanatisme, se levant aux aurores le premier du mois pour planer au-dessus de la silhouette endormie de Cleo, guettant le premier indice de réveil pour se jeter sur elle en braillant sa petite comptine, le tout avec le genre de zèle qui devait être la première cause d'infarctus chez les hommes dans la quarantaine (Cleo en aurait juré).

« J'avais oublié, gloussa-t-il. Tu étais nulle, au Pinch Punch.

— Parce que je refusais de mettre le réveil à l'aube tous les premiers du mois comme un psychopathe ! »

Frank lui lança un regard grave. « Il faut faire des sacrifices, pour être champion au Pinch Punch, Cleo. »

Il tenta de garder son sérieux, mais ils ne tardèrent pas à exploser tous deux de rire.

« Eh bien, maintenant, tu pourras jouer avec Eleanor », suggéra Cleo une fois le calme revenu.

Frank secoua la tête avec une expression sincère. « Je ne ferai pas ça. C'est notre jeu. Et puis, elle n'est pas britannique. »

Cleo le regarda avec tendresse. « OK, ça reste à nous.

— C'est bizarre, pour toi ? demanda-t-il. Que je sois avec quelqu'un d'autre ? Tu peux répondre franchement.

— Un peu, oui, dit-elle d'une voix lente. Mais étonnamment, Eleanor et toi, vous me donnez de l'espoir. Ça me permet de croire qu'un jour je pourrai moi aussi trouver ce que vous avez, tous les deux.

— Ce ne sera pas un problème, pour toi. Les hommes vont faire la queue devant ta porte. »

Frank aspira bruyamment la fin de sa limonade, d'un air satisfait.

« J'aimerais me marier de nouveau, annonça-t-elle. Et le rester un peu plus longtemps, cette fois.

— Pas de problème. Il suffira que tu ne choisisses pas quelqu'un comme moi. »

Cleo haussa un sourcil. « Tu veux dire un alcoolique invétéré de vingt ans mon aîné ?

— Pan ! » Frank se laissa retomber contre le dossier de sa chaise, comme tué sur le coup. « Mais... oui, c'est exactement ce que je veux dire, précisa-t-il en ressuscitant.

— Tu n'as pas choisi quelqu'un comme moi.

— Non. Eleanor n'est comme aucun de nous deux.

— En quoi est-elle différente ?

— Ça ne te dérange vraiment pas, de parler d'elle ?

— Je suis curieuse.

— Très bien. Pour commencer, il y a sa mère. Au début, elle m'intimidait, parce qu'elle est... *féroce*. Férocement aimante. Et Eleanor a grandi dans une maison de banlieue, avec un jardin, un sofa qui s'appelle un « canapé-invités » et tu vois, trois mangeoires à oiseaux différentes. »

Cleo acquiesça. « L'archétype de la vie de famille normale.

— Exactement. Et ce n'était pas parfait. Ses parents ont divorcé quand elle était petite, et puis elle a eu cette relation louche avec un gars plus vieux, mais je voyais bien qu'elle s'était toujours sentie en sécurité, dans cette maison. Elle a grandi dans un sentiment de sécurité, en étant férocement aimée. »

En relevant la tête, il fut surpris de voir que le regard de Cleo s'était embué de larmes. « Ça a l'air chouette, dit-elle d'une petite voix.

— Et toi et moi, on n'a pas eu ça, non pas parce qu'on ne le méritait pas, mais parce que la vie nous a envoyé autre chose. Mais les gens qui ont reçu ce genre d'amour, ils ne grandissent pas de la même manière que nous. Ils sont plus stables. Ils n'incarnent peut-être pas cet éclat et cette réussite auxquels on aspire toi et moi, mais ça ne veut pas dire pour autant qu'ils ne sont pas intéressants. C'est juste qu'ils ne ressentent pas le besoin de passer leur temps à faire des claquettes, tu vois ? Ils n'ont pas à *faire leurs preuves* en permanence pour être aimés. Parce qu'ils l'ont toujours été. »

Cleo eut un sourire triste. « Mais comment on arrête les claquettes, quand on est comme nous ?

— J'étais épuisé, Cley. Les chaussures ne m'allaient plus. Et quand je me suis enfin arrêté, Eleanor était là, avec moi. Et je trouve que tu mérites d'être avec quelqu'un comme ça, qui peut te donner cette sécurité et cette immobilité comme je n'ai jamais su le faire. Pourtant

Dieu sait que je le voulais, Cleo. Je le voulais de tout mon cœur. »

Elle se pencha pour lui prendre la main. Les mains de Frank, tacheté de son. Elle les revoyait, toujours en mouvement, frôlant les objets, remettant en place ses lunettes, ponctuant ses propos en s'agitant dans l'air avec emphase, avec ce geste caractéristique, les paumes grandes ouvertes, qui était tellement *lui*. Elle serra ses doigts entre les siens.

« Je sais. Moi aussi, je voulais faire ça pour toi. »

Le jeune serveur leur apporta l'addition, et comme il le faisait souvent lorsqu'il se sentait un peu déprimé, Frank tenta de se remonter le moral par un geste de générosité disproportionnée, en glissant un billet de cinquante euros sous le ticket.

Alors que le garçon remportait son plateau, ils perçurent de l'agitation sur la place. Un jeune couple courait sur les larges pavés, balançant mollement les bras en signe d'abandon, riant à gorge déployée et s'interpellant en criant sans aucune raison apparente, sinon pour la joie d'être jeunes et beaux dans un lieu ancien et beau. *Ils sont à peine plus jeunes que Cleo*, se dit Frank. *Ils sont tellement plus jeunes que moi*, se dit Cleo. Un vieil homme barbu qui passait se mit à rire aussi en agitant sa canne, et leur cria quelque chose en italien. Cleo et Frank regardèrent les jeunes gens filer, si libres et les joues en feu.

« Tu as compris ce qu'a dit le vieux monsieur ? » demanda Frank.

Cleo secoua la tête. Le serveur réapparut à côté d'elle.

« Signor, ça ne va pas. » Il tenait le ticket entre ses mains, comme une offrande. « C'est trop !

— Non, non, c'est très bien. C'est pour vous. Vous avez entendu ce qu'a dit le vieux monsieur ? Aux gamins qui couraient ?

— Oui, je crois, répondit le garçon. Mais ce...

— Vous pouvez me le traduire ?

— Mais ce pourboire, poursuivit le petit. C'est... trop américain. »

Cleo éclata de rire en voyant le ticket. « Je suis heureuse que tu n'aies pas totalement changé.

— Vous pouvez me répéter ce qu'il a dit ? insista Frank.

— Vous êtes bizarres, dit le garçon en les regardant tour à tour. C'est un proverbe italien. Quelque chose comme : "Où que vous alliez, ça vous attend."

— Où que vous alliez, ça vous attend ? » répéta Frank.

Le jeune homme se tourna vers Cleo avec un air de s'excuser.

« Ça sonne moins bien quand c'est lui qui le dit », déclara-t-il.

Cleo et Frank quittèrent le café bras dessus bras dessous, descendirent les Marches Espagnoles en direction de son hôtel, où les attendaient les papiers du divorce. Devant les restaurants, les gens se réunissaient en petits groupes pour profiter de la douceur de l'air, leurs verres de vin scintillant à la lumière du soleil déclinant. Au-dessus d'eux, un vol d'étourneaux emplit soudain le ciel. Tout le monde leva la tête pour les regarder. Les oiseaux tourbillonnaient, pulsaient, se contractant frénétiquement en une nuée noire et dense, qui s'enroula bientôt en une spirale fluide et plongeante, en constellation de V mouvants. Frank contempla fasciné ce nuage dansant qui se métamorphosait sous ses yeux en vague ondulante puis en poumon respirant à toute allure.

« On appelle ça un murmure, dit Cleo, le surprenant une nouvelle fois par l'étendue de ce qu'il ignorait qu'elle savait. Il fait plus chaud, ici, en ville, alors ils reviennent tous les soirs.

— C'est beau, s'émerveilla Frank.

— Et destructeur. Ils recouvrent tout de fientes. Le matin, à travers toute la vielle, tu vois les gens qui nettoient leurs voitures et leurs mobylettes.

— Mais comment ils font ça ? Comment ils se déplacent aussi harmonieusement en groupe ? »

Cleo avait lu un article là-dessus, à son arrivée en Italie. Elle fut heureuse de connaître la réponse. « Chaque étourneau a conscience de la présence de cinq autres oiseaux autour de lui, pas plus, expliqua-t-elle. Un au-dessus, un en dessous, un devant, et un de chaque côté, comme une étoile. Il se déplace avec ces cinq-là, chaque oiseau fait de même avec ses cinq à lui, et c'est ainsi qu'ils restent tous en formation.

— Mais qui est le chef ? Qui décide par où il faut aller ?

— Il n'y en a pas, sourit Cleo. C'est ça, le mystère. »

Ils traversèrent une piazza où des touristes déambulaient autour d'une fontaine en marbre. Une brise tiède leur soulevait doucement les cheveux sur la nuque. Une odeur mêlée d'essence et d'olive flottait dans l'air. Ils longèrent une ruelle pavée pommelée d'ombre dans laquelle un couple d'adolescents s'embrassait, adossé à un scooter. À l'autre bout, une gitane remonta ses jupes et se mit à uriner. Ils poursuivirent leur chemin.

« Qui sont tes cinq à toi ? demanda Cleo. Ceux que tu suis ?

— Mes cinq personnes ? » Frank prit un instant pour y réfléchir. « Eh bien, Zoe, bien sûr. Et Santiago. » Il baissa les yeux vers le sol, qui était en effet constellé de merde d'oiseau. « Et Anders.

— Je suis contente, dit Cleo, et elle le pensait.

— Et maintenant, Eleanor. » Il la regarda du coin de l'œil. Elle hochait lentement la tête.

« Et toi. Ça fait cinq.

— Moi ?

— Toi, dit Frank. Toujours toi. »

Ils se regardèrent. Le visage de Cleo avait la sérénité d'une cathédrale. Tout autour d'eux, la ville se préparait au crépuscule. Un enfant appela sa mère en pleurant. Un bouchon de bouteille sauta. Une moto rugit. Les étourneaux filèrent dans le ciel.

Mis en pages par DV Arts Graphiques à La Rochelle,
cet ouvrage a été achevé d'imprimer par Laballery,
pour le compte de S.N. Éditions Anne Carrière
39, rue des Mathurins – 75008 Paris
en mai 2022

Imprimé en France
Dépôt légal : mai 2022 – N° d'impression : 204727